Zu diesem Buch

James Baldwins großer Roman ist sein bisher erzählerisch anspruchsvollstes und leidenschaftlichstes Werk. Schauplatz ist das New York unserer Tage zwischen Greenwich und Harlem. Erzählt wird ein kritisches Jahr im Leben von sieben Menschen: Künstlern, Frauen und Männern, Weißen und Schwarzen, für die die Tabus des Geschlechts und der Hautfarbe nicht existieren. Menschliche Erfahrung in Liebe und Haß wird erschreckend wahrhaftig bis an ihre Grenzen ausgeforscht.

Rufus Scott, Neger und einst berühmter Jazz-Musiker, jetzt verzweifelt, hungrig und obdachlos, hat eben eine qualvolle Liebesaffäre mit einem weißen Mädchen aus dem tiefen Süden hinter sich. Richard Silenski, Prototyp des guten Ehemanns, hat einen erfolgreichen Roman geschrieben und sieht sich plötzlich von Verlegern, Kritikern und Fernsehproduzenten hofiert. Cass Silenski, seine Frau und Mutter seiner Söhne, fragt sich, ob der erfolgreiche Richard noch derselbe Mann ist, den sie einst heiratete, und was sie tun solle, wenn er wirklich ein anderer geworden ist. Ida Scott, die schöne, stolze Schwester von Rufus, haßt alle weißen Männer und ist entschlossen, sie für die Grausamkeiten büßen zu lassen, die ihr Bruder in der Welt der Weißen erleiden mußte. Eric Jones, Sohn einer alten Familie aus dem Süden der Staaten, hat soeben die Hauptrolle in einem Unterhaltungsstück am Broadway übernommen und muß daher sein selbstgewähltes Exil in Südfrankreich aufgeben, wo er zum erstenmal in seinem Leben ohne Scham lieben durfte. Leona, die sich selbst als arme, verkommene Weiße bezeichnet, ist aus dem Süden der Staaten vor ihrem brutalen Mann geflohen und wird das Opfer einer tödlichen Liebesleidenschaft. Vivaldo Moore, Richard Silenskis Freund, halb irischer, halb italienischer Abkunft, hat eben eine freudlose Affäre mit einer älteren Frau hinter sich und begegnet nach zehn Jahren Ida wieder, die ihm verfällt.

«Kein Zweifel: James Baldwin hat einen erstaunlichen und bedeutenden Roman geschrieben ... Die Wirkung ist gleichzeitig schockierend und reinigend. Unsere Romanciers (und unsere Moralisten) mögen Baldwin lesen und erzittern: Ein Sturmwind fährt über das Land» (Frederic Raphael in «Sunday Times»). – «Baldwin ist brutal, aber seine Brutalität ist zärtlich. Er liebt den Menschen, er achtet die Verachteten» (Reinhart Hoffmeister in «Abendpost», Frankfurt).

James Baldwin, geboren am 2. August 1924 in New York und in Harlem aufgewachsen, war in seiner Jugend drei Jahre Laienprediger, dann Gelegenheitsarbeiter. Er wurde zu einem der bedeutendsten Wortführer der Bürgerrechtsbewegung. 1948 bis 1957 hielt er sich in Paris auf. Nach einem an Streitigkeiten mit den Black Panthers gescheiterten Versuch, einen Film über das Leben von Malcolm X zu drehen (das Drehbuch erschien unter dem Titel «Sie nannten ihn Malcolm X» als rororo Nr. 1750), lebte Baldwin in Istanbul. Er erhielt zahlreiche Auszeichnungen. Neben dem vorliegenden Buch erschienen im Rowohlt Verlag die Romane «Giovannis Zimmer» (rororo Nr. 999), «Gehe hin und verkünde es vom Berge» (rororo Nr. 1415), «Sage mir, wie lange ist der Zug schon fort» (rororo Nr. 1863) und «Beale Street Blues», die Erzählungen «Des Menschen nackte Haut» (rororo Nr. 1789), außerdem die Essaybände «Hundert Jahre Freiheit ohne Gleichberechtigung» (rororo Nr. 634), «Rassenkampf – Klassenkampf. Ein Streitgespräch» (mit Margaret Mead; rororo Nr. 1617), «Schwarz und Weiß oder Was es heißt, ein Amerikaner zu sein» (rororo Nr. 4055), «Teufelswerk. Betrachtungen zur Rolle der Farbigen im Film» (dnb Nr. 83) und der autobiographische Bericht «Eine Straße und kein Name» (dnb Nr. 23). Er schrieb außerdem die Dramen «Amen Corner» und «Blues für Mister Charlie». James Baldwin lebt vorwiegend in Südfrankreich.

James Baldwin

Eine andere Welt

Roman

Rowohlt

Die Originalausgabe erschien bei The Dial Press, New York,
unter dem Titel «Another Country»
Aus dem Amerikanischen übertragen von Hans Wollschläger
Umschlagentwurf Hannes Jähn

1.–25. Tausend September 1977
26.–30. Tausend August 1979

Veröffentlicht im Rowohlt Taschenbuch Verlag GmbH,
Reinbek bei Hamburg, September 1977

Gesetzt aus der Aldus (Linotron 505 C)
Gesamtherstellung Clausen & Bosse, Leck
Printed in Germany
780-ISBN 3 499 14103 5

Sie fallen einem vor allem dadurch auf, daß sie über sich in keinerlei Ausdrükken Rechenschaft ablegen, die durch menschlichen Gebrauch geheiligt sind; für diesen unartikulierten Zustand stellen sie in ihrer Gesamtheit wahrscheinlich die einmaligsten Beispiele dar; was sie denken, fühlen und wünschen, was sie zu sagen meinen, ist ein abgrundtiefes Geheimnis.

Henry James

Für Mary S. Painter

I

Bequemes Geleit

Ich sprach: Auf diesen Wegen
gibt's kein bequem Geleit.
Allein hast du zu wandern,
doch ist es nicht mehr weit . . .

W. C. Handy

1

Vor ihm, am Times Square, lag die Seventh Avenue. Mitternacht war vorüber; er hatte im Kino herumgesessen – Balkon, oberste Reihe –, schon seit zwei Uhr mittags. Zweimal hatte ihn das krampfhafte Getöse des italienischen Films geweckt, einmal der Platzanweiser, und zweimal erwachte er von tastenden Fingern zwischen seinen Schenkeln. Er war so müde, so ganz und gar fertig, daß er kaum noch die Energie hatte, sich zu erregen; er besaß ja nichts mehr – *und nahmt ihr mir das Beste, was liegt mir noch am Reste?* –, aber er hatte im Schlaf geknurrt, hatte die weißen Zähne in seinem dunklen Gesicht entblößt und die Beine fest übereinandergeschlagen. Dann war der Balkon nahezu leer, der italienische Film kroch auf einen Höhepunkt zu; da stolperte er die endlosen Treppenstufen hinunter auf die Straße. Er war hungrig, ein Gefühl von taubem Schmutz lag ihm im Mund. Zu spät, als die Türen schon hinter ihm waren, fiel ihm wieder ein, daß er hatte urinieren wollen. Er war am Ende, er wußte nicht, wohin.

Der Polizist warf ihm im Vorbeischlendern einen Blick zu. Rufus drehte sich um, schlug den Kragen seiner Lederjacke hoch, während der Wind lüstern durch die dünne Sommerhose an ihm nagte, und wandte sich auf der Seventh Avenue nach Norden. Er hatte erwogen, hinunter in die Innenstadt zu gehen und Vivaldo zu wecken – Vivaldo, den einzigen Freund, den er noch hatte in der Stadt, vielleicht in der Welt –, aber nun entschied er sich dafür, weiter hinauszulaufen, wo es eine bestimmte Jazz-Bar gab, einen Nachtclub, und dort hineinzusehen. Vielleicht würde ihn jemand erkennen, vielleicht gab einer gar soviel aus, daß es für eine Mahlzeit reichte oder wenigstens für die U-Bahn. Aber zugleich hoffte er, daß man ihn nicht erkennen möge.

Die Avenue lag still, ihre bunten Lichter waren größtenteils schon erloschen. Hier und da ging eine Frau vorbei, hier und da ein Mann; manchmal, selten, auch ein Pärchen. An den Ecken, unter den Laternen, in der Nähe von Drugstores zeigten sich kleine Grüppchen heiterer, schnatternder weißer Leute gegenseitig die Zähne, betatschten einander, pfiffen nach Taxis, wirbelten darin davon, verschwanden durch Drugstoretüren oder ins Dunkel von Seitenstraßen. Zeitungsstände, wie winzige schwarze Klötzchen auf einem Brett, hielten die Ecken und Winkel der Bürgersteige besetzt; Polizisten, Taxifahrer und andere, die keinen so leichten Stand hatten, lehnten davor, traten von einem Bein aufs andere und wechselten mit dem vermummten Händler drinnen allerlei Reden, wie sie ihnen so beikamen. Eine Leuchtreklame schrie das Kaugummi aus, mit dessen Hilfe man angeblich seine Persönlichkeit auflockern und stets gelassen bleiben konnte. Der monströse Neon-Name eines Hotels kämpfte gegen den ungestirnten Himmel an, daneben die Namensflut von Filmstars und Leuten, die laufend am Broadway auftraten oder, genau nach Fahrplan, auftreten sollten, innig vereint mit den meilenhohen Namenslettern der Herrschaften, die sie in die Unsterblichkeit befördern würden. Die Großbauten, die finsteren, stumpf wie ein Phallus oder spitz wie ein Speer, bewachten die Stadt, die niemals schlief.

Tief unter ihnen wanderte Rufus dahin, eins ihrer Opfer, einer, den sie – und sie war eine mörderische Last, diese Stadt – unter sich zermalmt hatten an dem Tag, der jeden Tag war, an dem diese Türme stürzten. Ganz einsam, ein Sterbender schon, war er Teil einer beispiellosen Menge. An den Tischen des Drugstore schlürften Burschen und Mädchen Kaffee; nur eine Schranke trennte sie von ihm und seinem Zustand, und auch die war längst morsch und hinfällig, ihr Ende schon in Sicht, wie das der Zigaretten, die dahinter glommen. Die anderen: die ertrugen kaum das Wissen um sich selbst, wie hätten sie seinen Anblick ertragen können! Aber sie wußten, warum er heute nacht auf der Straße war, warum er die ganze Nacht in der U-Bahn fuhr, warum sein Magen knurrte, warum sein Haar kraus war, warum die Achselhöhlen seiner Jacke spekkig und verschwitzt waren und seine Hose und Schuhe zu dünn, und warum er nicht wagte, anzuhalten und austreten zu gehen.

Nun stand er im feuchten Dunst vor dem Eingang des Jazz-Lokals; er blickte hinein und spürte das wild tobende schwarze Volk auf dem Podest, spürte das dumpfe Durcheinander an der Bar, aber er spürte es mehr, als er es wirklich sah. Die Musik war laut und leer, niemand tat überhaupt etwas, und der kreischende Lärm fiel über die Menge her wie ein Fluch, an den niemand mehr glaubte, selbst jene nicht, die den tiefsten Haß in sich trugen.

Die Musiker wußten, daß niemand hinhörte, daß man Menschen ohne Blut nicht mehr zum Bluten bringen konnte. So bliesen sie denn herunter, was alle längst kannten; wieder und wieder bestätigten sie allen, daß doch gar nichts Schreckliches vorfiel, und die Leute an den Tischen hatten Spaß daran, es gefiel ihnen, wie sie da so verblüffend bestätigt wurden, und die Leute an der Bar, im sicheren Schutz des Lärms, ohne den sie kaum noch hätten leben können, klammerten sich weiter an das Vergangene, jagten ihm weiter nach, was immer es auch gewesen sein mochte. Rufus verlangte es, hineinzugehen und die Toilette zu benutzen, aber er schämte sich seines Aussehens. Fast einen Monat lang hatte er sich versteckt gehalten. Und jetzt sah er vor seinem geistigen Auge sich selbst. wie er durch diese Menge zur Toilette schlotterte und dann wieder hervorgekrochen kam, vor aller Augen, mitleidigen oder spöttischen oder verachtungsvollen Augen. Und bestimmt würde jemand flüstern: *Ist das nicht Rufus Scott?* Und irgendwer würde ihn widerwillig ansehen und sich dann wieder seiner Beschäftigung zuwenden, mit einem gepreßten, bedauernden *Mensch*! Nein, er konnte nicht, das brachte er nicht über sich – und er trat von einem Fuß auf den andern, und Tränen stiegen ihm in die Augen.

Ein weißes Pärchen kam lachend durch die Tür; sie schenkten ihm kaum einen Blick, als sie vorbeigingen. Der lauwarme Geruch von Menschen, Whisky, Bier und Rauch, der herausdrang, der ihn traf, als die Türen sich öffneten, brachte ihn fast zum Weinen und bewirkte, daß ihm wieder der leere Magen knurrte.

Er mußte an Tage und Nächte denken, Tage und Nächte, da er drinnen gewesen war, auf dem Podest oder in der Menge, elegant, beliebt, und er hatte bei jedem Mädchen Glück gehabt, das er wollte, hatte bei allem und jedem Glück gehabt, und er war in Stimmung gekommen und hatte getrunken und hatte mit den Musikern herumgealbert, die seine Freunde waren, die ihn achteten. Dann war er weggegangen, nach Hause, hatte die Tür versperrt und die Schuhe ausgezogen, hatte sich vielleicht einen Drink gemacht, sich vielleicht ein paar Schallplatten angehört, ausgestreckt auf dem Bett, und hatte vielleicht ein Mädchen angerufen. Und er hatte die Unterwäsche gewechselt und die Socken und das Hemd, hatte sich rasiert, hatte eine Dusche genommen und war nach Harlem zum Friseur gegangen; dann hatte er Mutter und Vater besucht und hatte seine Schwester Ida geneckt. Und hatte gegessen: Rippenspeer oder Schweinsrippchen oder Huhn oder Gemüse oder Maisbrot oder Blaukartoffeln oder Gebäck. Einen Augenblick lang glaubte er, vor Hunger ohnmächtig zu werden und torkelte zu einer Hausmauer hinüber und lehnte sich an sie. Eisiger Schweiß stand auf seiner Stirn. Er dachte: dies muß ein Ende haben, Rufus. Dieser Scheißdreck muß ein Ende haben. Dann sah er, daß niemand auf den Straßen war, und er hoffte, daß auch niemand aus den Türen treten werde und lehnte sich mit der einen Hand gegen die Wand, müde und gleichgültig, und ließ seinen Urin auf das steinkalte Pflaster spritzen und sah zu, wie matter Dampf aufstieg.

Er dachte an Leona. Oder vielmehr: eine plötzliche frostige, wohlbekannte Übelkeit erfüllte ihn, und er wußte, er dachte an Leona. Und er begann zu gehen, sehr langsam jetzt, weg von der Musik, die Hände in den Taschen und den Kopf gesenkt. Er fühlte die Kälte nicht mehr.

Denn sich an Leona zu erinnern, hieß – irgendwie – auch, an die Augen seiner Mutter zu denken, an die Wut seines Vaters, an die Schönheit seiner Schwester. An die Straßen von Harlem mußte er denken, an die Burschen auf den Vorplätzen der Häuser, die Mädchen hinter den Treppen und auf den Dächern, an den weißen Polizisten, der ihn das Hassen gelehrt hatte, an die Schlagballspiele in den Straßen, an die Frauen, die in den Fenstern lehnten, und an die Nummern, auf die sie täglich setzten, in der Hoffnung auf den großen Treffer, der dem Vater nie gelang. Er mußte an das elektrische Kneipenklavier denken, an die vielen Späße und Neckereien, ans Tanzen, an seine ersten Erektionen, an die Bandenkämpfe und Schlägereien, an sein erstes Schlagzeug, das ihm der Vater gekauft hatte, an den ersten Genuß von Marihuana, an sein erstes geschlechtliches Erlebnis. Ja, und dann die Burschen, die mit einemmal durchdrehten: da lagen sie dann auf den Vorplätzen, einfach abgestochen, und da, im Schnee, lag der tote Junge, der den Kopf verloren und eine Überdosis genommen hatte. Und die Rhythmen der Trommeln, die alles begleiteten, wirbelnd, endlos, Schlag auf Schlag – an sie mußte er denken: *Ein Nigger,* sagte sein Vater, *lebt sein ganzes Leben nach der Trommel, er lebt danach und liebt danach und stirbt auch noch danach ... Scheißdreck, da knallt man seinen Pimmel irgendwo rein, und die Trommel trimmt dazu, und das Kleine, was man da reingejagt hat, das wimmelt, hüpft und rummelt drin schon, wie die Trommel trimmt, und wenn's neun Monate später raus ist, gottverdammt, dann ist's schon selbst das reinste Tamburin.* Die Rhythmen: Hände, Füße, Tamburins, Trommeln, Klaviere, Gelächter, Flüche, Rasierklingen ... der Mann, dem's steif wird unter einem Lachen und einem Knurren und einem Schnurren ... und die Frau, der's feucht und weich wird unter einem Flüstern, einem Seufzer, einem leisen Schrei ... Die Rhythmen: in Harlem, zur Sommerzeit, konnte man sie förmlich sehen, wie sie über Pflaster und Dach die Luft erschütterten.

Und er war, so hatte er gedacht, vor dem Rhythmus von Harlem geflohen, der doch nur der Rhythmus seines eigenen Herzens war. In ein Rekrutenlager im Süden, und hinaus auf die stampfende See.

Während er noch bei der Marine war, hatte er einmal von einer seiner Reisen Ida einen indischen Schal mitgebracht. Irgendwo in England hatte er den aufgegabelt. Am Tage, da er ihn ihr gab und sie ihn anprobierte, erzitterte eine Saite in seinem Innern, die nie zuvor angerührt worden war. Noch nie zuvor hatte er die Schönheit des schwarzen Volkes wahrgenommen. Aber während er Ida anstarrte, wie sie vor dem Fenster der Harlemer Küche stand, und sah, wie sie jetzt kaum mehr nur seine jüngere Schwester war, sondern ein Mädchen, das bald schon eine Frau sein würde, da verschmolz sie mit den Farben des Schals, mit den Farben der Sonne und mit einem Glanz, der unermeßlich viel älter war als das graue Gestein der Insel, auf der sie geboren worden waren. Er glaubte, daß dieser Glanz vielleicht eines Tages wieder in die Welt kommen werde, in die Welt, die sie kannten. Viele Menschenalter zuvor war Ida gewiß nicht nur ein Sklavensproß gewesen. Als er ihr dunkles Gesicht so in der Sonne betrachtete, sanft und beschattet unter dem herrlichen Schal, da erkannte man, daß sie dereinst eine Herrscherin gewesen war. Dann blickte er aus dem Fenster, in den Luftschacht hinaus, und dachte an die Huren der Seventh Avenue. Er dachte an die weißen Polizisten und an das Geld, das sie mit schwarzem Fleisch verdienten, an das Geld, das alle Welt verdiente.

Wieder sah er seine Schwester an, die über ihn lächelte. An ihrem langen kleinen Finger drehte sie den rubinäugigen Schlangenring, den er ihr von einer anderen Reise mitgebracht hatte.

«Mach nur so weiter», sagte sie, «dann bin ich bald das bestangezogene Mädchen in der Straße.»

Er war froh, daß Ida ihn jetzt nicht sehen konnte. Mein Gott, Rufus, würde sie sagen, du darfst so nicht herumlaufen. Weißt du nicht, daß wir auf dich zählen?

Sieben Monate war es her – ein ganzes Leben her –, da hatte er in einem der neueren Harlemer Lokale zu spielen, das von einem Neger betrieben wurde, der auch der Besitzer war. Es war ihr letzter Abend. Ein guter Abend – alle fühlten sich wohl. Die meisten gingen, als das Programm abgelaufen war, um in der Wohnung eines berühmten Negersängers weiterzumachen, der gerade mit seinem ersten Film herausgekommen war. Es war gerammelt voll, denn das Lokal war neu. Neuerdings, hatte er gehört, war es nicht mehr so gut gegangen. An dem Abend waren alle möglichen Leute dort gewesen, Weiß und Schwarz, Hoch und Niedrig, Leute, die der Musik wegen kamen, und Leute, die aus anderen Gründen ihr Leben in Kneipen verbrachten. Ein paar Nerze waren dabei, auch ein paar unechte, und ein ganzer Haufen von Gott weiß was für Existenzen, die an Hand und Hals, an Armen, Ohren und Haar nur so glitzerten. Das farbige Volk amüsierte sich großartig, denn alle fühlten, daß diese Menge ein Herz und eine Seele mit ihnen war, ganz gleich, aus welchem Grunde; und die Weißen waren zufrieden, denn keiner zog über sie her, weil sie weiß waren. Der Laden, so hätte Fats Waller gesagt, lief wie geschmiert.

Da stand er nun also auf der Tribüne, und er war ein bißchen angesäuselt. Aber er fühlte sich großartig. Und während der letzten Nummer kam doppeltes Leben in ihn, denn der Saxophonist, der schon den ganzen Abend ekstatisch, wie von Sinnen, auf seinem Instrument geblasen hatte, schwang sich nun zu einem wahrhaft höllischen Solo auf. Er war etwa so alt wie Rufus und stammte aus irgendeiner ganz verrückten Gegend wie Jersey City oder Syracuse, aber irgendwann hatte er entdeckt, daß er mit dem Saxophon sagen konnte, was er sagen wollte. Und er hatte eine Menge zu sagen. Spreizbeinig stand er da, und die Luft erzitterte, wie er sie in seine Lunge riß, und seine kantige Brust erbebte unter den rasenden Synkopen seiner paarundzwanzig Jahre, und grell und gellend schrie das Instrument: *Do you love me? Do you love me? Do you love me?* Und wieder, noch einmal: *Do you love me? Do you love me? Do you love me?* Das jedenfalls war die Frage, die Rufus hörte, der immer gleiche Satz, unerträglich, endlos, aber in immer neuen Veränderungen wiederholt, und das mit der ganzen letzten Kraft, deren der Junge fähig war. Das anfänglich bloße Schweigen der Zuhörer schmolz zu einem Brennpunkt der Aufmerksamkeit zusammen; Zigaretten blieben unangezündet, Drinks standen unbeachtet auf den Tischen; und in jedem Gesicht, selbst auf schon ganz zerstörten, stumpfen Zügen, erschien ein seltsames, verstohlenes Leuchten. Der Saxophonist griff sie an, er beleidigte sie, deren Liebe er wohl kaum noch suchte, er schleuderte ihnen, zügellos und voll Haß, seinen Ausbruch ins Gesicht, mit der gleichen Verachtung, mit dem gleichen herrischen, erniedrigenden Stolz, mit dem er die Luft zur Hure seines Instruments machte. Und noch die Frage war schrecklich, war nah und voll Wirklichkeit; er blies sie mit Lungen und Gedärm aus seiner eigenen kurzen Vergangenheit heraus; irgendwann und irgendwo in dieser Vergangenheit, in irgendeiner Gosse, bei einer Bandenschlacht oder einer Massenfickerei, im stickigen Zimmer, auf der spermasteifen Decke, nach Marihuana oder der Nadel, unter dem Pissegeruch der Bezirksbedürfnisanstalt, hatte er diese Musik empfangen, von der er nun nie wieder würde loskommen können, und keiner wollte es ihm glauben. *Do you love me? Do you love me? Do you love me?* Die Männer auf dem Podium hielten mit, kühl und etwas auf Distanz, warfen hier eine Frage ein und dort eine Bestätigung, und sie hielten alles, so gut es ging, mit spöttischer, sich selbst verspottender Ironie zusammen; doch jeder wußte, daß der Junge für jeden von ihnen blies. Als die Nummer zu Ende war, waren sie alle schweißdurchnäßt. Rufus witterte seinen eigenen Geruch und den der Männer um ihn, und der Mann am Baß sagte: «Na ja, das wär's denn.» Die Menge gellte nach mehr, aber sie brachten ihr Schlußthema, und die Lichter gingen an. Und das war sein letzter Job gewesen und sein letztes Spiel.

Die Instrumente wollte er noch bis Montag nachmittag dort lassen. Als er die Stufen vom Podium herunterkam, stand vor ihm ein blondes Mädchen, sehr schlicht gekleidet, stand und sah ihn an.

«Hallo», sagte er, «hast du heute was vor, Kleine?» Alles um sie herum war eilig beschäftigt, sich für die Party fertigzumachen. Es war Frühling, und die Luft war drückend.

«Hast *du* was vor?» fragte sie zurück, aber es war deutlich, daß sie einfach keine andere Antwort gewußt hatte.

Sie hatte genug gesagt. Sie war aus dem Süden. Und irgend etwas wallte in Rufus auf, als er auf ihr feuchtes, farbloses Gesicht starrte, das Gesicht der armen Weißen im Süden, und auf ihr straffes, ausgebleichtes Haar. Sie war vermutlich älter als er, wahrscheinlich über dreißig, und ihr Körper war zu dünn. Aber schon im nächsten Augenblick wurde daraus der aufreizendste Körper, den seine Augen seit langer Zeit angestarrt hatten. «Schönes Kind», sagte er und zeigte ein linkisch lasterhaftes Grinsen, «bist du nicht ziemlich weit von zu Hause weg?»

«Das bin ich bestimmt», sagte sie, «und ich werd bestimmt auch nicht wieder zurückgehen, niemals.»

Sie lachten beide. «Schön, Miss Anne», sagte er, «wenn wir beide dasselbe vorhaben, dann können wir ja mal unser Glück versuchen.»

Und er nahm ihren Arm, wobei er absichtlich seinen Handrücken eine ihrer Brüste berühren ließ, und fragte: «Du heißt doch nicht wirklich Anne, oder?»

«Nein», sagte sie, «ich heiße Leona.»

«Leona?» Und er lächelte wieder. Sein Lächeln konnte sehr wirkungsvoll sein. «Das ist ein hübscher Name.»

«Wie heißt du?»

«Ich? Ich bin Rufus Scott.»

Er fragte sich, was sie eigentlich in dieser Kneipe suchte, hier in Harlem. Sie schien überhaupt nicht der Typ zu sein, der sich für Jazz interessierte, und noch weniger sah sie danach aus, als sei es ihre Gewohnheit, allein in fremde Bars zu gehen. Sie trug einen hellen Frühjahrsmantel, ihr langes Haar war einfach zurückgekämmt und mit ein paar Nadeln gehalten, dazu nur ganz wenig Lippenstift, sonst überhaupt kein Make-up.

«Also los», sagte er, «dann woll'n wir uns mal in ein Taxi verladen.»

«Bist du sicher, es ist richtig, daß ich mitkomme?»

Er sog an seinen Zähnen. «Wenn's das nicht wäre, würd ich dich nicht fragen. Verlaß dich drauf, wenn ich dir sage, daß alles in Ordnung ist, dann *ist* auch alles in Ordnung.»

«Schön», sagte sie mit einem kurzen Lachen, «in Ordnung denn.»

Sie ließen sich von der Menge treiben, die sich mit mancherlei Unterbrechungen, mit viel Geschwätz und Lachen und mancherlei erotischem Durcheinander in die Straßen ergoß. Es war drei Uhr morgens, und überall um sie herum flitterte aufgetakeltes Volk, pfiff und winkte und belegte sämtliche Taxis mit Beschlag. Andere, in beträchtlich geringerem Glanz – und sie befanden sich ja am westlichen Ende der 125. Straße –, standen in Grüppchen entlang der Straße, hasteten, stelzten, schlenderten vorbei, hier und da mit einem Blick, kurz von der Seite oder auch voll ins Gesicht, aber mehr abschätzend als eigentlich neugierig. Die Polizisten schlenderten umher, achtsam zwar, doch ließen sie eher durchblikken, daß diese paar Neger hier, wenngleich sie so spät noch draußen waren und meist betrunken, einmal nicht nach der üblichen Methode zu behandeln waren, und schon gar nicht die Weißen bei ihnen. Aber Rufus erkannte plötzlich, daß Leona hier bald das einzige weiße Gesicht sein würde. Das war ihm unangenehm, und sein Unbehagen machte ihn ärgerlich. Leona sichtete ein leeres Taxi und rief es an.

Der Fahrer, ein Weißer, zögerte nicht weiter, für sie anzuhalten, auch ließ er, nachdem er einmal gehalten hatte, kein Anzeichen von Bedauern erkennen.

«Du gehst morgen zur Arbeit?» fragte Rufus Leona. Jetzt, wo sie allein zusammen waren, fühlte er sich leicht verlegen.

«Nein», sagte sie, «morgen ist Sonntag.»

«Ach richtig!» Er fühlte sich mit einemmal sehr zufrieden und frei. Eigentlich hatte er ja vorgehabt, seine Familie zu besuchen, aber jetzt dachte er nur daran, was für ein Mordspaß es sein würde, den Tag mit Leona im Bett zu verbringen. Er ließ einen flüchtigen Blick über sie hingleiten und bemerkte, daß sie doch sehr gut gebaut zu sein schien, auch wenn sie etwas klein geraten war. Er fragte sich, was sie wohl dachte. Seine Hand legte sich leicht auf die ihre, als er ihr eine Zigarette anbot; sie lehnte ab.

«Du rauchst nicht?»

«Nur manchmal. Wenn ich trinke.»

»Und – trinkst du oft?»

Sie lachte. «Nein. Ich mag nicht allein trinken.»

«Tja», sagte er, «das wirst du jetzt ein Weilchen auch nicht zu tun brauchen.»

Sie antwortete nicht, aber in der Dunkelheit schien es, als spannte sich ihr Gesicht in fast schamhafter Verwirrung. Sie blickte aus dem Fenster an ihrer Seite.

«Ich bin froh», sagte er, «daß ich mir keine Gedanken machen muß, dich heute abend auch schön rechtzeitig nach Hause zu bringen.»

«Das brauchst du bestimmt nicht. Ich bin ein großes Mädchen.»

«Schatz», sagte er, «du bist nicht größer als eine Minute.»

Sie seufzte. «Manchmal ist eine Minute gar keine kleine Sache.»

Er überlegte, ob er sie fragen sollte, was sie meinte, aber dann ließ er es. «Stimmt genau», sagte er nur und warf ihr einen bedeutsamen Blick zu, aber sie schien es gar nicht zu erfassen.

Sie befanden sich jetzt am Riverside Drive und näherten sich ihrem Ziel. Links von ihnen ließen fahle, glanzlose Lichter die schwarzen Umrisse der Jersey-Küste erkennen. Er lehnte sich zurück, lehnte sich ein wenig gegen Leona und blickte hinaus, wo Lichter und Finsternisse träge vorbeistrichen. Dann schwenkte das Taxi; die ferne Brücke, wie eine glimmende Schrift an der Himmelswand, kam flüchtig in Sicht. Der Fahrer verringerte das Tempo und hielt Ausschau nach der Hausnummer. Ein Taxi vor ihnen hatte gerade einen Schwall von Leuten herausgelassen und verschwand in der Ferne der Straße. «Hier wär's», sagte Rufus; der Fahrer blinzelte ihm zu. «Na, da scheint ja 'ne tolle Party zu steigen», meinte er. Aber Rufus antwortete nicht. Er bezahlte den Mann, sie stiegen aus und betraten die Vorhalle, die groß und scheußlich war, Voller Spiegel und Gestühl. Der Lift war gerade nach oben gefahren; sie hörten bereits die Menge.

«Was wolltest du eigentlich ganz allein in dem Club, Leona?» fragte er.

Sie sah ihn an, ein wenig überrascht, ein wenig bestürzt. Dann: «Ich weiß nicht. Ich wollte einfach mal Harlem sehen, und da bin ich am Abend rausgefahren, um mich ein bißchen umzuschauen. Und an dem Club bin ich nur ganz zufällig vorbeigekommen; ich hörte die Musik und ging hinein, und dann bin ich geblieben. Es hat mir gefallen – die Musik.» Sie blickte leicht spöttisch. «Genügt die Auskunft?»

Er lachte und antwortete nicht.

Als sie das Geräusch der sich schließenden Lifttür im Schacht widerhallen hörten, wandte sie sich von ihm ab. Dann, als der Lift zu sinken begann, summten die Kabel. Leonas Blick war unverwandt auf die geschlossenen Türen gerichtet, als hinge ihr Leben davon ab.

«Ist wohl dein erster Aufenthalt in New York, ja?»

Ja, ihr erster, gab sie zu, aber – und ein leises Lächeln streifte halb sein Gesicht – sie hatte ihr Leben lang davon geträumt. In ihrer Stimme lag etwas Schwankendes, das er sehr rührend fand. Sie war wie ein Tier der Wildnis, das nicht weiß, ob es sich der ausgestreckten Hand nähern soll oder fliehen und nun lauter wirre kleine Sprünge macht, bald hierhin, bald dorthin.

«Ich bin hier geboren», sagte er und beobachtete sie.

«Ich weiß. Da kann es für dich wohl kaum so wunderbar sein wie für mich.»

Er lachte wieder. Ganz plötzlich mußte er an die Zeit im Süden denken, im Rekrutenlager, und er fühlte plötzlich wieder den Stiefel des weißen Offiziers gegen seinen Mund schlagen. Er lag am Boden, in seiner weißen Uniform, im roten, staubigen Lehm. Ein paar von seinen farbigen Kameraden hielten ihn, schrien ihm etwas ins Ohr, halfen ihm aufstehen. Der weiße Offizier war mit einem Fluch verschwunden, war für immer aus dem Bereich seiner Rache. Sein Gesicht war von Lehm verschmiert, von Tränen und von Blut; rotes Blut spie er in den roten Staub.

Der Lift kam, und die Türen gingen auf. Er nahm Leonas Arm, als sie eintraten, und hielt ihn eng an seiner Brust. «Ich glaube, du bist ein ganz süßes Mädchen, Leona.»

«Du bist auch nett», sagte sie. In dem engen, steigenden Lift hatte ihre Stimme einen sonderbar zittrigen Klang, und auch ihr Körper zitterte – schwank und schwächlich, ganz als sei er ein Spielball der linden Frühlingswinde draußen.

Er drückte ihren Arm fester an sich. «Haben sie dich nicht gewarnt zu Hause, vor den bösen Schwarzen oben im Norden?»

Sie holte tief Atem. «Mir hat noch keiner was getan. Leute sind Leute, was mich betrifft.»

Und Loch ist Loch, was mich anlangt, dachte er – aber zugleich war er dankbar für das, was sie gesagt hatte, und wie sie es gesagt hatte. Es brachte ihm zu Bewußtsein, wo er selber stand. Denn auch ihn befiel jetzt ein schwaches Zittern.

«Weshalb bist du eigentlich nach dem Norden gekommen?» fragte er.

Er überlegte, ob er ihr sein Begehren, seinen Antrag, mit ihm ins Bett zu gehen, einfach aussprechen sollte – oder lieber warten sollte, daß sie es ihrerseits tat. Er konnte nicht bitten. Aber vielleicht konnte sie es. Seine Schamhaare begannen leise zu jucken. Der grobe Muskelstrang an seinem Bauch unten fing heiß und hart zu wachsen an.

Der Lift kam zum Stillstand, die Türen öffneten sich, und sie gingen einen langen Flur entlang auf eine halboffene Tür zu.

Sie sagte: «Ich konnte es wohl einfach nicht mehr unterdrücken, das wird es sein. Ich war verheiratet, aber dann hab ich Schluß gemacht mit meinem Mann, und sie haben mir mein Kleines weggenommen – sie wollten's mich nicht einmal mehr sehen lassen –, und da ist mir der Gedanke gekommen, eh ich da unten weiter bloß so rumhocke und langsam verrückt werde, versuch ich doch lieber, hier oben ein neues Leben für mich anzufangen.»

Einen Augenblick lang rührten ihre Worte an seine Phantasie und gaben ihm ein Gefühl davon, daß Leona eine Persönlichkeit war und eine persönliche Geschichte hatte und daß alle persönliche Geschichte Leid und Kummer war. Aber er schüttelte dieses Gefühl ab. Er würde nicht lange genug in ihrem Leben sein, um über ihrer Geschichte graue Haare zu bekommen. Er wollte sie einfach für diese Nacht, nichts weiter.

Er klopfte an die Tür und trat ein, ohne auf eine Antwort zu warten. Gerade vor ihnen, in dem weiten Wohnraum, an dessen Ende offene Flügeltüren auf einen Balkon hinausgingen, quirlten wohl über hundert Leute durcheinander, manche in Abendkleidung, manche aber auch nur in Arbeitshose und Wolljacke. Hoch über ihren Köpfen hing eine riesige silberne Kugel, die alle möglichen Ecken und Winkel des Raums widerspiegelte und ein nicht eben schmeichelhaftes Bild der Menschen darin gab. So turbulent von dauerndem Kommen und Gehen, so glitzerhell von Geschmeide, von Gläsern und glimmenden Zigaretten war der Raum, daß die schwere Kugel fast schon wie ein lebendiges Wesen wirkte.

Ihr Gastgeber – den Rufus gar nicht einmal richtig kannte – war nirgends zu sehen. Rechterhand von ihnen lagen drei Zimmer, in deren erstem sich Mäntel und abgelegte Sachen hoch auftürmten.

Vom Plattenspieler her tönte das Saxophon von Charlie Parker laut über das Stimmengewirr hinweg.

«Leg deinen Mantel ab, Leona», sagte Rufus, «ich werd mich derweil mal umsehen, ob ich in diesem Saftladen jemand kenne.»

«Oh», antwortete sie, «ich bin sicher, du kennst sie alle.»

«Nun mach schon», sagte er und gab ihr einen sanften Schubs in Richtung des Zimmers. Er lächelte. «Tu, was ich sage.»

Während sie damit beschäftigt war, ihren Mantel abzulegen – und vermutlich auch, sich die Nase zu pudern –, fiel ihm ein, daß er Vivaldo einen Anruf versprochen hatte. Er stöberte durchs Haus, auf der Suche nach einem leidlich abgelegenen Telefon, und fand eines in der Küche.

Er wählte Vivaldos Nummer.

«Hallo, Kleiner. Wie geht's uns denn?»

«Oh, alles in Ordnung. Was ist denn los? Ich hatte gedacht, du läutest früher an. Jetzt hab ich kaum noch damit gerechnet.»

«Na ja, mir ist's bloß grad erst hier eingefallen.» Er senkte die Stimme, denn ein Pärchen hatte die Küche betreten, ein blondes Mädchen mit einem unordentlich aufgesteckten Haarknoten und ein hochgewachsener Neger. Das Mädchen lehnte sich gegen den Spülstein, der Junge stand vor ihr und strich mit den Händen langsam an ihren Schenkeln auf und nieder . Sie sahen kaum zu Rufus herüber. «Ein ganzer Haufen piekfeine Heinis hier überall, verstehst du?»

«Ja-ah», sagte Vivaldo. Eine Pause entstand. «Du meinst also, es lohnt sich, noch vorbeizukommen?»

«Nun – nein – Teufel noch mal, ich weiß nicht. Wenn du was *Besseres* zu tun hast –»

«Jane ist hier», sagte Vivaldo rasch. Rufus stellte sich vor, daß Jane vermutlich auf dem Bett lag und mithörte.

«Ach – wenn du deine Großmutter bei dir hast, dann ist das hier nichts für dich.» Er konnte Jane nicht leiden; sie war um einiges älter als Vivaldo und hatte vorzeitig ergrautes Haar. «Gibt hier nichts, was alt genug für dich wäre.»

«Jetzt reicht's, du Lümmel.» Er hörte Janes Stimme murmeln, und Vivaldos; was geredet wurde, konnte er nicht ausmachen. Dann war Vivaldo wieder an seinem Ohr. «Ich denke, ich laß es sausen.»

«Find ich auch besser. Wir sehn uns morgen.»

«Vielleicht komm ich mal bei deiner Lasterhöhle vorbei . . .»

«Geht in Ordnung. Paß bloß auf, daß Oma dich nicht ganz fertigmacht; ich hab gehört, Frauen werden oft reinweg wild, wenn sie mal in ihr Alter kommen.»

«Für mich kann sie gar nicht wild genug werden, Papa!»

Rufus lachte. «Komm, gib's auf, du schaffst es doch nicht. Gegen mich kommst du nicht an. Also bis später.»

«Bis später.»

Er hängte lächelnd ein und ging dann Leona suchen. Sie stand hilflos im Foyer und sah Gastgeber und Gastgeberin zu, wie sie gerade mehrere Leute verabschiedeten.

«Hallo, Leona. Dachtest, ich bin desertiert, was?»

«Nein. Ich hab gewußt, das tust du nicht.»

Er lächelte sie an und gab ihr mit der Faust einen leichten Stubs unters Kinn. Der Gastgeber wandte sich um und kam von der Tür zu ihnen herüber.

«Geht jetzt mal rein und kriegt euch 'nen Drink, Kinderchen», sagte er. «Los, nicht lange gefackelt, macht euch ran.» Er war ein großer, hübscher, wuchtiger Kerl, älter und brutaler, als man ihm ansah, der sich seinen Weg zur Spitze im Schaugeschäft über etliche derbere Professionen erkämpft hatte, darunter Boxen und Zuhälterei. Seinen gegenwärtigen Ruhm verdankte er mehr seiner Vitalität und seinem Aussehen als seiner Stimme, und er wußte das auch. Er war nicht der Mann, sich selbst etwas vorzumachen, und Rufus mochte ihn, weil er unter der rauhen Schale gutmütig und großzügig war. Aber zugleich hatte Rufus auch ein bißchen Angst vor ihm; er hatte, trotz allen Charmes, etwas an sich, das nicht zu engerer Vertraulichkeit ermutigte. Bei Frauen, die er ganz offen mit zärtlicher Verachtung behandelte, hatte er große Erfolge, und gegenwärtig war er zum viertenmal verheiratet.

Er nahm Leona und Rufus am Arm und ging mit ihnen etwas beiseite. «Wenn das Volk hier raus ist», sagte er, «dann machen wir's uns erst mal richtig zünftig. Bleibt nur ruhig da.»

«Wie fühlt man sich eigentlich als Respektsperson?» fragte Rufus grinsend.

«Scheiße. Ich bin mein Leben lang eine gewesen. Grad diese hochrespektierlichen Schleimscheißer, die haben ihre langen Finger doch in jedem Dreck drin. Mensch, die haben die Farbigen ausgeplündert bis auf die Häutchen. Und die doofen Nigger halfen denen auch noch dabei!» Er lachte. «Wißt ihr, jedesmal wenn sie mir einen von ihren großkotzigen Schecks geben, denk ich bloß immer, die geben dir ja doch nur ein ganz klein bißchen von dem wieder, was sie dir all die Jahre geklaut haben – versteht ihr, was ich meine?» Er klopfte Rufus auf den Rücken. «Sieh zu, daß Klein Eva sich gut amüsiert.»

Die Menge lichtete sich bereits, die meisten rüsteten zum Aufbruch. Wenn sie erst einmal weg waren, würde die Party sich ändern und heiter, ruhig und privat werden. Gedämpftes Licht, die Musik viel sanfter, die Unterhaltung ernsthafter und nicht mehr so wüst durcheinander. Jemand würde vielleicht singen oder Klavier spielen. Sie würden sich Witze erzählen, würden von ihrer Arbeit reden, von der Musik, die sie gespielt hatten, von Motiven, die ihnen im Gedächtnis hingen, oder von Leid und Not, die sie gesehen hatten. Jemand würde eine Marihuana herausziehen und sie langsam und gemessen herumgehen lassen wie eine Friedenspfeife. Jemand würde sich in einer fernen Ecke des Zimmers auf einem Vorleger zusammenrollen und zu schnarchen anfangen. Wer noch tanzte, würde es langsamer, schlaffer tun, in immer engerer Umschlingung. Die Schatten des Zimmers nur würden munter und lebendig sein. Und dann, zu guter Letzt, wenn der Morgen und die groben Geräusche der Stadt durch die weiten Flügeltüren hereinbrachen, würde jemand in die Küche gehen und etwas Kaffee machen. Dann würden sie den Eisschrank plündern und heimgehen. Gastgeber und Gastgeberin würden sich schließlich ins Bett packen und den ganzen Tag darinbleiben.

Von Zeit zu Zeit ertappte sich Rufus dabei, wie er zu der silbernen Kugel an der Decke hinaufstarrte, doch nie gelang es ihm, sein und

Leonas Spiegelbild darauf zu finden.

«Gehn wir doch auf den Balkon», sagte er zu ihr.

Sie streckte ihr Glas aus. «Bekomm ich erst noch einen frischen Drink?» Ihre Augen glitzerten jetzt hell und mutwillig, und sie sah aus wie ein kleines Mädchen.

Er ging zum Tisch hinüber und goß zwei mächtige Drinks ein. Dann kam er zu ihr zurück. «Bereit jetzt?»

Sie nahm ihr Glas, und sie traten durch die Flügeltüren.

«Laß Klein Eva sich bloß nicht erkälten!» rief der Gastgeber.

Er rief zurück: «Ihr kann höchstens zu heiß werden, alter Junge – zu kalt bestimmt nicht!»

Gerade vor und unter ihnen breitete sich die Lichterküste von Jersey aus. Ihm war, als dringe vom Wasser herauf ein mattes Murmeln.

Als Kind hatte er am Ostrand von Harlem gewohnt, einen Straßenzug vom Harlem River entfernt. Er und andere Kinder waren vom müllbeladenen Ufer ins Wasser gewatet oder auch hinabgetaucht, wo der verrottete Abfall hier und da weiter hinausragte und ein Kopfsprung möglich war. Eines Sommers war dort ein Junge ertrunken. Vom Vorplatz seines Hauses hatte Rufus zugesehen, wie eine kleine Gruppe Leute die Park Avenue überquerte, unter dem lastenden Schatten der Bahnüberführung, und ins Sonnenlicht hinaustrat; ein Mann in der Mitte, der Vater des Jungen, trugt die verhüllte, unvorstellbare schwere Bürde. Nie hatte er vergessen, wie die Schultern des Mannes gebeugt waren und wie ihm der Kopf schief gegen die Brust stand. Ein großes Schreien begann am anderen Ende des Blocks; die Mutter des Jungen, in einen Bademantel gehüllt, den Kopf umwickelt, rannte stolpernd wie ein betrunkenes Weib auf die schweigende Gruppe zu.

Er warf die Schultern zurück, als schüttle er eine Last von sich ab, und ging zum Geländer des Balkons hinüber, wo Leona stand. Sie starrte den Fluß hinauf, zur George-Washington-Brücke.

«Ist das schön», sagte sie, «ist das schön!»

«New York scheint dir zu gefallen», meinte er.

Sie wandte sich um, blickte ihn an und nippte an ihrem Drink. «O ja. Hast du vielleicht jetzt eine Zigarette für mich?»

Er reichte ihr eine Zigarette und gab ihr Feuer, dann nahm er sich selbst eine, zündete sie an. «Nun, wie wirst du denn hier so fertig?»

«Oh, das geht alles glatt», sagte sie. «Ich bin Serviererin in einem Restaurant unten in der Stadt, in der Nähe von Wall Street, das ist ein wirklich hübscher Stadtteil, und ich habe ein Zimmer mit zwei anderen Mädchen zusammen –» was bedeutete, daß sie jedenfalls zu *ihr* nicht gehen konnten – «und – oh, es geht eben alles glatt.» Und sie blickte mit ihrem traurig-lieblichen, rührend-weißen Lächeln zu ihm auf.

Wieder warnte ihn etwas davor, weiterzugehen, mahnte ihn, die Hände von diesem armen kleinen Mädchen zu lassen; aber daß er ihrer als eines armen kleinen Mädchens gedachte, brachte zugleich ein Lächeln gerührter Zuneigung auf sein Gesicht, und er sagte: «Du hast aber wirklich Nerven, Leona.»

«Die hab ich wohl einfach mit der Zeit bekommen», sagte sie, «so wie ich's sehe. Ich denk wohl manchmal, ich geb auf. Aber – wie macht man das, aufgeben?»

Sie blickte dabei so verloren und zugleich so drollig, daß er laut herauslachte, und einen Augenblick später lachte auch sie.

«Wenn mein Mann mich jetzt sehen könnte –» und sie kicherte, «ach du meine Güte!»

«Wieso», fragte er, «was würde er denn sagen?»

«Ich weiß nicht so recht.» Aber diesmal blieb ihr Lachen aus. Sie sah ihn an, als komme sie ganz langsam aus einem Traum wieder zu sich. «Du – ob ich wohl noch einen Drink haben könnte?»

«Aber sicher, Leona», und er nahm ihr Glas, und einen Moment lang berührten sich ihre Hände und ihre Körper. Sie senkte die Augen. «Bin sofort wieder da», sagte er und stakte ins Zimmer zurück, wo die Lichter jetzt dämmrig und matt waren. Jemand spielte Klavier.

«Na, Mann, wie kommst du denn mit Eva so zurecht?» fragte der Gastgeber.

«Prima, prima, wir feuchten die Sache erst mal schön an.»

«Alles kalter Kaffee. Heiz sie lieber mal mit 'nem Himmelfahrtsstemmer an. Los, laß sie ihren Spaß haben.»

«Ich werd sehen, was sich machen läßt», sagte er.

«Old Rufus hat sie draußen gelassen, damit sie das Empire State Building betrachten kann, Mensch», sagte der junge Saxophonist.

«Gebt mir eine von denen», sagte Rufus, und jemand reichte ihm eine Marihuana; er tat ein paar Züge.

«Behalt sie nur, Mann. Wir haben Vorrat.»

Er machte zwei Drinks zurecht und stand einen Moment lang im Zimmer, rauchte das Kraut zu Ende und lauschte hinüber zum Klavier. Er fühlte sich großartig, kraftvoll, allem gewachsen, allem überlegen, und eine beschwingte Stimmung hatte ihn ergriffen, als er auf den Balkon zurückkehrte.

«Sind alle weg?» fragte sie ängstlich. «Es ist so still drinnen.»

«Nein», antwortete er, «sie sitzen nur so herum.» Es schien ihm, als sei sie plötzlich viel hübscher, weicher auch, und die Flußlichter hingen hinter ihr wie ein Vorhang, ein fallendes Faltengewebe, in das Bewegung kam, wenn sie sich bewegte, schwer, kostbar, blendend, unabschätzbar. «Ich wußte nicht», sagte er, «daß du eine Fürstin bist!»

Er reichte ihr den Drink, und wieder berührten sich ihre Hände. «Ich weiß nur, du mußt betrunken sein», antwortete sie glücklich, und über dem Glas riefen jetzt ihre Augen unmißverständlich nach ihm.

Er wartete. Alles schien jetzt ganz einfach. Er spielte mit ihren Fingern.

«Hast du irgend etwas gesehn, das du haben möchtest, seit du in New York bist?»

«Oh», sagte sie, «ich möchte alles haben!»

«Siehst du irgend etwas, das du jetzt haben möchtest?»

Ihre Finger versteiften sich schwach, aber er hielt sie fest. «Los, sag's mir schon. Du brauchst doch keine Angst zu haben.» Die Worte klangen in ihm nach, ein Echo – einmal, vor Jahren, hatte er so zu irgendwem gesprochen. Der Wind wurde auf einmal kühl, wie er um seinen Körper strich und durch sein Haar zauste. Dann legte er sich wieder.

«Siehst *du* etwas?» fragte sie schwach.

«Was soll ich sehen?»

«Etwas, das du haben möchtest?»

Er merkte, wie es ihn berauschte, daß seine Finger aufrecht zwischen den ihren zu stehen schienen, wie ihr Hals seinen Blick auf sich festbannte. Es trieb ihn, seinen Mund daran zu legen, ihn langsam zu benagen, bis er schwarz und blau war. Zur gleichen Zeit wurde ihm bewußt, wie hoch und weit sie über der Stadt waren, und die Lichter tief unten schienen ihn zu rufen. Er ging zum Geländer des Balkons und blickte darüber weg, blickte hinab in die Tiefe, und es war ihm, als stünde er auf einer Klippe inmitten der Wildnis und sähe am Fluß dort unten ein Königreich liegen, das er nie zuvor erblickt hatte. Er würde es sich erobern können; jeder Fußbreit des Landes, das sich um ihn und unter ihm erstreckte, konnte sein Eigen werden, und unwillkürlich begann er ein Lied zu pfeifen, und sein Fuß zuckte suchend nach dem Pedal einer Trommel. Behutsam setzte er sein Glas auf den Boden des Balkons, und seine Finger schlugen eine rhythmische Figur auf das steinerne Geländer.

«Du hast meine Frage nicht beantwortet.»

«Was meinst du?»

Er drehte sich herum, um Leona ins Gesicht zu sehen; sie hielt ihr Glas fest zwischen beiden Händen, und spöttisch hatte sie die Brauen über ihren verzweifelten Augen und ihrem sanften Lächeln gehoben.

«Du hast *meine* nicht beantwortet.»

«O doch, das habe ich.» Ihre Stimme klang kläglicher als je. «Ich sagte, ich möchte alles haben.»

Er nahm ihr den Drink aus den Händen und trank ihn halb aus, dann gab er ihr das Glas zurück und bewegte sich in den dunkelsten Teil des Balkons.

«Dann komm doch», flüsterte er, «komm und nimm es dir.»

Sie kam auf ihn zu, das Glas fest gegen ihre Brüste gepreßt. Im allerletzten Augenblick, als sie schon dicht vor ihm stand, flüsterte sie, voll Leidenschaft und Abwehr zugleich: «Was hast du vor – was willst du von mir?»

«Schatz», antwortete er, «ich tue es ja schon», und er riß sie an sich, so heftig er konnte. Er hatte erwartet, daß sie sich wehren würde, und sie tat es, sie hielt ihr Glas zwischen sich und ihm und versuchte ungestüm, ihren Körper seiner Berührung zu entwinden. Er schlug ihr das Glas aus der Hand, und es prallte dumpf auf den Boden des Balkons und rollte von ihnen weg. Verschwinde, dachte er belustigt; wenn du mir jetzt noch im Weg wärst, würdest du wahrscheinlich einfach übers Geländer fliegen. Er flüsterte: «Los doch, wehr dich doch! Ich mag es. Macht man das nicht so bei dir zu Hause da unten?»

«O Gott», murmelte sie und begann zu weinen. Zu gleicher Zeit erlosch ihr Sträuben. Ihre Hände kamen herauf und betasteten sein Gesicht, als sei sie blind. Dann legte sie die Arme um seinen Nacken und hängte sich, immer noch zitternd, an ihn. Seine Lippen, seine Zähne berührten ihre Ohren und ihren Hals. «Liebling», sagte er, «noch gibt es doch gar keinen Grund zum Weinen!»

Ja, er war betrunken; er beobachtete alles, was er tat und fühlte, und begann eine Behutsamkeit, eine Zärtlichkeit für Leona zu empfinden, die er nicht erwartet hatte. Er versuchte wiedergutzumachen, was er tat, was er ihr antat. Alles schien sehr lange Zeit zu brauchen. Er mußte bei ihren Brüsten verweilen, die sich wie cremegelbe Hügel aufreckten, bei den harten braunen, köstlichen Spitzen, mußte sie liebkosen, mußte daran spielen und nagen, während sie stöhnte und winselte und die Knie unter ihr nachgaben. Sanft und allmählich zog er sie auf den Boden nieder, zog sie über sich hin. Er hielt sie eng an Hüften und Schultern. Etwas in ihm dachte besorgt an den Gastgeber und die Gastgeberin und die anderen Leute im Zimmer, aber ein anderes in ihm konnte nicht mehr zurück, konnte nicht mehr aufhalten, was wie von Sinnen begonnen hatte. Ihre Finger öffneten sein Hemd bis zum Nabel, ihre Zunge brannte an seinem Hals, auf seiner Brust, und seine Hände streiften ihren Rock ab und streichelten die Innenflächen ihrer Schenkel. Dann, nach einer langen, wie betäubten Zeit, während er unter den immer schnelleren, heftigen Schauern ihres Leibes erzitterte, zwang er sie unter sich und drang in sie ein. Einen Augenblick lang glaubte er, sie werde schreien, so hart stockte ihr Atem, so starr, so versteift lag sie da. Dann aber kam ein Stöhnen, sie bewegte sich unter ihm. Und aus der Mitte des Sturms, der sich in ihnen erhoben hatte, ganz langsam, ganz behutsam, begannen sie die Heimfahrt.

Und sie trug ihn, wie die See wohl ein Boot trägt: mit einer langsamen, schaukelnden, steigenden und fallenden Bewegung, die kaum die heftige Tiefe ahnen ließ. Sie murmelten und schluchzten während dieser Reise, er fluchte verhalten und inbrünstig. Beide mühten sich, einen bergenden Hafen zu erreichen: aber keine Rast konnte sein, ehe nicht diese Bewegung immer schneller, unerträglich schnell wurde, angepeitscht von der Kraft, die sich in ihnen beiden erhob. Rufus öffnete einen Augenblick lang die Augen und blickte in ihr Gesicht, das von schmerzlicher Erregung verwandelt war und in der Dunkelheit glomm wie Alabaster.

Tränen hingen in ihren Augenwinkeln, und ihre Brauen waren naß. Ihr Atem kam unter Stöhnen und kleinen Schreien, unter Worten, die er nicht verstand, und ohne seiner selbst zu achten, begann er sich schneller zu bewegen und tiefer in sie zu stoßen. Er wünschte, sie sollte noch am längsten Tag ihres Lebens seiner gedenken. Und nichts hätte ihn nun noch anhalten können, nicht der Weiße Gott selbst und nicht zehn Pöbelhaufen, und wären sie auch wie die Heerscharen auf Schwingen niedergestoßen, ihn zu lynchen. Unter den Stößen seines Atems fluchte er auf die milchweiße Hure und ächzte und röhrte, und seine Waffe tobte zwischen ihren Schenkeln. Sie begann zu weinen. *Ich hab's dir gesagt,* stöhnte er, *ich hab's dir gesagt, ich würde dir noch einen Grund zum Weinen geben,* und dann auf einmal war ihm, als müsse er zerspringen, müsse ersticken, sterben. Ein Stöhnen und ein Fluch rasten durch ihn hin – mit allerletzter Kraft stieß er zu und fühlte, wie das Gift und aller Haß aus ihm herausschossen, genug für wohl ein Hundert schwarzerweißer Kinder.

Er lag auf dem Rücken, atmete schwer. Er hörte Musik aus dem Zimmer und einen Pfiff vom Fluß herauf. Er empfand Furcht, und seine Kehle war trocken und ausgedörrt. Die Luft ließ ihn frösteln, wo er naß war.

Sie rührte ihn an, und er sprang auf. Dann zwang er sich wieder zu ihr nieder und blickte in ihre Augen. Sie waren noch naß, tief und dunkel, ein schwaches, scheues Lächeln des Triumphs glitt über ihre Lippen. Er wünschte, er könnte ausruhen, aber er zog sie an sich. Er hoffte, sie möchte nichts sagen, aber sie sagte: «Es war so wunderschön», und küßte ihn. Und diese Worte, wenn sie auch keine Zärtlichkeit in ihm weckten und nicht den dumpfen, rätselhaften Schrecken von ihm nahmen, riefen das Begehren wieder in ihm wach.

Er setzte sich auf. «Du bist eine lustige kleine Prahlerin», sagte er. Seine Augen waren lauernd. «Ich hab keine Ahnung, was du deinem Mann erzählen willst, wenn du dann mit einem kleinen schwarzen Baby heimkommst.»

«Ich werde überhaupt nie mehr Kinder haben», sagte sie, «darum brauchst du dir keine Sorgen zu machen.» Sie sagte nichts weiter, und doch hatte sie noch so viel mehr zu sagen. «Auch davon hat er mich abgebracht», sagte sie schließlich.

Er wollte ihre Geschichte hören. Und er wollte nichts mehr hören, was sie anging.

«Wir soll'n reingehen und uns waschen», sagte er.

Sie legte ihren Kopf an seine Brust. «Ich hab Angst, jetzt reinzugehn.»

Er lachte und streichelte ihr Haar. Wieder begann er Zuneigung für sie zu empfinden.

«Du bist gut! Willst du denn die ganze Nacht hier draußen bleiben?»

«Was werden bloß deine Freunde denken!»

«Na ja, Leona, eines jedenfalls steht fest, die Polizei werden sie nicht alarmieren.» Er küßte sie. «Sie werden überhaupt nichts denken, Schatz.»

«Du gehst mit mir rein?»

«Aber klar komm ich mit dir.» Er hielt sie von sich ab. «Du mußt dir jetzt bloß noch ein bißchen dein Zeug glattstreichen –» er strich an ihrem Körper entlang – «und dir ein bißchen mit der Hand durchs Haar fahren, siehst du, so –» und er strich ihr das Haar aus der Stirn. Sie sah ihn unablässig an. «Magst du mich eigentlich?» hörte er sich fragen.

Sie schluckte. Er sah das Pochen ihrer Halsschlagader. Sie wirkte zerbrechlich, wie sie so dastand. «Ja», sagte sie. Sie blickte zu Boden. «Rufus», sagte sie, «ich mag dich wirklich. Bitte tu mir nicht weh.»

«Warum sollte ich dir weh tun wollen, Leona?» Er streichelte ihr mit einer Hand den Nacken, sah sie ernst an. «Wie kommst du darauf, ich könnte dir weh tun wollen?»

«Die Menschen sind so», sagte sie schließlich, «die Menschen tun einander weh.»

«Hat dir jemand weh getan, Leona?»

Sie lehnte ihr Gesicht in seine Handflächen und war still. «Mein Mann», sagte sie dann mit schwacher Stimme. «Ich hatte gedacht, er liebt mich, aber das war falsch . . . oh, ich wußte, er war ein roher Mensch, aber daß er so gemein war . . . Und er kann mich nicht geliebt haben, denn er hat mir meinen kleinen Jungen weggenommen, hat ihn irgendwohin geschafft, wo ich ihn nie wieder sehen kann.» Sie blickte zu Rufus auf, die Augen voll Tränen. «Er sagte, ich bin keine gute Mutter gewesen, ich tauge nichts, weil ich – weil ich zu viel trinke. Ich *hab* zu viel getrunken, ja; es war das einzige, was mir das Leben mit ihm erträglich machte. Aber für meinen Jungen wär ich gestorben, ich hätt ihm nie was passieren lassen.»

Er war still. Ihre Tränen fielen auf seine dunkle Haut. «Er ist noch immer da unten», sagte sie, «mein Mann, meine ich. Er und meine Mutter und mein Bruder, die halten zusammen wie die Kletten. Sie denken, ich hab nie was getaugt, Ach was, zum Teufel, wenn Leute einem in einer Tour erzählen, man taugt nicht –» sie bemühte sich zu lachen – «dann läuft's am Ende auch auf nichts Besseres hinaus.»

Er verscheuchte alle Fragen aus seinen Gedanken, die es ihn trieb, ihr zu stellen. Ihm wurde allmählich fröstelnd kalt auf dem Balkon; er hatte Hunger und hatte Verlangen nach einem Drink, und er wünschte nach Hause ins Bett zu kommen. «Nun», sagte er zuletzt, «ich werd dir nicht weh tun.» Er stand auf und ging an den Rand des Balkons. Seine Unterhose saß ihm wie ein Strick zwischen den Beinen, er zog sie hoch und spürte, daß sie innen klebrig war. Er bog die Beine weit auseinander und zupfte sein Glied hoch. Der Himmel hatte eine purpurn verblichene Farbe bekommen. Die Sterne waren verschwunden und die Lichter längs der

Jersey-Küste erloschen. Ein Kohlenschlepper zog langsam flußabwärts.

«Wie seh ich aus?» fragte sie ihn.

«Reizend», sagte er, und es war die Wahrheit. Sie sah aus wie ein müdes Kind. «Möchtest du mit zu mir kommen?»

«Wenn *du* es möchtest –»

«Ja, doch, das möchte ich.» Aber es wunderte ihn, warum er weiter so an ihr festhielt.

Als Vivaldo am Spätnachmittag vorbeikam, fand er Rufus noch im Bett; Leona machte gerade in der Küche Frühstück.

Es war Leona, die ihm öffnete. Und Rufus beobachtete voll Vergnügen den leichten Schock auf Vivaldos Gesicht, als er von Leona, die in Rufus' Bademantel gehüllt war, zu Rufus blickte, der im Bett saß, nackt bis auf die Decken.

Soll der weiße Lump mal zusehn, wie er das verdaut, dachte er. *Wir sind doch großzügig, was?*

«He, Kleiner», rief er, «komm doch rein! Du hast genau den richtigen Moment erwischt, gleich gibt's Frühstück.»

«Ich *habe* bereits gefrühstückt», sagte Vivaldo, «aber ich sehe, die Herrschaften sind noch nicht ganz gesellschaftsfähig. Ich komm später noch mal vorbei.»

«Quatsch, Mensch, laß doch die Faxen. Das da ist Leona. Leona, das ist ein Freund von mir, Vivaldo, wenn man's kurz macht. Sein vollständiger Name lautet Mister Daniel Vivaldo Moore. Ein vornehmer Herr aus Irland, hier noch etwas fremd.»

«Rufus steckt voller Vorurteile gegen alle Welt», sagte Leona und lächelte. «Kommen Sie doch herein.»

Vivaldo schloß linkisch die Tür hinter sich und ließ sich auf der Bettkante nieder. Immer wenn ihm unbehaglich zumute war – was oft vorkam –, schienen seine Arme und Beine monströse Formen anzunehmen, und er gebrauchte sie derartig widerwillig und verwirrt, als seien sie ihm erst wenige Augenblicke vorher angehängt worden.

«Ich hoffe, Sie werden doch irgend etwas essen können», sagte Leona. «Es ist reichlich da und wird gleich fertig sein, nur eine Sekunde noch.»

«Ich trinke gern eine Tasse Kaffee mit euch», sagte Vivaldo, «es sei denn, ihr habt zufällig etwas Bier.» Dann sah er zu Rufus hinüber. «Die Party hat sich also wohl einigermaßen gelohnt.»

Rufus grinste. «Gar nicht übel, gar nicht übel.»

Leona machte Bier auf, goß es in ein Wasserglas und brachte es Vivaldo. Er nahm es und blickte dabei mit seinem munteren Zigeunerlächeln zu ihr auf; etwas Bier schwappte ihm auf den Fuß.

«Du möchtest auch eins, Rufus?»

«Nein, Schatz, noch nicht. Ich will erst essen.»

Leona ging in die Küche zurück.

«Ist sie nicht ein Musterbeispiel südlicher Weiblichkeit?» fragte Rufus. «Die haben den Dreh raus da unten, die bringen ihrem Weibervolk bei, zu *dienen.*»

Aus der Küche klang Leonas Lachen. «Aber sonst bringen sie uns bestimmt nichts bei.»

«Schatz, solange du nur weißt, wie man einen Mann so glücklich macht wie du mich, brauchst du sonst gar nichts zu wissen.»

Rufus und Vivaldo sahen sich einen Moment lang an. Dann grinste Vivaldo. «Wie wär's übrigens, Rufus, wenn du deinen Arsch langsam aus dem Bett schafftest?»

Rufus schlug die Decken zurück und sprang aus dem Bett. Er hob die Arme hoch, gähnte und streckte sich.

«Du gibst ja heut nachmittag die reinste Vorstellung», sagte Vivaldo und warf ihm seine Unterhose zu.

Rufus zog sie an, dann eine alte graue Arbeitshose und ein verschossenes grünes Sporthemd. «Du hättest doch noch hinkommen sollen», sagte er, «zu der Party. War einiges los da, was man dir nicht ins Haus bringt.»

«Mag sein. Ich hatte wieder meinen Ärger letzte Nacht.»

«Mit Jane? Das übliche, was?»

«Na ja, sie soff sich einen an und wurde dann unappetitlich. Du weißt ja. Sie ist krank, sie kann nichts dafür.»

«Daß *sie* krank ist, weiß ich. Aber wo hapert's bei dir?»

«Tja, ich muß wohl großes Vergnügen dran haben, immer wieder mal eins übern Kopf zu kriegen.» Sie gingen zum Tisch. «Sind Sie das erste Mal im Village, Leona?»

«Nein, das nicht gerade, ich bin schon etwas herumgekommen. Aber richtig kennt man einen Ort erst, wenn man ein paar Menschen kennengelernt hat.»

«Uns kennen Sie ja jetzt», sagte Vivaldo, «und untereinander müssen wir alle und jeden kennen. Wir werden Sie herumführen.»

Etwas an Vivaldos Redeweise irritierte Rufus. Seine heitere Spannkraft verflog; ein mürrisches Argwöhnen erfüllte ihn. Verstohlen blickte er Vivaldo an, der von seinem Bier trank und Leona mit einem unergründlichen Lächeln zusah – unergründlich gerade deshalb, weil es so offen und gutmütig schien. Dann blickte er wieder auf Leona: ein hübsches Mädchen konnte man sie nun wirklich nicht nennen, wie sie so dasaß, das Haar einfach über dem Kopf hochgesteckt, das Gesicht ganz unberührt von irgendwelchem Make-up – und in seinem Bademantel ertrank sie ja förmlich. Vielleicht dachte Vivaldo geringschätzig von ihr, weil sie doch so unansehnlich war – was wiederum hieß, daß Vivaldo *ihn* verachtete. Oder vielleicht auch war er schon dabei, mit ihr zu flirten, weil sie so simpel schien und leicht zu haben: der Beweis dafür war ja wohl mit ihrer Anwesenheit in Rufus' Wohnung gegeben.

Dann sah Leona über den Tisch und lächelte ihm zu. Sein Herz und seine Eingeweide durchrann ein Zittern; Heftigkeit und Zärtlichkeit, die zwischen ihnen gewesen waren, kehrten in sein Bewußtsein zurück, und er dachte: zum Teufel mit Vivaldo; er besaß etwas, das Vivaldo niemals würde antasten können.

Er lehnte sich über den Tisch und küßte sie.

«Kann ich wohl noch etwas Bier bekommen?» fragte Vivaldo lächelnd.

«Du weißt ja, wo es steht», sagte Rufus.

Leona nahm sein Glas und ging in die Küche. Rufus streckte Vivaldo die Zunge heraus; der Freund beobachtete ihn mit leicht spöttischem Stirnrunzeln.

Leona kam zurück und setzte Vivaldo ein frisches Bier vor. «Euch Jungs laß ich jetzt alleine», sagte sie, «ich muß mich anziehn.» Sie raffte ihre Sachen zusammen und verschwand im Bad.

Einen Augenblick lang herrschte Schweigen am Tisch.

«Wird sie hier bei dir wohnen?» fragte Vivaldo.

«Ich weiß noch nicht. Es ist noch gar nichts entschieden. Aber ich glaube, sie möchte wohl –»

«Oh, das ist keine Frage. Aber ist es hier nicht ein bißchen eng für zwei?»

«Vielleicht finden wir was Geräumigeres. Jedenfalls – du verstehst – ich bin jetzt für eine ganze Weile erst mal nicht zu sprechen.»

Vivaldo schien darüber nachzudenken. «Ich hoffe nur», sagte er dann, «du weißt, was du tust, Kleiner. Es ist ja nicht meine Sache, aber –»

Rufus sah ihn an. «Magst du sie nicht?»

«Aber doch, bestimmt, ich mag sie. Sie ist ein liebes Mädchen.» Er nahm einen Schluck von seinem Bier. «Die Frage ist nur – wie sehr magst *du* sie?»

«Das hast du noch nicht raus, was?» Und Rufus grinste.

«Nun – offen gestanden, nein. Ich weiß es nicht. Ich meine, sicher magst du sie ganz gern. Aber – ach, ich weiß nicht.»

Wieder herrschte Schweigen. Vivaldo senkte den Blick.

«Na, darüber laß dir mal keine grauen Haare wachsen», sagte Rufus. «Ich bin nämlich ein erwachsener Junge.»

Vivaldo sah auf und sagte: «Die Welt, in der wir leben, Kleiner, ist auch ziemlich erwachsen. Ich hoffe, darüber hast du schon mal nachgedacht.»

«Habe ich.»

«Das Dumme ist bloß, daß ich zuviel väterliches Gefühl für dich habe, du Hurensohn.»

«Tja, das ist das Dumme bei all euch weißen Schuften.»

Sie begegneten der Großen Welt, als sie auf die Sonntagsstraßen hinausgingen. Kalt und ohne Mitgefühl starrte sie ihnen aus den Augen der Passanten entgegen, und Rufus empfand mit einemmal, daß er überhaupt noch nicht über diese Welt und ihre Macht, zu hassen und zu zerstören, nachgedacht hatte. Er hatte auch nicht über seine Zukunft mit Leona nachgedacht, einfach weil er noch gar nicht in Betracht gezogen hatte, daß sie eine haben könnten. Doch nun war sie bei ihm, und ganz deutlich war ihre Absicht, bei ihm zu bleiben, wenn er sie würde haben wollen. Aber der Preis war hoch: Ärger mit dem Hauswirt, mit den Nachbarn, mit sämtlichen Jünglingen des Village und allen, die zum Wochenende gelegentlich vorbeikamen. Und seine Familie würde schlicht einen Anfall bekommen. Bei Vater und Mutter brauchte ihm das nichts weiter auszumachen – ihre Reaktion war sein Leben lang gegen ihn gerichtet gewesen; Reflexhandlung. Aber er wußte, daß Ida augenblicklich Haß gegen Leona fassen würde. Sie hatte immer viel von ihm gehalten und erwartet, und sie war sehr rassebewußt. Sie würde sagen: ‹Wenn sie schwarz gewesen wäre, Rufus, hättest du doch das Mädchen nicht einmal angesehen! Aber du liest dir jede erstbeste Schickse auf, bloß weil sie weiß ist. Was ist los mit dir – schämst du dich etwa deiner Farbe?›

Und zum erstenmal in seinem Leben stimmte ihn diese Frage nachdenklich – vielmehr, sie stieß wie ein Pfeil in seine Gedanken und verschwand ebenso eilig wieder, als habe sie nur etwas erklären, rechtfertigen wollen. Er sah Leona von der Seite an. Sie war jetzt wirklich hübsch. Sie hatte ihr Haar geflochten und hochgesteckt, so daß sie ganz altmodisch aussah und viel jünger, als sie war.

Ein junges Paar kam ihnen entgegen; sie trugen die Sonntagszeitungen aus. Rufus spähte nach den Augen des Mannes, als dieser Leona ansah; dann blickten beide, der Mann und die Frau, hastig von Vivaldo zu Rufus, so als überlegten sie, wer von den beiden wohl ihr Liebhaber wäre. Und da sie in New York waren, dem Großen Dorf, der Hochburg von Freiheit und Gleichheit, erriet Rufus aus dem eilig verkniffenen, nahezu blöden Blick, den der Mann ihnen im Vorbeigehen zuwarf, daß er begriffen hatte: Rufus und Leona gehörten zusammen. Das Gesicht der Frau jedoch war einfach verschlossen, dicht, wie ein Tor.

Sie erreichten den Park. Schlampige alte Frauen aus den Slums und von der East Side saßen auf Bänken, gewöhnlich allein, manchmal mit spindeldürren, grauhaarigen Männern zusammen. Damen aus den großen Apartmenthäusern der Fifth Avenue, unbestimmbar und übertrieben elegant, führten im Park ihre Hunde aus; und farbige Kindermädchen, die der erwachsenen Welt ein steinernes Gesicht zuwandten, summten eifrig und ängstlich in den Kinderwagen hinein. Die italienischen Arbeiter und Kleingeschäftsleute schlenderten mit ihren Familien umher und saßen plaudernd unter den Bäumen; andere spielten Schach oder lasen *L'Espresso*. Die anderen Villager saßen lesend auf Bänken – Kierkegaard hieß der Name auf dem grellen Umschlag des Buchs, das ein kurzschopfiges Mädchen in Bluejeans hielt; sie redeten wohl auch wie toll über irgendwelche abstrakte Angelegenheiten, tratschten oder lachten; oder sie saßen einfach still, entweder mit einem Ausdruck ungeheuerlicher, unsichtbarer Anstrengung, die freilich kaum die Bänke und die Bäume zu erschüttern vermochte, oder aber mit einer welken Schlaffheit, die anzeigte, daß sie sich überhaupt nie wieder regen würden.

Rufus und Vivaldo – aber besonders Vivaldo – hatten viele dieser Leute gekannt oder waren sogar eng mit ihnen befreundet gewesen, aber das war, wie ihnen schien, so lange schon her, daß es in einem anderen Leben hätte gewesen sein können. Es war etwas Furchterweckendes um den Anblick alter Freunde und alter Geliebten, die es geheimnisvollerweise inzwischen zu nichts gebracht hatten. Es ließ das Vorhandensein irgendeines Krebsgeschwürs ahnen, das all die Zeit unsichtbar in ihnen am Wuchern gewesen war und das nun vielleicht schon in einem selber wucherte. Viele waren natürlich schon nicht mehr da, waren zurückgekehrt in den Hafen, aus dem sie einst geflohen. Aber viele andere waren noch immer sichtbar, waren verschnapste oder verkorkste Wracks geworden oder längst nervenzerrüttete Opfer der heiligen Psychiatrie; sie waren voll Rachsucht Ehegatten geworden und Väter und fett; sie träumten noch die gleichen Träume wie vor zehn Jahren, brachten die gleichen Argumente vor, die gleichen Beweise, und führten noch immer die gleichen Autoritäten an; und in schauerlicher Einbildung glaubten sie noch immer den gleichen Charme auszustrahlen, den sie einmal besessen hatten, bevor ihnen Zähne und Haare auszufallen begannen. Sie waren feindseliger, verbissener jetzt als früher – das war es, was laut und unentrinnbar jede ihrer Bewegungen umgab, das war der einzige Lebensfunke, die einzige Kraft, die in ihren Augen geblieben war.

Vivaldo wurde auf dem Parkweg von einem dicklichen, gutmütig dreinblickenden Mädchen angehalten, das nicht ganz nüchtern war. Rufus und Leona blieben stehen und warteten auf ihn.

«Dein Freund ist wirklich nett», sagte Leona. «Er ist so ganz natürlich. Mir ist fast, als kennten wir uns schon jahrelang.»

Jetzt, da Vivaldo nicht bei ihnen war, musterten die Passanten sie mit ganz anderen Augen. Villager, frei und unfrei zugleich, ließen ihre Blicke über sie gleiten, versteckt und unverschämt offen zugleich, als stünden sie auf einer Versteigerungstribüne oder in einem Zuchtgestüt. Die fahle Frühlingssonne schien Rufus plötzlich heiß auf Nacken und Stirn zu brennen. Leona vor ihm strahlte und schien alles und alle außer ihm vergessen zu haben. Und hätte auch nur der geringste Zweifel an ihrer Zusammengehörigkeit bestanden – der Ausdruck ihrer Augen allein hätte genügt, ihn zu zerstreuen. Aber wenn sie es mit solcher Ruhe nehmen konnte, dachte er dann, wenn sie nichts merkte – was war dann nur mit ihm los? Vielleicht bildete er sich alles nur ein, vielleicht scherten sich die Leute einen Dreck um sie. Dann sah er auf, und sein Blick begegnete dem eines italienischen Jünglings. Das Gesicht des Jungen war von der Sonne gesprenkelt, die durch die Bäume fiel. Und der Junge sah ihn an, mit Abscheu, mit Haß; sein Blick strich über Leona hin, als sei sie eine Hure; langsam senkte er die Augen und stelzte weiter – er hatte seinen Protest vermerkt, seine Hinterfront schien ein Knurren von sich zu geben, das war seine Antwort.

«Schwanzlutscher», murrte Rufus böse.

Aber da bereitete ihm Leona eine Überraschung. «Du meinst den Jungen da? Ach, der ist doch auch bloß ein bißchen einsam, da weiß er's nicht besser. Du könntest dich wahrscheinlich ganz leicht mit ihm anfreunden, wenn du's versuchtest.»

Er lachte.

«Ja, so geht es den meisten Menschen», beharrte Leona wehmütig, «sie sind einsam, sie haben niemanden, und davon werden sie dann böse und schlecht. Ich sag dir, Junge, ich weiß Bescheid.»

«Nenn mich nicht Junge», sagte er.

«Oh», antwortete sie und sah bestürzt aus, «ich hab mir gar nichts dabei gedacht, Schatz.» Sie nahm seinen Arm, und beide drehten sich um, wo Vivaldo bliebe. Das dickliche Mädchen hatte ihn beim Kragen, und er machte die unsinnigsten Anstrengungen, von ihr wegzukommen, und lachte.

«Dieser Vivaldo», meinte Rufus amüsiert, «der hat's viel schwerer mit den Frauen.»

«Aber es macht ihm Spaß», sagte Leona. «Und ihr offensichtlich auch.»

Denn jetzt hatte das Mädchen ihn losgelassen und schien nah daran, auf dem Weg vor Lachen zusammenzubrechen. Die Leute blickten mit nachsichtigem Lächeln von den Bänken, vom Rasen oder von ihren Büchern auf: typisch, diese beiden!

Und das nahm Rufus ihnen allen übel. Er fragte sich, ob er und Leona es wohl würden wagen dürfen, eine solche Szene in der Öffentlichkeit zu machen, falls es mit ihnen überhaupt einmal dahin kommen sollte. Niemand wagte Vivaldo mit Blicken zu belästigen, wie es jetzt ihm geschah, mochte der Freund nun bei sich haben, wen er wollte; und niemals würde man sein Mädchen so anstarren, wie man es mit Leona tat. Die niedrigste Hure in Manhattan noch würde in sicherem Schutz stehen, solange sie Vivaldo am Arm hatte. Und das lag einzig daran, daß Vivaldo ein Weißer war.

Die Erinnerung an eine regnerische Nacht im letzten Winter stieg in ihm auf; sie waren gerade aus Boston zurück, wo sie gespielt hatten, und er und Vivaldo waren mit Jane ausgegangen. Nie hatte er eigentlich verstanden, was Vivaldo an Jane fand; sie war zu alt für ihn, war streitsüchtig und schmutzig; ihr graues Haar war immer ungekämmt, ihre Pullover – sie schien davon Tausende zu besitzen – waren immer gleichmäßig schäbig und formlos, ihre Bluejeans ausgebeult und mit Farbe bekleckst. «Sie zieht sich an wie 'ne preisgekrönte Bullenaufgeilerin», hatte Rufus einmal zu Vivaldo bemerkt, und dann hatte er schallend gelacht über Vivaldos entsetzten Ausdruck. Sein Gesicht hatte sich dermaßen verzerrt und verrunzelt, als hätte ihm jemand darauf ein faules Ei entzweigeschlagen. Aber wirklich gehaßt hatte er Jane nie – bis zu jener regnerischen Nacht.

Es war eine scheußliche Nacht gewesen, es goß wie aus Kübeln, und der Regen erfüllte die Luft mit einem brausenden Prasseln und ließ Lichter, Straßen und Bauten verschwimmen, als seien ihre Linien flüssig wie er selbst. In heftigem Schwall strömte er gegen die Fenster der stinkenden Armeleute-Bar, zu der Jane sie gebracht hatte, einer Bar, wo sie niemanden kannten. Sie wimmelte von schmutzigen, abgetakelten Weibern, mit denen Jane offenbar manchmal tagsüber trank, und von bleichen, tückischen Männern, die auf den Docks arbeiteten und wütend waren, daß ein Neger unter ihnen saß. Er wollte ja auch gehen, nur wartete er darauf, daß der Regen ein bißchen nachließe. Er langweilte sich unsagbar bei Janes Geschnatter über ihre Bilder und empfand Beschämung darüber, daß Vivaldo sich so damit abfand. Wie hatte der Streit angefangen? Die Schuld hatte Jane gehabt, das war für ihn nie fraglich gewesen. Um schließlich nicht ganz einzuschlafen, hatte er begonnen, Jane ein bißchen zu hänseln; aber diese Foppereien enthüllten natürlich doch, wie er wirklich über sie dachte und fühlte, und sie war ja nicht schwer von Begriff. Vivaldo beobachtete sie mit einem schwachen, vorsichtigen Lächeln. Auch er war gelangweilt und fand Janes anmaßende Behauptungen unerträglich.

«Jedenfalls», sagte Jane, «bist du kein Künstler, und deshalb sehe ich gar nicht ein, wieso du überhaupt über meine Arbeit urteilen kannst –»

«Oh, hör bloß auf», sagte Vivaldo. «Merkst du denn gar nicht, wie albern das klingt? Du meinst, du malst bloß für diese viertelstarke Arschbande von Malern hier unten, was?»

«Ach, laß ihr doch das Vergnügen», sagte Rufus, dem die Sache Spaß zu machen begann. Er beugte sich vor und grinste Jane an, hämisch und schlüpfrig durchtrieben zugleich. «Das Kindchen ist zu tief für uns, Mann, wir kommen ihr doch nicht auf den Grund; lassen wir das Stochern lieber gleich bleiben.»

«Die Snobs seid ihr», sagte sie, «nicht ich. Ich gehe jede Wette ein, daß ich schon mehr Leute getroffen habe, ehrliche, hart arbeitende, unwissende, schlichte Menschen, eben hier in dieser Bar, als einer von euch je treffen wird. Und ich sage euch: das Gesocks, mit dem ihr herumsumpft, ist *tot*, Mensch – diese Leute hier sind wenigstens am *Leben.*»

Rufus lachte. «Dacht ich's doch – hier riecht's auch wirklich komisch. Scheiße, so ist das also. Ist das Leben, was?» Und er lachte wieder.

Aber er bemerkte auch, daß sie langsam Aufsehen erregten, und er blickte zu den Fenstern auf, hinter denen der Regen niederrauschte, und sagte zu sich selbst: Komm schon, Rufus, benimm dich. Und er lehnte sich in die Bretternische zurück, in der er Jane und Vivaldo gegenübersaß.

Er hatte sie getroffen, und sie schlug mit der einzigen Waffe zurück, die sie hatte, einem dumpfen, unförmigen Instrument, das einst vielleicht eine heftige Wirkung besessen hatte. «Es riecht hier wohl kaum schlechter als da, wo du herkommst, Schätzchen.»

Vivaldo und Rufus sahen sich an. Vivaldos Lippen wurden weiß. Er sagte: «Das nimmst du zurück, mein Kleines, oder ich schlag dir deine Zähne bis in den Schlund runter, und zwar alle beide.»

Das belustigte sie zutiefst. Ohne Übergang verwandelte sie sich in Bette Davis und kreischte mit schriller Stimme: «Willst du mir etwa drohen, du?»

Alle drehten sich nach ihnen um.

«Scheiße», sagte Rufus, «verschwinden wir hier.»

«Ja», sagte Vivaldo, «nichts wie raus hier.» Er blickte Jane an. «Los, mach schon, du schmieriges Flittchen.»

Und jetzt war sie plötzlich ganz zerknirscht. Sie beugte sich vor und packte Rufus' Hand. «Ich hab's nicht so gemeint, wie es klang.» Er versuchte die Hand wegzuziehen; sie hielt sie fest. Er gab nach, denn er wollte nicht den Anschein erwecken, als ringe er mit ihr. Nun war sie auf einmal ganz Joan Fontaine. «Bitte, bitte, du *mußt* mir glauben, Rufus!»

«Ich glaub's dir ja», sagte er und stand auf; ein vierschrötiger Ire versperrte ihm den Weg. Sie starrten einander einen Augenblick lang an; dann spuckte ihm der Mann ins Gesicht. Er hörte Jane kreischen, aber da war er schon weit weg. Er schlug zu – oder dachte jedenfalls, er habe zugeschlagen; eine Faust drosch in sein Gesicht, und irgend etwas traf ihn hart am Hinterkopf. Die Welt, die Luft – alles wurde rot und wurde schwarz und stieß dann wie eine brausende Masse von Fäusten und Gesichtern auf ihn nieder und in ihn hinein. Sein Kreuz krachte gegen etwas Hartes, Kantiges, Kaltes; das andere Ende der Bar, dachte er, und er wunderte sich, wie er dorthin gekommen war. Von weitem sah er, wie ein Barhocker über Vivaldos Kopf schwebte, hörte er, wie Jane gellend schrie und jammerte, als stünde ganz Irland auf dem Spiel. Er hatte gar nicht gewußt, daß so viele Männer in der Bar waren. Seine Faust traf ein Gesicht, er fühlte Knochen auf Knochen, und vor kränklichen grünen Augen, die blendend wie die Frontlampen eines Zugs im Augenblick des Zusammenstoßes vor ihm auftauchten, fiel der Schmerz wie ein Gatter nieder. Irgendwer hatte ihn in den Unterleib getroffen, ein anderer am Kopf. Er wurde herumgewirbelt; er konnte nicht mehr zuschlagen, er konnte sich nur noch verteidigen. Unter dauerndem Rucken und Zucken hielt er den Kopf tief eingezogen, er schob und zog und zerrte und duckte sich, um seine Geschlechtsteile zu schützen. Er hörte das Splittern von Glas. Für den Bruchteil einer Sekunde sah er Vivaldo am äußersten Ende der Bar von drei oder vier Männern umringt, und Blut strömte ihm aus der Nase und von der Stirn; und er sah, wie Jane vom Schlag eines

Handrückens quer durch den halben Raum schlitterte. Ihr Gesicht war weiß und von Entsetzen verzerrt. *Gut*, dachte er – da fühlte er, wie er durch die Luft flog, über die Bar weg. Wieder krachte Glas, und Holz zersplitterte. Ein Fuß stemmte sich gegen seine Schulter, ein anderer trat auf seinen einen Knöchel. Er preßte seine Hinterbacken gegen den Boden und zog sein freies Bein so weit ein, wie er konnte; und mit einem Arm versuchte er die Faust zurückzuhalten, die wieder und wieder in sein Gesicht niederkrachte. Weit hinter dieser Faust funkelten gierig die grünen Augen des Iren. Dann sah er nichts mehr, hörte nichts mehr, fühlte nichts. Später hörte er das Geräusch rennender Füße. Er lag hinter der Bar auf dem Rücken. Niemand war mehr in seiner Nöhe. Er zog sich empor und arbeitete sich halb kriechend heraus. Der Wirt stand an der Tür und scheuchte seine Gäste hinaus; an der Bar saß eine alte Frau und schlürfte seelenruhig einen Gin; Vivaldo lag auf dem Gesicht mitten in einer Blutlache. Jane stand hilflos über ihn gebeugt. Und das Rauschen des Regens kam zurück.

«Ich glaube, er ist tot», zeterte Jane.

Er sah sie an, das Herz voll überquellendem Haß. «Ich wünschte bei Gott», sagte er, «du wärst es, du Schlitzfotze.» Sie fing an zu weinen.

Er beugte sich nieder und half Vivaldo hoch. Halb sich aneinander haltend, halb einander stützend, schafften sie den Weg zur Tür. Jane kam hinter ihnen. «Laßt mich doch helfen!»

Vivaldo blieb stehen und versuchte, sich zu strecken. Sie lehnten in der Tür, halb drinnen noch, halb schon draußen. Der Wirt wandte kein Auge von ihnen. Vivaldo sah ihn an, dann sah er auf Jane. Dann stolperten beide, Rufus und er, hinaus in den trüben Regen.

«Laßt mich doch *helfen*!» flennte Jane von neuem. Aber zugleich fand sie Zeit dazu, im Eingang stehenzubleiben und dem Wirt, dessen Gesicht keinerlei Ausdruck zeigte, bissig zuzuzischen: «Diese Sache wird noch ein Nachspiel haben, nehmen Sie Gift drauf, Sie! Ich werd dafür sorgen, daß dieser Laden geschlossen wird und Sie fliegen, und wenn's das letzte wäre, was ich noch tun kann.» Dann lief sie in den Regen hinaus und versuchte neben Rufus Vivaldo zu stützen.

Vivaldo zuckte vor ihrer Berührung zurück, er strauchelte und wäre fast gestürzt. «Faß mich nicht an, du! Bleib mir vom Leib! Für eine Nacht war deine Hilfe schon mehr als genug.»

«Aber wir müssen dich doch irgendwo hinbringen!» jammerte Jane.

«Mach dir bloß deswegen keine Kopfschmerzen. Laß doch das Theater. Verreck, verdünnisier dich, geh und leck mich am Arsch. Wir kommen schon allein ins Krankenhaus.»

Rufus sah Vivaldo ins Gesicht, und er erschrak. Beide Augen schlossen sich schon, und das Blut rann aus einer Schädelwunde. Und er weinte.

«Was für eine Art, zu meinem Kumpel zu reden, Mann!» sagte er, und er sagte es immer wieder: «Ach, was für eine Art, zu *meinem*

Kumpel zu reden!»

«Wir wollen zu ihr gehen», flüsterte Rufus. «Das ist näher.»

Vivaldo schien ihn nicht zu hören.

«Komm doch, Kleiner, nimm dich zusammen; wir gehn rüber zu Jane, das ist jetzt egal.»

Er hatte Angst, daß Vivaldo schlimm verletzt sein könnte, und er wußte genau, was sie im Krankenhaus erwartete, wenn sie, zwei Weiße und ein Schwarzer, in diesem Zustand zusammen aufkreuzten. Denn die Ärzte und Schwestern waren in erster Linie aufrechte, streng moralische weiße Bürger. Nicht um sich hatte er eigentlich Angst, sondern um Vivaldo, der seine Landsleute so bitter wenig kannte.

So kamen sie denn, schleppend und schlitternd, endlich in Janes Bude an; sie hatte ihnen, hilflos und hysterisch um sie herumflatternd wie eine übergeschnappte Jeanne d'Arc, den Weg gezeigt. Rufus trug Vivaldo ins Bad und setzte ihn dort nieder. Er blickte in den Spiegel. Sein Gesicht sah aus wie Marmeladenmatsch, aber die Verletzungen würden wohl abheilen, und nur ein Auge war geschlossen; doch als er Vivaldo zu waschen anfing, entdeckte er eine klaffende Wunde an seinem Schädel, und seine Angst wuchs.

«Mann», flüsterte er, «du mußt ins Krankenhaus!»

«Das habe ich ja gesagt. Also gut. Gehn wir.»

Und er versuchte hochzukommen.

«Nein, warte noch. Wenn ich mit dir hingehe, legen die Kerls erst mal los und fangen ein irrsinniges Quiz an, vonwegen wer wo wann mit wem warum. Denn ich bin schwarz, und du bist weiß. Kapiert? Ich sag dir's, wie's nun mal ist.»

«Ich will diesen ganzen Scheißdreck nicht hören, Rufus!»

«Schön, aber so ist die Lage nun einmal, ob du's hören willst oder nicht. Jane muß dich allein zum Krankenhaus bringen. ich kann nicht mitkommen.» Vivaldos Augen waren geschlossen, und sein Gesicht war weiß. «Vivaldo?»

Jetzt öffneten die Augen sich. «Bist du böse auf mich, Rufus?»

«Aber nicht doch, wie sollte ich denn!» Aber er wußte, was Vivaldo bedrückte. Er beugte sich nieder zu ihm und flüsterte: «Mach dir keine Gedanken, Kleiner, ist doch alles unwichtig. Ich weiß, du bist mein Freund.»

«Ich hab dich gern, du Döskopp – wirklich.»

«Ich dich auch. Aber jetzt hopphopp ins Krankenhaus, du; ich will schließlich nicht, daß du hier im Badezimmer dieser aufgeblasenen weißen Schickse abkratzt. Ich werd hier auf dich warten. Mit mir steht's nicht so schlimm.» Und er lief munter hinaus und sagte zu Jane: «Bring du ihn ins Krankenhaus; ihn hat's böser erwischt als mich. Ich warte hier.»

Sie hatte dann soviel Instinkt, nichts mehr zu sagen. Vivaldo blieb zehn Tage im Krankenhaus, und fünf Kopfwunden mußten ihm genäht werden. Rufus ging am anderen Morgen in die Stadt, um einen Arzt aufzusuchen, und blieb eine Woche lang im Bett. Er und Vivaldo sprachen nie über diese Nacht, und obwohl er wußte, daß Vivaldo schließlich doch wieder angefangen hatte, sich mit Jane zu treffen, sprachen sie auch nie über sie. Aber von der Zeit an hatte Rufus unbeirrbar an Vivaldo gehangen, hatte blindes Vertrauen zu ihm – sogar jetzt noch – wo er erbittert mit ansah, wie der Freund mit dem dicklichen Mädchen am Parkweg herumalberte. Er wußte nicht, warum es so war; ja er wußte kaum, daß es so war. Vivaldo war so ganz anders als alle, die er kannte; wo all die andern ihn mit Freundlichkeit und Aufrichtigkeit nur überraschen konnten, hatte einzig Vivaldo die Kraft, ihn durch Treulosigkeit zu überraschen. Selbst seine Affäre mit Jane war ein Zeichen seiner Zuneigung; denn wäre er wirklich fähig gewesen, seinen Freund um einer Frau willen zu verraten, wie die meisten Weißen es zu sein schienen, besonders noch, wenn dieser Freund schwarz war, dann hätte er wohl leicht ein angenehmeres, sanfteres Mädchen finden können, eines mit den Manieren einer Dame und der Seele einer Hure. Aber Jane schien genau das zu sein, was sie war, eine große, gräßliche Schlampe, und eben dadurch band sie, ohne es freilich zu wissen, Vivaldo und Rufus nur um so enger aneinander.

Endlich war Vivaldo jetzt losgekommen und rannte den Parkweg entlang auf die beiden zu; er grinste immer noch, und jetzt winkte er jemandem hinter ihnen zu.

«Seht doch», schrie er, «da ist Cass!»

Rufus wandte sich um, und da war sie wirklich, saß allein auf dem Rand des runden Wasserbassins, ein zartes und lieblich schönes Wesen. Für ihn war sie ein völliges Geheimnis. Er hatte sie nie ganz einordnen können in die weiße Welt, der sie doch anzugehören schien. Sie kam aus New England, war aus reinem altem amerikanischem Stamm – so drückte sie sich aus; sie erinnerte sich mit Vorliebe daran, daß eine ihrer Ahnen als Hexe verbrannt worden war. Sie hatte Richard geheiratet, der Pole war, und sie hatten zwei Kinder. Richard war vor Jahren Vivaldos Englisch-Lehrer auf der High School gewesen; schon als kleinen Dreikäsehoch hatten sie ihn gekannt – so sagten sie –, und er hätte sich inzwischen kaum sonderlich verändert; sie waren seine ältesten Freunde.

Leona zwischen sich überquerten Rufus und Vivaldo die Straße.

Cass blickte ihnen mit dem ihr eigentümlichen Lächeln entgegen, das kühl und warm zugleich war. Warm war es, weil es herzlich war; kühl war es, weil es Rufus immer wie der Ausdruck leichter Belustigung erschien. «Oh, ihr beiden, ich bin gar nicht sicher, ob ich mit euch sprechen werde. Ihr habt uns schamlos vernachlässigt. Richard hat euch schon von der Liste seiner Bekannten gestrichen.» Sie blickte Leona an und lächelte. «Ich bin Cass Silenski.»

«Und das ist Leona», sagte Rufus und legte eine Hand auf Leonas Schulter.

Cass sah belustigter aus als je – und zugleich wieder herzlicher. «Ich freue mich sehr, Sie kennenzulernen.»

«Ich bin es, die sich freut», sagte Leona.

Sie ließen sich auf dem steinernen Rand des Springbrunnens nieder, in dessen Mitte ein kleines Wasser spielte, gerade genug dafür, daß kleine Kinder darin herumwaten konnten.

«Nun, wo bleibt eure Rechtfertigung?» fragte Cass. «Warum seid ihr uns nie besuchen gekommen?»

«Oh», sagte Vivaldo, «ich hab viel zu tun gehabt. Ich hab an meinem Roman gearbeitet.»

«An deinem Roman, soso.» Cass wandte sich zu Leona. «Er arbeitet daran, seit wir ihn überhaupt kennen. Damals war er siebzehn, und jetzt ist er beinahe dreißig.»

«Das ist nicht nett von dir», sagte Vivaldo, der belustigt und zugleich beschämt und verdrossen aussah.

«Schön, Richard hat ja auch immer an einem gearbeitet. Damals war er fünfundzwanzig, und jetzt ist er fast vierzig. Nur –» Sie blickte Vivaldo einen Augenblick nachdenklich an. «Nur hat er unterdessen eine funkelnagelneue Inspiration bekommen und daran wie ein Verrückter gearbeitet. Ich denke, das ist einer der Gründe, weshalb er besonders gehofft hat, ihr würdet vorbeikommen – er wollte wohl gern mit euch darüber diskutieren.»

«Worin besteht denn diese neue Inspiration?» fragte Vivaldo. «Also offen gestanden – ich finde das sehr ungerecht von der Muse.»

«Ah!» Sie zuckte munter die Achseln und sog einmal tief an ihrer Zigarette. «Ich bin nicht hinzugezogen worden und habe keinen blassen Schimmer. Du kennst ja Richard. Er steht morgens irgendwann noch vor Tagesanbruch auf, begibt sich stracks in sein Arbeitszimmer und bleibt da, bis es Zeit wird, aus dem Haus zu gehen; dann kommt er heim, geht wieder stracks in sein Arbeitszimmer und bleibt da, bis es Zeit wird, schlafen zu gehen. Ich krieg ihn kaum noch zu sehen. Die Kinder haben keinen Vater mehr, und ich hab keinen Mann.» Sie lachte. «Am nächsten Morgen hat er's mit Mühe und Not fertiggebracht, irgendwas zu grunzen, daß es ihm gut von der Hand ginge.»

«Es klingt aber auch wirklich, als ging's ihm gut von der Hand.» Vivaldo warf Cass einen neidischen Blick zu. «Und du sagst, es ist wirklich etwas Neues? – Nicht die alte Geschichte, an der er vorher gearbeitet hat?»

«Ich glaube nicht. Aber Genaues weiß ich überhaupt nicht darüber.» Sie sog wieder an ihrer Zigarette, trat sie dann mit dem Absatz aus und fingerte sofort in ihrer Handtasche nach einer neuen.

«Schön, also da werd ich unbedingt vorbeikommen müssen und die ganze Sache selbst überprüfen», sagte Vivaldo. «Unter diesen Umständen seh ich schon kommen, daß er früher berühmt ist als ich.»

«Oh, das hab ich immer gewußt», sagte Cass und zündete sich eine neue Zigarette an.

Rufus beobachtete die aufgeputzten jungen Dämchen, die auf den Parkwegen dahinstelzten und trippelten, und die vielen Rudel Halbstarker, die überall herumstrolchten, und er wünschte, er könnte weg von diesem Ort und von der Gefahr, die er darstellte. Leona legte ihre Hand auf die seine. Er griff einen ihrer Finger und hielt ihn fest.

Cass wandte sich Rufus zu. «Nun, *du* hast nicht an einem Roman gearbeitet – warum hast *du* nicht mal hereingeschaut?»

«Ich hatte auch Arbeit, draußen. Und *du* hattest versprochen, du wolltest kommen und zuhören, Entsinnst du dich?»

«Wir waren schrecklich pleite, Rufus –»

«Wenn ich in einem Lokal arbeite, braucht ihr euch doch keine Gedanken um eure Pleite zu machen, das hab ich euch vorher gesagt.»

«Er ist ein großer Musiker», sagte Loena. «Ich hab ihn letzte Nacht zum erstenmal gehört.»

Rufus sah verärgert aus. «Das gestern war mein letzter Job. Ich hab jetzt eine ganze Weile nichts zu tun – außer der Beschäftigung, mich um meine alte Dame zu kümmern.» Und er lachte.

Cass und Leona wechselten einen kurzen Blick und lächelten.

«Wie lange sind Sie eigentlich schon hier, Leona?» fragte Cass.

«Oh, grad etwas über einen Monat.»

«Gefällt es Ihnen?»

«Oh, ich kann gar nicht sagen, wie! Es ist ein Unterschied wie Tag und Nacht.»

Cass streifte Rufus mit einem Blick. «Das ist wunderbar», sagte sie mit Betonung. «Es freut mich für Sie.»

«Ja, das fühle ich», sagte Leona. «Sie sind bestimmt eine sehr nette Frau.»

«Danke», sagte Cass und wurde rot.

«Sag mal, wie willst du denn eigentlich für deine alte Dame sorgen», fragte Vivaldo, «wenn du keine Arbeit hast?»

«Oh, ich hab ein paar Schallplatten-Termine in Aussicht; mach du dir bloß um Old Rufus keine Sorgen.»

Vivaldo seufzte. «Ich mach mir Sorgen um *mich.* Ich sitze im falschen Boot – oder vielmehr, ich sitze nicht. Nicht *drin,* meine ich. Kein Mensch will meine Geschichte hören.»

Rufus sah ihn an. «Laß mich bloß nicht anfangen, dir was über *meinen* Beruf zu erzählen; da könntest du was erleben.»

«Jedes Ding hat seinen Haken», sagte Vivaldo.

Rufus blickte in den sonnendurchfluteten Park hinaus.

«Kein Mensch hat je fürs Begräbnis von Managern oder Agenten 'ne Sammlung veranstalten müssen», sagte er. «Aber Musiker kehren sie täglich man bloß so auf den Straßen zusammen.»

«Das brauchst du doch nicht tragisch zu nehmen», sagte Leona sanft. «Dich werden sie nie auf der Straße zusammenkehren.»

Sie legte ihm die Hand auf den Kopf und streichelte ihn. Aber er langte hin und nahm ihre Hand weg.

Schweigen war entstanden. Da erhob sich Cass. «Mir ist's schrecklich, aufzubrechen, aber ich muß nach Hause. Einer meiner Nachbarn hat die Kinder mit zum Zoo genommen, aber sie kommen vermutlich so um diese Zeit zurück. Da will ich Richard lieber zu Hilfe eilen.»

«Wie geht's denn deinen Kindern, Cass?» fragte Rufus.

«Oh, übernimm dich nur nicht! Eigentlich geschäh's dir recht, wenn sie dich total vergessen hätten, du! – Sie sind fein in Schuß. Sie haben viel mehr Tatkraft mitbekommen als ihre Eltern.»

Vivaldo sagte: «Ich werde Cass heimbringen. Was wollt ihr später machen, wenn man fragen darf?»

Rufus empfand eine dumpfe Furcht und einen dumpfen Groll, fast als sei Vivaldo im Begriff, ihn im Stich zu lassen. «Oh, ich weiß noch nicht. Ich denke, wir gehn auch erst mal heim –»

«Ich muß nachher noch in die Stadt, Rufus», sagte Leona. «Ich hab noch gar keine Arbeit für morgen.»

Cass hielt Leona die Hand hin. «Es war nett, Sie kennenzulernen. Bringen Sie doch Rufus so weit, daß er Sie eines Tages mal bei uns hereinreicht.»

«Oh, danke – und es war sehr nett, Sie kennenzulernen. Ich hab in letzter Zeit lauter nette Leute kennengelernt.»

«Bei nächster Gelegenheit», sagte Cass, «gehn wir mal zusammen los und nehmen irgendwo einen Drink – und zwar allein für uns, *ohne* all diese Männer.»

Sie lachten zusammen. «Das täte ich wirklich gern.»

«Ich denke, ich hol dich dann im *Benno's* ab», sagte Rufus zu Vivaldo. «So um halb elf?»

«Genau passend. Vielleicht machen wir noch 'nen kleinen Zug durch die Gemeinde und nehmen irgendwo etwas Jazz zu uns?»

«Einverstanden.»

«Also bis dann, Leona. Freu mich, Sie kennengelernt zu haben.»

«Gleichfalls. Wir sehn uns bestimmt recht bald wieder.»

«Grüß mir Richard und die Kinder», sagte Rufus, «und richte ihnen aus, ich käm mal vorbei.»

«Mach ich. Aber mach du auch das Vorbeikommen wahr, wir hätten dich wirklich sehr, sehr gerne mal wieder bei uns.»

Cass und Vivaldo gingen langsam in Richtung des Brückenbogens davon. Die hellgeröteten Strahlen der untergehenden Sonne entflammten ihre Silhouetten in der Luft und umgaben den dunklen Kopf und den goldenen mit einer Krone. Rufus und Leona standen und sahen ihnen nach; als die beiden unter dem Bogen angekommen waren, drehten sie sich um und winkten.

«Wir verschwinden hier wohl besser», sagte Rufus.

«Ich glaub auch.» Sie traten den Rückweg durch den Park an. «Du hast wirklich nette Freunde, Rufus. Ein Glückspilz bist du. Sie mögen dich wirklich gern. Sie wissen, du *bist* wer.»

«Glaubst du?»

«Ich *weiß*, daß sie so denken. Ich hab's an der Art gesehen, wie sie mit dir sprechen, wie sie dich behandeln.»

«Ja dann – dann *sind* sie wirklich nett», sagte er.

Sie lachte. «Du bist ein komischer Junge –» sie verbesserte sich – «eine komische *Person*! Du tust ja fast, als wüßtest du gar nicht, wer du bist.»

«Ich weiß, wer ich bin, verlaß dich drauf», sagte er, und er bemerkte die Augen, die ihnen nachblickten, das nahezu lautlose Murmeln, das von den Bänken herkam oder von den Bäumen. Er preßte ihre dünne Hand mit dem Ellbogen an seine Seite. «Ich bin dein Boy, Leona. Du weißt, was das bedeutet?»

«Was bedeutet es?»

«Es bedeutet, daß du gut zu mir sein mußt.»

«Nun, Rufus, das will ich ganz gewiß versuchen.»

Nun ging er, tiefer gebeugt von der Erinnerung an alles, was seit jenem Tag geschehen war, hilflos, ratlos, trostlos zurück zur 42. Straße und blieb vor der Bar und Grillstube an der Ecke stehen. Ganz nah, nur durch die Spiegelglasscheibe von ihm getrennt, stand der Sandwich-Verkäufer hinter seiner Theke; die Fleischstücke lagen wohlgeordnet vor ihm auf dem Warmhaltetisch; in Höhe seiner Brust standen Brot und Semmeln, Aufstrich, Senf, Salz, Pfeffer. Er war ein klobiger Mann, ganz in Weiß gekleidet, mit einem leeren, geröteten, brutalen Gesicht. Von Zeit zu Zeit schnitt er fachgerecht ein Sandwich herunter – für eine der abgewrackten Existenzen, die drinnen hockten. Die Alten schienen sich damit abgefunden zu haben, daß sie hier waren, daß sie keine Zähne mehr hatten, keine Haare mehr, daß sie kein Leben mehr hatten. Und die da lachten, die Jungen, mit toten Augen in den vergilbten Gesichtern . . . sie hatten schwächliche, entkräftete Körper, die nur zu offen ihre Erniedrigung aussprachen. Sie waren die Beute, der niemand mehr nachjagte, wenngleich sie noch kaum erkannt hatten, wie es jetzt mit ihnen stand, und es nicht über sich brachten, die Stätte zu verlassen, an der sie dereinst ein Raub der Verdorbenheit geworden waren. Und auch die Jäger, die Räuber waren da, weit beharrlicher, selbstbewußter als ihre einstigen Opfer. In jeder Stadt der Welt kann man einen Jungen kaufen, wenn es Winter ist und Nacht, und der Preis ist ein Bier und die Aussicht auf ein warmes Lager.

Rufus erschauerte; er starrte durch das Fenster, die Hände in den Taschen, und überlegte, was er tun sollte. Der Gedanke kam ihm, nach

Harlem zu gehen, aber er ängstigte sich vor der Polizei, die ihm auf dem Weg durch die Stadt begegnen würde, und er wußte nicht, wie er seinen Eltern oder seiner Schwester unter die Augen treten sollte. Als er Ida das letzte Mal gesehen, hatte er ihr erzählt, er würde mit Leona nach Mexiko gehen, wo – so hatte er gesagt – die Leute ihn in Ruhe lassen würden. Aber seitdem hatte er gar nichts mehr von sich hören lassen.

Jetzt kam ein Mann aus der Bar; er sah roh und unangenehm aus, war weiß, gut angezogen und hatte graumeliertes Haar. Er blieb in Rufus' Nähe stehen und sah gelegentlich die Straße hinauf und hinunter. Rufus bewegte sich nicht, obwohl er es gern getan hätte; seine Gedanken begannen zu rasen, qualvoll, und der leere Magen drehte sich ihm um. Auf seiner Stirn brach erneut der Schweiß aus. Irgend etwas in ihm wußte, was geschehen würde; irgend etwas starb in ihm in der eisigen Sekunde, die verging, ehe der Mann zu ihm herüberkam und sagte:

«Ziemlich kalt hier draußen. Haben Sie Lust, auf einen Drink mit mir reinzugehen?»

«Ich hätte lieber ein Sandwich», murmelte Rufus und dachte: *Jetzt hast du endgültig den tiefsten Punkt erreicht.*

«Schön, ein Sandwich können Sie auch noch haben. Ist ja nicht gesetzlich verboten, was?»

Rufus blickte die Straße hinauf und blickte die Straße hinab, dann sah er in das eiskalte, eisig-weiße Gesicht des Mannes. Er erinnerte sich daran, daß er die Masche doch längst kannte; er war ja nicht von gestern, und dies war auch nicht das erste Mal, daß er auf seinen Wanderungen in den traurigen Tauschhandel gewilligt hatte; und doch fühlte er, daß er niemals fähig sein würde, die Berührung dieses Mannes zu ertragen. Sie betraten die Bar und Grillstube.

«Was für ein Sandwich hätten Sie denn gern?»

«Corned beef», flüsterte Rufus, «auf Graubrot.»

Sie sahen zu, wie das Fleisch abgehackt, aufs Brot gehauen, und der Teller auf die Theke geschoben wurde. Der Mann zahlte, und Rufus nahm das Sandwich mit zur Bar hinüber. Er fühlte förmlich, wie alle hier wußten, was vor sich ging, wußten, daß er seinen Arsch für eine Mahlzeit verhökerte. Aber es schien niemanden zu kümmern. Niemand sah zu ihnen herüber. Der Lärm an der Bar ging weiter; weiter plärrte das Radio. Der Wirt setzte Rufus ein Bier vor und dem Mann einen Whisky; an der Registrierkasse erschien mit einem Klingeln die Rechnungssumme. Rufus versuchte, seine Gedanken abzulenken von dem, was ihm geschah. Gierig wie ein Wolf schlang er das Sandwich herunter. Aber das schwere, klitschige Brot und das lauwarme Fleisch fingen an, ihm Übelkeit und Ekel zu verursachen; einen Augenblick schwankte alles um ihn her; hastig stürzte er das Bier herunter, um das Sandwich unten zu halten.

«Sie hatten wohl ziemlichen Kohldampf, was?»

Rufus, dachte er, du schaffst die Rolle nicht. Um nichts in der Welt kannst du sie schaffen. Hör auf, geh nicht weiter mit dem Mann. Verschwinde hier.

«Möchten Sie noch ein Sandwich?»

Das erste Sandwich drohte ihm immer noch hochzukommen. An der Bar stank es nach schalem Bier, nach Urin und abgestandenem Fleisch, nach ungewaschenen Körpern.

Plötzlich fühlte er, daß er gleich weinen würde.

«Nein, danke», sagte er, «ich bin jetzt ganz in Ordnung.»

Der Mann betrachtete ihn einen Augenblick lang.

«Dann nehmen Sie noch ein Bier.»

«Nein, danke.» Aber er beugte zitternd den Kopf über die Bar.

«He, Sie!»

Lichter wirbelten brausend um seinen Kopf; die ganze Bar taumelte, wich zur Seite weg und rutschte wieder an ihre Stelle; Gesichter schwammen wirr um ihn herum; die Musik des Radios hämmerte in seinen Schädel. Das Gesicht des Mannes war ganz nah vor dem seinen: harte Augen, eine grausame Nase und welke, brutale Lippen. Er roch die Ausdünstung des Mannes, roch sein Parfum. Er wich ihm aus.

«Ich bin ganz in Ordnung.»

«Aber eben war's eine Minute lang fast zappenduster bei Ihnen.»

Der Wirt beobachtete sie.

«Sie sollten lieber was trinken. He, Mac, mach dem Jungen 'nen Drink.»

«Sind Sie sicher, daß er in Ordnung ist?»

«Aber ja doch. Ich kenne ihn. Geben Sie ihm 'nen Drink.»

Der Wirt füllte ein Whisky-Glas und stellte es vor Rufus hin. Und Rufus starrte in den schimmernden Becher und betete dabei: ‹Herr, laß es nicht geschehen. Laß nicht zu, daß ich mit dem Mann nach Hause gehe.

So wenig ist mir noch geblieben, Herr, laß mich nicht alles verlieren.›

«Trinken Sie nur. Das wird Ihnen guttun. Dann können Sie mit rüber zu mir kommen und in meiner Wohnung etwas schlafen.»

Er trank den Whisky, der zuerst seine Übelkeit noch vergrößerte; dann wurde ihm warm davon. Er richtete sich auf.

«Sie wohnen hier in der Nähe?» fragte er den Mann. Wenn du mich anfaßt, dachte er – während die Tränen immer noch jeden Augenblick seine Augen zu überfluten drohten –, schlag ich dir deine sämtlichen scheißdreckigen Innereien aus dem Wanst raus. Ich will keine fremden Hände mehr an mir herumfummeln haben, nie mehr, nie mehr, nie mehr.

«Nicht sehr weit weg. 46. Straße.»

Sie verließen die Bar und traten wieder auf die Straße hinaus.

«Eine einsame Stadt ist das», sagte der Mann, während sie so dahingingen. «Ich bin selbst einsam. Bist du's nicht auch?»

Rufus antwortete nicht.

«Vielleicht können wir uns für eine Nacht gegenseitig ein bißchen trösten.»

Rufus spähte nach den Lichtern des Verkehrs, sah die schwarzen, fast verlassenen Straßen, die schwarzen, schweigenden Bauten, die tiefen Schatten der Torwege.

«Verstehst du, was ich meine?»

«Ich bin nicht der Typ, den Sie suchen, Mister», sagte er zuletzt, und plötzlich erinnerte er sich, daß er genau diese Worte Eric gegenüber gebraucht hatte – vor langer Zeit.

«Wieso eigentlich nicht?» Und der Mann versuchte zu lachen. «Sollte ich das nicht am ehesten beurteilen können?»

Rufus sagte: «Ich habe Ihnen nichts zu geben. Ich habe niemandem mehr etwas zu geben. Ersparen Sie mir den Rest. Bitte.»

Sie hielten auf der schweigenden Avenue und sahen einander an. Die Augen des Mannes wurden hart und verengten sich.

«Hast du nicht gewußt, worauf die Sache hinauslief – da drüben eben?»

«Ich hatte Hunger», sagte Rufus.

«Was bist du denn eigentlich – bloß so 'n Nippelzupfer, he?»

«Ich hatte Hunger», wiederholte Rufus, «ich hatte Hunger.»

«Hast du keine Familie – keine Freunde?»

Rufus sah zu Boden. Er antwortete nicht gleich. Dann sagte er mühsam: «Ich will nicht sterben, Mister. Ich will auch Sie nicht umbringen. Lassen Sie mich gehen – zu meinen Freunden.»

«Weißt du denn, wo du sie findest?»

«Ich weiß, wo ich – einen von ihnen finde.»

Sie schwiegen beide. Rufus starrte auf den Bürgersteig, und ganz langsam füllten Tränen seine Augen und rannen langsam an seiner Nase herab.

Der Mann faßte ihn am Arm. «Los, Junge – komm doch mit zu mir.»

Aber da war der einzige Moment, die einzige Möglichkeit schon vorüber; beide fühlten sie es. Der Mann ließ seinen Arm sinken.

«Du siehst gut aus, Junge», sagte er.

Rufus wandte sich weg. «Also dann, Mister. Und besten Dank.»

Der Mann sagte nichts. Rufus sah ihm nach, wie er davonging.

Dann drehte er sich um und ging in Richtung Stadt. Zum erstenmal seit Jahren dachte er wieder an Eric und fragte sich, ob der sich in dieser Nacht wohl auch auf fremden Straßen herumtrieb. Zum erstenmal wurde ihm blitzartig das ganze Ausmaß, das ganze Wesen von Erics Einsamkeit sichtbar – und dazu die Gefahr, in die ihn das brachte; und er wünschte, er hätte netter zu ihm sein können. Eric war immer sehr nett zu Rufus gewesen. Er hatte ein Paar Manschettenknöpfe für Rufus gemacht, für Rufus zum Geburtstag, und er hatte dazu das Geld genommen, das für den Kauf seiner Eheringe bestimmt war. Und dieses Geschenk, dieses Bekenntnis lieferte ihn in Rufus' Hände. Rufus hatte ihn verachtet, weil er aus Alabama stammte; vielleicht hatte er sich nur darum von Eric gebrauchen lassen, um ihn am Ende noch tiefer verachten zu können. Eric war dies zuletzt auch nicht verborgen geblieben, und er war vor Rufus geflohen, weit weg bis nach Paris. Aber seine ungestümen blauen Augen, sein schimmerndes rotes Haar, seine zögernde, schleppende Sprechweise – alles kehrte Rufus jetzt schmerzhaft ins Gedächtnis zurück.

Los, mach schon, und erzähl mir. Du darfst keine Angst haben.

Und als Eric zögerte, fügte Rufus hinzu – mit einem versteckten lauernden Grinsen: «Du benimmst dich ja wie ein kleines Mädchen – oder so was Ähnliches.»

Und selbst jetzt noch lag etwas Berauschendes und fast Süßes in der Erinnerung an die Leichtigkeit, mit der er Eric geführt und ihm sein Bekenntnis entlockt hatte. Als Eric geendet hatte, sagte er langsam: «Ich bin nicht der Typ, den du suchst. Von *der* Fakultät bin ich nicht.»

Eric hatte ihre Hände zusammengelegt, und er starrte auf sie nieder, die rote und die braune.

«Ich weiß», sagte er.

Er ging in die Mitte des Zimmers.

«Aber ich kann nicht anders – ich wünschte, du wärst es. Ich wünschte, du würdest es versuchen.»

Und dann hörte Rufus es mit entsetzlicher Anstrengung aus seinem Atem, seiner Stimme hervorbrechen: «Ich würde alles tun. Ich würde alles versuchen. Um dir zu gefallen!»

Dann mit einem Lächeln: «Ich bin fast so jung wie du. Ich weiß nicht – viel – darüber –»

Rufus hatte ihn lächelnd beobachtet. Er fühlte eine Welle von Herzlichkeit und Zuneigung für Eric. Und er fühlte seine eigene Macht.

Er ging zu Eric hinüber und legte ihm die Hände auf die Schultern. Er wußte nicht, was er im nächsten Augenblick sagen oder tun würde. Aber wie seine Hände so auf Erics Schultern lagen, verschmolzen Zuneigung, Machtgefühl und Verwunderung in ihm zu einem einzigen Empfinden, dessen verborgene, ungeahnte Heftigkeit ihn leicht erschreckte; die Hände, die bestimmt waren, Eric auf Armeslänge von ihm abzuhalten, schienen den Freund heranzuziehen; die Strömung, die in ihm zu fluten begonnen hatte – er wußte nicht, wie er sie wieder eindämmen sollte.

Schließlich sagte er lächelnd und mit leiser Stimme: «Ich will alles einmal versuchen, alter Bursche.»

Die Manschettenknöpfe befanden sich jetzt in Harlem, in Idas Kommodenschublade. Und als Eric gegangen war, vergaß Rufus ihre Kämpfe und all die unsäglichen physischen Widerwärtigkeiten; er vergaß auch, wie er Eric hatte bezahlen lassen für alle Lust, die er empfing oder gab.

Er erinnerte sich einzig daran, daß Eric ihn geliebt hatte, ganz wie er sich erinnerte, daß Leona ihn geliebt hatte. Er hatte Erics Männlichkeit verachtet und erniedrigt, indem er ihn wie eine Frau gebrauchte, indem er ihm ins Gesicht sagte, wie tief noch unter einer Frau er doch stünde, indem er ihn nicht anders behandelte denn als scheußlichen sexuellen Krüppel. Aber Leona war kein Krüppel gewesen. Und ihr gegenüber hatte er doch die gleichen Worte und Namen gebraucht, wie Eric sie von ihm hatte hören müssen, und er hatte es mit dem gleichen Brausen in seinem Kopf getan und mit dem gleichen unerträglichen Druck in der Brust.

Vivaldo wohnte allein im ersten Stock eines Apartmenthauses an der Bank Street. Er war zu Hause, Rufus sah das Fenster erleuchtet. Er verlangsamte seinen Gang ein wenig, aber die Kälte der Luft ließ kein Zaudern zu; er hastete durch die offene Haustür und dachte: ‹Ach was, warum soll ich es nicht lieber gleich hinter mich bringen.› Und ohne Verzug klopfte er an Vivaldos Tür.

Drinnen war das Klappern einer Schreibmaschine zu hören gewesen; jetzt hörte es auf. Rufus klopfte noch einmal.

«Wer ist da?» rief Vivaldo, und es klang aufs äußerste verärgert.

«Ich bin's. Ich. Rufus.»

Das jähe Licht, das durch die aufgerissene Tür fiel, war ein großer Schock – wie das Gesicht, das darin erschien.

«Mein Gott!» sagte Vivaldo.

Er faßte Rufus um den Nacken, zog ihn ins Zimmer und hielt ihn fest. Beide lehnten sie einen Moment lang an der Tür.

«Mein Gott!» sagte Vivaldo noch einmal. «Wo hast du bloß gesteckt? So was darfst du nicht machen, Rufus, weißt du das nicht? Du hast uns allen eine tödliche Angst eingejagt, Kleiner. Überall haben wir nach dir gesucht.»

Es war ein großer Schock, und Rufus wurde ganz elend davon, als habe er einen Schlag gegen den Magen bekommen. Er klammerte sich an Vivaldo, als hinge er in den Stricken und würde ausgezählt. Dann entzog er sich ihm.

Vivaldo betrachtete ihn, betrachtete ihn mit hartem Blick, von oben bis unten. Und sein Gesicht spiegelte wider, wie Rufus aussah. Er zog sich von der Tür zurück, zurück von Vivaldos forschenden Augen.

«Ida war hier; sie ist schon halb wahnsinnig. Ist dir vielleicht bewußt, daß du jetzt fast einen Monat lang verschwunden warst?»

«Ja, ich weiß», sagte Rufus und setzte sich schwerfällig in Vivaldos Lehnstuhl, der unter seinem Gewicht fast bis auf den Boden durchsackte. Er blickte im Zimmer umher, das ihm einst so vertraut gewesen, jetzt aber ganz fremd geworden war.

Er lehnte sich zurück, die Hände über den Augen.

«Zieh doch die Jacke aus», sagte Vivaldo. «Ich will sehen, ob ich irgendwas zu essen für dich auftreiben kann – hast du Hunger?»

«Nein, jetzt nicht mehr. Erzähl mir, wie geht es Ida?»

«Nun, sie ist sehr bekümmert und in Sorge, das kannst du dir wohl denken, aber sonst fehlt ihr nichts. Soll ich dir einen Drink machen, Rufus?»

«Wann war sie hier?»

«Gestern. Und heute abend rief sie an. Und sie ist bei der Polizei gewesen. Alle waren in Sorge, Cass, Richard, alle –»

Er setzte sich auf. «Die Polizei sucht nach mir?»

«Ja, Himmel noch mal, was glaubst du denn, Kleiner; man läßt doch Leute nicht einfach so verschwinden.» Er ging in seine enge, unordentliche Küche hinüber und öffnete den Eisschrank, der ein Viertel Milch und eine halbe Grapefruit enthielt. Hilflos starrte er darauf nieder. «Ich werd dich wohl irgendwo hinschicken müssen, in meiner Bude hier ist nichts Eßbares mehr aufzustöbern.» Er schlug die Eisschranktür zu. «Aber du kannst einen Drink kriegen, ich hab einen Rest Bourbon.»

Vivaldo machte zwei Drinks zurecht, gab Rufus einen und setzte sich dann auf den anderen Stuhl, der eine steile Rückenlehne hatte.

«Nehmen wir erst mal den. Was hast du die ganze Zeit getrieben, egal, wo du gewesen bist?»

«Ich bin nur immer so durch die Straßen gelaufen.»

«Mein Gott, Rufus, bei diesem Wetter? Wo hast du geschlafen?»

«Oh. In Bahnunterführungen, Hauseingängen. Manchmal im Kino.»

«Und wie hast du dir was zu essen beschafft?»

Rufus nahm einen Schluck von seinem Drink. Vielleicht war es ein Fehler gewesen, daß er hergekommen war. «Oh», sagte er und hörte verwundert, wie die Wahrheit herauskam, «ich hab eben manchmal meinen Arsch verscheuert.»

Vivaldo sah ihn an. «Ich nehme an, da hast du ziemlich scharfe Konkurrenz gehabt.» Er zündete sich eine Zigarette an und warf die Packung und Streichhölzer Rufus zu. «Du hättest mit irgendwem Verbindung aufnehmen sollen, Mensch, du hättest jemanden wissen lassen sollen, was los war.»

«Ich – ich konnte nicht. Ich konnte einfach nicht.»

«Man hält uns allgemein für Freunde, dich und mich.»

Rufus stand auf, eine unangezündete Zigarette in der Hand, und ging in dem kleinen Zimmer umher; hier und da berührte er einen Gegenstand. «Ich weiß nicht. Ich weiß nicht, was ich gedacht habe.» Er zündete die Zigarette an. «Ich weiß, was ich Leona angetan habe. Ich bin ja nicht blöde.»

«Das weiß ich auch – was du Leona angetan hast. Und ich bin auch nicht blöde.»

«Ich glaube, ich hab einfach gedacht –»

«Was?»

«– daß es sowieso keinen kümmert.»

In der Stille, die jetzt zwischen ihnen im Zimmer hing, stand Vivaldo auf und ging zu seinem Plattenspieler. «Du hast gedacht, es würde Ida nicht kümmern? Du hast gedacht, es würde mich nicht kümmern?»

Es war Rufus, als müßte er langsam ersticken. «Ich weiß nicht. Ich weiß nicht, was ich gedacht habe.»

Vivaldo sagte nichts. Sein Gesicht war bleich und erregt, und er beschäftigte sich verbissen damit, seine Schallplatten durchzusehen. Schließlich legte er eine auf; James Pete Johnson und Bessie Smith brachten *Backwater Blues*.

«Na schön», sagte Vivaldo hilflos und setzte sich wieder.

Außer seinem Plattenspieler gab es in Vivaldos Wohnung nicht viel. Eine selbstgebastelte Lampe, ein paar von Backsteinen gestützte Bücherbretter, ein durchgelegenes Bett, den gepolsterten Lehnstuhl und den anderen Stuhl mit der harten, steilen Rückenlehne. Dann stand vor dem Arbeitstisch noch ein hochbeiniger Schemel, auf dem Vivaldo jetzt schwankend hockte; sein grobes, krauses Haar hing ihm vornüber und bedeckte die schwermütigen Augen, und seine Mundwinkel zogen sich herab. Auf dem Tisch lagen Papier und Stifte, standen die Schreibmaschine und das Telefon. In einer schmalen Nische war die Küche untergebracht, in der das Deckenlicht brannte. Im Ausguß häufte sich schmutziges Geschirr, gekrönt von einer leeren Blechbüchse mit schartigem Rand. Ein Papiersack mit Abfällen lehnte an einem der wackligen Beine des Küchentischs.

There's thousands of people, sang Bessie jetzt, *ain't got no place to go*, und zum erstenmal begann Rufus in der immer streng untertriebenen Monotonie dieses Blues etwas zu hören, das zu seinem verwirrten Gemüt sprach. Das Klavier stand der Sängerin stoisch und ironisch wie ein Zeuge zur Seite. Jetzt, wo Rufus selber nirgendwo mehr hingehen konnte – *'cause my house fell down and I can't live there no mo'*, sang Bessie –, hörte er erst richtig die Melodie und die Stimmung der Sängerin, und er fragte sich, wie andere wohl über die Leere und über das Grauen hatten wegkommen können, das ihn jetzt wie eine Mauer umgab.

Vivaldo beobachtete ihn. Dann räusperte er sich und sagte: «Vielleicht wäre es eine ganz gute Idee, wenn du mal einen kleinen Tapetenwechsel vornähmst, Rufus. Hier ist für dich doch alles nur mit Erinnerung belastet – da ist es manchmal einfach das beste, man macht reinen Tisch und verschwindet. Vielleicht solltest du an die Pazifik-Küste gehen.»

«Aber da ist doch nichts los.»

«Eine ganze Menge Musiker sind da hingegangen.»

«Ach, die sind da auch bloß auf Kosten ihres Arsches, Mensch. Das ist doch überall dasselbe, ob New York oder da.»

«Nein, sie arbeiten. Du würdest dich bald vielleicht ganz anders fühlen, bei all dem Sonnenschein und den Apfelsinen und so.» Er lächelte.

«Mach einen neuen Menschen aus dir, Junge.»

«Du meinst», sagte Rufus böswillig, «es wird allmählich Zeit, daß ich mir Mühe gebe, ein neuer Mensch zu werden, was?»

Ein Schweigen entstand. Dann sagte Vivaldo: «Das meine ich gar nicht so sehr. Du selbst hast diesen Gedanken.»

Rufus betrachtete den schlanken, mageren, unbeholfenen weißen Jungen, der sein bester Freund war, und fast würgte es ihn, so wütend übermannte ihn der Wunsch, ihn zu verletzen.

«Rufus», sagte Vivaldo plötzlich, «glaub mir, ich weiß, ich weiß – dich quälen viele Dinge, die ich einfach nicht verstehen kann.» Er spielte mit den Tasten seiner Schreibmaschine. «Mich – quälen auch viele Dinge, die *ich* nicht verstehen kann.»

Rufus saß auf der Kante des Lehnstuhls und sah Vivaldo ernst und unverwandt an.

«Gibst du mir die Schuld an dem, was Leona geschehen ist?»

«Ach, Rufus, was würde es noch nützen, wenn ich's wirklich täte?! Du machst dir ja schon selber Vorwürfe genug, da liegt ja dein ganzer Jammer – weshalb sollte ich's nun auch noch tun?»

Rufus sah freilich nur zu genau, daß Vivaldo gehofft hatte, dieser Frage entgehen zu können.

«Tust du's oder tust du's nicht? Antworte, sag die Wahrheit!»

«Rufus, wenn ich nicht dein Freund wäre, würde ich dir, glaub ich, die Schuld geben, sicher. Du hast dich wie ein Schuft benommen. Aber ich verstehe das, ich glaube, ich kann's verstehn, ich versuche es. Aber egal, da du nun einmal mein Freund *bist* und mir schließlich – sehn wir's doch, wie's ist – viel mehr bedeutest als je Leona, wüßte ich nicht, warum ich auf dich herabsehen sollte, bloß weil du dich wie ein Schuft benommen hast. Wir sind alle Lumpen. Deswegen haben wir unsere Freunde so nötig.»

«Ich wünschte, ich könnte dir erzählen, wie alles war, wie alles gekommen ist», sagte Rufus nach langem Schweigen. «Ich wünschte, ich könnte es ungeschehen machen.»

«Nun, das kannst du nicht. Also gib dir einen Ruck und versuch's zu vergessen.»

Rufus dachte: ‹Aber es ist doch nicht möglich, jemanden zu vergessen, an dem man so gehangen hat, der so an einem selbst gehangen hat. Man kann nichts vergessen, was so furchtbar weh getan hat, was so tief gegangen ist und die Welt für immer verwandelt hat. Es geht nicht, man kann niemanden vergessen, den man zerstört hat.›

Er nahm einen großen Schluck von seinem Bourbon, behielt ihn im Mund, dann ließ er ihn langsam die Kehle herabrinnen. Niemals würde es ihm gelingen, Leonas blasse, erschrockene Augen zu vergessen, ihr liebes Lächeln, ihre schwermütige Sprechweise, ihren schmächtigen, unersättlichen Körper.

Er würgte leicht, setzte sein Glas wieder hin und zerdrückte seine Zigarette in dem übervollen Aschenbecher.

«Ich wette, du wirst es nicht für möglich halten», sagte er, «aber ich habe Leona geliebt. Das habe ich.»

«Oh», sagte Vivaldo, «für möglich halten! Ich glaube es dir doch, natürlich glaube ich's dir. Anders wäre doch all der Jammer gar nicht gekommen.»

Er stand auf und drehte die Platte um. Dann war Schweigen zwischen ihnen; nur die Stimme von Bessie Smith erklang.

When my bed gets empty,
make me feel awful mean and blue . . .

«Oh, sag es, Bessie, sing es», murmelte Vivaldo.

My spring is getting rusty,
sleeping single like I do . . .

Rufus nahm sein Glas und leerte es.

«Hast du jemals das Gefühl gehabt», fragte er, «daß eine Frau dich richtiggehend aufbrauchte, dich *auffraß*? Ich meine – ganz egal, was und wie sie sonst war oder was sie sonst tat –, daß sie letzten Endes genau das und nichts anderes tat?»

«Ja», sagte Vivaldo.

Rufus stand. Er ging auf und ab.

«Sie kann nichts dafür. Und man selber kann auch nichts dafür. Und so sitzt man denn da.» Er hielt inne. «Natürlich gab es – bei Leona und mir – noch eine ganze Menge anderes –»

Wieder entstand ein langes Schweigen. Sie hörten Bessie zu.

«Hast du je den Wunsch gehabt, du wärst nicht ganz richtig im Kopf?» fragte Rufus plötzlich.

Vivaldo lächelte und blickte in sein Glas. «Daß ich vielleicht 'n Knall hätte – an die Vorstellung hatt ich mich 'ne Zeitlang ziemlich gewöhnt. Zum Teufel, ich glaub schon, ich hab mir's direkt gewünscht, ja doch.» Er lachte. «Aber es ist nichts damit. Nichts zu machen.»

Rufus ging zum Fenster. «Diesen Weg kennst du also auch in- und auswendig», sagte er.

«Wir haben alle den gleichen Weg gehabt. So furchtbar viele verschiedene Wege gibt es nämlich gar nicht. Nur haben wir lernen müssen, über so viele Dinge zu lügen, uns zu belügen, daß wir kaum je noch richtig wissen, wo wir eigentlich sind.»

Rufus sagte nichts. Er ging auf und ab.

Vivaldo sagte: «Vielleicht solltest du ein paar Tage hier bleiben, Rufus, bis dir klargeworden ist, was du tun willst.»

«Ich will dir nicht zur Last fallen, Vivaldo.»

Vivaldo nahm Rufus' leeres Glas und ging damit zur Küche; in der Türöffnung blieb er stehen. «Du kannst hier dann morgens liegen und die Decke ansehen. Sie ist voll von Löchern, das ergibt alle möglichen Bilder. Vielleicht erzählt sie dir Sachen, die sie mir noch nicht erzählt hat. Ich mach uns einen neuen Drink.»

Wieder war es Rufus, als müßte er ersticken. «Danke, Vivaldo.»

Vivaldo zog das Eis heraus und goß zwei Drinks ein. Er kam ins Zimmer zurück. «Hier. Auf alles, was wir nicht wissen.»

Sie tranken.

«Du hast mir viel Sorge gemacht», sagte Vivaldo. «Ich bin froh, daß du wieder da bist.»

«Ich bin froh, bei dir zu sein», sagte Rufus.

«Deine Schwester hat mir eine Telefonnummer dagelassen, für den Fall, daß du hier auftauchen solltest. Sie gehört der Dame, die gleich neben dir wohnt. Ich meine, wir sollten sie vielleicht jetzt mal anrufen.»

«Nein», sagte Rufus nach kurzem Nachdenken, «es ist schon zu spät. Ich geh morgen früh gleich hin.» Und dieser Gedanke, der Gedanke, am Morgen seine Eltern und seine Schwester zu besuchen, hemmte und entmutigte ihn. Er setzte sich wieder in den Lehnstuhl und lehnte sich zurück, die Hände über den Augen.

«Rufus», hatte Leona gesagt – einmal und wieder und immer wieder –, «es ist doch nichts Schlimmes daran, ein Farbiger zu sein.»

Manchmal, wenn sie das sagte, sah er sie einfach nur an, kalt, zurückhaltend, wie aus großer Entfernung, ganz als frage er sich, was sie damit eigentlich sagen wolle. Sein Blick schien sie anzuklagen, der Ahnungslosigkeit, der Gleichgültigkeit, und wenn sie dann in seinem Gesicht forschte, blickten ihre Augen verzweifelter denn je – und waren zugleich erfüllt von einem unermeßlichen geschlechtlichen Geheimnis, das sie quälte und marterte.

Er hatte es so lange aufgeschoben, zu seiner Arbeit zurückzukehren, bis in ihm die Angst davor begann, überhaupt wieder an die Arbeit zu gehen.

Manchmal, wenn sie wieder sagte, es sei doch nichts Schlimmes daran, ein Farbiger zu sein, antwortete er: «Sicher – bei manchen weißen Damen ist eben nicht nur das Gewissen reichlich weit.»

Als er das zum erstenmal sagte, zuckte sie nur zusammen und sagte nichts. Beim zweitenmal schlug sie ihn. Und er schlug sie. Sie stritten die ganze Zeit. Sie kämpften gegeneinander mit den Händen und mit den Stimmen und den Leibern, und der eine Ansturm war wie der andere. Oftmals – und nun saß Rufus ganz still, preßte Finsternis gegen seine Augen, lauschte der Musik – oftmals hatte er ganz plötzlich, ohne eigentlich zu wissen, was er tun wollte, die entsetzte, wimmernde Leona aufs Bett geworfen, auf den Fußboden, hatte sie gegen einen Tisch oder eine Wand gepreßt; sie schlug auf ihn ein, ohnmächtig, stöhnend, unsagbar verächtlich; er grub die Finger in ihr langes, bleiches Haar, er krallte sich darin fest, er gebrauchte sie auf jede Weise, die ihm das Gefühl gab, sie aufs tiefste zu erniedrigen. Es war nicht Liebe, was er während dieser Liebesakte empfand: ausgehöhlt und leer, zitternd und schaudernd, völlig unbefriedigt, floh er von der vergewaltigten Frau in die Bars. In diesen Bars gab es keinen Beifall für seinen Triumph und kein Verdammungsurteil für seine Schuld. Er begann zu randalieren, er fing mit weißen Männern Streit an. Er wurde aus Bars herausgeworfen. Die Augen seiner Freunde sagten ihm, daß er immer tiefer sank. Sein eigenes Herz sagte es ihm. Aber die Luft, durch die er dahinraste, war sein Gefängnis, und nicht einmal mehr so viel Atem konnte er aufbringen, wie er für einen Hilfeschrei gebraucht hätte.

Jetzt freilich war er auf dem tiefsten Punkt angelangt. Wer auf dem Grund liegt, dachte er, kann nicht mehr tiefer sinken. Er versuchte, sich mit diesem Gedanken zu trösten. Doch in seinem Herzen hämmerte der Verdacht, daß es den Grund gar nicht wirklich gab.

«Ich will nicht sterben», hörte er sich sagen, und er begann zu weinen.

Die Musik lief weiter, fern von ihm, und schrecklich laut. Die Lichter waren grell und heiß. Er schwitzte, seine Haut juckte krätzig, er stank. Vivaldo war ganz nahe bei ihm, streichelte seinen Kopf; der Stoff von Vivaldos Wolljacke erstickte ihn. Er wollte aufhören zu weinen, wollte aufstehen, atmen, aber er konnte nicht, er konnte nur dasitzen, das Gesicht in den Händen. Vivaldo murmelte: «Komm schon, Kleiner, laß es raus, laß alles, alles raus.» Er wollte aufstehen, atmen, und zur gleichen Zeit hatte er nur noch den Wunsch, flach auf dem Boden zu liegen und von irgend etwas verschlungen zu werden, das seine Qual beenden würde.

Doch dann wurde ihm bewußt, vielleicht zum erstenmal in seinem Leben, daß nichts das Ende bringen würde – Nichts: das war er selbst. Zoll für Zoll wurde Rufus seiner selbst gewahr. Er war Fleisch; er bestand aus Fleisch, aus Knochen, aus Muskeln, Flüssigkeit, Öffnungen, Haar und Haut. Sein Leib wurde von Gesetzen beherrscht, die er nicht begriff. Und er begriff auch nicht, welche Macht in diesem Leib ihn an eine so trostlose Stätte getrieben hatte. Das undurchdringlichste aller Geheimnisse regte sich kürzer als eine Sekunde in dieser Finsternis und deutete auf eine Lösung. Und weiter, immer weiter ging die Musik; auch das Gefängnis würde sie ertragen, sang Bessie, doch die Zeit, *die Zeit ist lang, so lang . . .*

«Es tut mir leid», sagte er und hob den Kopf.

Vivaldo gab ihm ein Taschentuch, und er trocknete sich die Tränen und schneuzte sich die Nase.

«Es braucht dir nicht leid zu tun», sagte Vivaldo. «Sei froh.» Er stand noch einen Augenblick über Rufus gebeugt, dann sagte er: «Ich werd dich jetzt irgendwo hinbringen und dir eine Pizza kaufen. Du bist hungrig, mein Kleiner, das ist der ganze Grund.» Er ging in die Küche und begann, sich das Gesicht zu waschen. Rufus lächelte, als er ihn so sah, über den Ausguß gebeugt, unter dem häßlichen Licht.

Die Küche erinnerte ihn an St. James Slip. Dort hatten Leona und er ihr Leben gemeinsam zu Ende gebracht, am äußersten Rand der Insel. Als Rufus zu arbeiten aufgehört hatte, und als alles Geld aufgebraucht war, als es nichts mehr zu verpfänden gab, waren sie ganz auf das Geld angewiesen, das Leona aus dem Restaurant heimbrachte. Dann verlor sie diese Stelle. Ihr häusliches Leben, in dem das Trinken widerlich überhandnahm, erschwerte es ihr, immer pünktlich zu erscheinen, und mehr und mehr litten auch ihr Aussehen und ihr Ruf. Eines Abends war Rufus halbbetrunken zum Restaurant gekommen, um sie abzuholen. Am nächten Tag wurde sie hinausgeworfen. Seitdem konnte sie keine feste Stellung mehr halten.

Eines Abends kam Vivaldo sie in ihrer letzten Wohnung besuchen. Bei Tag und Nacht, immer und überall hörten sie die Dampfpfeifen der Schleppkähne. Vivaldo fand Leona im Bad; sie hockte auf dem Boden, das Haar wirr über den Augen, das Gesicht vom Weinen verschwollen und schmutzig. Rufus hatte sie geschlagen. Er saß stumm auf dem Bett.

«Warum?» schrie Vivaldo.

«Ich weiß es nicht», schluchzte Leona, «ich habe ihm keinen Grund dazu gegeben. Immer schlägt er mich – und für nichts, für nichts!» Sie rang nach Atem, öffnete den Mund wie ein Kind, und in diesem Augenblick haßte Vivaldo Rufus von ganzem Herzen, und Rufus wußte es. «Er sagt, ich schlafe hinter seinem Rücken mit andern Farbigen, und es ist nicht wahr, Gott weiß, es ist nicht wahr!»

«Rufus weiß selbst genau, daß es nicht wahr ist», sagte Vivaldo. Er blickte zu Rufus hinüber, der wortlos dasaß. Dann wandte er sich wieder zu Leona. «Kopf hoch, Leona. Steh auf, komm. Wasch dir das Gesicht.»

Er ging ins Bad und half ihr auf die Füße und drehte das Wasser an. «Komm schon, Leona. Reiß dich zusammen, sei ein gutes Mädchen.»

Sie versuchte, ihr Schluchzen zu unterdrücken, und sprengte sich Wasser ins Gesicht. Vivaldo klopfte ihr auf die Schulter, und wieder stellte er ganz erstaunt fest, wie zart und zerbrechlich sie war. Er ging ins Schlafzimmer.

Rufus sah zu ihm auf. «Das ist mein Haus», sagte er, «und das da ist mein Mädchen. Dich geht das alles einen Dreck an. Schieb deinen Arsch hier raus.»

«Das kann dich dein Leben kosten», sagte Vivaldo. «Sie braucht bloß zu schreien, nichts weiter. Und ich brauche nichts zu tun, als runter an die Ecke zu gehn und einen Polypen zu holen.»

«Du willst mir Angst machen, was? Na, dann geh doch, los, hol dir einen!»

«Du mußt total übergeschnappt sein. Ein Blick auf diese Situation – und sie würden dir kaum noch Zeit lassen, dein Testament zu machen.» Er ging zur Tür des Badezimmers. «Komm, Leona. Nimm deinen Mantel. Ich bring dich hier raus.»

«*Ich* bin nicht überschnappt», sagte Rufus, «aber *du* bist es. Was bildest du dir eigentlich ein, wo du Leona hinbringen willst?»

«Ich kann nirgends hin», murmelte Leona.

«Nun», sagte Vivaldo, «du kannst erst einmal in meiner Wohnung bleiben, bis du etwas gefunden hast. Hier lasse ich dich nicht.»

Rufus warf den Kopf zurück und lachte. Vivaldo und Leona drehten sich um und sahen ihn an. «Also das ist ja phantastisch», brüllte Rufus gegen die Decke, «das Herzchen kommt zu *mir* ins Haus und will mit *meinem* Mädchen ausgehen, und da bildet er sich tatsächlich ein, ich armseliger Nigger bleib einfach in aller Ruhe hier sitzen und laß ihn machen! Ein verteufelter Kerl, was?»

Immer noch lachend ließ er sich auf die Seite fallen.

Vivaldo brüllte: «Um Gottes willen, Rufus! *Rufus!*»

Rufus hörte zu lachen auf und richtete sich empor. «Was? Glaubst du, ich laß mich von dir zum Narren halten? Ich weiß, du hast nur *ein* Bett in deiner Wohnung!»

«O Rufus», klagte Leona, «Vivaldo versucht doch nur zu helfen.»

«Du hälst die Klappe», sagte er grob und sah sie an.

«Es ist doch nicht jeder ein Tier», murmelte sie.

«Du meinst, wie ich?»

Sie gab keine Antwort. Vivaldo beobachtete sie beide.

«Du meinst, wie ich, du Strichflittsche, du? Antwort! Oder meinst du, wie du?»

«Wenn ich ein Tier bin», brauste sie auf – vielleicht ermutigt durch Vivaldos Gegenwart –, «dann würd ich gern mal von dir hören, wer mich dazu gemacht hat. Willst du vielleicht so gütig sein?»

«Na wer schon – dein Mann, du Hure. Du hast mir selber erzählt, er hätte ein Ding gehabt wie 'n Roß. Du hast mir selbst erzählt, was er alles mit dir angestellt hat – daß er dir dauernd damit in den Ohren gelegen hat, er hätte das dickste Ding in ganz Dixie, ob Schwarz oder Weiß. Und das, hast du gesagt, konntest du dann nicht mehr aushalten. Ha-ha! Also das ist einer der besten Witze, die ich je gehört habe!»

«Ich glaube», sagte sie nach längerem Schweigen überdrüssig, «ich habe dir so allerlei erzählt, was ich lieber hätte für mich behalten sollen.»

Rufus brüllte vor Lachen. «Eine kostbare Erkenntnis, weiß Gott!» Er sagte – zu Vivaldo, zu dem Zimmer, zum Fluß: «Es war ihr Mann – der hat dieses Flittchen ruiniert. Dein Mann und all diese rotzigen Nigger, die dir in den Büschen von Georgia Maß genommen haben. Deswegen hat dich dein Mann dann ja auch rausgeschmissen. Warum sagst du nicht die Wahrheit? Ich brauchte dich nicht zu schlagen, wenn du bloß die Wahrheit sagtest.» Er grinste Vivaldo an. «Mensch, diese kleine, kümmerliche Kimme kann einfach nicht genug kriegen –» Er brach ab und starrte Leona an.

«Rufus», sagte Vivaldo und versuchte ruhig zu bleiben, «ich weiß nicht, was du alles überspielen und unterdrücken willst. Du mußt einfach verrückt sein. Da hast du ein großartiges Mädchen, das mit dir durch dick und dünn gehen würde – was du ja auch weißt –, und du kommst in einer Tour mit diesem Quatsch à la *Vom Winde verweht*. Was ist bloß mit deinem Kopf passiert, Kleiner?» Er versuchte zu lächeln. «Kleiner. Bitte, laß doch diese Zicken!»

Rufus sagte nichts. Er saß wieder auf dem Bett, in der gleichen Haltung, in der Vivaldo ihn angetroffen hatte, als er kam.

«Komm, Leona», sagte Vivaldo schließlich, und da stand Rufus auf und sah sie beide mit einem leichten Lächeln an, mit Abscheu und mit Haß.

«Ich will sie bloß für ein paar Tage hier wegbringen, damit du Zeit findest, dich etwas abzukühlen. So kann das nicht weitergehen.»

«Sieh mal an – Sir Walter Raleigh –, bloß mit ein bißchen Überdruck, was?» grinste Rufus hämisch.

«Mensch», sagte Vivaldo, «wenn du kein Vertrauen zu mir hast, werd ich mir ein Zimmer im Hospiz des C. V. J. M. nehmen. Ich komm nachher zurück. Gottverdammt noch mal», brüllte er, «ich will dir doch nicht dein Mädchen wegnehmen! Da kennst du mich hoffentlich besser.»

«Ich nehme an», sagte Rufus mit einer überraschenden, fast bedrohlichen Sanftmut, «du findest, daß sie nicht gut genug für dich ist.»

«Nein!» sagte Leona, und beide Männer wandten sich ihr zu. «Keiner von euch hat's richtig getroffen. Rufus findet einfach, daß *er* nicht gut genug für *mich* wäre.»

Sie und Rufus starrten einander an. Weit weg ertönte die Pfeife eines Schleppers. Rufus lächelte.

«Siehst du? Da haben wir's wieder. *Du* bist es, die immer wieder damit anfängt. Was erwartest du eigentlich, wie soll ich's mit einer Nutte wie dir wohl treiben, he?»

«Es ist eben die Art, in der du aufgewachsen bist, in der du erzogen wurdest», sagte sie, «und ich nehme an, du kannst einfach nicht anders.»

Wieder herrschte Schweigen. Leona kniff die Lippen zusammen, und ihre Augen füllten sich mit Tränen. Es war, als wünschte sie, ihre Worte zurückzurufen, ja die Zeit selbst, und noch einmal alles von vorn zu beginnen. Aber sie konnte keinen Gedanken fassen, sie brachte kein Wort über die Lippen, und die Stille wuchs und spannte sich. Rufus spitzte den Mund.

«Los, du Schlampe», sagte er, «hau doch ab und probier's mal mit dem feinen Herrn aus dem noch feineren Irland. Viel Schlimmes wird er wohl kaum anrichten; ist ja nichts mehr zu verderben. Jetzt nicht mehr. Du wirst schon bald wiederkommen. Ohne mich bist du jetzt sowieso verratzt.» Und er legte sich mit dem Gesicht auf das Bett. «Ich werd derweil zur Abwechslung mal wieder eine Nacht gut schlafen.»

Vivaldo schob Leona zur Tür; er behielt Rufus im Auge, während er rückwärts hinausging.

«Ich komme wieder», sagte er.

«Das würd ich an deiner Stelle lassen», sagte Rufus. «Ich bring dich um, wenn du wiederkommst.»

Leona warf ihm einen schnellen Blick zu, der um Schweigen bat; und Vivaldo schloß wortlos die Tür hinter ihnen.

«Leona», fragte er, als sie auf der Straße waren, «wie lange geht das schon so? Warum hast du dir das bieten lassen?»

«Warum», sagte Leona traurig, «ertragen die Menschen denn überhaupt irgend etwas? Weil sie nicht anders können, nehme ich an. Ja, und so ist das mit mir auch. Bei Gott, ich weiß nicht, was ich tun soll.» Wieder begann sie zu weinen. Die Straßen lagen finster und leer vor ihnen. «Ich weiß, er ist krank, und ich hoffe noch immer, es wird besser mit ihm werden, und trotzdem bring ich ihn nicht dazu, einen Arzt aufzusuchen. Er weiß genau, daß ich nichts von alldem tue, was er mir vorwirft, er weiß es genau!»

«Aber so kann es doch nicht weitergehen, Leona. Er bringt's noch so weit, daß ihr beide dabei draufgeht.»

«Er behauptet, *ich* versuch's soweit zu bringen.» Sie bemühte sich zu lachen. «Letzte Woche hatte er eine Schlägerei mit einem Burschen in einer Bahnunterführung; irgendein ahnungsloser, unglücklicher Mann, dem's bloß nicht in den Kopf wollte, daß wir zusammen gingen, verstehst du; und – also diese Schlägerei, die hat er dann mir in die Schuhe geschoben. Er sagt, ich hab den Mann ermutigt. Wieso nur, Viv, ich hab den Mann doch nicht einmal *gesehn*, bevor er den Mund aufmachte. Aber Rufus, der lauert immerfort auf nichts anderes, er sieht es überall, wo gar nichts zu sehen ist, ja, er sieht überhaupt nichts anderes mehr. Er sagt, ich hab sein Leben ruiniert. Mag das sein, wie es will, *meinem* hat er jedenfalls auch nicht gerade Gutes erwiesen.»

Sie versuchte sich die Augen zu trocknen. Vivaldo gab ihr sein Taschentuch und legte einen Arm um ihre Schultern.

«Weißt du, die Welt ist schon schwer genug zu ertragen, und die Leute sind böse genug, auch ohne daß man dauernd danach Ausschau hält und das Böse aufstört und noch schlimmer macht. Ich sag ihm ja immer, ich kenn eine Menge Leute, denen das gar nicht gefällt, was ich tue. Aber ich kümmere mich nicht darum; laß sie doch ihren Weg gehen, ich gehe meinen.»

Ein Polizist ging an ihnen vorbei und warf ihnen einen Blick zu. Vivaldo spürte, wie ein Schauer Leonas Körper durchrann. Dann spürte er diesen Schauer selbst, am eigenen Leib. Er hatte nie zuvor Angst vor Polizisten gehabt; er hatte nur verächtlich auf sie herabgesehen. Aber jetzt fühlte er das Unpersönliche der Uniform, die Leere der Straßen. Er fühlte förmlich, was der Polizist sagen und tun würde, wenn Rufus hier an seiner, Vivaldos, Stelle ginge, den Arm um Leona gelegt.

Aber nach einer Weile sagte er doch: «Du solltest ihn verlassen. Du solltest die Stadt verlassen.»

«Aber ich sag dir doch, Viv, ich hab immer noch Hoffnung – irgendwie wird noch alles wieder in Ordnung kommen. Er war so ganz anders, als ich ihn kennenlernte, dies ist überhaupt gar nicht seine wahre Natur. Ich *weiß* es. Irgend etwas in seinem Kopf ist durcheinandergeraten, und jetzt weiß er sich einfach nicht zu helfen.»

Sie standen unter einer Straßenlaterne. Ihr Gesicht war häßlich, war unsagbar schön vor Kummer. Tränen rollten ihr über die hageren Wangen, und sie machte einzelne, hoffnungslose Anstrengungen, das Zittern ihres Kleinmädchenmundes zu unterdrücken.

«Ich liebe ihn doch», sagte sie ganz hilflos, «ich liebe ihn, ich kann nicht anders. Was er mir auch antut. Er ist eben nur ein verlorener, einsamer Mensch, und er schlägt mich, weil er sonst nichts findet, was er treffen könnte.»

Er zog sie an sich, während sie weinte, ein mageres, müdes Mädchen, unwissentlich die Erbin ganzer Generationen von Bitternis und Kummer. Er brachte kein Wort hervor. Ein Licht ging langsam in ihm auf, eine furchtbare Erleuchtung. Trübe sah er Gefahren, Geheimnisse, Abgründe, von deren Dasein ihm nie auch nur geträumt hatte.

«Da kommt ein Taxi», sagte er.

Sie richtete sich auf und versuchte erneut, ihre Augen zu trocknen.

«Ich bring dich hin», sagte er, «und geh dann gleich zurück.»

«Nein», sagte sie, «gib mir nur die Schlüssel. Ich komm schon wieder in Ordnung. Geh du zu Rufus zurück.»

«Rufus hat doch angekündigt, er bringt mich um», sagte er mit einem schwachen Lächeln.

Das Taxi hielt neben ihnen. Er gab ihr die Schlüssel. Sie machte die Tür auf und wandte dabei ihr Gesicht von dem Fahrer ab.

«Rufus wird niemanden umbringen als sich selbst», sagte sie, «wenn er nicht einen Freund findet, der ihm hilft.» Sie hielt inne, halb draußen noch, halb drinnen. «Du bist der einzige Freund, den er in der Welt hat, Vivaldo.»

Er gab ihr etwas Geld für die Fahrt; sein Blick ruhte auf ihr mit all der Offenheit, die nach all diesen Monaten zuletzt zwischen ihnen herrschte. Sie liebten Rufus beide. Und beide waren sie weiß. Und jetzt, wo ihnen das so schauerlich ins Gesicht starrte, sah jeder von ihnen, wie verzweifelt der andere versucht hatte, diese Begegnung zu vermeiden, in der die Wahrheit an den Tag kam.

«Du gehst auch bestimmt hin?» fragte er. «Du gehst zu meiner Wohnung?»

«Ja. Bestimmt. Und du gehst zu Rufus zurück. Vielleicht kannst du ihm helfen. Er braucht jemanden, der ihm hilft.»

Vivaldo gab dem Fahrer seine Adresse und sah dem davonfahrenden Taxi nach. Er drehte sich um und machte sich zurück auf den Weg, den sie gekommen waren.

Jetzt, wo er allein war, schien der Weg ihm länger und dunkler. Der Gedanke an den Polizisten, der irgendwo in der Finsternis um ihn herumstrich, gab der Stille eine verhängnisvolle Bedeutung. Er fühlte eine unsichtbare Drohung. Er fühlte sich gänzlich der Stadt entfremdet, in der er geboren war, der Stadt, für die er manchmal eine Art starre Zuneigung empfand, weil sie alles war, was er an Heimat kannte. Doch ein Zuhause hatte er hier nicht – die elende Bude in der Bank Street war kein Zuhause. Er hatte immer angenommen, er würde sich eines Tages hier eines schaffen können. Nun begann er sich verwundert zu fragen, wie es möglich sein sollte, daß einer überhaupt in dieser Steinwüste Wurzeln schlug; vielmehr: er erkannte langsam, wozu diejenigen geworden waren, die Wurzeln geschlagen hatten. Sich selbst begann er plötzlich in neuem Licht zu sehen, zu fragen.

Er hatte oft über seine Einsamkeit nachgedacht, hatte sie zum Beispiel als einen Beweis seiner Überlegenheit betrachtet. Aber auch Menschen, denen diese Überlegenheit fehlte, waren trotzdem ganz und gar einsam – und unfähig, aus ihrer Verlassenheit auszubrechen, weil sie nichts in Händen hatten, den Kampf dagegen aufzunehmen. Seine eigene Einsamkeit, millionenmal verherrlicht und gepriesen, ließ nun die Nachtluft kälter und kälter werden. Er entsann sich, zu welchen Exzessen, in welche Fallen, welche Paniken seine Einsamkeit ihn getrieben hatte; und er fragte sich, wohin wohl eine so ungeheure Leere am Ende eine ganze Stadt noch treiben mochte.

Je mehr er sich Rufus' Wohnung näherte, desto angestrengter versuchte er, nicht an Rufus zu denken.

Er befand sich in einem Bezirk von Lagerhäusern. Nur wenige Leute wohnten hier. Bei Tage würgten sich Lastwagen durch die Straßen, standen Arbeiter auf diesen gespenstischen Rampen und luden fluchend die schweren Lasten um. Wie einst er selbst: vor langer Zeit war er selbst einer von ihnen gewesen. Er war stolz gewesen auf seine Geschicklichkeit und seine Muskelkraft, war glücklich, als Mann unter Männern aufgenommen zu werden. Nur waren sie es dann, die etwas in ihm erblickten, was sie nicht annehmen konnten, was ihnen Unbehagen bereitete. Immer wieder – wenn etwa einer der Männer ihm Feuer für die Zigarette gab – traf ihn ein sonderbarer Blick, und das leise Lächeln verwirrte ihn. Es verbarg eine unwillkürliche, abwehrende Feindseligkeit. Sie sagten, er sei ein «heller Junge», er würde schon «seinen Weg machen», aber sie ließen nur zu deutlich durchblicken, je eher er's täte, desto lieber würde es ihnen sein, welcher Weg es auch wäre – er gehörte nicht zu ihnen.

Aber auf dem Grunde seiner Gedanken quälte ihn die Sache seines Freundes unablässig wie ein Stachel. Auf der High School waren nur wenige farbige Jungen gewesen. aber sie waren gut miteinander ausgekommen, soweit er sich erinnerte. Er hatte Jungen gekannt, die sich ein irrsinniges Vergnügen daraus machten, in Rotten herumzuziehen und Nigger zu verprügeln. Aber es schien doch kaum möglich – ja es schien kaum billig und gerecht –, daß farbige Jungen, die einmal in der Schule verprügelt worden waren, dann zu farbigen Männern heranwuchsen, die keinen anderen Wunsch hatten, als alle zu schlagen und zu verprügeln, die ihnen unter die Augen kamen – darunter auch Leute, oder vielleicht gerade sie, die ihnen nie auch nur im Traum etwas zuleide getan hatten.

Er spähte zu Rufus' erleuchtetem Fenster hinauf; es war weit und breit das einzige.

Dann erinnerte er sich an etwas, das ihm vor langer Zeit einmal widerfahren war; zwei Jahre mußte es her sein oder drei. Er hatte damals viel Zeit in Harlem verbracht, war dort hinter den Huren hergelaufen. Eines Nachts, es fiel ein leichter dünner Regen, ging er die Seventh Avenue entlang. Er ging mit raschen Schritten, denn es war schon sehr spät, und dieser Teil der Avenue lag fast völlig still und verlassen, und er fürchtete, von einer Streife angehalten zu werden. Bei der 116. Straße betrat er ein Lokal; mit Absicht wählte er eine Bar, die er nicht kannte. Und eben weil er die Bar nicht kannte, beschlich ihn eine ungewohnte Unruhe, und er fragte sich, was wohl hinter den Gesichtern um ihn herum vorgehen mochte. Was immer es war, sie wußten es sehr gut zu verbergen. Sie tranken weiter, sie unterhielten sich weiter miteinander, sie steckten wieder und wieder ihre Münzen in den Musikautomaten. Ganz bestimmt ließ nichts darauf schließen, daß seine Gegenwart irgendwen veranlaßte, vorsichtig zu werden oder seine Zunge im Zaum zu halten. Aber gleichwohl gab sich auch niemand die geringste Mühe, ein Gespräch mit ihm anzuknüpfen; etwas fast unmerklich Gläsernes nur kam über ihre Augen, wenn sie in seine Richtung blickten. Und es blieb, selbst wenn sie lächelten. Der Barkellner zum Beispiel lächelte einmal über irgendeine Bemerkung Vivaldos, und doch gab dieses Lächeln, während er ihm den Drink herüberschob, deutlich zu erkennen, daß die Breite der Bar nur ein schwaches Symbol des Abgrunds war, der zwischen ihnen klaffte.

In dieser Nacht erlebte er, wie die gläserne Hülle von den Augen fiel. Ein Mädchen kam später zu ihm herüber. Sie gingen um die Ecke zu ihrem Zimmer. Da waren sie nun; er hatte den Schlips gelöst und die Hose schon herunter, und gerade wollten sie anfangen, als die Tür aufging und der «Gatte» auf der Bildfläche erschien. Er war einer der glattgesichtigen, lachenden Männer, die in der Bar gesessen hatten. Das Mädchen quiekte ganz wacker und fing dann seelenruhig an, sich wieder anzuziehen. Vivaldo war erst so enttäuscht gewesen, daß er hätte weinen mögen; dann überkam ihn solche Wut, daß er nicht übel Lust zu einem Totschlag verspürte. Als er schließlich dem Mann in die Augen blickte, stieg Angst in ihm auf.

Der Mann sah auf ihn nieder und lächelte.

«Na, kleiner Weißling, wohin sollte die Reise mit dem Ding da gehn, wie?»

Vivaldo sagte nichts. Er begann sich langsam die Hose wieder anzuziehen. Der Mann war sehr schwarz und sehr groß, fast so groß wie Vivaldo, und er war in diesem Augenblick natürlich für einen Kampf weit besser in Form.

Das Mädchen saß auf der Bettkante und zog sich die Schuhe an. Stille lag über dem Raum; nur ihr leises, unzusammenhängendes Summen war hin und wieder zu hören. Er konnte aber die Melodie, die sie summte, absolut nicht erkennen, und das brachte ihn, aus irgendeinem verrückten Grunde, auf.

«Sie hätten wenigstens ein paar Minuten warten können», sagte Vivaldo. «Ich hab's ja nicht einmal drin gehabt.»

Er sagte das, während er seinen Gürtel strammzog, sagte es ganz beiläufig, aus irgendeinem dunklen Gefühl, er möchte so vielleicht die zu erwartende Geldbuße vermindern können. Denn darauf lief es ja hinaus. Aber die Worte waren ihm kaum entschlüpft, da hatte der Mann ihn schon geschlagen, zweimal, mit der flachen Hand, quer übers Gesicht. Vivaldo taumelte rückwärts vom Bett in die Ecke, wo der Waschtisch stand, und ein Wasserglas zerschellte in Scherben am Boden.

«Gottverdammich», sagte das Mädchen spitzig, «muß denn gleich die ganze Bude in Trümmer gehn?» Und sie bückte sich, um die Glassplitter aufzulesen. Aber es schien Vivaldo auch, als sei sie doch etwas verängstigt und ein wenig beschämt. «Los, mach ein Ende», sagte sie aus der Hocke herauf, «und schaff ihn hier raus.»

Vivaldo und der Mann starrten sich an, und Vivaldos Grimm begann sich in ein Grausen zu wandeln. Es war nicht eigentlich die Situation, was ihm Furcht einjagte: es waren die Augen des Mannes. Sie starrten Vivaldo mit einem gelassenen, unablässigen Haß an, so fern und unwiderlegbar wie Wahnsinn.

«Du hast ein gottverdammtes Glück gehabt, daß du dein Ding noch nicht hast reinstecken können», sagte er. «Du würdest dir sehr, sehr leid tun, Bürschchen, wenn du's getan hättest, mit *dem* weißen Pint würdest du keine schwarze Kimme mehr anpeilen, das kann ich dir garantieren.»

Schön, wenn du derart empfindlich bist, Kerl, lag es Vivaldo auf der Zunge, was läßt du sie dann überhaupt frei herumlaufen? Aber es war wohl besser – und es hatte, unheimlich genug, den Anschein, als versuche das Mädchen, ihm dies schweigend zu verstehen zu geben –, so wenig wie möglich zu antworten.

Also sagte er nach einem Moment nur, und so sanft, wie er es über sich brachte: «Sehn Sie, diese Masche hat doch schon 'nen Bart. Schön, ich bin drauf reingefallen. Mag's sein. Was wollen Sie?»

Und was der Mann wollte, war mehr, als er auszusprechen wußte. Er beobachtete Vivaldo, wartete, daß Vivaldo wieder etwas sagen würde. Vivaldos Gedanken waren plötzlich von einem Bild erfüllt, das er vor langer Zeit einmal in einem Film gesehen hatte. Er sah einen Jagdhund auf der Lauer, wie er reglos, ohne jeden Laut darauf wartete, daß ein Flug Wachteln in Panik geriete und aufflöge, damit die Jäger sie dann mit den Büchsen herunterholen konnten. Genauso war es in diesem Zimmer, während der Mann darauf lauerte, daß Vivaldo etwas sagte. Und was immer Vivaldo auch sagen mochte – Gemetzel würde damit beginnen. Vivaldo hielt den Atem an; er hoffte, seine Augen möchten die Panik nicht verraten, die er empfand, und er fühlte, wie seine Haut zu kribbeln anfing. Dann sah der Mann zu dem Mädchen hinüber, das neben dem Bett stand und ihn beobachtete, und dann bewegte er sich langsam näher auf Vivaldo zu. Als er dicht vor ihm stand, den Blick noch immer bohrend in den Vivaldos gesenkt, als wollte er durch seinen Schädel dringen und in das Gehirn und alles in Besitz nehmen, streckte er mit einem Ruck die Hand aus.

Vivaldo gab ihm seine Brieftasche.

Der Mann zündete sich eine Zigarette an, die er im Mundwinkel hielt, als er mit unverschämter Gelassenheit die Brieftasche durchzusehen begann. «Ich verstehe einfach nicht», sagte er bedrohlich träge, «warum ihr weißen Kerls hier andauernd rauskommt und um unsere Mädchen rumschnüffelt. Von uns Schwarzen seht ihr doch auch keinen unten in der Stadt um eure Mädchen rumlungern.» Er blickte auf. «Oder?»

Sei bloß nicht so sicher, dachte Vivaldo, aber er antwortete nichts. Doch hatte dies einen Nerv in ihm getroffen, und er spürte, wie langsam wieder der Ärger in ihm hochkam.

«Nehmen wir mal an, ich hätte Ihnen gesagt, das da ist meine Schwester», sagte der Mann und wies auf das Mädchen. «Was würden *Sie* wohl tun, wenn Sie mich mit Ihrer Schwester anträfen!?»

Ich würde keinen blassen Furz drauf geben, und wenn Sie Hackfleisch aus ihr machten, dachte Vivaldo unverzüglich. Zugleich ließ ihn diese Frage vor Wut förmlich erzittern, und er spürte, daß eben das genau war, was der Mann erreichen wollte.

Doch auf dem Grunde seines Denkens blieb ein dumpfes Grübeln, warum eigentlich diese Frage ihn in Wut bringen sollte.

«Ich meine, was würden Sie mit mir wohl anstellen?» beharrte der Mann; er hielt noch immer Vivaldos Brieftasche in der Hand und blickte ihn mit einem Lächeln an. «Sie sollen mir Ihre eigene Strafe nennen.» Er wartete. Dann: «Los, mach schon. Du weißt doch, was ihr Kerls in dem Fall macht.» Und dann schien der Mann sich sonderbarerweise ein wenig zu schämen – und wirkte zugleich gefährlicher denn je.

Schließlich sagte Vivaldo mit fester Stimme: «Ich habe gar keine Schwester», und zog seine Krawatte straff; er hoffte, seine Hände möchten nicht zittern dabei. Dann begann er sich nach seiner Jacke umzusehen.

Der Mann betrachtete ihn einen Augenblick länger nachdenklich, dann sah er das Mädchen an, dann blickte er wieder auf die Brieftasche nieder. Er nahm alles Geld heraus. «Das ist wohl alles?»

Damals hatte Vivaldo noch feste Arbeit, und seine Brieftasche enthielt nahezu sechzig Dollar. «Ja», sagte er.

«Nichts mehr in den Taschen?»

Vivaldo leerte Scheine und Kleingeld aus seinen Taschen, im ganzen vielleicht fünf Dollar. Der Mann nahm alles an sich.

«Ich brauche irgendwas, um nach Hause zu kommen, Mister», sagte Vivaldo.

Der Mann gab ihm die Brieftasche. «Geh zu Fuß», sagte er, «und sei bloß froh, daß du's kannst. Wenn du deinen Arsch hier noch mal blicken läßt, werd ich dir zeigen, was einem Nigger passiert ist, den ich kenne, wie Mr. Charlie ihn bei Miss Anne angetroffen hat.»

Vivaldo steckte seine Brieftasche wieder ein und nahm seine Jacke vom Boden auf. Der Mann beobachtete ihn, das Mädchen beobachtete den Mann. Er gelangte zur Tür und öffnete sie, und er spürte, daß ihm die Knie weich geworden waren.

«Also dann», sagte er, «vielen Dank für die Vorstellung», und er stolperte die Treppe hinunter. Er hatte gerade den ersten Absatz erreicht, als er hörte, wie über ihm eine Tür aufging und schnelle, verstohlene Schritte ihm nachkamen. Dann sah er das Mädchen; sie streckte die Hand über das Geländer.

«Hier», flüsterte sie, «nehmen Sie das», und sie lehnte sich gefährlich weit über die Brüstung und stopfte ihm einen Dollar in die Brusttasche. «Sehn Sie zu, daß Sie nach Hause kommen», sagte sie, «und möglichst rasch!» Und eilig lief sie wieder die Treppe hinauf.

Die Augen des Mannes blieben ihm lange noch im Gedächtnis, auch als Grimm, Scham und Grauen jenes Abends längst daraus geschwunden waren. Und auch jetzt sah er sie wieder vor sich, als er die Treppe zu Rufus' Wohnung hinaufstieg. Er trat ein, ohne anzuklopfen. Rufus stand neben der Tür, ein Messer in der Hand.

«Ist das für mich oder für dich bestimmt? Oder hast du bloß die Absicht, dir eine Scheibe Salami abzuschneiden?»

Er zwang sich stehenzubleiben, wo er stand, und Rufus gerade ins Auge zu blicken.

«Ich hatte die Absicht, es dir irgendwo reinzurammeln, du Duckskerl.»

Aber er hatte sich nicht vom Fleck gerührt. Vivaldo atmete langsam aus.

«Nun, das kannst du bleiben lassen. Wenn ich je ein armes Würstchen gesehn habe, das seine Freunde dringend nötig hatte, dann bist du es.»

Sie sahen einander an, ohne jede Bewegung, und die Zeit schien lange und länger darüber zu verstreichen. Jeder starrte in des anderen Augen, jeder suchte vielleicht nach dem Freund, den er einst gekannt hatte. Vivaldo kannte das Gesicht vor sich so gut, daß er längst aufgehört hatte, es zu betrachten, und nun krampfte sich ihm das Herz zusammen, als er sah, was die Zeit darin angerichtet hatte. Er hatte früher die feinen Linien auf der Stirn gar nicht bemerkt, hatte nichts gesehen von der tiefen, gekrümmten Furche zwischen den Brauen, von der Gespanntheit, die um die Lippen einen bitteren Zug legte. Er fragte sich, wo er denn seine Augen gehabt hatte – wenn sie jahrelang nichts von alldem wahrgenommen hatten. Er hatte Rufus nie Gewalttätigkeiten zugetraut, denn immer war sein Auftreten bedachtsam und vorsichtig, seine Redeweise spöttisch und sanft gewesen; aber nun mußte er plötzlich daran denken, wie Rufus sein Schlagzeug spielte.

Er trat einen kurzen Schritt näher, sah Rufus, sah das Messer an.

«Laß mich am Leben, Rufus», hörte er sich sagen. «Ich will dir doch nichts Böses tun. Ich versuche doch nur zu helfen.»

Die Tür zum Bad stand noch immer offen, und auch das Licht brannte noch. Die nackte Deckenleuchte warf ihren Schein erbarmungslos auf die beiden Orangenkisten und das Brett darüber, das den Küchentisch darstellte, und auf das unbedeckte Waschbecken und die Badewanne. Schmutzige Kleidungsstücke lagen, achtlos hingeworfen, in der Ecke. Ihnen gegenüber, im halbdunklen Schlafzimmer, standen zwei offene Handkoffer mitten auf dem Boden. Auf dem Bett lag ein zusammengeknülltes graues Laken und eine dünne Decke.

Rufus starrte ihn an. Er schien Vivaldo nicht zu glauben; aber ihn schien danach zu verlangen, ihm glauben zu können. Sein Gesicht verkrampfte sich, er ließ das Messer fallen, taumelte gegen Vivaldo und schlang zitternd die Arme um ihn.

Vivaldo führte ihn ins Schlafzimmer, und sie ließen sich beide auf dem Bett nieder.

«Irgend jemand muß mir helfen», sagte Rufus schließlich, «irgend jemand muß mir helfen. Dieser Scheißdreck muß ein Ende nehmen.»

«Kannst du mir nicht erzählen, was los ist? Du bist dabei, dir dein ganzes Leben zu verkorksen. Und ich weiß nicht, warum.»

Rufus seufzte und ließ sich zurückfallen; die Arme unter dem Kopf starrte er gegen die Decke. «Ich weiß es doch auch nicht. Ich weiß nicht mehr aus noch ein. Ich weiß überhaupt nicht mehr, was ich tue.»

Das ganze Haus lag still. Das Zimmer, in dem sie saßen, schien fern, weitab vom Atem des Lebens zu liegen, der um sie herum über die ganze Insel wehte.

Ganz behutsam sagte Vivaldo: «Du weißt, was du Leona antust – und das ist nicht recht. Selbst wenn sie getan hätte, was du ihr vorwirfst – wäre es nicht recht. Und wenn du sie nun nur noch schlagen kannst, ja, dann – dann solltest du sie verlassen.»

Rufus schien zu lächeln. «Ich denke mir, irgendwas muß doch mit meinem Kopf los sein.»

Dann war er wieder still; sein Körper wand sich auf dem Bett, er blickte zu Vivaldo hinüber. «Du hast ihr ein Taxi geholt?»

«Ja», sagte Vivaldo.

«Sie ist zu deiner Wohnung gefahren?»

«Ja.»

«Du gehst auch wieder hin?»

«Ich dachte, ich könnte vielleicht ein Weilchen hier bei dir wohnen – wenn du nichts dagegen hast.»

«Als mein Aufseher – oder Vormund – oder was?»

Er sagte das mit einem Lächeln, aber in seiner Stimme war nichts von diesem Lächeln zu hören.

«Ich dachte bloß – du möchtest vielleicht etwas Gesellschaft», sagte Vivaldo.

Rufus stand vom Bett auf und ging rastlos zwischen den beiden Zimmern auf und ab.

«Ich brauche keine Gesellschaft. Ich hab in meinem Leben so viel Gesellschaft gehabt, daß es mir für den ganzen Rest langt.» Er ging zum Fenster und stand dort mit dem Rücken zu Vivaldo. «Wie ich sie hasse – all diese weißen Schufte hier draußen! Sie versuchen mich umzubringen – glaubst du, ich weiß das nicht? Sie haben aus der ganzen Welt einen Strick gedreht, diese elenden Arschlecker, und wenn sie mir diesen Strick um den Hals werfen, ist es mein Tod.» Er drehte sich wieder ins Zimmer um; er sah Vivaldo nicht an. «Manchmal liege ich hier und lausche – tue nichts als einfach nur lauschen. Die da draußen, die herumbalgen und all das Geld scheffeln, die bilden sich ein, das ginge ewig und drei Tage immer so weiter. Manchmal liege ich hier und lausche, Mensch, lausche, daß eine Bombe fällt auf diese Stadt und all dem Rummel ein Ende macht. Ich lausche auf ihr Stöhnen, ich will sie in ihrem Blut ersticken und verrecken sehen, ich will sie schreien und wimmern hören, Mensch, nach irgendeinem Menschen, der ihnen zu Hilfe kommt. Aber sie würden lange schreien können, ehe ich käme.» Er hielt inne, seine Augen glitzerten unter Tränen und Haß. «Eines Tages wird es so kommen, eines Tages muß es so kommen. Und es wäre mir eine Wonne, könnte ich es mitansehen.» Er ging wieder zum Fenster. «Manchmal lausche ich nach den Schleppkähnen auf dem Fluß hinüber – ich horche auf ihr Pfeifen –, und dann denke ich, wie schön es sein müßte, wieder auf so ein Schiff zu gehn und davonzufahren, weg von all den Menschen hier, irgendwohin, wo ein Mensch wieder ein Mensch sein, wo er wieder als Mensch gelten könnte.» Er wischte sich mit dem Handrücken über die Augen, dann hieb er plötzlich die Faust hart auf das Fensterbrett. «Man muß mit dem Hauswirt streiten, denn der Hauswirt ist *weiß!* Man muß mit dem Liftjungen streiten, denn der Drecksack ist *weiß!* Jeder beliebige Lump auf der Bowery kann einem ins Gesicht scheißen, denn wenn er vielleicht auch nicht sehen kann, nicht hören, gehen, ficken kann – *er ist weiß!*»

«Rufus, Rufus. Und was ist mit –» Er wollte sagen: Was ist mit mir, Rufus? Ich bin doch auch weiß. Er sagte: «Rufus, nicht alle sind so.»

«Nicht? Das wäre für mich das Allerneuste.»

«Leona liebt dich –»

«Ach ja, sie liebt die Farbigen ja so *sehr*», sagte Rufus, «so sehr, daß ich's manchmal schon nicht mehr ausstehen kann. Weißt du eigentlich, was sie von mir weiß? Willst du wissen, was sie einzig und allein von mir kennt?» Er legte die Hand auf sein Glied, mit einem so brutalen Griff, als wollte er es ausreißen, und es schien, als bereitete es ihm einen grimmigen Spaß, zu sehen, wie Vivaldo zusammenzuckte. Er setzte sich wieder aufs Bett. «Das da. Und das ist alles.»

«Ich glaube, du hast den Verstand verloren», sagte Vivaldo. Aber die Furcht in seiner Stimme nahm seinen Worten die Überzeugungskraft.

«Und doch ist sie für mich das einzige Mädchen in der ganzen Welt», fügte Rufus nach einem Augenblick hinzu; «ist das nicht eine verfluchte Zwickmühle?»

«Aber eine, in der das Mädchen aufgerieben wird. Ist es das, was du willst?»

«Mich reibt es auch auf», sagte Rufus.

«Na schön, ist es *das*, was du willst?»

«Was wollen schon zwei Menschen voneinander», fragte Rufus, «wenn sie sich zusammentun? Weißt *du* es?»

«Nun, jedenfalls wollen sie sich nicht gegenseitig verrückt machen, Mensch. Das weiß ich ziemlich genau.»

«Da weißt du aber mehr als ich», sagte Rufus hämisch. «Was willst *du* denn – wenn du dich mit einem Mädchen zusammentust?»

«Was ich *will*?»

«Jawohl, was du *willst*, will ich wissen.»

«Och», sagte Vivaldo; er kämpfte seine Panik nieder und versuchte zu lächeln. «Mensch, ich will einfach meinen Nagel irgendwo einschlagen.» Aber sein Blick hing starr an Rufus, und er fühlte, wie schreckliche Dinge sich in ihm regten.

«Tatsächlich?» Und Rufus blickte ihn mit einem sonderbaren Ausdruck der Neugier an, ganz als dächte er: *So also seht ihr weißen Kerls die Sache.* «Ist das alles?»

«Nun –» er sah zu Boden – «ich will, daß die Kleine mich liebt. Ich will erreichen, daß sie mich liebt. Ich will geliebt sein.»

Schweigen entstand. Dann fragte Rufus: «Und hat das immer geklappt?»

«Nein», sagte Vivaldo, im Gedanken an katholische Mädchen und an Huren, «ich glaube nicht.»

«Aber wie kriegst du's fertig, daß es klappt?» flüsterte Rufus. «Was *tust* du dazu?» Er sah zu Vivaldo hinüber. Ein halbes Lächeln erschien auf seinem Gesicht. «Was tust *du* dazu?»

«Was meinst du denn, was ich tue?» Er versuchte zu lächeln; aber er wußte wohl, was Rufus meinte.

«Du machst es schön nach Maß, ganz wie's verlangt wird, was?» Er riß heftig an Vivaldos Ärmel; seine Stimme senkte sich. «Diese weiße Nippe – deine Jane –, hat sie sich jemals von dir die Tülle abschlecken lassen?»

O Rufus, wollte Vivaldo schreien, *hör doch mit diesem scheußlichen Quatsch auf!*, und er fühlte, wie ihm hinter den Augenlidern die Tränen hochstiegen. Zugleich schlug sein Herz vor Entsetzen wie rasend, und das Blut wich ihm aus dem Gesicht. «Ich hab nie ein Mädchen von der Kragenweite gehabt», sagte er kurz, und wieder dachte er an die fürchterlichen katholischen Mädchen, mit denen er aufgewachsen war, dachte an seine Schwester, an seine Eltern. Er versuchte gewaltsam, seine Gedanken rückwärts wandern zu lassen, durch alle Betten, in denen er je gelegen hatte – seine Erinnerung blieb leer wie eine weiße Wand. «Bloß», sagte er plötzlich, «Huren . . .» und spürte in der Stille, die auf sie niederfiel, daß Mord auf dem Bett neben ihm saß. Er starrte Rufus an.

Rufus lachte. Er ließ sich auf das Bett zurückfallen und lachte, bis ihm die Tränen aus den Augenwinkeln liefen. Es war das schlimmste Lachen, das Vivaldo je gehört hatte, und ihm war, als müßte er Rufus schütteln oder ihn schlagen, müßte irgend etwas tun, um dieses fürchterliche Lachen zu beenden. Aber er tat nichts; er zündete sich eine Zigarette an; seine Handflächen waren feucht. Rufus würgte, spuckte aus und setzte sich auf. Einen Augenblick wandte er Vivaldo sein verzerrtes Gesicht zu. Dann brüllte er: «Huren!», und wieder begann das Lachen.

«Was ist daran so komisch?» fragte Vivaldo ruhig.

«Wenn du's nicht selber siehst, kann ich's dir auch nicht sagen», antwortete Rufus. Er hatte aufgehört zu lachen, war ganz vernünftig und still. «Wir fahren alle im gleichen Zug – ich rein in die Stadt, du raus nach außerhalb –, es ist der schiere Wahnsinn.» Dann sah er Vivaldo wieder voller Haß an. «Ich und Leona», sagte er, «sie ist die tollste Nummer, die ich je gehabt hab. Gibt nichts, was wir nicht zusammen machen.»

«Verrückt», sagte Vivaldo. Er trat seine Zigarette auf dem Boden aus. Ärger stieg langsam in ihm hoch. Zugleich aber drängte es ihn, laut herauszulachen.

«Aber es haut nicht hin», sagte Rufus. «Es kommt einfach nichts dabei raus.» Vom Fluß her hörten sie die Schiffspfeifen; er ging wieder zum Fenster. «Ich müßte hier raus. Ich gehe lieber hier weg.»

«Gut, dann geh! Sitz hier nicht länger rum. Laß das Warten. Geh!»

«Ich bin ja schon dabei zu gehen», sagte Rufus. «Ich bin schon dabei.

Ich will bloß Leona noch einmal sehen.» Er starrte Vivaldo an. «Ich will sie bloß noch einmal flach legen und will geliebt und geleckt werden, Mensch, bloß noch ein einziges Mal.»

«Weißt du», sagte Vivaldo, «eigentlich habe ich nicht allzu großes Interesse an den Einzelheiten deines Geschlechtslebens.»

Rufus lächelte. «Nicht? Ich dachte, ihr weißen Burschen könnt nicht genug davon hören, wie wir Wollköppe das anstellen.»

«Nun», sagte Vivaldo, «dann bin ich eben anders.»

«Tja», sagte Rufus, «ich wette, das bist du.»

«Ich will eben nichts sein als dein Freund», sagte Vivaldo. «Das ist alles. Aber du willst gar keine Freunde, nicht?»

«Genau», sagte Rufus, in aller Ruhe. «Ich will keine Freunde.» Er hielt inne; dann sagte er, langsam, mit Überwindung: «Aber mach dir nichts draus. Ich weiß, du bist der einzige Freund, den ich noch in der Welt habe, Vivaldo.»

Und darum haßt du mich, dachte Vivaldo, und er fühlte sein Verstummen voller Hilflosigkeit und Trauer.

Nun saßen Vivaldo und Rufus schweigend beieinander, nah am Fenster der Pizzeria. Nur wenig blieb ihnen noch zu sagen. Sie hatten alles gesagt – oder vielmehr, Rufus hatte gesprochen, und Vivaldo hatte zugehört. Vom nahen Nachtclub kam Musik zu ihnen herüber; schwach wehte der Schall zu den Fenstern herein, vermischt mit dem mahlenden, unüberwindlichen Summen des Straßenverkehrs. Und Rufus beobachtete die Straßen mit einer hilflosen, traurigen Spannung, als warte er immer noch auf Leona. Diese Straßen hatten ein Recht auf sie gehabt, und sie hatten es gefordert. In einer eisigen Nacht, erzählte Rufus, war sie gefunden worden, halbnackt, auf der Suche nach ihrem Kind. Sie wußte. wo es war, wo sie es vor ihr versteckt hatten; sie kannte das Haus, nur konnte sie sich der Adresse nicht mehr entsinnen.

Und dann, erzählte Rufus, hatte man sie in die Irrenanstalt, ins Bellevue geschafft, und es war ihm nicht gelungen, sie dort wieder herauszubekommen. Die Ärzte hatten gefühlt, daß es ein Verbrechen sein würde, sie der Obhut des Mannes zu überlassen, der die Hauptursache ihres Zusammenbruchs war und zudem gar keinen gesetzlichen Anspruch auf sie besaß. Sie hatten Leonas Familie benachrichtigt, und ihr Bruder war aus dem Süden gekommen und hatte sie mit sich nach Hause genommen. Nun saß sie irgendwo in Georgia, starrte gegen die Wände eines engen Zimmers und würde dort wohl für immer bleiben.

Vivaldo gähnte und fühlte sich schuldig. Er war müde, er hatte genug – genug von Rufus' Geschichte, genug vom angestrengten Zuhören, genug von ihrer Freundschaft. Er wollte nur noch nach Hause, wollte seine Tür verriegeln und schlafen. Er hatte die Sorgen und Leiden der wirklichen Menschen satt. Er wollte zu den Menschen seiner Phantasie zurück, deren Leiden er ertragen konnte.

Aber zugleich war etwas Unstetes in ihm, und er sträubte sich innerlich dagegen, jetzt nach Hause zu gehen, wo er einmal hier draußen war. «Gehn wir doch ins *Benno's* und nehmen einen Schlummertrunk», sagte er. Und da er wußte, daß Rufus bestimmt nicht gern dorthin ging, fügte er noch hinzu: «Einverstanden?» Rufus nickte, mit einem leisen Gefühl von Furcht. Vivaldo betrachtete ihn nachdenklich und fühlte mit einemmal, wie alles zurückkam, seine Liebe zu Rufus – und seine Bekümmerung über ihn. Er beugte sich über den Tisch und klopfte ihm die Wange. «Komm schon», sagte er, «du brauchst wirklich vor keinem Angst zu haben.»

Bei diesen Worten, nach denen Rufus womöglich noch ängstlicher aussah, wenn auch ein schmales Lächeln um seine Mundwinkel spielte, fühlte Vivaldo, daß das, was auch immer kommen mußte, bereits begonnen hatte, daß die riesige Weiche schon herumgeworfen war. Er seufzte erleichtert und wünschte, er könnte seine Worte zurücknehmen. Der Kellner kam. Vivaldo bezahlte die Rechnung, und sie traten auf die Straße hinaus.

«Es ist doch fast schon Thanksgiving-Tag», sagte Rufus plötzlich. «Ich hab noch gar nicht daran gedacht.» Er lachte. «Bald ist Weihnachten, bald ist das Jahr vorbei –» Er brach ab und hob den Kopf, um über die kalten Straßen zu blicken.

Ein Polizist stand an der Ecke unter der Laterne und telefonierte. Auf der anderen Straßenseite führte ein junger Mann seinen Hund aus. Die Musik aus dem Nachtclub verebbte, als sie sich zum *Benno's* auf den Weg machten. Ein plumpes, unansehnliches Negermädchen, das Pakete trug, und ein mürrischer, bebrillter weißer Junge liefen zusammen auf ein Taxi zu. Das gelbe Signallicht auf dem Dach ging aus, die Türen schlugen zu. Das Taxi wendete, kam Rufus und Vivaldo entgegen, und der Schein der Straßenlaternen fiel für einen Augenblick auf die Gesichter des schweigenden Paars darin.

Vivaldo legte den einen Arm um Rufus und schob ihn vor sich her in die Bar.

Die Bar war schrecklich überfüllt. Anzeigenvertreter saßen auf den Hockern vor doppeltem Bourbon oder Wodka; Studenten waren da, Bierflaschen zwischen den feuchten Fingern; in der Nähe der Türen oder in den Ecken standen einzelne Männer und beobachteten die vorbeiflanierenden Frauen. Die Studenten, die vor Unerfahrenheit förmlich glühten und vor lauter Enthaltsamkeit schon fast den Verstand verloren hatten, machten krampfhafte Anstrengungen, die Aufmerksamkeit der weiblichen Gäste zu erregen, ohne daß sie mehr erreichten als das Aufmerken von ihresgleichen. Einige der Männer gaben Drinks aus für ein paar Frauen, die pausenlos zwischen dem Musikautomaten und der Bar hin- und herliefen, und sie blickten sich in die Gesichter, auf denen das

Lächeln mit unheimlicher Genauigkeit zwischen Verlangen und Verachtung schwankte. Schwarzundweiße Paare waren hier zusammen, enger zusammen jetzt, als sie es später sein würden, wenn sie nach Hause kamen. All ihre Geschichten tarnten sich mit dem Jargon, der – Welle auf Welle – durch die Bar rollte, waren eingeschlossen von einem Schweigen, das der eisigen Stille der Gletscher ähnelte. Einzig der Musikautomat behielt seine Stimme; mahlend stieß er Abend für Abend, Stunde um Stunde, abgerissene synthetische Liebesklagen aus.

Rufus' Augen hatten es schwer, sich an das gelbe Licht, an den Rauch und an die Bewegung zu gewöhnen. Das Lokal schien ihm entsetzlich fremd, als sei es ihm nur im Traum einmal begegnet. Manche Gesichter erkannte er aus diesem gleichen Traum wieder, manche Gesten, manche Stimmen; und doch – und wieder wie im Traum – sah niemand zu ihm her, schien niemand sich seiner zu erinnern. Gleich neben ihm an einem Tisch saß ein Mädchen, mit dem er ein- oder zweimal ausgegangen war; sie hieß Belle und unterhielt sich mit ihrem Freund Lorenzo. Sie strich sich das lange schwarze Haar aus den Augen und sah ihn einen Augenblick lang voll an, schien ihn aber nicht wiederzuerkennen.

Eine Stimme traf sein Ohr: «He, Rufus! Sieh an, wann haben sie dich denn wieder rausgelassen, Mann?»

Er drehte sich um und blickte in ein grinsendes Schokoladengesicht unter langem, fettigem Haar, das jetzt nach vorn rutschte. Er konnte sich des Namens nicht entsinnen, der zu diesem Gesicht hörte. Er konnte sich nicht erinnern, in welchem Verhältnis er einmal zu diesem Gesicht gestanden hatte. Er sagte nur: «Wieso, mit mir ist alles richtig, was hast du denn inzwischen gemacht?»

«Hm, bei mir geht's redlich langweilig zu, immer im üblichen Trott, mir bleibt ja nichts anderes übrig, weißt du» – seine Augen schienen wie zwei bösartige Insekten aus den Höhlen zu kriechen, sein Haar fiel wieder vor, Stirn und Lippen waren feucht. Die Stimme senkte sich zu einem Flüstern. «Ich hatte da so 'n kleines Ding gedreht und mußte 'ne Weile verschwinden, aber jetzt hab ich's wieder ganz im reinen. Mensch, aber was hab ich gehört, du bist pleite gegangen?»

«Pleite? Nein, ich bin bloß mal wieder draußen auf Tour gewesen.»

«Tatsächlich? Verrückter Einfall.» Er stieß jäh den Kopf zur Tür herum, als Antwort auf eine Mahnung, die Rufus nicht gehört hatte. «Ich muß sausen, mein Junge wartet auf mich. Wir sehn uns ja gelegentlich mal wieder, Mann.»

Kalte Luft schwappte einen Augenblick lang in die Bar, dann ließen Dampf und Rauch sich wieder auf alles nieder.

Sie hatten noch gar keine Gelegenheit gehabt, etwas zu trinken zu bestellen, und waren unentschlossen, ob sie überhaupt dableiben sollten cder nicht; aber während sie noch so dastanden, tauchte aus Dunkel und Lärm plötzlich Cass auf. Sie war sehr elegant, in Schwarz, das goldene

Haar sorgfältig zurückgekämmt und aufgesteckt. Sie hielt ein Glas und eine Zigarette in der einen Hand, und sie sah aus wie die schon recht müde Matrone, die sie ja war, und zugleich wieder wie das mutwillige Mädchen, das sie einst gewesen.

«Was machst du denn hier?» fragte Vivaldo. «Und auch noch in vollem Ornat! Was ist bloß passiert?»

«Ich habe meinen Mann satt. Ich bin gerade dabei, mir einen neuen zu suchen. Aber hier bin ich wohl in den falschen Laden geraten.»

«Du mußt wahrscheinlich bis zum Schlußverkauf warten», sagte Vivaldo.

Cass wandte sich zu Rufus und legte ihm die Hand auf den Arm. «Nett, dich wiederzuhaben», sagte sie. Ihre großen braunen Augen blickten tief in die seinen. «Wie steht's denn mit dir? Wir haben dich alle so vermißt!»

Unwillkürlich zuckte er unter ihrer Berührung zusammen, und der leise Unterton ihrer Worte erschreckte ihn. Er wollte ihr danken; nickend und mit dem Versuch eines Lächelns sagte er: «Mir geht's gut, Cass.» Und dann: «Es ist wirklich ganz nett, wieder da zu sein.»

Sie grinste. «Weißt du, was ich immer wieder feststelle, wenn ich dich sehe? Daß wir beide einander ziemlich ähnlich sind.» Sie wandte sich wieder zu Vivaldo: «Ich sehe ja nirgends deine betagte Busenfeindin. Hältst du etwa nach einer neuen Frau Ausschau? Wenn ja, dann bist du aber bestimmt auch im falschen Laden gelandet.»

«Ich hab Jane schon höllisch lange nicht mehr gesehn», sagte Vivaldo, «und es wäre vielleicht eine gute Idee, wir sähen uns überhaupt nie wieder.» Aber er sah bekümmert aus.

«Armer Vivaldo», sagte Cass. Und nach einem Augenblick lachten sie beide. «Kommt doch mit nach hinten. Richard ist da. Er wird sich sehr freuen, euch zu sehn.»

«Ich hab gar nicht gewußt, daß ihr feinen Leute überhaupt den Fuß in diese Kneipe setzt. Könnt ihr die Wonnen des häuslichen Lebens nicht mehr aushalten?»

«Wir feiern heute abend. Richard hat gerade seinen Roman verkauft.»

«*Nein!*»

«Aber ja. *Ja!* Ist das nicht herrlich?»

«Na, das will ich meinen», sagte Vivaldo und machte ein fast bestürztes Gesicht.

«Kommt», sagte Cass. Sie nahm Rufus bei der Hand, und gemeinsam begannen sie sich ihren Weg nach hinten zu bahnen, Vivaldo voran. Sie stolperten die Stufen hinunter ins Hinterzimmer. Richard saß allein an einem Tisch und rauchte seine Pfeife.

«Richard», schrie Cass, «sieh doch bloß, wen ich dir aus dem Reich der Toten mitgebracht habe!»

«Du hättest sie ruhig weitermodern lassen können», grinste Richard. «Kommt rein und setzt euch. Schön, daß ihr da seid.»

«Schön, daß *du* da bist», sagte Vivaldo und setzte sich. Er und Richard grinsten sich an. Richard blickte einmal kurz und scharf auf Rufus, dann sah er weg. Er hatte Rufus wohl nie so gern gehabt wie die andern, und jetzt gab er ihm wahrscheinlich noch die Schuld für die Sache mit Leona.

Die Luft im Hinterzimmer war drückend und stickig; Rufus spürte seinen eigenen Körpergeruch, er wünschte, er hätte bei Vivaldo eine Dusche genommen. Er setzte sich.

«So!» sagte Vivaldo. «Also du hast verkauft!» Er warf den Kopf zurück und stieß ein dünnes, wieherndes Lachen aus. «Du hast das Buch verkauft. Ist ja toll, Mensch! Wie fühlst du dich?»

«Ich hab's so lange zurückgehalten, wie ich konnte», sagte Richard. «Ich hab ihnen andauernd bloß erzählt, mein guter Freund Vivaldo käme noch vorbei und läse's für mich durch. Dann sagten sie: ‹Was, der bekannte Vivaldo? Mensch, das ist ein Dichter, ein *Bohemien*! Der würde nie eine Mordgeschichte lesen, und wenn sie Gott der Allmächtige selber geschrieben hätte!› Tja, und wie du dann nie vorbeigekommen bist, Kleiner, hab ich mir gedacht, die Leute werden wohl recht haben, und da hab ich's ihnen eben überlassen.»

«So ein Mist. Richard, es tut mir wirklich leid. Aber ich hab immer so viel zu tun gehabt –»

«Ja, ja, ich weiß. Kommt, trinken wir was. Du, Rufus! Was machst du denn so im Moment?»

«Gott, ich bin grade dabei, mich 'n bißchen am Riemen zu reißen», sagte Rufus mit einem Lächeln. Richard war freundlich zu ihm, so redete er sich ein, aber im Herzen klagte er ihn doch der Feigheit an.

«Sei nicht so selbstbewußt», sagte Cass, «damit haben wir uns jahrelang abgegeben – uns am Riemen zu reißen. Du siehst ja, was für Fortschritte wir gemacht haben. Du befindest dich in bester Gesellschaft.» Sie lehnte den Kopf an Richards Schulter. Richard streichelte ihr Haar und klaubte seine Pfeife aus dem Aschenbecher.

«Ich glaube nicht, daß es einfach nur eine Mordgeschichte ist», sagte er und fuchelte mit der Pfeife. «Ich meine, ich sehe nicht ein, warum man nicht innerhalb der Formgrenzen etwas wirklich Ernstes machen könnte. Mich hat diese Form immer fasziniert, bestimmt.»

«Na, allzuviel hast du aber nicht davon gehalten, als du noch auf der Schule warst und mich in Englisch unterrichtet hast», sagte Vivaldo mit einem Lächeln.

«Nun ja, ich war damals auch noch jünger, als du jetzt bist. Wir wandeln uns eben, mein Junge, wir wachsen –!» Der Kellner betrat den Raum; er machte ein Gesicht, als hätte er keine Ahnung, an welchem Fleck der Erde er sich befände, und Richard rief ihn herbei. «He! Wir sterben hier drüben vor Durst!» Er drehte sich zu Cass um. «Du nimmst noch einen Drink?»

«O ja», sagte sie, «wo doch unsere Freunde jetzt da sind! Das soll noch ein feiner Abend werden. Bloß bin ich schon ein bißchen angesäuselt. Stört es dich, wenn ich meinen Kopf an deine Schulter lege?»

«Stören?» Er lachte. Er sah Vivaldo an. «*Stören!* Was glaubst du denn, ich werd mich doch nicht ins eigene Fleisch schneiden!» Er beugte sich nieder und küßte sie, und in seinem jungenhaften Gesicht leuchtete eine reine, aufrichtige Zartheit und Leidenschaft auf, die es sehr verschönte. «Jederzeit kannst du deinen Kopf an meine Schulter legen. Jederzeit, mein Kleines. Dafür sind meine Schultern doch da.» Und voller Stolz streichelte er wieder ihr Haar, während der Kellner mit den leeren Gläsern verschwand.

Vivaldo wandte sich Richard zu. «Wann kann ich dein Buch lesen? Ich bin direkt eifersüchtig. Ich muß feststellen, ob ich's mit Grund bin.»

«Nun, wenn du solche Töne anschlägst, du Schuft, kannst du's dir in der Buchhandlung kaufen, sobald es raus ist.»

«Oder es aus der Stadtbücherei leihen», schlug Cass vor.

«Nein, ernsthaft, wann kann ich's lesen? Heute nacht noch? Morgen? Wie lang ist es eigentlich?»

«Über dreihundert Seiten», sagte Richard. «Komm morgen vorbei, dann kannst du dir's ansehn.» Und zu Cass gewandt sagte er: «Auf diese Weise kriegen wir ihn wenigstens mal ins Haus.» Dann: «Wirklich, du hast uns in letzter Zeit gar nicht mehr besucht, was du früher immer tatest – hat das irgendeinen Grund? Denn *wir* mögen *dich* noch immer sehr gern.»

«Nein, einen Grund hat das nicht», sagte Vivaldo. Er zögerte. «Ich hatte diese Sache mit Jane, und dann ging das in die Brüche – und – och, ich weiß wirklich nicht. Mit der Arbeit ging's nicht so recht voran, und –» er streifte Rufus mit einem Blick – «all so was. Ich hab einfach zu viel gesoffen und rumgehurt, während ich mich ernsthaft hätte beschäftigen sollen – wie ihr – und meinen Roman zu Ende bringen.»

«Wie geht's denn damit so – mit deinem Roman?»

«Och –» er schlug die Augen nieder und nippte von seinem Drink – «langsam – und nicht mal sicher. Ich bin eben kein sehr guter Schriftsteller.»

«Quatsch mit Soße», sagte Richard fröhlich.

Er sah fast wieder aus wie der Englisch-Lehrer, den Vivaldo vergöttert hatte, der erste Mensch, der Vivaldo Dinge gesagt hatte, die ihm einmal gesagt werden mußten, der erste, der Vivaldo ernst nahm.

«Ich freue mich sehr», sagte Vivaldo, «ganz bestimmt, *sehr* freue ich mich, daß du das verdammte Ding hinter dich gebracht hast und daß es dir so gut von der Hand gegangen ist. Und ich hoffe, du machst dein Glück damit.»

Rufus dachte an Nachmittage und Abende auf dem Podium, wo die Leute zu ihm heraufgestürmt waren, um ihm fanatisch ihre Begeisterung und Verehrung zuzuschreien und zu verkünden, daß aus ihm noch einmal etwas Großes würde. Früher hatte ihm das nur immer die Laune verdorben. Doch wie sehnlich wünschte er jetzt, noch einmal in derselben Lage zu sein, einmal jemandes Blick so auf sich gerichtet zu sehen, wie jetzt Vivaldo Richard anblickte. Und er spähte in Vivaldos Gesicht, in dem herzliche Zuneigung und eine Art kühler, grübelnder Berechnung miteinander stritten. Vivaldo war glücklich über Richards Triumph, aber vielleicht wünschte er insgeheim, es wäre sein eigener; und zugleich fragte er sich zweifelnd, was für ein Triumph das denn eigentlich war. Wie die Leute zu ihm, Rufus, aufgeblickt hatten – war es nicht ein ganz ähnlicher Blick gewesen? Sie konnten nicht fassen, woher dies alles kam, diese Gewalt, die sie bewunderten. Ganz dunkel auch tauchte die Frage in ihnen auf, wie er das überhaupt aushielt – und ob es nicht vielleicht schon bald sein Leben kosten könnte.

Vivaldo wich dem forschenden Blick aus und sah in sein Glas nieder. Er zündete sich eine Zigarette an. Richard machte plötzlich einen sehr müden Eindruck.

Ein schlankes Mädchen, sehr hübsch und sorgfältig gekleidet – es sah aus wie ein Modell aus der Stadt –, betrat den Raum, blickte sich um, spähte scharf zu ihrem Tisch herüber. Sie stand einen Augenblick unschlüssig, dann wandte sie sich wieder zur Tür.

«Darf ich annehmen, daß Sie nach mir suchen?» rief Vivaldo.

Sie drehte sich um und lachte. «Seien Sie froh, ich suche *nicht* nach Ihnen.» Sie hatte ein sehr anziehendes Lachen und einen leichten südlichen Akzent. Rufus wandte sich um und sah ihr nach, wie sie zierlich die Stufen hinauflief und im Getümmel der Bar verschwand.

«Na, die hat angebissen, alter Junge», sagte Rufus, «jetzt aber los – schnapp sie dir.»

«Nein», sagte Vivaldo lächelnd, «ich will sie doch lieber in Frieden lassen.» Er starrte die Tür an, hinter der das Mädchen verschwunden war. «Hübsch war sie, nicht?» sagte er halb zu sich selbst, halb zu der Tischrunde. Wieder sah er zur Tür hinüber und rutschte dabei in leichter Unruhe auf seinem Sitz; dann stürzte er den Rest seines Drinks hinunter.

Rufus wollte sagen: *Laß dich bloß durch mich nicht aufhalten, Mann,* aber er sagte nichts. Er fühlte sich mürrisch, närrisch, schmutzig. Er wünschte, er wäre Meilen weit weg oder tot. Immer wieder mußte er an Leona denken; es kam in Wellen über ihn wie die Qual von Zahnschmerzen oder einer schwärenden Wunde.

Cass verließ ihren Platz, kam zu ihm herüber und setzte sich neben ihn. Sie sah ihn unverwandt an, und er erschrak vor dem warmen Mitgefühl, das auf ihrem Gesicht lag. Er fragte sich beklommen, wie ein solcher Blick möglich war, welche Erinnerungen, welche Erfahrungen sie besitzen mochte. So konnte sie nur blicken, weil sie Dinge wußte, von denen ihm nie eingefallen war, daß ein Mädchen wie Cass sie wissen könnte.

«Wie geht es Leona?» fragte sie. «Wo ist sie jetzt?» und ihre Augen wichen nicht von seinem Gesicht.

Er wollte nicht antworten. Er wollte nicht über Leona sprechen – und doch gab es sonst nichts mehr, worüber er vielleicht noch hätte sprechen können. Für einen Augenblick haßte er Cass beinahe; dann sagte er: «Sie ist in einem Heim – irgendwo im Süden. Sie sind gekommen und haben sie aus dem Bellevue abgeholt. Ich weiß nicht einmal, wo sie wirklich ist.»

Sie sagte nichts. Sie bot ihm eine Zigarette an, gab ihm Feuer und nahm selbst eine.

«Einmal habe ich ihren Bruder gesehen. Ich mußte ihn sehen, ich habe ihn gezwungen, mich zu sehen. Er spuckte mir ins Gesicht und sagte, wären wir da unten zu Hause gewesen, hätte er mich umgebracht.»

Er wischte sich das Gesicht mit dem Taschentuch ab, das Vivaldo ihm geliehen hatte.

«Aber mir war zumute, als wäre ich schon tot. Sie wollten mich nicht zu ihr lassen. Ich war kein Verwandter, ich hatte kein Recht, sie zu besuchen.»

Schweigen entstand. Er dachte an die Wände des Krankenhauses: weiß. Er dachte an die Trachten, an die Gesichter der Ärzte und Schwestern: weiß auf weiß. Und das Gesicht von Leonas Bruder – unter der weißen Haut jagte pulsend das Blut an die Oberfläche, schwer und böse, von Todfeindschaft heraufgerufen. Wären sie dort unten gewesen, zu Hause im Süden, sein Blut und das seines Feindes hätten fließen müssen, hin über die gefühllose Erde, hin unter dem herzlosen Himmel, und es hätte sich vermischt.

«Wenigstens», sagte Cass schließlich, «habt ihr keine Kinder. Dafür kannst du Gott danken.»

«Sie», sagte er, «hatte eins, dort unten, im Süden. Man hat ihr den Kleinen weggenommen.» Und er fügte hinzu: «Deswegen kam sie hierher.» Und wieder gedachte er der Nacht, da er ihr begegnet war.

«Sie war ein liebes Mädchen», sagte Cass. «Ich hab sie gern gemocht.»

Er sagte nichts. Er hörte Vivaldo sagen, «– aber ich weiß nie, was ich machen soll, wenn ich nicht arbeite.»

«Aber das weißt du doch ganz genau, mein Lieber. Du hast bloß niemanden, mit dem du's machen könntest.»

Er horchte, wie sie lachten, und es war ihm, als schüttelte ihn dieses Lachen wie ein Preßlufthammer.

«Egal wie», sagte Richard zerstreut und nachdenklich, «kein Mensch kann unentwegt arbeiten.»

Aus den Augenwinkeln beobachtete Rufus, wie er auf dem Tisch mit seinem Cocktailstäbchen herumstach.

«Ich hoffe», sagte Cass, «du sitzt nicht allzuviel herum und quälst dich mit Selbstvorwürfen. Oder wenigstens nicht allzu lange. Das ändert doch nichts.» Sie legte die Hand auf die seine. Er starrte sie an. Sie lächelte.

«Ich glaube, wenn du älter bist, wirst du schon sehen, daß wir alle unsere Untaten begehen. Die Hauptsache ist, daß man sich darüber nicht selber belügt; man muß zu verstehen suchen, was man getan hat, warum man es getan hat.» Sie rückte näher an ihn heran, ihre braunen Augen huschten auf ihn zu, und ihr blondes Haar hing, in der Erregung, in der dumpfen Traurigkeit ihres Gesichts wie ein schattenhafter Fransenvorhang über ihre Brauen. «Nur so kannst du dir dann allmählich selbst vergeben. Das ist ganz ganz wichtig. Wenn du dir nicht selbst vergibst, wirst du auch nie wieder einem anderen vergeben können – und wirst weiter die immer gleichen Verbrechen begehen, die immer gleiche Schuld neu auf dich laden.»

«Ich weiß», murmelte Rufus, aber er sah sie nicht an dabei; er beugte sich über den Tisch, die Fäuste gegeneinander gepreßt. Von weit her, vom Musikautomaten, vernahm er eine Melodie, die er oft selber gespielt hatte. Er dachte an Leona. Nie würde ihr Gesicht ihn verlassen. «Ich weiß», widerholte er, obgleich er in Wirklichkeit gar nichts wußte. Er wußte nicht, warum diese Frau so zu ihm redete, wußte nicht, was sie ihm zu sagen versuchte.

Ganz behutsam fragte sie: «Was willst du jetzt tun?»

«Ich will versuchen, mich zusammenzureißen», sagte er, «und wieder an meine Arbeit gehen.»

Aber es schien ihm unvorstellbar, daß er je wieder würde arbeiten können, daß er je wieder Schlagzeug spielen sollte.

«Bist du bei deiner Familie gewesen? Ich glaube, Vivaldo hat deine Schwester ein paarmal gesehen. Sie war sehr bekümmert deinetwegen und in Sorge.»

«Ich geh morgen gleich raus», sagte er. «Bisher wollte ich einfach nicht – so wie ich aussehe –»

«Sie stoßen sich nicht daran, wie du aussiehst», sagte sie kurz. «Mir ist es doch auch egal, wie du aussiehst. Ich bin eben einfach froh, wenn ich sehe, daß mit dir alles in Ordnung ist – und ich bin nicht einmal verwandt mit dir.»

Das ist wahr, dachte er, und er fühlte ein großes, unbegreifliches Staunen; das ist ja so wahr! Und er hob den Kopf und sah sie wieder an, mit einem leisen Lächeln, den Tränen nahe.

«Ich hab dich immer als einen sehr netten und lieben Menschen in Erinnerung gehabt», sagte sie. Ihr Arm machte eine kleine Bewegung, und ein zusammengeknüllter Geldschein schob sich in seine Hand. «Es würde dir wohl schon helfen, wenn du selbst so von dir denken wolltest.»

«He, alte Dame», rief Richard, «wie wär's, wenn wir Schluß machten?»

«Ach ja», sagte sie und gähnte. «Für einen Abend, für ein Buch haben wir, glaube ich, genug gefeiert.»

Sie stand auf, ging auf ihre Tischseite zurück und begann ihre Sachen zusammenzusuchen. Rufus hatte plötzlich Angst, sie gehen zu sehen.

«Kann ich dich bald mal besuchen kommen?» fragte er mit einem Lächeln.

Sie starrte ihn über die Tischbreite hin an. «Bitte, tu das», sagte sie, «und bald.»

Richard klopfte seine Pfeife aus und steckte sie in die Tasche, während er sich nach dem Kellner umsah. Vivaldos Blick hing starr an irgend etwas, an irgend jemandem, der hinter Rufus stand, und es war plötzlich, als wollte er von seinem Sitz aufspringen. «Na schön», sagte er dann schwächlich, «also – da ist Jane», und Jane kam an den Tisch herüber. Ihr kurzes, angegrautes Haar war sorgfältig gekämmt, was ganz ungewöhnlich war, und sie trug ein dunkles Kleid, was ebenfalls ungewöhnlich war. Vielleicht war Vivaldo der einzige Mensch, der sie je anders als in Bluejeans und Pullover gesehen hatte. «Hallo – alle miteinander», sagte sie, und ihr Lächeln war strahlend und feindselig wie immer. Sie setzte sich. «Hab euch ja alle seit Monaten nicht mehr gesehn.»

«Noch immer bei der Malerei?» fragte Cass. «Oder haben Sie's drangegeben?»

«Ich hab wie ein Pferd gearbeitet», sagte Jane, und ihr Blick glitt unstet weiter herum und mied Vivaldos Augen.

«Das sieht Ihnen ähnlich», murmelte Cass und zog ihren Mantel an.

Jane blickte Rufus an, und es schien, als gewinne sie langsam ihre Selbstbeherrschung wieder. «Wie ist dir's ergangen, Rufus?»

«Ganz gut», sagte er.

«Wir haben alle ein ausschweifendes Leben geführt», sagte Richard, «aber Sie sehen aus, als seien Sie ein ganz braves Mädchen gewesen und hätten jede Nacht Ihren Schönheitsschlaf gehalten.»

«Du siehst großartig aus», sagte Vivaldo kurz.

Zum erstenmal blickte sie ihn unmittelbar an. «Wirklich? Ich glaube, ich hab mich auch recht wohl gefühlt. Ich hab mit dem Trinken Schluß gemacht», und sie lachte ein bißchen zu laut und sah zu Boden. Richard zahlte gerade die Rechnung; er war aufgestanden, den Trenchcoat über dem Arm. «Brecht ihr alle mit auf?»

«Wir müssen ja leider», sagte Cass, «wir sind ja bloß dumme, untalentierte alte Eheleute.»

Cass warf einen schnellen Blick zu Rufus hinüber und sagte: «Mach's gut jetzt; gönn dir etwas Ruhe.» Sie lächelte ihn an. Es trieb ihn, diesem Lächeln, diesem Augenblick Dauer zu geben, aber er lächelte nicht zurück, er nickte nur mit dem Kopf. Sie wandte sich zu Jane und Vivaldo: «Bis dann also, ihr beiden. Wir sehn uns ja bald.»

«Bestimmt», sagte Jane.

«Ich komme morgen rüber», sagte Vivaldo.

«Ich rechne mit dir», sagte Richard, «laß mich ja nicht sitzen. *So long, Jane.*»

«*So long.*»
«*So long.*»
Jane, Rufus und Vivaldo waren allein.
I wouldn't mind being in jail but I've go to stay there so long . . .
Die leeren Sitze, auf denen die anderen gesessen, lagen jetzt wie eine Kluft zwischen Rufus und dem weißen Jungen mit seinem weißen Mädchen.
«Nehmen wir noch einen Drink», sagte Vivaldo.
So long . . .
«Den gebe ich aus», sagte Jane. «Ich hab ein Bild verkauft.»
«Jetzt endlich? Für 'ne Masse Geld?»
«Für eine ganze Masse Geld. Wahrscheinlich lag's daran, daß ich das letzte Mal, als du mich besuchtest, solche Stinklaune hatte – es wollte mir einfach nicht von der Hand gehen.»
«Stinklaune – ja, die hattest du.»
Wouldn't mind being in jail . . .
«Was nimmst du, Rufus?»
«Ich bleibe bei Scotch, glaube ich.»
But I've got to stay there . . .
«Es tut mir leid», sagte sie, «ich weiß nicht, weshalb ich immer so ein Luder bin.»
«Du trinkst zu viel. Wir wollen hier bloß einen nehmen; dann bring ich dich nach Hause.»
Beide sahen sie hastig zu Rufus.
So long . . .
«Ich geh mal aufs Klo», sagte Rufus. «Bestellt mir 'nen Scotch mit Wasser.»
Er ging aus dem Hinterzimmer nach vorn in das Getümmel der Bar. Einen Augenblick stand er an der Tür und beobachtete die Jungen und Mädchen, die Männer und Frauen; die feuchten Münder öffneten sich und schlossen sich, die Gesichter waren dumpf und blaß, die Hände finster um das Glas gekrampft oder die Flasche oder um einen Ärmel, einen Ellbogen, oder einfach in die leere Luft gekrallt. Winzige Flämmchen flackerten unablässig hier und da auf, und sie bewegten sich durch schwer schwebende Rauchschichten. Ohne Unterlaß läutete die Registrierkasse. Ein riesiger Rausschmeißer stand an der Tür, die Augen überall, und ein anderer bewegte sich im Raum umher, räumte Tische ab und rückte Stühle wieder zurecht. Zwei Jungen – der eine, in rotem Hemd, sah aus wie ein Spanier, der andere, in braunem, wie ein Däne – standen am Musikautomaten und redeten über Frank Sinatra.
Rufus starrte zu einem schlanken blonden Mädchen hinüber, das eine gestreifte offene Bluse trug und einen weiten Rock mit breitem Ledergürtel und einer glänzenden Messingschnalle. Sie hatte flache Schuhe an und schwarze Kniestrümpfe. Ihre Bluse war so tief ausgeschnitten, daß er den

Ansatz ihrer Brüste sehen konnte; seine Augen folgten der Linie abwärts bis zu den vollen Spitzen, die sich herausfordernd vorstreckten; seine Hand strich in Gedanken um ihre Taille, streichelten die Mulde ihres Bauchs und trieb langsam ihre Schenkel auseinander. Sie sprach mit einem anderen Mädchen. Sie fühlte seine Augen auf sich und sah zu ihm hin. Ihre Blicke begegneten sich. Er drehte sich um und ging hinaus in die Toilette.

Es roch nach den Tausenden, die hier eingekehrt waren, nach Ozeanen von Urin, nach Tonnen von Galle, Erbrochenem und Kot. Er fügte dem Ozean seinen Strom hinzu, den meistverachteten Teil seiner selbst lose zwischen zwei Fingern einer Hand. *But I've got to stay there so long . . .* Er blickte auf die scheußliche Chronik, die wild auf die Wände geschmiert war – Telefonnummern, Geschlechtsteile, Brüste, Hoden, mit Haß in diese Wände eingeätzt. *Schnapp mich am Nippel. Kleine Reibung gefällig? Wer locht mir den Arsch mit einem heißen steifen Pfriem? Nieder mit den Juden. Killt die Nigger. Ich lutsche Schwänze.*

Er wusch sich sehr sorgfältig die Hände, trocknete sie an dem schmutzigen Rollhandtuch ab und ging wieder in die Bar hinaus. Die beiden Jungen standen noch immer am Musikautomaten, das Mädchen mit der gestreiften Bluse redete immer noch mit ihrer Freundin. Er ging durch die Bar zur Tür und hinaus auf die Straße. Erst dann langte er in die Tasche, um zu sehen, was Cass ihm in die Hand geschoben hatte.

Fünf Dollar. Nun, das würde ihm bis morgen früh seine Sorgen nehmen. Er konnte sich ein Zimmer beim C. V. J. M. mieten.

Er überquerte den Sheridan Square und wanderte langsam die 4. Straße West dahin. Die Bars begannen schon zu schließen. Vor den Türen standen Leute, die vergeblich versuchten, eingelassen zu werden, oder einfach zauderten, nach Hause zu gehen, und trotz der Kälte lungerten Mäßiggänger unter den Straßenlaternen herum. Sie schienen ihm fern und entrückt, als er langsam dahinschritt; sie glitten vorüber, wie wohl ein Weidezaun, ein Bauernhaus, ein Baum am Fenster eines Zuges vorbeigleiten; sie kommen näher und näher; die Einzelheiten ändern und wandeln sich jeden Augenblick, wie das Auge sie herausgreift; dann preschen sie heran, mit der Dringlichkeit eines Boten oder eines Kindes; schon schrumpfen sie wieder, werden kleiner und ferner, verschwinden, sind für immer weg. *Der Zaun da ist morsch,* mochte er gedacht haben, wenn der Zug darauf zubrauste, oder *Das Haus braucht einen neuen Anstrich,* oder *Der Baum ist tot.* Im Nu gekommen, im Nu vergangen – es war nicht sein Zaun, nicht sein Bauernhaus, nicht sein Baum. Wie er jetzt vorüberging, erkannte er auch wohl hier und da Gesichter, Gestalten, Stellungen, und dachte: *Das ist Ruth.* Oder: *Das da ist ja die alte Lennie. Die Drecksau hat wieder 'ne ordentliche Ladung weg.* Es war sehr still.

Er kam an der Cornelia Street vorbei. Da hatte Eric einmal gewohnt. Er sah wieder das Zimmer vor sich, das Lampenlicht in den Ecken, Eric saß da, überall türmten sich Bücher, das Bett war ungemacht. Eric – da war er schon an der Sixth Avenue, mitten im Lichterwirbel vom Ampeln und Taxis. Zwei Mädchen und zwei Jungen, weiße, standen an der gegenüberliegenden Ecke und warteten, daß die Ampel wechselte. Ein halbes Dutzend Männer rollte in einem schweren, blitzenden Wagen vorbei und brüllte sie an. Dann spürte Rufus jemanden an seiner Schulter; ein junger weißer Bursche in schwarzer Lederjacke und mit einer Art Militärkäppi. Er musterte Rufus mit größter Feindseligkeit; dann ging er weiter, entfernte sich langsam auf der Avenue, und sein Hinterteil winkte und wedelte wie eine Flagge. Er blickte zurück, blieb unter dem Vordach eines Kinos stehen. Die Ampel wechselte. Rufus und die beiden Paare gingen aufeinander zu, begegneten sich mitten auf der Avenue, gingen aneinander vorbei – nur eines der Mädchen warf ihm einen Blick zu; in ihren Augen lag etwas wie ein mitleidiges Fragen. *Und wenn schon, du Flitsche.* Ganz ohne Absicht ging er auf die 8. Straße zu; er schlug einfach den Weg zur U-Bahn ein, den er immer gegangen war.

Dann stand er an der Treppe und sah hinab. Sonderbarerweise, besonders um diese Zeit, war niemand zu sehen; die Stufen waren leer. Er fragte sich, ob der Mann in der Bude ihm wohl den Fünf-Dollar-Schein wechseln würde. Langsam ging er hinunter.

Dann, als der Mann ihm Wechselgeld gab und er auf das Drehkreuz zuging, kamen mehr Leute, laut und hastend; sie drängten an ihm vorbei, als seien sie Schwimmer und er nichts als ein im Wasser aufgerichteter Pfahl. Etwas begann in ihm zu erwachen, etwas ganz Neues; es ließ seine Scheu noch wachsen, die Ferne zwischen ihm und den Dingen; es vergrößerte seine Qual. Sie hasteten weiter und weiter – auf den Bahnsteig, zu den Gleisen. Etwas, an das er viele Jahre lang nicht mehr gedacht hatte, das aber zugleich nie aus seinen Gedanken gewichen war, kam wieder über ihn, als er hinter der Menge her schlich. Der Bahnsteig der U-Bahn war ein gefährlicher Ort – so hatte er immer gedacht; er neigte sich schräg auf die Gleise zu, auf denen der Zug kommen mußte; als Kind, wenn er dort neben seiner Mutter gestanden, hatte er nicht gewagt, ihre Hand loszulassen. Nun stand er wieder da, allein unter all diesen Leuten, die jeder für sich allein waren wie er, und wartete auf den Zug mit der Gelassenheit, die ihm das Leben inzwischen beigebracht hatte.

Aber was - wenn nun irgend etwas irgendwo versagte? Wenn die gelben Lampen plötzlich ausgingen und niemand mehr die Bahnsteigkante sehen konnte? Wenn all diese Eisenträger herabstürzten? Er sah ihn vor sich, den Zug, wie er durch den Tunnel raste, unter dem Wasser hin: Der Zugführer war verrückt geworden, war blind geworden, war unfähig, die Lichtsignale noch zu erkennen; sinnlos schimmerten und summten die Gleise dahin, weiter und immer weiter; nirgends und nie hielt der Zug mehr an; schreiend hingen die Leute in Fenstern und Türen, wandten sich gegeneinander mit der ganzen aufgestauten Wut ihrer verfluchten, verpfuschten Leben; nur noch Mordlust regte sich in ihnen; Glied trennte sich von Glied und versank im Strudel des Blutes; Wollust kam über sie – zum erstenmal nach so langer Gefangenschaft brach die Lust hervor, die Wonne, Entsetzen zu verbreiten in der Welt, noch einmal die Welt zu erschrecken . . . Oder der Zug blieb im Tunnel, die Maschine versagte, Wasser war ringsherum – da brachen schon die Wände ein; nicht wie eine langsam steigende Flut – wie ein sturmgepeitschter riesiger Schwall brach das Wasser über die Köpfe dieser Menschen herein: es füllte ihre schreienden Münder, schlug über ihren Augen zusammen, über ihrem Haar; es riß ihnen die Kleider vom Leib und entdeckte alle Heimlichkeiten, die nun niemandem mehr nützen konnten als dem Wasser allein. Es konnte geschehen. Es konnte geschehen; und ihm, Rufus, würde es eine Wonne und eine Lust sein, es mitanzusehen, wie es geschah, und müßte er selber auch dabei zugrunde gehen.

Der Zug lief ein, er bohrte sich in die tief gefurchte Narbe der Gleise. Sie alle drängten vorwärts, stiegen ein, setzten sich in den erleuchteten Wagen, der keineswegs leer war, der vor Menschen bersten würde, bevor sie noch weit gekommen waren, und sie standen oder saßen in der Isolierzelle, in die sich ihnen jeder Zoll des Raums verwandelte, den sie innehatten.

Bei der 14. Straße hielt der Zug. Rufus saß am Fenster und sah ein paar Leute zusteigen. Ein farbiges Mädchen war unter ihnen, das entfernt seiner Schwester ähnelte; aber sie sah ihn an und sah weg und setzte sich so weit von ihm weg, wie sie konnte. Der Zug rollte weiter durch den Tunnel. Die nächste Haltestelle war die 34. Straße, seine Haltestelle. Leute stiegen zu, er sah, wie die Station vorbeiglitt. 42. Straße. Diesmal stürzte eine ganze Schar herein, und doch waren keine Sitze mehr frei. Manche hatten Zeitungen bei sich. Ein weißer Mann hielt sich an einem Gurt neben ihm. Rufus fühlte ein Würgen in der Kehle.

95. Straße. Viele stiegen zu, viele stiegen aus und hasteten über den Bahnsteig zum Vorortzug. Viele Weiße, viele Schwarze, aneinandergekettet in Zeit und Raum, aneinandergekettet von der Geschichte, und alle in Eile. Sie haben es eilig, voneinander weg zu kommen, dachte er, aber das schaffen sie nicht, das werden wir nie schaffen. Wir sind verdammt und verloren.

Dann schlugen die Türen zu; es gab ein grelles Geräusch, das ihn hochfahren ließ. Der Zug ächzte, taumelte, als bezeuge er seine nun schwerere Bürde, als verwahre er sich gegen sie, verwahre sich gegen die enge Nähe von weißem Steiß und schwarzem Knie; die Räder schienen an den Gleisen zu kratzen und zu zerren; es klang, als zerreiße etwas. Dann ging es wieder weiter dahin, hinaus aus der Innenstadt, die Massen würden auseinandergehen, die Ladung leichter werden. Lichter flackerten und flimmerten vorbei; vorbei glitten andere Bahnsteige, auf denen andere Menschen auf andere Züge warteten. Dann hatten sie den Tunnel vor sich. Wie ein Phallus stieß der Zug in die Finsternis, die sich öffnete und immer weiter öffnete, ihn zu empfangen, und die ganze Welt erbebte bei dieser ihrer Paarung. Dann, während es schien, als wollte das Brausen und Sausen niemals ein Ende nehmen, kamen sie plötzlich in die grelle Lichterflut der 125. Straße. Der Zug keuchte und stöhnte; er hielt. Rufus hatte gedacht, er würde hier aussteigen, aber er sah die Menschen auf die Türen zuströmen, die Türen gingen auf, sie stiegen aus. Hauptsächlich waren es Schwarze, die hier ausstiegen. Er hatte gedacht, er würde hier auch aussteigen, würde nach Hause gehen, aber er sah zu, wie das Mädchen, das ihn an seine Schwester erinnerte, traurig die Weißen an sich vorüber ließ, wie es einen Augenblick ganz verloren auf dem Bahnsteig stand, bevor es auf die Treppe zuging. Da wußte er plötzlich, daß er nie wieder nach Hause gehen würde.

Der Zug setzte sich in Bewegung, halbleer jetzt; bei jeder Haltestelle lichtete er sich mehr; bald schon blickten die Weißen, die noch übrig waren, böse zu ihm her. Er spürte ihre starren Blicke, doch war es ihm, als sei er weit von ihnen entfernt. *Und nahmt ihr mir das Beste, was liegt mir noch am Reste?* Bei der nächsten Station stieg er aus; sie trug den Namen der Brücke, die man dem Vater dieses Landes zu Ehren gebaut hatte.

Und er ging die Treppenstufen hinauf, hinaus auf die Straßen, die ganz verlassen waren. Hohe Wohnbauten ragten lichtlos wie ungeheure Schatten in den dunklen Himmel; sie schienen ihn zu beobachten, schienen sich wie eine Riesenlast auf ihn herabzusenken. Fast über ihm schon erhob sich die Brücke, unsäglich, unerträglich hoch; nur das Wasser sah er noch nicht. Aber er witterte es, roch es. Früher, fiel ihm ein, hatte er nie begriffen, wie ein Tier wohl Wasser riechen konnte. Aber es war da, dort drüben, über der Autostraße, auf der er die Wagen huschen sehen konnte.

Dann stand er auf der Brücke, blickte über das Geländer, blickte in die Tiefe. Ihm war jetzt, als schrieben die Wagenlichter auf der Autostraße eine endlose Botschaft auf, mit furchtbarer Geschwindigkeit und in einer zarten, unlesbaren Schrift. In gedämpfter Ferne lagen die Lichter der Jersey-Küste, und hier und da flammte eine Neonreklame auf, die irgend etwas anpries, das irgend jemand zu verkaufen hatte. Er ging langsam auf die Mitte der Brücke zu und bemerkte, daß die Stadt, die so finster gewesen war, als er sie durchwandert hatte, von dieser Höhe aus wie in Flammen zu stehen schien.

Er stand in der Mitte der Brücke, und es war eisig kalt. Er hob die Augen zum Himmel. Du Lump, dachte er, du kotzdreckiger. Bin ich nicht auch dein Kind? Er begann zu weinen. Etwas in ihm, das nicht mehr aufhören wollte, schüttelte ihn in jagenden Synkopen, überschüttete sein Gesicht mit salzigem Wasser, füllte ihm Kehle und Nüstern mit beklemmender Angst. Er wußte, die Qual würde nie wieder enden. Nie wieder konnte er in die Stadt zurückkehren. Er ließ den Kopf vornüber fallen, als hätte ihn jemand geschlagen, und sah auf das Wasser hinunter. Es war kalt, und kalt würde das Wasser sein.

Er war schwarz, und schwarz war das Wasser.

Er stemmte sich mit den Händen auf das Geländer, stemmte sich, so hoch er konnte, und lehnte sich weit vornüber. Der Wind zerrte an ihm, riß ihn an Kopf und Schultern, während unablässig etwas in ihm schrie: Warum? Er dachte an Eric. Seine scharf gestreckten Arme drohten zu brechen. *Ich kann nicht mehr so weiter.* Er dachte an Ida. *Es tut mir leid, Leona,* flüsterte er. Dann packte ihn der Wind, er fühlte, wie er hinüberging, den Kopf voran, und Wind und Sterne, Lichter, Wasser, alles stürzte wirbelnd zusammen, *mag's denn sein.* Ein Schuh flog hinter ihm weg, das spürte er noch, dann war nichts um ihn mehr als nur der Wind. *Mag's sein denn, du kotzdreckiger gottallmächtiger Lump, ich komme zu dir.*

2

Es regnete, Cass saß auf dem Boden ihres Wohnzimmers bei einer Tasse Kaffee und den Sonntagszeitungen. Sie überlegte, welches Foto von Richard wohl am besten auf der Titelseite des Literaturteils aussehen würde. Das Telefon läutete.

«Hallo?»

Sie hörte ein tiefes Atemholen, und eine leise, entfernt vertraute Stimme fragte: «Ist dort Cass Silenski?»

«Ja.»

Sie sah auf die Uhr und fragte sich, wer es wohl sein mochte. Es war halb elf, und außer ihr war noch niemand im Haus wach.

«Ja – also –» kam es hastig, «also ich weiß nicht, ob Sie sich meiner noch entsinnen; wir haben uns einmal getroffen, in der Stadt, in einem Nachtclub, wo Rufus arbeitete. Ich bin seine Schwester – Ida. Ida Scott . . .»

Das Bild eines sehr jungen, auffallend dunklen Mädchens tauchte vor ihr auf, das einen rubinäugigen Schlangenring trug.

«Aber ja, ich erinnere mich sehr gut. Wie geht es Ihnen?»

«Mir geht's gut. Das heißt –» ein schmales, trockenes Lachen war zu hören – «vielleicht auch nicht. Ich versuche meinen Bruder aufzutreiben. Ich hab schon den ganzen Morgen bei Vivaldo angerufen, aber er ist nicht zu Hause –» Cass spürte, wie die Stimme sich anstrengte, nicht zu zittern, nicht zu brechen – «und da hab ich jetzt bei Ihnen angerufen; ich dachte, Sie haben ihn vielleicht gesehen, Vivaldo, meine ich, oder Sie können mir sagen, wo ich ihn erreiche.» Und jetzt weinte das Mädchen. «Aber Sie haben ihn nicht gesehen, nicht wahr? Oder meinen Bruder?»

Cass hörte Geräusche aus dem Kinderschlafzimmer. «Bitte», sagte sie, «versuchen Sie doch, ruhig zu bleiben. Ich weiß nicht, wo Vivaldo heute morgen ist, aber Ihren Bruder habe ich gestern abend gesehen. Und es fehlte ihm nichts.»

«Gestern abend, sagen Sie?»

«Ja.»

«Wo haben Sie ihn gesehen? Wo war er?»

«Wir haben zusammen ein paar Drinks im *Benno's* genommen.» Dann fiel ihr Rufus' Gesicht ein, und unwillkürlich stieg ein dumpfes, warnendes Gefühl in ihr auf. «Wir haben uns eine ganze Weile unterhalten. Es schien ihm gut zu gehen.»

«Oh!» Die Stimme strömte von Erleichterung über und ließ Cass an das Lächeln des Mädchens denken. «Warten Sie, das muß ich erst einmal verdauen!» Dann: «Wissen Sie, wo er hingegangen ist? Wo wohnt er?»

Die Geräusche im Schlafzimmer ließen vermuten, daß Paul und Michael in Streit geraten waren. «Ich weiß es nicht.» Ich hätte ihn fragen sollen, dachte sie. «Aber Vivaldo müßte es wissen, sie waren zusammen, ich hab sie zusammen verlassen – sehn Sie –» Michael kreischte und fing dann an zu weinen, sie würden noch Richard aus dem Schlaf reißen – «Vivaldo kommt heute nachmittag vorbei; kommen Sie doch einfach auch!»

«Um welche Zeit?»

«Na, so halb vier bis vier. Wissen Sie unsere Wohnung?»

«Ja. Ja, ich komme gern. Vielen Dank.»

«Bitte regen Sie sich nicht so sehr auf. Es ist bestimmt alles in bester Ordnung.»

«Bestimmt. Ich bin froh, daß ich Sie angerufen habe.»

«Also dann bis nachher.»

«Ja. Auf Wiedersehen.»

«Auf Wiedersehen.»

Cass rannte ins Kinderschlafzimmer, wo Paul und Michael sich wie wild auf dem Fußboden herumbalgten. Michael war obenauf. Sie zog ihn hoch und stellte ihn auf die Füße. Paul stand langsam auf, und er blickte trotzig und beschämt. Er war schließlich schon elf und Michael erst acht. «Was soll denn eigentlich dieser Krach bedeuten?»

«Er hat versucht, mir mein Schachspiel wegzunehmen», sagte Michael.

Der Kasten, das Brett und zerbrochene Figuren lagen auf beiden Betten und im ganzen Zimmer verstreut herum.

«Das ist nicht wahr», begehrte Paul auf und sah seine Mutter an. «Ich hab doch bloß versucht, ihm das Spielen richtig beizubringen.»

«Du hast ja keine Ahnung, wie man richtig spielt», sagte Michael; jetzt, wo seine Mutter im Zimmer war, schniefte er ein- oder zweimal laut durch die Nase und begann dann sein Eigentum einzusammeln.

Aber Paul *wußte*, wie man Schach spielte – oder jedenfalls wußte er, daß Schach ein Spiel mit Regeln war, die man lernen mußte. Von Zeit zu Zeit spielte er mit seinem Vater. Aber es machte ihm auch Spaß, seinen Bruder zu quälen, der lieber allerlei phantastische Geschichten mit seinen verschiedenen Figuren aufzog, wenn er sie auf dem Brett umherbewegte. Dazu brauchte er natürlich keinen Mitspieler. Paul aber entrüstete es dann immer sehr, wenn er mitansehen mußte, wie Michael mit Richards alten, zerbrochenen Schachfiguren umsprang.

«Das hat nichts damit zu tun», sagte Cass, «Du weißt genau, das Spiel gehört Michael, und er kann damit machen, was er will. Aber jetzt kommt, wascht euch und zieht euch an.»

Sie ging ins Badezimmer, um sie beim Waschen und Anziehen zu beaufsichtigen.

«Ist Vati schon auf?» wollte Paul wissen.

«Nein. Er schläft noch. Er ist müde.»

«Kann ich nicht reingehen und ihn wecken?»

«Nein. Heute morgen nicht. Halt still.»

«Was wird denn mit seinem Frühstück?» fragte Michael.

«Er frühstückt, wenn er aufgestanden ist», sagte sie.

«Wir frühstücken überhaupt nie mehr zusammen», sagte Paul. «Warum kann ich denn nicht gehn und ihn wecken?»

«Weil ich nein gesagt habe, darum», sagte sie. Sie gingen in die Küche. «*Wir* können jetzt zusammen frühstücken, aber euer Vater braucht seinen Schlaf.»

«Er schläft ja andauernd bloß», sagte Paul.

«Ihr seid gestern abend noch sehr spät aus gewesen», sagte Michael schüchtern.

Cass war eine gänzlich unparteiische Mutter, oder wenigstens versuchte sie, es zu sein; aber zuweilen rührte sie Michaels schüchterner, gesetzter Charme, wie es Pauls mehr unmittelbare, überlegte Art selten vermochte.

«Was geht das dich an?» sagte sie und rubbelte sein rötlichblondes Haar. «Und überhaupt – woher weißt du das eigentlich?» Sie sah Paul an. «Ich wette, das Mädchen hat euch wieder bis in die Puppen aufbleiben lassen. Wann seid ihr gestern abend ins Bett gegangen?»

Aber schon hatte ihr Ton bewirkt, daß die beiden sich gegen sie verbündeten. Sie war ihr gemeinsames Eigentum; aber sie hatten doch miteinander mehr Gemeinsames als mit ihr.

«Ach, so spät war's gar nicht», sagte Paul diplomatisch. Er blinzelte zu seinem Bruder hinüber und fing an, sein Frühstück zu essen.

Sie hielt ein Lächeln zurück. «Wann war es, Michael?»

«Och, ich weiß gar nicht», sagte er, «aber es war bestimmt noch ganz früh.»

«Wenn das Mädchen euch auch nur bis eine Minute nach zehn noch aufbleiben läßt –»

«Oh, sooo spät war's längst nicht», sagte Paul.

Sie gab auf, schenkte sich eine zweite Tasse Kaffee ein und sah den beiden beim Essen zu. Dann fiel ihr wieder Idas Anruf ein. Sie wählte Vivaldos Nummer. Aber es kam keine Antwort. Vermutlich war er bei Jane, dachte sie, aber sie kannte die Adresse nicht, kannte nicht einmal Janes Nachnamen.

Sie hörte, wie Richard sich im Schlafzimmer drüben rührte, und sah ihn dann in den Duschraum stolpern.

Als er dann bei ihnen war, sah sie ihm erst eine Weile beim Essen zu, ehe sie ihn ansprach: «Richard –? Rufus' Schwester hat eben angerufen.»

«Seine Schwester? O ja, ich kann mich erinnern, wir haben sie ja wohl einmal getroffen. Was wollte sie denn?»

«Sie wollte wissen, wo Rufus ist.»

«Ja, mein Gott, woher sollen wir das wohl wissen, wenn sie's nicht weiß?»

«Ihre Stimme klang sehr bekümmert. Sie hat ihn seit langer Zeit nicht mehr zu Gesicht bekommen, weißt du.»

«Ach nein, und da beklagt sie sich? Vermutlich hat der Lümmel sich ein neues wehrloses kleines Mädchen aufgegabelt, das er verprügeln kann.»

«Ach – das hat doch damit gar nichts zu tun. Sie ist bekümmert über ihren Bruder, sie macht sich Sorgen; sie will wissen, wo er ist.»

«Na schön, also gratulieren kann man ihr ja nicht gerade zu diesem Bruder. Aber was, sie wird in den nächsten Tagen schon irgendwo mit der Nase auf ihn stoßen.» Er blickte ihr in das besorgte Gesicht. «Ja zum Teufel, Cass, wir haben ihn doch gestern abend gesehen, und da fehlte ihm nichts!»

«Nichts», sagte sie, «ja.» Dann: «Sie kommt heute nachmittag her.»

«Allgütiger Gott. Um welche Zeit?»

«So um drei oder vier, hab ich ihr gesagt. Ich dachte, um die Zeit würde Vivaldo dann wohl auch hier sein.»

«Nun, gut.» Er stand auf. Sie gingen ins Wohnzimmer. Paul trat ans Fenster und sah auf die nassen Straßen hinaus. Michael hockte sich auf den Boden und krtzelte in seinem Notizbuch. Er besaß eine große Menge solcher Notizbücher, alle randvoll von Bäumen und Häusern, von Ungeheuern und völlig undurchsichtigen kleinen Geschichten.

Paul verließ das Fenster und baute sich neben seinem Vater auf.

«Gehn wir jetzt bald?» fragte er. «Es wird sonst zu spät.»

Denn Paul vergaß nie ein Versprechen oder eine Verabredung.

Richard blinzelte Paul zu und langte nieder, um Michael zärtlich am Kopf zu knuffen. Michael reagierte darauf stets mit einer Art mürrischen, ausweichenden Behagens; es schien, als sage er sich dann jedesmal, daß er ja seinen Vater reichlich genug liebe, um über ein solches gelegentliches Entgleisen seiner Würde hinwegsehen zu können.

«Kommt jetzt», sagte Richard. «Wenn ihr wollt, daß ich euch ins Kino bringe, müßt ihr euch jetzt aber sputen.»

Cass stand dann am Fenster und sah den dreien nach, wie sie unter Richards Regenschirm davonstapften.

Zwölf Jahre. Sie war einundzwanzig gewesen, er fünfundzwanzig; es war mitten im Krieg. Sie landete schließlich in San Francisco und verdiente ihr Geld damit, sich in einer Schiffswerft herumzutreiben. Es hätte ihr wohl besser gehen können, aber es war ihr gleichgültig gewesen. Sie wartete einfach nur, daß der Krieg ein Ende nahm und Richard heimkehrte. Er war nach Nordafrika verschlagen worden, als Quartiermeister in ein Truppendepot, und dort hatte er, soweit sie sich besinnen konnte, die meiste Zeit damit verbracht, arabische Schuhwichser und Bettler gegen die zynischen und arglistigen Franzosen zu verteidigen.

Sie war in der Küche und rührte einen Kuchenteig an, als Richard zurückkehrte. Er steckte den Kopf zur Küchentür herein; von seiner Nasenspitze tropfte Wasser.

«Na, wie ist dein wertes Befinden jetzt, gnädige Frau?»

Sie lachte. «Trauriger als je. Ich backe einen Kuchen.»

«Das ist wahrlich ein entsetzliches Zeichen. Ich sehe, es gibt kaum noch Hoffnung.» Er nahm ein Geschirrtuch und wischte sich das Gesicht ab.

«Was ist denn mit dem Regenschirm passiert?»

«Ich hab ihn den Jungen gelassen.»

«Oh, Richard, er ist doch so groß. Kann Paul ihn denn halten?»

«Nein, natürlich nicht», sagte er. «Der Wind wird ihn sich schon packen und die beiden hoch über die Dächer weg entführen; wiedersehen tun wir sie bestimmt nicht.» Er zwinkerte. «Deshalb hab ich ihnen das Ding doch gegeben. Ich bin doch nicht blöd.» Er ging in sein Arbeitszimmer und schloß die Tür.

Sie schob den Kuchen in den Backofen, schälte Kartoffeln und Karotten, ließ sie im Wasser und überschlug die Zeit, die das Roastbeef brauchen würde. Sie hatte sich umgezogen und setzte gerade den Kuchen zum Abkühlen beiseite, als es an der Haustür klingelte.

Es war Vivaldo. Er trug einen schwarzen Regenmantel, und sein Haar war zerzaust und triefte vom Regen. Seine Augen schienen schwärzer denn je und sein Gesicht bleicher.

«Heathcliff!» schrie sie. «Wie reizend, daß du kommen konntest!» – und lotste ihn in die Wohnung, denn es hatte nicht den Anschein, als würde er von selbst einen Schritt tun. «Leg die nassen Sachen im Bad ab;

ich misch dir einen Drink.»

«Was für ein gescheites Mädchen du doch bist», sagte er, aber er lächelte kaum dabei. «Herrje, draußen pißt es vielleicht!» Er zog den Mantel aus und verschwand im Bad.

Sie ging zur Tür des Arbeitszimmers und klopfte an. «Richard, Vivaldo ist da.»

«Ausgezeichnet. Ich komm gleich raus.»

Sie machte zwei Drinks zurecht und trug sie ins Wohnzimmer. Vivaldo saß auf dem Sofa, die Beine lang ausgestreckt, und starrte auf den Teppich.

Sie gab ihm seinen Drink. «Wie geht's dir eigentlich?»

«Ganz gut. Wo sind die Jungens?» Er setzte seinen Drink behutsam auf den Tisch neben sich.

«Die sind im Kino.» Sie betrachtete ihn einen Augenblick lang nachdenklich. «Ganz gut mag's dir ja gehen, aber ich hab dich schon besser beisammen gesehen.»

«Na ja –» wieder das frostige Lächeln – «ich bin noch nicht wieder ganz ausgenüchtert. Letzte Nacht bei Jane hab ich mir ziemlich einen angesoffen. Sie ist nicht in Fahrt zu bringen, wenn sie nüchtern ist.» Er griff sein Glas und tat einen Schluck, fingerte sich eine verbogene Zigarette aus einer seiner Taschen und zündete sie an. Für einen Moment sah er so traurig und erschöpft aus, wie er sich über die Flamme krümmte, daß sie schwieg. «Wo ist Richard?»

«Er wird gleich da sein. Er ist in seinem Arbeitszimmer.»

Er schlürfte seinen Drink und suchte dabei ganz offensichtlich nach Worten, ohne daß ihm etwas einfiel.

«Vivaldo?»

«Ja-ah?»

«Ist Rufus letzte Nacht in deiner Wohnung geblieben?»

«Rufus?» Er sah erschrocken aus. «Nein. Warum?»

«Seine Schwester rief an, um rauszukriegen, wo er steckt.»

Sie blickten sich starr an, und sein Gesicht jagte ihr wieder einen Schrecken ein.

«Wo ging er denn hin?» fragte sie.

«Ich weiß nicht. Ich dachte, er wär nach Harlem. Er war einfach verschwunden.»

«Vivaldo, sie kommt heut nachmittag her.»

«Wer kommt?»

«Seine Schwester, Ida. Ich hab ihr gesagt, ich hätt ihn zuletzt mit dir zusammen gesehn und du würdest heut nachmittag hier sein.»

«Aber ich habe keine Ahnung, wo er steckt. Wir waren im Hinterzimmer, Jane und ich, wir haben uns unterhalten, und er sagte, er wollte aufs Klo oder sonstwohin – und dann ist er nicht wiedergekommen.» Sein Blick blieb starr, als er ihn dann zum Fenster wandte. «Ich möchte wirklich wissen, wo er hingegangen ist.»

«Vielleicht», sagte sie, «hat er eine Freundin getroffen.»

Er gab sich keine Mühe, darauf zu antworten. «Er hätte aber wirklich wissen können, daß ich alles andere wollte, als ihn etwa loswerden. Er hätte bei mir übernachten können, ich bin sowieso dann bei Jane gelandet.»

Cass sah ihm zu, wie er seine Zigarette heftig in den Aschenbecher stieß.

«Ich habe nie verstanden», sagte sie milde, «was Jane eigentlich von dir wollte. Oder andersherum, was du von ihr wolltest.»

Er musterte seine Fingernägel; sie waren abgerissen und hatten einen Trauerrand. «Ich weiß es selbst nicht. Ich wollte eben ein Mädchen, das wird's sein – irgendwen, der diese langen Winterabende mit mir teilt.»

«Aber sie ist doch so viel älter als du!» Sie nahm ihr leeres Glas auf. «Sie ist ja noch älter als ich!»

«Das hat gar nichts damit zu tun», sagte er verdrossen. «Egal, ich wollte ein Mädchen – eine, die den Dreh raus hat.»

Sie betrachtete ihn. «Ja», sagte sie mit einem Seufzer, «das hat sie allerdings wohl, die Jane.»

«Ich brauchte eine Frau», sagte Vivaldo, «und sie brauchte einen Mann. Was stimmt daran nicht?»

«Ach, das ist schon recht», sagte sie. «Wenn's wirklich das ist, was ihr beide brauchtet.»

«Ja, was glaubst du denn?»

«Oh, ich weiß nicht», sagte sie. «Ich weiß wirklich nicht. Bloß – ich hab dir ja schon gesagt, du gerätst doch immer an ganz unmögliche Weiber – Huren, Nymphomaninnen, Säuferinnen –, und ich glaube, du machst das aus Selbstschutz – um dich gegen irgend etwas Ernstes abzuschirmen. Und das andauernd.»

Er seufzte, lächelte. «Ja zum Teufel, ich will eben Freundschaften.»

Sie lachte. «Oh, Vivaldo!»

«Du und ich, wir sind doch Freunde», sagte er.

«Nun – ja. Aber ich bin immer die Frau eines Freundes von dir gewesen. So waren deine Gedanken über mich nie – nie –»

«– sexuell bestimmt», sagte er. Dann grinste er. «Du, sei bloß nicht so sicher.»

Sie errötete, beunruhigt und erfreut zugleich. «Ich unterhalte mich nicht mit dir über deine Sexualphantasien.»

«Ich habe dich immer bewundert», sagte er ganz nüchtern, «und Richard beneidet.»

«Schön», sagte sie, «aber wir wollen doch lieber das Thema wechseln.»

Er antwortete nichts. Sie rührte die Eisbrocken in ihrem leeren Glas um.

«Tja», sagte er schließlich, «was soll ich denn damit anfangen? Ich bin kein Mönch, ich hab's satt, immer bloß in die Außenbezirke zu laufen und gegen Bezahlung –»

«Das ist es ja; die Außenbezirke», sagte sie mit einem Lächeln. «Was für ein guter Amerikaner du doch bist!»

Das brachte ihn auf. «Ich hab nichts davon gesagt, daß sie da etwa besser wären als die weißen Mädchen.» Dann lachte er. «Na, vielleicht ist's am besten, ich schneid das verdammte Ding ab.»

«Sei doch kein Kindskopf! Also wirklich, du solltest dich reden hören.»

«Du willst mir erzählen, es käme demnächst mal jemand vorbei, der's brauchen kann? Der mich braucht?»

«Ich erzähle dir gar nichts», sagte sie kurz, «was du nicht selber schon weißt.» Sie hörte, wie die Tür von Richards Arbeitszimmer aufging. «Ich mach dir einen neuen Drink; betrunken kannst du bei aller Tugendhaftigkeit ruhig werden.» In der Halle stieß sie mit Richard zusammen. Er hielt das Manuskript in der Hand. «Möchtest du jetzt auch einen Drink?»

«Liebend gerne», sagte er und ging weiter ins Wohnzimmer. Von der Küche aus hörte sie die Stimmen der beiden, ein wenig zu laut, ein wenig zu freundschaftlich. Als sie ins Wohnzimmer zurückkam, war Vivaldo dabei, das Manuskript durchzublättern. Richard stand am Fenster.

«Lies einfach frisch drauflos», sagte er gerade, «halt dich ja nicht mit langen Gedanken über Dostojewski auf oder so. Es ist einfach bloß ein Buch – ein ziemlich gutes Buch.»

Sie reichte Richard seinen Drink. «Es ist ein *sehr* gutes Buch», sagte sie. Neben ihn auf den Tisch stellte sie Vivaldos Drink. Sie war überrascht – und doch auch wieder nicht überrascht –, zu bemerken, daß ihr die Wirkung, die Vivaldos Urteil auf Richard hatte, fast Schmerz bereitete.

«Das nächste Buch freilich wird noch viel besser», sagte Richard, «und auch ganz anders.»

Vivaldo legte das Manuskript hin und nippte an seinem Drink. «Na schön», sagte er mit einem Grinsen, «ich lese's, sobald ich wieder nüchtern bin. Wann immer das sein mag», fügte er finster hinzu.

«Und sag mir die Wahrheit, hörst du? Du Schuft!»

Vivaldo sah ihn an. «Wird gemacht, darauf kannst du dich verlassen.»

Vor Jahren hatte Vivaldo immer seine Manuskripte mit fast genau den gleichen Worten Richard angebracht. Cass rückte etwas von den beiden ab und zündete sich eine Zigarette an. Dann hörte sie, wie die Fahrstuhltür aufging und sich wieder schloß, und sah auf die Uhr. Es war vier. Sie blickte Vivaldo an. Dann klingelte es.

«Das ist sie», sagte Cass.

Sie und Vivaldo starrten sich an.

«Trag's mit Fassung», sagte Richard. «Was machst du denn für ein tragisches Gesicht?»

«Richard», sagte sie, «das muß Rufus' Schwester sein.»

«Na gut, laß sie nur ein. Komm schon, laß sie doch nicht in der Halle warten.» Noch während er sprach, klingelte es zum zweitenmal.

«O mein Gott», sagte Vivaldo, und er sah sehr lang und unbeholfen aus, als er aufstand. Sie stellte ihr Glas hin und ging zur Tür.

Das Mädchen, das vor ihr stand, war hochgewachsen, kräftig, sehr sorgfältig gekleidet und irgendwie noch dunkler als Rufus. Ida trug einen Regenmantel mit einer Kapuze und hatte einen Schirm in der Hand; unter der Kapuze, im Schatten des Hausflurs, musterten die dunklen Augen in dem dunklen Gesicht Cass aufmerksam. Ein leichter Anklang an Rufus lag in diesen Augen – großen, intelligenten, klugen Augen – und in ihrem Lächeln.

«Cass Silenski?»

Cass streckte die Hand aus. «Kommen Sie herein. Ich entsinne mich gut.» Sie schloß die Tür hinter ihnen. «Ich hab damals schon gedacht, Sie sind eine der hübschesten Frauen, die ich je gesehen habe.»

Das Mädchen sah sie an, und Cass bemerkte zum erstenmal, daß auch eine Negerin erröten kann. «Oh, also wirklich, Mrs. Silenski –»

«Geben Sie mir Ihre Sachen. Und bitte nennen Sie mich Cass.»

«Dann sagen Sie Ida zu mir.»

Sie brachte die Sachen weg. «Soll ich Ihnen einen Drink machen?»

«Ach ja, ich glaube, ich kann einen gebrauchen», sagte Ida. «Ich hab – was weiß ich, wie lange – die ganze Stadt abgeklappert auf der Suche nach meinem Nichtsnutz von Bruder –»

«Vivaldo ist drinnen», sagte Cass rasch; sie hatte den Wunsch, das Mädchen irgendwie vorzubereiten, aber es fiel ihr nichts ein. «Wollen Sie Bourbon oder Scotch oder Rye – ich glaube sogar, wir haben etwas Wodka –»

«Ich möchte Bourbon.» Ihre Stimme klang ein wenig atemlos; Ida folgte Cass in die Küche und stand dort bei ihr und sah ihr zu, wie sie den Drink machte. Cass gab ihr das Glas und sah ihr in die Augen. «Vivaldo hat ihn seit gestern abend nicht mehr gesehen», sagte sie. Idas Augen weiteten sich; ihre Unterlippe schob sich vor, sie zitterte leicht. Cass berührte ihren Ellbogen. «Kommen Sie nur herein. Und versuchen Sie, sich nicht aufzuregen.» Sie gingen ins Wohnzimmer.

Vivaldo stand noch immer an der gleichen Stelle, wo sie ihn verlassen hatte, als hätte er sich inzwischen überhaupt nicht bewegt. Richard stand vom Kissenhocker auf; er hatte sich die Nägel geschnitten. «Das ist mein Mann, Richard», sagte Cass, «und Vivaldo kennen Sie ja.»

Sie schüttelten einander die Hände und murmelten Begrüßungsworte in einer Stille, die um sie herum steif zu werden begann wie geschlagenes Eiweiß. Dann setzten sie sich.

«Ja», sagte Ida unsicher, «es ist lange her –»

«Über zwei Jahre», sagte Richard. «Rufus hat uns Sie ein paarmal sehen lassen, aber dann hat er Sie unserm Anblick entzogen – was wohl auch sehr weise von ihm war.»

Vivaldo sagte nichts. Seine Augen, seine Brauen, sein Haar sahen aus wie ein wildes Getümmel von Kohlestrichen auf einer toten weißen Fläche.

«Aber keinen von Ihnen», sagte Ida, «weiß, wo mein Bruder jetzt ist?» Und sie blickte im Zimmer umher.

«Gestern abend war er bei mir», sagte Vivaldo. Seine Stimme war zu leise; Ida beugte sich gespannt vor, um ihn zu verstehen. Er räusperte sich.

«Wir alle haben ihn gesehen», sagte Richard, «und es ging ihm gut.»

«Er sollte eigentlich bei mir übernachten», sagte Vivaldo «aber wir – ich – ich kam mit jemandem ins Gespräch –, und dann, wie ich mich nach ihm umsah, war er plötzlich nicht mehr da.» Er schien zu fühlen, wie ungeschickt er es angefangen hatte. «Es waren da haufenweise Freunde von ihm; ich hab mir einfach gedacht, daß er wohl mit einigen von ihnen ein Glas getrunken hat und dann weggegangen ist – vielleicht – und sich für die Nacht irgendwie anders entschlossen hat.»

«Kennen Sie diese Freunde?» fragte Ida.

«Nun, ich kenne sie von Ansehen. Ihre Namen – die kenn ich natürlich nicht alle.»

Das Schweigen breitete sich aus. Vivaldo schlug die Augen nieder.

«Hatte er Geld?»

«Tja –» er blickte zu Richard und Cass hinüber – «also ehrlich, ich weiß nicht.»

«Wie sah er aus?»

Sie starrten sich an. «Eigentlich ganz gut. Vielleicht etwas müde.»

«Darauf möchte ich wetten.» Sie trank aus ihrem Glas; ihre Hand bebte ein wenig. «Ich will keinen großen Wirbel machen um nichts und wieder nichts. Ich bin sicher, es ist alles in Ordnung mit ihm, wo er auch sein mag. Nur – ich würde es so gerne *wissen*. Unsere Eltern sind schon ziemlich böse auf ihn, und –» sie lachte, holte ungestüm Luft – «ich glaube, ich bin's auch.» Sie war still. Dann: «Er ist der einzige große Bruder, den ich habe.» Sie nippte an ihrem Drink, dann stellte sie das Glas auf den Boden neben ihren Sessel. Sie spielte mit dem rubinäugigen Schlangenring an ihrem langen kleinen Finger.

«Ich bin sicher, daß er wohlauf ist», sagte Cass, und sie spürte unglücklich die Leere der Worte, «sehen Sie, das ist eben so – also ich kenne eine ganze Menge Leute, die sind ganz ähnlich wie Rufus. Wenn irgend etwas schiefgeht, wenn ihm was Übles widerfährt, dann will er eben eine Weile allein sein, will sich verstecken, bis es vorüber ist. Er leckt seine Wunden. Dann kommt er zurück.» Sie warf Richard einen hilfesuchenden Blick zu.

Er tat sein Bestes. «Ich denke, Cass hat da wohl recht», murmelte er.

«Ich bin überall gewesen», sagte Ida, «überall, wo er je gespielt hat; ich hab mit allen gesprochen, mit denen er je gearbeitet hat, soweit ich sie ausfindig machen konnte – hab jeden gefragt, zu dem er je auch nur Hallo gesagt hat –, ich hab's sogar bei den Verwandten in Brooklyn versucht –» Sie hielt inne und wandte sich an Vivaldo. «Als Sie ihn sahen – was sagte er, wo er gesteckt hätte?»

«Er hat nichts gesagt.»

«Aber haben Sie ihn denn nicht gefragt?»

«Doch. Aber er wollte nichts sagen.»

«Ich hab Ihnen doch eine Telefonnummer gegeben und gebeten, noch in derselben Minute anzurufen, wo er auftaucht. Warum haben Sie das nicht getan?»

«Es war schon spät, als er in meine Wohnung kam, und er bat mich, nicht anzurufen, er sagte, er wollte gleich heute morgen zu Ihnen gehen.»

Seine Stimme klang hilflos; er war den Tränen nahe. Sie starrte ihn an, dann schlug sie die Augen nieder. Die Stille begann förmlich zu knistern von der scharfen, eingedämmten Feindseligkeit, die von dem Mädchen ausging, das ganz allein und verlassen in ihrer Mitte saß, in der Mitte des Zimmers, in dem runden Sessel. Sie blickte der Reihe nach die Freunde ihres Bruders an. «Wie komisch ist das doch – er hat's dann doch nicht getan», sagte sie schließlich.

«Nun, Rufus redet nicht viel», sagte Richard. «Sie müssen doch wissen, wie schwer es ist, irgend etwas aus ihm herauszubekommen.»

«Ach», sagte sie kurz, «*ich* hätte es schon aus ihm herausgeholt.»

«Sie sind ja auch seine Schwester», sagte Cass sanft.

«Ja», sagte Ida und sah auf ihre Hände nieder.

«Sind Sie bei der Polizei gewesen?» fragte Richard.

«Ja.» Sie machte eine angeekelte Bewegung, stand auf und ging zum Fenster. «Sie sagten mir da, das passiert andauernd – daß farbige Männer ihren Familien weglaufen. Sie sagten, sie werden ihn zu finden versuchen. Aber sie haben sich gar nicht darum gekümmert. Es ist ihnen egal, was einem – einem schwarzen Mann passiert!»

«Aber, aber!» rief Richard mit rotem Gesicht. «Ist das nicht ein bißchen ungerecht? Ich meine, zum Teufel, ich bin sicher, daß sie genauso nach ihm suchen werden wie nach jedem anderen Bürger dieser Stadt!»

Sie sah ihm ins Gesicht. «Wie wollen *Sie* das denn wissen? *Ich* – ich weiß, wovon ich rede. Ich sage, es ist ihnen egal – und dann *ist* es ihnen auch egal.»

«Ich glaube, so dürfen Sie das nicht sehen.»

Sie blickte starr aus dem Fenster. «Mein Gott, da draußen ist er irgendwo. Ich muß ihn finden.» Sie stand mit dem Rücken zum Zimmer. Cass sah, wie ihre Schultern zu beben begannen. Sie ging zum Fenster und legte die Hand auf Idas Arm. «Mir fehlt nichts», sagte Ida mit einer leicht abweisenden, leicht ausweichenden Bewegung. Sie fingerte in der Jackentasche ihres Kostüms, dann ging sie hinüber zu ihrem Platz und zog ein Kleenex-Tuch aus der Handtasche. Sie trocknete sich die Augen, putzte sich die Nase und nahm ihr Glas.

Cass starrte sie hilflos an. «Ich werde Ihnen ein neues bringen», sagte sie und ging mit dem Glas in die Küche.

«Ida», sagte Vivaldo, als sie wieder eintrat, «wenn es irgend etwas gibt, was ich für Sie tun kann, um Ihnen bei der Suche nach Rufus zu helfen – irgend etwas überhaupt –» Er stockte. «Teufel noch mal», sagte er dann, «ich liebe ihn doch auch, ich will ihn doch auch finden! Ich könnte mich den ganzen Tag selber ohrfeigen, daß ich ihn letzte Nacht habe gehen lassen.»

Als Vivaldo sagte: «Ich liebe ihn doch auch», sah Ida mit großen Augen zu ihm hinüber, ganz als begegne sie ihm jetzt zum allerersten mal. Dann senkte sie den Blick. «Ich weiß wirklich nicht, was *Sie* dabei tun könnten», sagte sie.

«Nun – ich könnte vielleicht mit Ihnen auf die Suche gehn. Wir könnten zusammen suchen.»

Sie überlegte; dann sah sie ihn wieder an. «Gut», sagte sie schließlich, «vielleicht könnten Sie zu ein paar Stellen mitkommen –»

«Abgemacht.»

«Ich kann mir nicht helfen – ich hab das Gefühl, alle denken, ich sei einfach hysterisch.»

«Ich komm mit Ihnen. Von *mir* werden sie das nicht denken.»

Richard grinste. «Weiß Gott, hysterisch ist Vivaldo noch nie gewesen, das können wir alle bezeugen.» Dann sagte er: «Ich sehe bloß den Sinn der Übung nicht. Rufus hat sich wahrscheinlich irgendwo aufs Ohr gelegt, um seinen Kummer mal gründlich auszuschlafen.»

«Keiner hat ihn gesehn», schrie Ida auf, «keiner – und das fast sechs *Wochen* lang! Bis gestern abend! Ich kenn doch meinen Bruder – er macht solche Sachen nicht! Er kommt immer zu Hause vorbei, ganz egal, wo er gewesen ist oder was auch passiert wäre, bloß damit wir uns nicht sorgen. Immer hat er Geld gebracht und Sachen – und selbst wenn er pleite war, kam er. Nun erzählen Sie mir bloß nicht, er schläft sich irgendwo aus! Sechs Wochen – das ist eine lange Zeit!» Sie beruhigte sich ein wenig, ihre Stimme flaute zu einem boshaften Murmeln ab. «Sie wissen doch, was passiert ist – zwischen ihm und dieser verdammten kleinen weißen Dorfhure, die sich ihm an den Hals geschmissen hat.»

«Also dann», sagte Richard hilfos nach einer Weile nachdenklichen Schweigens, «machen Sie's, wie Sie wollen.»

Cass sagte: «Aber es besteht gar kein Anlaß, jetzt gleich wie wild in den Regen hinauszulaufen. Rufus weiß, daß Vivaldo hier sein wollte. Vielleicht kommt er selber vorbei. Ich hatte gehofft, ihr würdet alle zum Abendessen bleiben.» Sie lächelte Ida an. «Mögen Sie nicht? Bitte – ich bin sicher, Sie werden sich besser fühlen. Am Abend kann schon alles aufgeklärt sein.»

Ida und Vivaldo wechselten einen Blick; sie waren, so schien es, im

Laufe dieses Nachmittags Verbündete geworden. «Nun?» fragte Vivaldo.

«Ich weiß nicht. Ich bin so müde und mit den Nerven fertig, daß ich anscheinend nicht einen einzigen klaren Gedanken fassen kann.»

Richard machte ein Gesicht, als stimme er dem uneingeschränkt bei. «Sehn Sie», sagte er, «Sie sind bei der Polizei gewesen. Sie haben alle benachrichtigt, die Sie erreichen konnten. Sie haben die Krankenhäuser abgesucht und –» er sah sie fragend an – «und das Leichenschauhaus –» und sie nickte, ohne die Augen niederzuschlagen. «Gut. Also dann sehe ich wirklich keinerlei Sinn darin, in diesem verdammten Sonntagnachmittag-Regen herumzurasen, wenn Sie doch kaum noch wissen, wo Sie suchen sollen. Und wir alle haben ihn gestern abend gesehn. Wir wissen also, daß er auf dem Damm ist – und irgendwo in der Nähe. Warum gönnen Sie sich denn da nicht ein bißchen Ruhe? Himmel noch mal, vielleicht stellt sich's in ein paar Stunden heraus, daß Sie überhaupt nicht hätten suchen müssen – und er kreuzt hier auf.»

«Wirklich», sagte Cass, «die Aussichten sind gar nicht schlecht, daß er heute hier auftaucht.» Ida sah sie an. Dann merkte Cass, daß etwas in Ida dies alles genoß – die Aufmerksamkeit, die Macht, die sie in diesem Augenblick auf sich vereinigte. Es machte Cass ärgerlich, aber dann dachte sie: Gut. Es gibt wenigstens die Gewähr, daß sie – was immer auch kommt – damit fertig wird. Ohne es selbst ganz zu wissen, hatte sie sich, von dem Augenblick an, da Ida zur Tür hereintrat, auf das Schlimmste gefaßt gemacht.

«Also gut», sagte Ida mit einem Blick auf Vivaldo. «Ich hab Mama gebeten, mich hier anzurufen – bloß für den Notfall.»

«Ausgezeichnet», sagte Cass, «dann scheint ja alles geregelt.» Sie sah auf die Uhr. «Die Jungens sollten in etwa einer Stunde wieder daheim sein. Ich glaube, ich weiß, was ich mache – ich mache uns allen erst mal einen frischen Drink.»

Ida grinste. «Das ist eine sehr freundliche Idee.»

Sie war ungeheuer anziehend, wenn sie so grinste. Ihr Gesicht ließ dann an einen durchtriebenen, mutwilligen Straßenjungen denken. Und zugleich glühte in ihren Augen eine herrliche weibliche Schalkhaftigkeit. Vivaldo wandte kein Auge von ihr, und ein schmales Lächeln spielte um seine Mundwinkel.

Der Schnee, der für den Tag vor Thanksgiving vorausgesagt worden war, begann erst spät am Abend zu fallen – langsam, in zögernden Flocken, die in der Dunkelheit wirbelten und schimmerten, die auf dem Boden schmolzen.

Den ganzen Tag schien auf Manhattan blendend eine kalte Sonne nieder, die keine Wärme gab.

Cass erwachte ein wenig früher als sonst; sie fütterte die Kinder und schickte sie weg zur Schule. Richard verzehrte sein Frühstück und zog sich dann in sein Arbeitszimmer zurück – er war nicht besonders guter Stimmung. Cass machte sich mit Putzarbeiten im Haus zu schaffen, machte sich Gedanken über das morgige Mittagessen und ging am frühen Nachmittag aus dem Hause, um einzukaufen und ein wenig für sich allein spazierenzugehen.

Sie blieb länger weg, als sie beabsichtigt hatte, denn sie hatte eine besondere Vorliebe für Spaziergänge in der Stadt. Als sie sich schließlich auf den Heimweg machte, war sie recht durchgefroren.

Sie wohnten ganz am Ende der 23. Straße, an der West Side, in einer Gegend, die kürzlich allerlei Zuzug von Puertorikanern bekommen hatte. Aus diesem Grund hieß es allgemein, die Gegend sei auf dem absteigenden Ast – von welcher früheren Höhe aus, das wäre freilich schwer zu sagen gewesen. Sie kam Cass ganz unverändert vor: schäbig und voll überwiegend doch recht ungehobelter Bewohner. Und was die Puertorikaner betraf, so mochte sie die sogar ganz gern. Sie machten gar keinen so derben, pöbelhaften Eindruck auf sie; vielmehr schienen sie für diese brutale Umgebung fast zu weich, zu vornehm. Sie mochte den Klang ihrer Sprache, ob sie sanft war und voller Lachen oder von heftiger, klarer, funkelnder Feindseligkeit; sie mochte das Leben in ihren Augen, mochte die Art, wie sie mit ihren Kindern umgingen, ganz als seien alle Kinder von Natur aus auch Eigentum aller Erwachsenen und ihrer Verantwortung unterstellt. Selbst wenn die Jünglinge hinter ihr her pfiffen oder schlüpfrige Bemerkungen machten, wenn sie vorbeiging, und die Köpfe zu einem anzüglichen Lachen zusammensteckten, empfand sie keine Abneigung oder Furcht; die gespannte Feindlichkeit New Yorks fühlte sie nicht darin. Sie verfluchten nicht, was sie begehrten und fürchteten; sie scherzten über das, was sie ersehnten und liebten.

Als Cass jetzt mit Mühe die Außentreppe des Hauses emporstieg, öffnete ihr einer der puertorikanischen Jungen, den sie irgendwo in der Nachbarschaft schon gesehen hatte, mit einem kleinen halben Lächeln die Tür. Sie lächelte zurück und dankte ihm mit aller Aufrichtigkeit, die ihr zu Gebote stand; dann betrat sie den Aufzug.

Irgend etwas ganz Sonderbares lag in Richards Gesicht, als sie die Tür hinter sich schloß, lag in der lauten Stille der Wohnung. Sie sah ihn an, wollte schon nach den Kindern fragen – aber dann hörte sie sie im Wohnzimmer. Richard folgte ihr in die Küche, und sie legte ihre Pakete ab. Sie blickte ihm ins Gesicht.

«Was ist los?» fragte sie. Dann, nach dem kurzen Augenblick, den sie gebraucht hatte, all ihre Sachen nachzuzählen, war es keine Frage mehr. «Rufus», sagte sie plötzlich, «du hast Nachricht von Rufus bekommen.»

«Ja.» Sie sah, wie ein Äderchen auf seiner Stirn flatternd pochte. «Er ist tot, Cass, Sie haben seine Leiche gefunden, er trieb im Fluß.»

Sie setzte sich am Küchentisch nieder.

«Wann?»

«Irgendwann heute morgen.»

«Wie lange – wie lange ist es her?»

«Ein paar Tage. Sie nehmen an. daß er von der George-Washington-Brücke gesprungen ist.»

«Mein Gott», sagte sie. Dann: «Wer –?»

«Vivaldo. Er hat angerufen. Gleich nachdem du gegangen warst. Er hatte einen Anruf von Ida bekommen.»

«Mein Gott», sagte sie noch einmal, «das arme Mädchen – sie wird es nicht überleben.»

Er wartete. «Vivaldos Stimme klang, als hätte ihn gerade ein Pferdehuf in den Leib getroffen.»

«Wo ist er?»

«Ich hab versucht, ihn zu bewegen herzukommen. Aber er war auf dem Sprung, zu dem Mädchen rauszugehen, zu Ida – ich weiß allerdings nicht, ob er damit noch was Gutes ausrichten kann.»

«Nun, er war viel enger mit Rufus befreundet als wir.»

«Möchtest du einen Drink?»

«Ja», sagte sie, «ich glaube, den möchte ich wirklich.» Sie saß da und starrte auf den Tisch. «Ich frage mich, ob wir – ob irgendwer etwas hätte tun können.»

«Nein», sagte er, goß ein wenig Whisky in ein Glas und setzte es ihr hin, «niemand hätte etwas tun können. Es war zu spät. Er wollte nicht mehr leben.»

Sie schwieg, nippte an ihrem Whisky und beobachtete, wie die Sonnenstrahlen auf den Tisch fielen.

Richard legte ihr die Hand auf die Schulter. «Nimm's nicht so schwer, Cass. Nach allem, was geschehen war –»

Sie erinnerte sich, wie Rufus' Gesicht ausgesehen hatte, als sie zum letztenmal mit ihm sprach, wie seine Augen, wie sein Lächeln, als er fragte: *Kann ich dich bald mal besuchen kommen?* Wie sehnlich wünschte sie sich jetzt, daß sie geblieben wäre und mit ihm ein bißchen länger nur gesprochen hätte! Vielleicht – sie schluckte den Whisky und wunderte sich, daß die Kinder so ruhig waren. Tränen stiegen ihr in die Augen, rannen langsam über ihr Gesicht und tropften auf den Tisch.

«Es ist eine dreckige, stinkende Schande», sagte sie, «es ist ganz schrecklich, schrecklich, schrecklich.»

«Er ist unbeirrbar seinen Weg gegangen», sagte Richard nachsichtig. «Nichts, niemand hätte ihn aufhalten können.»

«Wie willst du das wissen?» fragte Cass.

«Oh, mein Liebling, du weißt doch, wie es diese ganzen letzten Monate um ihn stand. Wir haben ihn ja kaum je mehr zu Gesicht bekommen, aber gewußt haben es doch alle –»

Was gewußt?! drängte es sie zu fragen. Was zum Teufel haben alle gewußt?! Aber sie wischte sich die Tränen weg und stand auf.

«Vivaldo hat Himmel und Hölle in Bewegung gesetzt, um ihn zur Besinnung zu bringen und ihm klarzumachen, was er Leona antat. Und wenn er das hätte verhindern können – nun, dann wäre es ihm vielleicht auch hier gelungen.»

Das ist wahr, dachte sie und blickte Richard an, der es unter Druck immer wieder vermochte, sie zu seiner Sicht der Dinge zu bekehren.

«Ich hab ihn sehr gerne gemocht», sagte sie hilflos, «irgendwo hatte er etwas sehr Liebes an sich.»

Er zeigte ein schwaches Lächeln. «Nun, ich glaube, du hast da von Natur aus wohl ein feineres Gefühl als ich. Ich hatte diesen Eindruck nicht. Ich war immer der Ansicht, daß er doch ein ziemlich egozentrischer Charakter sei – wenn du die Wahrheit wissen willst.»

«Ach», sagte sie, «egozentrisch –! Kennst du denn auch nur eine Menschenseele, die's nicht wäre?»

«Du zum Beispiel bist es nicht», sagte er. «Du denkst an andere Menschen, du versuchst, sie richtig zu behandeln. Du bringst dein ganzes Leben damit zu, für die Kinder zu sorgen – und für mich –»

«Oh, mein Leben – das bist doch du, Richard, du und die Kinder. Was wäre ich wohl ohne euch, was sollte ich ohne euch wohl anfangen? Ich bin genauso egozentrisch wie jedermann sonst auch. Siehst du das nicht?»

Er grinste, und seine Hand strich ihr mit derber Zärtlichkeit über das Haar. «Nein. Und ich habe nicht die Absicht, mich deswegen mit dir zu streiten.» Aber nach einem Augenblick sagte er doch beharrlich: «Ich habe Rufus nicht sonderlich gemocht, nicht so wie du, nicht so wie ihr alle. Ich kann mir nicht helfen, ich hatte immer irgendwie das Gefühl, als hättet ihr alle zum Teil nur deshalb einen solchen – tja, Rummel um ihn gemacht, weil er ein Farbiger war. Was ja nun wirklich ein ganz vertrackter Grund ist, jemanden gernzuhaben. Für mich war er ein Bursche wie andere auch. Und ich konnte ihm nicht verzeihen, was er Leona zugefügt hat. Auch du hast ja einmal gesagt, du könntest es nicht.»

«Ich hab dann doch darüber nachdenken müssen. Ich hab darüber nachgedacht seitdem.»

«Und mit welchem Ergebnis? Du hast eine Möglichkeit gefunden, ihn zu rechtfertigen?»

«Nein. Das hab ich auch gar nicht versucht. Es gibt dafür keine Rechtfertigung. Aber ich glaube – ach, ich weiß einfach nicht genug, um mich zum Richter über ihn aufwerfen zu können. Er muß – er muß große Qualen durchgemacht haben. Er muß sie geliebt haben.» Sie wandte sich ihm zu und blickte forschend in sein Gesicht. «Ich bin sicher, er hat sie geliebt.»

«Lieben – das tun manche», sagte er.

«Richard», sagte sie, «wir beide haben einander weh getan – so manches Mal. Manchmal war es uns nicht bewußt – und manchmal doch. Aber war es nicht immer nur, weil – *weil* wir uns liebten – uns lieben –?»

Er sah sie mit einem sonderbaren Blick an, den Kopf zur Seite geneigt. «Cass», sagte er, «wie kannst du das vergleichen? Wir haben doch nie versucht, einander zu zerstören – oder?»

Sie sahen sich an. Cass antwortete nicht.

«Ich wenigstens habe es nie versucht. Hast du es denn je?»

Sie mußte an sein Gesicht denken, wie es gewesen war, als sie sich begegneten; und sie sah ihn aufmerksam an. Sie dachte an alles, was sie zusammen entdeckt und was sie einander bedeutet hatten, und sie dachte an die vielen Lügen, die sich zu ihrer einen, einzigen Wahrheit vermischt hatten: zu dieser Liebe, die sie aneinander band. Sie hatte nein gesagt, oft, zu vielen Dingen, wo sie wußte, daß sie wohl hätte ja sagen sollen, um Richards willen; sie hatte vieles geglaubt, von dem sie gar nicht sicher wußte, ob sie es wirklich glaubte – um Richards willen. Er war ihr unentbehrlich geworden – so hatte sie jedenfalls geglaubt; aber das lief ja auf das gleiche hinaus – und so hatte sie sich an ihn gehängt, und ihr Leben hatte in seiner Nähe Gestalt gewonnen. Sie bereute es nicht, wenn sie an sich dachte. Ich will ihn, hatte vor Jahren eine Stimme in ihr gerufen. Und sie hatte ihn an sich gebunden; er war ihr Heil und ihre Rettung geworden, er, der hier vor ihr stand. Sie bereute es nicht, wenn sie an sich dachte, und doch begann sie sich zu fragen, ob nicht doch etwas darin sei, das sie bedauern müßte: etwas, das sie Richard angetan hatte, ohne daß er es sah.

«Nein», sagte sie schwach. Und dann brach es aus ihr heraus: «Aber ich hätte es ja gar nicht erst versuchen müssen –»

«Wie meinst du das?»

«Ich meine –» er beobachtete sie; sie setzte sich wieder hin, spielte mit ihrem Whiskyglas – «ein Mann begegnet einer Frau. Und er braucht sie. Aber das nutzt sie gegen ihn aus, sie benutzt es dazu, ihn zu untergraben, ihn auszuhöhlen. Und das ist so leicht. Frauen sehen Männer nicht so, wie Männer gesehen werden wollen. Sie sehen all die schwachen, empfindlichen Stellen, all die Stellen, wo Blut fließen könnte.» Sie leerte ihr Glas. «Verstehst du, was ich meine?»

«Nein», sagte er, «also offen gestanden, ich verstehe gar nichts. Ich glaube nicht an all den Quatsch von weiblicher Intuition. Das ist etwas, das die Frauen sich zusammenphantasiert haben.»

«Das kannst du sagen – und in einem solchen Ton?!» Sie äffte ihn nach: «Etwas, das die Frauen sich zusammenphantasiert haben! Aber ich, ich kann so was nicht sagen – was die Männer ‹sich zusammenphantasiert› haben, ist die bare Wirklichkeit, und die Welt, die sie sich einbilden, ist die wahre Welt!» Sie lachte. Dann wurde sie wieder ruhig. «Nun, du hast ja recht. Es stimmt schon.»

«Was für ein komisches Mädchen du doch bist», sagte er. «Bei dir liegt ein schlimmer Fall von Penis-Neid vor.»

«Typisch männlich, diese Antwort», sagte sie beißend, und er lachte.

«Jedenfalls, ich meine bloß», sagte sie nüchtern, «ich mußte versuchen, mich in deiner Nähe anzupassen, statt etwa dich mir anpassen zu wollen. Das war alles. Und es ist nicht leicht gewesen.»

«Sicher nicht.»

«Nein. Weil ich dich nämlich liebe.»

«Ah!» sagte er und lachte laut heraus. «Du bist aber wirklich ein komisches Mädchen. Ich liebe dich nämlich auch, mußt du wissen.»

«Das hoffe ich», sagte sie.

«Du kennst mich so gut – und *weißt* es nicht? Was ist denn bloß mit deiner Intuition passiert, besonders in demjenigen Punkte, welcher –?»

«Von einem gewissen Punkt ab», sagte sie mit einem trotzigen Lächeln, «scheint sie nicht mehr so gut zu funktionieren.»

Er zog sie vom Tisch hoch, schlang beide Arme um sie und legte seine Wange an ihr Haar. «Welcher Punkt ist das, mein Liebling?»

Sein Atem in ihrem Haar, seine Arme, seine Brust, sein Duft – alles war ihr vertraut, gab ihr Geborgenheit, war ihr unsagbar teuer. Sie wandte leicht den Kopf, um aus dem Küchenfenster zu blicken. «Liebe», sagte sie und sah in das kalte Sonnenlicht. Sie dachte an den kalten Fluß und an den toten schwarzen Jungen, mit dem sie beide befreundet gewesen waren. Sie schloß die Augen. «Liebe», sagte sie noch einmal, «Liebe.»

Am Samstag blieb Richard bei den Kindern, während Cass und Vivaldo zu Rufus' Beerdigung gingen. Sie hatte nicht gehen wollen, aber sie konnte es Vivaldo nicht abschlagen, der wußte, daß er dabei sein mußte, sich aber fürchtete, allein zu gehen.

Die Trauerfeier war am Morgen, und anschließend sollte Rufus sofort zum Friedhof gefahren werden. In aller Frühe an jenem kalten, trockenen Samstag stellte Vivaldo sich ein, betont in Schwarz und Weiß: weißes Hemd, schwarzer Binder, schwarzer Anzug, schwarze Schuhe, schwarzer Mantel – dazu das schwarze Haar, die schwarzen Augen und Brauen und das leichenblasse, knochentrockene weiße Gesicht. Sie war betroffen von seiner Erregung und seinem Schmerz; ohne ein Wort zog sie ihren dunklen Mantel an und legte die Hand in seine; schweigend fuhren sie mit dem Aufzug nach unten. Sie beobachtete ihn im Spiegel der Kabine. Er war ein Bild des Schmerzes. Seine Schönheit, seine Eleganz traten deutlich hervor – so wie Knochen wohl nach langer Krankheit aus dem Fleisch hervortreten.

Sie stiegen in ein Taxi und fuhren nach außerhalb. Vivaldo saß neben ihr, die Hände auf den Knien, und starrte geradeaus. Sie beobachtete die Straßen. Es herrschte starker Verkehr, aber er war leidlich flüssig; das Taxi ruckte unablässig, wich aus, es bremste, holte wieder auf, aber schaffte es wenigstens, nicht anzuhalten. Dann jedoch, an der 34. Straße, zwang die Ampel sie zum Anhalten. Eine mahlende Flut von Wagen umgab sie, von Lastzügen, grünen Bussen, die schwerfällig durch die Stadt krochen; Jungen, dunkelhäutige Burschen, schoben Holzkarren vor sich her, auf denen sich Kleidungsstücke stapelten. Die Menschen auf den Bürgersteigen überfluteten die Straßen. Frauen in schweren Mänteln, mit ausladenden Paketen und riesigen Handtaschen, stiegen schwer durch das Gedränge – denn zwar war Thanksgiving vorüber, doch wiesen überall Schilder auf die immer geringere Zahl der Tage, die noch zum Weihnachtseinkauf blieben. Männer, die verhältnismäßig wenig zu tragen hatten, dafür aber auf pausenloser Jagd waren nach dem Geld, das sie das Fest kostete, hasteten hinter, vor und neben den Frauen her; Burschen mit Rock'n'Roll-Haarschnitt swingten über den kalten schwarzen Asphalt, als wäre er ein Tanzboden. Außen vor dem Fenster, ihr nahe wie Vivaldo, blieb ein farbiger Junge mit seinem Karren stehen, zündete sich eine Zigarette an und lachte. Das Taxi konnte nicht weiter, und der Fahrer begann zu fluchen. Cass zündete eine Zigarette an und hielt sie Vivaldo hin. Dann nahm sie sich selbst eine. Unvermittelt schoß das Taxi vorwärts.

Der Fahrer drehte das Radio an, und plötzlich war der Wagen erfüllt vom Klang einer Gitarre, einer hohen, wiehernden Stimme, und ein Chor schrie weinerlich: «*Love me!*» Die übrigen Worte verschluckte das gutturale Stöhnen der Sängerin, das fast ebenso obszön war, wie es die Flüche des Fahrers gewesen, aber diese beiden Worte kehrten immer und immer wieder.

«Meine ganze Familie denkt, ich bin ein Taugenichts», sagte Vivaldo. «Ich würde sagen, sie haben mich einfach abgeschrieben – wenn ich nicht wüßte, daß sie sich förmlich zu Tode gruseln bei dem Gedanken, was ich wohl demnächst wieder anstellen werde.»

Sie sagte nichts. Er sah aus dem Wagenfenster. Sie überquerten den Columbus Circle.

«Manchmal – wie heute», sagte er, «denk ich, sie haben vielleicht sogar recht, und ich habe mir einfach etwas vorgemacht. Über alles mögliche, über alles.»

Die Parkmauern schoben sich auf beiden Seiten vor die Aussicht, und dann ließen Geschwindigkeit und kahl vorüberhuschende Bäume die Wände von Hotels und Apartmenthäusern verschwimmen.

«*Meine* Familie glaubt, ich habe unter meinem Stand geheiratet», sagte sie. «Unter *ihrem.*» Und sie lächelte ihn an und trat ihre Zigarette aus.

«Ich glaube nicht, daß ich meinen Vater je nüchtern gesehen habe», sagte er, «nicht *einmal* in all den Jahren. Er pflegte zu sagen: ‹Ich will, daß du mir jetzt die Wahrheit sagst, Bursche, immer sollst du mir die Wahrheit sagen.› Und dann, wenn ich sie ihm sagte, schmiß er mich gegen die Wand. Da hab ich's denn natürlich drangegeben, ihm die Wahrheit zu sagen, hab ihm einfach immer irgendeine alte Lüge erzählt, es war mir scheißegal. Als ich ihn das letzte Mal zu Hause besuchen ging, hatt ich mein rotes Hemd an, und da sagte er: ‹Kerl, was ist los, bist du schwul geworden?› Du liebe Güte!»

Sie zündete sich eine neue Zigarette an und hörte ihm zu. Eine Reiterin kam den Reitweg entlang, ein blasses Mädchen mit einem hochmütigen, verwirrten Gesicht. Als sie wieder verschwunden war, für immer aus den Augen, kam Cass unwillkürlich der Gedanke, daß sie es selbst hätte gewesen sein können, vor vielen Jahren, in New England.

«Wir wohnten in einer schrecklichen Gegend», sagte Vivaldo, «man mußte hart sein, im Geben und Nehmen, sonst kam man unter die Räder; sie hätten einen umgebracht; die ganze Zeit hindurch sind bei uns Leute umgekommen, für nichts und wieder nichts. Ich hatte nun bestimmt kein besonderes Interesse, mit den Jungens da rumzustrolchen, die meisten langweilten mich bloß. Aber ich hatte auch Angst vor ihnen. Ich konnte's nicht aushalten, dauernd meinen Vater vor Augen zu haben. Er war ja so ein erbärmlicher Feigling. Er verbrachte seine ganze Zeit damit, große Sprüche zu machen, wie – tja, ich weiß nicht, was er sich letzten Endes einbildete – wie wichtig und großartig doch alles sei, denk ich, während seine Frau in dem Kurzwarenladen, den wir hatten, buchstäblich vor die Hunde ging. Und er wußte genau, daß weder ich noch mein Bruder auch nur den geringsten Respekt vor ihm hatten. Und seine Tochter hat sich auch bald fein gemausert und ist das schickste Strichflittchen geworden, das die Gegend aufzuweisen hatte. Zu guter Letzt hat sie dann geheiratet; mir wird schlecht, wenn ich daran denke, was ihr Mann ihr todsicher jedesmal alles versprechen muß, bloß damit sie ihn ein bißchen läßt.»

Einen Augenblick war es still. Dann: «Er war aber auch ein Arschloch. Mein Gott. Ich hab's immer gern gehabt, wenn ich allein sein konnte, wenn ich da weg konnte; einfach rauf auf'n Bus und weg, irgendwohin, in einen ganz fremden Stadtteil; da ging ich dann spazieren oder ins Kino oder las ganz einfach oder döste. Aber nein. Wo ich her bin, da mußte man ein Mann sein, und man mußte es beweisen, mußte es unablässig und immer wieder beweisen. Ich könnte dir Sachen erzählen –» Er seufzte. «Na ja, mein Vater, also der ist noch immer da und trägt redlich sein Teil dazu bei, daß die Schnapsindustrie nicht bankrott geht. Die meisten Jungens, die ich gekannt habe, sind tot oder sitzen oder verkommen am Rauschgift; ich kann von Glück sagen, ich bin bloß ein Taugenichts und Bummelant.»

Sie hörte ihm zu, denn sie wußte, es würde ihn erleichtern, wenn er das alles einmal heraufholte, wenn er versuchte, es alles zusammenzupacken, es zu verstehen, es auszudrücken – es aus sich herauszudrücken. Aber doch war er es nicht losgeworden. Irgendein Teil seiner selbst war auf jenen Straßen von Brooklyn zurückgeblieben, etwas, dem ins Auge zu blicken er sich fürchtete.

«Einmal», sagte er, «hauten wir uns in einen Wagen und fuhren rüber ins Village, und wir griffen uns da diesen Schwulen auf, einen jungen Burschen, und schafften ihn zurück nach Brooklyn. Der arme Kerl, er war schon unterwegs ganz grün und blau vor Angst, aber er konnte ja nicht aus dem Wagen springen. Wir fuhren in die Garage, da waren sieben von uns, und dann zwangen wir ihn, uns allen der Reihe nach die Schwänze anzuzapfen; anschließend schlugen wir ihn, bis ihm die Pisse oben und unten raus kam, nahmen ihm all sein Geld weg, nahmen ihm all seine Sachen weg und ließen ihn auf dem Zementboden liegen, und das im Winter, mußt du wissen.» Er sah zu ihr hinüber, sah ihr gerade ins Gesicht, zum erstenmal an diesem Morgen. «Manchmal frag ich mich immer noch, ob sie ihn wohl rechtzeitig gefunden haben – oder ob er gestorben ist – oder was.» Er legte die Hände zusammen und sah aus dem Fenster. «Manchmal frage ich mich, ob ich hier – ob das noch derselbe Mensch ist, der damals, vor so langer Zeit, solche Sachen gemacht hat.»

Nein. Er hatte es nicht aus sich herausgedrückt, er war es nicht losgeworden. Vielleicht lag es daran, daß seine Erinnerung ihn von keinem der Dinge befreite, die sie heraufbrachte. Er war nicht wirklich tief in sie eingedrungen – in jene Zeit, in das Schicksal jenes Jungen; er betrachtete sie mit einem faszinierten, ja sogar romantischen Schauder, und er suchte nach einem Ausweg, sie zu bestreiten, abzuleugnen, von sich zu weisen.

Vielleicht war von solchen Geheimnissen, Geheimnissen, wie jeder sie hat, nur freizukommen, wenn man sie mit aller Anstrengung ans Licht der Welt zog, wenn man sie der Welt selbst auferlegte und sie damit zwang, zu einem Bestandteil der Welterfahrung selbst zu werden. Aber ohne diese Anstrengung blieb das Geheimnis nur ein Kerker, in dem der Mensch zugrunde ging; ja ohne diese Anstrengung wäre die ganze Welt eine unbewohnbare Stätte der Finsternis; und Cass erkannte mit furchtbarem Widerwillen, warum diese Anstrengung so selten war. Mit Widerwillen deshalb, weil ihr im gleichen Augenblick klar wurde, wie bitterlich Richard sie enttäuscht hatte, als er ein Buch schrieb, an das er nicht glaubte. Sie wußte – und wußte sogleich auch, daß Richard nie dieser Tatsache ins Auge sehen würde –, das Buch, das er geschrieben hatte, um Geld zu machen, stellte die absolute Grenze seines Talents dar. Und es war nicht einmal wirklich nur um des Geldes willen geschrieben worden – wäre das nur der Fall gewesen! Nein, er hatte es geschrieben, weil er sich fürchtete – fürchtete vor dunklen, fremden, gefährlichen, schweren und tiefen Dingen.

Aber mir kann das doch gleich sein, wies sie sich eilig zurecht. Und: Er kann nichts dafür, daß er nicht Dostojewski ist, und mir kann's erst recht gleich sein. Aber ob es ihr gleich war oder nicht, spielte keine Rolle. *Ihm* war es nicht gleich, für ihn war es ganz furchtbar wichtig, und er war abhängig von ihrem Glauben an ihn.

«Ist es nicht sonderbar», sagte sie plötzlich, «daß du dich ausgerechnet jetzt all dieser Dinge erinnerst?»

«Vielleicht», sagte er nach einer Weile, «ist es ihretwegen – Idas wegen. Als ich da raus ging, an dem Tag, wo sie mich anrief, um mir zu sagen, daß Rufus tot war – also ich weiß nicht –, ich ging durch die Straße, und ich ging in das Haus, und da schien mir alles – wie soll ich sagen – alles so *vertraut.*» Er wandte ihr sein bleiches, bekümmertes Gesicht zu, aber sie fühlte, daß sein Blick nur an die hohe, harte Wand stieß, die sich zwischen ihm selbst und seiner Vergangenheit erhob. «Ich meine nicht etwa, daß ich ja immer eine Menge Zeit in Harlem zugebracht habe», und er blickte nervös weg. «Ich bin jedenfalls kaum je zur Tageszeit dort gewesen. Ich meine vielmehr, in der Straße da waren dieselben Jungens wie in unserer – sie waren farbig, ja, aber sie waren dieselben, ganz dieselben –, und zum Teufel, in den Hauseingängen herrscht derselbe Gestank – und jedermann, hm, versucht, es zu etwas zu bringen, aber sie wissen auch, sie haben keine allzu große Chance. Dieselben alten Weiber, dieselben alten Männer – vielleicht sind sie bloß ein bißchen lebendiger noch –, und da bin ich also in das Haus gegangen, und da saßen sie nun, Ida, ihre Mutter, ihr Vater, und auch noch andere Leute, Verwandte wohl, Freunde. Ich weiß nicht, eigentlich hat niemand außer Ida mit mir gesprochen, und auch sie sagte nicht viel. Und sie alle sahen mich an, als ob – tja, als ob ich es getan hätte –, und, ach ja, da überkam mich das heftige Verlangen, das Mädchen in die Arme zu nehmen und jenen Blick von ihrem Gesicht zu küssen und ihr die Gewißheit zu geben, daß ich es nicht getan habe, daß ich es nie tun würde, daß wer immer es tat, es auch mir getan hat.» Seine Worte erstickten in einem Weinen; er beugte sich vor und barg das Gesicht in eine seiner langen Hände. «Ich weiß, ich habe versagt, aber ich habe ihn doch auch gern gehabt, und das wollte dort niemand wissen. Immer mußte ich denken, sie sind farbig und ich bin weiß, aber es ist uns doch dasselbe geschehen, ganz genau dasselbe – wie kann ich es ihnen nur begreiflich machen!»

«Aber dir», sagte sie, «ist es nicht geschehen, *weil* du weiß bist. Es ist eben nur geschehen. Aber was hier geschieht –» und der Wagen verließ den Park; sie breitete die Hände aus, wie eine Aufforderung an ihn, sich umzusehen – «das geschieht, *weil* sie farbig sind. Und das schafft einen Unterschied.» Und nach einem Augenblick wagte sie hinzuzufügen: «Du wirst dich eine ganze Zeit lang mit Küssen beschäftigen müssen, mein Freund, ehe du davon auch nur etwas weggeküßt hast.»

Er sah aus dem Fenster und trocknete sich die Augen. Sie waren bei der Lenox Avenue herausgekommen, obwohl ihr Ziel an der Seventh lag; und alles, woran sie vorüberfuhren, war erbärmlich und elend. Es war nicht schwer, sich vorzustellen, daß einst hier auf der weiten Avenue Kutschen in stolzer Parade dahingefahren waren, daß vornehme Damen und Herren, in brokatenen Gewändern, mit Blumen geschmückt, mit bunten Bändern und Federn, aus diesen ihren Kutschen gestiegen waren, um in diese Häuser zu treten, deren Gesichter durch Zeit und Zeitgeschmack so blind und finster geworden waren. Die Gesimse waren dereinst einmal neu gewesen, hatten einmal so hell geglänzt, wie sie jetzt, beschmutzt und verabscheut, voller Scham schmollten. Die Fenster waren nicht immer blind gewesen. Die Türen hatten nicht immer den Gedanken an das Mißtrauen und die Heimlichkeit einer lange belagerten Stadt wachgerufen. Einstmals hatten sich Menschen um diese Häuser gekümmert – das war der Unterschied; sie waren stolz gewesen, auf dieser Avenue zu prominieren; einst war Zuhause gewesen, was jetzt nur noch Gefängnis war.

Jetzt kümmerte sich niemand mehr darum, diese Gleichgültigkeit war alles, was dieses Getto noch mit dem Festland verband. Jetzt war alles am Verfallen, und die Eigentümer kümmerten sich nicht darum; niemand kümmerte sich mehr darum. Die hübschen Kinder in den Straßen, schwarzblau, braun und kupferfarbig, alle mit einer grauaschigen Schicht auf Gesichtern und Beinen, vom kalten Wind, gleichsam wie Fenster oder Blumen unter der schwachen Reifschicht des Frostes – sie kümmerte es nicht, daß niemand ihre Anmut und Schönheit erblickte. Ihre Leute, grobe, sich mühsam fortbewegende schwarze Weiber und gebeugte, schwerfällige Männer, hatten sie gelehrt, durch Lehre oder Beispiel, was es bedeutete, sich zu kümmern oder nicht zu kümmern: und mochten die Lehren auch täglich verlorengehen, umsonst und dahin sein – die Beispiele blieben, so weit die Straße reichte. Die sich mühsam dahinschleppenden Weiber schleppten sich mühsam weiter, hielten inne, traten durch düstere Türen ein, traten aus düsteren Türen heraus, schwatzten miteinander, mit den Männern, mit den Polizisten, starrten in die Schaufenster, schrien die Kinder an, lachten und blieben stehen, um sie zärtlich zu streicheln. All die Gesichter, selbst die der Kinder, umgab eine süße oder verderbliche Entzauberung, die ihnen eine sonderbare Starre und Entschiedenheit verlieh, gleichsam als seien sie aus Stein gehauen. Das Taxi brauste aus der Stadt heraus, vorbei an Männern vor Friseurläden, vor Rostbratereien, vor Bars; es brauste vorbei an langen, dunklen, ungesunden Seitenstraßen mit grauen Häusern, die sich vorlehnten, den Himmel zu verdrängen; und im Schatten dieser Häuser summten und brummten Kinder wie dicke Fliegen auf Leimpapier. Dann verließen sie die Avenue, bogen nach Westen und krochen eine lange graue Straße hoch. Sie mußten fast im Schritt fahren, denn die Straße wimmelte von gemächlich dahinschreitenden Leuten und von Kindern, die andauernd zwischen den auf beiden Seiten der langen Straße parkenden Wagen hervorgestürmt kamen. Leute hockten an den Aufgängen der Häuser, Leute schrien aus den Fenstern, und junge Männer musterten gleichgültig das langsam vorüberrollende Taxi und seine Insassen, die Gesichter spöttisch erstarrt, die Augen undurchdringlich.

«Hat Rufus dich eigentlich jemals mit hier rausgenommen?» fragte sie. «Um seine Familie zu besuchen, meine ich?»

«Ja», sagte Vivaldo. «Vor langer Zeit einmal. Ich hatte es fast schon vergessen. Ich *hatte* es vergessen, bis Ida mich daran erinnerte. Sie trug noch Zöpfe damals und war das reizendste kleine farbige Mädchen, das man sich vorstellen konnte. Sie war so um die fünfzehn. Rufus und ich führten sie aus – nach Radio City.»

Sie mußte lächeln bei seiner Beschreibung Idas und deren Untertönen, die unbewußt eine erotische Färbung hatten. Das Taxi kreuzte die Avenue und hielt an der äußersten Ecke des Straßenzugs, durch den sie gekommen waren; dort stand die Kapelle. Auf den Stufen vor dem Eingang warteten zwei Frauen und unterhielten sich gedämpft. Während Cass noch hinübersah und Vivaldo den Fahrer bezahlte, trat ein junger Mann zu den Frauen, und sie gingen zusammen hinein.

Plötzlich griff sie sich mit einer Verwünschung an den Kopf.

«Vivaldo», sagte sie, «ich kann nicht hineingehen.»

Er starrte sie verblüfft an, während der Fahrer, der gerade dabei war, ihm das Wechselgeld auszuhändigen, innehielt.

«Was soll das heißen?» fragte er. «Was ist los mit dir?»

«Nichts. Gar nichts. Aber eine Frau muß eine Kopfbedeckung haben. Ich kann ohne Hut nicht mit hineingehen.»

«Aber natürlich kannst du!» Doch im gleichen Moment entsann er sich, daß er noch nie in seinem Leben eine Frau barhäuptig in einer Kirche gesehen hatte.

«Nein, nein, ich kann wirklich nicht. Sie alle tragen Hüte, alle. Es wäre eine Beschimpfung, wenn ich's nicht täte, es wäre fast so, als käme ich in Arbeitshosen hierher.» Sie machte eine Pause. «Es ist eine Kirche, Vivaldo, es ist eine Beerdigungsfeier – es wäre eine Beschimpfung.»

Er hatte bereits ihren Standpunkt eingesehen und starrte sie hilflos an. Der Fahrer hielt noch immer das Wechselgeld in der Hand und beobachtete Vivaldo mit betonter Ausdruckslosigkeit.

«Nun ja, aber hast du denn kein Umschlagtuch oder so was?»

«Nein.» Sie wühlte in ihrer Handtasche, wühlte in ihren Manteltaschen und war den Tränen nahe. «Nein. Nichts.»

«Hören Sie mal, Sie», sagte der Fahrer.

Vivaldos Gesicht hellte sich auf. «Was ist mit deinem Gürtel? Kannst du dir den nicht um den Kopf binden? Er ist doch schwarz.»

«O nein. Das geht nie und nimmer. Außerdem – sie würden alle merken, daß es mein Gürtel ist.»

«Versuch's doch mal.»

Um die Auseinandersetzung zu beenden und ihren Standpunkt zu beweisen, nahm sie ihren Gürtel ab und schlang ihn sich um den Kopf. «Siehst du? Es geht bestimmt nicht.»

«Hört mal, Leute», sagte der Fahrer, «was ist denn nun eigentlich? Ich kann hier nicht den ganzen Tag rumstehen.»

«Ich muß mir noch etwas kaufen», sagte Cass.

«Wir werden zu spät kommen.»

«Nun, geh du schon immer hinein. Ich werde eben irgendwo zu einem Geschäft fahren und dann sofort zurückkommen.»

«Hier gibt's nirgends Geschäfte, meine Dame», sagte der Fahrer.

«Selbstverständlich gibt es hier in der Nähe irgendwo Geschäfte», sagte Cass scharf. «Geh du schon hinein, Vivaldo; ich komme auf dem schnellsten Wege nach. Wie heißt das hier?»

Vivaldo nannte ihr die Adresse und sagte: «Du mußt bis zur Hundertfünfundzwanzigsten, das ist die einzige Gegend, von der ich sicher weiß, daß es da Geschäfte gibt.» Dann ließ er sich vom Fahrer das Wechselgeld geben und reichte ihm ein Trinkgeld. «Die Dame möchte zur Hundertfünfundzwanzigsten», sagte er.

Der Fahrer wandte sich achselzuckend wieder dem Steuer zu und stellte die Zahluhr ein. «Du gehst schon hinein, Vivaldo», sagte Cass noch einmal. «Es tut mir leid. Ich bin gleich zurück.»

«Hast du auch genug Geld bei dir?»

«Ja. Aber nun geh.»

Mit einem hilflosen und verärgerten Blick stieg er aus; während das Taxi davonfuhr, ging er in die Kapelle.

Der Fahrer ließ sie an der Ecke der 125. Straße und Eighth Avenue aussteigen, und als sie nun die weite, verkehrsreiche Straße dahineilte, merkte sie, daß ein ganz sonderbarer, nicht zu benennender Zustand sie befallen hatte: es war nicht Wut, es war auch nicht Weinen, und doch war sie beidem nahe. Eine kleine weiße Frau, die an einem Samstagmorgen allein die 125. Straße entlanghastet, war offenbar ein sehr gewöhnlicher Anblick, denn niemand wandte ihr einen Blick zu. Sie sah nirgends irgendwelche Geschäft mit Damenhüten im Fenster. Aber sie lief zu hastig, und die Dringlichkeit, mit der sie sich umsah, verwirrte ihren Blick. Wenn sie sich nicht zusammennahm, konnte sie den ganzen Tag damit zubringen, hier in der Straße auf und ab zu laufen. Einen Moment lang dachte sie daran, eine der Frauen anzuhalten – eine der Frauen, in deren Gesichtern sie forschte, als müßten sie etwas enthalten, das zu erfahren nötig für sie war –, um sich zu erkundigen. Dann aber spürte sie, daß sie eine ganz sonderbare Angst hatte: Angst vor diesen Leuten, diesen Straßen, vor der Kapelle, zu der sie zurückkehren mußte. Sie zwang sich, langsamer zu gehen. Dann sah sie ein Geschäft und trat ein.

Ein Negermädchen kam auf sie zu, ein Mädchen mit rotem, lose gewelltem Haar; es trug ein grellgrünes Kleid, und seine Haut war von staubig getrübter Kupferfarbe.

«Kann ich Ihnen behilflich sein?»

Das Mädchen lächelte, das gleiche Lächeln – wie Cass sich einredete –, das alle Ladenmädchen immer und überall zur Schau trugen. Dieses Lächeln gab Cass immer ein Gefühl der Armut und Schäbigkeit. Aber jetzt spürte sie es viel heftiger, als sie es jemals zuvor gespürt hatte. Und obwohl ein ganz unerklärlicher Unwille sie heftig zu schütteln begann, wußte sie doch, daß ihre trockene, aristokratische Schärfe, so wirkungsvoll sie auch in der Innenstadt gewesen war, hier ihren Eindruck verfehlen würde.

«Ich möchte», stammelte sie, «mir einen Hut ansehen.»

Dann erinnerte sie sich daran, daß sie Hüte haßte und nie einen getragen hatte. Das Mädchen, dem das Lächeln genau von ihren Vorgesetzten beigebracht worden war, machte ein Gesicht, als verkaufe es jeden Samstag morgen mindestens einen Hut an eine fremde, atemlose weiße Frau.

«Wollen Sie bitte mit mir kommen», sagte es.

«Nun – nein», sagte Cass plötzlich – und das Mädchen wandte sich um; die in aller Unschuld aufgemachten Augenbrauen krümmten sich –, «ich meine, ich will gar nicht eigentlich einen Hut.» Cass versuchte zu lächeln; am liebsten wäre sie davongelaufen. Ein Schweigen hatte sich auf den Laden herabgesenkt. «Ich glaube, ich möchte ganz gern ein Umschlagtuch haben. Schwarz –» und wie das Wort förmlich durch den Raum zu rollen schien! – «ein Kopftuch», fügte sie noch hinzu und fühlte, daß sie im nächsten A ugenblick die Polizei rufen würden. Und sie hatte keinerlei Möglichkeit, sich auszuweisen.

«Oh», sagte das Mädchen. Cass hatte erreicht, daß das dauerhafte Lächeln wie weggewischt war. «Marie», rief es scharf, «willst du dich bitte um die Dame kümmern?»

Es stelzte davon, und ein anderes, älteres und weit gewöhnlicheres Mädchen, das freilich gleichfalls sehr sorgfältig gekleidet und aufgemacht war, kam mit einem Lächeln zu Cass herüber, das wiederum ganz anders war: schlüpfrig, belustigt – voll von augenzwinkerndem Einvernehmen und zugleich voll Verachtung. Cass spürte, wie sie rot wurde. Das Mädchen zog Kästen mit Umschlagtüchern hervor. Sie alle schienen dünn gearbeitet und teuer, aber sie war nicht imstande, sich zu beklagen. Sie nahm eins, zahlte, band es sich um den Kopf und verließ eilig den Laden. Ihre Knie wankten. Es gelang ihr, an der Ecke ein Taxi zu finden, und nach einem kurzen Kampf mit sich selbst gab sie dem Fahrer die Adresse der Kapelle an: viel lieber hätte sie ihn angewiesen, sie nach Hause zu bringen.

Die Kapelle war klein, und nicht sehr viele Leute hatten sich eingefunden. Sie trat so leise ein, wie sie konnte, doch wandten sich Köpfe nach ihr um. Ein älterer Mann, vermutlich so etwas wie ein Platzanweiser, eilte geräuschlos auf sie zu, aber sie setzte sich auf den erstbesten Platz, ganz nah an der Tür, in der allerletzten Reihe. Vivaldo saß weiter vorn, ungefähr in der Mitte – außer ihr der einzige Weiße an dieser Stätte, soweit sie sah. Die Leute saßen ziemlich verstreut – ähnlich vielleicht, wie die Bestandteile von Rufus' Leben verstreut gewesen waren, flüchtig, ohne festen Zusammenhang –, und das ließ die Kapelle noch leerer erscheinen, als sie war. Viele junge Leute waren gekommen, Freunde von Rufus, vermutete sie, die Jungen und Mädchen, die mit ihm aufgewachsen waren. In der ersten Reihe vorn saßen sechs Gestalten – die Familie: keine noch so große Trauer konnte Idas Nacken beugen, konnte ihrer Haltung den Stolz nehmen. Genau vor der Familie, unterhalb des Altars, stand der geschlossene perlmutterne Sarg – der Mittelpunkt der Stätte, die Mitte aller Schmerzen.

Jemand hatte gesprochen, als sie eintrat; er setzte sich jetzt wieder hin. Es war ein sehr junger Mann, und er trug den schwarzen Talar eines Predigers. Sie fragte sich verwundert, ob er wirklich ein Prediger sein konnte, er schien doch kaum mehr als ein Junge zu sein. Aber er bewegte sich mit großer Autorität, wirklich der Autorität eines Menschen, der seinen Platz gefunden hat und seinen Frieden. Als er sich niedersetzte, ging ein sehr mageres Mädchen durch den Chorgang nach vorn, und der Junge im schwarzen Talar trat an das Klavier seitlich vom Altar.

«Ich kannte Rufus lange», sagte das Mädchen, «seit damals, als er ein großer Junge war und ich gerade ein kleines Mädchen –» und es versuchte, den Trauernden in der ersten Reihe zuzulächeln. Cass beobachtete es aufmerksam und sah, daß es tapfer mit den Tränen kämpfte. «Seine Schwester und ich, wir saßen immer zusammen und suchten uns gegenseitig zu trösten, wenn Rufus mit den großen Jungens wegging und nicht mit uns spielen wollte.» Ein Murmeln der Heiterkeit und des Schmerzes entstand, und in der vordersten Reihe nickten ein paar Köpfe. «Wir wohnten gleich Tür an Tür, er war immer wie ein Bruder zu mir.» Dann senkte das Mädchen den Kopf und drehte ein weißes Taschentuch zwischen ihren beiden dunklen Händen, das weißeste Taschentuch, das Cass je gesehen hatte. Mehrere Sekunden lang schwieg das Mädchen, dann schien es noch einmal wie ein flüsternder Hauch durch die Kapelle zu gehen, wie ein Zeichen, daß sie alle hier die Erinnerung, den Schmerz des Mädchens teilten, und zugleich wie eine stumme Aufforderung. Der Junge am Klavier schlug einen Akkord an. «Manchmal hatte es Rufus gern, mich dieses Lied singen zu hören», sagte das Mädchen jäh und unvermittelt. «Ich will es jetzt noch einmal für ihn singen.»

Der Junge spielte die Einleitungstakte. Dann sang das Mädchen mit rauher, ungeübter, erstaunlich machtvoller Stimme:

I'm a stranger, don't drive me away.
I'm a stranger, don't drive me away.
If you drive me away, you may need me some day,
I'm a stranger, don't drive me away.

Als sie geendet hatte, ging sie hinüber an den Sarg, stand dort einen Augenblick lang reglos und berührte ihn leicht mit beiden Händen. Dann ging sie still an ihren Platz zurück.

Ein Schluchzen war in der vorderen Reihe laut geworden. Cass sah, wie Ida in zarter, wiegender Bewegung die Arme um eine ältere, beleibte Frau geschlungen hielt. Einer der Männer schnaubte laut in sein Taschentuch. Die Luft hing schwer und drückend über den Köpfen. Cass wünschte, es wäre vorüber. Vivaldo saß ganz still und allein, den Blick geradeaus gerichtet.

Jetzt trat ein grauhaariger Mann hinter dem Altar vor. Einen Augenblick lang musterte er ruhig die Anwesenden, und der Junge im schwarzen Talar klimperte einen Trauerchoral.

«Manche von euch kennen mich», sagte er schließlich, «aber andere wieder nicht. Ich heiße Foster und bin Reverend hier.» Er machte eine Pause. «Und ich kenne wohl manche von euren Gesichtern, aber einige sind mir fremd.» Er verbeugte sich knapp vor Cass, dann vor Vivaldo. «Aber keiner von uns ist dem anderen wirklich fremd. Denn wir sind alle aus dem gleichen Grunde hier. Einer, den wir liebten, ist nicht mehr.» Wieder machte er eine Pause und blickte auf den Sarg nieder. «Einer, den wir liebten, mit dem wir lachten und sprachen, auf den wir wohl auch böse waren – und für den wir beteten –, ist von uns gegangen. Er ist nicht mehr bei uns. Er ist da hingegangen, wo die Gottlosen von ihren Sünden und Übeltaten lassen.» Wieder blickte er auf den Sarg hinunter. «Wir werden sein Gesicht nicht mehr sehen – nie mehr. Er hat es schwer gehabt, durch diese Welt zu kommen, und schwer ist es ihm gefallen, sie zu verlassen. Wenn er vor seinem Schöpfer steht, wird er nicht anders aussehen, als viele von uns aussahen, da sie einst zum erstenmal hierherkamen: ansehen wird man ihm, wie rauh der Weg war, der ihn zum ewigen Leben führte, und wie eng.» Er räusperte sich und putzte sich die Nase. «Ich will hier nicht stehen und euch einen Sack voll dicker Lügen über Rufus erzählen. Da glaube ich nicht daran. Ich hab Rufus gut gekannt, ich hab ihn sein Leben lang gekannt. Er war ein heller Junge, und er hatte den Teufel im Leib, und so leicht wird es wohl keinen in der Welt geben, der's ihm gleichtun könnte. Er ist dann in große Not geraten, das wißt ihr ja alle. Eine ganze Menge von unseren Jungens ist in Not und Elend geraten, das wissen manche von euch – und sie wissen auch, warum. Wir haben darüber wohl manchmal gesprochen, er und ich – wir waren eigentlich immer recht gute Freunde, Rufus und ich, selbst noch nachdem er abgesprungen war und wegging von hier –, und obgleich er nie mehr den Gottesdienst besuchte, wie ich, wie wir alle es gern gesehen hätten.» Er hielt wieder inne. «Er mußte seinen Weg gehen. Er hatte seinen eigenen Kummer, seine eigene Not, und nun ist er dahin. Er war jung, er war ein heller Junge, ein hübscher auch, und wir erwarteten große Dinge von ihm – aber nun ist er von uns gegangen, und es liegt bei uns, die großen Dinge geschehen zu lassen. Ich glaube, ich weiß wohl, wie schlimm manchen von euch zumute ist. Ich weiß ja, wie mir selbst zumute ist – ich kann nichts sagen, was diesen Schmerz wegnehmen, ganz wegnehmen könnte. Aber – dieser Junge war einer der besten Menschen, die mir je begegnet sind, und ich bin schon etwas herumgekommen. Ich will gar nicht versuchen, über ihn zu richten. Das ist nicht unser Amt. Ihr wißt, eine Menge Leute sagen, man sollte einen Mann, der sich das Leben genommen hat, nicht in heiliger Erde begraben. Davon weiß ich nichts. Was ich allein weiß: Gott hat jeden Fußbreit Boden gemacht, über den ich je gegangen bin, und was Gott gemacht hat, das *ist* heilig. Und keiner von uns weiß, was im Herzen eines anderen vorgeht, wissen doch viele von uns nicht einmal, was in ihrem eigenen Herzen vorgeht, und so kann denn auch keiner von uns sagen, warum er getan hat, was er tat. Keiner von uns ist dabei gewesen, keiner von uns kann es wissen. Wir können nur beten, daß der Herr ihn aufnehmen möge – wie wir auch beten, daß Er uns aufnehme. Das ist alles. Das ist *alles*. Und ich sage euch noch eins, und das sollt ihr euch wohl bewahren: Ich weiß eine Menge Leute, die sich ihr Leben genommen haben, und sie gehen heute unter uns auf den Straßen, und manche von ihnen predigen das Evangelium, und manche sitzen, da die Mächtigen sitzen. Nun, das solltet ihr wohl bedenken. Wenn die Welt nicht so voll wäre von toten Leuten – vielleicht müßten die von uns, die zu leben versuchen, nicht so schlimm leiden.»

Er ging auf und ab hinter dem Altar, hinter dem Sarg.

«Ich weiß, ich kann euch, die ihr da vor mir sitzt – seiner Mutter, seinem Vater, seiner Schwester, seinen Verwandten, seinen Freunden –, nichts sagen, was ihn zurückbringen oder was euch den Schmerz darüber nehmen könnte, daß er dahin ist. Ich weiß das wohl. Nichts, was ich sage, könnte sein Leben anders machen, könnte ein Leben daraus machen, das vielleicht irgendein anderer Mensch hätte leben können. Es ist alles getan und vollendet. Wisset, daß es im Himmel geschrieben ist. Aber laßt den Mut nicht sinken. Laßt es euch nicht so bitter ankommen. Versucht zu verstehen. Versucht zu begreifen. Die Welt hat schon Bitterkeit genug – wir müssen versuchen, besser zu sein als die Welt.»

Er sah zu Boden, dann ging sein Blick über die Vorderreihe hin.

«Ihr müßt daran denken», sagte er sanft, «daß *er* es versucht hat. Das tun nicht viele, und die es tun, müssen leiden. Seid stolz auf ihn. Ihr habt ein Recht, stolz zu sein. Und das – das ist alles, was er je in dieser Welt erreichen wollte.»

Tiefes Schweigen herrschte in der Kapelle; nur in der vorderen Reihe weinte jemand – ein Mann. Das mußte wohl Rufus' Vater sein, dachte Cass, und sie fragte sich zweifelnd, ob er wohl glaubte, was der Prediger gesagt hatte. Was war denn Rufus für ihn gewesen: ein lästiger, schwieriger Sohn, ein Fremder im Leben, und nun auch ein Fremder im Tode, und für immer. Und nichts sonst würde man je wissen. Was sonst gewesen war – oder hätte gewesen sein können, war verschlossen in Rufus'

Herzen oder im Herzen seines Vaters, war mit Rufus selbst in die Vergessenheit versunken. Nie würde man es erfahren. Es war vorüber.

«Es sind einige Freunde von Rufus hier», sagte der Reverend Foster, «und sie wollen uns noch etwas vorspielen, ehe wir dann gehen.»

Zwei junge Männer schritten durch den Chorgang nach vorn, der eine mit einer Gitarre, der andere mit einem Baß. Das magere dunkle Mädchen folgte ihnen. Der Junge im schwarzen Talar legte die Finger auf die Tasten des Klaviers. Die beiden Jungen standen genau vor dem verdeckten Leichnam; etwas entfernt von ihnen, in der Nähe des Klaviers, stand das Mädchen. Dann begannen sie zu spielen, eine Musik, die Cass nicht einordnen konnte; es war etwas sehr Langsames und eher ein Blues als ein Choral. Dann spannten sich die Klänge mehr und mehr, wurden schärfer, schneller. Ein leises Summen entstand in der Kapelle, kroch aus rauhen Kehlen auf; die Füße rührten sich im Takt, tappten leise auf den Boden. Dann trat das Mädchen vor. Sie warf den Kopf zurück und schloß die Augen, und wie ein Geläut schlug ihre Stimme an:

Oh, that great getting-up morning,
Fare thee well, fare thee well!

Reverend Foster, der auf einer Erhöhung hinter ihr stand, hob beide Hände und stimmte mit ein:

We'll be coming from every nation,
Fare thee well, fare thee well!

Die Gemeinde stimmte ein, doch das Mädchen sang allein den Schluß des Liedes:

Oh, on that great getting-up morning,
Fare thee well, fare thee well!

Dann sprach Reverend Foster ein kurzes Gebet, daß die Seele, die sie verlassen hatte, sicher wandern möge und daß alle Seelen, die seine Worte hörten, sicher wandern möchten, durch ihr Leben und durch ihren Tod. Es war vorüber.

Die Bahrträger, zwei Männer aus der vorderen Reihe und die beiden Musiker, hoben den perlmutternen Sarg auf die Schultern und schritten damit den Gang entlang. Die Trauergäste folgten.

Cass stand nah an der Tür. Die vier stillen Gesichter gingen mit ihrer Last an ihr vorüber; sie sahen nicht zu ihr auf. Gleich nach ihnen kamen Ida und ihre Mutter. Ida verhielt einen Augenblick und sah sie an – mit einem Blick, dessen Ausdruck der schwere Schleier verhüllte. Dann schien sie zu lächeln. Und sie ging vorüber. Und die anderen alle gingen vorüber. Vivaldo trat zu ihr, und sie verließen die Kapelle.

Zum erstenmal sah sie jetzt den Leichenwagen, der – in Richtung zur Innenstadt – an der Avenue wartete.

«Vivaldo», fragte sie, «gehen wir mit zum Friedhof?»

«Nein», sagte er, «es sind nicht genug Wagen da. Ich glaube, nur die Familie geht hin.»

Er blickte nach dem Auto hinter dem Leichenwagen. Die Eltern hatten schon darin Platz genommen. Ida stand noch am Bürgersteig. Sie sah sich um, dann kam sie schnell zu ihnen herübergelaufen. Sie nahm ihrer beider Hände.

«Ich wollte Ihnen nur danken», sagte sie ein wenig atemlos, «daß Sie gekommen sind.» Ihre Stimme war rauh vom Weinen, und Cass konnte ihr Gesicht hinter dem Schleier nicht erkennen. «Sie wissen nicht, was es mir – was es uns bedeutet.»

Cass drückte Ida die Hand; sie wußte nicht, was sie sagen sollte. Vivaldo stammelte: «Ida, wenn wir irgendwas – wenn *ich* irgendwas tun kann – irgend etwas –!»

«Sie haben Wunder getan. Sie waren wunderbar. Ich werde es nie vergessen.»

Sie drückte ihnen noch einmal die Hände und wandte sich weg. Dann stieg sie in den Wagen, und die Tür schloß sich hinter ihr. Der Leichenwagen schwenkte langsam vom Bordstein auf die Straße; der Wagen folgte ihm, dann noch ein zweiter. Andere, die bei der Trauerfeier gewesen waren, warfen Cass und Vivaldo einen kurzen Blick zu, standen noch ein paar Augenblicke zusammen und gingen dann nach allen Richtungen auseinander. Cass und Vivaldo traten den Heimweg an.

«Nehmen wir die U-Bahn?» fragte Vivaldo.

«Ich glaube nicht», sagte sie, «ich könnte sie jetzt nicht ertragen.»

So gingen sie denn weiter, ziellos, in Schweigen. Cass hatte die Hände tief in die Manteltaschen gesenkt und starrte auf die Schlaglöcher im Bürgersteig nieder.

«Ich hasse Beerdigungsfeiern», sagte sie schließlich, «ich hab dabei immer den Eindruck, als hätten sie nichts, aber auch gar nichts mit dem Menschen zu tun, der gestorben ist.»

«Nein», sagte er, «das haben sie wohl auch nicht. Beerdigungsfeiern sind für die Lebenden.»

Sie gingen an einem Hausaufgang vorüber, bei dem allerhand junges Volk herumstand und sie neugierig musterte.

«Das wird's sein», sagte sie. Und weiter gingen sie und immer weiter, und es war, als hätten sie nicht einmal die Willenskraft, die dazu erforderlich gewesen wäre, anzuhalten und ein Taxi zu rufen. Sie konnten nicht über die Beerdigung sprechen, jetzt nicht; zu viel war da zu sagen; vielleicht auch hatte jeder zu viel zu verbergen. Sie wanderten die weite, dicht belebte Avenue dahin, umgeben – wie es schien – von einer Atmosphäre, die sie wie eine Hülle davor schützte, von anderen Leuten angerempelt oder auch nur angestarrt zu werden – sei's zu direkt, sei's zu lange, länger als den üblichen Augenblick. Sie kamen zu dem U-Bahn-Eingang an der 125. Straße. Leute stiegen aus dem dunklen Schlund herauf, Leute standen an der Ecke, eine kleine Gruppe, die auf den Bus wartete.

«Laß uns ein Taxi nehmen», sagte sie.

Vivaldo winkte ein Taxi herbei, und sie stiegen ein; es war – und Cass konnte dieses Gefühl nicht abweisen –, als täten sie damit nur, was die Menschen um sie herum von ihnen erwartet hatten. Und das Taxi setzte sich in Bewegung und entfernte sie langsam von der düsteren, gewalttätigen Szene, über die jetzt ein bleichdunstiges Sonnenlicht fiel.

«Ich frage mich», sagte er, «ich frage mich –»

«Ja? Was frägst du dich?» Ihr Ton war schärfer, als sie beabsichtigt hatte; aber sie hätte kaum angeben können, warum.

«– was sie wohl meint, wenn sie sagt, sie wird es nie vergessen.»

Ein Gedanke durchhuschte sie, ein nicht zu fassender, nicht aufzuhaltender Gedanke; fast war es, als sei sie die Gefangene ihres Gehirns, als schlügen seine Wände wie die eines Abgrunds über ihr zusammen.

«Nun, es beweist wenigstens, daß du intelligent bist», sagte sie trokken. «Und das kann dir für alles mögliche nützlich sein.» Sie sah, wie das Taxi die Avenue dahinrollte, die sich schließlich in jene Straßenzüge wandeln würde, die sie kannte.

«Ich würde es ihr gern beweisen – eines Tages mal», sagte er und verstummte. Er sah aus dem Fenster. «Ich wollte, ich könnte sie wissen lassen, daß die Welt nicht so schwarz ist, wie sie denkt.»

«Oder», sagte sie nach einem Augenblick lakonisch, «so weiß.»

«Oder so weiß», stimmte er milde zu. Sie fühlte, daß er absichtlich nicht auf ihren Ton einging. Dann sagte er: «Du magst sie nicht – Ida?»

«Aber warum denn nicht? Ich kenne sie bloß kaum.»

«Was auf dasselbe hinausläuft», sagte er. «Du kennst sie nicht, und du willst sie auch nicht kennenlernen.»

«Es ist doch wohl ziemlich gleichgültig, ob ich Ida mag oder nicht», sagte sie. «Wichtig ist nur, daß du sie magst. Nun, und das ist schön. Ich weiß gar nicht, warum du da Einwände von mir hören willst. Ich habe keine Einwände. Aber was würde es schon für einen Unterschied machen, wenn ich welche hätte?»

«Keinen», sagte er prompt. Dann: «Na ja, einen gewissen Unterschied wohl doch. Ich würde an meinem Urteil zweifeln.»

«Urteil», sagte sie, «hat nichts mit Liebe zu tun.»

Er sah sie scharf an, doch zugleich auch voll Dankbarkeit. «Sprechen wir denn von Liebe –?»

«Es ist Liebe, was du beweisen willst», sagte sie. Und nach einem kurzen Schweigen: «Natürlich mag's sein, daß auch sie etwas zu beweisen hat.»

«Ich glaube, sie hat vor allem etwas zu vergessen», sagte er. «Und ich glaube, ich kann ihr helfen, es zu vergessen.»

Sie antwortete nicht. Sie blickte auf die kahlen, kalten Bäume hinaus, in den kahlen, kalten Park. Fragen stiegen in ihr auf: wie wohl Richards Arbeit an diesem Morgen vorangekommen war, was wohl die Kinder machten. Es war ihr plötzlich, als sei sie eine lange Zeit fortgewesen, als hätte sie viele große Verpflichtungen vernachlässigt und versäumt. Und der einzige, inbrünstige Wunsch, den sie in diesem Augenblick hatte, war: sicher nach Hause zu gelangen und alles so zu finden, wie sie es verlassen – wie sie es vor langer Zeit, vor diesem langen Morgen verlassen hatte.

«Du bist noch so jugendlich», hörte sie sich sagen. Sie schlug ihren gesetztesten, matronenhaften Ton an. «Du weißt so wenig –» sie lächelte – «vom Leben. Von Frauen.»

Und auch er lächelte – ein fahles, müdes Lächeln. «Na schön. Aber ich hab den Wunsch, daß mir etwas ganz Bestimmtes widerfährt, mir zuteil wird. Sag mal – wie kriegt man das eigentlich hin, etwas zu wissen, zu erfahren vom –» er grinste mokant – «vom Leben? Von Frauen? Weißt du eigentlich besondes viel von Männern?»

Die großen Ziffern weit drüben über dem Columbus Circle glühten im grauen Himmel und zeigten an, daß es 12 Uhr 27 war. Sie würde zu Hause gerade noch rechtzeitig den Lunch fertigmachen können.

Dann kam die Niedergeschlagenheit, mit der sie hatte kämpfen müssen, erneut über sie, ganz als hätte sich der Himmel herabgesenkt und sich in dichten Nebel verwandelt.

«Ich hab mal gedacht, es wäre so», sagte sie. «Ich hab mal gedacht, ich wüßte eine ganze Menge. Einmal – da war ich sogar noch jünger, als du jetzt bist.»

Wieder starrte er sie an, doch diesmal sagte er nichts. Einen Augenblick lang, während die Straße eine Krümmung machte, erhob sich die Skyline von New York vor ihnen wie eine schartig gezackte Wand. Dann war sie dem Blick wieder entschwunden. Cass zündete sich eine Zigarette an und fragte sich, warum sie nur – in diesem kurzen Augenblick – einen solchen Haß empfunden hatte auf all die stolzen aufgetürmten Bauten, auf all die Antennen, die sich wie spindeldürre Fangarme ausstreckten. Nie zuvor hatte sie diese Stadt gehaßt. Warum schien ihr nun alles so verblichen, so nutz- und sinnlos, und warum fühlte sie sich so kalt, wie wenn niemand und nichts sie je wieder würde erwärmen können?

Vivaldo summte tief in der Kehle den Blues, den sie bei der Trauerfeier gehört hatten. Er dachte an Ida, er träumte von Ida, er fieberte förmlich all dem entgegen, was ihn mit Ida erwartete. Einen Augenblick lang haßte er seine Jugend, seine Erwartungen, seine Fähigkeiten, Möglichkeiten, Aussichten, haßte sie seine Männlichkeit. Sie beneidete Ida. Sie lauschte. Vivaldo summte den Blues.

3

Eines Samstags, Anfang März, stand Vivaldo am Fenster seines Zimmers und blickte in den heraufkommenden Morgen hinaus. Der Wind fuhr mit schlaffem, kleinlautem Stöhnen durch die leeren Straßen; er hatte die ganze Nacht geblasen, unablässig, während Vivaldo sich mit seinem Manuskript abplagte, mit einem Kapitel, das ihm nicht geraten wollte. Er war zum Umfallen müde – schließlich hatte er den ganzen Tag in der Buchhandlung gearbeitet und danach in der Innenstadt bei einem Umzug geholfen –, doch nicht darum war sein Gehirn wie gelähmt. Er wußte einfach nicht genug von den Menschen, die in seinem Roman auftraten. Es kam ihm nichts aus ihnen entgegen, kein Vertrauen, kein Widerhall. Namen hatten sie alle, mehr oder weniger; sie hatten ihre Bestimmung, mehr oder weniger; die Idee, die sie nach seinem Willen darstellen sollten, lag klar vor seinen Augen. Aber es war, als sei sie ihren Augen selbst unsichtbar geblieben. Er konnte sie umherbewegen, wie er wollte, aber sie selbst bewegten sich nicht. Er legte ihnen Worte in den Mund, die sie mürrisch und ohne Überzeugung wiedergaben. Mit derselben schmerzhaften Heftigkeit, mit der er daran ging, eine Frau zu verführen, gar noch mit größerer, versuchte er, die Menschen seiner Phantasie in seine Gewalt zu bringen: er bat sie, bettelte, sie möchten ihm ihr Geheimnis preisgeben, möchten ihre Zurückhaltung fallenlassen. Und sie wiesen ihn zurück – ohne in all ihrer gräßlichen Unversöhnlichkeit auch nur die geringste Neigung zu zeigen, ihn zu verlassen. Sie warteten – warteten, daß er den Schlüssel fand, daß er den Nerv traf, daß er die Wahrheit aussprach. Dann erst, so schienen sie sich zu beklagen, würden sie ihm alles geben, nach dem ihn verlangte, und mehr noch, viel mehr, als er sich jetzt überhaupt vorstellen mochte. Die ganze Nacht lang war er in wachsender Verbissenheit und Hilflosigkeit zwischen seinem Arbeitstisch und dem Fenster hin- und hergewandert. Er machte sich Kaffee, er rauchte Zigaretten, er sah auf die Uhr – und die Stunden rückten vor, doch sein Kapitel blieb, wie es war, und der Gedanke wich nicht von ihm, daß er hätte schlafen sollen, denn heute sollte er Ida wiedersehen, zum erstenmal seit mehreren Wochen. Es war ihr freier Samstag, aber sie hatte sich zu einer Tasse Kaffee mit einer ihrer Freundinnen verabredet, in dem Restaurant, wo sie arbeitete. Dort sollte er sie dann treffen, und gemeinsam wollten sie Richard und Cass besuchen.

Richards Roman stand kurz vor der Veröffentlichung und versprach, ein großer Erfolg zu werden. Vivaldo hatte ihn – zu seiner Verwirrung und zugleich Erleichterung – nicht sonderlich bemerkenswert gefunden. Aber er hatte nicht den Mut gehabt, dies Richard zu sagen oder sich selbst auch nur einzugestehen, daß er das Buch nie gelesen hätte, wäre nicht Richard der Verfasser.

Alle Geräusche der Straße verstummten schließlich – das Brausen der Motoren und die weicher gleitenden Laute der Reifen, Schritte, Flüche, Liederfetzen und das laute, lange verspätete Gutenacht; die letzte Tür im Haus schlug zu, das letzte Murmeln – rauschend und raschelnd – verebbte. Still wuchs die Nacht um ihn herauf, und sein Zimmer wurde kalt. Er schürte den Ofen an. Dann regte es sich in ihm, auf dem Grunde seiner Gedanken, ein geballtes Gewimmel: die Wolke seiner Zeugen, und sie lagerte sich schwer und drückend um ihn, wie die Luft des überhitzten Ofens, schwärmte aus und lagerte sich wieder – um sie, um die begehrte und so ganz unbekannte Ida. Vielleicht war sie es, vielleicht war sie die Ursache dafür, daß seine Gestalten so schweigsam blieben.

Er starrte auf die Straßen hinunter und dachte – erbittert, aber zugleich mit fröstelnder, betäubter Gelassenheit –, wie wenig er sie doch kannte, ja daß er sie wohl überhaupt nie gekannt hatte, so lange und oft er auch auf sie hinuntergesehen. Ein Vorfall, ein Ereignis an sich ist nicht das gleiche wie das Wissen von dem, was man durchlebt. Die meisten Leute hatten nicht gelebt – man konnte schließlich auch nicht einmal sagen, daß sie gestorben waren –, hatten keines ihrer schrecklichen Schicksale wirklich durchlebt. Sie waren einfach betäubt worden vom Schlag des großen Hammers. Danach lebten sie vor sich hin wie in einer Art Vorhölle voll unerkannter, ungeprüfter, blind abgeleugneter Qual. Und das war die große Frage, die an diesem Morgen vor Vivaldo hintrat: ob er je seinem eigenen Leben ins Gesicht geblickt hatte, ob er «dabei gewesen» war. Denn war er das je gewesen, so war er's auch noch jetzt, und seine Welt würde, müßte sich vor ihm öffnen.

Das Mädchen, das auf der anderen Seite der Straße wohnte – sie hieß Nancy, soweit er wußte, doch erinnerte sie ihn an Jane, was auch wohl der Grund war, daß er nie mit ihr sprach –, das Mädchen kam jetzt von ihrer Runde durch die Bars und Cafés heim; irgendein qualliger junger Mann begleitete sie. Die Sorte gab es überall, was zur Genüge erklärte, wie sie sich ihn aufgegabelt hatte; doch warum sie solche Existenzen mit nach Hause nahm, war schon eine weit trübere Frage.

Die mit langem Haar trugen auch Bärte; die mit kurzem fühlten sich erhaben genug, auf die zwar bequeme, aber doch auch wieder recht störende Zierde ihrer Physiognomie zu verzichten. Sie lasen Gedichte oder fertigten selbst wie rasend welche an, als wollten sie beweisen, daß sie zu weit männlicheren Geschäften geboren seien. Die Type an diesem Morgen trug eine weiße Hose und eine Segelkappe, und ein paranoisches Bärtchen klebte ihr keck auf der unteren Gesichtshälfte. Dieses Bärtchen war der aggressivste Zug an ihr, die einzige Andeutung von Härte und Spannkraft. Das Mädchen andererseits war ganz Angelhaken, ganz Sucht, ganz Mund, ganz Muskel; selbst ihre Brüste schienen wie versteinert. Sie gingen die Straße hinunter, Hand in Hand – doch nicht zusammen. Vor dem Hausaufgang blieben sie stehen, und das Mädchen schwankte. Sie lehnte sich wie eine Betrunkene an ihn, als sei ihr übel, als müßte sie sich übergeben; seine Steifheit ließ erkennen, daß ihr Gewicht ihm lästig und beschwerlich war. Sie erklommen die kurzen Stufen zur Haustür. Hier hielt sie an und schenkte ihm ein Lächeln, und während sie sich mit den Händen das Haar zurückstrich, reckte sie kokett die steinern starren Brüste. Der Junge schien diese Verzögerung unerträglich zu finden. Er murmelte irgend etwas über die Kälte und schob das Mädchen vor sich her ins Haus.

Ja, und nun würde es seinen Lauf nehmen – was eigentlich? Liebe? Nein, gewiß nicht – und sollte Vivaldo 24 Stunden danach wieder an diesem Fenster stehen, so würde er sehen, wie sich die gleiche Szene mit einem anderen Jungen wiederholte.

Wie konnten sie das aushalten? Nun, er selber war ja dort gewesen. Wie hatte er es aushalten können? Whisky und Marihuana hatten geholfen; er war ein ziemlich gewandter Lügner, und auch das hatte geholfen; und die meisten Frauen weckten, nährten das Gefühl großer Verachtung in ihm, und das half vielleicht am meisten. Aber war das alles? Schließlich war das Land, die Welt, war diese Stadt voll von Menschen, die am Morgen aufstanden und am Abend zu Bett gingen und die – was die Hauptsache war – ihr Leben lang in dasselbe Bett gingen. Sie taten, was immer man von ihnen glaubte, erwartete, und zogen ihre Kinder auf. Und vielleicht mochte er diese Menschen gar nicht besonders, aber dann, auf der anderen Seite, kannte er sie auch wieder gar nicht. Er nahm an, daß sie existierten, weil man es ihm gesagt hatte; vermutlich gehörten die Gesichter, die er in der U-Bahn und auf den Straßen sah, diesen Menschen, die bewundernswert waren, weil sie zahlreich waren. Seine Mutter, sein Vater, seine verheiratete Schwester und ihr Mann und ihre Freunde, sie alle waren ein Teil dieser Menge, und auch sein jüngerer Bruder würde bald zu ihr gehören. Und was wußte er denn nun wirklich von ihnen, außer daß sie sich seiner schämten? Sie wußten nicht, daß er wirklich war, daß er wirklich lebte. Und schließlich schien es, als wüßten sie auch nicht, daß *sie* wirklich lebten; und Vivaldo war kindisch genug, diesen Gedanken tröstlich zu finden.

Er beobachtete einen Mann, der einsam die Straße heraufkam, den engen schwarzen Mantel bis zum Hals zugeknöpft; von Zeit zu Zeit blickte er sich um, als hoffte er, es möchte ihm jemand folgen. Dann kam – wie ein großes graues, hirnloses Insekt – der Müllwagen die Straße hoch. Er sah zu, wie die Tonnen hineingeleert wurden. Dann war nichts mehr da, kein Mensch. Das Licht verhärtete sich, wurde kräftiger. Bald würden überall die Wecker schrillen, und die Häuser würden das Morgenvolk auswerfen. Dann dachte er an die Szene, die sich jetzt drüben, im Zimmer auf der anderen Straßenseite, zwischen dem Jungen und dem Mädchen abspielen würde.

Das gelblich-bleiche elektrische Licht, selbstbewußt diskret und gedämpft, würde sich bereits als überflüssig erwiesen haben und ausgeschaltet worden sein. Das Mädchen hatte die Schuhe abgestreift und das Radio angedreht oder den Plattenspieler und lag auf dem Bett. Das graue Licht, das durch die kuttenartigen Vorhänge kam, tastete prüfend, mit der ganzen Bosheit der Neutralität, über alle Oberflächen, in alle Ecken und Winkel des ungeliebten Raums. Die Musik war nicht laut. Jetzt hatten sie sich wohl Drinks eingegossen, und das Glas des Mädchens stand auf dem Tisch. Der Junge hielt seines zwischen den Händen. Er saß auf dem Bett, ein wenig abgewandt von dem Mädchen, und starrte auf den Boden. Seine Kappe war achtlos nach hinten geschoben. Und die Stille, die unter der Musik lauerte, wuchs mit ihrer Furcht ins Ungeheure. Jetzt machte vielleicht eines von ihnen eine Bewegung, um sie zu überwinden. Wenn es das Mädchen war, kam wohl ein Seufzen dazu und ein Zögern – ein Seufzen der Not, des Begehrens, und ein Zögern der Feindschaft. War es aber der Junge, so war die Bewegung von rauher oder sanfter Brutalität: er mochte sich über das Mädchen stürzen, als wolle er es vergewaltigen, oder mochte vermittels fliegender, «glühender» Küsse, wie er sie im Kino gesehen, ans Werk gehen, ihre Wollust wachzurufen. Und anhaltender Reibung bei nachhelfender Phantasie mußte es schließlich gelingen, physiologische Hitze und Bedrängnis zu erzielen; und der bohrende Druck zwischen ihren Schenkeln war für das Mädchen das Zeichen zum nunmehr fälligen Stöhnen. Sie warf ein wenig den Kopf hin und her und hielt den Jungen fester und enger, und nun gerieten sie langsam ins Gemenge. Die Kappe flog herunter – während das Bett seufzte und das graue Licht starr darüberhing. Dann kam die Jacke. Seine Hände schoben den Sweater herauf und knüpften den Büstenhalter auf. Vielleicht wünschten beide, hier innezuhalten und anzufangen, sich gegenseitig auszuziehen, aber beide wagten sie es nicht. Sie stöhnte und klammerte sich an die Dunkelheit, er zog ihr den Sweater ab. Er plagte sich lieblos mit ihren Brüsten herum; ihr Keuchen zeigte bereits das Mißlingen an. Dann war die Platte abgelaufen – oder im Radio nahm ein Wirtschaftskommentar die Stelle des Liebesliedes ein. Er streifte ihr den Rock ab. Dann stand das halbnackte Mädchen mit einem winzigen, entschuldigenden Murmeln vom Bett auf und schaltete den Apparat ab. Wie sie so mitten im Zimmer stand, mochte sie wohl einen schnellen, grellen Witz über ihre Nacktheit reißen. Dann verzog sie sich in die Toilette. Der Junge trank sein Glas aus und legte seine Kleidung bis auf die Unterhose ab. Wenn das Mädchen dann wieder erschien, waren sie beide bereit.

Ja, auch er war dort drüben gewesen: scheuernd, schiebend und stoßend hatte er versucht, ein gefühlloses Mädchen zu wecken. Der Kampf war scheußlich, denn wenn auch das Mädchen wünschte, geweckt zu werden, so empfand es doch Entsetzen vor dem Unbekannten. Jedem Augenblick, der sie ihm näher zu bringen schien, der sie einander näher zu bringen schien, folgte ein schmerzhafter Rückschlag, und sie waren sich ferner als zuvor. Beide klammerten sie sich eher an ein Phantasiebild als aneinander, beide versuchten sie eher, die Lust aus den Windungen ihrer Gedanken zu saugen, als die Geheimnisse des Körpers freizugeben. Die Ranken der Scham griffen nach ihnen, obgleich sie sich ihnen dadurch entwanden, daß sie alles, was sie taten, mit all den schmutzigen Worten begleiteten, die sie wußten. Manchmal halfen solche Worte, den Höhepunkt zu erreichen – freudlos, unter Ekel, und zu schnell. Das Beste, das er je im Bett hatte erreichen können, war ein Maximum an Erleichterung gewesen – verbunden mit einem Minimum an feindseligem Gefühl.

In Harlem freilich war er nur seine Ladung losgeworden – und hatte das bißchen mit Gold aufgewogen. Das war ihm eine Zeitlang viel einfacher vorgekommen. Aber selbst so einfache Lust, bestellt und bar bezahlt, mußte bald hilflos versagen – Lust, so stellte sich heraus, war nicht einfach. Wenn er bei seinen Streifzügen durch Harlem über ein Mädchen geriet, das er mochte, so erhob sich unfehlbar der Wunsch in ihm, er möchte es anderswo, unter anderen Umständen getroffen haben. Er mußte einfach ihre Situation mißbilligen, mußte mehr von ihr verlangen, als nur irgendein Mädchen in solcher Situation zu geben vermochte. Mochte er es aber nicht, dann verachtete er es, und es war doch so qualvoll für ihn, ein farbiges Mädchen zu verachten – es steigerte seine Selbstverachtung, steigerte sie so sehr, daß er nachher, mochte ihn die Last, die er dort hinausschaffte, auch noch so bedrängt haben, nur mit einer um so größeren Bürde heimkehrte, und die war nicht so leicht loszuwerden.

Jahrelang hatte er sich eingebildet, daß er in jene dunklen Straßen da draußen gehörte, gerade weil die Geschichte, die mit der Farbe seiner Haut geschrieben war, ihm das Recht, dort zu sein, streitig machte. Es bereitete ihm Vergnügen, daß sein Recht *zu sein* überall bestritten wurde; dort draußen war seine Entfremdung sichtbar geworden und eben darum fast erträglich. Lustvoll hatte er sich dem Gedanken hingegeben, daß Gefahr dort weit wirklicher war, weit offener als in der Innenstadt, und daß er, indem er es unternahm, diesen Gefahren zu trotzen, seine Mannheit den lauwarmen Wassern der Mittelmäßigkeit entzog und sie die Feuerprobe bestehen ließ. In Harlem hatte er gefühlt, wie seine Lebenskraft wuchs, denn er hatte sich dort in einem Taumel der Raserei, der Selbstbestätigung und der sexuellen Erregung bewegt, während Gefahr – wie eine Verheißung – überall auf ihn lauerte. Und trotz all dieser Wagnisse, all dieser Risiken, die er lief, waren die Fehlschläge, die Unfälle, die ihm dann in der Tat widerfuhren, ganz und gar belanglos gewesen – sie hätten ihm überall sonst auch widerfahren können. Seine gefährliche, alles überschäumende Lust zu leben hatte am Ende doch nichts anderes erreicht, als daß er vielleicht ein halbes Dutzend ganz und gar zufälliger Bekanntschaften schloß – in wohl ebenso vielen Bars; jede tiefer reichende Begegnung war ausgeblieben. Als Erinnerung blieben ihm eine oder zwei Marihuana-Parties, eine oder zwei Massenorgien, ein oder zwei Mädchen, deren Namen er vergessen hatte, eine oder zwei Adressen, die ihm verlorengegangen waren. Er wußte, Harlem war ein Schlachtfeld, und Tag und Nacht wurde dort Krieg geführt – aber von Zweck und Ziel dieses Kriegs wußte er nichts.

Und das lag nicht nur am Schweigen der Krieger – ihr Schweigen hatte etwas Schauspielerisches an sich, wo es so lärmend ertönte; es lag an der Tatsache, daß man von Schlachten nur wußte, was die eigenen Begriffe von Streit und Widerstreit hergaben. Nach und nach hatte er, ungewollt und widerwillig, immer mehr erkennen müssen, daß er mitnichten seine Mannheit erprobt hatte, indem er sich den Gefahren von Harlem aussetzte, oder gar sein Lebensgefühl erhöht. Er hatte nur Zuflucht gesucht im äußerlichen Abenteuer, um der Verwicklung und Spannung jenes Abenteuers zu entrinnen, das unerbittlich in seinem Innern vor sich ging. Vielleicht war ihm deshalb manchmal, als verleitete er die dunklen Gesichter, die nach ihm spähten, zu einer Andeutung belustigter und gar nicht einmal unfreundlicher Verachtung. Der muß ja ein armes Würstchen sein, so schienen sie zu denken, daß es ihn hierher verschlagen hat. Sie wußten, er war ein Gehetzter, war auf der Flucht: die freie, vorurteilslose, ja revolutionäre Gesinnung, auf die er so stolz war, bedeutete ihnen nicht das geringste. Er war einfach nur ein armer weißer Junge in Nöten, und es war nicht im mindesten originell von ihm, damit zu den Niggern gelaufen zu kommen.

Manchmal war ihm gewesen, als starrte ihm dieses Empfinden aus Rufus' Augen entgegen. Er hatte sich geweigert, es zur Kenntnis zu nehmen, denn er beharrte darauf, daß Rufus und er sich gleichstanden. Sie waren Freunde, und ihre Freundschaft war unerreichbar für so banale und abgestandene Dinge wie die Probleme der Hautfarbe. Sie hatten zusammen geschlafen, hatten zusammen gesoffen, sie hatten gemeinsam Mädchen aufgetan, hatten sich gegenseitig die Pest an den Hals gewünscht und sich Geld gepumpt. Und doch – wieviel hatte ein jeder im Herzen vor dem andern verborgen gehalten! Jetzt hatte es sich gezeigt. Es war alles nur ein Spiel gewesen, und Rufus hatte verloren – hatte sein Leben verloren. Alle Bedrückungen und Lasten, die sie nicht hatten wahrhaben wollen, die sie verleugnet hatten, hatten sich geballt auf Rufus herabgesenkt und ihn getötet. Warum nur – warum hatte es sein müssen, daß sie überhaupt etwas verleugneten? Worum ging es in dem Spiel? Er wandte sich wieder ins Zimmer, zündete sich eine Zigarette an und ging auf und ab. Nun, vielleicht hatten sie einfach Angst gehabt, zu tief in das Innere des andern zu sehen, weil sie am Ende hätten finden können, daß . . . er sah wieder aus dem Fenster, mit einem dumpfen Gefühl der Furcht. Sie hätten den Abgrund gefunden, der in ihnen, zwischen ihnen klaffte. Irgendwo in seinem Herzen haßte der schwarze Junge den weißen – dafür, daß er weiß war. Und irgendwo in seinem

Herzen hatte Vivaldo Rufus gefürchtet und gehaßt, weil er schwarz war. Sie hatten sich zusammen über Mädchen hergemacht, ein- oder zweimal über dasselbe – warum? Und was hatten sie davon gehabt? Sie sahen das Mädchen nie wieder. Und nie wieder sprachen sie darüber.

Einmal, während seiner Militärzeit, in München, hatten er und ein farbiger Kamerad Urlaub gehabt und waren auf Sauftour gegangen. Sie landeten irgendwo in einem Lokal, es war sehr spät in der Nacht, auf den Tischen standen Kerzen. In ihrer Nähe saß ein Mädchen. Wer hatte eigentlich wen herausgefordert? Lachend hatten sie ihre Hosen aufgemacht und sich dem Mädchen präsentiert. Dem Mädchen – aber auch einander. Das Mädchen war aufgestanden und hatte gesagt, sie verstünde die Amerikaner nicht, und war in aller Ruhe gegangen. Aber wahrscheinlich hatte sie die beiden nur zu gut verstanden. Sie hatte verstanden, daß ihr stummes Spiel nur sehr wenig mit ihr zu tun gehabt hatte. Doch ebensowenig hätte man sagen können, daß sie einander hätten aufreizen wollen – daran hätten sie bestimmt nicht im Traum gedacht. Vielleicht hatten sie nur einfach versucht, ihren aufgestauten Gedanken Luft zu machen: wer von ihnen der bessere Mann wäre. Und was hatte sich der schwarze Junge dann gedacht? Oder nein, die Frage war, was hatte *er* sich gedacht? Er hatte gedacht: Zum Teufel, was soll denn schon dabei sein! Dabei mochte es ihm nur einen geringen Stich gegeben haben, zu sehen, daß sein farbiger Kamerad möglicherweise sogar ein bißchen besser in Form war – aber es hatte ihn tatsächlich erleichtert. Da war's heraus, handgreiflich, ganz offen sichtbar an dem gottverdammten Tisch, und es war ganz wie das seine – nein, nichts Furchterweckendes war dabei.

Er lächelte – *Ich wette, meiner ist größer als deiner* –, aber dann mußte er an so manche Alpträume denken, in denen ihn jener gleiche, aus seinem Gesichtsfeld ganz verschwundene Kamerad durch undurchdringliche Wälder hin verfolgte, an den Rändern jäher Abgründe über ihn herfiel und drohte, ihn steil hinab ins Meer zu stürzen. In jedem dieser Alpträume verlangte er Rache. Rache wofür?

Er setzte sich wieder an seinen Arbeitstisch. Die Seite in der Schreibmaschine starrte ihm entgegen, bedeckt mit Hieroglyphen. Er überlas sie. Alles leer und inhaltslos. Es geschah nichts auf dieser Seite. Wieder ging er zum Fenster zurück. Der Tag war jetzt angebrochen; auf den Straßen wimmelte es: das erwartete Volk der Tagmenschen. Das schlanke große Mädchen, mit Brille und hüpfendem Haar über dem langen, lockeren Mantel, stöckelte eilig die Straße hinunter. Der Lebensmittelladen war geöffnet. Der alte Rumäne, der ihn betrieb, schleppte die Milchkanne hinein, die auf dem Bürgersteig abgestellt worden war. Wieder dachte Vivaldo daran, daß er lieber hätte schlafen sollen. Heute sah er Ida wieder, sie waren bei Richard und Cass zum Lunch eingeladen. Es war acht Uhr.

Er streckte sich auf das Bett und starrte die Risse und Löcher in der

Decke an. Er dachte an Ida. Vor sieben Jahren hatte er sie zum erstenmal gesehen. Sie war vielleicht fünfzehn gewesen. Es war irgendein Feiertag, und Rufus hatte ihr versprochen, sie auszuführen. Und der Grund, warum er Vivaldo gebeten hatte mitzukommen, war wohl einfach gewesen, daß Vivaldo ihm das Geld leihen mußte. *Denn ich kann doch meine Schwester nicht enttäuschen, Mensch!*

Es war so ziemlich ein Tag gewesen wie heute, hell, kalt und streng. Rufus war ungewöhnlich schweigsam gewesen, und auch er hatte sich unbehaglich gefühlt. Er spürte, daß er sich irgendwo eindrängte, wohin er nicht gehörte. Aber die Einladung war von Rufus ausgegangen, und er hatte angenommen; jetzt konnte keiner von ihnen mehr zurück.

Etwa um ein Uhr mittags waren sie bei dem Haus angekommen. Mrs. Scott hatte geöffnet. Sie war gekleidet, als wollte auch sie ausgehen – in ein dunkelgraues Kleid, das ihr etwas zu kurz war. Ihr Haar war kurzgeschnitten, aber unlängst mit einer Brennschere behandelt worden. Sie küßte Rufus leicht auf die Wange.

«Hallo», sagte sie, «wie geht's meinem bösen Jungen?»

«Hallo – gleichfalls», sagte Rufus grinsend. Auf seinem Gesicht lag ein Ausdruck, den Vivaldo noch nie an ihm bemerkt hatte. Es war wie das neckische Aufwallen eines Gefühls der Belustigung und des Vergnügens, ganz als habe seine Mutter, wie sie so dastand mit ihren hohen Absätzen, dem grauen Kleid und dem krausgebrannten Haar, gerade etwas ungemein Gewinnendes getan. Und dieses aufwallende Gefühl spiegelte sich in dem dunkleren Gesicht der Mutter wider, als sie würdevoll zurücklächelte. Es war, als wollte ihr Blick ihn von Kopf bis Fiß umfassen und als wüßte sie genau, wie es ihm seither in der Welt ergangen war.

«Das hier ist ein Freund von mir», sagte Rufus. «Vivaldo.»

«Nett, daß Sie mitkommen.» Sie gab ihm flüchtig die Hand. Aber diese Flüchtigkeit sollte nicht unhöflich sein oder auch nur kühl; ein einfacher Mangel an Umgangsformen war der Grund. Soweit sie ihn überhaupt sah, sah sie ihn als Rufus' Freund, als einen Bewohner der Welt, in der zu leben sich Rufus erwählt hatte. «Setzt euch doch. Ida kommt sofort.»

«Ist sie fertig?»

«Ach du lieber Gott, seit Tagen schon. Sie hat mich fast um den Verstand gebracht mit ihren Vorbereitungen.» Sie setzten sich. Vivaldo saß nahe beim Fenster, das auf einen schmutzigen Hinterhof hinausging und die rückwärtigen Feuerleitern anderer Gebäude sehen ließ. Drüben hockte ein dunkler Mann vor dem halboffenen Fenster und starrte hinaus. Trotz der Kälte trug er lediglich ein Unterhemd. Im Hof gab es nichts zu sehen als Mülltonnen, Flaschen, Papier und allgemeinen Unrat; ein einzelner Baum stand dazwischen. «Wenn irgendwas passiert wäre und du hättest abgesagt – nicht auszudenken, was hier im Haus für ein Weinen und Jammern losgegangen wäre.» Sie hielt inne und sah nach der Tür hinüber, die in die übrige Wohnung führte. «Vielleicht möchtet ihr

Jungens etwas Bier, während ihr wartet?»

«Mehr hast du wohl nicht zu bieten?» fragte Rufus mit einem Lächeln. «Wo ist Bert?»

«Bert ist zur Stadt reingefahren, ins Geschäft, und noch nicht zurück. Du weißt ja, wie dein Vater ist. Es wird ihm leid tun, daß er dich verfehlt hat.» Sie wandte sich an Vivaldo. «Möchten Sie wohl ein Glas Bier, mein Sohn? Leider haben wir gar nichts sonst da –»

«Oh, Bier wäre schön», sagte Vivaldo und sah zu Rufus hinüber. «Ich nähme sehr gern ein Glas.»

Sie stand auf und ging in die Küche. «Was macht dein Freund eigentlich so? Ist er Musiker?»

«Nee», sagte Rufus, «er hat keine Spur von Talent.»

Vivaldo errötete. Mrs. Scott kehrte mit einer Quartflasche Bier und drei Gläsern zurück. Sie hatte einen bemerkenswert anmutigen und zugleich gebieterischen Gang. «Achten Sie nicht auf meinen Jungen», sagte sie, «er hat eben den Teufel im Leib, dafür kann er nichts. Ich hab versucht, es aus ihm rauszuprügeln, aber das ist mir nicht besonders geglückt.» Sie lächelte Vivaldo an, während sie ihm das Bier einschenkte. «Sie sehen so schüchtern aus. Das brauchen Sie wirklich nicht zu sein. Fühlen Sie sich wie zu Hause, ja?» Und sie gab ihm das Glas.

«Danke», sagte Vivaldo. Er nahm einen Schluck Bier und dachte dabei, daß sie wohl sehr erstaunt wäre, wenn sie wüßte, wie unwohl er sich in seinem eigenen Elternhaus fühlte. Und dann wieder wäre sie vielleicht gar nicht einmal überrascht.

«Du bist ja ganz in Schale, wie wenn du auch ausgehen wolltest, alte Dame.»

«Oh», sagte sie mißbilligend, «ich gehe nur ein paar Häuser weiter, Mrs. Braithwaite besuchen. Du erinnerst dich doch an ihr Mädchen, an Vickie? Schön, sie hat gerade ihr Kindchen bekommen. Wir gehen zu ihr in die Klinik.»

«Vickie hat ein Baby? *Jetzt schon?*»

«Nun, die jungen Leute von heute warten damit nicht mehr so lange, das weißt du ja.» Sie lachte und nippte an ihrem Bier.

Rufus blickte mit einem Stirnrunzeln zu Vivaldo hinüber. «Verdammt», sagte er, «wie geht's ihr denn?»

«Ganz gut – an den Umständen gemessen.» Sie machte eine Pause, und ihr Schweigen ließ vermuten, daß diese Umstände ziemlich übel sein mußten. «Es ist ein Junge – ein kerngesunder Brocken von sieben Pfund.» Sie wollte noch mehr sagen, aber in diesem Augenblick betrat Ida das Zimmer.

Sie war schon ein großes Mädchen, fast schon voll ausgewachsen. Auch sie hatte sich eifrig mit Kräuselkämmen und Brennschere zu schaffen gemacht; Vivaldos späterer Eindruck, sie hätte Zöpfe getragen, kam wohl daher, daß ihr ganzer Kopf von dichten Haarwellen eingehüllt war.

Das Kleid, das sie trug, war lang und blau und aus einem raschelnden Stoff, der über ihren langen Beinen förmlich wogte.

Sie kam ins Zimmer und sah niemanden an außer ihrem Bruder, mit weiten, kindlich lächelnden Augen. Rufus und Vivaldo standen auf.

«Du siehst, ich bin da», sagte Rufus lächelnd, und er und seine Schwester küßten sich auf die Wangen. Ihre Mutter stand dabei und betrachtete sie mit einem stolzen Stirnrunzeln.

«Ich sehe es», sagte Ida und rückte ein wenig von ihm ab. Sie lachte; ihre Freude darüber, den Bruder zu sehen, war so aufrichtig, daß Vivaldo ganz beklommen zumute wurde, wenn er an sein eigenes Zuhause, an seine eigene Schwester dachte. «Ich war gar nicht sicher, ob du auch kommen würdest – wo du doch immer sooo viel zu tun hast.»

Dies letzte sagte sie in einem Ton, in dem sich Stolz und kindliches Schmollen mit der Bitterkeit eines Erwachsenen mischten, ganz als bringe sie seufzend ihr Opfer dafür, die Schwester eines solchen Bruders voller Kraft und Herrlichkeit zu sein. Sie hatte Vivaldo nicht angesehen, obgleich sie ihn durchaus bemerkte. Aber er existierte erst für sie, wenn Rufus es erlaubte.

Nunmehr erlaubte er es probeweise. Er legte ihr eine Hand um den Nacken und drehte sie Vivaldo zu. «Ich hab einen Freund mitgebracht, Vivaldo Moore. Das ist meine Schwester Ida.»

Sie schüttelten sich die Hand. Ihr Händedruck war so kurz wie der ihrer Mutter gewesen, doch fester. Und sie sah Vivaldo mit ganz anderen Augen an, als sei er ein geheimnisvoller Fremdling, den eine besondere Gloriole umgab, und das nicht nur seiner Persönlichkeit und seiner Hautfarbe wegen, sondern auch durch sein kaum vorstellbares Verhältnis zu ihrem Bruder.

«Tja, also was meinst du, junge Dame», sagte Rufus neckend, «wohin möchtest du denn wohl gehen?»

Und er beobachtete sie grinsend. Aber etwas Gezwungenes war in den Raum gekommen, das vorher nicht da gewesen war, eine Befangenheit, die dieses Mädchen begleitete, das bald eine Frau sein würde. Sie stand da wie eine Zielscheibe, wie ein Kampfpreis, wie die natürliche Beute irgendeines x-beliebigen Irgendwo und -wann, der bald schon ihren Pfad kreuzen mochte.

«Oh, das ist mir egal», sagte sie. «Irgendwohin – wie ihr Lust habt.»

«Aber du bist derart fein in Schale – ob du dich da nicht doch schämst, mit uns zusammen gesehen zu werden?»

Er war ebenfalls ‹fein in Schale›; er trug seinen besten dunklen Anzug und ein Hemd mit Binder, das er sich von Vivaldo geliehen hatte.

Ida und ihre Mutter lachten. «Junge, Junge, jetzt hörst du aber auf, deine Schwester zu hänseln», sagte Mrs. Scott.

«Na, also dann los, hol dir deinen Mantel», sagte Rufus, «und dann wolln wir uns mal auf die Socken machen.»

«Gehn wir weit?»

«Na, immerhin so weit, daß du einen Mantel tragen mußt.»

«Sie meint gar nicht, ob ihr einen weiten Weg vorhabt», sagte Mrs. Scott. «Sie versucht bloß rauszukriegen, wo's hingeht und wann ihr zurückkommt.»

Ida war zur Tür gegangen, durch die sie eingetreten war, und stand einen Augenblick unschlüssig da. «Nun geh schon», sagte ihre Mutter, «hol deinen Mantel – und meinen gleich mit. Ich werde euch ein Stück begleiten – nur bis an die Ecke des Blocks.»

Ida ging, und Mrs. Scott lächelte und sagte: «Wenn sie dächte, ich wäre heute mit von der Partie, dann würdet ihr ein höchst ungehaltenes Gesicht sehen. Sie will euch ganz für sich allein haben.»

Sie nahm die leeren Biergläser und trug sie in die Küche. «Als die beiden noch jünger waren», sagte sie zu Vivaldo, «konnte Rufus einfach nichts falsch machen, wenn man Ida fragte; er hatte immer recht.» Sie ließ Wasser laufen, um die Gläser auszuspülen. «Sie hat immer eine Heidenangst vor der Dunkelheit gehabt, verstehn Sie? Tja, aber man sollte's nicht glauben, wie oft sie mitten in der Nacht aus ihrem Bett gekrabbelt und durch das ganze dunkle Haus gelaufen ist, um zu Rufus ins Bett zu kommen. Bei ihm hat sie sich wohl einfach sicher gefühlt. Ich weiß gar nicht, warum – denn Rufus hat sich eigentlich nie besonders um sie gekümmert.»

«Das ist nicht wahr», sagte Rufus, «ich bin immer ganz, ganz lieb zu meinem kleinen Schwesterchen gewesen.»

Sie stellte die Gläser zum Abtropfen hin und trocknete sich die Hände. Dann sah sie in einen Handspiegel, rückte leicht an ihrem Haar und setzte sorgfältig ihren Hut auf. «Du hast sie immer schrecklich aufgezogen», sagte sie.

Ida kehrte zurück; sie trug einen Mantel mit Pelzbesatz und hatte den ihrer Mutter über dem Arm.

«Ah!» schrie Rufus. «Ist sie nicht zauberhaft?»

«Sie sieht sehr hübsch aus», sagte Vivaldo.

«Wenn ihr mich alle auf den Arm nehmt», sagte Ida, «dann komm ich überhaupt nicht mit.»

Mrs. Scott zog ihren Mantel an und betrachtete kritisch ihre barhäuptige Tochter. «Wenn sie ihren Zauber noch offener strahlen läßt, kriegt sie am Ende die Grippe.» Sie zog Idas Kragen höher herauf und knöpfte ihn zu. «Ich bring doch keinen in dieser Familie dazu, einen Hut zu tragen», sagte sie, «und dann wundern sie sich, daß sie dauernd bis unters Dach erkältet sind.» Ida machte eine ungeduldige Handbewegung. «Sie hat Angst, ein Hut könnte ihr das Haar durcheinanderbringen. Tja, aber vorm Wind, da hat sie keine Sorgen, der macht so was nicht.» Sie lachten, Ida ein wenig gezwungen, als machte es sie verlegen, daß der Scherz mit Vivaldo geteilt wurde.

Sie gingen die winterlich kalte Straße hinunter. Kinder spielten Schlagball, aber sonst war sie nahezu leer. Ein paar Jungen standen an einem der Hausaufgänge in der Nachbarschaft; sie grüßten Ida, Rufus und Mrs. Scott und betrachteten Vivaldo mit neugierigem Interesse, betrachteten ihn, als sei er Mitglied einer feindlichen Bande, was er ja tatsächlich vor noch gar nicht langer Zeit auch gewesen war. Eine ältere Frau stieg langsam die vornehmen Treppenstufen eines freistehenden Gebäudes hoch. Ein schwarzes Schild prangte darüber, auf dem in weißen Lettern stand: MOUNT OLIVE APOSTOLIC FAITH CHURCH.

«Wenn ich bloß wüßte, wo euer Vater geblieben ist», sagte Mrs. Scott.

«Der ist sicher gleich um die Ecke, in *Jimmy's Bar*», sagte Ida lakonisch. «Ich zweifle, ob er schon daheim ist, wenn ich wiederkomme.»

«Weil du, wie ich mir denken kann, nicht die Absicht hast, vor vier Uhr früh wieder zu erscheinen», sagte Mrs. Scott lächelnd.

«Nun, jedenfalls wird *er* dann noch nicht wieder zu Hause sein», sagte Ida, «und das weißt du so gut wie ich.»

Jetzt kam ein Mädchen eilig auf sie zu, ein schmalhüftiges, ziemlich grobschlächtiges Geschöpf. Sie trug das kurze, schmutzige, strähnige Haar ebenfalls unbedeckt. Die Männerjacke aus Wildleder war ihr zu groß, und sie hielt sie am Hals mit der Hand zusammen. Vivaldo beobachtete Ida, wie sie dem Mädchen entgegensah.

«Ach, da kommt ja Willa Mae», sagte Mrs. Scott. «Das arme kleine Ding!»

Dann stand das Mädchen vor ihnen, und es lächelte. Wenn es lächelte, verwandelte sich sein Gesicht und bekam einen ganz anderen Ausdruck. Es war sehr jung.

«Wie geht's euch allen?» fragte sie. «Rufus, dich hab ich ja sehr lange nicht gesehen.»

«Ganz gut», sagte Rufus. «Was machst du denn so?» Er hielt den Kopf sehr hoch, und seine Augen waren ausdruckslos. Ida sah zu Boden nieder und hielt sich bei ihrer Mutter.

«Ich –» sie lachte – «ich kann mich nicht beklagen. Würde ja auch nichts nützen – oder?»

«Wohnst du immer noch in der alten Wohnung?»

«Klar. Wo sollte ich denn sonst hingezogen sein?»

Eine Pause entstand. Das Mädchen sah Vivaldo an und blickte dann weg. «Ja – aber ich muß jetzt gehen», sagte sie. «War nett, euch über den Weg zu laufen.» Sie lächelte nicht mehr.

«War nett, dich zu sehen», sagte Rufus.

Als das Mädchen gegangen war, sagte Ida tadelnd: «Aber Rufus, sie ist doch auch deine Freundin gewesen!»

Rufus überhörte das. Er sagte zu Vivaldo: «Sie war immer ein nettes Mädchen. Irgendein Saukerl hat sie in die Finger gekriegt. Rauschgift und so, und jetzt sitzt sie da, und er ist natürlich über alle Berge.» Er spuckte auf den Bürgersteig. «Mensch, war das ein Auftritt!»

Mrs. Scott machte vor dem Treppenaufgang eines Grundstücks halt. Ida griff Rufus beim Arm. «Ich muß euch hier verlassen, Kinder», sagte Mrs. Scott. Sie sah Rufus an. «Wann gedenkst du das kleine Mädchen wieder heimzubringen?»

«Ich weiß nicht recht. Wird wohl nicht so spät werden. Ich weiß, Ida will sich mal richtig austoben, quer durch die Nachtlokale, aber ich paß schon auf, daß sie nicht sternhagelvoll läuft.»

Mrs. Scott lächelte und streckte Vivaldo die Hand hin.

«Hat mich gefreut, Sie kennenzulernen, mein Junge», sagte sie. «Sehn Sie doch zu, daß Rufus Sie wieder mal mit vorbeibringt. Sie dürfen sich nicht fremd fühlen.»

«Nein, Ma'am. Vielen Dank, ich komm bestimmt bald wieder vorbei.»

Aber er hatte sie dann doch nie wiedergesehen, erst als Rufus tot war. Der Freund hatte ihn nie wieder zu sich nach Hause eingeladen.

«Dich seh ich ja wohl nachher, junge Dame», sagte sie. Dann ging sie langsam die Treppe hinauf. «Amüsiert euch gut, Kinder.»

Ida war damals vierzehn Jahre gewesen oder auch fünfzehn. Jetzt mußte sie einundzwanzig oder zweiundzwanzig sein. Sie hatte ihm gesagt, sie erinnere sich an jenen Tag; doch fragte er sich, wie ihre Erinnerung wohl aussah. Er hatte sie nicht wiedergesehen, bis sie eine Frau geworden war, und zu dem Zeitpunkt hatte er sich ihrer ersten Begegnung gar nicht entsinnen können. Aber nun erinnerte er sich. Erinnerte sich an Freude und Verdruß. Aber was wußte sie noch von damals?

Er dachte: «Ich hätte schlafen sollen!» *Ich hätte schlafen sollen.* Aber die Menschen seines Romans standen in Massen gegen ihn auf. Es war, als sähen sie ihm zu – verzweifelt, flehentlich, vorwurfsvoll. Seine Schreibmaschine, ein dunkles, unförmiges Gespenst, klagte ihn an, mahnte ihn jetzt an die Tage und Nächte, die Wochen, Monate, Jahre, die er schlaflos über leichteren und weit weniger ehrenwerten Verführungen zugebracht hatte. Er legte sich auf den Bauch, und sein Glied füllte sich jäh mit Blut und klagte ihn an. Mit einem wilden Seufzer warf er sich auf den Rücken. *Ich bin 28 Jahre alt,* dachte er. *Ich bin zu alt für solche Geschichten.* Er schloß die Augen und ächzte. Er dachte: *Ich muß diesen verdammten Roman zu Ende bringen,* und er dachte: *O mein Gott, laß sie mich lieben, mein Gott, gib mir Liebe!*

«Was für ein wundervoller Tag!» rief Ida.

Er betrachtete einen Augenblick ihr Gesicht und fühlte sich selbst ganz ausgelassen und vergnügt; dann verstärkte er zärtlich den Druck auf ihren Ellbogen, freilich nicht, um schneller mit ihr über die breite, aufgestörte, angsterregende Avenue zu kommen, sondern um der Lust willen, die es ihm bereitete.

«Ja», sagte er, «es ist ein großartiger Tag.»

Sie waren eben von der U-Bahn heraufgekommen, und vielleicht war es dieser Aufstieg aus der Finsternis ins helle Tageslicht, was die Straßen so grell und blendend machte. Sie waren am Broadway, auf der Höhe der 72. Straße, und wanderten hinaus – denn Richard und Cass waren umgezogen; sie erklommen die wohlbekannte Leiter, wie Cass sagte. Das Licht schien mit wachsender Strenge und Härte niederzufallen; mit schonungsloser Heftigkeit durchforschte es die Stadt und stachelte sie auf, mit einer Heftigkeit, die der Liebe ähnlich sein mochte, und in dem Grau und Schwarz des Häusermeers sprühten Funken, als träfe Stahl auf Stahl. In den Fenstern der Großbauten, inmitten von Eis, züngelten feurige Flammen.

Ein heftiger, schneidender Wind jagte durch die Straßen; er ließ die Augen und Gesichter der Menschen schärfer, heller werden und zwang ihre Lippen leicht auseinander, so daß es schien, als trügen sie alle fröhlich den zerbrechlichen Tand eines Menschenlebens voller Erwartungen irgendeinem ungeheuren Treffpunkt, einer gigantischen Begegnung zu. Heitere Jungen in Windjacken, manche von ihnen mit Mädchen, in deren Haar, auf deren Fingerspitzen sich das Licht verfing, sahen in die glänzenden Schaufenster von Feinkostläden, von Geschäften, blieben vorm Eingang von Kinos stehen, um die strahlenden Schaukastenfotos zu betrachten; und ihre Stimmen, in den die rauhe Strenge des Lichts widerklang, das über sie fiel, schienen wie in hartem Aufprall in der Luft zu zersplittern.

Kinder brachen rudelweise mit dem Geräusch von Rollschuhen aus den Seitenstraßen hervor und stürzten brüllend über die Älteren her, als seien sie endlich am Ziel einer lange aufgesparten Rache, oder als seien sie Pfeile, die jäh vom Bogen schnellen.

«Nie habe ich so einen Tag gesehn», sagte er zu Ida, und so war es auch. Es war, als sei die ganze Welt in einem Wechsel begriffen, als sammle und steigere sie sich drängend zu einer ungeheuren Veränderung, als müsse sie im nächsten Augenblick auseinanderbersten – in Musik, in eine Flamme oder eine Offenbarung.

Ida sagte nichts. Er fühlte ihr Lächeln mehr, als er es sah, und wieder erfüllte ihn ihre Schönheit mit Glück. Es war, als trüge sie diese Schönheit einzig und allein für ihn. Sie war heute freundlicher zu ihm als je. Heute spürte er nicht mehr, was er so lange verspürt hatte: daß sie sich ihm entzog, sich vor ihm verschloß, daß sie ihn zwang, ein Fremder in ihrem Leben zu bleiben. Heute war sie fröhlicher und natürlicher, ganz als hätte sie endlich den Entschluß gefaßt, der Trauer zu entsagen. Auf ihrem Gesicht lag ein Ausdruck der Sieghaftigkeit wie ein Hauch, eine Witterung, die vergangene schwere Entscheidungen ahnen ließ. Das Tiefland lag hinter ihr.

Ihre langen Beine bewegten sich in entzückenden Schritten, und sie trug den Kopf hoch erhoben, als hätte er, erst gestern noch, die Schwere eines afrikanischen Wasserkrugs getragen. Der Kopf ihrer Mutter noch hatte die lastende Wäsche der weißen Leute tragen müssen, und es lag wohl daran, daß Ida nie gewußt hatte, was diese Tatsache ihr bedeuten sollte – mußte sie sich ihrer schämen, mußte sie stolz darauf sein? –, daß sich in ihre königliche Schönheit etwas wie vorschnelle, mißtrauische, plebejische Verachtung mischte, etwas wie ein Gefühl der Schmach. Sie arbeitete jetzt als Kellnerin in einem Schnellimbiß-Restaurant am Ostrand des Village, und ihre Verwirrung spiegelte sich deutlich in ihrem Verhalten gegenüber ihren Kunden wider, einem Verhalten, das zugleich hochmütig und ungezwungen war. Er hatte sie oft beobachtet, wenn sie durch den Raum ging, mit ihrer karierten Schürze, das Gesicht zu einer düsteren Maske erstarrt, hinter der Streitbarkeit und Demut miteinander kämpften. Und nie verloren ihre Augen dabei ihre Vorsicht, und dauernd waren sie in Bereitschaft, innerhalb des Bruchteils einer Sekunde schwarz und lichtlos zu werden vor Verachtung. Selbst wenn sie sich freundlich gab, lag etwas Warnendes in ihrer Verhaltensweise, in ihrer Stimme; unablässig lauerte sie auf eine verschleierte Beschimpfung oder eine schlüpfrige Andeutung. Und dazu hatte sie allen Grund, sie war durchaus nicht böswillig, noch litt sie unter Wahnvorstellungen. Es war genau die Art, wie die Welt Mädchen von schlechtem Ruf behandelte, und mit einem solchen war jedes farbige Mädchen von Geburt an behaftet.

Als sie nun neben ihm ging, adrett und wunderlich elegant in ihrem schweren dunkelblauen Mantel und mit dem altmodischen, ziemlich theatralischen Schal um den Kopf, sah er, daß sowohl ihr eitler Stolz wie ihre Verachtung unter den Blicken anschwollen, die auf ihr ruhten, so kurz, aber auch so unvergeßlich wie ein Peitschenhieb. Sie war sehr sehr dunkel, sie war hübsch, war entzückend schön; und er war stolz, mit ihr zusammen zu sein, arglos, unbekümmert stolz, auf strahlende, offene, männliche Weise; aber die Augen, die ihnen begegneten, klagten ihn mißgünstig des billigen Triumphs, der anrüchigen Eroberung an. Weiße Männer starrten sie an, dann musterten sie ihn. Ihre Blicke zeigten nur zu deutlich, was sie dachten: daß sie kaum besser als eine Hure sei, höchstens noch lasziver und seltener. Und dann suchten die Augen der Männer die seinen, mit einem Ausdruck schleimiger Mitwisserschaft.

Und ebenso die Frauen. Sie sahen zuerst Ida und wären wohl nur zu gern bereit gewesen, sie zu bewundern, wäre sie ihnen allein begegnet. Aber Vivaldo war bei ihr, und dadurch stand sie in ihren Augen als Diebin da. Die Mittel, die sie dazu gebraucht hatte, diesen Raub zu bewerkstelligen, mochten dahingestellt bleiben; aber Vivaldo klagten die Augen des Verrats, des Treubruchs an, um sich dann traumhaft, alptraumhaft zu verengen und abzuwenden.

Ida schritt an ihnen vorüber, als nähmen ihre Augen sie überhaupt nicht wahr. Ihr Gang, ihr heiteres, unbefangenes Gesicht drückte nur aus, wie tief sie all jene unter sich fühlte. Sie befand sich im Vorteil, weil sie etwas Außergewöhnliches war – wie immer sie auch diesen Vorzug zur Schau trug und wie sehr auch andere wünschten, ihn ihr streitig zu machen; waren doch, so schien ihr Lächeln sagen zu wollen, diese Menschen, diese Bürger der wirrsten Stadt der Welt so alltäglich, so gewöhnlich, daß sie fast schon wieder unsichtbar waren, zumindest übersehbar. Nichts war einfacher für sie, als diese Leute zu ignorieren oder sich wenigstens den Anschein zu geben, als seien sie Luft für sie: und nichts lag wiederum ihnen ferner als die Möglichkeit, sie zu ignorieren. Und der Nachteil, in dem sie sich so befanden, für den sie am Ende niemanden als sich selbst verantwortlich machen mußten, sprach etwas aus, legte etwas frei von der Armseligkeit ihres Lebens, was Vivaldo kaum glauben konnte.

So gingen sie dahin, und hinter ihnen und um sie und vor ihnen stiegen winzige Schatten der Feindseligkeit auf, die ihnen aus den Augen von Männern und Frauen wie eine Staubwolke ins Gesicht wehte. Und Ida nahm mit boshaftem Stolz den boshaften Tribut entgegen, den man ihr zollte.

«Was summen Sie da?» fragte er. Wohl einen Häuserblock lange hatte sie leise vor sich hin gesummt.

Sie setzte die Melodie fort, bis sie nach einer weiteren Sekunde schon zu Ende war. Dann sagte sie lächelnd: «Sie würden es nicht kennen. Es ist ein altes Kirchenlied. Ich bin damit aufgewacht heute morgen, und seitdem geht es mir nicht aus dem Kopf.»

«Wie heißt es?» fragte er. «Wollen Sie es mir nicht vorsingen?»

«Sie sind nicht religiös, nicht wahr?» Sie sah ihn grinsend von der Seite an. «Ich bin's einmal gewesen, wußten Sie das? Vor langer Zeit, als ich noch ein kleines Mädchen war.»

«Nein», sagte er, «es gibt wohl eine ganze Menge, was ich von Ihnen nicht weiß. Singen Sie das Lied.»

Sie neigte ihm ihren Kopf zu und hängte sich schwerer an seinen Arm, ganz als wären sie zwei Kinder. Die Farben des Schals leuchteten. Sie sang mit leiser, leicht rauher Stimme und flüsterte ihm die Worte zu:

I woke up this morning with my mind
Stayed on Jesus.
I woke up this morning with my mind
Stayed on Jesus.

«So aufzuwachen, ist eine große Sache», sagte er.
Und sie fuhr fort:

I stayed all day with my mind
Stayed on Jesus.

Hallelu, Hallelu
Hallelujah!

«Das ist ein großartiges Lied», sagte er. «Das ist ungeheuer. Sie haben eine wundervolle Stimme, wissen Sie das?»

«Damit bin ich eines Tages einfach aufgewacht, und ich habe mich, ich weiß nicht, plötzlich ganz, ganz anders gefühlt als Monate zuvor. Es war gerade so, als sei eine Last von mir genommen.»

«Sie sind noch immer religiös», sagte er.

«Das wissen Sie? Ich meine, Sie wissen, daß ich's von mir glaube? Sonderbar ist das – seit Jahren hab ich nicht an die Kirche und das ganze Zeugs gedacht. Aber es ist noch immer da, glaube ich.» Sie lächelte und seufzte auf. «Nichts verschwindet spurlos.» Und dann lächelte sie wieder und sah ihm in die Augen. Dieses scheue, vertrauende Lächeln ließ sein Herz schneller schlagen und höher, bis ihm war, als blicke er aus der Kabine eines Riesenrades vom höchsten Punkt auf den Jahrmarkt hinab. «Es scheint nur zu verschwinden», sagte sie nachdenklich, «aber das ist eine Täuschung – alles kommt zurück.» Und sein Herz stürzte steil hinab; seine Augen hingen an ihrem Gesicht, das der leuchtende Schal umrahmte. «Ich glaube, es ist wahr, was man mir immer gesagt hat – wenn man das Schlimmste hinter sich gebracht hat, sieht man das Beste vor sich.»

Sie bogen von der Avenue ab und gingen auf Cass' Haus zu.

«Was für ein wunderschönes Mädchen Sie sind!» sagte er. Sie wandte sich von ihm ab und summte unbeirrbar ihr Lied weiter. «Wirklich – und Sie wissen es ja auch.»

«Na», sagte sie und wandte sie ihm wieder zu, «ich habe keine Ahnung, ob ich schön bin oder nicht. Aber eines weiß ich: daß Sie verrückt sind.»

«Ich bin verrückt nach *Ihnen*. Ich hoffe, *das* wissen Sie.»

Er sagte es munter und leichthin und wußte nicht: sollte er sich verfluchen für seine Feigheit oder sich zu seiner Zurückhaltung gratulieren.

«Ich weiß nicht, was ich ohne Sie getan hätte», sagte sie, «in all den letzten Monaten. Sicher, viel gesehen habe ich nicht von Ihnen, aber ich wußte, Sie waren da, ich fühlte es, und es hat mir geholfen – oh, mehr geholfen, als ich Ihnen je werde sagen können.»

«Manchmal hatte ich das Gefühl», sagte er, «Sie müßten denken, ich bin der reinste Quälgeist.» Und jetzt verwünschte er sich allerdings, daß er nicht genauer ausgedrückt hatte, was er fühlte, und daß alles, was er sagte, so kindisch klang.

Aber es war doch heute offensichtlich sein Glückstag – endlich schien das Ende des Tunnels in Sicht, in dem seine Reise so lange verlaufen war. «Ein Quälgeist!» rief sie und lachte. «Sie sind wirklich ganz reizend!» Dann, nüchtern: «Der Quälgeist bin vielleicht mehr ich gewesen – aber ich wußte mir einfach nicht zu helfen.»

Sie bogen in ein graues, anonymes Gebäude ein, dessen Eingang von zwei sinnlos wuchtigen Säulen flankiert war; eine ungeheure Bodenfläche aus imitiertem Marmor und Leder breitete sich dahinter aus. Und ganz plötzlich erinnerte er sich – es war ihm völlig entfallen –, daß sie ja zu diesem Lunch geladen waren, um das Erscheinen von Richards erstem Roman zu feiern. «Also so was», sagte er zu Ida, «jetzt wollen wir feiern, und ich habe ganz vergessen, etwas mitzubringen.»

Der Fahrstuhlführer stand vom Stuhl auf, er schien unschlüssig und frostig. Vivaldo nannte ihm das Stockwerk, und dann, als der Mann noch immer zu zögern schien, die Nummer der Wohnung. Er schloß die Tür, und der Aufzug glitt langsam in die Höhe.

«Was wollen wir feiern?» fragte Ida.

«Sie und mich. Wir haben doch endlich eine richtige Verabredung. Sie haben mich nicht angerufen, um noch in letzter Minute abzusagen, und Sie haben mir auch nicht mitgeteilt, daß Sie nach einem Drink schnellstens nach Hause müßten.» Er grinste sie an, aber er war sich bewußt, daß er teilweise auch für die Ohren des Fahrstuhlführers sprach, den er nie zuvor bemerkt hatte. Aber in diesem Augenblick empfand er eine heftige Abneigung gegen ihn.

«Aber nicht doch, gehn Sie – ernstlich, was wollen wir wirklich feiern? Oder vielleicht sollte ich lieber fragen: was feiern Cass und Richard?»

«Seinen Roman. Er ist heraus. Montag wird er in allen Buchhandlungen ausliegen.»

«Oh», sagte sie, «Vivaldo, das ist ja wunderbar. Er muß sich himmlisch fühlen dabei. Ein richtiger, echter, gedruckter Schriftsteller!»

«Ja», sagte er, «einer von unsern Jungs hat's geschafft.» Er war gerührt von ihrer Begeisterung. Und zugleich wurde ihm bewußt, daß auch sie für die Ohren des Fahrstuhlführers gesprochen hatte.

«Auch für Cass muß es wundervoll sein», sagte sie. «Und erst für Sie, wo Sie doch sein Freund sind!» Sie sah ihn an. «Wann wollen Sie denn Ihren eigenen Roman herausbringen?»

Diese Frage – und mehr noch die Art, wie Ida sie aussprach – schien eine solche Teilnahme zu enthalten, daß er kaum seinen Ohren traute. «Irgendwann demnächst», murmelte er und wurde rot. Der Fahrstuhl hielt an, und sie traten in den Flur hinaus. Richards Wohnungstür lag linkerhand von ihnen. «Es sieht so aus, als hätte ich jetzt erst mal alle Hände voll zu tun.»

«Was meinen Sie damit? Geht die Arbeit nicht so, wie Sie wollen?»

«Sie meinen – an dem Roman?»

«Ja.» Dann, als sie sich vor der Tür ins Gesicht sahen: «Was glaubten Sie denn, was ich gemeint hätte?»

«Ich hab schon verstanden, was Sie meinten.» Er dachte: *Mensch, nimm dich zusammen, mach nicht alles wieder kaputt, nimm dir Zeit, du blöder Hund, laß es langsam anlaufen.* «Nur, ich – ich habe eigentlich etwas anderes gemeint.»

«Und was haben Sie gemeint?» Sie lächelte.

«Ich meinte – das heißt, ich hab gehofft, ich würde jetzt mit – mit Ihnen alle Hände voll zu tun haben.» Ein Nachhall ihres Lächelns huschte wieder über ihr Gesicht, aber sie blickte noch immer leicht amüsiert. Sie sah ihn an. «Wissen Sie, so Dinner und Lunch – und Spaziergänge – und Kino und so – mit Ihnen. Mit Ihnen.» Er schlug die Augen nieder. «Verstehen Sie, was ich meine?» Dann hob er, in der warmen, spannungsgeladenen Stille, seinen Blick zu ihr auf; ihre Augen begegneten sich, und er sagte: «Sie verstehen, was ich meine.»

«Darüber», sagte sie, «lassen Sie uns nach dem Lunch reden, ja?» Sie wandte sich von ihm ab und starrte auf die Tür. Er bewegte sich nicht. Dann sah sie ihn mit aufgerissenen Augen an. «Wollen Sie nicht klingeln?»

«Doch, sicher.» Sie sahen einander unverwandt an. Ida hob die Hand und berührte seine Wange. Er nahm ihre Hand und hielt sie einen Augenblick lang auf seinem Gesicht fest. Ganz zart entzog sie sie ihm. «Sie sind wirklich ganz reizend, ich habe nie –» Sie verzog das Gesicht. «Aber jetzt müssen Sie klingeln, ich habe Hunger.»

Er lachte und drückte auf den Knopf. Sie hörten das scharfe Surren innerhalb der Wohnung, dann ein leichtes Durcheinander, eine Tür schlug zu, und Fußtritte näherten sich. Er nahm ihre rechte Hand in seine beiden Hände. «Ich will bei Ihnen sein», sagte er, «ich will, daß Sie bei mir sind. Ich will es mehr, als ich je etwas auf der Welt gewollt habe.»

Dann ging die Tür auf, und Cass stand in einem abgetragenen orangefarbenen Kittel vor ihnen; ihr Haar war zurückgekämmt und fiel ihr über die Schultern herab. Mit der einen Hand, in der sie eine Zigarette hielt, machte sie eine übertriebene Willkommensgeste.

«Kommt herein, Kinder», sagte sie, «ich bin entzückt, euch zu sehen, aber hier herrscht heute ein absolutes Chaos. Alles ist schiefgegangen.» Sie schloß die Tür hinter ihnen. Irgendwo in der Wohnung hörten sie ein Kind schreien, und Richards Stimme erhob sich verärgert. Cass lauschte einen Augenblick mit kummervoll gerunzelter Stirn. «Das ist Michael», sagte sie hilflos, «er ist schon den ganzen Tag unmöglich – hat Streit mit seinem Bruder, mit seinem Vater, mit mir. Richard hat ihm schließlich eine kleine Tracht Prügel verabreicht und wird ihn wohl jetzt in seinem Zimmer lassen, glaube ich.» Michaels Schreien wurde leiser und verebbte, und dann hörten sie seine und seines Vaters Stimme, wie sie offenbar die Bedingungen eines Waffenstillstands aushandelten. Cass hob den Kopf. «Na schön. Aber ihr müßt entschuldigen, daß ich euch immer noch in der Halle stehen lasse. Legt doch ab, ich bring euch ins Wohnzimmer und geb euch etwas zu trinken und zu knabbern – das werdet ihr nämlich brauchen, denn mit dem Lunch wird's natürlich noch gute Weile haben.

Ida, wie geht es Ihnen? Gott weiß, wie lange ich Sie nicht gesehen habe.» Sie nahm Ida Mantel und Schal ab. «Macht es Ihnen etwas aus, wenn ich die Sachen nicht aufhänge? Ich werde sie im Schlafzimmer abladen; nach dem Essen kommen noch andere Leute.» Sie folgten ihr in das geräumige Schlafzimmer. Ida trat sofort vor den großen Bodenspiegel und rückte sich ärgerlich das Haar zurecht; dann legte sie neuen Lippenstift auf.

«Mir geht es ganz gut, Cass», sagte sie. «Aber Sie – von Ihnen müssen wir reden! Sie haben ganz plötzlich einen berühmten Mann. Wie fühlt man sich dabei?»

«Noch ist er gar nicht berühmt», sagte Cass, «und schon jetzt kann ich es kaum noch ausstehn. Irgendwie kommt doch nichts dabei raus, als daß man dauernd bloß mit einem Haufen Leute essen und trinken muß, mit denen man bestimmt nicht ein Wort wechseln würde, wären sie nicht –» sie hustete – «aus der Branche. Mein Gott, und aus was für einer Branche! Ich hatte keine Ahnung.» Dann lachte sie. Sie gingen zum Wohnzimmer hinüber. «Versuchen Sie bloß, Vivaldo zu überreden, daß er Klempner wird!»

«Nein, meine Liebe», sagte Ida, «Vivaldo und Werkzeuge – das wäre eine Katastrophe! Der Junge ist ja geradezu sagenhaft ungeschickt. Bei diesen Vorderfüßen. Ich warte immer darauf, daß er eines Tages noch darüber stolpert. Nie hab ich jemanden gesehn, der so überreichlich damit eingedeckt war.» Das Wohnzimmer lag zwei Stufen tiefer, und die weiten Fenster gaben die Aussicht auf den Fluß frei. Der Anblick schien Ida zu verstören, sie stand wie angewurzelt da, aber nur einen Augenblick. Dann ging sie in die Mitte des Zimmers. «Das ist ja herrlich! Ihr habt ja wirklich Platz bekommen jetzt.»

«Darüber sind wir auch sehr glücklich», sagte Cass. «Unsere Vorgänger waren jahrelang hier drin, bis sie sich schließlich entschlossen haben, nach Connecticut zu ziehen – oder sonstwohin; ich hab's vergessen. Aber jedenfalls, da sie hier so lange gewohnt haben, ist die Miete nicht heraufgegangen, verstehn Sie? So kommt die Wohnung uns ein ganzes Stück billiger als die meisten ähnlichen in der Stadt.» Sie sah zu Ida hinüber. «Also wissen Sie, Sie sehen einfach wundervoll aus, wirklich. Ich bin ja so froh, Sie einmal wieder hier zu haben.»

«Die Freude liegt ganz bei mir», sagte Ida, «und ich fühle mich einfach herrlich, fühle mich besser, als ich mich seit – oh, seit Jahren gefühlt habe.» Sie ging zur Hausbar hinüber und stand dort mit dem Blick auf Cass. «Sieht ja ganz so aus, als wärt ihr äußerst seriöse Trinker geworden», sagte sie mit rauchiger Whisky-Stimme. «Lassen Sie mich doch den Cutty Sark dort mal kosten.»

Cass lachte. «Ich dachte immer, Sie schwören auf Bourbon.» Sie tat ein paar Eisstücke in ein Glas.

«Wenn es um Alkohol geht», sagte Ida, «schwöre ich auf alles.» Und sie lachte und sah dabei spitzbübisch wie ein kleines Mädchen aus. «Aber tun Sie mir bitte etwas Wasser hinein, Liebe, ich möchte heute nachmittag gern noch senkrecht nach Hause kommen.» Sie sah zu Vivaldo hinüber, der auf den Stufen stand und sie beobachtete. Sie beugte sich zu Cass vor. «Sagen Sie doch, wer ist eigentlich diese komische Nummer da an der Tür?»

«Oh, der taucht hier von Zeit zu Zeit immer mal auf. Aber er ist ganz harmlos – und für sein Gesicht kann er ja nichts.»

«Ich hätte gern das gleiche zu trinken wie die Dame», sagte Vivaldo und trat zu ihnen an die Bar.

«Nun, ich bin froh, daß Sie ihn mir als harmlos bezeichnet haben», sagte Ida und zwinkerte ihm zu, und sie trommelte mit ihren langen Fingernägeln auf die Bar.

«Ich werde kurz mit euch anstoßen», sagte Cass, «und dann werde ich schlicht verschwinden. Ich muß den Lunch noch herrichten – und dann müssen wir ihn ja auch essen, und ich bin noch nicht einmal angezogen.»

«Nun, da werd ich Ihnen in der Küche helfen», sagte Ida. «Wann erwarten Sie denn all die anderen Leute?»

«So um fünf etwa. Da kommt vor allem ein Fernsehproduzent; er soll sehr aufgeschlossen und umgänglich sein – Steve Ellis heißt er, glaub ich, kann das stimmen?»

«O ja», sagte Ida, «der soll sehr gut sein, der Mann. Er ist sehr bekannt.» Sie erwähnte eine Show von ihm, die sie vor einigen Monaten gesehen hatte; es waren auch Neger darin aufgetreten, und sie hatte sehr viel Anerkennung gefunden. «Puh, so ein hohes Tier!» Sie schüttelte die Schultern. «Und wer kommt sonst noch?»

«Ja, also Ellis. Und dann Richards Verleger. Und noch irgendein anderer Schriftsteller, dessen Namen ich vergessen habe. Und dann werden sie alle wohl ihre Frauen mitbringen, denke ich.» Sie nippte an ihrem Drink und sah ziemlich müde aus. «Es will mir partout nicht in den Kopf, warum wir diesen ganzen Rummel machen. Ich glaube, hauptsächlich wegen des Fernsehbonzen. Aber Richards Verlag gibt Montag eine kleine Party – in den Büros –, und da könnte er die Leute sowieso alle sehen.»

«Laß dir nichts gefallen, altes Mädchen», sagte Vivaldo. «Du wirst dich an so was wohl noch gewöhnen müssen.»

«Ich bin drauf gefaßt.» Sie ließ ein rasches mutwilliges Grinsen sehen und flüsterte: «Aber es sind die reinsten Dummerjane – alles bloß einfältiges, albernes Volk, soweit ich sie bis jetzt kennengelernt habe. Und dann sind sie so seriös, daß es ihnen förmlich wie ein Heiligenschein um die Köpfe steht.»

Vivaldo lachte. «Alles pure Heuchelei, Cass. Sei bloß auf der Hut!»

«Ich weiß. Obwohl – hinter dem Buch sind sie wirklich her; sie setzen große Hoffnungen darauf. Aber ihr habt es überhaupt noch nicht gesehen, was?» Sie ging zum Sofa hinüber, auf dem Bücher und Zeitungen verstreut herumlagen, und nahm nachdenklich das Buch auf. Sie durchquerte wieder das Zimmer. «Hier ist es.»

Sie legte es zwischen Ida und Vivaldo auf die Bar. «Es hat schon einen Haufen Vorschußlorbeeren eingeheimst. ‹Literarisch› soll es sein, wißt ihr, außerdem ‹reif› und ein ‹Thriller› – und dergleichen mehr. Richard wird euch das Geschreibsel zeigen. Sogar mit *Schuld und Sühne* ist es verglichen worden – wahrscheinlich weil beide den gleichen simplen Handlungsfaden haben, denk ich mir.» Vivaldo sah sie scharf an. «Ach was, ich zitiere doch bloß.»

Das Sonnenlicht brach hinter einer vorbeiziehenden Wolke vor und füllte das Zimmer. Sie schielten auf das Buch nieder. Cass stand gelassen hinter ihnen.

Der Umschlag war sehr schlicht, schartige rote Lettern auf dunkelblauem Grund: ‹Der Gehenkte. Roman eines Mordes von Richard Silenski›. Vivaldo betrachtete die Klappe, auf der kurz die Handlung beschrieben war, und drehte dann das Buch um; und von der Rückseite blickte ihm Richards offenes, gutmütiges Gesicht entgegen. Der Textabschnitt unter dem Bild faßte Richards Leben von der Geburt bis zur Gegenwart zusammen: *Mr. Silenski ist verheiratet und Vater zweier Söhne, Paul (11) und Michael (8). Er lebt gegenwärtig in New York City.*

Er legte das Buch wieder hin. Ida nahm es sich.

«Es ist wunderbar», sagte er zu Cass. «Du bist sicher stolz.» Er nahm ihr Gesicht zwischen beide Hände und küßte sie auf die Stirn. Dann griff er nach seinem Glas. «Es ist immer etwas Wunderbares um ein Buch, weißt du? – wenn es ganz plötzlich ein richtiges, fertiges Buch ist und zwischen zwei Deckeln steckt. Und der Name steht oben drauf. Es muß ein großartiges Gefühl sein.»

«Ja», sagte Cass.

«Sie werden dieses Gefühl schon selber bald kennen», sagte Ida. Sie blätterte aufmerksam das Buch durch. Dann sah sie mit einem Grinsen auf. «Ich wette, ich habe gerade etwas entdeckt, was Sie nicht wissen», sagte sie zu Vivaldo.

«Unmöglich!» sagte Vivaldo. «Ich bin sicher, ich weiß alles, was Richard weiß.»

«*Ich* würde nicht so sicher sein», sagte Cass.

«Ich wette, Sie kennen Cass' wirklichen Namen nicht.»

Cass lachte. «Er kennt ihn schon, aber er wird ihn vergessen haben.»

Er sah sie an. «Das stimmt, ich hab ihn wirklich vergessen. Und wie lautet dieser dein wirklicher Name –? Ich weiß, du findest ihn abscheulich: deshalb gebraucht ihn ja auch niemand.»

«Richard hat sich's nicht verkneifen können», sagte sie. «Ich glaube, er wollte mich bloß damit aufziehen.»

Ida zeigte ihm die Widmungsseite des Buches: *Für meine Frau Clarissa.* «Das ist doch lustig, nicht?» Sie sah Cass an. «Also mich hätten Sie ewig und drei Tage raten lassen können, ich wär nicht draufgekommen,

Liebes. Sie sind gar nicht der Typ einer Clarissa.»

«Das hat sich erst später herausgestellt», sagte Cass mit einem Lächeln. Dann blickte sie wieder Vivaldo an. «Übrigens», sagte sie, «hast du zufällig heute die kleine Notiz auf der Theaterseite gesehn?» Sie ging zum Sofa, nahm eine der Zeitungen und kehrte zu Vivaldo zurück. «Sieh mal, hier, Eric kommt zurück.»

«Wer ist Eric?» fragte Ida.

«Eric Jones», sagte Cass. «Ein Freund von uns, ein Schauspieler, der die letzten paar Jahre in Frankreich gelebt hat. Aber er ist für den Herbst in einem Stück am Broadway angekündigt.»

Vivaldo las: *Lee Bronson hat Eric Jones, der vor drei Spielzeiten hier in dem kurzlebigen «Kingdom of the Blind» auftrat, für die Rolle des älteren Sohns in «Happy Hunting Ground» von Lane Smith bestimmt, das im November anläuft.*

«Der Schweinehund», sagte Vivaldo und machte ein vergnügtes Gesicht. Er wandte sich an Cass. «Habt ihr Nachricht von ihm?»

«O nein», sagte Cass, «schon seit langem nicht mehr.»

«Nett, ihn wiederzusehn», sagte Vivaldo. Er blickte Ida an. «Er wird Ihnen gefallen. Rufus kannte ihn, wir waren alle sehr gut befreundet.» Er faltete die Zeitung zusammen und legte sie auf der Bar ab. «Alle Welt kommt zu Ruhm und Ehren, verdammt, außer mir.»

Richard kam ins Zimmer; sein Gesicht sah abgespannt und jungenhaft aus. Er trug einen alter grauen Sweater über dem weißen Hemd und hatte seinen Gürtel in den Händen.

«Es ist nicht besonders schwer zu raten, was du eben gemacht hast», sagte Vivaldo lächelnd. «Wir haben es durch alle Wände bis hierher gehört.»

Richard sah beschämt auf den Gürtel und warf ihn auf das Sofa. «Ich hab ihn gar nicht damit behandelt. Ich hab ihm bloß eine entsprechende Kur in Aussicht gestellt. Wahrscheinlich hätte ich ihn doch nach Strich und Faden vermöbeln sollen.» Und zu Cass gewandt sagte er: «Was ist nur plötzlich los mit ihm? So hat er sich doch noch nie benommen.»

«Ich hab dir ja schon gesagt, was es nach meiner Meinung ist. Ein neues Haus – und damit neue Aufregungen –, und außerdem bekommt er dich kaum noch zu Gesicht wie früher; darauf hat er eben ziemlich böse reagiert. Er wird schon darüber wegkommen, aber das braucht noch einige Zeit.»

«Paul ist ganz anders. Zum Teufel, der ist gleich losgestromert und hat schon überall dicke Freundschaften geschlossen. Der weiß sich zu amüsieren.»

«Es sind eben doch nicht alle Menschen wie du und ich – und Paul.»

Er starrte sie an und schüttelte den Kopf. «Das stimmt. Tut mir leid.» Er wandte sich zu Ida und Vivaldo. «Ihr müßt schon entschuldigen. Wir sind einfach wie verhext von unseren Sprößlingen. Manchmal hocken wir stundenlang zusammen und reden über nichts anderes. Ida, Sie sehen wundervoll aus; großartig, daß wir Sie mal wieder hier haben.» Er nahm ihre Hand in die seine und blickte ihr in die Augen. «Alles in Ordnung mit Ihnen?»

«Mir geht's gut, Richard. Und es ist wundervoll, *Sie* wiederzusehen. Besonders jetzt, wo Sie eine solche Berühmtheit geworden sind.»

«Ah, Sie dürfen nicht soviel auf meine Frau hören», sagte er. Dann trat er hinter die Bar. «Alle sind mit Drinks versorgt – bloß ich nicht, wie's scheint. Und ich –» er machte ein jungenhaftes, ganz sorgloses und glückliches Gesicht – «ich werde mir einen Martini dry auf Eis legen.» Er öffnete das Eisfach. «Leider sind ja gar keine Würfel mehr da.»

«Warte, ich hole dir etwas Eis», sagte Cass. Sie stellte ihr Glas auf der Bar ab und ergriff den Eiskübel. «Weißt du, ich glaube, wir müssen sowieso noch neuen Vorrat vom Feinkostgeschäft kaufen.»

«Schön, das mach ich später; ich geh dann runter, mein Kleines.» Er kniff sie in die Wange. «Mach dir keine Sorgen.»

Cass verließ das Zimmer. Richard grinste Vivaldo an. «Wenn du heute nicht hergekommen wärst, ich schwör dir, ich hätte dich für immer aus meinem Herzen gerissen.»

«Du wußtest, ich würde zur Stelle sein. Aber jetzt –» er hob sein Glas – «herzlichen Glückwunsch!» Dann: «Sag mal, ich hab da gehört, daß neuerdings sämtliche Fernsehanstalten nach dir schreien; was hat das denn zu bedeuten?»

«Übertreib bloß nicht. Bislang ist's nur ein einziger Produzent, der mit mir über ein paar Projekte reden will; ich weiß nicht einmal, worum es geht. Aber meine Agentin meint, ich sollte's nicht ausschlagen.»

Vivaldo lachte. «Das klingt ja fast, als müßtest du dich verteidigen. Ich mag doch das Fernsehen durchaus.»

«Lügner! Du hast ja nicht einmal einen Apparat.»

«Nun, das liegt einfach daran, daß ich arm bin. Wenn ich erst mal groß rauskomme wie du, geh ich hin und kauf mir die größte Mattscheibe, die auf dem Markt ist.» Er weidete sich an Richards Gesichtsausdruck und lachte wieder. «Mensch, ich zieh dich doch bloß auf!»

«Tja, Ida, sehn Sie zu, was Sie tun können, um diesem Herrn etwas Zivilisation beizubringen. Er ist ein Barbar.»

«Ich weiß», sagte Ida traurig, «aber ich hab kaum eine Ahnung, was man dagegen tun kann. Das heißt», fügte sie hinzu, «wenn Sie sich entschließen könnten, mir ein handsigniertes Exemplar Ihres Buches anzubieten, könnte ich eventuell mit einer Eingebung aufwarten.»

«Gemacht», sagte Richard. Cass kam mit dem Eiskübel zurück, und Richard nahm ihn ihr ab und setzte ihn auf die Bar. Er mixte einen Drink. Dann trat er zu den anderen und legte Cass den Arm um die Schultern. «Auf den besten Samstag, den wir je hatten!» sagte er und hob sein Glas. «Mögen ihm noch viele andere folgen!» Er nahm einen großen Schluck.

«Ich mag euch alle sehr», sagte er.

«Wir dich auch», sagte Vivaldo.

Cass küßte Richard auf die Wange. «Bevor ich gehe und den Lunch sicherzustellen versuche – sag mir nur noch, welches Abkommen du mit Michael getroffen hast. Bloß damit ich's weiß.»

«Er macht ein Nickerchen. Ich hab ihm versprochen, ihn rechtzeitig zum Cocktail zu wecken. Wir werden ihm etwas Ingwer-Limonade kaufen müssen.»

«Und Paul?»

«Oh, Paul, richtig. Der wird sich rechtzeitig von seinen Busenfreunden losreißen, um raufzukommen, gewaschen zu werden und den Leuten guten Tag zu sagen. Davon könnten ihn keine zehn Pferde abhalten.» Er wandte sich zu Vivaldo. «Im ganzen Haus prahlt er bereits mit mir.»

Cass sah ihn einen Augenblick nachdenklich an. «Also das wäre dann ja bestens geregelt. Ich verlasse euch jetzt.»

Ida nahm ihr Glas auf. «Warten Sie eine Minute. Ich komme mit.»

«Aber das ist wirklich nicht nötig, Ida. Ich schaffe es schon.»

«Diese Männer hier könnten sich betrinken, wenn wir sie zu lange warten ließen. Ich helfe Ihnen, dann haben wir's im Handumdrehen.» Sie folgte Cass zur Tür. Den einen Fuß auf den Stufen, wandte sie sich um. «Sie, Richard, werde ich an Ihr Versprechen mahnen. Wegen des Buches, meine ich.»

«Dann denken Sie aber auch an Ihres. Sie haben bei weitem den kürzeren gezogen bei dem Handel.»

Sie blickte Vivaldo an. «Oh, ich weiß nicht. Mir wird schon etwas einfallen.»

«Ich hoffe, Sie sind sich darüber klar, worauf Sie sich einlassen», sagte Cass. «Mir gefällt das Gesicht gar nicht, das Vivaldo da macht.»

Ida lachte. «Also ich finde, er macht ein ziemlich harmloses Gesicht. Er kann doch überhaupt kein Wässerchen trüben. Kommen Sie, davon erzähle ich Ihnen in der Küche.»

«Glauben Sie kein Wort von dem, was Cass über mich sagt», rief Vivaldo.

«Ach, Sie glauben, sie weiß etwas über Sie? Kommen Sie, Cass, Liebes, heute nachmittag wollen wir mal richtig unter die Klatschtanten gehen.» Und sie verschwanden.

«Du hast es immer schon gern mit farbigen Mädchen gehabt, was?» fragte Richard nach einer Weile. In seiner Stimme war etwas sonderbar Nachdenkliches, Sinnendes.

Vivaldo sah ihn an. «Aber nein. Ich hab mich noch nie mit einem farbigen Mädchen eingelassen.»

«So wohl nicht, natürlich. Aber du hast dich immer viel in Harlem herumgetrieben. Und da ist es doch bloß logisch, daß du's jetzt auch mal mit einem farbigen Mädchen probierst – an den weißen hast du dir ja wohl auch genügend die Zähne ausgebissen.»

Gegen seinen Willen mußte Vivaldo lachen. «Na, mal langsam. Ich glaube nicht, daß Idas Farbe damit das geringste zu tun hat, so oder so.»

«Bist du sicher? Ist sie nicht doch bloß ein weiteres Glied in der langen Kette deiner Freuden- und Leidenmädchen?»

«Richard», sagte Vivaldo und setzte sein Glas auf die Bar. «Willst du mich ins Verhör nehmen? Was ist los?»

«Selbstverständlich will ich das nicht», sagte Richard. «Ich denke bloß, es wäre vielleicht an der Zeit, daß du dir mal einen Ruck gibst und dich fest etablierst – daß du dir allmählich mal klar darüber wirst, was du eigentlich willst, und daß du dich aufraffst, es in die Tat umzusetzen, statt wie ein kleiner Junge rumzubolzen. Du bist kein Junge mehr.»

«Nun, ich denke, es wäre vielleicht an der Zeit, daß du aufhörst, mich wie ein Jüngelchen zu behandeln. Ich weiß, was ich will, und ich bin sehr dabei, es in die Tat umzusetzen, wie du sagst. Zufrieden? Und du mußt mir schon erlauben, daß ich's auf meine eigene Weise tue. Rutsch mir'n Buckel runter.» Er lächelte, aber es war zu spät.

«Ich war mir nicht bewußt, dir je raufgerutscht zu sein», sagte Richard. «Tut mir leid.»

«Ich hab's auch nicht so gemeint, wie's klang, das weißt du.»

«Vergessen wir's, ja?»

«Aber ja, zum Teufel; ich will doch nicht, daß du wütend auf mich wirst.»

«Aber ich bin nicht im geringsten wütend auf dich.» Richard ging zum Fenster, blieb davor stehen und blickte hinaus. Mit dem Rücken zu Vivaldo sagte er: «Du findest mein Buch nicht besonders, was?»

«So ist es.»

«Was?» Richard drehte sich um; das Sonnenlicht fiel voll auf sein Gesicht und ließ die Linien und Runzeln auf seiner Stirn, um seine Augen, rund um Mund und Kinn sichtbar werden. Das ganze Gesicht war gefurcht; es war ein hartes Gesicht, ein gutes Gesicht, und lange hatte Vivaldo es geliebt. Doch irgend etwas fehlte dem Gesicht, etwas, von dem Vivaldo nicht hätte sagen können, was es war, und er wußte, sein unbeholfen ausgesprochenes Urteil war ungerecht.

Er fühlte, wie ihm Tränen in die Augen stiegen. «Richard, wir haben über das Buch gesprochen, und ich habe dir gesagt, was ich dachte, ich habe gesagt, daß es eine glänzende Idee sei – und glänzend aufgebaut – und schön geschrieben – und –» Er stockte. Er hatte das Buch nicht gemocht. Er konnte es nicht ernst nehmen. Es war eine gekonnte, intelligente, leidlich scharfsinnige *tour de force,* und nie würde sie irgendwem auch nur das geringste bedeuten. In jenem Zentrum von Vivaldos Gehirn, in dem die Bücher lebten, mochten es nun große Bücher sein oder geringere, verstümmelte oder gar schlicht blödsinnige – in diesem Zentrum existierte Richards Buch nicht. Da war nichts zu machen. «Und du selber hast gesagt, das nächste Buch würde besser sein.»

«Aber was heulst du denn dabei?»

«Was?» Er wischte sich mit dem Handrücken über die Augen. «Ach, nichts.» Er ging zur Bar hinüber und lehnte sich an sie. Und eine tiefe und sonderbare Erkenntnis ging ihm auf und ließ ihn hinzufügen: «Du redest, als wenn du nicht mehr wolltest, daß wir Freunde sind.»

«Ach Quatsch. Macht das dir Schmerzen? Aber natürlich sind wir Freunde, wir werden's sein, bis wir sterben.» Er ging zur Bar und legte die Hand auf Vivaldos Schulter, beugte sich nieder, um ihm ins Gesicht zu sehen. «Ehrlich. Okay?»

Sie schüttelten einander die Hand. «Okay. Frag mich nicht mehr aus, ja?»

Richard lachte. «Ich werde mich schwer zusammenreißen. Du krummer Hund, du.»

Ida erschien in der Tür. «Es wäre angerichtet, die Herrschaften. Los, macht schon, dalli, bevor's kalt wird.»

Sie waren alle ein bißchen angetrunken, als der Lunch vorüber war, denn sie hatten zwei Flaschen Champagner dazu geleert; und schließlich saßen sie wieder im Wohnzimmer, als die Sonne sich aufglühend zum Untergang neigte. Paul fand sich ein, schmutzig, atemlos und munter. Seine Mutter schickte ihn ins Bad, sich zu waschen und die Kleidung zu wechseln. Richard erinnerte sich an das Eis, das noch für die Party gekauft werden mußte, und an die Ingwer-Limonade, die er Michael versprochen hatte, und er ging hinunter in das Feinkostgeschäft. Cass fand es an der Zeit, sich umzuziehen und das Haar zurechtzumachen.

Für eine kurze Weile hatten Ida und Vivaldo das Wohnzimmer für sich allein. Ida legte eine alte Billie Holiday-Platte auf, und beide tanzten.

Das Blut klopfte ihm wie ein Hammer im Hals, als sie mit einem freundlichen Lächeln in seine Arme glitt, die eine Hand in die seine legte und die andere leicht auf seinem Arm ruhen ließ. Er umfaßte sie leicht und behutsam. Aber plötzlich schienen seine Finger, die an ihrer Taille lagen, ganz abnorm und gefährlich empfindsam geworden zu sein, und er betete, daß sein Gesicht nicht die ungeheure, unerlaubte Wollust verraten möchte, die von seinen Fingerspitzen in ihn hineinströmte. Ihm war, als fühlte er unter dem schweren Gewebe ihrer Kleidung, dem Stoff ihrer Bluse, dem delikaten, so fest verschließenden Hindernis ihres Rocks die geschmeidige Glätte ihres Schlüpfers, der unter seinen Fingern auf ihrer weichen, warmen Haut zu knistern und zu schnurren schien. Nichts deutete an, daß sie der Freiheiten gewahr wurde, die seine steifen, reglosen Finger sich herausnahmen. Sie glitt mit ihm dahin, führte ihn und ließ sich zugleich von ihm führen, und ihre Füße wichen mühelos seinen großen Schuhen aus. Ihre Körper berührten sich kaum, aber ihr Haar kitzelte sein Kinn und strömte einen süßen, trockenen Duft aus, und es entfachte – wie der ganze Leib des Mädchens – eine tiefe, glimmende, sinnliche Glut in ihm. Er wünschte sie dichter an sich zu ziehen. Vielleicht würde er in eben diesem Augenblick, da sie lächelnd zu ihm aufblickte, den Kopf neigen und seinen Mund, der nicht lächelte, auf den ihren legen und damit das Lächeln von ihrem Gesicht wischen.

«Ihre Hände sind kalt», sagte er, denn die Hand, die in der seinen lag, war ganz trocken und die Fingerspitzen kühl.

«Das soll wahrscheinlich heißen, daß ich ein warmes Herz habe», sagte Ida, «in Wirklichkeit aber bedeutet es einfach schlechte Blutzirkulation.»

«Ich ziehe es vor», sagte er, «zu glauben, daß Sie ein warmes Herz haben.»

«Das habe ich mir gedacht», sagte sie mit einem Lachen, «aber wenn Sie mich erst einmal etwas besser kennen, werden Sie schon noch merken, daß ich's bin, die recht hat. Ich fürchte», sagte sie dann noch mit einem neckisch lächelnden Stirnrunzeln, «ich habe überhaupt immer recht –» und fügte hinzu: «Am Ende.»

«Ich wünschte, ich lernte Sie besser kennen», sagte er.

«Das», sagte sie mit einem kurzen leichten Lachen, «wünschte ich auch – mich besser kennenzulernen.»

Richard kehrte zurück. Michael verließ mit feierlichen und schüchternen Schritten die Verbannung, und Paul und er bekamen Ingwer-Limonade auf Eis. Cass erschien in einem hochgeschlossenen, altmodischen burgunderfarbenen Kleid, das Haar aufgesteckt. Richard zog ein Sporthemd und einen etwas ansehnlicheren Sweater an, und Ida verschwand, um ihr Make-up zu erneuern. Schon kamen die ersten Gäste.

Der allererste war Richards Verleger, Loring Montgomery, ein untersetzter, bebrillter Mann mit glattem, angegrautem Haar; er war jünger, als er aussah – in der Tat wohl fast zehn Jahre jünger als Richard. Er hatte eine schüchterne, mißtrauische Art und gab dauernd ein nervöses Kichern von sich. Bei ihm war Richards Agentin, eine dunkelhaarige, dunkeläugige junge Frau, die allerlei Silber und einiges Gold an sich trug; sie hieß Barbara Wales. Auch sie kicherte gelegentlich, doch nicht nervös, und hatte allerlei Eigenarten, doch Schüchternheit gehörte nicht dazu. Offenbar war sie der Ansicht, daß sie sich als Richards Agentin seiner Frau gegenüber eine gewisse Vertraulichkeit herausnehmen könne; und Cass, hilflos und jämmerlich gebannt und gehemmt vom Stimmvolumen der Dame und von der rasiermesserscharfen Bestimmtheit ihrer Worte, trottete ergeben hinter ihr her ins Schlafzimmer, wo Mäntel und Hüte abzulegen waren und die Frauen ihr Make-up in Ordnung bringen konnten.

«Die Bar ist hier drüben», rief Richard. «Kommen Sie herein und nehmen Sie sich, was Sie mögen.»

«Ich könnte noch einen Drink vertragen», sagte Vivaldo. «Ich hab schon den ganzen Tag gesoffen und bin heute absolut rauschfest.»

«Das tut Ihnen wohl leid?» fragte Ida.

Er sah sie an und lächelte. «Nein», sagte er, «nein, ich will mich nicht betrinken. Aber selbst wenn ich's wollte, ich schaffte es nicht, heute nicht.» Sie standen vorm Fenster. «Sie gehn doch dann mit mir zum Abendessen, ja?»

«Aber Sie sind doch nicht schon wieder hungrig?»

«Nein. Aber zur Abendbrotzeit bin ich's bestimmt wieder.»

«Schön», sagte sie, «dann fragen Sie mich zur Abendbrotzeit noch einmal.»

«Sie werden nicht plötzlich auf die Idee kommen, daß Sie nach Hause müssen – oder dergleichen? Sie werden mir nicht weglaufen?»

«Nein», sagte sie, «ich werde wie eine Klette an Ihnen hängen – bis zum bitteren Ende. Sie müssen mit der Agentin reden, verstehn Sie?»

«Muß ich wirklich?» Er sah zu der glitzernden Miss Wales hinüber.

«Selbstverständlich müssen Sie. Ich bin sicher, das ist einer der Gründe, warum Richard Sie heute nachmittag hier haben wollte. Und mit dem Verleger müssen Sie auch sprechen.»

«Warum? Ich habe doch nichts, was ich ihm zeigen könnte.»

«Nun, das wird sich schon noch finden. Ich bin überzeugt, daß Richard das alles zum Teil für Sie arrangiert hat. Jetzt müssen Sie auch mitmachen.»

«Und was wollen Sie machen, während ich all diese Konferenzen hinter mich bringe?»

«Ich unterhalte mich mit Cass. Für uns interessiert sich sowieso keiner; wir schreiben ja nicht.»

Er küßte ihr Haar. «Sie sind wirklich ganz reizend», sagte er.

Es schellte an der Wohnungstür. Diesmal war es Steve Ellis, der mit seiner Frau gekommen war. Ellis war ein kurzer, kantig gedrungener Mann mit krausem Haar und einem jungenhaften Gesicht. Das Gesicht hatte gerade jenes Stadium erreicht, in dem so jungenhafte Gesichter – wenn schon nicht hart, so doch fest werden und gerinnen. Er hatte einen großen Ruf als Held verlorener Prozesse, der unerschrocken bis zum Letzten kämpfte und sich nicht unterkriegen ließ; und er schritt durch die Salons der Welt, als erwartete er, dort überall einen Feind auf der Lauer zu finden. Seine Frau trug einen Nerzmantel und einen blumengeschmückten Hut, schien um einiges älter als er und neigte zur Geschwätzigkeit.

«Großartig, Sie kennenzulernen, Silenski», sagte er. Obgleich er gezwungen war, zu Richard aufzublicken, hielt er dabei so herausfordernd den Kopf in einem schiefen Winkel, daß es den Eindruck erweckte, als blicke er lediglich auf, um desto besser von oben herabsehen zu können. Die Hand, die Richard wie eine Kugel entgegenschoß, ließ ebenfalls an die arrogante Schlaffheit jener Hände denken, in denen die Macht liegt, zu erhöhen und zu erniedrigen: nur die Sitte bewahrte diese Hand davor, permanent abgeküßt zu werden. «Ich hab ja tolle Sachen von Ihnen gehört. Vielleicht können wir nachher mal einen kleinen Schwatz halten.»

Und sein Lächeln war gutmütig, offen und jungenhaft. Als er Ida vorgestellt wurde, stand er unbeweglich, mit ausgebreiteten Armen da wie ein kleiner Junge.

«Sie sind Schauspielerin», sagte er, «Sie müssen einfach Schauspielerin sein!»

«Nein», sagte Ida, «da irren Sie sich.»

«Aber das ist doch gar nicht möglich! Nach Ihnen habe ich seit Jahren gesucht. Sie sind eine Sensation!»

«Vielen Dank, Mr. Ellis», sagte sie lachend, «aber ich bin nun einmal keine Schauspielerin.» Ihr Lachen war ein wenig übertrieben, aber Vivaldo konnte nicht entscheiden, ob das an den Nerven lag oder einfach Unwille war. Die Leute standen in lächelnden Gruppen um sie herum. Cass beobachtete sie von der Bar aus.

Ellis grinste wie ein Verschwörer und schob den Kopf ein wenig vor. «Was machen Sie denn wirklich? Kommen Sie, erzählen Sie mir.»

«Nun, im Moment», sagte Ida und riß sich zusammen, «im Moment arbeite ich als Kellnerin.»

«Als Kellnerin. Soso. Leider ist meine Frau mit hier, darum will ich Sie lieber nicht fragen, wo Sie arbeiten.» Er trat noch einen Schritt näher an Ida heran. «Aber was haben Sie für Gedanken, während Sie so zwischen den Tischen hin und her laufen?» Ida zögerte, und wieder lächelte er, weich und schmeichelnd. «Kommen Sie schon. Sie wollen mir doch nicht erzählen, daß Sie keine anderen Gedanken und Wünsche haben, als eines Tages mal Oberkellnerin zu werden?»

Ida lachte. Ihre Lippen verzogen sich leicht bitter, und sie sagte: «Nein.» Sie zögerte und blickte zu Vivaldo hinüber, und Ellis folgte ihrem Blick. «Manchmal habe ich ans Singen gedacht. Das würde ich gern tun.»

«Aha!» rief er triumphierend. «Ich wußte doch, ich krieg's aus Ihnen heraus.» Er zog eine Karte aus der Brusttasche. «Wenn Sie soweit sind, einen Versuch zu riskieren – und Sie sollten nicht zu lange damit warten –, dann kommen Sie und besuchen Sie mich. Vergessen Sie's nicht.»

«Sie würden sich kaum an meinen Namen erinnern, Mr. Ellis.» Sie sagte das leichthin, und der Blick, mit dem sie Ellis maß, gab Vivaldo keinerlei Anhaltspunkt darüber, was in ihrem Kopf vorging.

«Sie heißen», sagte er, «Ida Scott. Richtig?»

«Richtig.»

«Ich vergesse niemals Namen oder Gesichter. Stellen Sie mich ruhig auf die Probe.»

«Das stimmt», sagte seine Frau, «er vergißt nie einen Namen oder ein Gesicht. Mir vollkommen schleierhaft, wie er das macht.»

«Ich», sagte Vivaldo, «bin keine Schauspielerin.»

Ellis machte ein verdutztes Gesicht, dann lachte er. «Wie man sich irren kann», sagte er, «um ein Haar hätten Sie mich getäuscht.» Er faßte Vivaldo am Ellbogen. «Kommen Sie, wir nehmen einen Drink zusammen. Bitte.»

«Ich weiß nicht, warum ich das gesagt habe. Ich bin ein halber Kindskopf.»

«Aber nur ein halber. Wie heißen Sie?»

«Vivaldo. Vivaldo Moore.»

«Und Sie sind bestimmt keine Schauspielerin –?»

«Ich bin Schriftsteller. Ungedruckt.»

«Aha! Und Sie arbeiten an –?»

«An einem Roman.»

«Thema?»

«Brooklyn.»

«Ach nee. ‹Die Geschichte eines Paradieses›, was? Oder die Strichjungens – oder die Mörder – oder die Kokser und Spritzer?»

Vivaldo schluckte. «Alles zusammen.»

«Eine hübsche Portion. Wenn's Ihnen nichts ausmacht, möchte ich sagen: es klingt ein bißchen altmodisch.» Er nahm die Hand vor den Mund und rülpste. «Brooklyn ist erledigt. Aus und vorbei.»

Nein, das stimmt nicht, dachte Vivaldo. «Sie meinen», sagte er mit einem Lächeln, «es hat keinerlei Fernsehaussichten mehr, ist nicht telegen?»

«Vielleicht doch, was weiß ich?» Er sah Vivaldo mit freundlichem Interesse an. «Sie haben einen höhnischen Unterton in der Stimme, wenn Sie Fernsehen sagen, wissen Sie das? Wovor haben Sie denn bloß solche Angst?» Er tippte Vivaldo vor die Brust. «Kunst, mein Lieber, kann nicht im leeren Raum existieren; die Kunst ist nicht nur für Sie und Ihre Handvoll Freunde da. Gott, wenn Sie wüßten, wie mich das krank macht, dieser ewige Murks von euch feinfühligen jungen Männern!»

«Den kann ich auch nicht ausstehen», sagte Vivaldo. «Aber ich halte mich nicht für einen feinfühligen jungen Mann.»

«Nicht? Sie tönen aber genauso und benehmen sich ganz danach. Sie halten Ihre Nasenspitze für eine beträchtlich hohe Warte und blicken von da erhaben auf Ihre Mitwelt nieder. Doch, doch», beharrte er, denn Vivaldo sah ihn mit einiger Verwunderung an, «Sie denken, die meisten Leute sind barer Dreck, und lieber würden Sie sterben, als sich mit irgendeiner dieser populären Künste zu besudeln.» Er musterte Vivaldo prüfend; es war ein flüchtiger, vorsichtig unverschämter Blick. «Und da stehen Sie nun, in Ihrem besten Anzug, und ich wette, Sie hausen in irgendeiner dreckigen, feuchten Wohnung und haben nicht mal so viel, daß Sie Ihr Mädchen in ein Nachtlokal ausführen können.» Seine Stimme senkte sich. «Diese farbige Kleine, Miss Scott – Sie sehen, ich behalte Namen –, die ist doch Ihr Mädchen, nicht? Deswegen bekamen Sie doch auch so eine Stinkwut auf mich. Mann, Sie sind viel zu empfindlich.»

«Ich dachte, mit Verlaub, Sie wären wohl etwas zu frei gewesen.»

«Ich wette, auf die Idee wären Sie bestimmt nicht gekommen, wenn sie eine Weiße wäre.»

«Auf die Idee, wie Sie sagen, wäre ich bei jedem Mädchen gekommen, das sich bei mir befunden hätte.»

Aber er fragte sich, ob Ellis wohl recht hätte. Und er wurde sich bewußt, daß er es nie wissen würde, daß es nie eine Möglichkeit für ihn geben würde, es zu erfahren. Er spürte, daß Ellis Ida mit einem geschickten, niederträchtigen Mangel an Respekt behandelt hatte. Aber er hatte sie auf die einzige Art angesprochen, deren er fähig war, und das war die Art, wie er mit jedermann sprach. Das ganze Volk in Ellis' Welt kannte nur diese eine Art des Umgangs miteinander: ein Benehmen, das dauernd bewußt verhüllte, was sie wirklich über den anderen oder über sich selbst denken mochten. Ida gegenüber, die so sichtbarlich ausgestoßen, verschmäht war von der einzigen Welt, die sie kannten, wurde dies Benehmen zwangsläufig entsprechend persönlich, selbstbewußt und gespannt. Kompliziert wurde es noch durch das Bemühen, eine Meinungsäußerung, ein Urteil zu umgehen; ferner die Furcht, ihre eigene intellektuale und soziale Schuld könnte ganz plötzlich zur Sprache kommen. Sobald dieses Benehmen jäh mit der Außenwelt konfrontiert wurde, ja mit der Realität zusammenprallte, entlarvte es sich als völlig verlogen und falsch – und damit nicht nur als fragwürdig, sondern schlicht als unheilvoll und bösartig.

Als Ellis sich dann ein weiteres Glas Apfelwein eingoß, und er selbst sich einen neuen Scotch nahm, wurde ihm bewußt, daß alles, was Ellis besaß, und was Richard nunmehr auch bald besitzen würde, überaus verlockend für ihn war. Ellis konnte alles haben, was er nur wollte, er brauchte lediglich einen Telefonhörer abzuheben; Oberkellner waren entzückt, wenn er sich sehen ließ; seine Unterschrift auf einer Rechnung oder einem Scheck war über jeden Zweifel erhaben. Brauchte er einen Anzug, so kaufte er ihn sich; nie war er mit der Miete in Rückstand; wenn er sich entschloß, morgen schnell mal nach Istanbul zu fliegen, kostete es ihn nur einen Anruf bei seinem Reiseagenten. Er war berühmt, er war mächtig; er war nicht einmal viel älter als Vivaldo, und er arbeitete sehr hart.

Außerdem konnte er sich den erstklassigsten Harem halten; er brauchte bloß einem Mädchen seine Karte zu geben – und fertig. Und jetzt wußte Vivaldo auf einmal, warum er ihn haßte. Er fragte sich, was er wohl würde durchmachen müssen, um eine auch nur annähernd vergleichbar hohe Stellung zu erringen. Er fragte sich, wieviel er zu opfern willens war – um derart angebetet zu werden, derart mächtig zu sein, es mit jedem Mädchen machen zu können, das er wollte, um mit Sicherheit jedes Mädchen halten zu können, das er hatte. Er sah sich nach Ida um. Im gleichen Augenblick ging eine Verwandlung mit ihm vor, und er fragte sich nicht mehr, welche Aussichten sich ihm vielleicht eröffneten, sondern wie er seine eigenen Möglichkeiten entdecken und mit sich in Einklang bringen sollte.

Richard war im Augenblick damit beschäftigt, sich mit Mrs. Ellis zu unterhalten – oder vielmehr, ihr zuzuhören; Ida lauschte Lorings Mitteilungen; Cass saß ergeben auf dem Sofa und ließ Miss Wales auf sich einreden. Neben ihr stand Paul und sah verwirrt im Zimmer umher; sie hielt ihn zerstreut und doch ziemlich verzweifelt am Ellbogen fest.

«Jedenfalls – ich möchte gern mit Ihnen in Verbindung bleiben; in Ihnen kann was drinstecken.» Ellis reichte ihm seine Karte. «Warum rufen Sie mich nicht mal an? Ich meine das ernst, das hab ich auch schon Miss Scott gesagt. Wissen Sie, ich prodziere immerhin manchmal ganz gute Shows.» Er grinste und gab Vivaldo einen Puff gegen die Schulter. «Sie würden sich, was Ihr künstlerisches Niveau betrifft, durchaus nichts abbrechen.»

Vivaldo blickte auf die Karte, dann sah er Ellis an. «Danke», sagte er. «Ich werd's mir merken.»

Ellis lächelte. «Wissen Sie, ich mag Sie ganz gern», sagte er, «ich will sogar dafür sorgen, daß man sich mit Ihnen beschäftigt. Aber jetzt wollen wir uns wieder unters Volk mischen.»

Er ging zu Richard und Mrs. Ellis hinüber. Vivaldo trat an Idas Seite.

«Ich hab versucht, was über Ihren Roman rauszukriegen», sagte Loring, «aber die junge Dame hier ist überaus zugeknöpft. Sie will mir keinerlei Anhaltspunkte geben.»

«Ich meinerseits versuche ihm pausenlos klarzumachen, daß ich nicht das geringste darüber weiß», sagte Ida. «Aber er will mir einfach nicht glauben.»

«Sie weiß wirklich nicht viel darüber», sagte Vivaldo. «Im übrigen bin ich nicht einmal sicher, ob ich selbst so sonderlich viel darüber weiß.» Ganz jäh fühlte er, wie ihn ein Zittern der Müdigkeit und des Überdrusses durchrann. Am liebsten hätte er Ida einfach bei der Hand genommen und wäre mit ihr weggegangen. Aber sie schien durchaus gern hier zu sein; auch war es noch gar nicht spät; die letzten Strahlen der untergehenden Sonne lagen bläßlich über dem Fluß.

«Na schön», sagte Loring, «sobald Sie mal was Näheres wissen, setzen Sie sich hoffentlich mit mir in Verbindung. Richard hält Sie für ein enormes Talent, und sein Urteil ist für mich durchaus maßgebend.»

Er wußte, daß Ida verblüfft und verwirrt war von der Mittelmäßigkeit seiner Antwort. Er versuchte, etwas mehr Begeisterung aufzubringen, und Idas Gesichtsausdruck half ihm dabei. Es war ihm rätselhaft, was sie wohl von Ellis hielt, wie sie über ihn dachte, und Wut auf sich selbst, Eifersucht und Furcht und Verwirrung verliehen seiner ausweichenden

Antwort einen gewissen, nicht ungünstigen Nachdruck. Loring schien sicherer denn je, daß er, wenn auch in ziemlich rauher Schale, einen Edelstein vor sich habe, und auf Idas Gesicht spiegelte sich immer deutlicher die Überzeugung, daß er jemanden brauchte, der ihm einen gehörigen Stoß gab.

Und er selbst hatte, stärker als je zuvor, das Gefühl, daß es Zeit für ihn wurde, sich kopfüber in die Wogen zu stürzen. Die Leute hier im Zimmer – sie waren das Wasser, das auf ihn wartete; nicht daß es ihn sonderlich reinlich oder verlockend dünkte, aber es war das einzige, das es im Augenblick für ihn gab.

Jetzt wandte Miss Wales ihm einen Blick zu, aber er mied ihre Augen und konzentrierte seine ganze Aufmerksamkeit auf Ida.

«Lassen Sie uns gehen», sagte er gedämpft, «verschwinden wir hier. Ich hab's satt.»

«Sie wollen *jetzt* schon gehen? Sie haben noch nicht mit Miss Wales gesprochen.» Aber er beobachtete, wie ihre Augen unstet zur Bar hinüber irrten, wo Ellis stand. Und auf ihrem Gesicht lag ein Ausdruck, den er sich nicht zu deuten vermochte, der hart war und berechnend.

«Ich habe keine Lust, mit der Dame zu schwatzen.»

«Aber warum in aller Welt denn nicht? Das ist doch albern.»

«Sehn Sie», sagte er, «gibt es hier irgendwen im Zimmer, mit dem Sie reden möchten?» *O du Idiot!* stöhnte er innerlich. Aber die Worte waren heraus.

Sie sah ihn an. «Ich verstehe nicht, was Sie meinen. Wovon reden Sie eigentlich?»

«Schon gut», sagte er trübe, «es ist nichts. Ich bin ein dummer Schwätzer. Achten Sie nicht auf mich.»

«Aber Sie haben sich doch was dabei gedacht. Was war das?»

«Nichts», sagte er, «wirklich nichts.» Er lächelte. «Ist doch auch egal. Bleiben wir eben, wenn Sie wollen.»

«Ich bin», sagte sie, «einzig und allein Ihretwegen geblieben.»

Na, dann können wir ja gehen, lag es ihm auf der Zunge, aber er merkte wohl, daß es geschickter war, die Antwort herunterzuschlucken. Es klingelte an der Tür. Er sagte: «Ich wollte bloß irgendeiner öden Einladung zum Abendessen von einer dieser Herrschaften aus dem Weg gehen, das ist alles.»

«Aber was haben Sie gedacht», beharrte sie, «mit wem sollte ich hier wohl reden mögen?»

«Oh», sagte er, «ich dachte, wenn Ihnen wirklich ernsthaft an dieser Sache mit dem Singen gelegen ist, dann hätten Sie vielleicht mit Ellis gerne eine Verabredung getroffen. Ich könnte mir vorstellen, daß er einem weiterhelfen kann.»

Sie sah ihn mit einem Gemisch aus Überdruß, Spott und Bedauern an. «Ach Vivaldo», sagte sie, «was haben Sie doch für eine rege Phantasie.»

Dann schlug ihr Verhalten plötzlich um, und sehr kalt sagte sie: «Im übrigen aber wissen Sie ganz gut, daß Ihnen keinerlei Recht zusteht, sich darum zu kümmern, mit wem ich mich unterhalte. Ihre Vermutungen finde ich überdies in gar keiner Weise schmeichelhaft.» Sie hielt ihre Stimme immer noch gedämpft, aber innerlich bebte sie vor Zorn. «Aber vielleicht benehme ich mich jetzt wirklich so, wie es Ihrer Meinung von mir entspricht!» Sie ging hinüber zur Bar und trat zwischen Richard und Ellis. Ihr Gesicht lächelte. Ellis legte eine Hand auf ihren Arm, und während er mit ihr sprach, veränderte sich sein Gesicht und wurde gieriger und verletzbarer. Richard ging hinter die Bar, um Ida einen Drink einzugießen.

Vivaldo hätte sich zu ihnen gesellen können, aber er wagte es nicht. Ihr Ausbruch war so rätselhaft, so überraschend und plötzlich gekommen, daß er Angst hatte, daran zu denken, was noch alles geschehen mochte, wenn er zur Bar hinüberginge. Und sie war ja im Recht, und er hatte unrecht. Mit wem sie sprach ging ihn gar nichts an.

Aber ihre Reaktion war so schnell gewesen, fast wie ein Schlag, und so heftig! Nun war sein ganzer Vorsprung dahin. Das so geduldig aufgehäufte und gehortete Kapital – des Verstehens, der Galanterie – war im Handumdrehen zu Wasser geworden, in dem er nun kläglich herumplanschte.

«Ich möchte dich gerne mit Sydney Ingram bekannt machen. Das ist Vivaldo Moore.»

Cass war neben ihm aufgetaucht und führte ihm den Neuankömmling zu, dessen Eintreffen er flüchtig wahrgenommen hatte. Ingram war allein gekommen. Vivaldo entsann sich seines Namens, denn der erste Roman des jungen Mannes war gerade erschienen, und er hatte den Wunsch, ihn zu lesen. Ingram war groß, fast so groß wie Vivaldo, hatte ein schwerfälliges, schwermütiges Gesicht und darüber eine beträchtliche Menge schwarzen Haars, und wie Vivaldo trug er einen dunklen Anzug, vermutlich seinen besten.

«Sehr erfreut, Sie kennenzulernen», sagte Vivaldo linkisch – aber zum erstenmal an diesem Abend meinte er es ernst.

«Ich hab seinen Roman gelesen», sagte Cass, «er ist ganz wundervoll; du mußt ihn unbedingt auch lesen.»

«Ich möchte gern», sagte Vivaldo.

Ingram lächelte mit leichtem Unbehagen und starrte in sein Glas, als wünschte er, er könnte darin versinken.

«Im Moment hab ich genug vom Rumlaufen», sagte Cass. «Wenn's euch recht ist, bleib ich eine Weile bei euch beiden.» Sie geleitete sie langsam auf das große Fenster zu. Es war schon dämmerig, die Sonne war untergegangen; bald würden die Straßenlaternen angehen. «Irgendwie glaube ich doch nicht, daß ich zur literarischen Gastgeberin besonders berufen bin.»

«Ich fand dich großartig», sagte Vivaldo.

«Du hast auch keinen Versuch unternommen, mit mir Konversation zu machen. Meine Aufmerksamkeit ist einfach dauernd unstet und zerstreut, ich kann mir nicht helfen. Ebensogut könnte ich in einem Zimmer voller Physiker herumstehen.»

«Was bereden sie denn drüben an der Bar so eifrig?» fragte Vivaldo.

«Steve Ellis' kulturelle Verantwortung gegenüber den Fernsehteilnehmern Amerikas», sagte Ingram. Sie lachten. «Lachen Sie doch nicht», sagte Ingram, «auch er kann noch Präsident werden. Immerhin beherrscht er die Kunst des Lesens und Schreibens.»

«Ich möchte eigentlich meinen», sagte Cass, «das wäre eher geeignet, ihn zu disqualifizieren.»

Sie nahm sie beide beim Arm, und zusammen standen sie am dunkelnden Fenster und starrten hinaus auf die breite Autostraße und das schimmernde Wasser. «Wie verschieden ist es doch», sagte sie, «von etwas zu träumen und es dann am eigenen Leib zu erleben!» Weder Ingram noch Vivaldo sprachen ein Wort. Cass wandte sich zu Ingram, und sinnend und sehnsüchtig, mit einer Stimme, wie Vivaldo sie noch nie vernommen hatte, fragte sie: «Arbeiten Sie an etwas Neuem, Mr. Ingram? Ich hoffe es.»

Und seine Stimme schien auf wunderliche Weise der ihren zu entsprechen, als er antwortete. Sie mochten einander gerufen haben über die Weite des Wassers hinweg, mochten sich gesucht haben, als die Dunkelheit unbarmherzig niederfiel. «Ja», sagte er, «das tue ich; es ist ein neuer Roman, eine Liebesgeschichte.»

«Eine Liebesgeschichte!» sagte sie. Dann: «Und wo spielt sie?»

«Oh, hier in der Stadt. In unseren Tagen.»

Es herrschte Schweigen. Vivaldo spürte, wie ihre schmale Hand sich unter seinem Ellbogen spannte. «Ich brenne darauf, sie zu lesen», sagte sie schließlich.

«Aber wohl kaum mehr», sagte er, «als ich darauf brenne, sie zu beenden und gelesen zu werden, besonders, wenn ich das sagen darf, von Ihnen.»

Sie wandte Ingram ihr Gesicht zu, und Vivaldo konnte ihr Lächeln nicht sehen, aber er fühlte es. «Danke», sagte sie. Sie wandte sich wieder zum Fenster und seufzte. «Mir scheint, ich muß mich jetzt doch wieder meinen Physikern widmen.»

Sie sahen, wie die Straßenlaternen angingen.

«Ich werde einen Drink nehmen», sagte Cass. «Leistet mir jemand dabei Gesellschaft?»

«Sicher», sagte Vivaldo. Sie gingen zur Bar. Richard, Ellis und Loring saßen auf dem Sofa. Miss Wales und Mrs. Ellis standen an der Bar. Ida war nicht im Zimmer.

«Entschuldige mich», sagte Vivaldo.

«Ich glaube, es ist besetzt!» schrie Miss Wales.

Er ging durch die Halle, kam aber nicht bis zum Bad. Sie saß im Schlafzimmer, mitten unter all den Mänteln und Hüten, völlig still.

«Ida –?»

Ihre Hände lagen gefaltet in ihrem Schoß, und sie starrte auf den Boden.

«Ida, warum sind Sie böse auf mich? Ich hab es doch gar nicht so gemeint.»

Sie blickte zu ihm auf. Ihre Augen standen voll Tränen.

«Warum mußten Sie sagen, was Sie gesagt haben?! Alles war so schön, und ich war so glücklich, bis Sie es sagten. Sie denken, ich bin auch nichts als bloß eine Hure. Das war der einzige Grund, weshalb Sie mich sehen wollten.» Die Tränen rannen ihr über das Gesicht. «Ihr weißen Schufte seid alle gleich.»

«Ida, ich schwöre, das ist nicht wahr. Ich schwöre, es ist nicht wahr!» Er ließ sich auf ein Knie neben dem Bett nieder und versuchte, ihre Hände in die seinen zu nehmen. Sie wandte ihr Gesicht ab. «Ida, Liebste, ich liebe dich doch. Ich hatte solche Angst, und ich war eifersüchtig, aber ich schwöre dir, ich hab das nicht gemeint, was du denkst, bestimmt nicht, wie könnte ich das, ich liebe dich doch! Ida, bitte, glaub mir! Ich liebe dich.»

Aber ihr Leib zitterte weiter, und er fühlte ihre Tränen auf seinen Händen. Er zog ihre Hände an seine Lippen und küßte sie. Er versuchte, ihr ins Gesicht zu sehen, aber sie hielt es weiter von ihm abgewandt. «Ida! Ida, bitte.»

«Ich kenne keinen einzigen von diesen Leuten», sagte sie, «sie sind mir alle ganz egal. Sie denken, ich bin wieder mal eins von diesen farbigen Mädchen; sie geben sich Mühe, nett zu sein, aber es ist ihnen auch ganz egal. Sie wollen gar nicht mit mir reden. Ich bin bloß geblieben, weil Sie mich baten, und Sie waren so nett, und ich war so stolz auf Sie, und nun haben Sie alles kaputtgemacht.»

«Ida», sagte er, «wenn ich wirklich zwischen dir und mir etwas kaputtgemacht habe, dann weiß ich nicht, wie ich noch weiterleben soll. Du darfst das nicht sagen. Du mußt es zurücknehmen, du mußt mir verzeihen und mir noch eine Chance geben. Ida!» Er berührte mit einer Hand ihr Gesicht und drehte es langsam herum. «Ida, ich liebe dich, ich liebe dich mehr als alles in der Welt. Du mußt mir glauben. Lieber würde ich sterben, als dir weh tun.» Sie war still. «Ich bin eifersüchtig gewesen, und ich hatte Angst, und was ich gesagt habe, war sehr dumm und töricht. Aber mich quälte immer nur der Gedanke, ich könnte dir gleichgültig sein. Das ist alles. Mir ist nie etwas Schlechtes über dich in den Sinn gekommen.»

Sie seufzte und griff nach ihrer Tasche. Er gab ihr ein Taschentuch. Sie trocknete sich die Augen und putzte sich die Nase. Sie sah ganz müde und hilflos aus.

Er stand auf und setzte sich neben sie auf das Bett. Sie vermied es, ihn anzusehen, aber sie wich ihm auch nicht aus.

«Ida –» Und er war betroffen vom Klang seiner eigenen Stimme, soviel Jammer und Elend lag darin. Ihm war, als sei das gar nicht seine Stimme, als sei sie gänzlich seiner Kontrolle entzogen. «Ich hab dir gesagt, daß ich dich liebe. Machst du dir denn gar nichts aus mir?» Sie stand auf und ging zum Spiegel. Er sah ihr nach. «Bitte, sag es mir doch!»

Sie blickte in den Spiegel, dann nahm sie ihre Handtasche vom Bett, öffnete sie, schloß sie wieder, und wieder sah sie in den Spiegel. Dann wandte sich ihr Blick zu ihm herum. «Doch», sagte sie, «doch, ja.»

Er nahm ihr Gesicht zwischen beide Hände und küßte sie. Zuerst schien gar keine Erwiderung von ihr zu kommen, schien sie ihn lediglich zu dulden, gewähren zu lassen, schien unschlüssig, abwartend. Sie zitterte, und er versuchte, dieses Zittern mit Gewalt in seinen Armen und mit seinen Händen zu ersticken. Dann war es, als beuge sich etwas in ihr, als gebe sie auf, und sie legte die Arme um ihn und klammerte sich an ihn. «Laß uns gehen – weg von hier –» flüsterte er ihr schließlich ins Ohr, «laß uns gehen.»

«Ja», sagte sie nach einem Augenblick, «ich glaube auch, es ist an der Zeit.» Aber sie entwand sich nicht gleich seinen Armen. Sie sah ihn an und sagte: «Es tut mir leid, daß ich so töricht war. Ich weiß ja, du hast es nicht so gemeint.»

«Auch mir tut es leid. Ich bin eben bloß ein eifersüchtiger, unnützer, dummer Kerl, ich kann's nicht ändern. Ich bin verrückt nach dir.»

Und er küßte sie wieder.

«– daß Sie uns jetzt schon verlassen wollen!» sagte Miss Wales. «Und wir haben keinerlei Gelegenheit zum Gespräch gefunden!»

«Vivaldo», sagte Cass, «ich ruf dich die Woche an. Ida, Sie sind telefonisch ja nicht erreichbar, wollen Sie mich anrufen? Wir wollen uns doch mal sehen.»

«Ich warte auf ein Manuskript von Ihnen, Sie Bummelant», sagte Ellis, «sobald Sie nur von Ihrem provisorischen Elfenbeinturm heruntergestiegen sind. Nett, Sie kennengelernt zu haben, Miss Scott.»

«Das meint er ehrlich», sagte Mrs. Ellis. «Er meint es wirklich ehrlich.»

«Mich hat's sehr gefreut, Sie beide kennenzulernen», sagte Ingram, «sehr gefreut. Alles Gute für Ihren Roman.»

Richard begleitete sie zur Tür. «Sind wir noch Freunde?»

«Red keinen Stuß! Natürlich sind wir noch Freunde.»

Aber er fragte sich, ob das wirklich stimmte.

Die Tür schloß sich hinter ihnen, und sie standen im Flur und starrten einander an.

«Gehn wir nach Hause?» fragte er.

Sie sah ihn nachdenklich an, die Augen groß und dunkel. «Hast du dort etwas zu essen?»

«Nein. Aber die Läden sind ja noch offen. Wir können etwas kaufen.»

Sie nahm seinen Arm, und sie gingen zum Fahrstuhl. Er drückte auf den Signalknopf. Er starrte sie an, als könnte er seinen Augen nicht trauen.

«Gut», sagte sie. «Wir kaufen etwas ein, und ich koche dir dann ein bescheidenes Abendessen.»

«So hungrig bin ich gar nicht», sagte er.

Unter sich hörten sie die Aufzugtür schlagen, und der Fahrstuhl begann zu steigen.

Der Geruch des Hühnchens, das sie ihm am Abend zuvor gebraten hatte, hing noch im Zimmer, und noch stand das Geschirr im Ausguß. Das Gabelbein des Tiers lag zum Trocknen auf dem Tisch, umgeben von den klebrigen Gläsern, aus denen sie Bier getrunken hatten, und den klebrigen Kaffeetassen. Ihre Sachen waren über einen Stuhl geworfen, die seinen lagen größtenteils auf dem Fußboden. Er war erwacht, sie schlief noch. Sie schlief an seiner Seite, den dunklen Kopf von ihm abgewandt, und gab keinen Laut von sich.

Er lehnte sich etwas hinüber und beobachtete sie. Ihr Gesicht würde nun – und für immer – noch geheimnisvoller und undurchdringlicher sein als das Gesicht eines Fremden. Fremde Gesichter schließen keine Geheimnisse ein, denn die Phantasie legt keine in sie hinein. Aber das Gesicht eines geliebten Menschen ist darum nur um so unbekannter, weil in ihm so viel von einem selbst liegt. Es ist ein Mysterium, und wie aus allen Mysterien können Qual und Folter aus ihm kommen.

Sie schlief. Er fühlte, daß ihr Schlaf zum Teil auch ein Versteck war, in dem sie vor ihm Zuflucht genommen hatte. Er fiel zurück auf das Kissen und starrte gegen die Risse und Löcher in der Decke. Sie war in seinem Bett, aber sie war weit von ihm weg; sie war bei ihm, aber doch war sie's wieder nicht. An irgendeinem tiefen, geheimen Ort ging sie mit sich selbst zu Rate, beobachtete sich, hielt sich in Schach – sie wehrte sich gegen ihn. Er fühlte, daß sie längst schon eine genaue Entscheidung darüber getroffen hatte, wo die Grenzen waren, wieviel sie aufwenden wollte, geben wollte, und nichts – was er auch tat, was er auch sagte – hatte sie vermocht, ein Quäntchen darüber hinaus zu gehen. Sie ließ sich von ihm lieben, als handle es sich dabei um eine Technik der Versöhnung, einen Vertrag, ein Mittel zu irgendeinem anderen Zweck und Ziel. Wenn sie auch sicher wünschen mochte, ihm Lust zu schenken, so schien sie ihn doch in erster Linie erschöpfen zu wollen, und es war, als bliebe sie selber an den Ufern der Lust, während sie ihn mit aller Anstrengung in die Flut hinabtauchen ließ. *Seine* Lust war ihr genug, schien sie sagen zu wollen, seine Lust war die ihre. Doch wollte er ihre Lust als die seine, wollte nicht anders als gemeinsam mit ihr in die Flut hinabtauchen.

Er hatte geschlafen, aber schlecht, im dauernden Bewußtsein, daß Idas Körper ihm zum Greifen nahe war, im dauernden Bewußtsein auch eines Versagens, das tückischer war als jedes andere, das er bislang gekannt hatte.

Und sein Hirn zermarterte sich mit Fragen, denen er früher nie gestattet, ihm zuzusetzen, deren Stunde aber jetzt geschlagen hatte. Er fragte sich, wer wohl vor ihm mit ihr zusammen gewesen war; wie viele, wie oft, wie lange; was er, was jene vor ihm ihr bedeutet hatten; und er fragte sich, ob sie wohl weiß gewesen waren oder schwarz. Aber welchen Unterschied würde das machen? ging es ihm im Kopf herum; was lag denn schließlich daran? Einer oder mehrere, Weiße oder Schwarze – eines Tages, bald vielleicht schon, würde sie's ihm wohl erzählen. Sie würden alles voneinander und übereinander erfahren, sie hatten Zeit, sie würde ihm erzählen. Würde sie wirklich? Oder würde sie seine Geheimnisse doch ganz anders aufnehmen, als sie seinen Körper angenommen hatte – froh, ihm damit Erleichterung zu schaffen? Während sie ihm dagegen (denn sie kannte die Regeln) Enthüllungen anbot, die ihn versöhnen und zugleich aber auch täuschen sollten, die jeden Versuch von ihm durchkreuzen sollten, tiefer in jenes unglaubliche Land einzudringen, in dem sie – wie die Prinzessin im Märchen, gefangen in einem hohen Turm und bewacht von wilden Tieren, verhext und verbannt – den Geheimnisreigen geheimnisreicher Tage an sich vorüberstreichen ließ.

Es war früh am Morgen, gegen sieben Uhr, und kein Laut war zu vernehmen. Das Mädchen an seiner Seite regte sich still in ihrem Schlaf und warf eine Hand empor, abwehrend, als habe sie etwas erschreckt. Das scharlachfarbene Auge an ihrem kleinen Finger blitzte auf. Ihr schweres Haar war wild und wirr, und das Gesicht, das sie im Schlaf hatte, war dem im Wachen gar nicht ähnlich. Sie trug keinerlei Make-up mehr, so daß es fast schien, als habe sie gar keine Augenbrauen, und ihre unbemalten Lippen wirkten jetzt viel sanfter und schutzlos. Ihre Haut war dunkler noch als zur Tageszeit, und auf ihrer runden, hohen Stirn lag ein matter Mahagoniglanz. Wie sie so schlief, sah sie wie ein kleines Mädchen aus; aber es war kein sehr vertrauensvolles kleines Mädchen – eine Hand bedeckte halb das Gesicht, und die andere lag zwischen den Schenkeln wie in einem Versteck. Irgendwie mußte er an den Schlaf eines Armeleutekindes denken. Er streifte mit den Lippen ihre Stirn, dann hob er sich behutsam aus dem Bett und ging ins Bad. Als er wieder herauskam, stand er einen Augenblick nachdenklich vor der Kochnische; dann zündete er sich eine Zigarette an und nahm sich einen Aschenbecher mit ans Bett. Rauchend lag er auf dem Bauch; die langen Arme baumelten über die Kante auf den Boden, wo er den Aschenbecher hingestellt hatte.

«Wieviel Uhr ist es?»

Er richtete sich lächelnd auf. «Ich wußte nicht, daß du wach bist.» Und plötzlich fühlte er sich sonderbar, beklemmend scheu, als sei es das erste

Mal, daß er nackt neben einem nackten Mädchen erwachte.

«Oh», sagte sie, «ich beobachte Leute gern, wenn sie glauben, ich schlafe noch.»

«Gut, daß ich das weiß. Und wie lange beobachtest du mich schon?»

«Nicht lange. Erst seit du aus dem Bad gekommen bist, eben. Ich hab dein Gesicht gesehn und mich gefragt, woran du wohl dachtest.»

«Ich hab an dich gedacht, ich – ich hab über dich nachgedacht.»

Dann küßte er sie. «Guten Morgen. Es ist sieben Uhr dreißig.»

«Mein Gott! Wachst du immer so früh auf?» Und sie gähnte und grinste.

«Nein. Aber ich konnte's wohl nicht abwarten, dich anzusehen; das wird der Grund sein.»

«Nun, das werd ich mir merken», sagte sie, «und ich werd dich dran erinnern, wenn du eines Tages damit anfängst, erst am Mittag aufzuwachen oder noch später und so tust, als wolltest du überhaupt nicht mehr aus dem Bett.»

«Also gleich aus dem Bett – das muß ja nicht unbedingt sein.» Sie machte eine Bewegung nach seiner Zigarette; er hielt sie ihr zwischen die Lippen, und sie tat einen Zug oder zwei. Dann drückte er die Zigarette im Aschenbecher aus. Er beugte sich über sie. «Und wie geht's dir?»

«Du bist lieb», sagte sie, und nach einem Augenblick: «Du bist ein Tiefseetaucher.» Beide wurden sie rot. Er legte die Hände auf ihre Brüste, die schwer auseinanderstanden, und streichelte die rotbraunen Spitzen. Ihre breiten Schultern erbebten ein wenig, der Puls klopfte an ihrem Hals. Ihr Gesicht war beunruhigt und gelöst in einem, war ruhig und erschrocken zugleich.

«Liebe mich», sagte er, «ich will, daß du mich liebst.»

Sie hielt seine Hand fest, die auf ihrem Leib entlangglitt.

«Liebst du mich, lieb ich dich – du glaubst, ich bin eines von diesen Mädchen, ja?»

«Baby», sagte er, «das hoffe ich inständig. Laß mich dir sagen, es wird großartig mit uns gehen. Wir haben ja noch nicht einmal angefangen.» Seine Stimme war zu einem Flüstern herabgesunken, und ihre beiden Hände verschlangen sich in halb scherzhaftem, halb ernstem Tauziehen.

Sie lächelte. «Wie oft hast du das eigentlich schon gesagt?»

Er hielt inne und sah über ihren Kopf weg zu den Vorhängen, die das Morgenlicht zurückhielten. «Ich glaube nicht, daß ich es je schon einmal gesagt habe. Ich hab es noch nie so empfunden wie jetzt.» Er sah wieder auf sie nieder und küßte sie erneut. «Niemals.»

Nach einem Augenblick sagte sie: «Ich auch nicht.» Sie sagte es rasch und hastig, ganz als sei ihr plötzlich eine Pille auf die Zunge geraten, deren Geschmack sie überraschte und deren mögliche Wirkungen ihr Sorge bereiteten.

Er sah ihr in die Augen. «Ist das wahr?»

«Ja.» Dann senkte sie den Blick. «Bei dir muß ich mich vorsehen.»

«Warum? Traust du mir nicht?»

«Vielleicht traue ich mir selber nicht.»

«Vielleicht hast du nie einen Mann wirklich geliebt», sagte er.

«Einen weißen Mann nie, das stimmt.»

«Oh – ja –» sagte er lächelnd und versuchte, alle Zweifel und Ängste aus seinen Gedanken zu verbannen, «dann sei mein Gast.» Er küßte sie wieder, leicht berauscht von ihrer Wärme, ihrem Geschmack, ihrem Geruch. «Nie», sagte er mit schwerer Stimme, «nie war eine wie du.» Ihre Hand lockerte sich ein wenig, und er führte sie an sich nieder. Er küßte ihren Hals, ihre Schultern. «Ich liebe deine Farben. Sie haben lauter verschiedene Tönungen – ganz verrückt.»

«Du lieber Gott», sagte sie und lachte, scharf und nervös; sie versuchte ihre Hand wegzuziehen, aber er hielt sie fest: das Tauziehen begann aufs neue. «Aber meine Farbe ist doch überall gleich.»

«Du kannst dich gar nicht überall sehen. Aber ich kann's. Ein Teil von dir ist wie aus Honig, ein anderer aus Kupfer, dann wieder Gold –»

«Du lieber Gott», sagte sie noch einmal, «was fangen wir heute morgen bloß mit dir an?»

«Warte, ich zeig's dir. Ein Teil von dir ist schwarz, das auch, wie die Einfahrt eines Tunnels –»

«Vivaldo!» Ihr Kopf schlug hin und her auf das Kissen, wie unter einer Folter, die zwar nichts mit ihm zu tun hatte, für die er aber gleichermaßen verantwortlich war. Er legte ihr die Hand auf die Stirn; ihm wurde bereits dumpf zumute, und der Blick, mit dem sie ihn ansah, machte ihn tief betroffen: sie sah ihn an, als wäre sie wirklich noch eine Jungfrau, ihm, dem Bräutigam, anverlobt schon bei ihrer Geburt, und als sähe sie sein Gesicht nun zum allerersten mal, im verdunkelten Brautgemach, nachdem alle Hochzeitsgäste gegangen waren. Kein Laut der Festlichkeit war mehr zu vernehmen, Schweigen herrschte überall, und nirgends war Hilfe zu finden, wenn nicht in diesem Bett, nirgends war Hoffnung als einzig die auf Entehrung durch den Leib des Bräutigams. Doch sie versuchte zu lächeln. «Nie habe ich einen Mann wie dich kennengelernt.» Sie sagte das mit gedämpfter Stimme, in einem Ton, in dem sich Feindseligkeit mit fragender Verwunderung mischte.

«Nun, ich hab dir das gleiche gesagt – auch ich hab noch nie ein Mädchen wie dich kennengelernt.» Aber er fragte sich, welche Sorte Männer sie dann wohl gekannt hatte. Ganz sanft zwang er ihre Schenkel auseinander; sie ließ es zu, daß er ihre Hand an sein Glied legte. Er fühlte, daß sein Körper sich ihr zum allererstenmal als ein Geheimnis anbot und daß er, Vivaldo, daraus unmittelbar selbst in ihren Augen zum Geheimnis wurde. Zum allererstenmal berührte sie ihn mit Staunen und Schrekken – und in der Gewißheit, daß sie nicht wußte, wie sie ihn liebkosen sollte. Ihr war aufgegangen, daß er *sie* wollte: das hieß, daß sie nun nicht mehr wußte, was er wollte. «Du hast eine Menge Mädchen wie mich gehabt, nicht? Farbige Mädchen.»

«Ich hab mit allen möglichen Mädchen in jeder Menge geschlafen.» Aber jetzt kam kein Lachen zwischen ihnen auf; sie flüsterten, und die Wärme zwischen ihnen stieg. Ihr Geruch hüllte ihn ein, mischte sich mit seinem eigenen, schärferen Schweiß. Er lag zwischen ihren Schenkeln, war in ihren Händen, und ihre Augen starrten furchtsam in die seinen.

«Aber mit farbigen Mädchen auch?»

«Ja.»

Eine lange Pause entstand; ihrem Mund entfuhr ein langer, schaudernder Seufzer. Ihr Kopf bog sich auf dem Kissen, weg von ihm. «Waren es Freundinnen meines Bruders?»

«Nein. Nein, ich bezahlte sie.»

«Oh.» Ihr Kopf rutschte nieder, sie schloß die Augen, sie krampfte ihre Schenkel zusammen, dann öffnete sie sie wieder. Die Bettdecken waren ihm im Weg, und er warf sie ab. Und dann starrte er, halb kniend, einen Augenblick lang auf sie hinab, auf Honig und Kupfer und Gold und Schwarz. Ihr Atem kam in kurzen, scharfen, bebenden Stößen. Er wünschte, sie möchte ihm ihr Gesicht wieder zuwenden und die Augen öffnen.

«Ida. Sieh mich an.»

Sie gab einen heiseren Laut von sich, es klang wie ein Stöhnen; dann drehte sie ihr Gesicht zu ihm herum, aber ihre Augen blieben geschlossen. Er nahm wieder ihre Hand.

«Komm. Hilf mir doch.»

Ihre Augen öffneten sich eine Sekunde lang, wie unter einem Schleier, aber sie lächelte. Langsam ließ er sich auf sie nieder, ließ sich führen von ihren Händen und küßte sie auf den Mund. Ihre Körper verschlangen sich bebend, ihre Hände flatterten auf und ließen sich auf seinem Rücken nieder. *Ich bezahlte sie.* Sie seufzte wieder, aber es war ein anderes Seufzen diesmal, lang und hingebungsvoll, und der Kampf begann.

Es war nicht mehr wie in der vergangenen Nacht, da sie sich unter ihm aufgebäumt hatte wie ein wildgewordenes Pferd oder ein auf den Strand geworfener Fisch. Jetzt achtete sie auf Ziel und Zweck ihrer zitternden Bewegungen, und da er fühlte, daß ein einziger gedankenloser Augenblick sie ihm entschlüpfen, entgleiten lassen konnte, war auch er sehr achtsam. Ihre Hände strichen auf seinem Rücken entlang, auf und nieder, schienen ihn manchmal näher an sie ziehen zu wollen, schienen dann wieder versucht, ihn wegzustoßen; sie bewegten sich mit furchtbarer, mit entzückender Unentschlossenheit und riefen tief in seiner Kehle ein gebrochenes Stöhnen herauf. Sie erschloß sich ihm und wich gleich wieder vor ihm zurück; er fühlte, er trieb auf einem reißenden, morastigen Fluß und suchte nach der Quelle, die hinter dem schwarzen, gefährlichen, triefenden Schilfdickicht verborgen blieb. Dann kam ein Augenblick, in dem es war, als brächen sie mittendurch. Die Umklammerung ihrer Arme riß, ihre Schenkel lösten sich unaufhaltsam, ihre Leiber schlugen schrecklich und hart aufeinander, und ein sonderbares, leises Pfeifen stieg gewaltsam aus ihrer Kehle und fuhr durch die entblößten Zähne. Dann sank sie in sich zusammen, ihre Hände glitten ihm fliehend an den Hals, der Augenblick war vorüber. Er ruhte aus. Dann begann er von neuem. Nie war er so geduldig, so entschlossen gewesen – aber nie auch so grausam. In der letzten Nacht hatte sie ihn beobachtet; an diesem Morgen beobachtete er sie; er war entschlossen, sie über die Schwelle hinüberzubringen in seinen Besitz, und sollte auch das Herz in dem Augenblick, da sie schließlich seinen Namen rufen würde, in ihm zerspringen. Und dies schien ihm drohender, näher bevorzustehen als der Erguß seines Samens. Er empfand Schmerzen, wie er sie noch nie empfunden hatte, auf ganz unbekannte Weise flutete und staute sich das Blut in ihm, und wo immer ihre Hände ihn berührt hatten, um sogleich die Stelle zu fliehen, war ihm kalt. Ihre Hände klammerten sich um seinen Hals, als sei sie eine Ertrinkende, und sie war still, ganz ohne einen Laut, wie wohl ein Kind still ist, bevor es schließlich genug Atem gesammelt hat, um zu schreien, bevor der Schlag fällt und trifft, bevor der lange Sturz beginnt. Und unbarmherzig, bösartig stieß er sie vorwärts. Er wußte nicht, ob ihr Körper den Bewegungen des seinen folgte oder nicht, ihr Körper war so nah. Er spürte, wie das Bett unter ihnen erbebte, und hörte es förmlich singen. Ihre Hände flogen in wilder Flucht von seinem Nacken zur Kehle, über die Schultern zur Brust; sie wand sich unter ihm, bäumte sich schlagend auf, sie versuchte ihm zu entkommen – und zugleich näher an ihn zu kommen. Ihre Hände fanden schließlich ihren eigenen Weg, ihre eigene Weise, ihre eigene Sprache: sie packten den geliebten Leib mit liebkosenden, krallenden, brennenden Fingern. *Komm. Komm.* Er fühlte, wie ihren Bauch, gerade unter ihm, ein Beben durchrann, als sei dort etwas in ihr zerbrochen, und es rollte aufwärts durch sie hin, schien ihre Brüste auseinanderzutreiben, schien sie selbst der Länge nach aufzuspalten. Und sie stöhnte auf. Es war ein sonderbar warnender Laut, als strecke sie abwehrend eine Hand gegen den anflutenden Ozean aus. Dieser Laut ihrer Hilflosigkeit ließ all seine Zuneigung, seine Zartheit, sein Begehren zurückkehren. Sie waren fast soweit. *Komm – – – komm – – komm – komm komm!* Immer schneller wurde er auf ihr, ein Laut der Lust durchlief ihn wie ein kurzes, abgerissenes Wiehern, und zum erstenmal stieg ein wenig die kalte Furcht in ihm auf, daß so viel von ihm selbst, so lange von ihm verbannt, sich nun aus ihm ergießen mußte. Ihr Stöhnen ging in Schluchzer und Schreie über. *Vivaldo – – – Vivaldo – Vivaldo –!* Es war erreicht, sie hatte den Gipfel erreicht. Er hing an ihr, hing an sie geklammert wie sie an ihm, und rief ihren Namen, von Nässe überströmt, von lustvollem Jucken überlaufen, berstend, blind. Und dann fing es an, aus ihm herauszuschießen, erst als schmales, schwächliches Rinnsal, wie es in Bergwerken dem Unheil vorausgeht. Er spürte, wie sich sein ganzes Gesicht im Krampf zusammenzog, spürte den Druck seines Atems in der Kehle, und wieder rief er ihren Namen, während alle Liebe in ihm niederrauschte und niederstürzte und sich in sie hinein ergoß.

Nach langer Zeit fühlte er ihre Finger in seinem Haar und sah ihr ins Gesicht. Sie lächelte – ein gedankenvolles, verwirrtes, wehrloses Lächeln. «Nimm dein großes weißes Ich von mir runter. Ich kann mich ja gar nicht bewegen.»

Er küßte sie – erschöpft, wie er wohl sein durfte, und friedvoll.

«Sag mir erst etwas –»

Auf ihrem Gesicht lag ein durchtriebener Ausdruck von Belustigung und Spott, ein sehr weiblicher Ausdruck und zugleich ein sehr kindlicher, wie der eines schüchternen kleinen Mädchens. «Was willst du denn wissen?»

Er schüttelte sie lachend. «Ach du, komm schon, sag's mir.»

Sie küßte ihn auf die Nasenspitze. «Es ist mir noch nie so widerfahren – noch nie so – niemals.»

«Niemals?»

«Niemals. Bloß – aber nein, nie.» Dann: «War ich gut für dich?»

«Ja. Ja. Verlaß mich nie, du!»

«Laß mich aufstehn.»

Er rollte sich auf den Rücken und sie stieg aus dem Bett und ging ins Bad. Er sah ihr nach, als sie verschwand, wie der lange, schlanke, staubdunkle Körper verschwand, der nun ihm gehörte. Das Geräusch von fließendem Wasser kam aus dem Bad, dann das der Dusche. Er sank in Schlaf.

Erst am frühen Nachmittag erwachte er wieder. Ida stand vor dem Herd und sang.

If you can't give me a dollar,
Give me a lousy dime –

Sie hatte das Geschirr abgewaschen, hatte die Küche aufgeräumt und seine Sachen über den Stuhl gehängt. Jetzt machte sie Kaffee.

Just want to feed
This hungry man of mine.

II

Heute und immer

Warum nimmst du mich nicht in deine
Arme und trägst mich fort aus dieser Einsamkeit?

Conrad, Sieg

1

Eric saß nackt in seinem gemieteten Garten. Fliegen summten und brummten in der flimmernden Hitze, und eine gelbe Biene schwirrte um seinen Kopf. Eric blieb sehr still, dann griff er neben sich nach den Zigaretten und zündete sich eine an, in der Hoffnung, der Rauch möchte das Tier vertreiben. Yves' kleines schwarz-weißes Kätzchen schlich durch den Garten, als sei er die afrikanische Wildnis, duckte sich wie ein Panther unter den Mimosen und schnellte dann in jähem Sprung in die Luft.

Haus und Garten gingen aufs Meer hinaus. Weit draußen, jenseits des Strandes, im stürmischen Blau des Mittelmeers, tauchte Yves' Kopf unter, erschien wieder, tauchte wieder hinab. Er war gänzlich verschwunden. Eric stand auf; er sah auf das Wasser und war fast versucht hinzulaufen. Yves liebte es, unter Wasser den Atem anzuhalten, so lange er nur konnte – ein Test, den Eric ganz sinnlos und, in Yves' Fall, sogar beängstigend fand. Dann war Yves wieder aufgetaucht; sein Arm blitzte auf. Und selbst aus dieser Entfernung sah Eric, daß Yves lachte, denn er hatte gewußt, daß Eric ihn vom Garten aus beobachten würde. Yves begann auf den Strand zuzuschwimmen. Eric setzte sich wieder. Das Kätzchen strich herbei, lautlos und geschwind, und rieb sich an seinen Beinen.

Es war Ende Mai. Seit mehr als zwei Monaten wohnten sie in diesem Haus. Morgen wollten sie es verlassen. Eric würde lange Zeit nicht mehr, vielleicht nie wieder, in einem Garten sitzen und zusehen, wie Yves sich im Wasser tummelte. Sie würden am Morgen den Zug nach Paris nehmen, dort zwei Tage Aufenthalt machen, und dann würde Yves Eric aufs Schiff nach New York bringen. Dort sollte Eric sich niederlassen, und später wollte Yves dann zu ihm stoßen.

Nun, da alles entschieden war und es kein Zurück mehr gab, fühlte Eric eine bittere und wilde Beklommenheit. Er sah zu, wie Yves aus dem Wasser stapfte. Sein braunes Haar war von der Sonne gebleicht und glühte um seinen Kopf; sein langer, drahtiger Körper war braun wie Brot. Er bückte sich, um den scharlachfarbenen Badeslip abzustreifen. Dann zog er ein altes Paar Bluejeans über, die er Eric entwendet hatte. Sie waren ihm reichlich kurz, doch das hatte nichts zu sagen – Yves mochte die Amerikaner zwar nicht sonderlich, aber ihre Kleidung gefiel ihm. Er schlich die Böschung hinauf, auf das Haus zu, der rote Slip baumelte an seiner einen Hand.

Yves hatte nie erwähnt, daß er nach Amerika gehen wolle, und nie auch hatte er Eric den geringsten Grund gegeben, zu vermuten, daß er einen solchen Wunsch hege. Der Wunsch stieg nur in ihm auf – oder wurde jedenfalls spürbar –, als eine praktische Möglichkeit sich anbot: denn Eric, anfangs halb verhungert, hatte sich langsam emporgearbeitet – über das Synchronisieren französischer Filme war er an kleine Rollen in amerikanischen Streifen gekommen, die im Ausland gedreht wurden. Eine dieser winzigen Rollen hatte ihm Arbeit beim englischen Fernsehen gebracht, und dann hatte ein New Yorker Theaterdirektor ihm eine der Hauptrollen in einem Broadway-Stück angeboten.

Dieses Angebot hatte Eric vor die schwere Frage gestellt, der er drei Jahre lang sorgfältig ausgewichen war. Annahme – bedeutete das Ende seines Europa-Aufenthalts; Ablehnung – hieß diesen Aufenthalt in ein Exil verwandeln. Seit mehr als zwei Jahren waren Yves und er zusammen gewesen, und seit sie sich kannten, war sein Zuhause bei Yves gewesen. Nüchterner und genauer ausgedrückt: Yves war zu ihm gekommen, um bei und mit ihm zu leben, aber jeder bedeutete dem andern die Geborgenheit, die allein zu finden sie beide schon aufgegeben hatten.

Eric wünschte nicht, von Yves getrennt zu werden. Aber als er Yves mitteilte, er sei aus diesem Grunde entschlossen, das Angebot abzulehnen, sah Yves ihn leicht boshaft an und seufzte. «Dann hättest du auf der Stelle kurzerhand ablehnen – oder mir überhaupt nichts von alldem erzählen sollen. Du bist sentimental – du bist vielleicht sogar ein bißchen feige, was? Hier in Frankreich wirst du nie *carrière* machen, das weißt du so gut wie ich. Du wirst einfach alt werden und mißmutig und wirst mir mein Leben zur Hölle machen, und dann werde ich *dich* verlassen. Aber ich glaube, du wirst noch ein großer Star, wenn du diese Rolle übernimmst. Und das möchtest du doch?»

Lächelnd machte er eine Pause, und Eric zuckte zusammen und errötete dann. Yves lachte.

«Wie töricht du bist!» Dann sagte er: «Ich habe auch meine Träume, von denen ich nie zu dir gesprochen habe.» Immer noch lächelte er, aber in seinen Augen lag ein Ausdruck, den Eric wohl kannte. Es war der Blick eines herangereiften, erstarkten Abenteurers, der noch schwankt, ob er sich auf seine Beute stürzen oder sie in eine Falle locken soll. Solche Entscheidungen müssen innerhalb eines Augenblicks getroffen werden, und so zeigte der Blick denn auch bereits die unbeirrbare Entschlossenheit eines Menschen, der sein Ziel vor sich sieht – wie immer es auch aussehen mochte – und der es bestimmt erreichen würde. Dieser Ausdruck ängstigte Eric immer etwas. Er schien nicht in Yves' 21 Jahre altes Gesicht zu gehören, schien ohne Beziehung zu seinem offenen, kindlichen Grinsen, seiner geckenhaften Verspieltheit, zu dem jugendlich hitzigen Eifer, mit dem er Menschen, Lehren, Theorien erst hingebungsvoll aufnahm und dann von sich stieß. Dieser Ausdruck machte sein Gesicht äußerst bitter, durch und durch grausam, machte es alterslos; die ganze Natur, die ganze Wildheit seiner Intelligenz lag dann in seinen Augen; die ernste Strenge seiner hohen Stirn deutete auf seine Reife und sein Verblühen hin.

Er berührte Eric leicht am Ellbogen, ganz wie es ein sehr kleines Kind wohl tut.

«Ich habe keinerlei Verlangen, hier zu bleiben», sagte er, «in diesem jämmerlichen Mausoleum von einem Land. Gehn wir nach New York. Dort habe ich eine Zukunft. Hier gibt es für einen Jungen wie mich ja doch keine.»

Das Wort *Zukunft* ließ ein leises Zittern, ein gelindes Zurückbeben in Eric aufsteigen.

«Du wirst Amerika hassen», sagte er mit heftigem Nachdruck. Yves sah ihn voll Überraschung an. «Von welcher Zukunft träumst du denn eigentlich?»

«Ich bin sicher, es gibt dort etwas für mich zu tun», sagte Yves störrisch. «Ich werde meinen Weg schon finden. Glaubst du denn, ich will mich ewig von dir protegieren lassen?» Und einen Augenblick betrachtete er Eric, als seien sie Feinde oder Fremde.

«Ich wußte nicht, daß es dir soviel ausmacht – von mir protegiert zu werden.»

«*Nete fâche pas*. Es *macht* mir nichts *aus*, wie du sagst; wäre das der Fall, so wäre ich schon längst nicht mehr hier.» Er lächelte und sagte, sanft und vernünftig: «Aber es kann doch nicht ewig so weitergehen; ich bin auch ein Mensch – ein Mann –»

«Was kann nicht so weitergehen?» Aber er wußte, was Yves meinte, und er wußte, daß Yves recht hatte mit dem, was er sagte.

«Nun ja», sagte Yves, «meine Jugend. Die kann nicht ewig dauern.» Dann grinste er. «Ich bin immer sicher gewesen, daß du eines Tages in dein Land zurückkehren würdest. Warum soll das dann nicht jetzt sein, wo du mich noch magst – und ich dich vielleicht dazu verführe, mich mitzunehmen?»

«Du bist ein verflixter kleiner Verführer», sagte Eric, «darauf kannst du Gift nehmen.»

«Ah», sagte Yves boshaft, «bei dir war das leicht.» Dann sah er Eric bedeutungsvoll an. «Also abgemacht.» Es war keine Frage. «Ich glaube, ich muß gehn und meine Mutter, diese Hure, besuchen, um ihr mitzuteilen, daß sie mich nie mehr zu Gesicht bekommt.»

Und seine Züge verdüsterten sich; sein großer Mund winkelte sich erbittert. Seine Mutter war Kellnerin in einem *bistrot* gewesen, als die Deutschen Paris besetzten. Yves zählte damals gerade fünf Jahre, und sein Vater war schon so lange vorher auf Nimmerwiedersehen verschwunden, so daß er sich kaum noch an ihn erinnern konnte. Aber er erinnerte sich, wie er seine Mutter mit den Deutschen beobachtet hatte.

«Na klar, sie war eine *putain.* Ich entsinne mich noch, wie ich oft und oft in dem Café gesessen und sie beobachtet habe. Sie wußte nicht, daß ich ihr zusah – Erwachsene bilden sich ja immer ein, Kinder sähen nichts. Die Bar war sehr lang und machte eine Krümmung. Ich saß immer dahinter, am äußersten Ende, um die Ecke. Über mir hing ein Spiegel, und darin konnte ich sie sehen. Und auch im Zink der Bar konnte ich sie sehen. Ich entsinne mich ihrer Uniformen – und wie ihre Stiefel blitzten. Sie waren immer äußerst *correct* – ganz anders als die Amerikaner, die dann später kamen. Immer lachte sie, meine Mutter, und bewegte sich sehr fix. Immer tatschte irgendwer an ihr herum – an ihrem Busen, an ihren Beinen. Und immer war irgendein anderer bei uns zu Hause, die ganze deutsche Armee ging ein und aus. Was für ein schreckliches Volk!»

Und dann, als wollte er seiner Mutter widerwillig die Möglichkeit einer Rechtfertigung einräumen:

«Später redete sie dann, sie täte es doch bloß für mich, wir würden sonst nichts zu essen haben. Aber das nehme ich ihr nicht ab. Ich glaube, es hat ihr Spaß gemacht. Ich glaube, sie ist immer eine Hure gewesen. Sie hat immer auf die Tour alles durchgesetzt. Als die Amerikaner kamen, angelte sie sich einen sehr netten Offizier. Er war reizend zu mir, muß ich sagen – er hatte selber einen Sohn in den Staaten, den er nur einmal gesehn hatte, und er tat so, als sei *ich* sein Sohn, obwohl ich viel älter war, als der sein konnte. Er rief den Wunsch in mir wach, einen Vater zu haben, *einen* Vater vor allem –» er grinste – «einen amerikanischen Vater, der einem kleinen Jungen gern so allerlei Sachen kaufte und ihn auf die Schultern nahm und hintrug, wohin man wollte. Ich war traurig, als er wegging. Bestimmt war er es, der sie davor bewahrte, kahlgeschoren zu werden, wie sie's verdiente. Sie hat ihnen eine Lüge nach der andern aufgetischt – was sie alles in der Widerstandsbewegung geleistet hätte. *Quelle horreur!* Die ganze Zeit, die war nicht eben rosig. Viele Frauen saßen mit kahlen Köpfen im Kittchen, weißt du, manchmal für nichts und wieder nichts, bloß weil sie sehr hübsch waren – oder jemand war eifersüchtig – oder sie hatten's wem abgeschlagen, mit ihm zu schlafen. Aber nicht meine Mutter. *Nous, nous étions tranquilles avec notre petit officier* und unserm Beefsteak und unsern Schokoladeplätzchen.»

Dann, mit einem Lachen: «Na ja, jetzt gehört ihr der *bistrot,* wo sie damals immer gearbeitet hat. Siehst du, was sie für eine Frau ist? Ich geh nie dorthin.»

Das stimmte jedoch nicht ganz. Mit fünfzehn war er seiner Mutter weggelaufen. Oder, genauer gesagt, sie hatten einen eigentümlichen Waffenstillstand geschlossen, wonach er ihr keine Schwierigkeiten machen würde – das heißt, er würde jeden Verstoß gegen das Gesetz vermeiden; und sie würde ihm keine Schwierigkeiten machen – das heißt, sie würde seine Minderjährigkeit nicht dazu ausnutzen, ihn unter Gesetzesaufsicht stellen zu lassen. So hatte Yves denn – einzig auf seine Fähigkeiten und seinen gesunden Menschenverstand angewiesen – in den Straßen von Paris gelebt, wie eine *demi-tapette*, wie ein *rat d'hôtel*, bis Eric und er sich kennenlernten. Und während all dieser Zeit, mit großen Zwischenräumen freilich, hatte er seine Mutter besucht – wenn er betrunken war oder vor Hunger oder Traurigkeit nicht mehr weiterwußte; oder vielmehr: er hatte den *bistrot* besucht, der sich inzwischen sehr verändert hatte. Die lange, gebogene Theke war einer noch längeren, geraden gewichen. Neonlicht wirbelte an der Decke und über den Spiegeln. Es gab kleine, plastikbelegte Tische in hellen Farben und helle Plastikstühle an Stelle der hölzernen Tische und Stühle, an die Yves sich erinnerte. Ein Musikautomat stand jetzt da, wo die Soldaten früher plump mit den metallenen Fußballspielern hantiert hatten; Coca-Cola-Schilder hingen bunt herum, und Coca-Cola wurde getrunken. Der Holzfußboden war mit schwarzem Plastik ausgelegt worden. Nur das WC war immer dasselbe: ein Loch im Boden, zwei Fußstützen davor, an der Wand ein Bindfaden mit zerrissenem Zeitungspapier. Yves' Gang zu dem *bistrot* war sinnlos, er suchte nach etwas, das er dort verloren hatte, aber es war nicht mehr da.

Er saß in der alten, verblichenen Ecke und betrachtete seine Mutter. Das Haar, das einst braun gewesen war, leuchtete jetzt in künstlicher, chemischer Lebendigkeit ganz unwahrscheinlich orangefarben. Die Gestalt, einst leicht und graziös, begann dicklich zu werden und breit und massig. Aber das Lachen war ihr geblieben, und immer noch schien sie, in einer Art schmerzlicher und freudloser Unbeholfenheit, die Hände von Männern zu suchen und zu fliehen.

Schließlich kam sie ans Ende der Bar herüber.

«Je t'offre quelque chose, M'sieu?» Mit einem heiteren, gezwungenen, nachdenklichen Lächeln.

«Un cognac, Madame.» Mit einem schiefen Grinsen und der Andeutung einer ironischen Verbeugung. Wenn sie etwa in der Mitte der Theke angelangt war, schrie er dann hinterher: *«Un double!»*

«Ah! Bien sûr, M'sieu.»

Sie brachte ihm seinen Drink und einen kleinen für sich selbst; dann beobachtete sie ihn. Sie stießen an.

«À la vôtre, Madame.»

«À la vôtre, M'sieu.»

Aber manchmal sagte er auch:

«À nos amours.»

Und sie wiederholte trocken:

«À nos amours.»

Ein paar Sekunden lang tranken sie schweigend. Dann lächelte sie. «Du siehst sehr gut aus. Bist ein sehr hübscher Junge geworden. Ich bin stolz auf dich.»

«Warum solltest du stolz auf mich sein? Ich bin bloß ein Tunichtgut – da ist es mein Glück, daß ich gut aussehe; ich leb ja davon.» Und er sah sie herausfordernd an. *«Tu comprends, hein?»*

«Wenn du so redest, will ich gar nichts mehr wissen – wie und wovon du lebst!»

«Warum nicht? Du wirst doch kaum anders gelebt haben, als du noch jung warst. Vielleicht lebst du jetzt noch so, was weiß ich.»

Sie nippte an ihrem Cognac und schob das Kinn vor. «Warum kommst du nicht zurück? Du siehst doch selber, wie gut die Bar geht; du würdest dich nicht schlecht dabei stehen. *Et puis* –»

«Et puis quoi?»

«Ich bin nicht mehr allzu jung; es wäre *un soulagement*, wenn mein Sohn und ich ein bißchen bessere Freunde würden.»

Und Yves lachte. «Du brauchst Freunde? Dann geh doch und buddel dir ein paar von denen aus, die du unter die Erde gebracht hast, um diese Bar zu kriegen. Freunde! *Je veux vivre, moi!*»

«Ah, du bist undankbar!» Manchmal, wenn sie das sagte, tupfte sie sich mit einem Taschentuch die Augen.

«Laß mich doch in Ruhe, du weißt ja, was ich von dir halte, geh wieder zu deinen Kunden.» Und das letzte Wort traf seine Mutter wie ein Fluch; manchmal, wenn er betrunken genug war, standen ihm dabei die Tränen in den Augen.

Dann ließ er seine Mutter immer wieder halb hinter die Bar gehen, bevor er ihr nachrief: *«Merci du cognac, Madame!»*

Und mit einer flüchtigen, nachlässigen Verbeugung drehte sie sich um und sagte: *«De rien, M'sieu.»*

Eric war einmal mit ihm dort gewesen, und er hatte Yves' Mutter ganz nett gefunden, aber sie waren nie wieder hingegangen. Und sie hatten auch kaum darüber gesprochen. Etwas lag darin, was Yves nicht wahrhaben wollte.

Jetzt setzte Yves mit einem Sprung über die niedrige Steinmauer und betrat grinsend den Garten.

«Du hättest mit mir ins Wasser gehen sollen, es war wunderbar. Bei deiner Figur würde das Wunder tun, du! Weißt du eigentlich, wie fett du wirst?»

Er schlenkerte seinen Badeslip gegen Erics Bauch und ließ sich neben ihm ins Gras fallen. Die Katze näherte sich mit Vorsicht und schnupperte an Yves' Fuß, als sei sie einem prähistorischen Ungeheuer auf der Spur, und Yves griff sie sich, hielt sie sich an die Schulter und streichelte sie. Die Katze schloß die Augen und begann zu schnurren.

«Siehst du, wie sie mich liebt? Es ist ein wahrer Jammer, daß sie hier bleiben muß; laß sie uns doch nach New York mitnehmen.»

«*Dich* nach Amerika reinzuschaffen ist schon vertrackt genug, mein Kleiner, wir wollen die Kirche im Dorf lassen. Im übrigen ist New York voller Straßenkatzen. Und Straßen.» Er sagte das mit geschlossenen Augen; er trank die Sonne in sich hinein und die Düfte des Gartens, und er trank den dunklen, salzigen Duft von Yves. Die Kinder aus dem Nachbarhaus waren noch immer am Strand; er hörte ihre Stimmen.

«Du bist nicht tierlieb, du hast kein Verständnis für Tiere. Sie wird schrecklich leiden, wenn wir weggehn.»

«Sie wird schon Ersatz finden. Katzen sind viel zäher als Menschen.»

Er hielt die Augen geschlossen. Er spürte, wie Yves sich umdrehte, um auf ihn herunterzusehen.

«Warum beunruhigt es dich so, nach New-York zu gehen?»

«New York ist ein sehr beunruhigender Ort.»

«Ich habe keine Angst davor, daß er mich beunruhigen könnte.» Er berührte leicht Erics Brust, und Eric öffnete die Augen. Er starrte hinauf in Yves' ernstes braunes, zärtliches Gesicht. «Aber du, du hast Angst, vor New York, vor seiner Unruhe, seinen Schwierigkeiten. Warum bloß?»

«Angst hab ich wirklich nicht, Yves. Aber mir ist dort eine ganze Menge Schlimmes widerfahren.»

«Daran hat's uns hier ja auch nicht gerade gefehlt», sagte Yves mit jenem plötzlichen Ernst, der immer fast wie ein Schock wirkte, «und immer haben wir's überstanden und sind jetzt besser dran als je, meine ich, oder nicht?»

«Ja», sagte Eric langsam und blickte Yves forschend ins Gesicht.

«Na also, warum quälst du dich dann so?» Er schob Eric das Haar aus der Stirn. «Dein Kopf ist heiß. Du bist zu lange in der Sonne gewesen.»

Eric ergriff seine Hand. Das Kätzchen sprang zur Seite. «Mein Gott, werd ich dich vermissen.»

«Es ist doch bloß für so kurze Zeit. Du wirst viel zu tun haben, und ich bin drüben, bevor dir überhaupt bewußt wird, daß wir getrennt sind.» Er grinste und legte sein Kinn auf Erics Brust. «Erzähl mir von New York. Hast du dort viele Freunde? Viele *berühmte* Freunde?»

Eric lachte. «Berühmte Freunde kaum, nein. Ich weiß überhaupt nicht, ob ich jetzt noch Freunde dort habe, ich bin so lange weg gewesen.»

«Wer waren denn deine Freunde, als du weggingst?» Wieder grinste er und rieb seine Backe an Erics. «Jungens wie ich?»

«Es gibt dort keine Jungens wie dich. Gott sei Dank.»

«Du meinst, sie sind nicht so hübsch wie ich? Oder so warmherzig?»

Er legte Yves seine Hände auf die salzigen, sandigen Schultern. Sie hörten die Stimmen der Kinder vom Wasser her und das Summen und Brummen im Garten. «Nein. Nicht so unmöglich.»

«Natürlich, wo du jetzt auf dem Sprung bist zu verschwinden, findest du mich unmöglich. Und in welcher Beziehung, wenn ich fragen darf?»

Er zog Yves enger an sich. «In jeder Beziehung.»

«C'est dommage! Moi, je t'aime bien.»

Diese Worte drangen flüsternd in sein Ohr, und für einige Augenblikke lagen sie beide still. Ist das auch wahr, wollte Eric fragen, aber er wußte genau, es war die Wahrheit. Vielleicht wußte er nicht, was es bedeutete, aber darin konnte ihm Yves nicht helfen. Nur die Zeit mochte Hilfe bringen, die Zeit, die alle Geheimnisse aufhob, wenn auch, soweit er wußte, unter der unerbittlichen Bedingung, daß von dem Geheimnis dann kein Gebrauch mehr gemacht werden durfte.

Er legte seine Lippen auf Yves' Schulter und schmeckte das Salz des Mittelmeers. Er dachte an seine Freunde – an welche Freunde? Er war nicht sicher, daß er wirklich befreundet gewesen war mit Vivaldo oder mit Richard oder Cass; und Rufus war tot. Wer ihm eigentlich, lange, lange nach dem Ereignis, die Nachricht gesandt hatte, war ihm nicht mehr deutlich – seinem Gefühl nach mußte es Cass gewesen sein. Vivaldo kam wohl kaum in Frage; ihm wäre es peinlich gewesen, da er von Erics Verhältnis zu Rufus wußte – davon wußte, ohne sich eingestehen zu wollen, daß er davon wußte; und Richard kam schon gar nicht in Betracht. Jedenfalls hatte ihm keiner öfter geschrieben; er hatte auch gar nicht wirklich den Wunsch gehabt, zu erfahren, was unter den Menschen vorgefallen war, vor denen er geflohen; und er fühlte, daß auch sie sich immer dagegen verwahrt hatten, Näheres über sein Ergehen zu erfahren. Nein, unter ihnen allen war Rufus sein einziger Freund gewesen. Rufus hatte ihn leiden lassen, aber Rufus hatte auch gewagt, ihm ins Innerste zu sehen, ihn zu erkennen. Und als die Qual dann endlich nachgelassen hatte und Rufus weit weg war, erinnerte sich Eric nur noch der gemeinsamen Freude, die sie manchmal gehabt hatten, des Klanges von Rufus' Stimme, seines stampfenden, schlaksigen, hahnenhaften Gangs, seines Lächelns, der Art, wie er seine Zigarette hielt, der Art, wie er den Kopf zurückwarf, wenn er lachte. Und irgend etwas war in Yves, das ihn an Rufus erinnerte – irgend etwas in seinem vertrauensvollen Lächeln und in seiner tapferen, aufrechten Verletzlichkeit.

An einem Donnerstag kam die Nachricht. Es goß in Strömen, Paris lag unschlüssig und grau da. Er hatte überhaupt kein Geld mehr an jenem Tag und wartete auf einen Scheck, der auf irgendeine mysteriöse Weise im bürokratischen Netz der französischen Filmindustrie hängengeblieben war. Yves und er hatten eben die letzte Zigarette geteilt, und Yves war weggegangen, um etwas Geld von einem ägyptischen Bankier zu leihen, der ihm früher einmal zugetan gewesen war. Eric hatte damals an der Rue de la Montagne-Ste-Geneviève gewohnt, und mühsam stieg er den Hügel empor, ohne Kopfbedeckung dem flutenden Regen ausgesetzt; das Wasser tropfte ihm von Nase und Wimpern, rann ihm hinter den Ohren hinab und den Rücken hinunter und drang durch die Tasche seines Trenchcoats, in die er unklugerweise die Zigaretten gesteckt hatte.

Er spürte förmlich, wie sie sich in der feuchten, unreinlichen Finsternis der Tasche in ihre Bestandteile auflösten, nicht im mindesten geschützt von seiner glitschigen Hand. Er befand sich in einer Art betäubter Verzweiflung und hatte einfach keinen anderen Wunsch mehr, als nach Hause zu kommen, seine Sachen abzulegen und im Bett zu bleiben, bis Hilfe kam; Hilfe würde vermutlich Yves bringen, Yves mit dem Geld für ein paar Sandwiches; und diese Hilfe würde gerade hinreichen, einen weiteren dieser gräßlichen Tage durchzustehen.

Er überquerte den großen Hof und ging die Treppen des Hauses hinauf, in dem er wohnte; und hinter ihm, nahe der *porte cochère,* läutete in der Loge die Glocke der Concierge, und sie rief seinen Namen.

Er wandte sich zurück und hoffte nur, sie möchte ihn nicht nach der Miete fragen. Sie stand in der Tür, in der Hand einen Brief.

«Gerade für Sie gekommen», sagte sie. «Ich dachte mir, er könnte wichtig sein.»

«Vielen Dank», sagte er.

Auch sie hoffte, es möchte das Geld sein, auf das er wartete, aber sie schloß die Tür hinter sich. Es war fast schon Abendbrotzeit, und sie war mit Kochen beschäftigt; ja die ganze Straße schien zu kochen, und seine Beine drohten unter ihm nachzugeben.

Er achtete weiter nicht auf den Umschlag, denn in Gedanken war er völlig mit dem widerspenstigen Scheck beschäftigt, und aus Amerika, wo der Brief aufgegeben worden war, erwartete er keinen Scheck; deshalb knüllte er ihn ungelesen zusammen, schob ihn in seine Manteltasche, ging wieder über den Hof und dann nach oben in sein Zimmer. Dort warf er den Brief auf den Tisch, trocknete sich ab, zog sich aus und kroch unter die Decken. Dann legte er die Zigaretten zum Trocknen raus, zündete sich die trockenste an und sah wieder auf den Brief. Es schien ein ganz gewöhnlicher Brief zu sein – bis zu dem Abschnitt, der begann: *Wir hatten ihn alle sehr gern, und ich weiß, daß auch Du ihn mochtest* – ja, das mußte Cass geschrieben haben. Rufus war tot, und zwar durch Selbstmord. Rufus war tot.

Jungens wie mich? hatte Yves gefrozzelt. Wie konnte er dem Jungen, der jetzt neben ihm lag, nur irgend etwas von Rufus erzählen? Er hatte lange gebraucht, bis ihm klarwurde, daß Yves unter anderem deshalb so an sein Herz gerührt hatte – in einer Weise, wie er es fast nicht mehr für möglich gehalten hatte –, weil Yves ihn irgendwie an Rufus erinnerte. Und immer wieder, fast bis zu diesem Augenblick, am Vorabend seiner Abreise, hatte ihn die Erkenntnis gepackt, daß ein Teil der großen Macht, die Rufus über ihn besessen, mit der Vergangenheit zu tun hatte, die Eric an einem tiefen dunklen Ort vergraben hatte, die mit ihm selbst zusammenhing, in Alabama, *als ich noch ein kleines Kind war,* mit ihm selbst und mit den kalten weißen Menschen und den warmherzigen schwarzen – die wenigstens ihm gegenüber warmherzig gewesen waren und für ihn so notwendig wie das Sonnenlicht, in dem sich nun sein und seines Liebhabers Körper badeten. Und wie er nun so in seinem Garten lag, so warm, geschützt und mit geschärften Sinnen, sah er sie vor sich, auf den winkligen, schimmernden Straßen seiner Kindheit – hinter den Fensterladen der Häuser – auf den Feldern. Sie lachten ganz anders als die übrigen Menschen, so war es ihm vorgekommen, und bewegten sich mit weit mehr Schönheit, Anmut und Ungestüm, und sie rochen wie leckere Dinge aus dem Backofen.

Aber hatte er Rufus je geliebt? Oder war es einfach nur Wut, Heimweh und Schuldgefühl gewesen? Und Scham? War es Rufus' Körper gewesen, woran er gehangen hatte, oder waren es allgemein die Körper der schwarzen Männer, die ihm irgendwo ganz flüchtig zu Gesicht gekommen waren, in einem Garten oder einer Waldlichtung, vor langer Zeit – Schweiß rann ihnen über Brust und Schultern, die von schokoladefarbenem Braun waren, ihre Stimmen hatten den Klang ausläutender Glocken –, und wie das Weiß ihrer Lendenschurze hübsch gegen ihre Haut abstach! Einer hatte den Kopf zurückgebogen und ließ sich aus einer Schöpfkelle Wasser darüber laufen – wie das Wasser sprühte, funkelte, sang! –, einer hatte den Arm gehoben, einem Baum die Axt an die Wurzel zu legen . . . Freilich war ihm nie gelungen, Rufus davon zu überzeugen, daß er ihn liebte. Vielleicht hatte Rufus ihm in die Augen geblickt und dort jene dunklen Männer gesehen, die Eric sah, und hatte ihn dafür gehaßt.

Er lag ganz still und fühlte Yves' regloses, vertrauensvolles Gewicht gegen sich, fühlte die Sonne.

«Yves –?»

«Oui, mon chou?»

«Laß uns reingehn. Ich glaube, eine Dusche würde mir ganz guttun – und ein Drink. Ich fühle mich langsam etwas dumpf und klebrig.»

«Ah, les américains aves leurs Drinks! In New York werde ich bestimmt noch Alkoholiker.» Aber er hob den Kopf und küßte Eric flüchtig auf die Nasenspitze; dann stand er auf.

Er stand zwischen Eric und der Sonne; sein Haar schimmerte hell, sein Gesicht lag im Schatten. Er sah auf Eric nieder und grinste: *«Alors, tu es toujours prêt, toi, d'après ce que je vois.»*

Eric lachte. *«Et toi, salaud?»*

«Mais moi, je suis français, mon cher, je suis pas puritain, fort heureusement. T'aurais dû te rendre compte d'ailleurs.» Er zog Eric auf die Füße und gab ihm mit dem roten Slip einen Klaps auf die Hinterbakken. *«Viens.* Nimm deine Dusche. Ich glaube, es ist so gut wie nichts mehr zu trinken da, ich werde ins Dorf runterradeln. Was nehmen wir denn?»

«Etwas Whisky?»

«Natürlich, das ist ja auch das teuerste. Essen wir hier oder auswärts?»

Sie gingen ins Haus und hielten sich gegenseitig mit dem Arm umschlungen.

«Versuch doch, Madame Belet herzukriegen, damit sie uns was kocht.»

«Was willst du denn essen?»

«Ist mir ganz egal. Was du magst.»

Das Haus war lang und niedrig, aus Stein gebaut und sehr kühl und dunkel nach der Hitze und Helligkeit des Brutofens draußen. Das Kätzchen war ihnen gefolgt und schnurrte und spann jetzt hartnäckig zu ihren Füßen.

«Am besten füttre ich die Kleine noch, bevor ich mich auf den Weg mache. Es dauert bloß eine Minute.»

«Sie kann noch gar nicht wieder hungrig sein, sie frißt doch die ganze Zeit», sagte Eric. Aber Yves hatte bereits begonnen, das Futter für das Kätzchen herzurichten.

Sie waren durch die Küche eingetreten, und Eric ging weiter durch das Eßzimmer in ihren Schlafraum und warf sich dort aufs Bett. Das Schlafzimmer hatte ebenfalls einen Eingang vom Garten her. Die Mimosen wuchsen bis dicht ans Fenster, und hinter ihnen standen zwei der drei Orangenbäume, an denen harte kleine Früchte hingen – wie Weihnachtsbaumkugeln. Auch Olivenbäume gab es im Garten, aber sie waren lange nicht gepflegt worden; keinem war es die Zeit wert, die Früchte zu pflücken.

Das Manuskript des neuen Stücks lag auf dem flachen Holztisch, der sie – zusammen mit dem Kamin im Eßzimmer – bewogen hatte, das Haus zu mieten; ebenfalls auf dem Tisch lagen ein paar Bücher, Yves' Bände von Blaise Cendrars, Jean Genet und Marcel Proust sowie Erics Bände von *An Actor Prepares*, *The Wings of the Dove* und *Native Son*. Yves' Skizzenblock lag auf dem Boden, desgleichen seine Tennisschuhe, seine Socken und sein Unterzeug, verteilt um Erics Sporthemden, Sandalen und Badehose – ja fast wie eine Umarmung; diese Gegenstände waren freilich weniger ausdrücklich und viel düsterer, schwermütiger als Yves' Badeslip, wie auch Eric selbst düsterer und weniger offen war.

Yves klapperte ins Schlafzimmer.

«Also willst du nun deine Dusche nehmen oder nicht?»

«Ja doch. Sofort.»

«Dann man los. Ich mach mich jetzt auf die Socken, bin aber im Moment wieder da.»

«Du, deine Momente kenn ich. Versuch mal, dich nicht zu sehr mit den Eingeborenen zu besaufen.» Er grinste und stand auf.

Yves langte sich ein Paar Socken vom Boden, zog sie an und streifte sich seine Tennisschuhe über sowie einen verschossenen blauen Pullover. «*Ah. Celui-là, je te jure!*» Er zog einen Kamm aus der Tasche und fuhr sich damit durchs Haar, mit dem Ergebnis, daß es noch wilder von seinem Kopf abstand als zuvor.

«Ich werd dich aufs Fahrrad hieven.»

Sie gingen an den Mimosen vorbei. «Beeil dich ein bißchen», sagte Eric; er lächelte dabei und starrte Yves an.

Yves griff sich das Rad. «Ich bin zurück, noch bevor du trocken bist.» Er schob das Rad durch das Tor und auf die Landstraße. Eric stand im Garten und sah ihm nach. Das Licht war noch immer sehr hell, aber es zog sich schon zusammen – in jener geheimnisvollen Weise, die dem südlichen Licht eigen ist – und würde bald verschwinden. Das Meer sah bereits dunkler aus.

Einmal am Tor vorüber, blickte Yves nicht mehr zurück. Eric wandte sich um und ging ins Haus.

Er stapfte in den Duschraum, der außerhalb des Schlafzimmers lag. Er hantierte an den Knöpfen herum, und das Wasser kam wie eine Sturzflut über ihn, erst zu kalt, aber er zwang sich, es auszuhalten, dann zu heiß; er drehte die Knöpfe, bis er schließlich eine erträgliche Temperatur hatte. Dann seifte er sich ein und fragte sich, ob er denn wirklich fett wurde. Sein Bauch schien noch straff genug, aber er hatte immer eine Neigung zur Untersetztheit und Fettleibigkeit gehabt; jedenfalls würde er bald, in New York, wieder zum Turnen gehen. Und der Gedanke an die Turnhalle ließ, während das Wasser auf ihn niederrauschte, während er allein war mit seinem Körper und dem Wasser, viele schmerzliche, längst vergrabene Dinge in seinem Gedächtnis aufsteigen. Jetzt, da seine Flucht sich so unerbittlich ihrem Ende näherte, ging ein Licht in ihm auf, ein Licht aus der Ferne seiner Vergangenheit, und alle Schrecken lösten sich in Erleichterung.

Und was waren diese Schrecken? Sie lagen begraben unter der entstellten Sprache der Zeit, sie lebten unterirdisch fort, dort, wo fast alles wahre Fühlen der Zeit in unaufhörlicher, tückischer Gärung begriffen war. Gerade darum besaßen diese Schrecken Macht, so viel Macht, daß sie sich nicht ausdrücken ließen; gerade weil sie im Dunkel lebten, äußerten sie sich obszön. Und weil der Sinn für das Schmutzige allgemein ist und der Geschmack am Wirklichen selten und schwer auszubilden, war er bis in die Grundfesten seines Lebens erschüttert worden. Oder genauer: bis ins Innerste seiner Gedanken, Vorstellungen, Phantasien. Und er war fast daran zerbrochen.

Diese Phantasien begannen als Phantasien der Liebe und gerannen fast unmerklich zu solchen der Vergewaltigung und Erniedrigung. Als er klein war, hatte er sehr viel allein sein müssen; seine Mutter stand «mitten im öffentlichen Leben», war dauernd mit Clubs und Banketten beschäftigt, mit Reden und Plänen, Programmen und Manifesten, emporgetragen von einer hohen Woge geblümter Hüte; und sein Vater, den diese gleißende und tönende Flut fast verschlang, machte die Bank und die Golfplätze, die Jagdhütten und Pokertische zu seinem Zuhause. Seinen Vater und seine Mutter schien nur noch sehr wenig zu verbinden;

das heißt: sehr wenig, was nicht äußerliche Gewohnheit und bloße Höflichkeit und einfacher Zwang war; vielleicht hatten sie beide ihn geliebt, aber das hatte ihm niemals etwas Wahres, Echtes bedeutet, da sie einander ganz offensichtlich nicht liebten. Er hatte die Köchin geliebt, ein schwarzes Weib namens Grace; sie fütterte ihn und strafte ihn, sie schalt ihn aus und verhätschelte ihn, und sie trocknete ihm die Tränen, die sonst kaum einer im Haushalt je zu sehen bekam. Aber mehr noch als Grace hatte er Henry geliebt, ihren Mann.

Henry war jünger als seine Frau, oder schien es jedenfalls. Er war eine ständige Heimsuchung für Grace und vermutlich für sie alle, denn er trank mehr als reichlich. Er war in allen Arbeiten geschickt, und eine seiner Pflichten war, die Heizungsfeuerung zu unterhalten. Eric entsann sich noch, wie der Heizungskeller aussah, wie es darin roch, wie die roten Schatten des Feuers an den Wänden züngelten, und er erinnerte sich des feuchten, süßen Geruchs von Henrys Atem. Viele Stunden hatten sie dort zusammen verbracht, Eric auf einer Kiste sitzend, an Henrys Knie gelehnt, Henry mit einer Hand auf Erics Nacken oder Schulter. Seine Stimme überflutete Eric wie eine Woge der Sicherheit. Immer steckte er voller Geschichten. Er erzählte, wie er Grace kennengelernt, wie er sie verführt und sie (wie er annahm) dazu gebracht hatte, mit ihm die Ehe einzugehen; er erzählte Geschichten von Predigern und Gaunern in seinem Stadtteil – sie schienen, in seinem Stadtteil wenigstens, vieles gemeinsam zu haben und oftmals gar die gleichen Menschen zu sein –, erzählte, wie er diesen oder jenen übers Ohr gehauen und wie es ihm gelungen war, um Haaresbreite an der Strafkolonne vorbeizukommen. (Und dann hatte er Eric erklärt, was das war, eine Strafkolonne.) Einmal war Eric in den Heizungskeller gegangen, wo Henry ganz allein saß; als er ihn ansprach, antwortete Henry nicht; und als er näher kam und seine Hand auf Henrys Knie legte, brannten die Tränen des Mannes auf seinem Handrücken. Eric entsann sich nicht mehr des Grundes für diese Tränen, aber nie würde er das Gefühl des Fragens, des Staunens vergessen, oder was auch sich in diesem Augenblick in ihm regte, als er dann Henrys Gesicht berührte und das Zittern seines Körpers wahrnahm. Er hatte sich in Henrys Arme geworfen, selbst fast schluchzend – und doch irgendwie klug genug, die eigenen Tränen zurückzuhalten. Eine unsagbare, schmerzliche Wut erfüllt ihn gegen alles, sei es, was es wolle, das Henry weh getan hatte. Es war das erste Mal, daß er eines Mannes Arme um sich gefühlt hatte, eines Mannes Brust und Bauch; zehn oder elf Jahre war er alt gewesen. Eine schreckliche Furcht hatte ihn befallen, hatte ihn dunkel gepackt, war ihm durch und durch gegangen; und doch hatte er sich, wie die Jahre erweisen sollten, noch nicht genug gefürchtet. Er wußte, was er fühlte, war nicht ganz vertretbar, es mußte sein Geheimnis bleiben; aber er dachte, es sei nur deshalb nicht vertretbar, weil Henry ein erwachsener Mann war und farbig, und er war ein kleiner Junge und weiß.

Henry und Grace wurden schließlich aus dem Haus gewiesen, auf Grund irgendeines Vergehens, einer Missetat, die Henry begangen hatte. Da Erics Eltern sich nie mit jenen Sitzungen im Heizungskeller hatten befreunden können, argwöhnte Eric immer, dies sei der Grund für Henrys Entlassung gewesen, und seine Opposition gegen die Eltern wurde bitterer denn je. Jedenfalls lebte er sein Leben fern von ihnen, in der Schule bei Tag und vor dem Spiegel bei Nacht; dann zog er sich alte Kleider seiner Mutter über – oder was immer er an bunten Fetzen hatte auftreiben können, stellte sich in Positur und begann flüsternd zu deklamieren. Er wußte, auch das war nicht vertretbar, wenn er auch nicht hätte sagen können, warum. Aber um diese Zeit war ihm bereits bewußt, daß alles, was er tat, in den Augen seiner Eltern und in den Augen der Welt nicht vertretbar war – und daß darum alles im geheimen erlebt werden mußte.

Nun liegt das Schlimme eines geheimen Lebens darin, daß es zwar sehr häufig für den Menschen, der es lebt, geheim bleibt, nicht aber für die Menschen, denen er begegnet. Und er begegnet – er kann gar nicht anders – ausgerechnet immer jenen Menschen, die seine Heimlichkeiten schon sehen, bevor sie noch irgend etwas anderes an ihm bemerken, und die ihm seine Geheimnisse entlocken – manchmal mit der Absicht, sie gegen ihn zu gebrauchen, manchmal mit weniger boshafter Absicht; aber was auch die Absicht sein mag – der Augenblick ist furchtbar, und die sich häufenden Enthüllungen sind eine unaussprechliche Qual. Schließlich will der Träumer ja nichts anderes, als fortfahren in seinen Träumereien und unbelästigt bleiben von der Welt. Die Träume sind sein Schutz gegen die Welt. Aber die Absichten und Ziele des Lebens sind denen des Träumers gerade entgegengesetzt, und der Zahn der Welt ist scharf. Wie hätte Eric auch nur ahnen können, daß seine Phantasien, mochten sie ihm selbst auch noch so verschwommen, undeutbar bleiben, jeder seiner Bewegungen ihren Stempel aufprägten, in jedem Tonfall seiner Stimme verräterisch zutage traten, daß sie mit allem Glanz und aller Anmut und allem Schrecken des Verlangens und der Lust in seinen Augen lebten? Er war immer ein kerngesunder Junge gewesen, hatte gespielt wie andere Kinder auch, hatte sich mit ihnen gebalgt, hatte sich Freunde und Feinde gemacht und Geheimpakte geschlossen und grandiose Pläne geschmiedet. Und doch – keiner seiner Spielgefährten hatte jemals mit Henry im Heizungskeller gesessen oder hatte Henrys salziges Gesicht geküßt. Gebeugt von den abgelegten Hüten, Mänteln, Taschen, Schärpen, Ohrringen, Mantelkragen und Halsbändern – verwandelt in allerlei Phantasiegestalten, zur Nachtzeit, wenn alles im Hause schlief –, nein, das war allein er, das war keiner von ihnen. Und keiner von ihnen, mochte er sich noch so anstrengen, hätte sich auch nur eine blasse Vorstellung von den Menschen machen können, in deren Rolle er, in der Verborgenheit der Nacht, sich versetzte: die Freunde und Freundinnen seiner Mutter – oder seine Mutter selbst –, seine Mutter, wie sie seiner Vorstellung nach in ihrer Jugend gewesen war, ihre Freundinnen so, wie seine Mutter jetzt war; die Helden und Heldinnen der Romane, die er las, und der Filme, die er sah; oder auch einfach Menschen, die er aus seinen Phantasien und aus den Kostümfetzen, die zur Verfügung standen, zusammensetzte. Zweifellos hatte der Junge in der Schule, mit dem er sich herumbalgte, keinerlei Gefühl für die wunderlichen Stiche des Schreckens und der Lust, die Eric empfand, wenn sie miteinander rangen, wenn der eine Junge den andern am Boden festhielt; und wenn Eric die Mädchen überhaupt sah, dann sah er hauptsächlich ihre Kleider und ihr Haar; für ihn waren sie nicht – wie die Jungen – Geschöpfe in einer Hierarchie, die man anbeten mußte oder fürchten oder verachten. Nie sahen sie sich gegenseitig so an, wie er sie alle ansah. Seine Träume waren anders als ihre, waren hinterlistig, grausam, verbrecherisch anders: und war ihm dies auch noch nicht bewußt, so fühlte er es doch. Er stand unter einer Drohung, wie sie ihnen ganz unbekannt war, und vielleicht lag es an diesem Empfinden und an jenem Instinkt, der die Menschen treibt, einem Verurteilten aus dem Weg zu gehen, daß die Distanz zwischen ihm und seinen Altersgenossen mit den Jahren immer mehr wuchs und unüberbrückbar wurde.

Und natürlich hielt man, in Erics Fall, in Alabama seine äußerst unpopuläre Einstellung zur Rassenfrage – oder vielmehr, soweit es die Welt betraf, in der er sich bewegte, seinen Mangel an jeglicher verantwortungsbewußten Einstellung überhaupt – für den Grund seiner wachsenden Isolierung und Entfremdung, und zuletzt glaubte er das gar selbst. Die Stadt, in der Eric lebte, war berühmt und wohlhabend, aber sie war nicht besonders groß; wenn man Eric fragte, war der ganze Süden nicht besonders groß, bestimmt, wie sich ergab, nicht groß genug für ihn; und er war der einzige Sohn sehr angesehener Leute. So dauerte es nicht lange, bis bei seinem Erscheinen überall ein Kopfschütteln einsetzte, Gesichter sich verzogen, Zungen steif wurden oder sich heftig stichelnd seines Namens bemächtigten. Der freilich auch seines Vaters Name war, und so begegnete Eric schon sehr bald und sehr oft der kriecherischen Unterwürfigkeit von Leuten, die ihn verachteten, es aber nicht zu zeigen wagten. Sie hatten es längst schon aufgegeben, irgend etwas von ihren wirklichen Gefühlen zu zeigen, hatten es so lange schon aufgegeben, daß sie bereits zu jedem Gefühl unfähig waren, das nicht auch ein Pöbelhaufen haben konnte.

Eric trat jetzt unter der Dusche weg und rubbelte sich mit dem riesigen, rauhen weißen Handtuch ab, das Yves ihm im Bad hingelegt hatte. Yves mochte Duschen nicht, er zog lange, brühheiße Bäder vor, mit Zeitungen, Zigaretten und Whisky auf einem Stuhl neben der Wanne; und Eric mußte dabei sein, um sich mit ihm zu unterhalten, ihm das Haar einzuseifen und ihm den Rücken zu schrubben. Der Gedanke an die orientalische Üppigkeit, die Yves entfaltete, so oft er ein Bad nahm, nötigte Eric ein Lächeln ab. Er lächelte, aber zugleich fühlte er sich beklommen. Und als er den Bademantel überzog, juckte sein Körper weniger von der Wirkung des Handtuchs und des Toilettenwassers, mit dem er sich eingerieben hatte, als von der Vorstellung, die ihn jäh ankam, dem Bild Yves', wie er sich in der Wanne zurücklehnte, pfeifend, den Waschlappen in der Hand, die Gesichtszüge friedlich und gelöst – und sein Glied schimmerte und hüpfte in dem seifigen Wasser wie ein schlapper, zylindrischer Fisch –; und dieses Bild öffnete gleichsam den Zugang zu seiner Erinnerung und ließ ihn an jenen Augenblick vor nun fast fünfzehn Jahren denken, da der Schlag ihn unerbittlich getroffen und seine Schmach und sein Kampf und seine Verbannung ihren Anfang genommen hatten. Er ging ins Eßzimmer hinüber und goß sich einen Drink ein. Dann war die Flasche leer, und er schob sie in den Mülleimer. Er zündete sich eine Zigarette an und ließ sich in einem Sessel am Fenster nieder, von wo er das Meer überblicken konnte. Die Sonne sank, und die See schien in Flammen zu stehen.

Auch an jenem Tag, der nun so lange zurücklag, einem Sonntag, einem heißen Tag, war die Sonne gerade untergegangen. Die Kirchenglocken waren verstummt, und die Stille des Südens hing schwer über der Stadt. Die Bäume an den Wegen gaben keinen Schatten. Die weißen Häuser mit ihren glatten, öden Türen, ihren schwarz verschatteten Vorhallen, schienen im Kampf mit der Sonne zu liegen, ächzend und schaudernd unter dem erbarmungslosen Licht. Gelegentlich, im Vorübergehen, mochte man in der Tiefe der einen oder anderen Vorhalle eine stille, schattenhafte, gesichtslose Gestalt erkennen. Die unabsehbaren Scharen der Negerkinder spielten im überall herrschenden Staub – durch den Eric an jenem Tag dahinwanderte, auf einer abgelegenen Straße, nah am Rand der Stadt, mit einem farbigen Jungen zusammen. Er hieß LeRoy, war siebzehn Jahre alt, ein Jahr älter als Eric, und arbeitete als Pförtner beim Gericht. Er war groß und sehr schwarz und schweigsam; immer fragte sich Eric, was er wohl dachte. Sie waren lange Freunde gewesen, seit Henrys Entlassung. Aber jetzt wurde ihre Freundschaft, ihre Anstrengung, ein unmögliches Verhältnis fortzusetzen, für sie beide langsam zur Last. Es wäre – vielleicht – einfacher gewesen, hätte LeRoy für Erics Familie gearbeitet. Dann wäre alles erlaubt gewesen, hätte sich unter Erics Verantwortungsgefühl für den farbigen Jungen verbergen lassen. Aber wie die Dinge lagen war es verdächtig, war es anstößig, daß ein weißer Junge, besonders einer aus Erics Gesellschaftsschicht, und nun gar einer von so heiklem Ruf, hinter einem seiner Untergebenen «herlief», was Eric ja unbestreitbar tat. Aber Eric hatte keine Wahl, er mußte beharrlich hinter LeRoy her laufen – denn der konnte ihn ja nun wirklich nicht besuchen kommen.

Und doch lag etwas ganz und gar Erniedrigendes in seiner Position; er fühlte es, mit Schärfe und Trauer, und er wußte, daß auch LeRoy es fühlte. Eric wußte nicht – oder vielleicht wollte er es nur nicht wahrhaben –, daß er LeRoys Leben erschwerte, daß durch ihn die Gefahren zunahmen, die LeRoy darin zu bestehen hatte – denn LeRoy galt als «schlechter Nigger», das heißt als einer, der es an Respekt vor den Weißen fehlen ließ. Eric wußte nicht, obgleich es LeRoy natürlich nicht verborgen geblieben war, welche Vermutungen bereits in der ganzen Stadt über sie beide umgingen. Eric war auch nicht auf die Idee gekommen, obwohl LeRoy auch das nur zu gut wußte, daß die Neger sie nicht mochten. Sie beargwöhnten die Motive ihres freundschaftlichen Umgangs. Sie spähten nach dem eigentlichen, dem Grundmotiv – und natürlich fanden sie es schließlich. – Als Eric kurz vorher, die Hände in den Taschen, in der Straße auftauchte und mit einem heiseren, mißtönenden Pfeifen näher kam, sprang LeRoy vom Vorplatz herunter und kam ihm entgegen, mit einem Schritt, als trete er einem Feind gegenüber. Von der Vorhalle kam ein überraschtes, dann schnell gedämpftes Kichern; eine Gittertür schlug zu; alle Augen in der Straße waren auf sie gerichtet.

Eric stammelte: «Ich bin bloß mal eben vorbeigekommen, um zu sehn, was du machst.»

LeRoy spuckte in den Staub der Straße. «Ich mach gar nichts. Hast du denn nichts zu tun?»

«Wie wär's mit einem Spaziergang?» fragte Eric.

Einen Augenblick lang schien es, als würde LeRoy ablehnen, denn der mürrische Ausdruck in seinem Gesicht vertiefte sich. Dann huschte ein schwaches Lächeln über seine Lippen. «Okay. Aber weit kann ich nicht. Ich muß wieder heim.»

Sie gingen los. «Ich wünschte, ich könnte aus dieser Stadt weg», sagte Eric plötzlich.

«Du und ich, wir beide», sagte LeRoy.

«Vielleicht können wir zusammen nach dem Norden», sagte Eric nach einem Augenblick, «wo, meinst du, ist es am besten? New York? Oder Chicago? Oder vielleicht San Francisco?» Er hatte den Namen Hollywood auf der Zunge, denn er lebte in der unbestimmten Vorstellung, einmal Filmschauspieler zu werden. Aber er konnte sich LeRoy nicht wirklich als Filmschauspieler denken und wollte sich nicht den Anschein geben, als wünschte er sich etwas, was LeRoy nicht haben konnte.

«Ich darf nicht daran denken, hier wegzugehen. Ich hab meine Mutter hier und all die kleinen Jungs – um die muß ich mich kümmern.» Er blickte Eric an und lachte, aber es war kein ganz fröhliches Lachen. «Nicht jedermanns alter Herr hat eine Bank im Hintergrund, weißt du.» Er hob einen Kieselstein auf und warf ihn gegen einen Baum.

«Zum Teufel, mein alter Herr gibt mir doch kein Geld. Und bestimmt gäbe er mir für die Reise nach dem Norden keinen Penny. Er will, daß ich hier bleibe.»

«Er lebt auch keine hundert Jahre mehr, Eric, eines Tages muß er's ja doch jemandem hinterlassen, und wer, glaubst du, wird das wohl sein? Ich etwa?» Und wieder lachte er.

«Na ja, aber ich habe nicht vor, hier den Rest meines Lebens zu versauern und bloß darauf zu warten, daß mein Alter das Zeitliche segnet. Das ist keine sehr tröstliche Aussicht.»

Und er versuchte zu lachen, versuchte, seinen Ton dem LeRoys anzupassen. Aber der verstand diesen Ton gar nicht. Was war denn heute verkehrt zwischen ihnen? Denn es lag nicht mehr ausschließlich an der Umwelt – es war zwischen ihnen etwas Unausgesprochenes, etwas Unaussprechbares, etwas, das noch nicht geschehen war, zu dem sie aber ein furchtbares Begehren hintrieb. Und doch – an jenem weit zurückliegenden Tag, in jener glühenden Stunde, konnte er es nicht benennen, und hätte es auch das Heil seiner Seele gegolten – obwohl das Wissen davon lärmend in ihm schrie und um ihn herum niedersank wie die Sonne und alles in ihm schmerzlich und schmachvoll nach der Tat verlangte. Es mußte erst noch über die Schwelle seines Bewußtseins treten, es hatte noch keinen Namen, jedenfalls nicht für ihn, wenngleich ihm, das hatte er wohl gehört, andere Menschen ganz fürchterliche Namen gaben. Nur eine Gestalt hatte es, und diese Gestalt war LeRoy, und in LeRoy lag das Mysterium beschlossen, das ihm würgend in der Kehle saß.

Und er legte den Arm um LeRoys Schulter und rieb seinen Kopf an LeRoys Kinn.

«Tja, aber ob du willst oder nicht – dir wird wohl keine andere Aussicht bleiben», sagte LeRoy. Er legte Eric eine Hand um den Nacken. «Aber ich denke, du weißt auch, was ich für Aussichten habe.» Und Eric fühlte wohl, daß er noch mehr zu sagen wünschte, aber nicht wußte, wie er es ausdrücken sollte. Ein paar Sekunden lang gingen sie schweigend weiter, dann kam die Gelegenheit LeRoy zu Hilfe. Ein cremefarbener Tourenwagen, der sechs junge Leute trug, drei weiße Jungen und drei weiße Mädchen, kamen in rasendem Wirbel, eine Staubwolke hinter sich lassend, die Straße herauf. Eric und LeRoy fanden keine Zeit mehr, auseinanderzufahren; ein lautes Gelächter erscholl vom Wagen, und der Fahrer drückte auf die Hupe und äffte hämisch den Hochzeitsmarsch nach – dann nahm er die Hand gar nicht mehr vom Knopf herunter, und mit röhrendem Brüllen schoß der Wagen die Straße dahin und entschwand ihren Augen. Alle Jungen und Mädchen darin waren Menschen, mit denen Eric aufgewachsen war.

Er spürte, wie eine Röte sein Gesicht überflammte, und LeRoy und er lösten sich voneinander; LeRoy sah ihn mit sonderbar unbeteiligtem Mitleid an.

«Nun, da siehst du, was du eigentlich zu tun hättest», sagte er – und er sagte es sehr sanft, sah Eric dabei an und leckte sich die Unterlippe – «da siehst du, wo du eigentlich hingehörst. Du solltest nicht auf dieser verdammten Landstraße mit einem Nigger rumlaufen.»

«Ich gebe keinen blassen Furz auf diese Leute», sagte Eric – aber er wußte, daß er log und daß LeRoy das auch wußte – «diese Leute, mein Gott, die bedeuten mir doch nicht *so* viel!»

LeRoy sah mitleidiger aus denn je, aber sein Blick war auch gereizt und verbittert. Die Landstraße war jetzt leer, kein Lebewesen weit und breit zu sehen; nur der gelblichrote und braune Staub – und die Bäume, die sich darüberneigten und durch deren Blätter es wie Feuer fiel. Die Straße begann sich jetzt zu senken, es ging auf die Bahnschienen zu und das Kaufhaus. Dies war die Wasserscheide der Stadt, und immer wandten sie sich an diesem Punkt von der Straße ab, einer Baumgruppe zu und einer Anhöhe, von der aus man einen kleinen Fluß überblicken konnte. LeRoy führte Eric jetzt in diesen Hafen. Seine Berührung war ganz anders heute – eindringlicher, sanft, grimmig wild und resigniert.

«Außerdem», sagte Eric hilflos, «bist du kein Nigger, für mich jedenfalls nicht, du bist LeRoy, du bist mein Freund, und ich liebe dich.» Die Wort benahmen ihm den Atem, und Tränen stiegen ihm in die Augen; im glühenden Schatten eines Baums hielten sie an. LeRoy lehnte sich gegen den Baum und starrte Eric an, einen schrecklichen Ausdruck auf seinem schwarzen Gesicht. Eric entsetzte dieser Gesichtsausdruck, aber er kämpfte gegen seine Furcht an und brachte heraus: «Ich weiß nicht, wieso eigentlich ein Mensch nicht machen kann, was er will; wir tun doch wirklich keinem was!»

LeRoy lachte. Im Schatten der Blätter streckte er den Arm aus und zog Eric an sich. «Armer, kleiner, reicher Junge», sagte er, «sag mir doch, was du machen willst.» Eric starrte ihn an. Nichts hätte ihn wegbringen können aus LeRoys Armen, weg von seinem Geruch und der furchtbaren neuen Berührung seines Körpers; und doch – wie er genau wußte, daß alles, was er je gewollt hatte oder getan, falsch war, so wußte er auch, daß dies falsch war, und er fühlte sich fallen. Fallen wohin? Er klammerte sich an LeRoy, dessen Arme ihn enger umschlangen. «Armer Junge», murmelte LeRoy wieder, «armer, armer Kerl.» Eric barg sein Gesicht an LeRoys Nacken, und LeRoy erzitterte ein wenig – *eines Mannes Brust und Bauch!* –, dann schob er Eric von sich und führte ihn zum Fluß hinunter, und an seinem Ufer setzten sich beide nieder.

«Ich nehme an, du weißt jetzt», sagte LeRoy nach langem Schweigen, während Eric seine Hand langsam durch das Wasser zog, «was sie über uns reden in der Stadt. Mir ist das egal, aber es kann uns eine ganze Menge Schwierigkeiten einbringen. Eric, du – du mußt aufhören, mich besuchen zu kommen.»

Aber Eric hatte wirklich nicht gewußt, was die Leute über sie redeten, oder wenigstens war er unfähig gewesen, sich dieses Wissen einzugestehen, jetzt jedoch wußte er es. Er starrte ins Wasser, und mit völlig rätselhafter Gelassenheit sagte er: «Na schön, wenn wir nun mal A gesagt haben, können wir auch B sagen – so seh ich die Sache. Ich schere mich einen Dreck um diese Leute, von mir aus kann sie alle der Teufel holen; was haben sie denn mit dir und mir zu tun?»

LeRoy sah kurz zu Eric hinüber und lächelte. «Du bist ein lieber Junge, Eric, aber du hast keine Ahnung. Dein Papa hat hier die halbe Stadt in der Hand – die können *dir* nicht sooo viel tun. Aber was sie *mir* tun können –!» Und er breitete die Hände aus.

«Ich würde nie zulassen, daß dir etwas geschieht.»

LeRoy lachte. «Du solltest lieber aus dieser Stadt verschwinden. Behaupte einfach, sie wollten dich lynchen, bevor sie sich an mich machen.» Wieder lachte er und strich mit der Hand durch Erics lichtes rotes Haar.

Eric ergriff seine Hand. Sie sahen sich an, und tiefe, drückende Stille senkte sich über sie. «Junge», sagte LeRoy zaghaft. Und dann, nach einer Weile: «Du willst doch nicht wirklich Ärger haben, oder?» Und dann wurde nichts mehr gesprochen. Sie lagen still zusammen am Ufer des Flusses.

Jener Tag. Jener Tag. Wenn er gewußt hätte, wohin jener Tag ihn bringen würde – hätte er sich in so angstvoller Lust unter dem großen Gewicht seines ersten Liebhabers gewunden? Doch wenn er es auch gewußt hätte – oder nur fähig gewesen wäre, dem, was nach diesem Tag kommen würde, Bedeutung beizumessen –, es hätte nie ein Zwang, eine innere Not für ihn bestehen können, ihn herbeizuführen. Er fühlte Angst und Qual, und der Junge, der ihn so unbarmherzig hielt, war plötzlich ein Fremder; und doch bewirkte dieser Fremde in Eric eine dauernde, eine heilende Verwandlung. Viele Jahre sollten noch hingehen, bevor er allmählich annehmen konnte, was er an jenem Tag, in jenen Armen, an dem flüsternden Fluß entdeckte; und doch war jener Tag der Beginn seines Lebens als Mann. Was immer in ihm tief verborgen gelegen hatte, wurde ihm an jenem Tag offenbar, und es machte nichts aus, daß er jetzt, fünfzehn Jahre später, in einem Lehnstuhl saß und in der Fremde auf ein Meer hinausblickte und immer noch darum kämpfte, die Gnade zu finden, die er brauchte, jene Offenbarung zu ertragen. Denn das ist der Sinn einer Offenbarung: die Wahrheit zu sehen und zu ertragen.

Aber wie, wie sollte er sie ertragen? Er stand auf und schritt ruhelos in den Garten hinaus. Das Kätzchen lag zusammengerollt auf der steinernen Schwelle, im letzten Strahl der Sonne, schlafend. Dann hörte er Yves' Fahrradklingel, und kurz darauf erschien sein Kopf über der niedrigen Steinmauer. Er ging vorbei, den Blick geradeaus, und dann hörte ihn Eric in der Küche rumoren, hörte, wie sich die Tür des Eisschranks öffnete und schloß.

Dann stand Yves neben ihm.

«Madame Belet wird in wenigen Augenblicken hier sein. Sie kocht uns ein Huhn. Und ich hab auch etwas Whisky und Zigaretten mitgebracht.» Er sah Eric an und runzelte die Stirn. «Du hast einen Vogel, hier im

Bademantel rumzustehen, Mensch. Die Sonne ist weg, und es wird kalt. Komm rein und zieh dich an. Ich mach uns beiden einen Drink.»

«Was wäre ich ohne dich!»

«Das frag ich mich auch.» Eric folgte ihm ins Haus. «Ich hab auch etwas Champagner», sagte Yves plötzlich und wandte Eric mit einem schwachen, schüchternen Lächeln das Gesicht zu, «mit dem wir unsern letzten Abend hier würdig begehen können.» Dann ging er in die Küche. «Zieh dich an», rief er. «Madame Belet wird bald hier sein.»

Eric stapfte ins Schlafzimmer und begann seine Sachen anzuziehen. «Gehen wir nach dem Essen aus?»

«Vielleicht. Kommt drauf an. Wenn wir nicht zuviel Champagner intus haben.»

«Ich würde ebenso gern hierbleiben, glaube ich.»

«Oh, wir müßten eigentlich doch noch einen letzten Blick auf unser Küstenstädtchen werfen.»

«Wir müssen noch packen, weißt du, und das Haus ein bißchen aufräumen und saubermachen, und dann sollten wir auch etwas Schlaf tanken.»

«Das Saubermachen wird Madame Belet für uns übernehmen. Wir würden sowieso nie damit zu Rande kommen. Und schlafen können wir im Zug. Zu packen haben wir ja nicht so sehr viel.»

Eric hörte, wie er die Gläser auswusch. Dann begann er eine Melodie zu pfeifen, die wie eine freie Improvisation über Bach klang. Eric kämmte sich das Haar, das ihm schon viel zu lang gewachsen war. Er entschied sich, es kurzschneiden zu lassen, bevor er zurück in die Staaten ging.

Schließlich saßen sie, wie an so manchem Abend, vor dem Fenster, das auf die See hinausging. Yves hockte am Boden auf einem Kissen, den Hinterkopf an Erics Knie gelehnt.

«Mir ist ganz jämmerlich zumute, daß ich hier weg muß», sagte Yves plötzlich. «Ich werde wohl nie wieder so glücklich sein wie in diesem Haus.»

Eric streichelte Yves' Haar und antwortete nicht. Er blickte auf die Lichter hinaus, die auf der stillen schwarzen See spielten – Widerschein vom Himmel und von der Küste.

«Ich bin auch sehr glücklich gewesen», sagte er endlich. Und dann: «Ich frage mich, ob ich je wieder so glücklich sein werde.»

«Warum denn nicht? Aber das ist gar nicht so wichtig – egal, wie glücklich ich später noch einmal sein mag, und ich bin sicher, daß mir noch großen Augenblicke bevorstehen –, dieses Haus wird immer bei mir sein. Ich habe hier etwas gefunden.»

«Und das war?»

Yves wandte den Kopf und blickte zu Eric auf. «Ich hatte immer Angst, ich würde ewig nur ein Straßenjunge bleiben, ich wäre um nichts besser als meine Mutter.» Er wandte sich wieder ab, dem Fenster zu. «Aber irgendwie – hier unten in diesem Haus, bei dir – habe ich schließlich erkannt, daß das nicht stimmt. Ich muß kein Hurenbengel sein, bloß weil ich von Huren abstamme. Ich bin was Besseres.» Er stockte. «Das hab ich von dir gelernt. Ganz komisch, was? Denn anfangs dachte ich immer, du hieltest mich auch nur für – na ja. Ich dachte, du bist eben auch einer von diesen dreckigen Amerikanern, die auf einen hübschen, degenerierten Jungen aus sind.»

«Aber du bist gar nicht hübsch», sagte Eric und nippte an seinem Whisky. «*Au fait, tu es plutôt moche.*»

«Oh. *Ça va.*»

«Du hast eine Himmelfahrtsnase.» Er streichelte Yves' Nasenspitze. «Und dein Mund ist viel zu groß –» Yves lachte – «und deine Stirn zu hoch, und bald wirst du kein einziges Haar mehr auf dem Kopf haben.» Er streichelte Yves' Stirn, streichelte sein Haar. «Und diese Ohren, Mensch! Du siehst aus wie ein Elefant oder eine Flugmaschine.»

«Du bist der erste Mensch, der mir sagt, daß ich häßlich bin. Vielleicht bin ich deshalb eine so komplizierte Type.» Er lachte.

«Na ja. Deine Augen sind nicht ganz so übel.»

«*Tu parles. J'ai du chien, moi.*»

«Tja, Kleiner, nachdem du's nun selber erwähnst – ich fürchte, da hast du was Richtiges getroffen.»

Einen Augenblick lang herrschte Schweigen.

«Ich bin mit so vielen scheußlichen Leuten zusammen gewesen», sagte Yves mit schwerer Stimme, «so früh schon und so lange. Wirklich, es ist ein reines Wunder, daß ich nicht komplett *sauvage* bin.» Er trank von seinem Whisky. Eric konnte sein Gesicht nicht sehen, aber er konnte sich den Ausdruck, der jetzt daraufiag, gut vorstellen: Härte und Spott und etwas erschreckend Jugendliches, vermischt mit der Grausamkeit, die aus Qual und Angst entsteht. «Erst meine Mutter und das ganze Gesocks von Soldaten, *ils étaient mes oncles, tous*», und er lachte, «und dann all jene schauderhaften, schleimigen Männer – ich weiß nicht mehr, wie viele.» Er war wieder still. «Ich lag im Bett – manchmal kamen wir nicht mal ins Bett – und ließ sie grunzen und sabbern. Einige von ihnen waren schlechthin phantastisch; ich bin sicher, daß noch nie eine Hure mal richtig ausgepackt hat über ihre Kunden; man würde ihr den Kopf abreißen, bevor man sich darüber mal die volle Wahrheit anzuhören wagte. Aber es passiert, es passiert in einem fort.» Er richtete sich auf, schlang die Arme um seine Knie und starrte auf die See hinaus. «Dann nahm ich ihnen ihr Geld ab; wenn sie Schwierigkeiten machten, konnte ich sie ganz schön unter Druck setzen, denn ich war ja *mineur*. Es war sowieso kinderleicht, sie unter Druck zu setzen. Die meisten von diesen Kerls sind ja solche Feiglinge!» Dann sagte er mit leiser Stimme: «Ich hab nie gedacht, ich würde mich noch mal glücklich dabei fühlen, von einem Mann angefaßt und festgehalten zu werden. Ich hab nie gedacht, ich würde überhaupt fähig sein, noch mal mit einem Mann ins Bett zu gehn, ich meine richtig. Oder mit sonst wem.»

«Warum», fragte Eric schließlich, «hast du dich denn nicht mit Frauen abgegeben, wenn du die Männer so verachtest?»

Yves war still. Dann sagte er: «Ich weiß nicht. *D'abord*, ich nahm einfach, was da war – oder ließ mich nehmen, wie's grad so kam», und er sah Eric an und grinste. Er nippte an seinem Whisky und stand auf. «Mit Männern geht es einfacher, ist auch gewöhnlich kürzer, und das Geld ist schneller verdient. Frauen sind viel gerissener als Männer, besonders die Typen, die hinter Jungens wie mir her sind, und dann sind sie ja auch – nun, viel weniger attraktiv.» Er lachte. «Doppelt so viel Arbeit – und halb so sicher.» Sein Gesicht fiel wieder in seine übertriebene, herbe Schwermut zurück. «Wo ich mich immer rumgetrieben habe, trifft man nicht allzu viele Frauen; man trifft da überhaupt nicht viele menschliche Wesen. Sie sind alle tot. Tot.» Er stockte, seine Lippen verzogen sich, seine Augen funkelten im Licht, das durch das Fenster hereinfiel. «Da, bei meiner Mutter – da gab's 'n Haufen Huren, aber – tja, also Frauen waren nur wenige da, und die konnt ich auch nicht ausstehen.» Er trat zum Fenster und stand dort, mit dem Rücken zu Eric. «Ich mag die *élégance des femmes* nicht. Sooft ich eine Frau sehe, mit Pelzmantel, mit Juwelen und kostbarer Robe, möchte ich ihr das alles runterreißen und sie irgendwohin schleifen, zu einem *pissoir*, und sie einmal den Gestank von vielen Männern riechen lassen, die Pisse von vielen Männern, und ich möchte ihr beibringen, daß es *das* ist, was sie wert wäre, daß sie nichts besser ist als das, daß sie mich nicht zum Narren halten kann mit ihren glitzernden Fetzen, die sie ja doch bloß irgendeinem Blödmann abgeplündert hat.»

Eric lachte, aber etwas ängstigte ihn. «*Comme tu es féroce!*» Er beobachtete, wie Yves sich vom Fenster abwandte und langsam durch den Raum ging – lang und mager, wie eine schleichende Katze in schwere Schatten gehüllt. Und er sah, daß Yves' Körper sich veränderte, daß er die jünglinghafte, von Mangel und Not geschlagene Herbheit und Härte verlor. Er wurde zum Mann.

Und er beobachtete den finsteren, drahtigen Körper. Beobachtete sein Gesicht. Die Wölbung seiner Stirn schien auffallender als je, reiner auch, und sein Mund schien auf einmal grausamer und wehrloser. Diese Blöße war der Beweis für Yves' Liebe und Vertrauen, und zugleich war sie der Beweis für seine Kraft. Eines Tages würde er Eric nicht mehr so brauchen, wie Eric jetzt ihn nötig hatte.

Yves stieß den Kopf zurück, trank sein Glas leer und wandte sich mit einem Lächeln Eric zu.

«Du trinkst ja sehr langsam heute abend. Was ist los?»

«Ich werde eben alt.» Aber er lachte und leerte ebenfalls sein Glas und gab es Yves.

Und wie Yves jetzt hinausging, wie er ihn in der Küche hörte, wie er hinaussah auf die gelblichen, schwach blinkenden Lichter entlang der

Küste, da öffnete sich etwas in ihm, eine unaussprechliche Verzweiflung schlug über ihm zusammen. Madame Belet, die alte Bauernfrau, war angekommen, und er hörte sie und Yves in der Küche. Ihre Stimmen waren gedämpft und unverständlich.

An dem Tag, da Yves ihn nicht mehr brauchte, würde Eric ins Chaos zurückfallen. Er dachte an das Heer der einsamen Männer, die ihn benutzt, mit ihm gerungen, ihn liebkost, sich ihm ergeben hatten – in einer Finsternis, tiefer als die finsterste Nacht. Nicht allein seinen Körper hatten sie gebraucht, es war noch etwas anderes; seine Schwäche hatte ihn zum Gefäß einer Qual gemacht, von der er kaum glauben konnte, daß es sie in der Welt gab. Diese Qual lieferte ihn hilflos aus, wenn sie ihm zugleich auch seine unheimliche, verhängnisvolle Tugend und Kraft lieh, und sie durchkreuzte seine Pläne und setzte ihm überall Grenzen. Vielleicht hatte er zuweilen davon geträumt, dem Drama zu entrinnen, in das er verstrickt war, und irgendeine andere Rolle zu spielen. Aber alle Auswege waren versperrt – waren versperrt von gierig lauernden Männern; die Rolle, die er spielte, war notwendig, und nicht nur für ihn.

Und er dachte an diese Männer, an das unabsehbare Heer. Ehemänner waren es, Gangster, Footballspieler, Landstreicher; und sie waren allüberall. Oder jedenfalls waren sie überall da, wo sie, wie man ihm versichert hatte, nicht hätten angetroffen werden können, und die Gier, die sie ihm entgegenbrachten, war ihnen selbst kaum bewußt, war etwas, das sie ihr Leben lang ableugneten, das sie überfiel und betäubte, das ihnen die Glieder schwer machte und lähmte wie die von Schlafenden oder Ertrinkenden, und das nur Befriedigung finden konnte in der schamvollen, peinigenden Finsternis, das nur ausströmen konnte – schnell, fluchtartig, mit Abscheu – mit dem endlichen Akt. Sie flohen dann; das Geschwür war aufgestochen, doch seine Wurzel lag immer noch tief in ihnen. Tage oder Wochen oder Monate mochten vergehen – oder gar Jahre –, bis sie wieder einmal, in aller Heimlichkeit, in einem leeren Schrank, einem leeren Treppenhaus oder einer Dachkammer, im Schatten einer Parkmauer, in einem abgestellten Wagen oder im möblierten Zimmer eines abwesenden Freundes sich den Händen, dem Streicheln, dem Kosen und Küssen des verachteten und namenlosen Geschlechts ergaben. Und doch schien diese Not nicht vorwiegend körperlicher Natur zu sein. Man konnte durchaus nicht sagen, daß sie sich von Männern angezogen fühlten. Sie vollzogen keine Liebe, sie waren passiv, es vollzog sich an ihnen. Und es war, als sei diese Passivität, diese Gabe unerlaubter Lust, diese Hörigkeit ihre eigentliche Not. Die Scharen dieses Heeres kamen nicht aus Freude, sondern aus Armut, und sie kamen in ungeheuerlichster Unwissenheit. Etwas in ihnen war erfroren, die Wurzel ihrer Leidenschaften war erfroren, so daß sie keine Leidenschaft mehr empfangen, empfinden konnten, obgleich sie an eben diesem Mangel zugrunde gingen. Die blinde Unterwerfung war der Schatten der

Liebe – wenn nur irgendwer sie irgendwo genug liebte, um ihnen diese Liebkosung, dieses Licht, diese Freude zu geben! Aber dann konnten sie nicht mehr passiv bleiben.

Chaos. Denn der große Unterschied zwischen diesen Männern und ihm lag in den Voraussetzungen ihrer Verbindung. Er sah ihre Verletzbarkeit, und sie sahen die seine. Aber sie liebten ihn darum nicht mehr. Sie gebrauchten ihn. Und auch er liebte sie nicht, obgleich er davon träumte. Und schließlich fand die Begegnung statt zwischen zwei Träumern, von denen keiner den andern wecken konnte, es wäre denn für die bitterste, kürzeste Zeit von Sekunden. Dann sank der Schlaf wieder auf sie herab, die Suche begann von neuem, das Chaos kehrte zurück.

Aber das war nicht das einzige. Wenn das Liebesverhältnis, das so zufällig begonnen hatte, die ersten Begegnungen überdauerte, wenn eine Art scheuer Zuneigung langsam den gefrorenen Grund durchbrach und die Scham nachließ, dann regierte mehr denn je das Chaos. Denn die Scham war gar nicht einmal soviel schwächer geworden, sie hatte einen Gefährten gefunden. Ein Gefühl der Herzlichkeit, der Zuneigung, ja der Leidenschaft war aufgekommen, aber durch einen Riß, durch eine Spalte, durch die dann alle Winde der Furcht nachdrangen. Denn der Liebesakt ist ein Bekenntnis. Man mag sich und andere über seinen Körper belügen, aber der Körper selbst lügt nicht über sich, er kann keine Lüge aussprechen über die Kraft, die ihn treibt. Und unvermeidlich hatte Eric die Wahrheit über viele Männer entdeckt, die dann Eric und die Wahrheit zusammen aus der Welt zu treiben wünschten.

Und wo in all diesem Chaos lag die Ehre? Er blickte gedankenvoll auf die blinkenden Lichter hinaus und horchte zu Yves und Madame Belet in der Küche hinüber. Ehre! Er wußte, er besaß keine Ehre, die die Welt anerkennen konnte. Sein Leben, seine Leiden, sein Lieben und seine Versuchungen waren in den Augen der Welt schlimmstenfalls Unflat und bestenfalls Krankheit, und in den Augen seiner Landsleute waren sie Verbrechen. Es gab keine Maßstäbe für ihn – außer denen, die er sich selber schaffen konnte. Es gab keine Maßstäbe für ihn, weil er die Definition, den schauerlich geistlosen, mechanischen Jargon des Zeitalters nicht annehmen konnte. Er sah um sich herum niemanden, der seines Neides würdig gewesen wäre, er glaubte nicht an den gewaltigen grauen Schlaf, der Sicherheit genannt wurde, glaubte nicht an die Patentrezepte, die Mittel und Mittelchen, die Parolen und Schlagworte, mit denen man die Welt plagte, die er kannte; und das bedeutete, daß er sich seine Maßstäbe selber schaffen, daß er seine eigenen Definitionen mit der Zeit selber finden mußte. Seine Bestimmung war, sich selber zu finden, und das mußte er notgedrungen allein tun, dabei konnte kein Wunderdoktor der Zeit ihm helfen.

«Mais, bien sûr», hörte er Yves zu Madame Belet sagen, *«je suis tout à fait de votre avis.»* Madame Belet mochte Yves sehr gern und erwies ihm,

sooft sie seiner nur habhaft werden konnte, gänzlich unaufgefordert die Wohltat, ihn mit ihren zweiundsiebzigjährigen Lebenserfahrungen bekannt zu machen. Er sah förmlich, wie Yves in der Küche stand, die beiden Drinks in der Hand, wie er sich langsam zur Tür fortschob, ein bleiches, höfliches und verlassenes Lächeln auf dem Gesicht – denn er hatte große Achtung vor alten Leuten –, und auf eine Pause in Madame Belets Redefluß wartete, die ihm erlaubte zu entkommen.

Madame Belet mochte auch Eric, aber er hatte das Gefühl, daß dies hauptsächlich daran lag, daß sie ihn als Yves' – freilich ziemlich ungeeigneten – Wohltäter betrachtete. Wäre Eric Franzose gewesen, so hätte sie ihn verachtet. Aber Frankreich brachte, *Dieu merci!*, keine solche Karikaturen wie Eric hervor, und man konnte ihn nicht mit den zivilisierten Maßstäben messen, die in ihrem eigenen Land herrschten.

«Und wann geht es los?» fragte sie.

«Oh, sicher nicht vor Mittag, Madame.»

Sie lachte, und Yves lachte. Es war irgend etwas Schlüpfriges in ihrem Lachen, und er konnte sich, obgleich er es sofort unterdrückte, des Gefühls nicht erwehren, daß dies Lachen sie beide gegen ihn verband. «Ich hoffe, Amerika wird Ihnen gefallen», sagte Madame Belet.

«Ich werde da sehr reich werden», sagte Yves, «und wenn ich wiederkomme, nehm ich Sie mit auf eine Pilgerreise nach Rom.»

Denn Madame Belet war sehr gläubig und noch nie in Rom gewesen, und es war ihre große Hoffnung, einmal vor ihrem Tod noch die heilige Stadt zu sehen.

«Ach, Sie werden ja doch nicht wiederkommen.»

«Ich komme bestimmt wieder», sagte Yves. Aber seine Stimme war voller Zweifel. Und Eric merkte zum erstenmal, daß Yves Angst hatte.

«Wer nach Amerika geht», sagte Madame Belet, «kommt nie wieder.»

«*Au contraire*», sagte Yves, «andauernd kommen doch Leute von drüben zurück.»

Wohin zurück, zu was, zu wem? fragte Eric sich selbst. Wieder lachte Madame Belet. Dann senkten sich ihre Stimmen: Yves kam zurück ins Zimmer. Er gab Eric seinen Drink und ließ sich wieder auf dem Kissen nieder, den Kopf an Erics Knie.

«Ich dachte schon, ich käme überhaupt nicht mehr los», murmelte er.

«Und ich dachte schon, ich müßte kommen und dich retten.» Er beugte sich nieder und küßte Yves auf den Nacken.

Yves legte eine Hand an Erics Wange und schloß die Augen. Sie waren still. Der Puls schlug an Yves' Nacken. Er drehte sich um, und Eric und er küßten sich auf den Mund. Ihre Gesichter trennten sich ein wenig. Yves' Augen waren sehr schwarz und leuchteten in dem Raum, dessen lichtlose Stille förmlich knisterte. Lange starrten sie einander in die Augen, dann küßten sie sich wieder. Und Eric seufzte tief auf und lehnte sich zurück, und Yves ruhte wieder an ihm aus.

Eric fragte sich, was Yves wohl denken mochte. Yves' Augen hatten ihn zu jenem Augenblick vor fast zwei Jahren zurückgeführt, da sie in einem verdunkelten Hotelzimmer in Chartres zum erstenmal Liebhaber geworden waren. Yves hatte Jahre zuvor einmal die Kathedrale besucht, und er wollte, daß auch Eric sie sich ansah. Und diese Geste, dieses Verlangen, mit Eric etwas zu teilen, das er geliebt hatte, setzte der vorangegangenen Prüfzeit ein Ende, kündigte an, daß Yves sich von dem dunklen Mißtrauen löste, mit dem er die Welt zu betrachten gewohnt war und mit dem er auch Eric immer hingehalten hatte. Sie kannten einander damals schon länger als drei Monate und hatten sich tagtäglich gesehen, aber nie hatten sie sich angerührt.

Und Eric hatte gewartet, achtsam, in geduldiger Keuschheit. Die Wandlung in ihm war ähnlich der, die ein Verschwender erfahren mag, wenn seine Aufmerksamkeit von etwas gefesselt wird, das mehr wert ist als all sein Gold, mehr wert als all der Tand, den er sich zusammengescharrt hat; dann beginnt er, statt wie bisher zu verstreuen, zu schätzen, zu sammeln, zu horten; alles, was er hat, gewinnt an Wert, denn alles, was er hat, mag sich als ein unannehmbares Opfer erweisen. So wartete Eric denn und betete, daß dieser gequälte, geschändete kleine Kerl lernen möchte, ihn zu lieben und ihm zu vertrauen. Und er wußte, daß es nur einen Weg gab, das zu erreichen: daß er aufhören mußte, sich selber zu quälen und zu schänden; wenn nicht er selbst sich liebte – dann würde auch Yves ihn niemals lieben können.

So tat er, was er allein zu tun vermochte: er reinigte, so gut es ging, sein Haus; er öffnete seine Türen; er schuf eine gefährdete, unsichere Ordnung im Herzen seines Chaos; und wartete auf seinen Gast.

Yves regte sich; er setzte sich auf und zündete erst sich, dann Eric eine Zigarette an. «Ich kriege langsam Hunger.»

«Ich auch. Aber es gibt ja bald Essen.» Das Kätzchen kam herein und sprang auf Erics Schoß. Er streichelte es mit einer Hand. «Erinnerst du dich noch, wie wir uns kennenlernten?»

«Ich werd's nie vergessen. Ich verdanke Beethoven eine Menge.»

Eric lächelte. «Beethoven, ja – und den Wundern der modernen Wissenschaft.»

An einem Frühlingsabend war er auf der Rue des Saints-Pères dahingeschlendert, und seine Gedanken waren nicht eben heiter gewesen. Paris schien ihm die einsamste Stadt unter dem Himmel zu sein – schon lange hatte er diesen Eindruck gehabt. Und wer immer seinen Aufenthalt in jener Stadt verlängert – das heißt, wer dort heimisch zu werden versucht –, ist dazu verurteilt, entdecken zu müssen, daß es niemanden dort gibt, den er verantwortlich machen könnte für das, was ihm widerfährt. Ganz im Gegensatz zu seinem Ruf bietet Paris gar nicht viele Zerstreuungen; oder die Zerstreuungen, die es bietet, sind wie französisches Gebäck: locker und lecker aufgemacht, süß auf der Zunge und sauer im Magen. Da ist dann der mißvergnügte Wanderer wieder ganz auf sich selber angewiesen – wenn sein Leben erträglich werden soll, kann nur er es erträglich machen. Und an jenem Frühlingsabend, beim Wandern durch das dunkle Murmeln der langen Straße, die auf den Boulevard zuführte, war Eric in Verzweiflung. Er wußte, daß er sich ein Leben zu schaffen hatte, aber ihm war, als hätte er doch nicht das Zeug dazu.

Als er sich dann dem Boulevard näherte, hörte er plötzlich Musik. Zuerst meinte er, sie käme aus einem der Häuser, aber dann stellte er fest, daß sie aus den Schatten der anderen Straßenseite kam, wo es gar keine Häuser gab. Er stand still und lauschte; es waren Klänge aus Beethovens fünftem Klavierkonzert, die sich jetzt langsam von ihm entfernten. Dann sah er, wie vor ihm, auf der gegenüberliegenden Seite der Straße, die lange, magere Gestalt eines Jungen aus dem Schatten hervortrat. Er stand an der Ecke, wartete darauf, daß die Ampel wechselte, und Eric sah, daß er fest zwischen beiden Händen ein kleines Kofferradio trug. Eric ging auf die Ecke zu, die Ampel wechselte auf Grün, der Junge überquerte die Straße, und Eric folgte ihm, folgte ihm immer weiter auf der langen dunklen Straße, auf der einen Seite er, auf der anderen der Junge, und die Musik erfüllte mit ihrem Ungestüm, das dem Ungestüm seines Herzens ähnelte, die laue Frühlingsluft.

Sie erreichten die Ecke der Rue de Rennes. Das Konzert näherte sich dem Ende. Rechts, weit von ihnen entfernt, kauerte die Masse der Gare Montparnasse; linkerhand, und etwas näher, lagen die Cafés, der Boulevard und der schöngeformte graue Turm von Saint-Germain-des-Près.

Der Junge zögerte an der Ecke; ein kurzer Blick ging zu Eric herüber, und ihre Augen trafen sich. Er wandte sich jetzt in Richtung von Saint-Germain-des-Près. Eric überquerte die Straße. *Tam-ta-tam, tam-ta-tam, tam-tatam, tam-ta-tam!* ging die Musik.

«Hallo», sagte Eric. «Ich muß leider das Konzert noch zu Ende hören.»

Yves drehte sich um, und Eric war unmittelbar betroffen vom Blick seiner Augen. In der Aufrichtigkeit und Offenheit, mit der sie ihn musterten, waren sie fast wie die eines Kindes; und doch lag in dieser Prüfung zugleich etwas, das ganz und gar nicht kindlich war. Eric fühlte, wie ihm das Herz einmal hart gegen die Brust pochte. Dann lächelte Yves.

«Es ist schon fast zu Ende», sagte er.

«Ich weiß.»

Sie gingen schweigend nebeneinander her und hörten dem Schluß des Konzerts zu. Als es zu Ende war, knipste Yves das Radio aus.

«Nehmen Sie einen Drink mit mir?» fragte Eric. Und schnell fügte er hinzu: «Ich bin ganz allein, ich habe niemanden, mit dem ich mich unterhalten kann, und – und man läuft ja schließlich auch nicht jeden Tag einem Menschen über den Weg, der Beethoven hört.»

«Das ist wahr», sagte Yves mit einem Lächeln. «Sie haben einen komischen Akzent – wo sind Sie her?»

«Amerika.»

«Das hab ich mir gedacht; es *mußte* Amerika sein. Aber aus welchem Teil?»

«Dem Süden. Alabama.»

«Oh», sagte Yves und sah ihn mit Interesse an, «dann sind sie *un raciste.*»

«Aber nein», sagte Eric ziemlich verdutzt, «wir sind da unten nicht unbedingt alle so.»

«Oh», sagte Yves majestätisch, «ich lese Ihre Zeitungen. Und ich habe viele afrikanische Freunde und mußte dabei die Erfahrung machen, daß Amerikanern dergleichen gar nicht gefällt.»

«Nun ja», sagte Eric, «*mein* Problem ist das nicht. Ich bin von Alabama weg, so schnell ich nur konnte, und sollte ich jemals wieder hinkommen, so wird man mich da vermutlich kurzerhand umbringen.»

«Sind Sie schon lange hier?»

«Etwa ein Jahr.»

«Und immer noch kennen Sie *keinen* Menschen?»

«Es ist schwer, mit den Franzosen warm zu werden.»

«Möglich. Das liegt aber bloß daran, daß wir mehr *réservé* sind als Sie.»

«Das kann man wohl sagen.» Sie hielten vor dem *Royal St. Germain.*

«Wollen wir hier einen Drink nehmen?»

«Mir soll's recht sein.» Yves blickte über die Tische hin, die sämtlich besetzt waren; er sah durch die Glaswände in die Bar, die förmlich von Menschen wimmelte, größtenteils von jungen Männern.

«Aber es ist schrecklich überfüllt.»

«Dann gehen wir doch lieber anderswohin.»

Sie gingen bis zur Ecke vor und überquerten die Straße. Alle Cafés waren voll. Sie überquerten die Straße ein weiteres Mal und gingen an der *Brasserie Lipp* vorüber. Eric hatte Yves mit viel mehr Spannung beobachtet, als ihm selbst bewußt war; als sie die *brasserie* hinter sich hatten, ging ihm plötzlich blitzartig auf, daß Yves Hunger hatte. Er wußte gar nicht, wie er darauf gekommen war, denn Yves sagte nichts, er seufzte nicht auf, er hielt nicht inne; und doch hätte Eric gar nicht sicherer sein können, daß der Junge halb ohnmächtig vor Hunger war, wenn er jäh auf dem Bürgersteig zusammengebrochen wäre.

«Passen Sie auf», sagte Eric, «ich habe eine Idee. Ich hab noch gar nicht zu Abend gegessen, und jetzt habe ich direkt etwas Kohldampf. Kommen Sie doch mit mir rüber nach den Halles; da nehmen wir rasch was zu uns. Und wenn wir dann zurückkommen, wird's hier drüben wohl nicht mehr so überfüllt sein.»

Yves sah ihn an; sein Kopf bewegte sich in einer Art bedächtiger, abwartender Überraschung hin und her.

«Es ist weit», murmelte er. Seine Augen starrten Eric in heller, argwöhnischer Verwirrung an, als dächte er: Ich will ja gern alle Spiele mitmachen, alter Freund, aber dies hier – was sind denn das für Regeln, und um welche Einsätze geht es?

«Ich werde Sie zurückbringen.» Er grinste, nahm Yves beim Arm und ging mit ihm auf den Taxistand zu. «Kommen Sie, seien Sie mein Gast, Sie tun mir einen Gefallen damit. Wie heißen Sie?»

«*Je m'appelle Yves*.»

«Ich heiße Eric.»

Seither hatte er oftmals daran denken müssen, daß Yves und er sich ohne jene rasche Annäherung vor der *brasserie* wohl nie wieder getroffen hätten. Ihre erste gemeinsame Mahlzeit hatte ihnen Zeit gegeben, einander sozusagen zu umkreisen. Eric bestritt den größten Teil des Gesprächs; auf ihm lag die Last der Prüfung. Und langsam verlor Yves seine angespannte Vorsicht und Undurchsichtigkeit. Eric schwatzte munter drauflos; es freute ihn, zu sehen, wie Yves' Gesicht sich veränderte; er wartete auf sein Lächeln, wartete auf sein Lachen. Er wünschte, Yves möchte wissen, daß er nicht den Versuch machte, mit ihm das übliche, brutale Geschäft abzuschließen, daß er ihm nicht ein Essen bezahlte, um ihn nachher ins Bett zu schmeißen. Und nach und nach brachte diese unausgesprochene Erklärung Yves dazu, nachdenklich zu nicken, als ginge er insgeheim mit sich darüber zu Rate. Auch erschien in seinem Gesicht eine ganz bestimmte Furcht. Es war diese Furcht, die zu besiegen – in sich selbst oder in Yves – Eric manchmal geradezu verzweifelte. Es war die Furcht, ein Gelöbnis abzulegen, sich ganz anzuvertrauen und hinzugeben; es war die Furcht, geliebt zu werden.

An jenem Tag in Chartres waren sie durch die Stadt geschlendert und hatten Frauen beobachtet, die am Rande des Wassers knieten und Wäschestücke gegen ein flaches hölzernes Brett schlugen. Yves hatte ihnen lange zugesehen. Sie waren auf und ab gewandert in den alten, winkligen Straßen, in der heißen Sonne; Eric erinnerte sich an eine Eidechse, die blitzschnell über eine Mauer huschte; und überall verfolgte sie die Kathedrale. Es ist unmöglich, sich in dieser Stadt aufzuhalten und nicht zugleich im Schatten der großen Türme zu sein, unmöglich, sich in diesen Ebenen zu befinden und nicht von dieser rohen und zugleich vornehmen, dogmatischen und zugleich heidnischen Erscheinung beunruhigt zu werden. Die Stadt war voll von Touristen – lauter Leuten mit Kameras, Dreiviertel-Mänteln, hellen, geblümten Kleidern und Hemden, mit Kindern dabei, mit Studentenmützen und -abzeichen, Panama-Hüten, mit scharfen nasalen Stimmen; und ihre Autos krochen wie monströse schimmernde Käfer über das Kopfsteinpflaster der lähmenden Straßen. Touristenbusse – aus Holland, aus Dänemark, aus Deutschland – standen in dem Geviert vor der Kathedrale. Flachshaarige Jungen und Mädchen stapften träge durch die Stadt – die Gesichter steif und würdevoll, Tornister auf dem Rücken, in khakifarbene Shorts gekleidet und mit schweren, massigen Hinterbacken und Schenkeln. Amerikanische Soldaten, teils in Uniform, teils in Zivil, lehnten an Brückengeländern, traten in lärmenden, unruhigen Truppen in die *bistrots* ein, strichen um Postkartenstände und sammelten allerlei unechte sakrale Andenken. Alle Schönheit der Stadt, alle Kraft der Ebenen, die ganze Stärke und Würde der Menschen schien aufgesaugt worden zu sein von der Kathedrale. Es war, als fordere – und empfange – die Kathedrale unaufhörlich ein lebendes Opfer. Sie türmte sich über der Stadt mehr wie eine Not denn wie eine Segnung, und im Vergleich zu ihr wirkte alles übrige nur noch wie ein jämmerlicher Behelf. Die Häuser, in denen die Leute lebten, gaben kein Gefühl des Schutzes oder der Sicherheit. Der große Schatten, der über ihnen lag, entlarvte sie als kümmerliche Brocken aus Holz und Erz, über die das Urteil schon gesprochen war: der Wirbelsturm, dem sie in den Weg gelegt worden waren, würde sie – bald schon – wegblasen in die Ewigkeit. Und dieser Schatten lag schwer auch auf den Menschen. Sie schienen mißgestaltet und verkrüppelt; die einzige Farbe in ihren Gesichtern ließ an zu viel schlechten Wein denken und an zu wenig Sonne; selbst die Kinder machten den Eindruck, als seien sie im Keller ausgebrütet worden. Es war eine Stadt wie so manche Städte des amerikanischen Südens, eingefroren in ihrer Geschichte, wie Lots Weib im Salz erstarrt war, und weil diese ihre Geschichte, jene drohende, allgegenwärtige Gabe Gottes, nicht befragt werden konnte, war die Stadt dazu verurteilt, Eigentum des grauen Mittelmaßes zu sein, das keine Fragen stellte.

Irgendwann im Laufe des Nachmittags entschlossen sie sich, obgleich sie nur für diesen einen Tag aus Paris hergekommen waren, auch die Nacht hier zu verbringen. Es war Yves' Vorschlag gewesen; er hatte ihn gemacht, als sie zur Kathedrale zurückkehrten und auf den Treppenstufen standen, den Blick auf die versteinerten Heiligen und Märtyrer gerichtet. Yves war den ganzen Tag über ungewöhnlich schweigsam gewesen. Und Eric kannte ihn jetzt schon so gut, daß er ihn nicht drängte, ihn nicht anstachelte, ja ihn nicht einmal störte. Er wußte, wenn Yves solche Zeiten der Schweigsamkeit hatte, so bedeutete dies, daß er ganz für sich allein einen wunderlichen Kampf austrug, daß er ganz allein einen Entschluß faßte; bald schon, heute noch, morgen, nächste Woche würde Yves in Gedanken und Worten die Schritte zurückverfolgen, die er jetzt schweigend tat. Und seltsam genug – denn es scheint kaum unserer heutigen Lebensweise zu entsprechen –, für Eric, wenn er auch kaum Yves' Tritte an seiner Seite vernahm, war es Glück genug – oder wenigstens fast genug –, Yves neben sich zu spüren und sein sich wandelndes Gesicht zu beobachten.

Sie fanden ein Hotel, das oberhalb eines kleinen Flusses lag, und nahmen ein Doppelzimmer. Ihre Fenster gingen auf das Wasser hinaus; die Türme der Kathedrale ragten rechterhand undeutlich in der Ferne empor. Als sie das Zimmer nahmen, ging die Sonne unter, und große

Streifen aus Feuer und mattem Gold zogen über den stillen blauen Himmel.

Gleich vor dem Fenster standen Bäume, tief über das Wasser geneigt; ein paar Tische und Stühle waren zu sehen, aber sie waren leer; das Hotel schien nicht gerade viele Gäste zu haben.

Yves setzte sich auf die breite Fensterbank, zündete sich eine Zigarette an und blickte auf die Tische und Stühle hinunter. Eric stand dicht neben ihm, die Hand auf Yves' Schulter.

«Wollen wir da unten einen Drink nehmen, Alter?»

«Mein Gott, nein; das Ungeziefer wird uns auffressen. Gehn wir lieber einen *bistrot* suchen.»

«Okay.»

Er trat einen Schritt zurück. Yves stand auf. Sie starrten einander an.

«Ich denke, wir werden bald genug zurück sein», sagte Yves, «in dieser Stadt ist bestimmt nicht viel los.» Dann grinste er boshaft. «*Ça va?*»

«Der Ausflug war ja dein Einfall», sagte Eric.

«Tja.» Er wandte sich wieder zum Fenster. «Es ist so friedlich hier, nicht? Wir können nett zueinander sein – wir können zusammen eine nette Stunde erleben –» Er warf seine Zigarette aus dem Fenster. Als er sich Eric wieder zuwandte, waren seine Augen verschleiert, und sein Mund sah sehr verletzlich aus. Nach einem Augenblick sagte er dann sanft: «Gehn wir.»

Aber das war fast schon eine Frage. Und jetzt erfüllte sie beide plötzlich Furcht. Aus irgendeinem Grund schienen die Türme näher an sie herangerückt zu sein als zuvor; und auf einmal war es, als seien die beiden breiten Betten, eng nebeneinander gestellt, die einzigen Gegenstände im Zimmer. Eric fühlte sein Herz zitternd pochen, und sein Blut begann schneller zu kreisen und sich zu verdichten. Er spürte, daß Yves nur darauf wartete, daß er sich bewegte, er fühlte, daß alles jetzt in seinen Händen lag; und doch konnte er nichts tun.

Dann hob sich der gefährliche rote Schatten, wurde flüchtig; der Augenblick ging vorüber; sie lächelten einander an. Yves ging zur Tür und öffnete sie. Wieder stiegen sie in die schläfrige, die liebliche Stadt hinunter.

Aber es war nicht mehr ganz dieselbe Stadt wie noch vor wenigen Stunden. In jener Sekunde im Zimmer war etwas zwischen ihnen geschmolzen, hatte eine Kluft zwischen ihnen sich geschlossen; und nun zerrte der unwiderstehliche Strom an ihnen, zog sie langsam, aber ganz sicher mit sich, der Erfüllung jenes Versprechens zu.

Und aus diesem Grunde zögerten sie, trödelten sie, schoben sie es mit einem wonnevollen Gefühl noch weiter auf. Sie wählten einen schmucklosen *bistrot* zum Essen, weil er leer war – leer jedenfalls, als sie eintraten; nachdem sie freilich eine Weile gesessen hatten, wurde das Lokal von einem halben Dutzend ebenso betrunkener wie musikalischer französischer Soldaten gestürmt. Der Lärm, den sie machten, wäre wohl zu jeder anderen Zeit unerträglich gewesen; jetzt aber wirkte er wie eine Art Schutzmauer zwischen ihnen und der Welt. Er gab ihnen etwas, worüber sie lachen konnten – und sie hatten es sehr nötig, zu lachen; die Verwirrung, die die Soldaten unter den später gekommenen Gästen anrichteten, erlaubte ihnen, einander flüchtig bei den Händen zu fassen; und dieses Vorspiel, diese kleine Einleitung des Schreckens stärkte ihre Herzen und Sinne.

Und dann wanderten sie durch die Stadt, in der sich nicht einmal eine Katze zu regen schien; und wo sie auch gingen, sah ihnen das ungeheure Auge der Kathedrale nach. Sie überquerten eine Brücke und betrachteten das Spiegelbild des Mondes im Wasser. Ihre Tritte hallten auf dem Kopfsteinpflaster wider. Die Häuserwände waren alle schwarz; lange Bezirke von Schwärze durchwanderten sie zwischen der einen fernen Straßenlaterne und der nächsten. Nur die Kathedrale war hell angestrahlt.

Die Bäume, die Tische und Stühle und das Wasser lagen im Licht des Mondes. Yves schloß die Tür hinter ihnen, und Eric ging zum Fenster und blickte auf den Himmel, auf die mächtigen Türme hinaus. Er hörte das Murmeln des Wassers – da rief Yves seinen Namen. Er wandte sich um. Yves stand auf der anderen Seite des Zimmers, zwischen den beiden Betten, nackt.

«Welches Bett, glaubst du, ist besser?» fragte er.

Und es klang ganz wie eine echte Verlegenheit, als wäre die Entscheidung ein schwieriges Problem.

«Welches du lieber hast», sagte Eric mit Betonung.

Yves zog die Decken des Bettes zurück, das näher am Fenster stand, und schlüpfte zwischen die Laken. Er zog die Decken bis zum Kinn hoch, lag auf dem Rücken und beobachtete Eric. Seine Augen waren dunkel und riesengroß in der Dunkelheit des Zimmers. Ein schwaches Lächeln kräuselte seine Lippen.

Und dieser Blick, dieser Augenblick, grub sich tief in Eric ein, um nie wieder aus ihm zu schwinden. Eine erschreckende Unschuld lag in Yves' Gesicht, eine herrliche Hingabe: auf wunderbare Weise tilgte dieser Augenblick in diesem Bett in Yves all die schmutzigen Betten, all die unflätigen Griffe aus, die ihn hierher geführt hatten, und senkte sie ins Meer des Vergessens hinab. Nun wandte er sich dem Liebhaber zu, der ihn nicht verraten würde, dem ersten wirklichen Geliebten. Eric ging durchs Zimmer, setzte sich auf die Bettkante und begann sich auszuziehen. Wieder vernahm er das Murmeln des kleinen Flusses.

«Möchtest du mir vielleicht eine Zigarette geben?» fragte Yves. Er hatte eine ganz neue Stimme, ein ganz neuer Kummer schwang darin, und als Eric ihn anblickte, sah er zum erstenmal, wie das Gesicht eines Liebhabers zum fremden Gesicht wird.

«*Bien sûr.*» Er zündete zwei Zigaretten an und gab eine davon Yves. Sie beobachteten einander im seltsamen Schein der beiden glimmenden Punkte – und lächelten, fast wie Verschwörer.

Dann fragte Eric: «Yves, liebst du mich?»

«Ja», sagte Yves.

«Das ist gut», sagte Eric, «denn ich bin verrückt nach dir. Ich liebe dich.»

Dann zog er, nackt, im hellen Mondlicht, langsam die Decken von Yves ab. Sie betrachteten einander, und lange starrte er auf Yves' Körper, bis Yves die Arme hob, mit dem gleichen traurigen, versteckten Lächeln, und ihn küßte. Eric spürte, wie unter seinen Fingern Yves' Glied sich langsam regte und steif wurde. Dieser aufgerichtete Muskelstrang stand beherrschend über der langen Landschaft seines Lebens – wie die Kathedrale über der Ebene.

Als erinnere er sich ebenfalls an jenen Tag und jene Nacht, wandte Yves jetzt den Kopf und blickte Eric mit einem fragenden, grübelnden und triumphierenden Lächeln an. Und in diesem Augenblick trat Madame Belet ein, begleitet vom Geräusch von Messern, Gabeln und Tellern, und knipste das Licht an. Yves' Gesichtsausdruck änderte sich, das Meer verschwand. Yves erhob sich vom Kissen, seine Augen blinzelten ein wenig. Madame Belet stellte Geschirr und Besteck behutsam auf den Tisch und marschierte wieder hinaus; gleich darauf kehrte sie mit einer Flasche Wein und einem Korkenzieher wieder. Beides stellte sie ebenfalls auf den Tisch. Yves ging hinüber und begann die Flasche zu öffnen.

«Sie denkt, du läßt mich im Stich», sagte Yves. Er goß sich ganz wenig Wein in sein Glas, dann schenkte er Eric ein. Munter sah er ihn an, goß das erste Glas voll und setzte die Flasche hin.

«Im Stich?» Eric lachte. Yves sah erleichtert aus und ein wenig beschämt. «Du meinst – sie denkt, ich laufe vor dir weg, was?»

«Sie denkt, du hast vielleicht doch nicht ernsthaft die Absicht, mich nach New York zu bringen. Sie sagt, die Amerikaner sind ganz anders, wenn – wenn sie erst mal wieder in ihrem eigenen Land sind.»

«Na, woher will sie das denn so genau wissen?» Er war plötzlich ärgerlich. «Jedenfalls geht sie das einen feuchten Kehricht an.» Madame Belet trat ein, und er funkelte sie durchdringend an. Unerschütterlich stellte sie eine flache Schüssel auf den Tisch, die *les crudités* enthielt, sowie einen Korb mit Brot. Dann ging sie wieder in die Küche, während Erics Blick wohlwollend auf ihrem straffen, so überaus patriotischen Rücken ruhte. «Wenn es etwas gibt, das ich nicht ausstehen kann, dann sind es heimtückische alte Weiber.»

Sie setzten sich. «Sie meint es bestimmt nicht böse», sagte Yves. «Sie dachte, sie spräche zu meinem Vorteil und Nutzen.»

«Aha, sie denkt also, es kann dir nur nützlich sein, wenn du mir mit etwas mehr Mißtrauen begegnest – und zwar gerade wenn ich mich anschicke, die Überfahrt anzutreten? Kommt sie nicht auf den Gedanken, daß wir ohnehin genug Kummer haben?»

«Ach, du weißt doch. Die Leute nehmen Beziehungen zwischen jungen Männern nun einmal nicht ernst. Wir werden kaum sehr viele Leute finden, die uns glauben, daß wir einander lieben. Sie glauben nicht, daß es zwischen Männern Tränen geben kann. Sie denken, alles zwischen uns ist bloß Spielerei, und wir tun es nur, um sie gehörig zu schockieren.»

Eric war still; schweigend kaute er an dem rohen Gemüse herum, das gar keinen Geschmack zu haben schien. Er nahm einen Schluck Wein, aber es half nichts. Sein Leib zog sich zusammen, und seine Stirn begann feucht zu werden. «Ich weiß. Und das alles wird in New York nur noch schlimmer sein.»

«Nun ja», sagte Yves mit einem sonderbaren und rührenden Ton von Endgültigkeit in der Stimme, «solange du mich nicht verläßt, habe ich keine Angst.»

Eric lächelte – über den Ton, über die Feststellung, aber er spürte, wie ein heißes Rot seine Stirn überflutete, und eine seltsame Furcht schloß ihm die Kehle. «Ist das ein Versprechen?» fragte er.

Die Frage kam leicht und beiläufig, aber seine Stimme klang wie erstickt, und Yves, der den Kopf über den Teller gesenkt hatte, blickte auf. Sie sahen einander an. Eric starrte in Yves' dunkle Augen, mit Schrecken gewahrte er, daß Yves' Stirn wie ein nackter Schädel schimmerte; und zugleich betrachtete er, voll unendlichen Begehrens, Yves' geschwungene, leicht geöffnete Lippen, hinter denen die Zähne schimmerten. Eric hatte diese Zähne gefühlt, auf seiner Zunge, auf seinen Wangen, und oft und oft hatten jene Lippen ihn aufstöhnen und erbeben lassen. Und jäh schien es, als erzittere der kurze Tisch zwischen ihnen.

«Warum bezahlen wir Madame Belet nicht jetzt schon», fragte Eric, «und schicken sie dann nach Hause?»

Yves erhob sich und ging in die Küche. Eric kaute mit vollen Backen weiter an dem rohen, nach Knoblauch schmeckenden Gemüse herum und dachte dabei: *Dies ist unsere letzte Nacht hier. Unsere letzte Nacht.* Wieder vernahm er die Stimmen in der Küche. Madame Belet schien erst zu widersprechen, dann willigte sie ein, am Morgen wiederzukommen. Er trank sein Glas aus. Dann schlug die Küchentür zu, und Yves kehrte zurück.

«Ich glaube, sie ist ein bißchen verärgert», sagte Yves lächelnd, «aber immerhin hat sie nicht weiter gemuckst. Morgen früh will sie wiederkommen, vor allem, um dir auf Wiedersehen zu sagen. Sie will dir, glaube ich, unmißverständlich zeigen, wie wenig du ihr gefällst.» Er setzte sich nicht wieder hin, sondern blieb an seinem Ende des Tischs stehen, die Hände in die Seiten gestemmt. «Sie sagt, das Hühnchen ist fertig, wir sollen's nicht kalt werden lassen.» Er lachte, und Eric lachte auch. «Ich hab ihr gesagt, bei Hühnern ist es ganz egal, ob sie kalt sind oder warm, ich mag sie so und so.» Wieder lachten sie beide. Dann fiel jähe Stille zwischen sie.

Eric erhob sich und ging zu Yves hinüber, und einen Augenblick lang standen sie sich wie zwei Ringkämpfer gegenüber, die ihre Körperkräfte taxieren, lächelnd und bleich. Immer schien Yves einen Augenblick vor dem Akt selbst unschlüssig zu werden wie vor einer Versuchung – nicht wie ein Mädchen, wie ein Junge: und dieses seltsam unschuldige Abwarten, diese männliche Hilflosigkeit rief in Eric stets eine stürmische Zärtlichkeit hervor. Alles in ihm, aus allen geheimnisvollen, verborgenen Quellen, aus Höhen und Tiefen, strömte wie eine gewaltige Flutwelle zusammen, die über die engen Ufer des Gebirgsflußbettes zu schwemmen droht. Und so auch ließ es ihn erschauern – wie eisiges Wasser, und so tobte und brüllte es in ihm, drohend, ein Unbekanntes, das sich kaum noch kontrollieren ließ; und er erbebte unter dem Ungestüm, mit dem die Woge seines Innern zu Yves hinflutete. Dieses Ungestüm aber war es zugleich, was ihn weich und sanft machte, denn es erschreckte ihn. Und leicht und fragend berührte er jetzt Yves' Wange. Yves' Lächeln verblaßte, er sah Eric an, sie sanken einander in die Arme.

Auf dem Tisch standen die Weinflasche und die Gläser, standen Teller, Schüssel, Brot; Yves hatte eine brennende Zigarette im Aschenbecher liegenlassen, sie war jetzt fast nur noch Asche, lang und grau; in der Küche brannte das Licht. «Du sagst, bei den Hühnchen ist es egal?» flüsterte Eric mit leisem Lachen. Und Yves lachte; ein leichter Hauch von Knoblauch, von beißendem Schweiß stieg von ihm auf. Ihre Arme schlangen sich umeinander, dann trennten sie sich wieder, und sich an den Händen fassend, stolperten sie ins Schlafzimmer, in den großen Hafen ihres Bettes. Vielleicht war es ihnen noch nie zuvor so sehr wie ein Hafen, ein Zufluchtsort erschienen, noch nie so sehr als ihr Eigen wie jetzt, da die schrecklichen Flutwasser der Zeit nahe daran waren, sie einzuholen, ihr Bett zu überfallen. Und vielleicht hatten sie nie zuvor so eng zueinander gehört, hatten nie zuvor dem andern so viel gegeben oder genommen, wie sie es jetzt taten, brennend und schluchzend, auf dem ächzenden Bett.

Langsam, heftig, lange Zeit mühten sie sich beide ab: beide fürchteten sie das Ende. Beide fürchteten sie den Morgen, wenn Mond und Sterne verschwunden sein würden, wenn dieses Zimmer grell und öde im schmerzenden Sonnenlicht liegen, dies Bett entblößt sein und auf neue Körper warten würde. *Liebe ist kostspielig*, hatte Yves einmal gesagt, mit einem eigenartig trockenen Staunen in der Stimme. *Man braucht allerhand Zubehör drumherum, Hausrat, Möbel – oder sie bleibt nicht lange.* Diese Umgebung würde es nun für eine ganze Weile nicht geben – wie lange mußte diese Nacht dauern, wie lange mußten sie davon zehren? Was würde der Morgen bringen – der drohende Morgen, hinter dem sich so viele andere Morgen, so viele andere Nächte verbargen . . .

Und sie stöhnten auf. *Bald*, flüsterte Yves, und seine Stimme klang eigensinnig wie die eines Kindes und war von schrecklichem Schmerz erfüllt. *Bald*. Erics Hände, Erics Mund öffneten und schlossen sich auf dem Leib seines Liebhabers, ihre Körper strafften sich, drängten noch näher zueinander, und Yves erzitterte und rief Erics Namen, wie noch niemand diesen Namen je gerufen hatte. *Eric. Eric. Eric.* Die Laute seines Atems erfüllten Eric – sie waren schwerer und lauter als das ferne Rauschen der See.

Dann lagen sie still, sie atmeten heftig. Das Rauschen der See kehrte zurück. Sie nahmen das Licht im Wohnzimmer wahr, das Licht, das noch in der Küche brannte. Aber sie regten sich nicht. Still lag einer in des anderen Armen, in dem langsam erkaltenden Bett. Bald würde einer von ihnen – Yves mochte es sein – sich bewegen, würde zwei Zigaretten anzünden. Und rauchend, schwatzend und kichernd würden sie im Bett liegen. Dann würden sie duschen; *Was für ein drolliges Gespann wir doch sind!* würde Yves ausrufen – und dabei ein triumphierendes Lachen anstimmen. Dann würden sie sich anziehen, würden vermutlich etwas essen, würden vermutlich ausgehen. Und bald würde die Nacht zu Ende sein. Aber im Augenblick waren sie ganz einfach erschöpft, Friede herrschte zwischen ihnen, und sie hatten keinerlei Neigung, den einzigen Hafen zu verlassen, den sie beide je gefunden hatten.

Aber in Wirklichkeit rührten sie sich in jener Nacht überhaupt nicht mehr, sie rauchten keine Zigaretten, aßen kein Huhn, unterhielten sich nicht und tranken auch keinen Champagner. Sie schliefen ein, wie sie waren, dicht aneinandergekuschelt, eingelullt, in den Schlummer gewiegt vom Rauschen der See. Eric wachte einmal auf, als das Kätzchen ins Bett kroch und versuchte, sich um Yves' Nacken zu schmiegen. Aber er vertrieb es ans Fußende des Bettes. Er drehte sich auf die andere Seite, stützte sich auf den einen Ellbogen und beobachtete Yves' schlafendes Gesicht. Er dachte daran, aufzustehen und alle Lichter auszudrehen; auch verspürte er leichten Hunger. Aber nichts schien ihm wichtig genug, ihn aus dem Bett zu locken, ihn Yves wegzunehmen, und sei es auch nur für einen Augenblick. Er legte sich wieder hin, schloß die Augen und lauschte auf Yves' Atem. Er schlief wieder ein. *Das Leben ist ganz anders in New York*, dachte er, und mit diesem Gedanken wachte er auf, als gerade die Sonne aufzugehen begann. Yves war wach und sah ihm zu. *Vielleicht wird er New York hassen*, dachte Eric. *Und dann – wird er vielleicht auch mich hassen.* Yves sah ängstlich und zugleich entschlossen aus. Sie waren schweigsam. Plötzlich riß Yves ihn in seine Arme, als habe ihn ein jäher Zorn erfaßt oder als habe er sich verirrt. Nach und nach kam wieder Friede zwischen ihnen auf; dann lagen sie still beieinander, blauer Zigarettenrauch schwelte in der sonnigen Luft, zu ihren Füßen schnurrte im warmen Licht das Kätzchen. Aus der Küche drang Geräusch; Madame Belet war gekommen, und Eric wußte, daß es Zeit war, sich aufzumachen.

2

Acht Tage später war Eric in New York. Noch immer klangen ihm Yves' letzte Worte im Ohr, noch immer fühlte er am ganzen Leib seine Berührungen, seinen Geruch. Und wie der Scheinwerfer des Eiffelturms oder das Schwenklicht eines Leuchtturms erhellten Yves' Augen in Abständen die dichte Finsternis um ihn und verschafften ihm aus schwarzer Ferne die einzige Orientierung, gaben ihm die einzigen Möglichkeiten an die Hand, sein Schiff zu steuern.

Am letzten Tag in Paris, im letzten Augenblick noch, litten sie beide an schrecklichem Katzenjammer; sie waren die ganze Nacht auf gewesen, bei einem Freund zu Hause, hatten getrunken; ihre Gesichter waren grau und dumpf; sie stanken vor lauter Erschöpfung. Großes Geschrei und Durcheinander herrschte um sie her, und der Zug fauchte über sie hin wie ein unvorstellbar bösartiger Käfer. Fast waren sie schon zu müde, um noch Schmerz zu empfinden, nicht aber zu müde, um sich zu fürchten. Aus ihnen beiden dampfte es wie die Miasmen, die sich von der Gare St. Lazare erhoben. Im tiefen schwarzen Schatten der Halle – während ihre Freunde in diskreter Entfernung standen und der Stationsvorsteher auf dem Bahnsteig hin und her lief und brüllte: «*En voiture, s'il vous plaît! En voiture! En voiture!*» und der große Zeiger der großen Uhr sich der Stunde Null näherte – starrten sie einander ins Gesicht wie Kameraden, die einen Krieg hinter sich haben.

«*T'en fais pas*», murmelte Eric.

«*En voiture!*»

Eric schob sich hinauf zu der dicht umstandenen Abteiltür. Es war nichts mehr zu sagen; es war zu viel zu sagen.

«Ich hasse das Warten», sagte er. «Ich hasse den Abschied.» Er fühlte plötzlich, daß er nahe daran war, in Tränen auszubrechen, und Panik drohte ihn zu übermannen, als er gewahr wurde, daß alle Leute umher ihn beobachteten. «Wir werden uns», sagte er, «bald wiedersehen, sehr bald schon. Ich versprech's dir, Yves. Ich verspreche es. *Tu me fais toujours confiance, j'espère?*» Und er versuchte zu lächeln.

Yves antwortete nicht, aber er nickte; seine Augen waren sehr hell, viel Verletzlichkeit lag um seinen Mund, die Stirn war hoch und von Kummer gefurcht. Aus den Fenstern ertönte das Kreischen der Menschen; durch Fenster wurden letzte Bemerkungen ausgetauscht. Eric war der letzte, der in der Tür stand. Ein furchtbares Gefühl überkam ihn, als hätte er irgend etwas sehr Wichtiges vergessen. Er hatte Yves' Hotelzimmer bezahlt, gemeinsam hatten sie die amerikanische Botschaft aufgesucht und die französischen Behörden, auch hatte er Yves einiges Geld dagelassen – aber was sonst noch, was war nur sonst noch gewesen? Der Zug setzte sich langsam in Bewegung. Einen Augenblick wirkte Yves wie vor den Kopf geschlagen; Eric hob den Blick von seinem Gesicht, um all den anderen Lebewohl zu sagen. Yves trottete neben dem Zug her die Bahnsteigkante entlang; dann sprang er plötzlich aufs Trittbrett, klammerte sich mit einer Hand an und küßte Eric fest auf den Mund.

«*Ne m'oublie pas*», flüsterte er. «Du bist alles, was ich habe auf der Welt.»

Dann sprang er ab, gerade als der Zug anfing, Geschwindigkeit zu bekommen. Er rannte noch ein wenig den Bahnsteig entlang, dann hielt er an, die Hände in den Taschen, mit starrem Blick, und der Wind fuhr durch sein Haar und trieb es in die Höhe. Winkend sah Eric ihn stehen. Der Bahnsteig wurde schmaler, fiel ab, war zu Ende; der Zug fuhr um eine Biegung, und Yves war verschwunden. Es schien einfach nicht möglich zu sein, und mit stumpfem Blick starrte Eric auf die vorbeihuschenden Masten und Leitungsdrähte, auf das Schild mit der Aufschrift PARIS – ST. LAZARE, auf die kahlen Hintermauern der Gebäude. Dann liefen ihm die Tränen über das Gesicht. Er zündete sich eine Zigarette an und stand dann reglos weiter im Vorraum des Wagens, während die scheußlichen Vororte von Paris vorbeiflogen. Warum gehe ich nach Hause zurück? fragte er sich. Aber er wußte schon, warum. Es war Zeit. Um nicht alles zu verlieren, das er sich erworben hatte, mußte er vorwärts – und es alles dabei aufs Spiel setzen.

New York schien ihm in der Tat ganz und gar fremd. Fast hätte es – mit der unzugänglichen Roheit seiner Sitten und Gebräuche, mit seiner Atmosphäre von Gefahr und Schrecken, die ganz offen unter der rauhen, vom Herdengetriebe verwischten Oberfläche schlummerte – eine unergründlich exotische Stadt des Ostens sein können. So strahlend und glanzvoll gegenwärtig lag sie da, daß es schien, als habe sie gar nichts zu schaffen mit dem Verstreichen der Zeit: ja als sei die Zeit so ganz und gar spurlos über sie hinweggegangen wie über Karthago und Pompeji. Sie schien keinerlei Sinn zu haben für die Erfordernisse menschlichen Zusammenlebens; so öffentlich war alles an ihr, daß sie am Ende noch das verzweifelte Gegenteil wurde: die einsamste, heimlichste aller Städte. Fortwährend wurde man von ihr abgestoßen, und doch verlangte es einen zugleich nach den anderen, nach einem menschlichen Kontakt; und war man in New York – so lautete die alte, immer gleiche Klage – auch niemals wirklich allein, so hatte man doch dauernd schwer zu kämpfen, um nicht an Einsamkeit zugrunde zu gehen. Dieser Kampf, auf die verschiedensten Arten geführt, schuf das sonderbare Klima der Stadt, ihre Fremdheit, ihre befremdende Eigenart. Die Mädchen von der Fifth Avenue trugen ihre hellen Kleider wie Signale, mit dem hilflosen Versuch, die neuesten Neuigkeiten über ihre verborgenen Kümmernisse der Aufmerksamkeit der Männer nahezubringen. Aber die Männer vermochten diese Botschaft nicht zu lesen. Mit wichtigen Mienen schritten sie dahin, kleine anonyme Hüte auf dem Kopf, oder auch barhäuptig, mit jugendlich gescheiteltem Haar oder mit langen Schmachtlocken, ausgerüstet mit Diplomatenaktentaschen und ganz offensichtlich auf dem Weg zum Raucherabteil eines Zuges. Und in diesem Hafen angelangt, schlugen sie ihre Zeitungen auf und machten sich über die schlimmen Nachrichten des Tages her. Oder man konnte sie, wenn es fünf Uhr geschlagen hatte, in verschwiegen düsteren, anonym angezeigten Bars antreffen, mißmutig, in spröder, öder, mißmutiger weiblicher Gesellschaft, wo sie lustlos einen Martini nach dem andern in sich hineinschütteten.

Dieses Zeichen der Verzweiflung, der verborgenen, vergrabenen Hoffnungslosigkeit, war überall und immer wieder anzutreffen. Auf allen Avenuen New Yorks schlich es dahin, durch alle Straßen New Yorks streifte es, unablässig und beharrlich; es war allgegenwärtig, in Sutton Place, wo der Produzent von Erics Stück wohnte und die große Welt sich oft ein Stelldichein gab, wie auch in Greenwich Village, wo Eric sich eine Ein-Zimmer-Wohnung gemietet hatte und voller Entsetzen sah, was die Zeit den Menschen angetan hatte, die er einst so gut gekannt. Er wurde das Gefühl nicht los, als wüte um ihn her eine Art Seuche, mochte das offiziell und öffentlich wie privat auch noch so energisch bestritten werden. Selbst die Jugend schien davon angesteckt – sie vielleicht am meisten von allen. Die Jungen in ihren Bluejeans liefen miteinander herum; sie wagten kaum, einander zu trauen, doch einte sie, wie ihre Eltern, das jungenhafte Mißtrauen gegen die Mädchen. Ihre Gangart, eine Art antierotischer, knickebeiniger Trott, war eine Parodie auf jegliche Art der Fortbewegung und auf ihre Männlichkeit. Sie schienen förmlich zurückzuschaudern vor jedem Kontakt mit ihren grell und unsinnig deutlich abgezeichneten Geschlechtsteilen. Sie schienen – aber konnte es wahr sein? Und wie war es dahin gekommen? – sich ganz gewohnheitsmäßig wohl zu fühlen bei Brutalität und Gleichgültigkeit, und es war, als seien sie über jede menschliche Regung und Zuneigung förmlich erschrocken. Auf irgendeine sonderbare Weise schienen sie zu ahnen, daß sie ihrer unwert waren.

Eric war jetzt schon vier Tage in New York, und noch hatte er seinen Eltern im Süden keine Nachricht gegeben; an diesem späten Sonntag wanderte er durch die sommerlichen Straßen, um Cass und Richard einen Besuch zu machen. Sie wollten seine Rückkehr mit einem gemeinsamen Drink feiern.

«Ich freue mich, daß ihr glaubt, es gäbe dabei etwas zu feiern», hatte er am Telefon zu Cass gesagt.

Sie lachte. «Das ist aber gar keine sehr nette Bemerkung. Es klingt, als hättest du uns überhaupt nicht vermißt.»

«Oh, *euch* will ich alle gerne wiedersehn, bestimmt. Aber ich weiß nicht, ob ich die Stadt je wirklich vermißt habe. Hast du überhaupt mal gemerkt, wie häßlich sie ist?»

«Sie wird von Tag zu Tag häßlicher», sagte Cass. «Ein Musterbeispiel für übergeschnapptes freies Unternehmertum.»

«Ich wollte dir noch danken», sagte er nach einer Weile, «daß du mir geschrieben hast – das mit Rufus, meine ich.» Und in überraschend plötzlichem und schmerzlichem Groll dachte er: Niemand sonst ist auf den Gedanken gekommen.

«Nun, ich wußte ja», sagte sie, «daß du es gerne erfahren hättest.» Dann herrschte Schweigen zwischen ihnen. «Seine Schwester hast du wohl nie kennengelernt, oder?»

«Na ja, ich wußte eben bloß, daß er eine hat. Gesehen hab ich sie nie; sie war damals erst ein Kind.»

«Das ist sie jetzt bestimmt nicht mehr», sagte Cass. «Sie wird am Sonntag singen, unten im Village, zusammen mit ein paar Freunden von Rufus. Zum erstenmal. Wir haben versprochen, dich mitzubringen. Vivaldo wird auch dabei sein.»

Er dachte an Rufus. Er wußte nicht, was er sagen sollte. «Sie ist wohl ziemlich ihrem Bruder nachgeschlagen, was?»

«Das würde ich nicht gerade sagen. Ja und nein.» Und kurz: «Du wirst ja sehen.» Erneutes Schweigen entstand zwischen ihnen, und nach ein paar Sekunden legten sie auf.

Er betrat das Wohnhaus, ging zum Lift und nannte dem Fahrstuhlführer Stockwerk und Namen. Er hatte die Art, den Stil amerikanischer Fahrstuhlführer ganz vergessen, aber jetzt kam ihm die Erinnerung zurück. Der Mann schlug ohne ein verdrießliches Wort die Gitter des Lifts zu, und die Kabine stieg nach oben. Die Art seines Schweigens brachte deutlich zum Ausdruck, wie sehr die Silenskis samt ihren Freunden seine Mißbilligung fanden, und er ließ unverhohlen durchblicken, daß er bei einem etwaigen Vergleich mit ihnen nicht eben schlecht abzuschneiden gedachte.

Eric drückte auf die Klingel. Cass öffnete sofort, und sie sah hell aus wie der helle Tag. «Eric!» Sie betrachtete ihn von Kopf bis Fuß mit jener schelmischen Herzlichkeit, an die er sich jetzt wieder erinnerte. «Wie nett du aussiehst – mit diesen kurzen Haaren!»

«Und wie nett», gab er lächelnd zurück, «du erst aussiehst mit deinen langen! Oder waren sie immer schon so? Das ist eines von den Dingen, die man nach längerer Abwesenheit doch vergessen hat.»

«Laß dich anschaun!» Sie zog ihn in die Wohnung und schloß die Tür. «Du siehst ja wirklich blendend aus. Willkommen zu Hause!» Sie neigte sich plötzlich vor und küßte ihn auf die Wange. «Macht man das in Paris nicht so?»

«Da mußt du mich auf beide Wangen küssen», sagte er nachdrücklich.

«Oh.» Sie schien leicht verlegen, doch küßte sie ihn noch einmal. «Ist es so besser?»

«Viel besser», sagte er. Dann: «Wo sind sie denn, die anderen?» Denn das große Wohnzimmer war leer; nur der Klang eines Blues füllte es.

Man hörte die Stimme einer farbigen Frau, die Stimme von Bessie Smith, und sie riß ihn in heftigem Wirbel jäh in den heißen Mittelpunkt seiner Vergangenheit zurück: *It's raining and it's storming on the sea. I feel like somebody has shipwrecked poor me.*

Einen Augenblick sah Cass aus, als sei ihr Gesicht ein bitteres Echo auf seine Frage. Sie ging durchs Zimmer und drehte die Lautstärke der Musik leicht zurück. «Die Kinder sind drüben im Park – mit ein paar Freunden. Richard sitzt in seinem Arbeitszimmer und plagt sich. Aber sie sollten jetzt eigentlich fast jeden Moment auftauchen.»

«Oh», sagte er, «dann bin ich zu früh gekommen. Das tut mir leid.»

«Du bist keineswegs zu früh gekommen, du warst ganz pünktlich. Und mir tut es sehr wohl. Ich hoffte nämlich, ich hätte noch Gelegenheit, mit dir allein zu sprechen, bevor wir uns mitten ins Getümmel stürzen.»

«Im Augenblick ist das Getümmel hier sehr annehmbar», sagte er. Cass ging zur Bar hinüber, und er warf sich aufs Sofa. «Es ist mächtig angenehm und kühl hier drinnen. Draußen ist's fürchterlich. Ich hatte wahrhaftig schon vergessen, wie heiß New York sein kann.»

Die breiten Fenster standen offen, und jenseits breitete sich die weite Fläche des Wassers aus, hell schimmernd und friedvoll, aber doch trüber und düsterer als das Mittelmeer. Die Brise, die den Raum füllte, strich unmittelbar vom Wasser herüber; fast schien es, als bringe sie den würzigen Duft und den Geruch Europas mit sich – und dazu das Murmeln von Yves' Stimme. Eric lehnte sich zurück, umfangen von einer Art friedvoller Melancholie, getröstet durch die Rhythmen von Bessies Song, und sah hinüber zu Cass.

Die Sonne umgab ihr goldenes Haar, das hochgesteckt war und in mädchenhaften, irgendwie doch zu kunstlosen und unpassenden Wellen über die Stirn herabfiel. Das sollte dem Gesicht etwas mehr Sanftheit verleihen, einem Gesicht, dessen auffallendster Zug stets eine hagere, zerbrechliche Knochigkeit gewesen war. Ein feines Netz von Runzeln und Fältchen hatte jetzt die großen Augen umgeben; die Sonne enthüllte, daß sie ein wenig zu viel Make-up trug. Dies und etwas unbestimmbar Kummervolles in der Linie ihres Mundes und ihres Kinns, wie sie schweigend, den Blick gesenkt, an der Bar stand, ließen Eric fühlen, daß Cass dahinzuwelken begann, daß die ersten Zeichen der Vergänglichkeit auftraten. Etwas Eisiges hatte sie angerührt.

«Was möchtest du – Gin oder Wodka oder Bourbon oder Scotch oder Bier? Oder vielleicht Tequila?» Lächelnd sah sie auf. Doch so echt ihr Lächeln auch war, es lag viel Müdigkeit und Überdruß darin. Es enthielt nicht mehr jene mutwillige Vergnügtheit, deren er sich entsann. Und auf ihrem Nacken hatten sich lauter winzige Runzeln gebildet, die er früher nie bemerkt hatte.

Wir werden langsam alt, dachte er, und das ist verdammt schnell gegangen.

«Ich glaube, ich bleibe lieber bei Whisky. Bei Gin werde ich zu rasch und zu sehr betrunken – und ich weiß ja noch nicht, was mir heute abend noch alles bevorsteht.»

«Aha», sagte sie, «Eric der Weitblickende! Und welche Sorte Whisky wäre gefällig?»

«In Paris – wenn wir da mal Whisky bestellten, was ich jedoch sehr lange nicht wagen durfte – meinten wir immer Scotch.»

«Du hast Paris sehr gern gehabt, nicht wahr? Du mußt es einfach gern gehabt haben, daß du so lange geblieben bist. Erzähl mir davon.»

Sie machte zwei Drinks fertig und setzte sich neben ihn. Von ferne hörten sie das gedämpfte *Kling!* einer Schreibmaschinenglocke.

It's a long old road, sang Bessie, *but I'm going to find an end.*

«So lange kommt mir's eigentlich gar nicht vor», sagte er, «jetzt – wo ich wieder zurück bin.» Er fühlte sich plötzlich ganz gehemmt und scheu, denn als Cass sagte: *Du hast Paris sehr gern gehabt,* mußte er sofort an Yves denken. «Es ist eine große Stadt – Paris –, und – der Aufenthalt dort hat mir sehr gut getan.»

«Das seh ich. Du scheinst viel glücklicher zu sein. Fast möchte ich sagen, es geht etwas Leuchtendes von dir aus.»

Sie sagte das ganz geradezu, mit einem kläglichen Verschwörerlächeln; ganz als kennte sie den Grund seines Glücks und freute sich für ihn.

Er schlug die Augen nieder, aber dann hob er wieder den Blick. «Es ist wohl nur die Sonne», sagte er, und sie lachten beide. Dann fügte er hinzu: «Freilich –» und seine Stimme unterdrückte nichts, «ich *bin* dort sehr glücklich gewesen.»

«Nun, du bist aber doch nicht weggegangen, weil du jetzt nicht mehr glücklich warst?»

«Nein.» *And when I get there, I'm going to shake hands with a friend.* «Ich kannte da einen jungen Burschen, der allerlei von seiner Seelenstärke hielt –» er nippte lächelnd an seinem Whisky – «einen Franzosen, und – also der hat mir eingeredet, ich würde noch ein ganz großer Star werden, wenn ich heimkehrte und diese Rolle übernähme. Und dabei hab ich keinerlei Mumm, es mit den Stars aufzunehmen, geschweige denn zu einem Disput mit einem Franzosen. So.»

Sie lachte. «Ich wußte gar nicht, daß die Franzosen sich mit dergleichen befassen. Ich dachte immer, sie wären so überaus logisch.»

«Die französische Logik ist ganz simpel. Was immer ein Franzose unternimmt, ist logisch, weil es ein Franzose tut. Damit hat die französische Logik einen schlechthin unschlagbaren Vorsprung gegenüber jeder anderen.»

«Das liegt auf der Hand», sagte sie und lachte wieder. «Ich hoffe nur, du hast das Stück lesen können, bevor dein Freund für dich bereits nach den Sternen griff. Ist es eine gute Rolle?»

«Die allerbeste», sagte er nach einem Augenblick, «die ich je gehabt habe.»

Wieder hörte er das kurze Klingeln der Schreibmaschine. Cass zündete sich eine Zigarette an, reichte Eric eine und gab ihm Feuer. «Wie ist es, willst du dich hier nun niederlassen oder hast du vor, wieder nach Frankreich zu gehen?»

«Ich habe im Moment noch gar keine Pläne», sagte er rasch; «eine ganze Menge – vielleicht alles – hängt davon ab, wie das Stück ankommt und was dann weiter daraus wird.»

Sie spürte, daß er ihr auswich, und wechselte den Ton. «Oh. Ich würde ja so gerne kommen und bei den Proben zusehen. Ich würde für dich laufen, dir Kaffee holen und was dergleichen mehr ist. Es gäbe mir das Gefühl, auch etwas zu deinem Triumph beigetragen zu haben.»

«Weil du sicher bist, daß es ein Triumph wird», sagte er lächelnd. «Du bist wunderbar, Cass. Das ist wohl eine Erscheinung, die man bei den Ehefrauen großer Männer allgemein antrifft.»

Weeping and crying, tears falling on the ground.

Trotzdem wurde die Atmosphäre zwischen ihnen leicht steif, kannten sie doch beide den Grund, weshalb er seine Karriere in New York so lange vernachlässigt hatte. Dann schweiften seine Gedanken hinüber zum Premierenabend, und er dachte: Dann wird Yves da sein. Dieser Gedanke erregte ihn und gab ihm ein Gefühl der Sicherheit. Sie hatte ihm gefehlt, diese Sicherheit, jetzt, als er hier allein bei Cass saß; sie hatte ihm gefehlt, seit er das Schiff verlassen. Seine Ohren sehnten sich schmerzend nach dem Klang von Yves' Schritten neben ihm: alle anderen Laute waren belanglos, ehe er nicht diesen rhythmischen Klang wieder vernahm. *Weeping and crying, tears falling on the ground.* Alle anderen Gesichter waren für ihn wie weggewischt durch den schneidenden Glanz von Yves' Abwesenheit. Er blickte hinüber zu Cass, und es verlangte ihn, ihr von Yves zu erzählen; aber er wagte es nicht, er wußte nicht, wie er hätte anfangen sollen.

«Frauen großer Männer – aha», sagte Cass. «Ich gäb was darum, wenn ich *den* literarischen Mythos einmal platzen lassen könnte!» Sie sah ihn an und nippte ernsthaft an ihrem Whisky, ohne daß sie ihn freilich zu genießen schien. *When I got to the end, I was so worried down.* «Du scheinst deiner sehr sicher zu sein», sagte sie.

«Wirklich?» Er war zutiefst erstaunt, aber auch angenehm berührt. «Dabei fühle ich mich keineswegs sehr selbstsicher.»

«Ich weiß doch noch, wie du warst, bevor du weggingst. Du warst einfach ganz erbärmlich dran. Wir alle fragten uns – *ich* fragte mich –, was wohl aus dir werden würde. Aber jetzt machst du ganz und gar keinen elenden Eindruck mehr.»

«Nein», sagte er und errötete unter ihrem forschenden Blick. «Das damals – das ist überwunden. Aber trotzdem weiß ich selber noch immer nicht, was mal aus mir wird.»

«Du wirst wachsen und reifen», sagte sie, «*das* ist deine Zukunft. Das *muß* deine Zukunft sein.» Und wieder schenkte sie ihm ihr seltsam inniges, wehmütiges Lächeln. «Es ist schön, das zu sehen; es ist sehr – beneidenswert. Ich beneide nicht eben viele Leute. Ich habe mich lange, lange nicht dabei ertappt, überhaupt jemanden zu beneiden.»

«Es ist reichlich komisch», sagte er, «daß du ausgerechnet mich beneiden solltest.» Er erhob sich vom Sofa und ging zum Fenster. Hinter ihm, unter der heftigen Klage der Musik, sammelte sich ein lastendes Schweigen: Auch sie, Cass, hatte etwas zu erzählen, aber er fühlte gar kein Bedürfnis, es zu erfahren. *You can't trust nodoby, you might as well be alone.* Den Blick starr auf das Wasser gerichtet, fragte er: «Wie stand es um Rufus – kurz vor seinem Ende?»

Nach einem kurzen Schweigen wandte er sich um und sah sie an. «Ich hatte dich eigentlich gar nicht danach fragen wollen, aber – ich glaube, ich wüßte es wirklich gern.»

Trotz der sanften, mildernden Pony-Frisur wurde ihr Gesicht hager und nachdenklich. Ihre Lippen krümmten sich. «Ein wenig hab ich dir ja berichtet», sagte sie, «in meinem Brief. Aber ich wußte ja nicht, wie du selber um die Zeit daran warst, und wollte dich nicht unnütz belasten.» Sie drückte ihre Zigarette aus und zündete sich eine neue an. «Er war sehr unglücklich, wie – wie du ja weißt.» Sie machte eine Pause. «Offen gesagt, wir waren eigentlich nie sehr intim mit ihm. Vivaldo kannte ihn besser als – nun, jedenfalls als wir.» Er empfand ein sonderbares Herzklopfen der Eifersucht: *Vivaldo!* «Wir bekamen ihn kaum noch zu Gesicht. Er war sehr engagiert – ein Mädchen aus dem Süden, aus Georgia –»

Found my long lost friend, and I might as well stayed at home!

«Davon hast du mir ja gar nichts gesagt!»

«Nein. Er war nicht sehr nett zu ihr. Er hat sie viel geschlagen –»

Er starrte sie an und fühlte, wie er bleich wurde; Erinnerungen stiegen in ihm auf, mehr Erinnerungen, als er sich wünschte; er fühlte plötzlich seine Hoffnung, seine Zuversicht auf Sicherheit bedroht – von unbezwinglichen, unbenennbaren Gewalten in seinem eigenen Innern. Er erinnerte sich an Rufus' Hände, an sein Gesicht, seinen Körper, an seine Stimme und an die fortwährenden Erniedrigungen. «Geschlagen? Wofür?»

«Ach, wer weiß das! Weil sie aus dem Süden war, weil sie eine Weiße war – ich kann's nicht sagen. Weil er Rufus war. Eine sehr häßliche Sache. Sie war ein so nettes Mädchen, vielleicht ein bißchen pathetisch –»

«Wollte sie denn geschlagen werden? Ich meine, fand irgend etwas in ihr vielleicht Gefallen daran? Gefiel es ihr, sich – erniedrigen zu lassen?»

«Nein, das glaube ich nicht. Ganz bestimmt nicht. Nun, es mag natürlich in jedem etwas sein, das sich Erniedrigung wünscht – aber so einfach, glaube ich, ist das Leben denn doch nicht. Ich traue all diesen Formeln nicht.» Sie machte eine Pause. «Um die Wahrheit zu sagen, ich glaube, sie liebte Rufus wirklich aufrichtig – und sehnte sich danach, von ihm geliebt zu werden.»

«Wie abnorm», sagte er, «du doch sein kannst!» Er trank sein Glas aus.

Eine schwache, schiefe Belustigung glitt über ihr Gesicht. «Jedenfalls entwickelte sich die Affäre schlimm und immer schlimmer, und das Mädchen wurde schließlich in eine Klinik eingeliefert –»

«Du meinst – ein Irrenhaus?»

«Ja.»

«Wo?»

«Im Süden. Ihre Familie kam und holte sie ab.»

«Mein Gott», sagte er. «Erzähl weiter.»

«Ja, also – dann verschwand Rufus, für ziemlich lange Zeit. Damals kam ich mit seiner Schwester zusammen, sie besuchte uns – auf der Suche nach ihm. Ja, und dann kam er eines Tages zurück und – starb.» Hilflos öffnete sie eine hagere Hand und schloß sie dann wieder zur Faust.

Eric wandte sich wieder zum Fenster. «Ein Mädchen aus dem Süden», sagte er. Ein Gefühl dumpfer, unbestimmter Qual stieg in ihm auf. Sehr lange schien das alles her zu sein – die Zeit des Keuchens und Zitterns, des Frierens und Brennens. Wie von fern kam die Qual jetzt; damals war sie kaum erträglich gewesen. Sie war nicht eigentlich eine Erinnerung; sie war ein Teil seiner selbst geworden. Doch ihre Macht, hatte sie auch abgenommen, war nicht gänzlich erloschen: Wieder erschien Rufus' Gesicht vor seinem inneren Blick, jenes dunkle Gesicht mit den dunklen Augen und den dicken, aufgeworfenen Lippen. Es war das Gesicht jener Augenblicke, in denen es in Liebe auf Eric geblickt hatte. Dann sprangen aus der Verborgenheit seine anderen Gesichter hervor, das listige, schmeichlerische Gesicht der Begierde, das ferne, fremde Gesicht der erreichten Lust. Dann, eine Sekunde lang, sah er Rufus' Gesicht, wie es in den Tod hinunterstarrte, und sah seinen Körper die Luft durchschneiden und auf das Wasser prallen, das Wasser, das sich jetzt vor ihm ausdehnte. Die alte Qual zog wieder in sein Inneres, wo sie sich eingenistet hatte. Aber ein neuer Schmerz, heimatlos noch, begann an seinem Herzen anzuklopfen – und nicht zum erstenmal: eines Tages würde er sich Einlaß erzwingen und bei ihm bleiben für alle Zeit. *Catch them. Don't let them blues in here. They shakes me in by bed, can't sit down in my chair.*

«Laß mich dir einen neuen Drink machen», sagte Cass.

«Gerne.» Sie nahm sein Glas. Als sie zur Bar ging, sagte er: «Du wußtest doch über uns Bescheid, glaube ich, oder? Ich glaube, jeder wußte davon – obwohl wir uns doch so gerissen vorkamen – und so. Er hatte natürlich auch immer eine Menge Mädchen um sich.»

«Nun, du ja auch», sagte sie. «Tatsächlich entsinne ich mich vage, als hättest du damals sogar mal an Heirat gedacht.»

Er nahm sein Glas von der Bar und schritt durch das Zimmer. «Ja. Daran hab ich auch lange nicht mehr gedacht.» Er hielt inne und zog ein säuerliches Gesicht. «Stimmt genau, ich bin damals wirklich mal mit ein paar Mädchen rumgezogen. Und jetzt fallen mir nicht einmal ihre Namen mehr ein.» Als er das aussprach, blitzten die Namen von zwei oder drei alten Freundinnen in seinem Gedächtnis auf. «Seit Jahren hab ich nicht mehr an sie gedacht.» Er kam zum Sofa zurück und ließ sich nieder. Cass beobachtete ihn von der Bar aus. «Die Mädchen», sagte er schmerzlich, «das war wohl nur Rufus' wegen; vielleicht wollte ich etwas beweisen, ihm und mir selbst –»

Die Dunkelheit im Zimmer nahm zu. Bessie sang: *The blues has got me on the go. They runs around my house, in and out of my front door.* Dann kratzte die Nadel eine Sekunde lang ziellos im Kreis, und der Plattenspieler klickte aus. Erics Aufmerksamkeit saß fest wie auf einem Hindernis, das er selbst dem Fluß seiner Gedanken in den Weg gestellt hatte; sie weilten bei jenen ungeliebten, aber doch nicht gänzlich unbegehrten Mädchen. Wie sie sich anfühlten, wie sie dufteten – alles flutete in seiner Erinnerung herauf; und jäh wunderte es ihn, daß er so lange nicht an diese Seite seiner selbst gedacht hatte. Es hatte an Yves gelegen. Dieser Gedanke erfüllte ihn ganz wider Willen mit furchtbarem Groll: er entsann sich Yves' kläglicher, widerlicher Abenteuer mit den Mädchen aus dem Quartier Latin und von Saint-Germain-des-Près. Diese Abenteuer hatten Eric nicht weiter berührt, weil sie doch Yves selbst offensichtlich so wenig berührt hatten. Aber jetzt stieß – wie ein Taucher, der an die Oberfläche kommt – das Entsetzen nackt an die Oberfläche seines Bewußtseins: Hier würde es geschehen. Hier würde er Yves verlieren. Und er, er würde allein sein, würde keine Frau haben, würde keinen Yves mehr haben. Das Fleisch begann ihm zu jucken; er spürte, wie er zu schwitzen anfing.

Er wandte sich um und lächelte Cass zu, die zum Sofa herübergekommen war und sehr still neben ihm im Dunkel saß. Sie beobachtete ihn nicht. Sie saß da, die Hände im Schoß gefaltet und war ganz mit ihren eigenen Gedanken beschäftigt.

«Das ist hier ja eine tolle Party», sagte er.

Lächelnd erhob sie sich und schüttelte sich etwas. «Das kann man wohl sagen, nicht wahr? Ich frage mich allmählich, wo die Kinder wohl bleiben – sie sollten jetzt schon zu Hause sein. Und vielleicht mach ich lieber doch mal etwas Licht.» Sie knipste eine Lampe in der Nähe der Bar an. Das Wasser und die Lichter entlang des Wassers glühten jetzt sanfter; die nahe Nacht kündigte sich an. Alles war perlgrau, mit Goldtönen vermischt. «Am besten geh ich jetzt mal und muntere Richard etwas auf.»

«Ich wußte gar nicht», sagte er, «daß es so leicht fallen würde, sich wieder daheim zu fühlen.»

Sie sah ihn munter an und grinste. «Und ist das gut?»

«Ich weiß noch nicht.» Es lag ihm auf der Zunge, noch mehr zu sagen, ihr von Yves zu erzählen, aber dann hörte er, wie die Tür von Richards Arbeitszimmer aufging und geschlossen wurde. Er wandte Richard das Gesicht zu, als er das Zimmer betrat; er sah sehr anziehend aus, jungenhaft und groß.

«Da haben wir dich also endlich doch wieder hier! Mir ist zu Ohren gekommen, daß Shubert Alley die letzten Cents dafür zusammenkratzen mußte. Wie geht's dir, altes Haus?»

«Gut, Richard, gut; und es tut gut, dich zu sehen.» Sie zogen einander an die Brust, ganz kurz nur, nach jener sonderbar verstümmelten, schauderhaften amerikanischen Sitte; dann traten sie voneinander zurück, um sich anzusehen. «Ich höre, du verkaufst noch mehr Bücher als Frank Yerby.»

«Bessere», sagte Richard, «aber nicht mehr.» Er blickte zu Cass hinüber. «Wie geht's dir, Kleines? Was macht der Kopfschmerz?»

«Eric fing an, mir von Paris zu erzählen, und darüber habe ich alles andere vergessen. Warum gehn wir nicht auch mal nach Paris? Ich glaube, das würde wahre Wunder an uns tun.»

«Und an unserem Bankkonto auch. Laß dir bloß nicht von diesem Ex-Auswanderer den Kopf verdrehen.» Er ging zur Bar hinüber und goß sich einen Drink ein. «Hast du drüben viele gebrochene Herzen zurückgelassen?»

«Oh, in der Hinsicht war man sehr zurückhaltend. So viele Jahrhunderte Bildung und Gesittung bedeuten schon etwas, weißt du.»

«Also genau das hat man mir auch andauernd erzählt, als ich drüben war. Bloß außer Armut, Verlorenheit und Krankheit schien dabei nicht viel herausgekommen zu sein. Wie fandest du's denn?»

«Mir hat's gefallen. Ich hab mich glänzend amüsiert. Na ja, ich war natürlich nicht in der Armee –»

«Und die Franzosen? Also ich hab sie nie ausstehen können; mir kamen sie immer ausgesprochen widerlich und falsch vor.»

«Das hab ich nicht so empfunden. Sie können einem verdammt auf die Nerven gehen – aber ich mochte sie nun einmal.»

«Na schön. Natürlich bist du weit geduldiger, als ich's je gewesen bin.» Er grinste. «Wie steht's mit deinem Französisch?»

«*Du trottoir* – aber fließend.»

«Im Bett gelernt, was?»

Eric errötete. Richard weidete sich an seinem verlegenen Ausdruck und lachte.

«Tja, ich will's nicht bestreiten.»

Richard trug sein Glas zum Sofa und setzte sich. «Ich sehe, das Reisen hat deine Moral nicht eben veredelt. Wie ist es denn, bleibst du jetzt eine Weile im Lande?»

Eric ließ sich in einem Sessel auf der gegenüberliegenden Seite des

Zimmers nieder. «Nun, bis zur Premiere des Stücks muß ich ja mindestens bleiben. Aber danach – wer weiß?»

«Also», sagte Richard und hob sein Glas, «da ist ja noch Hoffnung. Möge es länger laufen als *Tobacco Road*!»

Eric schauderte. «Aber ohne mich, alter Freund.» Er trank, er zündete sich eine Zigarette an; gewisse wohlbekannte Empfindungen, Furcht und Ärger, begannen sich in ihm zu regen. «Erzähl doch mal etwas von dir – wie ist der neueste Stand?»

Doch während er das sagte, wurde ihm bewußt, daß es ihm ganz gleichgültig war, was Richard unterdessen getrieben hatte. Die Frage war aus reiner Höflichkeit gekommen, nur weil Richard doch mit Cass verheiratet war. Er fragte sich, ob er das je so deutlich empfunden hatte. Vielleicht hatte er es sich nur nie einzugestehen vermocht. Vielleicht hatte Richard sich verändert – aber veränderten sich die Menschen denn überhaupt? Er fragte sich, welchen Eindruck er wohl von Richard hätte, wäre dies ihre erste Begegnung. Und dann fragte er sich, was wohl Yves von diesen Menschen halten würde – und sie von Yves.

«Da gibt's nicht viel zu erzählen. Über das Buch weißt du ja Bescheid – ich hol dir nachher noch ein Exemplar, als Willkommensgeschenk –»

«Schon deswegen solltest du froh sein, daß du wieder daheim bist», sagte Cass.

Richard sah sie lächelnd an. «Keine Sabotage, bitte.» Zu Eric sagte er: «Cass zieht mich immer gern auf.» Dann: «Es kommt übrigens ein neues Buch; das erste wird wohl Hollywood kaufen, und eine Fernsehsache ist auch in Aussicht.»

«Irgendwas für mich mit drin?»

«Alle Rollen schon besetzt, leider. Aber wir hätten sowieso wohl nicht viel für dich tun können.» Die Türglocke läutete. Cass ging hinaus.

Plötzlich entstand draußen ein ungeheures Getümmel, Schluchzen und Jammern war zu hören, aber Eric reagierte nicht darauf, bis er sah, wie Richards Gesicht sich veränderte, und Cass weinen hörte. Dann standen Richard und Eric auf, und die Kinder platzten ins Zimmer. Michael schluchzte, und Blut tropfte ihm aus Nase und Mund auf sein rot-weiß gestreiftes Hemd. Hinter ihm kam Paul, bleich und still, das Gesicht und die Handknöchel mit Blut verschmiert; sein weißes Hemd war zerrissen.

«Ist ja gut, Cass», sagte Richard rasch, «ist ja alles gut. Sie leben ja noch.» Michael rannte auf seinen Vater zu und barg sein blutiges Gesicht an seinem Leib. Richard blickte auf Paul. «Was zum Teufel ist denn da los gewesen?»

Cass zog Michael zu sich und sah ihm ins Gesicht. «Komm doch, mein Kleiner, wir wollen dich erst mal abwaschen und nachsehen, was du abgekriegt hast.» Noch immer schluchzend, im Zustand schrecklicher Aufregung, wandte sich Michael ihr zu. Cass hielt ihn in den Armen.

«Komm doch, mein Liebling, jetzt ist ja alles gut; sei still, mein Liebling, komm.» Michael wurde weggeführt, die Hand in Cass' zitternder Hand, und Richard warf Eric über Pauls Kopf weg einen kurzen Blick zu.

«Also los», sagte er zu Paul, «was ist passiert? Seid ihr in eine Balgerei geraten, oder hast du ihn so zugerichtet oder was?»

Paul setzte sich und preßte die Hände zusammen. «Was eigentlich passiert ist, weiß ich nicht.» Ihm kamen selber fast die Tränen; sein Vater wartete. «Wir hatten Ball gespielt und wollten uns gerade auf den Heimweg machen. Wir haben gar nichts getan, bloß so rumgekalbert und gelaufen. Ich hab dabei gar nicht auf Mike geachtet; er war hinter mir, mit ein paar von seinen Freunden. Dann –» er blickte seinen Vater an – «dann kamen da so 'n paar farbige – farbige Jungens, kamen über den Hügel da, und sie brüllten irgendwas, das hab ich nicht verstehn können. Einer von ihnen stellte mir ein Bein, wie ich vorbeiging, und dann fingen sie an, die kleinen Jungens zu verprügeln, und wir sind hingelaufen, um sie davon abzubringen.» Wieder sah er seinen Vater an. «Wir haben sie hier noch nie gesehen, keinen von ihnen; ich hab keine Ahnung, wo sie her sind. Einer hatte Mike auf die Erde geworfen und schlug und stieß auf ihn ein, aber ich kriegte ihn weg.» Er sah auf seine blutige Faust. «Ich glaube, ich hab ihm ein paar Zähne aus dem Gesicht geschlagen.»

«Gutgemacht. Aber hast du nicht selber auch was abgekriegt? Wie fühlst du dich?»

«Ich – ich fühl mich ganz gut.» Aber er schauderte.

«Steh auf, komm mal her und laß mich nachsehn.»

Paul stand auf und ging zu seinem Vater hinüber, der sich hinkniete und ihm ins Gesicht sah; sanft tastete er ihm Brust und Bauch ab, strich ihm über Nacken und Gesicht. «Du hast da ein ziemlich böses Loch im Kiefer, weißt du das?»

«Mike hat's noch schlimmer erwischt als mich.» Aber ganz plötzlich brach er in Tränen aus.

Richards Lippen krausten sich; er schloß seinen Sohn in die Arme. «Weine nicht, Paul, jetzt ist doch alles vorbei.»

Doch Paul konnte die Tränen, die nun einmal zu fließen begonnen hatten, nicht mehr aufhalten. «Wieso wollen die bloß so was machen, Pappi? Wir haben sie doch noch nie gesehen bisher!»

«Manchmal – manchmal geht es in der Welt so zu, Paul. Du mußt dich eben in acht nehmen vor solchen Raufbolden.»

«Liegt es daran, daß sie farbig sind und wir weiß? Ist das der Grund?»

Wieder sahen sich Richard und Eric an. Richard schluckte. «Die Welt ist voll von allen möglichen Menschen, und machmal tun sie sich gegenseitig schreckliche Dinge an, aber – das ist nicht der Grund.»

«Manche Farbigen sind sehr nett», sagte Eric, «und manche wieder sind nicht so nett – wie die Weißen. Manche sind nett und manche eklig.»

Aber das alles klang keineswegs sehr überzeugend, und er wünschte, er hätte sich ruhig verhalten.

«Also solche Sachen sind hier in letzter Zeit immer häufiger vorgekommen», sagte Richard, «und offen gesagt, mir reicht's allmählich; sollen sie doch die ganze Insel den gottverdammten Indianern zurückgeben. Ich glaube, die haben kaum je die Absicht gehabt, uns hier glücklich werden zu lassen.» Er gab ein dünnes, trockenes Lachen von sich und wandte seine Aufmerksamkeit wieder Paul zu. «Würdest du welche von diesen Jungens wiedererkennen, wenn du sie noch mal sähst?»

«Ich glaub schon», sagte Paul. Er holte tief Luft und trocknete sich die Augen. «Einen, das weiß ich, würde ich bestimmt wiedererkennen, den einen, den ich erwischt habe. Als das Blut ihm aus der Nase lief und aus dem Mund, das sah so – so widerlich aus auf seiner Haut.»

Richard sah ihn einen Augenblick nachdenklich an. «Also dann wollen wir erst mal rübergehn und uns ein bißchen saubermachen. Und dann sehn wir nach, was mit dem alten Michael los ist.»

«Michael kann sich nicht wehren», sagte Paul, «und die Jungens hacken andauernd auf ihm herum.»

«Na, da werden wir was unternehmen müssen. Er wird lernen müssen, sich zu wehren.» Er ging zur Tür, den Arm um Pauls Schulter gelegt. Dann wandte er sich zu Eric um. «Mach's dir gemütlich, ja? In ein paar Minuten sind wir wieder da.» Und Paul und er verließen das Zimmer.

Eric lauschte auf die Stimmen der Kinder und ihrer Eltern – ein wirres, undeutliches Durcheinander. «Alle richtigen Jungens balgen sich», sagte Richard, «daraus wollen wir doch keine Staatsaffäre machen.» – «Das war keine einfache Balgerei», sagte Cass. «Sie sind angegriffen worden. Das ist etwas ganz anderes, finde ich.» – «Cass, wir wollen es doch nicht schlimmer machen, als es ist.» – «Ich bin immer noch der Meinung, wir sollten den Arzt rufen; *wir* wissen doch gar nichts vom menschlichen Körper; wie sollen *wir* denn sicher sein, daß nicht irgendwas gebrochen ist – oder eine innere Blutung eintritt! Es passiert doch dauernd, daß Leute zwei Tage nach einem Unfall plötzlich tot umsinken.» – «Schon gut, schon gut, nun hör bloß mit dieser Hysterie auf. Willst du die beiden zu Tode ängstigen?» – «Ich bin nicht hysterisch, und du hör bloß auf, den Unerschütterlichen zu spielen! Ich bin nicht deine Leser, ich *kenne* dich!» – «Was soll denn das nun wieder heißen?» – «Nichts. Gar nichts. Willst du jetzt bitte den Arzt anrufen?» Michaels Stimme brach ein, hoch und schrill, mit dem ganzen Schrecken des Kindes. «Also das ist doch das Albernste, was ich je gehört habe», sagte Cass jetzt in ganz anderem Ton und mit großer Autorität; «selbstverständlich wird niemand hier reinkommen, während du schläfst. Mama und Pappi sind doch da und Paul ebenfalls.» Wieder unterbrach sie Michaels Stimme. «Aber ja doch, wir gehen bestimmt nicht aus», sagte Cass. «Wir bleiben heute abend zu Hause», sagte Richard, «und Paul und ich werden dir ein paar Kniffe beibringen, daß den Jungens die Lust vergehen wird, sich noch mal an dich ranzumachen. Wenn wir die richtig durchexerziert haben, werden diese Burschen vor *dir* Angst haben. Paß nur auf, mein Junge, wenn sie dich bloß kommen sehn, werden sie verschwunden sein wie der Blitz.»

Er hörte Michaels unsicheres Lachen. Dann war die Wählscheibe des Telefons zu hören, Richards Stimme ertönte, und schließlich zeigte das kurze Glockenzeichen an, daß Richard aufgelegt hatte.

«Ich glaube, wir begleiten dich heute lieber nicht, nach allem, was passiert ist», sagte Richard, als er wieder ins Zimmer trat. «Es tut mir leid. Ich bin sicher, die beiden sind ganz wohlauf, aber Cass will unbedingt, daß der Arzt nach ihnen sieht, und da müssen wir ihn eben hier erwarten. Auf jeden Fall meine ich, daß wir sie heute abend nicht allein lassen sollten.» Er nahm Eric das Glas aus der Hand. «Laß mich dir was mixen.» Er ging hinüber zur Bar, aber er war nicht so ruhig, wie er sich den Anschein gab. «Kleine schwarze Schufte», murmelte er, «sie hätten das Kind umbringen können. Warum zum Teufel reagieren diese Lümmel sich nicht untereinander ab!»

«Sie haben Michael wohl ziemlich übel zugerichtet?»

«Na ja – ein Zahn ist locker, und seine Nase blutet, aber sie haben ihn, und das ist das Schlimmste, halb zu Tode erschreckt. Gott sei Dank, daß Paul dabei war.» Dann schwieg er. «Ich weiß gar nicht. Diese ganze Gegend, diese ganze Stadt führt sich auf, als wäre der Teufel in sie gefahren. Ich rede dauernd auf Cass ein, daß wir umziehen sollten – aber sie will einfach nicht. Na, vielleicht ist ihr das eine kleine Lehre.»

«Im Hinblick worauf?» fragte Cass. Sie schritt zu dem niedrigen Tisch vor dem Sofa, nahm ihre Zigaretten und zündete sich eine an.

«Im Hinblick auf einen Umzug. Raus aus der Stadt», sagte Richard.

Er beobachtete sie, als er das sagte, und sprach sehr ruhig, als hielte er nur mühsam an sich.

«Ich habe gar nichts gegen einen Umzug. Wir sind uns ja bloß nie einig geworden, wohin.»

«Das lag einzig daran, daß du bislang nichts anzubieten hattest als Einwände gegen jeden Ort, den ich vorschlug. Und da du es unterließest, Gegenvorschläge zu machen, mußte ich annehmen, daß dir an einem Umzug gar nicht ernstlich gelegen ist.»

«Richard! Ich bin einfach nicht besonders erbaut von all diesen Dichterkolonien, in denen du uns unterbringen willst –»

Richards Augen wurden dunkel wie tiefes Wasser. «Cass hat eine Abneigung gegen Schriftsteller», sagte er leichthin, zu Eric gewandt, «jedenfalls gegen alle, die ihren Lebensunterhalt mit Schreiben verdienen. Sie meint, Schriftsteller sollten nie aufhören, zu hungern und zu darben und rumzuhuren wie unser guter Freund Vivaldo. Das ist erst die richtig feine Art, mein Junge, das macht erst den verantwortungsvollen Künstler. Aber wir übrigen, die wir versuchen, eine Frau zu lieben und

Kinder aufzuziehen und ein bißchen Geld heranzuschaffen – wir sind der letzte Dreck.»

Sie war sehr bleich. «Dergleichen habe ich nie auch nur mit einem Wort gesagt.»

«Nicht? Ach. Es gibt eine ganze Menge Möglichkeiten –» er äffte sie nach – «dergleichen zu sagen. Tausendmal hast du es gesagt. Du darfst nicht glauben, daß ich blöd bin, Kindchen.» Er wandte sich wieder Eric zu, der in der Nähe des Fensters stand und wünschte, er könnte hinausflüchten. «Wenn sie mit einem Burschen wie Vivaldo –»

«Laß Vivaldo aus dem Spiel! Was hat er denn damit zu tun?!»

Richard gab ein überraschend belustigtes Lachen von sich und wiederholte: «Wenn sie mit einem Burschen wie Vivaldo zusammensteckte – Mensch, da könntest du sie aber jammern und stöhnen hören! Oh, oh, welch ein Martyrium! Und wie gerne sie's auf sich nehmen würde!» Er nahm einen Schluck von seinem Drink und ging durch das Zimmer auf sie zu. «Und weißt du, warum? Willst du wissen, warum?» Ein kurzes Schweigen entstand. Sie öffnete riesengroß die Augen, und ihre Blicke begegneten sich. «Weil du ganz genauso bist wie all die anderen amerikanischen Stocherlöcher. Du willst einen Kerl, für den du dich abhärmen kannst, den du bemitleiden kannst; du liebst ihn bloß, solange er hilflos ist. Dann kannst du dich so richtig ins Zeug legen, wie du so gerne sagst; dann kannst du seine Gehilfin sein, seine Kameradin! Mensch, Gehilfin!» Er warf den Kopf zurück und lachte schallend. «Dann, eines schönen Tages, fröstelt's den Burschen so komisch zwischen den Beinen, und wie er nachguckt und mal rumfühlt nach seinem Stumpf und Stiel nebst Anhang, findet er, daß die liebe Gehilfin sich längst selbst geholfen und die Dinger in den Wäscheschrank eingeschlossen hat.» Er trank sein Glas leer und zog scharf die Luft ein. Seine Stimme veränderte sich, sie wurde fast zärtlich vor Bekümmerung. «So geht das dann, so ist das dann, nicht wahr, mein Kleines? Du magst mich schon längst nicht mehr so, wie du mich früher einmal mochtest.»

Sie sah erschreckend müde aus; ihre Haut schien schlaff geworden zu sein. Ganz leicht legte sie eine Hand auf seinen Arm. «Nein», sagte sie, «so ist das nicht.» Dann durchbebte sie eine Art Wut, und Tränen drangen ihr in die Augen. «Du hast nicht das geringste Recht, mir solche Dinge ins Gesicht zu sagen; du machst mich für etwas verantwortlich, womit ich überhaupt nichts zu tun habe!» Er streckte die Hand aus, um ihre Schulter zu berühren; sie wich ihm aus. «Du solltest lieber gehn, Eric, dies hier wird kaum besonders unterhaltsam für dich sein. Bitte entschuldige uns bei Vivaldo und Ida.»

«Du kannst ja sagen, daß die Silenskis, das Musterehepaar, grad mal wieder ihren Sonntagsstreit hatten», sagte Richard; sein Gesicht war weiß, sein Atem ging schwer und rauh, er starrte Cass an.

Eric setzte behutsam sein Glas hin; am liebsten wäre er weggerannt.

«Ich werde einfach sagen, ihr hättet der Jungens wegen nicht weggekonnt.»

«Sag Vivaldo, er soll sich's zur Warnung dienen lassen. So was kann einem nämlich passieren, wenn man Kinder hat – wenn man kriegt, was man will.» Und einen Augenblick sah er ganz kläglich und jugendlich aus. Dann: «Zum Teufel, es tut mir leid, Eric. Es war bestimmt nicht unsere Absicht, dich heute nachmittag in ein derartiges Melodram zu verwikkeln. Bitte besuch uns bald mal wieder; es geht nicht immer so bei uns zu, ganz bestimmt nicht. Ich bring dich zur Tür.»

«Schon gut», sagte Eric. «Ich bin kein kleiner Junge, ich versteh schon.» Er ging zu Cass hinüber, und sie schüttelten sich die Hand.

«Es war nett, dich zu sehen.»

«Es war gut, dich wiederzusehen. Und – sieh zu, daß die Lampe nicht ganz ausgeht, ja?»

Er lachte, aber die Worte ließen ihn zugleich erschauern. «Ich werde versuchen, sie am Brennen zu halten», sagte er. Richard und er gingen zur Wohnungstür. Cass stand still mitten im Zimmer.

Richard öffnete die Tür. «Also dann, Junge. Bist du eigentlich telefonisch erreichbar – hat Cass deine Nummer?»

«Ja. Und ich habe eure.»

«Dann ist ja alles gut. Wir sehn uns bald.»

«Klarer Fall. Mach's gut.»

«Wiedersehn.»

Die Tür schloß sich hinter ihm. Wieder stand er auf dem anonymen, ruhigen Flur, umgeben von verschlossenen Türen. Er fand sein Taschentuch und wischte sich die Stirn; dabei dachte er an die Millionen Streitigkeiten, die hinter verschlossenen Türen stattfanden. Er klingelte nach dem Lift. Als er erschien, saß ein anderer, älterer Mann darin, der ein Sandwich aß. Und wieder wurde er auf die Straßen hinausgestoßen. Der lange Häuserblick, in dem Cass und Richard wohnten, lag jetzt still und leer und wartete auf die Nacht. Auf der Avenue winkte er einem Taxi, und wirbelnd ging es stadteinwärts.

Sein Ziel war eine Bar am östlichen Rand des Villages, die bis vor kurzem nur eine ganz gewöhnliche Kneipe gewesen war. Jetzt aber spezialisierte sie sich auf Jazz und ließ manchmal jüngere, wenn auch nicht völlig unerprobte oder unbekannte Talente auftreten. Die jeweils laufende Attraktion war in dem schmalen Fenster auf einem handgeschriebenen Kartonplakat angekündigt; Eric entsann sich des Namens eines Schlagzeugers, den Rufus und er vor Jahren gekannt hatten, der sich seiner aber wohl kaum erinnern würde; im Fenster hingen auch Auszüge aus Zeitungs- und Zeitschriftenbesprechungen, in denen die ungewöhnlichen Qualitäten des Lokals gepriesen wurden.

Das Ungewöhnliche füllte denn auch den Raum, der sehr eng war und eine niedrige Decke hatte; auf der einen Seite befand sich eine Bar, auf der andern drängten sich Tische und Stühle. Am äußersten Ende der Bar verbreiterte sich der Raum und ließ Platz für weitere Tische und Stühle, und ein sehr schmaler Flur führte zu den restlichen Räumen und der Küche; in diesem erweiterten Raum, der Unterhaltungsabteilung der Bar, stand ein steiles, enges Orchesterpodium.

Eric war während einer Pause eingetroffen. Die Musiker sprangen gerade vom Podium und wischten sich mit großen Taschentüchern die Stirn; sie steuerten auf die Tür zur Straße zu, die jetzt etwa zehn Minuten offen bleiben würde. Die Hitze im Raum war erdrückend, und der elektrische Ventilator in der Mitte der Decke hatte sie in keiner Weise verbessern können. Und der Raum stank: nach jahrelanger Verstaubung, nach schalem Bier und wieder ausgeschiedenem Alkohol, nach Küchendunst, Urin, nach Schweiß und Wollust. An der Bar standen Leute, drei und vier Mann hoch, mit feuchten, schnapsigen Gesichtern, weit glücklicher aber als die Musiker, die nach draußen auf den Bürgersteig geflohen waren. Die meisten Leute an den Tischen hatten sich nicht gerührt, und sie schienen alle jüngeren Alters zu sein: die Jungen in Sporthemden und Röhrenhosen, die Mädchen in losen Blusen und weiten Röcken.

Auf dem Bürgersteig standen die Musiker müßig beisammen; immer noch fächelten sie sich mit ihren Taschentüchern Luft zu, und ihre Gesichter waren von sanft gedämpfter Aufmerksamkeit überzogen; sie ignorierten die vorbeistreichenden Bettler wie auch den Polizisten, der mit zusammengepreßten Lippen auf und ab ging, die Augen blind vor unaussprechlichen Verdächtigungen und Befürchtungen.

Eric wünschte, er wäre nicht hergekommen. Er hatte Angst, Vivaldo wiederzusehen; er fürchtete sich vor der Begegnung mit Ida; und er begann, wie er so dastand, hilflos mitten unter diesem schwitzenden Gesindel, sich unerträglich einsam und überflüssig zu fühlen, ein Fremder, der nicht hierher paßte. Es war dies gar nicht einmal eine neue Empfindung, nur hatte er sie lange nicht mehr gespürt: er fühlte sich gezeichnet – im nächsten Augenblick schon konnte ihn jemand bemerken, und dann würde der ganze Haufen mit Gelächter und Beschimpfungen über ihn herfallen. Er dachte daran, wegzugehen, schob sich statt dessen aber wieder mühsam in die Bar und bestellte einen Drink. Er hatte keinerlei Vorstellung, wie es ihm gelingen sollte, Ida und Vivaldo zu finden. Nur soviel stand fest: er würde wohl warten müssen, bis sie das Podium betrat, um zu singen. Aber voraussichtlich würden ja auch sie nach ihm Ausschau halten, nach seinem roten Haar.

Und so schlürfte er denn seinen Drink; er stand unbequem dicht neben einem grobschlächtigen Studenten, und der Kellner drängte ihn unhöflich, als er vor ihm sein Tablett neu belud. Und in der Tat fing er bereits an, eine gewisse heimliche Aufmerksamkeit zu erregen; er sah gar nicht typisch amerikanisch aus: man überlegte bereits, wie man ihn einordnen sollte.

Er erblickte sie, noch bevor sie ihn sahen. Irgend etwas veranlaßte ihn, sich umzudrehen und zur Tür hinauszuspähen, auf den Bürgersteig. Und da kamen sie, Ida und Vivaldo. Sie hielten sich lose bei den Händen und fingen ein Gespräch mit den Musikern an. Ida trug ein enges, tief ausgeschnittenes weißes Kleid, und ihre Schultern waren von einem leuchtenden Schal bedeckt. Am kleinen Finger ihrer einen Hand trug sie einen rubinäugigen Schlangenring; am anderen Handgelenk ein schweres, barbarisch wirkendes Armband aus Silber. Ihr Haar war aus der Stirn zurückgekämmt und hoch aufgesteckt, und es schimmerte wie eine Krone. Sie war noch weit schöner als Rufus, und mit Ausnahme der hinreißend traurigen, quecksilbrigen Spannung, die um ihren Mund lag, hätte ihn auch kaum etwas an ihr an Rufus erinnert. Aber dieser Einzelzug, den er so gut kannte, ergriff ihn auf einmal, und ebenso erging es ihm mit einem anderen, mit dem er einen Augenblick lang weit schwerer fertig wurde. Sie lachte über irgend etwas, das einer der Musiker gesagt hatte, und warf dabei den Kopf zurück: da fiel das Licht gleißend auf ihre schweren silbernen Ohrringe. Eric fühlte ein rasendes Klopfen in der Brust und zwischen den Schulterblättern, als er auf das schimmernde Metall starrte und das lachende Mädchen. Plötzlich fühlte er sich wie in einem Traum befangen, aus dem er nicht zu erwachen vermochte. Die Ohrringe waren schwer und von altertümlicher Form, sie ließen an einen gefiederten Pfeil denken: *Rufus mochte sie eigentlich nie besonders.* In jener Zeit, damals, vor ganzen Zeitaltern, als sie noch Manschettenknöpfe gewesen waren, ihm von Eric geschenkt als Liebespfand – damals hatte Rufus sie kaum je getragen. Aber er hatte sie behalten und aufbewahrt. Und hier tauchten sie nun wieder auf, verwandelt, umgearbeitet, am Körper seiner Schwester. Der kräftig gebaute Student, der starr geradeaus blickte, schien Eric heimlich mit dem Knie anzustoßen. Eric rückte ein wenig von der Bar ab und stellte sich etwas näher zur Tür, damit sie ihn sahen, wenn sie herüberblickten.

Er stand an der Bar und nippte an seinem Drink; sie standen draußen auf dem dämmerigen Bürgersteig. Eric beobachtete Vivaldo und benutzte diese Augenblicke dazu, seine Erinnerungen an ihn wachzurufen.

Vivaldo schien strahlender denn je und viel weniger jungenhaft. Immer noch war er sehr schmächtig, sehr mager, aber er schien doch irgendwie an Gesicht zugenommen zu haben. In Erics Erinnerung setzte Vivaldo stets ganz leicht einen Fuß vor, wie ein mißtrauisches Füllen, das bereit ist, jeden Augenblick auszubrechen und wegzurennen; aber jetzt stand er wirklich, wo er stand, der Boden trug ihn, verschwunden war die linkische, witternde Unsicherheit des jungen Tiers. Oder vielleicht war sie auch nicht völlig verschwunden: forschend, spürend, wägend und beobachtend bohrten sich, wenn er sprach, wenn er lauschte, seine schwarzen Augen in die Gesichter rings um ihn; sie verbargen mehr noch, als sie enthüllten. Die Unterhaltung nahm eine trübere Wendung.

Einer der Musiker hatte das Thema Geld aufgebracht – Tarife – und, mit einer Handbewegung nach der Stelle hin, wo Eric stand, Arbeitsbedingungen. Vivaldos Augen verfinsterten sich, sein Gesicht wurde still, und ganz kurz blickte er zu Ida nieder. Sie betrachtete den Musiker, der gerade redete, mit einem stolzen, bitteren Ausdruck im Gesicht. «Vielleicht überlegen Sie sich's doch lieber noch mal, Mädchen», schloß der Musiker. «Ich hab es mir überlegt», sagte sie und blickte zu Boden; dabei berührte sie einen der Ohrringe. Vivaldo nahm diese Hand in die seine, und sie sah zu ihm auf; er küßte sie leicht auf die Nasenspitze. «Na schön», sagte ein anderer Musiker ergeben, «dann wollen wir mal drinnen weitermachen.» Er drehte sich um und ging wieder in die Bar; «Entschuldigung», sagte er, als er an Eric vorbeikam. Ida flüsterte Vivaldo etwas ins Ohr; er lauschte mit gerunzelter Stirn. Das Haar fiel ihm vornüber, und mit einer scharfen Bewegung, mit einem Ausdruck des Unwillens warf er den Kopf zurück. Da sah er Eric.

Einen Augenblick lang starrten sie sich einfach an. Ein anderer Musiker, der die Bar betrat, ging zwischen ihnen vorbei. Dann sagte Vivaldo: «Also da bist du! Ich hab es kaum glauben können, daß du kommen würdest, ja daß du wirklich und wahrhaftig zurück sein solltest.»

«Aber ich bin's», sagte Eric grinsend; «was sagst du nun?»

Ganz plötzlich hob Vivaldo die Arme und lachte – und der Polizist strich unmittelbar hinter ihm entlang; er schien nur noch auf ein geheimes Signal zu warten – und stürzte auf Eric zu und warf beide Arme um ihn. Eric ließ fast das Glas fallen, das er in der Hand hielt, denn Vivaldo hatte ihn aus dem Gleichgewicht gebracht; grinsend sah er auf in Vivaldos grinsendes Gesicht; dann erblickte er hinter Vivaldo das unergründliche Lächeln Idas und den wartenden Polizisten.

«Du elender rothaariger Südstaatler», brüllte Vivaldo, «du hast dich ja nicht *ein* bißchen verändert! Herrgott noch mal, bin ich aber froh, dich wiederzusehen; nie hätte ich gedacht, daß ich mich derart darüber freuen würde!» Er gab Eric frei und trat zurück; ganz offensichtlich bemerkte er erst jetzt, welches Aufsehen er erregte. Er zog Eric aus der Bar, hinaus auf die Straße, hinüber zu Ida. «Hier siehst du das Subjekt, von dem wir so oft und so lange gesprochen haben! Hier ist Eric – das letzte menschliche Wesen, das Alabama verlassen hat.»

Der Polizist schien der Szene eine düstere, ja mörderische Bedeutung beizumessen; er entschloß sich, nicht auf eine geheime Eingebung zu warten, und blickte gebieterisch strengen Auges in die Bar. Das Zeichen, das er sodann empfing, veranlaßte ihn, sich langsam ein wenig zu entfernen. Aber Vivaldo strahlte Eric an, als sei Eric sein ganzer Stolz, und ihn immer noch anstarrend, sagte er zu Ida noch einmal: «Ida, das ist Eric. Nun gebt euch doch die Hand, Kinder.» Und er nahm ihre Hände und legte sie zusammen.

Ida ergriff fest seine Rechte, lachte und sah ihm in die Augen. «Eric», sagte sie, «ich glaube, von Ihnen habe ich mehr gehört als von sonst einem Menschen. Ich kann Ihnen gar nicht sagen, wie ich mich freue, Sie kennenzulernen. Fast hatte ich schon geglaubt, Sie seien am Ende nichts als ein Mythos.»

Die Berührung ihrer Hand schockierte ihn, wie es auch ihre Augen taten, ihre Wärme und ihre Schönheit. «Auch ich bin entzückt, Sie zu treffen», sagte er. «Sie können schwerlich mehr von mir gehört haben – Besseres über mich gehört haben – als ich über Sie.»

Ihre Blicke bohrten sich ineinander; immer noch lächelte sie, trug sie all ihre Schönheit, wie eine große Königin ihre Robe trägt, und stellte zugleich die Distanz einer Königin zwischen sich und ihm her. Dann kam einer der Musiker zum Eingang und sagte: «Ida, Herzchen, der Mann sagt, wir sollen anfangen, sobald du da bist.» Und er verschwand wieder.

«Also los», sagte Ida, «folgt mir. Sie haben einen Tisch für uns reserviert, irgendwo im Hintergrund.» Sie nahm Eric beim Arm. «Die guten Leute tun mir einen Gefallen, wenn sie mich da ranlassen. Ich hab ja noch nie öffentlich gesungen. Also kann ich jetzt nicht gut irgendwelche Zicken machen.»

«Du siehst», sagte Vivaldo, «du bist gerade rechtzeitig vom Schiff gekommen, um einen großen Augenblick zu erleben.»

«Das hättest du *ihn* sagen lassen sollen», sagte Ida.

«Es lag mir gerade auf der Zunge», sagte Eric, «glauben Sie mir nur.»

Sie drängten sich durch die Menge in die etwas geräumigere hintere Abteilung. Hier blieb Ida stehen und blickte sich um.

Sie sah zu Eric auf. «Was ist mit Richard und Cass?»

«Sie haben mich gebeten, sie nach Kräften zu entschuldigen. Sie konnten einfach nicht weg. Einer der Jungens war krank.»

Er spürte, während er das sagte, ein schwaches Zittern, als habe er eine Treulosigkeit begangen – Ida gegenüber; als habe ihr Bild sich in seinen Gedanken mit dem der farbigen Kinder vermischt, die Paul und Michael im Park angegriffen hatten.

«Ausgerechnet heute», seufzte sie – aber dann schien es doch, als mache ihr die Abwesenheit der beiden weiter nichts aus. Ihre Blicke glitten immer noch suchend über die Menge hin; wieder seufzte sie auf, es war ein Seufzen heimlicher Resignation. Die Musiker waren bereit; man unternahm Versuche, die Menge zur Ruhe zu bringen.

Ein Kellner erschien und wies ihnen einen winzigen Tisch in einer Ecke zu, gleich neben der Tür für Damen, und nahm ihre Bestellung entgegen. Jetzt, wo sie hier in einer Falle gefangen saßen, begann die Hitze bösartig vom Boden um sie aufzusteigen und von der Ecke des Raums auf sie herabzudrücken.

Eric hörte nicht eigentlich aufmerksam auf die Musik, er konnte nicht; sie fand keinerlei Eingang in sein Inneres, sie blieb mehr oder minder eine bloße Luftbewegung. Er beobachtete Ida und Vivaldo, die ihm gegenübersaßen, den Kopf in Richtung der Musik geneigt. Ida lauschte mit einem Ausdruck heiterer, ironischer Schläue, als seien die Rhythmen und Klänge der Männer auf dem Podium eine Botschaft, die sie selbst ihnen zu vermitteln befohlen hatte; doch Vivaldo hielt den Kopf leicht gesenkt und blickte mit einer Miene schiefer, spöttischer Herausforderung zum Podium auf, ganz als sei zwischen ihm und den Musikern so etwas wie ein Krieg entstanden, in dem es um Rang und Farbe und Autorität ging. Ida und er saßen sehr still, sehr steif, sie berührten sich nicht, fast war es, als sei ihnen – vor diesem Altar – jede Berührung verboten.

Die Musiker auf dem Podium schwitzten wie die Ochsen; sie spielten laut und schlecht, mit einer Art leichtsinniger Verächtlichkeit, und machten, während der ersten Nummer wenigstens, keinerlei Anstalten, sich irgendwie aufeinander einzustellen. Das beeinträchtigte natürlich den Applaus nicht sonderlich, der laut war, enthusiastisch und anhaltend. Nur Vivaldo enthielt sich jeder Äußerung. Der Schlagzeuger, der seine Augen in Abständen von Ida zu Vivaldo hatte wandern lassen – um dann den Kopf wieder seinen Instrumenten zuzuneigen –, registrierte Vivaldos Schweigen mit einem breiten mokanten Grinsen und winkte Ida.

«Jetzt sind Sie dran», sagte er. «Kommen Sie nur rauf und sehn Sie zu, was *Sie* dazu tun können, diesen Teufeln etwas Zivilisation beizubringen.» Und mit dem lautersten Seitenblick auf Eric und Vivaldo: «Ich glaube, Übung dürften Sie im Moment genug haben.»

Mit einem unergründlichen Lächeln, das jedoch eine Andeutung von Rachsucht enthielt, blickte Ida ihm in die Augen. Sie drückte ihre Zigarette aus, rückte ihren Schal zurecht und stand mit sittsamer Miene auf. «Sehr liebenswürdig, daß Sie mich hinreichend präpariert finden», sagte sie. «Halt mir den Daumen, Liebling», sagte sie zu Vivaldo und begab sich auf das Podium.

Sie war nicht angekündigt; lediglich ein kurzes Tuscheln mit dem Klavierspieler fand statt – dann trat sie ans Mikrofon vor. Der Klavierspieler begann die ersten paar Takte, aber die Menge nahm keine Notiz davon.

«Versuchen wir's noch mal», sagte Ida mit lauter, klarer Stimme.

Daraufhin wandten sich verschiedene Köpfe nach ihr um; sie blickte gelassen auf sie nieder. Nur ihre Hände zeigten ihre Erregung; sie krampften sich ruhelos ineinander – sie rang die Hände, aber sie weinte nicht.

«Mensch», sagte jemand ziemlich vernehmlich, «ich freß einen Besen, wenn das nicht dem Jungen seine Schwester ist.»

Schweißperlen standen ihr auf Stirn und Nase, und ihr eines Bein zuckte vor und wieder zurück. Der Klavierspieler begann erneut; sie packte das Mikrofon wie eine Ertrinkende und schloß jäh die Augen:

You,
Made me leave my happy home.
You took my love und now you've gone,
Since I fell for you.

Eine fertige Sängerin war sie noch nicht. Und hätte man einzig nach ihrer Stimme urteilen wollen, die leise, rauh und ohne großen Umfang war, so würde sie auch nie eine sein. Doch hatte sie etwas, das Eric aufblicken und den Raum still werden ließ; und Vivaldo starrte Ida an, als habe er sie noch nie zuvor gesehen. Was ihrer Stimme an Kraft und – vorerst noch – an Kunstfertigkeit fehlte, wurde aufgewogen von einer so geheimnisvollen und unbarmherzig egozentrischen Eigenart, wie man sie gar nicht beschreiben kann. Diese Eigenschaft schließt ein Bewußtsein der eigenen Persönlichkeit ein – so gründlich und so mächtig, daß sie nicht so sehr die Schranken überspringt, als sie vielmehr buchstäblich in Atome verwandelt, sie dabei zugleich aber in ihrer früheren Macht an der Stelle läßt, wo sie standen; und dieses furchtbare Bewußtsein liegt heimlich, unerkennbar im eigenen Innern, man kann es nicht zergliedern, nicht klar beschreiben, es hat – buchstäblich – mit etwas anderem, Außenstehendem zu tun; es verwandelt und verwüstet, es gibt Leben und gibt Tod.

Sie beendete ihre erste Nummer, und der Beifall kam nur zögernd und vereinzelt. Mit einem schmalen, kindlichen Achselzucken sah sie zu Vivaldo hinüber. Und diese Geste gab Eric eine Ahnung davon, wie verzweifelt man sie lieben konnte, wie verzweifelt Vivaldo in sie verliebt war. Der Schlagzeuger leitete zu einem Song à la *Down on the levee* über, der sich dann freilich als ein Lied entpuppte, das Eric noch nie gehört hatte:

Betty told Dupree
She wanted a diamond ring.
And Dupree said, Betty,
I'll get you most any old thing.

«Mein Gott», murmelte Vivaldo, «sie hat aber wirklich gearbeitet!»

In seinem Ton lag unbewußt das Bekenntnis, daß er selber das nicht getan hatte und auch ein unbewußter Groll. Und jäh mußte Eric an sich denken. Auch er hatte nicht wirklich gearbeitet – lange Zeit nicht; ja er hatte kaum eine Hand gerührt. Es hatte an Yves gelegen – so sagte er sich immer wieder; aber war das wirklich wahr? Er sah Vivaldo in das weiße, erregte Gesicht und fragte sich, ob Vivaldo jetzt wohl einen ähnlichen Gedanken hatte: daß es an Ida gelegen habe . . . die freilich *ihm* nicht gestattet hatte, *sie* abzulenken. Und da stand sie nun, auf dem Podium oben, und wenn nicht alle Zeichen trogen, so machte sie ihren Weg, mochte er auch noch so lang sein. Ihren Start hatte sie gehabt.

Give Mama my clothes,
Give Betty my diamond ring.
Tomorrow's Friday,
The day I got to swing.

Langsam fanden sie und die Musiker Gefallen aneinander; es machte ihnen Spaß, und sie reizten sich förmlich gegenseitig an, wie es stürzend dahinging durch die Ballade von Begierde, Untreue und Tod; und Ida hatte eine ganze neue Atmosphäre im Raum geschaffen und eine ganz neue Erregung. Selbst die Hitze schien etwas von ihrer Unerträglichkeit verloren zu haben. Die Musiker spielten für sie, als wäre sie eine alte Freundin, die heimgekommen war, und ihr Stolz auf sie brachte ihnen den Stolz auf sich selbst zurück.

Die Nummer war zu Ende, und Ida trat vom Podium ab, schweißdurchnäßt und triumphierend, und der Beifall spritzte wie Gischt um ihre Ohren auf. Sie kam an den Tisch zurück; ihr Blick suchte Vivaldo, mit einem Lächeln und einem leichten fragenden Stirnrunzeln; stehend nahm sie einen Schluck von ihrem Drink. Man rief sie zurück. Der Schlagzeuger langte hinunter und zog sie förmlich auf das Podium herauf; und der Applaus dauerte an. Eric gewahrte eine jähe Veränderung in Vivaldos Aufmerksamkeit. Er blickte Vivaldo ins Gesicht, das stürmischer erregt war als je, und folgte seinen Augen. Vivaldo sah zu einem kleinen, gedrungenen Mann mit krausem Haar und jungenhaftem Gesicht hinüber, der am Ende der Bar stand und zu Ida hinaufblickte. Er grinste und winkte, und Ida nickte ihm zu, und wieder blickte Vivaldo hinauf zum Podium: seine Augen verengten sich, seine Lippen preßten sich aufeinander, ein finsteres Grübeln erschien auf seinem Gesicht.

«Deine Freundin hat was los», sagte Eric.

Vivaldo warf ihm einen Blick zu. «Das liegt in der Familie», sagte er. Sein Ton war nicht freundlich; fast schien es, als hätte er den Verdacht, daß Eric ihn verspotte; und so machte er die schiefe Anspielung auf Rufus, um Eric zu demütigen. Doch schon im nächsten Augenblick gab er einer weicheren Regung nach. «Sie wird einfach toll werden», sagte er, «und – ach du lieber Gott, ich werde mir einen Baseballschläger zulegen müssen, um ihr all die hungrigen Kater vom Leib zu halten.» Er grinste und sah wieder hinüber zu dem gedrungenen Mann an der Bar.

Ida trat ans Mikrofon. «Dieser Song ist für meinen Bruder», sagte sie. Sie zögerte und sah zu Vivaldo hinüber. «Er starb letztes Jahr, kurz vor Thanksgiving.» Ein Murmeln entstand im Raum. «Hab ich's nicht gesagt?» rief jemand triumphierend. Ein kurzer Applaus spritzte auf, vermutlich galt er dem toten Rufus; und der Schlagzeuger senkte den Kopf und schlug eine sonderbar geringschätzige Figur auf den Rand der Trommel: papp-ta-dapp, papp-dapp, papp-dapp!

Ida sang:

Precious Lord, take my hand,
Lead me, on let me stand.

Ihre Augen waren geschlossen, und der dunkle Kopf auf dem schlanken dunklen Nacken war zurückgeworfen. In ihrem Gesicht erschien ein Ausdruck, der vorher nicht darin gelegen hatte: etwas wie leidenschaftliche, triumphale Wut und Ohnmacht. Ihr feiner, sinnlicher, ungehemmt beweglicher Körper war jetzt starr und still, ganz als halte er sich bereit für eine Gemeinschaft – umfassender, als das Fleisch sie leisten konnte; und ein rätselhaftes Frösteln lief durch den Raum, zusammen mit einem ebenso rätselhaften Unbehagen. Ida wußte nicht, wie groß eine Künstlerin werden mußte, bevor sie es wagen durfte, wie sie es jetzt tat, ihre Zuhörer ihren ganz privaten Ängsten und Qualen auszusetzen. Schließlich hatte ihr Bruder ihnen allen nicht das geringste bedeutet – oder jedenfalls nicht das, was er ihr gewesen war. Sie legten keinen Wert darauf, ihrer Trauer als Zeugen zu dienen, besonders da ihnen der dunkle Verdacht kam, daß dieses Trauern eine Anklage gegen sie selbst enthielt – eine Anklage, der ihre Unruhe gar noch recht gab. Sie ließen sich deshalb wohl den Song gefallen, aber sie hielten sich heraus; und doch nötigte ihnen die ausgesprochene Arroganz und Unschuld von Idas Darbietung zugleich Bewunderung ab.

Hear my cry, hear my call,
Take my hand, lest I fall,
Precious Lord!

Der Applaus war ein seltsames Gemisch – nicht ganz unwillig, aber auch nicht ganz frei; er kam vorsichtig, als Anerkennung einer Kraft, der zwar nicht ganz zu trauen, die aber unbedingt zu beachten war. Die Musiker waren jetzt ganz Jubel und Aufmerksamkeit, als sei Ida mit einemmal ihr Eigentum geworden. Der Schlagzeuger legte ihr galant den Schal um die Schultern und sagte: «Sie haben sich erhitzt; sehn Sie sich vor, daß Sie sich nicht erkälten»; und als sie sich anschickte, das Podium zu verlassen, stand der Klavierspieler auf und küßte sie feierlich auf die Stirn. Der Bassist sagte: «Zum Teufel, wir wollen doch den Leuten Ihren Namen nennen.» Er packte das Mikrofon und rief: «Meine Damen und Herren, Sie hörten soeben Miss Ida Scott. Sie erregte heute ihr erstes – Aufsehen!» und er wischte sich ironisch die Stirn. Die Menge lachte. «Aber», fügte er hinzu, «es wird kaum ihr letztes sein.» Wieder brandete der Beifall auf, leichter diesmal, denn die Rolle des Gebenden, Urteilenden war nun wieder der Zuhörerschaft zugefallen. «Wir haben», sagte der Bassist, «einem historischen Ereignis beigewohnt.» Diesmal applaudierte das Publikum in einem jähen Anfall von Selbstbeglückwünschung, trampelte und brach in Hochrufe aus.

«Nun», sagte Vivaldo und nahm ihre beiden Hände in seine, «es sieht aus, als seist du auf deinem Weg.»

«Warst du stolz auf mich?» Sie machte ganz große Augen: die Linie ihrer Lippen krümmte sich eigenartig bitter und krampfhaft.

«Ja», sagte er nach einem Augenblick mit Betonung, «aber – ich bin ja immer stolz auf dich.»

Da lachte sie und küßte ihn fröhlich auf die Wange. «Vivaldo, mein Lieber. Du hast ja noch gar nichts gesehn.»

«Erlauben Sie mir», sagte Eric, «in den allgemeinen Chor der Freude und Dankbarkeit einzustimmen. Sie waren großartig, wirklich, das waren Sie.»

Sie sah ihn an. Ihre Augen waren noch immer sehr groß, und irgend etwas in ihrem Blick ließ ihn spüren, daß sie ihn nicht mochte. Er verscheuchte diesen Gedanken, wie er eine Fliege verscheucht hätte. «Ich bin noch keineswegs großartig», sagte sie, «aber ich werde es sein.» Und sie hob beide Hände und berührte ihre Ohrringe.

«Sie sind sehr schön», sagte er, «Ihre Ohrringe.»

«Gefallen sie Ihnen? Mein Bruder hat sie für mich machen lassen – kurz bevor er starb.»

Er nahm sich Zeit, ehe er antwortete. «Ich kannte Ihren Bruder ein wenig. Ich war sehr betrübt, als ich hörte, daß er gestorben sei.»

«Das waren viele, viele Leute», sagte Ida. «Er war ein sehr liebenswerter Mensch – und ein sehr großer Künstler. Aber er machte –» sie musterte ihn mit sonderbarer, kühler Unverschämtheit – «dann ein paar sehr üble Bekanntschaften. Er war der Typ, der aller Welt aufs Wort glaubt. Wenn Sie Rufus sagten, Sie haben ihn gern, Sie lieben ihn, dann glaubte er Ihnen das und hielt zu Ihnen bis in den Tod. Ich hab immer versucht, ihm klarzumachen, daß die Welt ein bißchen anders aussähe.» Sie lächelte. «Er war viel netter als ich. In dieser Welt zahlt sich's nicht aus, allzu nett zu sein.»

«Da mögen Sie recht haben. Aber Sie sind doch auch nett – sehr nett –, finde ich wenigstens.»

«Das scheint Ihnen bloß so, weil Sie mich nicht kennen. Aber fragen Sie mal Vivaldo!» Und sie drehte sich nach Vivaldo um und legte ihren Arm auf den seinen.

«Von Zeit zu Zeit muß ich sie mal kräftig durchprügeln», sagte Vivaldo, «aber sonst ist sie großartig.» Er streckte seine Hand aus, dem gedrungenen Mann entgegen, der jetzt hinter Ida stand. «Hallo, Mr. Ellis. Nanu, was hat Sie denn hierher verschlagen?»

Ellis zog übertrieben die Brauen in die Höhe und breitete seine Hände aus. «Was glauben denn Sie? Ich hatte plötzlich das unerklärliche Bedürfnis, *Sammy's Bowery Follies* einen Besuch abzustatten.»

Ida drehte sich lächelnd um, immer noch an Vivaldo gelehnt. «Mein Gott, ich sah Sie da unten an der Bar, aber ich wagte kaum zu glauben, daß Sie es wirklich sind.»

«Kein anderer», sagte er. «Und wissen Sie –» er sah sie voll ungeheurer Bewunderung an – «Sie sind eine ganz außergewöhnliche junge Frau! Ich hab Sie zwar immer schon so eingeschätzt, das muß ich sagen, aber jetzt habe ich's selber gesehn. Ich zweifle, ob selbst Sie auch nur ahnen, welche große Karriere in Ihnen steckt.»

«Ich habe noch einen schrecklich langen Weg vor mir, Mr. Ellis – ich hab ja noch so viel zu lernen!»

«Sollte Ihnen dieses Gefühl jemals abhanden kommen, so werde ich höchstpersönlich erscheinen und Ihnen den Kopf waschen.» Er sah zu Vivaldo auf. «Sie haben mich nicht angerufen, und das nehme ich Ihnen sehr übel.»

Vivaldo unterdrückte die grobe Entgegnung, die ihm auf der Zunge lag. Milde sagte er: «Ich bin eben noch nicht zu der Ansicht gekommen, daß ich im Fernsehen eine nennenswerte Zukunft hätte.»

«Oh, was für ein bodenloser Mangel an Phantasie!» Launig schüttelte er Idas Schulter. «Könnten Sie nicht etwas ausrichten bei diesem Menschen? Warum besteht er so hartnäckig darauf, sein Licht unter den Scheffel zu stellen?»

«Die Wahrheit ist», sagte Ida, «das letzte Mal, daß jemand anderes für Vivaldo einen Entschluß gefaßt hat, war bei seinem letzten Windelwechsel. Und das ist einige Zeit her. Jedenfalls», und sie rieb ihre Wange an Vivaldos Schulter, «würde ich nicht mal im Traum mehr versuchen, ihn zu ändern. Ich mag ihn, wie er ist.»

Etwas Verhängnisvolles, Böses lag in der Luft. Sie klammerte sich fest an Vivaldo, aber Eric spürte, daß in dieser Geste etwas lag, das für Ellis bestimmt war. Und auch Vivaldo schien das zu fühlen. Er trat einen leichten Schritt von Ida weg, nahm ihre Handtasche vom Tisch – um seinen Händen Beschäftigung zu geben? – und sagte: «Sie kennen unseren Freund noch nicht, er ist gerade aus Paris zurückgekommen. Eric Jones – Steve Ellis.»

Sie schüttelten sich die Hand. «Aber ich kenne Ihren Namen», sagte Ellis. «Wie kommt das?»

«Er ist Schauspieler», sagte Ida, «und hat im Herbst am Broadway Premiere.»

Vivaldo war unterdessen dabei, die Rechnung zu bezahlen. Eric zog seine Brieftasche, aber Vivaldo winkte ab.

«Ja! Und ich habe von Ihnen gehört! Ich habe eine ganze Menge von Ihnen gehört», und er sah abschätzend an Eric auf und nieder. «Bronson hat Sie doch für *Happy Hunting Ground* angekündigt. Stimmt das?»

«Stimmt», sagte Eric. Er hätte nicht sagen können, ob er Ellis mochte oder nicht.

«Das ist ein ganz interessantes Stück», sagte Ellis bedächtig, «und nach allem, was ich von Ihnen gehört habe, müßte es Ihnen gut weiterhelfen.»

Er wandte sich wieder zu Ida und Vivaldo. «Ob ich Sie wohl zu *einem* Drink überreden kann? In einer geschlossenen Bar und unter menschenwürdigen Luftverhältnissen? Also wenn ich Ihnen raten darf», sagte er zu Ida, «Sie sollten sich's nicht zur Gewohnheit machen, in derartigen Infernos zu arbeiten. Am Ende sterben Sie noch an Tuberkulose – wie spanische Stierkämpfer, denen dauernd entweder zu heiß oder zu kalt ist.»

«Oh, für *einen* Drink haben wir, glaube ich, wohl Zeit», sagte Ida und sah Vivaldo zweifelnd an, «was meinst du, Schatz?»

«Es ist dein Abend», sagte Vivaldo. Sie gingen auf die Tür zu.

«Eventuell würde ich gern ein *bißchen* Geschäftliches in den Drink mischen», sagte Ellis.

«Das hab ich mir gedacht», sagte Vivaldo. «Immer pausenlos tüchtig. Was für ein Streber Sie doch sind!»

«Das Geheimnis», sagte Ellis, «meines nicht unbeträchtlichen Erfolges.» Er wandte sich zu Ida. «Ich dachte, Sie hätten mir gestern erzählt, daß Dick Silenski und seine Frau hier sein wüden.»

Irgend etwas geschah in ihrem Gesicht und in seinem: um seinen Mund zuckte es wie vor Panik und Bedauern, um sofort wieder zu verebben; aus ihren Augen schoß ein jäh warnender Blitz, der rasch wieder einem betont harmlosen Ausdruck wich. Sie traten auf die weite, heiße Straße hinaus. «Eric war bei ihnen», sagte sie ruhig, «es war irgendwas passiert, sie konnten nicht kommen.»

«Die Kinder waren im Park in eine Balgerei geraten», sagte Eric. «Ein paar farbige Bürschchen haben sie verprügelt.» Er hörte, wie Idas Atem stockte; innerlich schalt er sich einen Schuft. «Als ich ging, warteten sie auf den Arzt.»

«Das hast du mir ja ganz verschwiegen!» schrie Vivaldo. «Mein Gott! Ich rufe lieber sofort an!»

«Auch mir haben Sie *das* nicht erzählt», sagte Ida.

«Sie waren nicht schlimm verletzt», sagte Eric, «bloß ein paar blutige Nasen. Aber sie meinten, der Arzt sollte doch lieber nachsehn, und natürlich wollten sie die Kinder dann auch nicht allein lassen.»

«Ich rufe sie an», sagte Vivaldo, «sobald wir an eine Bar kommen.»

«Ja, Schatz», sagte Ida, «das solltest du tun. Wie schrecklich, daß so was passieren mußte!»

Vivaldo sagte nichts; er trat gegen eine Bierdose auf dem Bürgersteig. Sie gingen nach Westen, durch eine dunkle Wildnis von Grundstücken, von schmutzigen Kindern, starrendem jungem Volk und schwitzenden Erwachsenen. «Wenn Sie sagen, es waren farbige Jungens», sagte Ida nach einem Augenblick beharrlich, «meinen Sie, das war der Grund für den Streit?»

«Wie es schien», sagte Eric, «gab es keinen anderen Grund. Sie hatten die Jungens noch nie vorher gesehn.»

«Ich könnte mir vorstellen», sagte Ida, «es sollte so etwas wie eine Vergeltung sein – für irgendwas, das andere Jungens ihnen zugefügt hatten.»

«Das glaube ich auch, das wird's gewesen sein», sagte Eric.

Sie erreichten den dichtbelebten Park am unteren Ende der Fifth Avenue. Jahrelang hatte Eric den Park nicht gesehen, und die Schwermut und der Widerwille, die ihn niederdrückten, wuchsen, als sie ihn jetzt betraten. Mein Gott, da war wieder alles – die Bäume und die Bänke und die Leute und die dunklen Gestalten im Gras; dort der Spielplatz der Kinder, jetzt ganz verlassen, mit den Schaukeln und Rutschbahnen und dem Sandkasten; und über allem die Dunkelheit, in der sich die Kinderlosen zu ihren erbärmlichen, freudlosen Ritualen zusammenfanden. Sein Leben, sein ganzes Leben, stieg ihm wie Galle in der Kehle hoch. Das Meer der Erinnerung flutete über ihn hin, wieder und immer wieder, und jedesmal, wenn es zurückwich, krümmte sich ein neuer, neu erniedrigter Eric auf dem Strand. Wie hart war es doch, verachtet zu werden! Wie unmöglich, sich nicht selber zu verachten! Dort saßen die friedlichen Menschen im Lampenlicht und spielten Schach. Von der Mitte des Parks kam es wie Gesang und Gitarrenspiel herüber; sie schlenderten darauf zu; alle schienen sie zu warten, alle schienen sie vor dem Ende, vor der Auflösung dieses ihres Abends zu bangen. Bei der kleinen Fontäne hatte sich eine stattliche Menge gesammelt; bei näherem Hinsehen zerfiel sie in mehrere kleinere Gruppen, deren jede sich um ein, zwei, drei Sänger scharte. Die Sänger, männlichen und weiblichen Geschlechts, trugen Bluejeans und langes Haar und produzierten sich mit weit mehr Behagen als Talent. Doch war etwas sehr Gewinnendes, Rührendes an ihren ungehobelten Gesichtern, an ihren strahlenden, kindlichen Augen und ihren ungeübten, ganz natürlichen Stimmen, denen jede Heuchelei fehlte. Sie sangen, als könnten sie damit ihrer Arglosigkeit Dauer und Bestand verleihen. Ihre Zuhörer waren ein ganz anderer Kreis; ein zielloser, leerer, verdorbener Haufe, zusammengedrängt um die steinerne Fontäne, nur um sich von der Berührung und dem Geruch menschlichen Fleisches trösten oder entflammen zu lassen. Und die Polizisten im Laternenlicht zogen ihre Kreise um sie alle.

Ida und Vivaldo gingen zusammen. Eric und Ellis gingen zusammen – aber alle waren sie einander innerlich fern. Eric fühlte dumpf, daß er eigentlich einen Versuch machen sollte, mit dem Mann neben sich ein Gespräch anzufangen, aber es drängte ihn nichts dazu; er hätte weglaufen mögen und wagte es doch nicht. Ida und Vivaldo waren ebenfalls schweigsam gewesen. Jetzt, da sie von Gruppe zu Gruppe gingen, ruckweise, von Sängern zu Sängern, durch romantisierte Wildwest-Balladen und zahnlose Negro-Spirituals, hörte er ihre Stimmen. Und er wußte, daß auch Ellis lauschte. Diese Erkenntnis zwang ihn zuletzt, Ellis anzusprechen.

«– mein Schatz», hörte er Ida, «nun sei doch nicht so!»

«Willst du bitte aufhören, mich ‹Schatz› zu nennen? Jeden geilen Bock, der um deinen Arsch herumschnüffelt, nennst du so.»

«Mußt du unbedingt so reden?»

«Hör mal, komm mir jetzt bloß nicht auf die damenhafte Tour!»

«– du so redest. Ich werd die Weißen wohl nie verstehn, nie, nie, nie! Wie könnt ihr überhaupt so reden! Wie könnt ihr erwarten, daß man euch achtet, wenn ihr selber so wenig Achtung vor euch habt!?»

«Ach nein. Warum hab ich mich denn wohl mit einer Niggerin eingelassen, he? Und ich bin nicht ‹die Weißen›!»

«– ich warne dich, ich warne dich!»

«– du bist es, die immer anfängt! Du fängst immer damit an!»

«– ich wußte ja, du würdest eifersüchtig sein. *Das* ist der Grund!»

«Du hast dir ja auch ein feines Mittelchen ausgedacht, mir die Eifersucht auszutreiben, Kleine.»

«Können wir das nicht *später* besprechen?! Warum mußt du bloß andauernd alles zerstören?»

«Ach ja, natürlich, natürlich, ich bin's mal wieder, der alles zerstört, ganz klar.»

Eric sagte zu Ellis: «Glauben Sie, daß einer von diesen Sängern im Fernsehen eine Zukunft hätte?»

«Im Tagesprogramm vielleicht», sagte Ellis und lachte.

«Sie urteilen streng», sagte Eric.

«Och, ich bin bloß realistisch», sagte Ellis. «Ich denke, jeder ist auf seine Weise darauf aus, sein Schäfchen ins trockene zu bringen, ob er's nun zugibt oder nicht. Und daran ist ja nun wirklich nichts Schlimmes. Ich wünschte bloß, daß mehr Leute es zugeben würden, das ist alles. Die meisten Leute, die sich einbilden, mich im höchsten Grade zu mißbilligen, tun das in Wirklichkeit überhaupt nicht. Sie wünschen insgeheim nur, sie wären an meiner Stelle.»

«Das kann durchaus wahr sein», sagte Eric – tödlich gelangweilt.

Langsam entfernten sie sich von der Musik. «Haben Sie lange im Ausland gelebt?» fragte Ellis höflich.

«Etwa drei Jahre.»

«Und wo?»

«Paris, die meiste Zeit.»

«Aber warum sind Sie gegangen? Da drüben gibt's doch für einen Schauspieler gar nichts zu tun, oder? Ich meine, für einen amerikanischen Schauspieler.»

«Oh, ich hab ein paar Sachen fürs amerikanische Fernsehen gemacht.» Vor ihnen, auf dem Weg, kamen ihnen zwei aufgetakelte Jüngelchen entgegen, die sich laut unterhielten; ganz offenbar Homosexuelle. Er zog den Bauch ein und blickte starr geradeaus. «Und ich habe eine Menge Theater gesehn – ich weiß nicht –, das hat mir doch sehr genützt.» Die

Paradiesvögel waren vorüber; ihr heiseres Schreien verebbte.

Ida sagte: «Mir tun die immer so leid – solche Menschen.»

Ellis grinste: «Warum denn eigentlich? Sie haben sich ja!»

Die vier gingen jetzt Seite an Seite; Ida hängte sich bei Eric ein.

«Zwei Kellner an meinem Arbeitsplatz sind auch von der Fakultät. Also wie manche Leute die behandeln –! Sie erzählen's mir immer, sie erzählen mir alles. Ich mag sie gern, wirklich. Sie sind so sanft – und richtig lieb. Und als Begleitung sind sie einfach wundervoll. Nie hat man Ärger mit ihnen.»

«Außerdem kosten sie nicht viel», sagte Vivaldo. «Nächste Woche werd ich dir einen mitbringen, den können wir uns dann als Schoßhündchen zu Hause halten.»

«Ich bringe es offenbar heute nicht fertig, etwas zu sagen, das deine Billigung findet, wie?»

«Nun spiel bloß noch das Trotzköpfchen. Ellis, wo wollen Sie uns eigentlich hinschleppen – zu Ihrem Drink und seiner geschäftlichen Beimischung?»

«Zügeln Sie Ihren Enthusiasmus. Wir sind praktisch schon da.» Sie ließen den Park hinter sich und wandten sich der 8. Straße zu; dort betraten sie eine Kellerbar. Ellis war hier natürlich bekannt; sie fanden eine freie Nische und bestellten.

«Nun, also das Geschäftliche», sagte Ellis und blickte von Ida zu Vivaldo, «ist höchst simpel. Ich habe anderen Leuten geholfen, und ich denke, ich kann auch Miss Scott helfen.» Er blickte Ida an. «Sie sind noch nicht fertig. Sie haben noch eine höllische Menge Arbeit vor sich – und noch höllisch viel zu lernen. Und ich würde Sie gern einen Nachmittag diese Woche bei mir im Büro haben, damit wir das alles im einzelnen durchgehen können. Sie müssen studieren und arbeiten – und müssen während der Zeit ja auch von irgendwas leben, und vielleicht kann ich dazu etwas für Sie tun.» Dann sah er Vivaldo an. «Und Sie können mitkommen, wenn Sie meinen, ich versuche Miss Scott auf unfaire Weise auszubeuten. Haben Sie die Absicht, als ihr Agent tätig zu werden?»

«Nein.»

«Sie haben keinerlei Grund, mir zu mißtrauen; Sie mögen mich einfach nicht, das ist es wohl, was?»

«Ja», sagte Vivaldo nach einem Augenblick, «ich glaube, das stimmt.»

«O Vivaldo!» stöhnte Ida.

«Schon gut. Es ist immer gut zu wissen, wo einer steht. Aber gewiß werden Sie doch diesem – diesem Vorurteil nicht erlauben, Miss Scott im Wege zu stehen, oder?»

«Fällt mir nicht im Traum ein. Ida tut in jedem Fall, was sie will.»

Ellis musterte ihn nachdenklich. Ein flüchtiger Blick streifte Ida. «Na schön. Das ist ja beruhigend.» Er winkte dem Kellner und wandte sich an

Ida. «Wann wollen wir's machen? Dienstag – Mittwoch –?»
«Mittwoch würde besser passen», sagte sie zögernd.
«So um drei Uhr?»
«Ja. Das wäre schön.»
«Also abgemacht.» Er machte sich eine Notiz in seinem Terminkalender, dann zog er seine Brieftasche, nahm die Rechnung entgegen und gab dem Kellner einen Zehn-Dollar-Schein. «Bringen Sie den Herrschaften, was sie mögen», sagte er; «geht auf meine Rechnung.»
«Oh, Sie wollen schon gehn?» fragte Ida.
«Ja. Meine Frau bringt mich um, wenn ich nicht rechtzeitig heimkomme, um die Jungens noch zu sehen, bevor ich ins Studio gehe. Also bis Mittwoch.» Er hielt Eric die Hand hin. «War nett, Sie kennenzulernen, Rotkopf; alles Gute. Vielleicht machen Sie eines Tages mal eine Show für mich.» Er sah auf Vivaldo nieder. «Auf Wiedersehn, hoher Genius. Tut mir leid, daß Sie mich nicht mögen. Vielleicht sollten Sie sich gelegentlich mal fragen, warum. Es hat keinen Zweck, wissen Sie, *mir* Vorwürfe zu machen, wenn Sie selber nicht wissen, was Sie eigentlich wollen – und wie Sie's zustande bringen sollen.» Dann drehte er sich um und ging. Vivaldo sah den kurzen Beinen nach, wie sie die Stufen hinaufstapften und auf die Straße traten.
Er wischte sich die Stirn mit seinem nassen Taschentuch, und alle drei saßen sie einen Moment lang schweigend da. «Ich ruf jetzt mal Cass an», sagte Vivaldo, stand auf und ging zur Telefonzelle hinüber.
«Ich nehme an», sagte Ida bedächtig, «Sie waren ein sehr guter Freund meines Bruders.»
«Ja», sagte er, «das war ich. Oder wenigstens versuchte ich's zu sein.»
«Fanden Sie es so schwer – sein Freund zu sein?»
«Nein. Nein, das habe ich nicht andeuten wollen.» Er versuchte zu lächeln. «Er ging ganz in seiner Musik auf – und da stellte er schon was dar. Ich war damals noch jünger – mag sein, ich hab's nicht immer richtig gewürdigt.» Er fühlte Schweiß in den Achselhöhlen, auf der Stirn und zwischen den Beinen.
«Oh!» Der Blick, den sie jetzt auf ihn richtete, kam von weit her. «Vielleicht haben Sie mehr von ihm verlangt, als er geben konnte. Viele Menschen taten das, Männer *und* Frauen.» Der Satz hing einen flüchtigen Augenblick zwischen ihnen in der Luft. Dann: «Er war ungemein anziehend, nicht wahr? Ich denke immer, das war am Ende der Grund für seinen Tod: er war zu anziehend – und wußte nicht, wie er sich die Leute vom Leib halten sollte.» Sie nippte an ihrem Drink. «Die Leute sind einfach ohne Erbarmen. Glied für Glied reißen sie einem aus – und alles im Namen der Liebe. Und wenn man dann tot ist, wenn sie einen umgebracht haben mit all dem, was man ihretwegen hat durchmachen müssen, dann sagen sie, man hat keinen Charakter gehabt. Sie weinen dicke, bittere Tränen – aber nicht um den Toten, ihr Opfer. Sie beweinen

sich selber, weil sie ihr Spielzeug verloren haben.»

«Das ist wirklich ein sehr düsterer, grausamer Begriff von Liebe», sagte er.

«Ich weiß, wovon ich rede. Genau das meinen die meisten Menschen, wenn sie Liebe sagen.» Sie nahm sich eine Zigarette und wartete, daß er ihr Feuer gab. «Danke. Sie waren nicht hier, Sie haben Rufus' letzte Freundin nie gesehen – eine scheußliche nymphomanische kleine Hure unten aus Georgia. Sie wollte ihn einfach nicht in Ruhe lassen, er versuchte auf alle mögliche Art, von ihr loszukommen. Er hat sogar daran gedacht, nach Mexiko zu gehen. Sie kriegte ihn so weit, daß er schließlich nicht mehr arbeiten konnte . . . ich schwöre Ihnen, es gibt nichts, was einer weißen Person aus dem Süden, besonders einer weißen Frau, zu vergleichen wäre, wenn sie einmal einen Negermann zwischen die Klauen gekriegt hat.» Sie blies eine große Rauchwolke über seinen Kopf. «Und sie, sie lebt immer noch, die schmutzige Schlampe – und Rufus ist tot.»

Er sagte – und hoffte, sie würde ihn auch wirklich hören, wenn er auch wußte, daß es vergeblich war, daß sie ihn vielleicht gar nicht hören konnte: «Ich hoffe, Sie denken nicht etwa, daß auch ich Ihren Bruder auf jene schauderhafte Art geliebt hätte, die Sie beschreiben. Ich glaube, wir waren wirklich sehr gute Freunde – und es war ein furchtbarer Schock für mich, als ich die Nachricht von seinem Tode bekam. Ich war damals in Paris.»

«Oh! Ich klage *Sie* keineswegs an. Sie und ich – wir werden doch Freunde sein. Glauben Sie nicht?»

«Ich hoffe es bestimmt.»

«Nun, dann ist ja alles gut, soweit es mich angeht.» Und lächelnd, mit sehr großen Augen, fragte sie: «Was haben Sie in Paris gemacht die ganze Zeit?»

«Oh –» er lächelte – «ich hab versucht, aus den Kinderschuhen herauszukommen.»

«Konnten Sie das nicht auch hier tun? Oder wollten Sie nicht?»

«Ich weiß nicht. In Paris machte es mehr Spaß.»

«Also das glaub ich Ihnen aufs Wort.» Sie drückte ihre Zigarette aus. «Und *sind* Sie nun heraus – aus den Kinderschuhen, meine ich?»

«Ich weiß nicht», sagte er, «ich weiß gar nicht, ob Menschen das überhaupt je sind.»

Sie grinste. «Eins zu Null für Sie, Buster.»

Vivaldo kam an den Tisch zurück. Sie sah zu ihm auf. «Nun? Wie geht's den Jungens?»

«Alles in Ordnung. Cass schien mir noch ein bißchen durcheinander, aber sie läßt euch beide herzlich grüßen und hofft, euch bald zu sehn. Wollen wir hier noch weiter stören – oder was machen wir?»

«Also ich würde sagen, wir essen mal was zu Abend», sagte Ida.

Vivaldo und Eric warfen einander einen kurzen Blick zu. «Auf mich dürfen Sie dabei nicht rechnen», sagte Eric rasch. «Ich bin hundemüde, ich hab genug für heute; ich werde heimgehn und mich aufs Ohr hauen.»

«Aber es ist noch so früh!» sagte Ida.

«Na ja, ich bin nun gerade erst vom Schiff gekommen und noch immer ein bißchen wacklig.» Er stand auf. «Aber ich schreib mir ein Abendessen mit euch gut – ja?»

«Das geht schon eher.» Sie blickte Vivaldo augenzwinkernd an. «Tut mir leid, daß der Herr und Meister heute nicht besserer Laune ist.» Sie zwängte sich hinter dem Tisch weg aus der Nische. «Ich muß grad mal noch das Kabinett für kleine Mädchen aufsuchen. Wartet ihr oben auf mich.»

«Es tut mir ja so leid», sagte Vivaldo, als sie die Stufen hinauf auf die Straße gingen, «ich hatte mir's wirklich so schön ausgemalt, mit dir den ganzen Abend heute zusammenzuhocken: wir hätten uns mal richtig ausquatschen können. Aber ich denke, es ist besser, du läßt uns allein. Du verstehst, ja?»

«Natürlich verstehe ich», sagte Eric. «Ich rufe dich nächste Woche mal an.» Sie standen auf dem Bürgersteig und ließen die ziellose Menschenmasse an sich vorüberströmen.

«Es muß dir doch direkt komisch vorkommen», sagte Vivaldo, «auf einmal wieder hier zu sein. Aber ich hoffe, du denkst nicht etwa, wir wären keine Freunde mehr. Denn das sind wir, ganz wie früher. Ich halte eine Menge von dir, Eric. Das sollst du unbedingt wissen, damit du nicht auf die Idee kommst, ich hätte dich heute abend auf irgendeine sanfte Tour abschieben wollen. Es ist bloß –» Er starrte ins Weite, und sein Gesicht sah plötzlich sehr müde aus. «Manchmal hat's mich mit dem Mädchen derartig, daß ich nicht mehr weiß, wo oben und unten ist.»

«Davon versteh ich ein bißchen», sagte Eric. «Nur keine Aufregung.» Er streckte die Hand aus; Vivaldo hielt sie einen Augenblick fest. «Ich ruf in ein paar Tagen mal an, einverstanden? Grüß Ida von mir.»

«Mach ich, Eric. Also dann.»

Eric lächelte. «Mach's gut.»

Er wandte sich um und ging los, die Straße hinunter, auf die Sixth Avenue zu; aber er wußte gar nicht genau, wohin er eigentlich ging. Er fühlte Vivaldos Augen im Rücken; dann war Vivaldo vom Menschengedränge hinter ihm verschluckt.

An der Ecke der Sixth Avenue sah er sich um und wartete; die Lichter sprangen an und wechselten wieder. Ein Lastwagen kam vorbei; er blickte auf in das Gesicht des Fahrers und fühlte plötzlich eine schreckliche Sehnsucht, zu dem Mann einzusteigen und mit ihm zu fahren, wohin immer der Lastwagen fuhr.

Aber er überquerte die Straße und machte sich auf den Weg zu seiner Wohnung. Das war der sicherste Ort, das war die einzige Stätte, wo er bleiben konnte. Fremde Menschen, lauter fremde Menschen – so schienen sie ihm jetzt, wenn auch eines Tages er vielleicht wieder einer von ihnen war – strömten vorbei, mit jenen unaussprechlichen, hoffnungslosen Seitenblicken, die er so gut kannte; aber er hielt die Augen auf das Pflaster gerichtet. *Noch nicht, ihr nicht. Noch nicht. Noch nicht.*

3

Am Mittwochnachmittag, an dem Ida sich aufmachte, Ellis zu besuchen, rief Cass Vivaldo in der Buchhandlung an, wo er arbeitete, mitten in der Innenstadt, und fragte ihn, ob sie ihn nach Feierabend zu einem Drink einladen dürfe. Der Klang ihrer Stimme – hastig, kleinlaut und unglücklich – bewirkte, daß er aus seiner eigenen Verwirrung aufgerüttelt wurde. Er bat sie, ihn um sechs bei der Buchhandlung abzuholen.

Sie traf pünktlich ein – in einem grünen Sommerkleid, das sie sehr jung aussehen ließ, und mit einer unsinnig großen Handtasche aus Stroh. Ihr Haar war zurückgekämmt und fiel ihr über die Schultern; und einen Augenblick lang wirkte sie auf ihn, wie sie sich durch den Eingang drängte, verwischt zugleich und scharf umrissen vom grellen Sonnenlicht, wie die Cass seiner Jünglingszeit, einst, vor vielen Jahren. Damals war sie das entzückendste, das goldigste Mädchen der ganzen Erde gewesen. Und Richard der größte, herrlichste Mann.

Sie schien schrecklich erregt zu sein – schien förmlich zu glühen vor innerer, kaum zurückgehaltener, schmerzlicher Bewegung. Sie lächelte ihm zu; ihr Blick war jugendlich und müde gequält zugleich, und einen Augenblick lang nahm er ihre Körperwärme, ihren Geruch wahr.

«Wie geht's dir, Vivaldo? Es ist ein ganzes Weilchen her, daß wir uns das letzte Mal gesehen haben.»

«Das glaub ich auch. Und ich bin daran schuld. Wie steht's denn bei euch?»

Sie machte eine komische Bewegung des Schauderns und hob die Hände wie ein Kind. «Ach, mal so, mal so.» Dann, nach einer Weile: «Meist aber so.» Und sie ließ die Hände sinken. Sie sah sich im Laden um. Leute starrten in Bücherregale wie Kinder, die den von Glas umschlossenen Fisch im Aquarium anstarren. «Bist du frei? Können wir gleich gehen?»

«Ja. Ich wartete bloß noch auf dich.» Er verabschiedete sich von seinem Chef, und sie traten hinaus auf die sengenden Straßen. Sie befanden sich in der Gegend der fünfziger Straßen, auf der East Side der Stadt. «Wohin wollen wir?»

«Mir ganz gleich. Irgendwohin, wo's eine Klimaanlage gibt. Und keinen Fernseher. Nichts könnte ich jetzt weniger ertragen als irgendein Baseball-Gebolze.»

Sie gingen in östliche Richtung, aus der Innenstadt heraus, als wünschten sie beide, so weit wie nur möglich der Welt, die sie kannten, und ihren Verpflichtungen zu entkommen. Die Gegenwart anderer, die neben ihnen wanderten, auf sie zukamen, die ungestüm aus Hauseingängen und Taxis hervorbrachen und jäh vom Bordstein aufsprangen, drängte sich störend in ihre Stille und schien ihre Zusammengehörigkeit zu bedrohen. Und jeder Mann und jede Frau, die vorübergingen, schien auch eine unerträgliche Bürde mit sich zu schleppen; ihr heimliches, privates Leben schrie förmlich aus ihren heißen und mißmutigen Gesichtern.

«An Tagen wie heute», sagte Cass plötzlich, «muß ich immer daran denken, wie es war – ich meine, wie ich's mir vorstelle, daß es war –, als ich noch jung war, sehr jung.» Sie sah zu ihm auf. «Als alles – Fühlen und Schmecken – alles – so neu noch war und selbst das Leid etwas Schönes bedeutete, weil es so ganz und gar vollständig, in sich geschlossen war . . .»

«Aus der Rückschau kann man das leicht so sehen, Cass. Aber ich jedenfalls möchte um alles in der Welt nicht noch mal so jung sein.»

Aber er wußte, was sie meinte. Ihre Worte hatten seine Gedanken für einen Augenblick abgelenkt – von Ida und Ellis und den grausamen Visionen, die ihn marterten. («Du hast mir gesagt, du hättest ihn seit der Party nicht mehr gesehen.» – «Nun gut. Ich bin eben einmal zu ihm hingegangen, bloß um ihm von der Jam-Session zu berichten, ihm Nachricht zu geben.» – «Warum mußtest du ihn dazu extra besuchen; ein Anruf hätte doch auch genügt, oder?» – «Ich war nicht sicher, ob er sich noch an mich erinnern würde, wenn ich bloß übers Telefon mit ihm redete. Und dann hab ich's dir nicht erzählt, weil ich ja genau wußte, wie du dich aufführen würdest.» – «Es schert mich einen Pfifferling, Kleines, was du mir erzählst. Ich weiß nur, worauf er aus ist; er will deine Unterhöschen mal von innen besichtigen.» – «O Vivaldo! Glaubst du denn, ich weiß nicht, wie man mit solchen kleinen Rotznasen umgehn muß?» Und sie warf ihm einen Blick zu, auf den er keine Antwort wußte; fast war es, als habe die Feststellung darin gelegen: *Denk doch daran, wie ich mit dir umgegangen bin.*)

Aber jetzt kamen ihm Erinnerungen an seine Jugend – als er fünfzehn war oder sechzehn –, wie er in der Brandung von Coney Island schwamm oder im Bad in der Nachbarschaft – wie er auf dem Platz Handball spielte, manchmal mit seinem Vater – wie er nach einer Straßenschlacht in der Gosse lag und sich erbrach und betete, daß nur kein Feind die Gelegenheit nutzen möchte, ihm das Gehirn zu zertreten. Er dachte an die Ängste jener Tage, an die Furcht vor allem und vor jedermann, die sich unter einem mokanten Stakkato-Stil verbarg und sich mit Salven schmutziger

Worte verteidigte. Alles geschah zum allerererstenmal; als er fünfzehn war oder sechzehn; und wie hatte doch sie geheißen? Zelda. Konnte das stimmen? Vielleicht. Zelda. Auf dem Dach – zur Sommerzeit – unter den schmutzigen Sternen der Stadt –

Alles zum erstenmal – in jenen Tagen, wo Taten noch keine Konsequenzen hatten und nichts unwiederbringlich war, wo Liebe so einfach war und selbst der Schmerz von ewiger Dauer schien: war es doch unvorstellbar, daß die Zeit auch nur das geringste tun könnte, ihn zu lindern. Wo mochte Zelda jetzt wohl sein? Vielleicht hatte sie sich längst behaglich in eine Matrone verwandelt – mit fleischigem, ausladendem Hinterteil und ganz unwahrscheinlich metallischem blondem Haar, wie jene Frau, die jetzt genau vor ihnen auf hohen Absätzen dahinschwabbelte. Auch sie hatte – an irgendeinem Tag – zum erstenmal alles angesehen, alles berührt und die Sommerluft auf ihren Brüsten gespürt wie eine Segnung, und dann war es in sie gedrungen, und das Blut war aus ihr hervorgerieselt – zum allerersten mal.

Und woran dachte Cass?

«Ach nein», sagte sie langsam, «das meine ich ja auch nicht, daß ich noch einmal das jammervolle Mädchen von damals sein möchte. Ich mußte bloß daran denken, wie anders doch alles war damals – wie anders als jetzt.»

Er legte einen Arm um ihre mageren Schultern. «Deine Stimme klingt so traurig, Cass. Erzähl mir – was ist los?»

Er führte sie in eine dunkle, kühle Cocktail-Stube. Der Kellner brachte sie zu einem kleinen Zweiertisch, nahm ihre Bestellung entgegen und verschwand. Cass blickte auf die Tischfläche nieder und spielte mit den gesalzenen Erdnüssen in der roten Plastikschüssel.

«Ja, deswegen habe ich dich angerufen – ich wollte mit dir sprechen. Aber so leicht ist es nicht. Ich bin gar nicht sicher, ob ich wirklich *weiß*, was los ist.» Der Kellner kehrte zurück und setzte ihnen ihre Drinks vor. «Aber das stimmt auch wieder nicht. Ich glaube – doch –, ich weiß, was los ist.»

Dann war es still. Sie nippte nervös an ihrem Drink und zündete sich eine Zigarette an.

«Ich denke, es geht um Richard und mich», sagte sie schließlich. «Ich weiß nicht mehr, was mit uns werden soll. Es ist, als wäre mit einemmal nichts mehr zwischen uns.» Sie sprach in einer sonderbaren, atemlosen Weise, fast wie ein Schulmädchen – und ganz so, als glaubte sie selbst nicht, was sie sagte. «Oder ich glaube, das ist auch wieder nicht ganz richtig. Zwischen uns ist höllisch viel, *muß* es einfach sein. Aber nichts davon scheint irgend etwas zu bewirken, auszurichten. Manchmal – manchmal denke ich, er haßt mich, unserer Ehe wegen, der Kinder wegen, der Arbeit wegen, die er tut. Und dann wieder weiß ich genau, es ist nicht wahr, es kann einfach nicht wahr sein.» Sie biß sich auf die

Unterlippe, drückte ihre Zigarette aus und versuchte zu lachen. «Armer Vivaldo. Ich weiß, du hast selber Kummer genug und kannst mit dem Geschwafel einer selbstsüchtigen Matrone in mittleren Jahren gar nichts anfangen.»

«Da du selber schon darüber sprichst», sagte er, «also ich glaube, du bist tatsächlich vollkommen fertig.» Er versuchte zu lächeln; er wußte nicht, was er sagen sollte. Ida und Ellis stürzten wieder aus den Winkeln seiner Gedanken hervor, in die er sie hastig hatte vertreiben können; im Dunkel vollzogen sie gleichwohl weiter die Schändung seiner Männlichkeit. «Das klingt ja alles fast wie ein richtiges Sommergewitter – ob nicht alle verheirateten Leute dergleichen gelegentlich haben?»

«Ich weiß bestimmt nichts von ‹allen verheirateten Leuten›. Ich bin nicht einmal sicher, ob ich überhaupt etwas von der Ehe weiß.» Sie nahm wieder einen Schluck von ihrem Drink und sagte ganz zusammenhanglos: «Ich wollte, ich könnte mich besaufen.» Dann kicherte sie, und ganz plötzlich zerbrach der hoheitsvolle Stolz ihres Gesichts. «Ich wünschte, ich könnte mich sinnlos besaufen und dann loslaufen und mir einen Lastwagenfahrer oder einen Taxichauffeur angeln oder sonst wen, der mich anfassen würde und mir das Gefühl gäbe, eine Frau zu sein.» Sie barg ihr Gesicht in der knochigen Hand, und die Tränen tropften ihr durch die Finger. Mit gesenktem Kopf durchwühlte sie fahrig ihre monströse Handtasche, um schließlich ein kleines Stück Kleenex-Tuch hervorzuziehen. Wie durch ein Wunder gelang es ihr, sich damit die Nase zu putzen und die Augen zu trocknen. «Tut mir leid», sagte sie, «ich hab einfach zu lange herumgesessen und über diesen Dingen gebrütet.»

«Worüber hast du gebrütet, Cass? Ich dachte immer, du und Richard – ihr hättet's geschafft.» Aber diese Worte klangen in seinen eigenen Ohren steif und teilnahmslos. Er hatte Cass und Richard zu lange gekannt und war zu jung gewesen, als er sie kennenlernte, als daß er sich beide je wirklich als Liebende vorgestellt hätte. Manchmal freilich hatte er durchaus wahrgenommen, wie Cass sich bewegte, war ihm aufgegangen, daß sie – mochte sie auch klein und schmächtig sein – doch eine Frau ‹mit allem dran› war, daß sie gute Beine und hübsche Brüste hatte und ihr schmales Hinterteil wohl zu schwenken verstand; und manchmal, wenn er Richards Pranke auf ihrem Handgelenk liegen sah, fragte er sich, wie sie wohl sein Gewicht ertragen konnte. Aber wie alle Menschen, die ein wildes, ungeregeltes Leben führen, neigte er zu der Annahme, daß das Leben anderer zahmer, weniger sinnlich, mehr vom Gehirn bestimmt sein müßte als sein eigenes. Und zum allerersten mal empfand er Cass als eine Frau, eine leidenschaftliche Frau, die ihre Liebesaffäre von einst nur legal weitergeführt hatte, die sich ebenso entzückend und schamlos in Richards Armen wand wie die Frauen, von denen Vivaldo in all diesen Jahren geträumt hatte. «Ich glaube», fügte er hinzu, «es klingt ziemlich albern, was ich da sage. Verzeih mir.»

Sie lächelte – lächelte, als habe sie seine Gedanken gelesen. «Nein, keineswegs klang das albern. Ich hab vielleicht ebenfalls gedacht, wir hätten es geschafft. Aber *geschafft* – hat es wohl noch niemand.» Sie zündete sich eine neue Zigarette an und straffte die Schultern; langsam umkreiste sie, wie nun schon seit vielen Wochen, irgendeinen furchtbaren Entschluß. «Ich halte mir selbst andauernd vor, daß es an unserer veränderten Lebensweise liegt – jetzt, wo Richard so bekannt wird. Aber das ist es nicht. Es ist etwas, das schon immer mit uns und in uns gewesen ist.» Ihre Stimme klang jetzt sehr ernst und trocken. Mit verengten Augen blickte sie Vivaldo durch den Rauch ihrer Zigarette an. «Du weißt, ich habe dich immer im Auge gehabt, dich und all deine schauerlichen Abenteuer, und habe dich mit Richard und mir verglichen und gedacht, wie glücklich wir doch seien. Er war der erste –» sie stockte und senkte den Blick – «der allererste Mann in meinem Leben, und auch ich war die erste für ihn – bestimmt; das erste Mädchen jedenfalls, das er *liebte*.»

Und wieder sah sie nieder, als sei die Bürde des Bekenntnisses zu schwer. Doch einte sie jetzt das Wissen, daß sie nicht mehr zurück konnten, daß sie zu Ende bringen mußten, was sie begonnen hatten.

«Und du denkst, er liebt dich nicht mehr?»

Sie antwortete nicht. Sie bedeckte die Stirn mit der beringten Linken und starrte in die Schale mit gesalzenen Erdnüssen, als liege darin die Antwort auf alle Rätsel verborgen. Die winzigen Pfeile auf ihrer Armbanduhr zeigten, daß es fünf nach halb sieben war. Ida würde Ellis bereits vor Stunden verlassen haben, und auch ihre Gesangstunde war schon vorüber. Jetzt würde sie im Restaurant sein, würde sich umgezogen haben und Vorbereitungen für den Andrang zum Abendessen treffen. Er konnte ihr verschlossenes, hochmütiges Gesicht sehen, wie sie sich einem Tisch näherte und mit Block und Stift hantierte, als seien sie Schild und Schwert. Sie war gewiß nicht lange bei Ellis geblieben – er war ein vielbeschäftigter Mann. Aber wie lange brauchten diese Burschen dazu, rasch mal einen Schuß abzufeuern, mitten am Nachmittag, in ihren wohlabgeschirmten Büros? Er versuchte, sich auf Cass und ihren Kummer zu konzentrieren. Vielleicht hatte er sie zu einem Drink ausgeführt; vielleicht hatte er sie beschwatzt, nicht zur Arbeit zu gehen und sie zum Abendessen eingeladen; vielleicht waren sie jetzt noch zusammen. (Wo?) Vielleicht auch hatte Ellis sie überredet, ihn um Mitternacht in einer Theaterbar zu treffen, in einem jener Lokale, wo es ihr nützlich sein konnte, mit ihm gesehen zu werden. Aber nein, das nicht; es würde wiederum Ellis kaum nützlich sein, sich mit *ihr* sehen zu lassen. Dazu war er viel zu gerissen – wie es ihm auch kaum einfallen würde, es auf einen offenen Vergleich zwischen seiner und Vivaldos Macht ankommen zu lassen. Aber er würde dennoch keine Gelegenheit außer acht lassen, Ida nahezulegen, solche Vergleiche selber anzustellen.

Er machte sich förmlich krank mit seinen Ängsten und Phantasien.

Wenn Ida ihn liebte, dann spielten Ellis und die ganze glitzernde Große Welt gar keine Rolle. Und wenn sie ihn nicht liebte, dann konnte er auch nichts daran ändern, und je schneller alles zu Ende ging zwischen ihnen, desto besser. Aber er wußte, daß es so einfach auch wieder nicht war, daß er nicht ehrlich war. Sie konnte ihn sehr wohl lieben und dennoch – er schauderte und stürzte seinen Drink hinunter – auf irgendeinem Ledersofa unter Ellis' Gewicht stöhnen. Ihre Liebe zu ihm würde in keiner Weise die Kraft schwächen, mit der sie ihr Ziel verfolgte, Sängerin zu werden, die Karriere zu machen, die sich ihr jetzt zum Greifen nahe zu bieten schien. Er konnte sogar die Wahrheit sehen, die in ihrer liebevollen und stürmischen Versicherung lag, daß er es gewesen sei, seine Liebe, die ihr den Mut zum Beginnen gegeben habe. Aber das tröstete ihn nicht, denn zugleich klang für seine Ohren aus dieser Versicherung die Mitteilung, daß seine Rolle nunmehr beendet sei und daß er nur alles unnötig verwickle, weil er sich dagegen sperre, den Schlußstrich zu ziehen und schlicht abzutreten. Er schüttelte den Kopf. In einer halben Stunde – nein, in einer Stunde – würde er im Restaurant anrufen.

«Ach, Cass», hörte er sich selbst sagen, «ich wollte, ich könnte dir helfen.»

Sie lächelte und berührte seine Hand. Die winzigen Zeigerpfeile auf ihrer Armbanduhr hatten sich nicht vom Fleck bewegt. «Danke dir», sagte sie – sehr ernst. Dann: «Ich weiß nicht, ob Richard mich noch liebt oder nicht. Er sieht mich einfach nicht mehr – er sieht mich nicht. Er hat mich nicht angerührt –» sie hob den Blick zu Vivaldo, und zwei Tränen quollen hervor und rollten ihr übers Gesicht hinab; sie machte keine Bewegung, sie zurückzuhalten – «er hat mich nicht angerührt seit – oh, ich weiß nicht, wie lange. Ich bin nie sehr aggressiv gewesen; ich hab es nie sein müssen.» Sie schlug mit dem Handrücken nach ihren Tränen. «Ich sitze da in dem Haus wie – wie eine Haushälterin. Ich paß auf die Jungens auf und bereite die Mahlzeiten und schrubbe die Klos und geh ans Telefon – und er, er sieht mich einfach nicht. Er arbeitet immer nur. Dauernd ist er beschäftigt, dauernd hat er was vor – mit Ellis, nehme ich an, und seiner Agentin und all diesen schauerlichen Leuten. Vielleicht ist er wütend auf mich, weil ich sie alle nicht besonders mag und nichts dagegen tun kann.» Sie holte tief Luft, fand ein weiteres Kleenex-Tuch und verrichtete wiederum wahre Wunder damit. «Anfangs hab ich ihn immer mit ihnen aufgezogen. Das mach ich jetzt nicht mehr, aber ich glaube, es ist zu spät. Ich weiß ja, sie sind alle tüchtig und wichtig, aber ich kann mir nicht helfen, ich nehme ihre Arbeit einfach nicht ernst. Vielleicht hat Richard ja recht, wenn er sagt, ich bin ein Snob – typisch New England – und ein absoluter Totschlag für seine Arbeit, aber weiß Gott – das will ich doch nicht und – und ich weiß eben, daß Richards Arbeiten nichts mehr taugen, und *das* kann er mir einfach nicht verzeihen. Was soll ich bloß tun?» Und sie schlug beide Hände vor die Stirn, sah nieder und fing wieder an zu weinen. Er blickte sich vorsichtig in der dunklen Bar um. Niemand nahm von ihnen Notiz. Ganz plötzlich war es Viertel vor sieben.

Ziemlich tölpelhaft fragte er: «Hast du überhaupt mit Richard mal darüber gesprochen?»

Sie schüttelte den Kopf. «Nein. Wir haben immer nur Streit gehabt. Es ist, als wären wir einfach nicht mehr imstande, miteinander zu reden. Ich weiß wohl, es heißt immer, in der Ehe käme mal eine Zeit, wo alles schwindet außer Kameradschaft, aber dies – dies kann doch nicht die Kameradschaft sein, von der sie immer reden, dies nicht – und nicht so bald! Ich will nicht!» Und jetzt bewirkte die außergewöhnliche Erregung in ihrer Stimme doch, daß sich einige Köpfe nach ihnen umwandten.

Er nahm ihre beiden Hände und lächelte. «Kopf hoch, Mädchen, Kopf hoch! Ich laß dir einen neuen Drink kommen, ja?»

«Das wäre nett.» Das Glas vor ihr enthielt kaum noch mehr als Wasser, aber sie trank es aus. Vivaldo gab dem Kellner ein Zeichen, noch eine Runde zu bringen.

«Weiß Richard, wo du jetzt bist?»

«Nein – ja. Ich sagte ihm, ich träfe mich mit dir zu einem Drink.»

«Wann erwartet er dich zurück?»

Sie zögerte. «Ich weiß nicht. Ich hab das Abendessen warmgestellt. Wenn ich nicht rechtzeitig zurück sei, solle er die Kinder füttern und selber essen, hab ich ihm gesagt. Aber er grunzte bloß und stelzte in sein Arbeitszimmer.» Sie zündete sich eine Zigarette an; ihr Gesicht war verzweifelt und zurückhaltend zugleich, und er wußte, hinter ihrer Stirn ging noch weit mehr vor sich, als sie erzählte. «Ich glaube, ich mach mich doch wieder auf den Heimweg. Oder vielleicht geh ich ins Kino.»

«Hättest du Lust, mit mir zu Abend zu essen?»

«Nein. Mir ist nicht nach Essen zumute. Außerdem –» der Kellner kam mit ihren Drinks; sie wartete, bis er wieder verschwunden war – «ist Richard ein bißchen eifersüchtig auf dich.»

«Auf mich? Aber warum denn das?»

«Weil du vielleicht ein wirklicher Schriftsteller wirst. Und er es nun nie mehr sein wird. Und er das weiß. Daher kommt ja die ganze Quälerei.» Sie machte diese Feststellung mit äußerster Kühle, und zum allererstenmal dämmerte es Vivaldo, wie tödlich es für Richard sein mußte, heute mit einer Frau wie Cass zu tun zu haben. «Gottverdammt. Und wenn er nicht *lesen* könnte – es wäre mir egal.» Und sie grinste und nahm einen Schluck aus ihrem Glas.

«Nein, das wär dir nicht egal», sagte er, «das kannst du mir nicht weismachen.»

«Na ja. Wenn er nicht lesen könnte – und wüßte es –, so könnte er's ja doch lernen. Ich könnt's ihm beibringen. Aber egal ist mir, ob er Schriftsteller ist oder nicht. Er ist es, der sich das alles zusammengeträumt hat.»

Sie machte eine nachdenkliche Pause. «Er ist der Sohn eines Tischlers», sagte sie, «der fünfte Sohn eines Tischlers, der aus Polen eingewandert war. Vielleicht ist es deshalb so wichtig für ihn. Hundert Jahre früher wäre er wohl einfach wie sein Vater gewesen und hätte eine Tischlerei aufgemacht. Aber jetzt muß er Schriftsteller werden und Steve Ellis helfen, Überzeugungen und Seife zu verkaufen.» Mit einer wilden Bewegung drehte sie ihre Zigarette im Aschenbecher aus. «Und weder er noch sonst irgendwer von dieser Bande kann einem sagen, welcher Unterschied dazwischen besteht.» Sie zündete sich jäh eine neue Zigarette an. «Versteh mich bitte nicht falsch; ich habe gar nichts gegen Ellis oder einen von diesen Leuten. Sie sind einfach ganz gewöhnliche, durchschnittliche Amerikaner, die vorankommen wollen. Und dazu gehört eben auch Richard, denke ich.»

«Und dazu gehört Ida», sagte er.

«Ida?»

«Ich nehme an, sie hat ihn besucht. Ich weiß, daß sie heute nachmittag eine Verabredung mit Ellis hatte. Er hat versprochen, ihr zu helfen – bei ihrer Karriere.» Er lächelte frostig.

Ganz plötzlich lachte sie auf. «Mein Gott! Was sind wir doch für ein feines Gespann! Sitzen hier im Dunkeln, voller Alkohol und Selbstmitleid, während unsere Geliebten draußen in der wirklichen Welt sind, wirkliche Menschen sehen, wirkliche Dinge tun und wirkliche Erfolge erringen – sind sie nicht wirklich? Wirklicher als wir? Manchmal wache ich mitten in der Nacht über dieser Frage auf, und dann wandere ich im Haus herum und gehe und sehe nach den Kindern. Ich will nicht, daß auch sie so werden. Ich will aber auch nicht, daß sie so werden wie ich.» Sie wandte ihr Gesicht ab und blickte hilflos zur Wand. Mit ihrem aufgelösten goldenen Haar und all dem Kummer in ihrem Gesicht sah sie unglaublich jung aus. «Was soll ich nur tun?»

«Ich dachte immer», sagte er, «für Frauen wäre es leichter.»

Sie wandte sich um und blickte ihn an; sie sah jetzt nicht mehr jung aus. «Was wäre leichter?»

«Zu wissen, was man tun soll.»

Sie warf den Kopf zurück und lachte. «Oh, Vivaldo! Warum denn?»

«Ich weiß nicht. Männer müssen an so viele Dinge denken. Frauen aber brauchen nur an Männer zu denken.»

Wieder lachte sie. «Was ist denn daran so leicht?»

«Ist es das nicht? Also dann eben nicht.»

«Vivaldo. Wenn Männer nicht wissen, was vor sich geht, was sie tun, wohin sie steuern – was sollen Frauen dann tun? Wenn Richard nicht weiß, was für eine Welt er sich eigentlich wünscht, wie soll ich ihm helfen, es zu schaffen? Was soll ich unseren Söhnen erzählen?» Die Frage hing zwischen ihnen in der Luft; schwerfällig und träge (es war zehn nach sieben) löste sie Echos von Idas Ton und Augenausdruck in ihm aus, wenn sie stritten. *Ach. Ihr weißen Jungens macht mich alle krank. Ihr wollt immer rauskriegen, was vor sich geht, Kleiner, was los ist. Mensch, bezahlt eure Schulden – mehr braucht ihr doch gar nicht!*

Lag vielleicht in all dem Aufbegehren zuletzt nur eine inbrünstige Bitte?

«Ich laß dir noch einen Drink kommen», sagte er.

«Ja. Wenn ich heimgehe oder sonst noch was anfange, will ich's mit einem kleinen Schwips tun. Entschuldige mich einen Moment.» Munter winkte sie dem Kellner; dann nahm sie ihre große Handtasche und begab sich zur Tür für Damen.

Bezahlt eure Schulden – mehr braucht ihr doch nicht. Er saß, dumpf umspült vom vagen Summen sinnloser Musik, in der Cocktail-Stube und rief sich alle Fehler und Irrungen seines Lebens mit Ida ins Gedächtnis, die er immer ihr angelastet hatte. Ihr erster Streit war im April entstanden, einen Monat nachdem sie eingezogen war. Seine Mutter hatte angerufen, an einem Sonntagnachmittag, um ihn an eine Geburtstagsparty zu erinnern, die in der folgenden Woche für Stevie, seinen jüngeren Bruder, gegeben werden sollte. Seine Mutter nahm an, daß er wohl kaum würde kommen wollen, daß er versuchen würde, sich der Feier zu entziehen, und das schon machte ihre Stimme, bevor er noch etwas hatte sagen können, gereizt und mürrisch. Das wiederum konnte er nicht ertragen, wodurch sein eigener Ton scharf und feindselig wurde. Und so führten sie denn – die alternde, erschrockene Frau und ihr erwachsener Sohn – ihr Kindergarten-Drama auf. Ida, in der Küche, sah zu und lauschte. Vivaldo, der sie im Auge behielt, lachte plötzlich auf, und bevor ihm selber bewußt war, was er sagte, rutschte ihm die Frage heraus: «Macht's dir was aus, wenn ich eine Freundin mitbringe?» Und noch während er das sagte, spürte er, wie Ida sich versteifte, wie sich ihre Aufmerksamkeit in verhaltener Wut konzentrierte.

«Wenn es ein nettes Mädchen ist», sagte seine Mutter. «Du weißt, wir wollen deine Freundinnen immer gerne kennenlernen.»

Er fühlte eine jähe Zerknirschung, als er – vor seinem inneren Auge – ihr verwirrtes Gesicht sah und wußte, wie ratlos sie sich fragte, warum nur ihr ältester Sohn ihr – und offenbar absichtlich – so viel Schmerz sollte antun wollen. Und zugleich vernahm er Idas Summen in der Küche, das nichts Gutes ahnen ließ.

«Sie ist ein sehr nettes Mädchen», sagte er rasch, mit ernster Stimme. Dann geriet er ins Stocken, denn unwillkürlich hatte er einen verstohlenen Blick auf Ida geworfen. Er wußte nicht, wie er sagen sollte: *Mama, sie ist eine Farbige*; er wußte, daß seine Mutter – und wer in aller Welt hätte es ihr verdenken können? – augenblicklich überzeugt sein würde, dies sei nur wieder ein weiterer Versuch, seine Familie zu schockieren und zu demütigen. «Ich möchte, daß ihr beide euch mal kennenlernt, wirklich, das möchte ich.» Und das klang völlig unaufrichtig. Er dachte: *Ich glaube, ich muß es ihnen wirklich erzählen, ich komm nicht drum herum, ich muß es ihnen irgendwie beibringen.* Und dann auf einmal: *Ach, scheiß drauf, wieso eigentlich?* Wieder schielte er zu Ida hinüber. Sie rauchte eine Zigarette und blätterte in einer Zeitschrift.

«Ja – also –» sagte seine Mutter voller Zweifel; und aus ihrer Stimme klang – bei aller Gefaßtheit – kaum der begeisterte Wunsch, nun gleich die Straße hinuntergeflogen zu kommen, um ihren Jungen zu sehen, «also – dann sieh doch zu, daß du sie zur Party mitbringen kannst. Alle kommen her, und sie fragen doch immer nach dir; wir haben dich so lange nicht mehr hier gesehen. Ich weiß, dein Vater vermißt dich, obwohl er nie ein Wort sagt, und Stevie vermißt dich auch, und wir alle tun das, Danny.» Er wurde zu Hause Danny genannt.

Alle: seine Schwester und sein Schwager, sein Bruder, sein Vater und seine Mutter, die Onkel und Tanten und Vettern und Kusinen – und die ganze übrige Pestilenz von Pietät und Bosheit und Argwohn und Furcht. Das unüberwindliche Geschnatter von Leuten, von ach so teilnahmsvollen Leuten, die keinerlei Wirklichkeit für ihn besaßen; das ganze Geschwätz über Geld, über Kinderkrankheiten, Arztrechnungen, Schwangerschaften, über unglaubliche und häßliche Treubrüche, die sich zwischen einer Null und einem Neutrum im luftleeren Raum ereigneten; die spülwassertrüben, infantil schmutzigen Geschichten und das irre Gewäsch über Politik. Wirklich, sie sollten in Ställen leben, sie alle, mit Pferden und Kühen zusammen, und man sollte nicht von ihnen erwarten, daß sie sich mit Angelegenheiten abgaben, die über ihren Horizont gingen. Er haßte sich, daß er sich so ernst und verbissen hatte hinreißen lassen von diesen Gedanken, und spürte – wie immer – fassungslos, wie sonderbar und gefährlich die Ungerechtigkeit war, die in ihnen lag.

«Na gut», sagte er mit dem Versuch, den Redefluß seiner Mutter zum Stillstand zu bringen. Sie erzählte gerade, daß die Magenbeschwerden seines Vaters zurückgekehrt seien. *Magenbeschwerden, mein Ärschchen. Er hat kaum noch einen Zipfel Leber, der funktioniert; das ist die Geschichte. Paß nur auf, eines Tages kotzt er dir alle Wände voll; und was für ein Gestank!*

«Also bringst du nun deine Freundin mit?»

«Ich weiß noch nicht. Ich will sehn.»

Er sah Ida schon mitten unter ihnen. Er allein war schon schlimm genug; er allein quälte und schreckte sie bereits genug. Vor Ida würden sie alle zu einem wirren Haufen stummer Hysterie zusammenschrumpfen, und Gott wußte, was sein Vater sagen würde, wenn er sähe, daß er das Negermädchen sogar ganz ungeniert anbrachte.

Mehr Geschnatter seiner Mutter; es war, als seien die Fäden, die sie und Vivaldo verbanden, allesamt so dünn und zweifelhaft, daß sie jetzt um jeden Preis versuchte, in Minuten eine Verbindung herzustellen, die während langer Jahre nicht zustande gekommen war.

«Also ich werde da sein», sagte er. «Wiedersehn», und legte auf.

Doch einmal hatte er sie geliebt; er liebte sie immer noch, er liebte sie alle.

Er sah auf das schweigende Telefon; dann blickte er zu Ida hinüber.

«Lust, mit auf eine Geburtstagsparty zu kommen?»

«Nein, ergebensten Dank, Schatz. Wenn du deine Familie erziehen willst, dann führ ihnen Dias vor, hörst du? *Farbige* Dias.» Und mit mokantem Gesicht blickte sie von der Zeitschrift auf.

Er lachte, aber er fühlte sich Ida wie seiner Mutter gegenüber so schuldig, daß er unfähig war, es damit bewenden zu lassen.

«Ich würde dich gern dieser Tage mal mit rübernehmen. Es kann ihnen gar nichts schaden. Die sind ja alle derart altmodisch.»

«Was könnte ihnen nichts schaden?» Ihre Aufmerksamkeit war nach wie vor mit der Zeitschrift beschäftigt.

«Na ja – dich kennenzulernen. Es sind ja keine schlechten Menschen. Sie sind eben bloß sehr beschränkt.»

«Ich habe dir bereits mitgeteilt, daß ich an der Erziehung deiner Familie nicht interessiert bin, Vivaldo.»

Irgendwo tief in seinem Innern gab es ihm einen dumpfen Stich. «Ja glaubst du denn, es gibt keine Hoffnung mehr für sie?»

«Es ist mir schnurzegal, ob es noch Hoffnung für sie gibt oder nicht. Aber ich bin keineswegs gewillt, mich ein einziges Mal noch von irgendwelchen weißen Narren foppen zu lassen, die sich noch immer keinen Reim darauf machen können, ob ich nun ein menschliches Wesen bin oder nicht. Wenn sie's nicht wissen, Kleiner – mein Schade soll's nicht sein; und ich hoffe bloß, sie sterben schön langsam und mit ausreichenden Schmerzen, damit sie so richtig was davon haben.»

«Das ist nicht sehr christlich gedacht», sagte er leicht. Aber er war bereit, diesen Punkt fallenzulassen.

«Besser weiß ich's nicht. Mein christliches Denken habe ich ausschließlich von den Weißen gelernt.»

«Scheißdreck», sagte er, «da sind wir also wieder.»

Die Zeitschrift kam auf ihn zugeflogen und traf ihn am Nasenbein.

«Was willst du damit sagen, du weißer Dreckskerl!» Sie äffte ihn nach. *«Da sind wir also wieder!* Ich lebe nun seit über einem Monat in diesem Haus, und noch immer bildest du dir ein, es wäre ein Riesenspaß, mich mit nach Hause zu deiner Mutter zu nehmen! Verdamm's Gott, du denkst, sie wäre eine bessere Frau als ich, was – du großes, weißes, liberales Arschloch du?» Sie schöpfte tief Luft und ging auf ihn los, geduckt, die Hände an den Hüften. «Oder denkst du, es geschähe deiner Hure von Mutter nur recht, wenn du eine Niggerhure mit heimbrächtest? Antworte, verdammt noch mal!»

«Willst du augenblicklich still sein? Wenn du so weitermachst, haben wir in einer Minute die Polizei hier.»

«Jawohl, und wenn die Kerle kommen, werde ich ihnen erzählen, du hättest mich von der Straße geholt und weigertest dich jetzt zu bezahlen – jawohl, das werde ich sagen. Du denkst, ich bin eine Hure; na schön, du behandelst mich ja ganz danach – aber dann *bezahl* mich auch, oder der Teufel soll deinen weißen Pimmel holen!»

«Ida, es war dumm von mir, das zu sagen, und es tut mir leid; laß es gut sein. Ich hab's nicht so gemeint, wie du dachtest. Ich hab dich nicht herabsetzen wollen.»

«Doch, das wolltest du. Du hast es genau so gemeint, wie ich sagte. Und weißt du, warum? Weil du gar nicht anders kannst, darum. Keiner von euch weißen Jungens kann anders. All eure verdammten weißen Flittchen bilden sich ein, sie hätten ihr Loch bloß zum Pinkeln und pißten nichts als nur die allerbeste Ingwer-Limonade, und ich sage dir, wenn's die schwarzen Nutten nicht gäbe, würde keiner von euch verdammten weißen Arschleckern *je* seine Ladung loswerden. Jawohl! Ihr seid ein total verwichstes Volk. Hörst du? Ein total verwichstes Volk!»

«Auch gut», sagte er müde, «sind wir also ein total verwichstes Volk. Und jetzt halt die Klappe. Wir haben schon Schwierigkeiten genug hier, wie die Dinge liegen.»

Und das war nur allzu wahr, denn der Hauswirt und die Nachbarn und der Polyp an der Ecke – sie alle mißbilligten Idas Anwesenheit aufs äußerste. Aber es war auch wieder nicht gerade taktvoll von ihm, das gerade in diesem Augenblick zu erwähnen.

Mit nur gespielter tiefer Zerknirschung sagte sie: «Das stimmt. Ich vergaß es.» Sie wandte sich von ihm ab und wieder der Küche zu; dort langte sie in den Geschirrschrank und fegte sämtliche Teller und Tassen – die freilich, dem Himmel sei Dank, nur in geringer Anzahl vorhanden waren – auf den Fußboden. «Ich denke, ich gebe ihnen mal einen Anlaß, sich zu beklagen», sagte sie. Es waren nur zwei Gläser da, und die schmiß sie gegen den Kühlschrank. Vivaldo stand gegen den Plattenspieler gelehnt, und als Ida mit nassen Augen in die Küche stelzte, begann er zu lachen. Schlagend und kratzend stürzte sie sich jetzt auf ihn, und er hielt sie mit einer Hand von sich ab und lachte immer noch. Der Bauch tat ihm weh vor Lachen. Andere Hausbewohner pochten an ihre Leitungsrohre, an Wände und Decke, aber er konnte einfach nicht aufhören zu lachen. Ächzend lag er schließlich am Boden auf dem Rücken, und endlich fing Ida, halb widerwillig, an zu lachen.

«Nun steh doch bloß auf, du Narr! Mein Gott, was für ein Narr du bist!»

«Ich bin bloß ein total verwichstes Volk», sagte er. «Herr, erbarme dich meiner!» Ida lachte hilflos, und er zog sie nieder über sich. «Erbarm dich meiner, Baby», sagte er. «Erbarm dich!» Das Klopfen dauerte fort, und er sagte: «Das ist mir wirklich ein total verwichstes Volk hier im Haus – die wollen dich nicht mal in Ruhe mit mir schlafen lassen.»

Jetzt kehrte Cass zurück, mit frischem Make-up und gekämmtem Haar, die Augen hell und trocken. Sie ließ sich wieder in der Nische nieder und nahm ihr Glas. «Ich wäre dann bereit, wenn du's bist», sagte sie. Dann: «Danke dir, Vivaldo. Wenn ich keinen Freund gefunden hätte, mit dem ich mich hätte aussprechen können, ich glaube, ich wäre erstickt.»

«Das wärst du sicher nicht», sagte er, «aber ich weiß, was du sagen willst. Auf dein Wohl, Cass.» Und er hob sein Glas. Es war zwanzig Minuten vor acht, aber nun hatte er doch plötzlich Angst, das Restaurant anzurufen. Er wollte warten, bis Cass sich von ihm getrennt hatte.

«Was willst du jetzt machen?» fragte er.

«Ich weiß nicht. Ich denke, ich breche vielleicht – ist es das sechste Gebot? Ehebruch?»

«Ich meine, was du jetzt im Moment –»

«Aber ich hab dich genau richtig verstanden.»

Beide lachten. Doch dann ging ihm der Gedanke durch den Kopf, daß sie es ernst gemeint hatte. «Irgendwer, den ich kenne?»

«Sei nicht kindisch. Denk doch bloß an die Leute, die du kennst.»

Er lächelte. «Richtig. Aber bitte – mach keine Dummheiten, Cass!»

Sie sah vor sich nieder. «Dummheiten – nein», murmelte sie. Dann: «Laß uns zahlen.»

Sie winkten dem Kellner, zahlten und traten wieder auf die Straße hinaus. Die Sonne ging bereits unter, aber die Hitze hatte nicht nachgelassen. Stein und Stahl, Ziegel, Holz und Asphalt, die den ganzen Tag lang die Hitze eingesogen hatten, würden sie die ganze Nacht wieder von sich geben. Schweigend gingen sie zwei Häuserblocks weit, bis zur Ecke der Fifth Avenue; und in diesem Schweigen lebte etwas, das Vivaldo ein sonderbares Widerstreben fühlen ließ bei dem Gedanken, Cass allein zu lassen.

Die Ecke, an der sie standen, war völlig menschenleer, und auch der Verkehr war hier gering.

«In welche Richtung gehen wir?» fragte er sie.

Sie blickte die Avenue auf und ab – auf und ab. Aus der Richtung des Parks näherte sich ein grün-gelbes Taxi.

«Ich weiß nicht. Aber ich denke, ich gehe ins Kino.»

Das Taxi hielt mehrere Blocks von ihnen entfernt und wartete vor einem Rotlicht. Abrupt hob Cass die Hand.

Wieder bot er sich an. «Soll ich vielleicht mitkommen? Ich könnte als dein Beschützer fungieren.»

Sie lachte. «Nein, Vivaldo, vielen Dank. Ich gedenke mir nie mehr einen Beschützer zu leisten.» Und das Taxi kurvte auf sie zu. Sie sahen ihm beide entgegen, wie es näher kam, seine Fahrt verlangsamte und hielt. Mit hochgezogenen Brauen sah er sie an.

«Ja – also –»

Sie öffnete die Wagentür, und er hielt sie. «Danke, Vivaldo», sagte sie.

«Danke für alles. Ich setze mich mit dir in Verbindung – in ein paar Tagen. Oder ruf du mich an, ich bin zu Hause.»

«In Ordnung, Cass.» Er machte eine Faust und berührte sie damit am Kinn. «Mach's gut.»

«Du ebenfalls. Wiedersehn.» Sie stieg ein, und er warf die Tür hinter ihr zu.

Sie lehnte sich zum Fahrer vor, und das Taxi rollte los, der Innenstadt zu. Sie drehte sich um und winkte ihm; dann bog das Taxi nach Westen.

Es war, als habe ihr Winken entschwindendem Festland gegolten, und sie vermochte nicht auszudenken, was ihr vielleicht geschehen würde, wenn es ihr – falls überhaupt je – wieder in Sicht kam.

Auf der Höhe der 12. Straße an der Seventh Avenue ließ sie den Chauffeur noch einen Block weiter fahren, zur Eintrittskasse des Loew's Sheridan; dann zahlte sie, stieg aus und erklomm tatsächlich die Treppe zum Balkon dieser scheußlichen Anbetungsstätte; dort setzte sie sich nieder. Sie zündete sich eine Zigarette an, der Dunkelheit froh, doch nicht geschützt von ihr, und sie starrte auf die Leinwand, aber alles, was sie sah, waren die keineswegs überzeugenden Verrenkungen eines Mädchens, dessen Name sich – unglaublich genug – als Doris Day herausstellte. Ganz beziehungslos dachte sie: *Ich sollte wirklich nie ins Kino gehen, ich kann ja das Zeug nicht ausstehn,* und dann fing sie an zu weinen. Ihre Tränen flossen, und da sie starr geradeaus blickte, strömten sie wie ein Regenschleier zwischen ihr und James Cagneys großem rotem Gesicht nieder, das wenigstens – dem Himmel sei Dank – jenseits aller Möglichkeiten des Make-up zu sein schien. Dann sah sie auf ihre Uhr und stellte fest, daß es genau acht war. Ist das gut oder schlecht? fragte sie sich ziemlich idiotisch – und wußte dabei, daß es idiotisch war, so zu fragen; immer war es ein Teil ihres Kummers gewesen, daß sie ihm so einfältig gegenüberstand. *Mein Gott, du bist 34 Jahre alt; geh runter und ruf ihn an!* Aber sie zwang sich zu warten, doch fragte sie sich die ganze Zeit über zweifelnd, ob sie wohl schon zu lange wartet oder noch immer zu früh anrufen würde. Zuletzt ging sie, während auf der Breitwand ein heftiger Technicolor-Sturm tobte, dann doch die Treppe hinunter und betrat die Telefonzelle. Sie wählte die Nummer und hörte den Antwortdienst. Wieder schleppte sie sich nach oben, um ihren Platz aufzusuchen.

Aber sie konnte den Film nicht ertragen, der keinerlei Anzeichen dafür zeigte, daß er sich dem Ende näherte. Um neun Uhr ging sie wieder nach unten, in der festen Absicht, irgendwo noch einen Drink zu nehmen und dann heimzugehen. Heim . . . Wieder wählte sie die Nummer.

Es läutete einmal, zweimal; dann wurde der Hörer abgenommen; es herrschte Stille. Dann ertönte es mit aggressiv gedehnter Stimme:

«Hallo?»

Sie hielt den Atem an.
«Hallo?»
«Hallo. Eric?»
«Ja.»
«Ich bin es, Cass.»
«Oh?» Und dann rasch und munter: «Wie geht es dir, Cass; das ist lieb von dir, daß du mich anrufst. Ich hab die ganze Zeit hier gesessen und versucht, dieses Stück zu lesen, und bin dabei derart außer mir geraten, daß mir jetzt schier nach Selbstmord zumute ist.»
«Ich könnte mir denken», sagte sie, «daß du diesen Anruf vielleicht doch irgendwie erwartet hast.» Um keinen Preis, dachte sie, jetzt wirklich ganz in den Klauen der Irrealität und der Angst, soll man dir nachsagen, du legst deine Karten nicht auf den Tisch.
«Was hast du gesagt, Cass?» Aber sie erkannte am Tonfall seiner Frage, daß er sie verstanden hatte.
«Ich sagte: Du hast diesen Anruf doch irgendwie wohl erwartet.»
Nach einem Augenblick sagte er: «Ja. In gewisser Weise.» Dann: «Wo bist du jetzt, Cass?»
«Ganz nah bei deiner Wohnung – nur um die Ecke. Darf ich raufkommen?»
«Bitte, tu das.»
«Schön. Ich bin in fünf Minuten da.»
«In Ordnung. Ach – Cass –»
«Ja?»
«Ich hab gar nichts mehr zu trinken im Haus. Könntest du vielleicht eine Flasche Scotch mitbringen; ich geb dir das Geld gleich, wenn du kommst.»
«Irgendeine besondere Sorte?»
«Oh, das ist mir egal. Wie *du's* am liebsten hättest.»
Einen Augenblick lang schien ihr – wundersam genug – ein Stein vom Herzen zu fallen. Sie lachte. «Black Label?»
«Toll.»
«Also in einer Minute.»
«In einer Minute. Ich bin da.»
Sie hängte ein und starrte einen Moment lang auf das glänzende Instrument ihrer – Erlösung? Sie trat auf die Straße hinaus, fand einen Spirituosenladen und kaufte eine Flasche; und irgendwie machte das Gewicht in ihrer Strohhandtasche alles plötzlich wirklich echt – wie der Kauf einer Fahrkarte beweist, daß die Reise nun nahe bevorsteht.
Was würdest du ihm sagen? Was würde er –?
Er rief: «Bist du da, Cass?» Und sie rief zurück: «Ja!» Und rannte ungeschickt wie ein Schulmädchen die Stufen hinauf. Ganz außer Atem erreichte sie die Tür, und da stand er, in Hemd und alter Militärhose, lächelnd und blaß. Seine Wirklichkeit versetzte ihr einen Schock, und

ebenso seine Schönheit – oder seine Kraft, was bei einem Mann so ziemlich dasselbe ist. Ihr war, als sähe sie ihn zum erstenmal – sein kurzes, unordentliches rotes Haar, die ziemlich eckige Stirn mit den hineingebrannten Linien, die Augenbrauen, die dichter und buschiger waren, als sie in Erinnerung hatte, und die dunkleren Augen, die tiefer in den Höhlen lagen. Sein Kinn hatte eine winzige Scharte – auch das hatte sie noch nie bemerkt. Sein Mund war größer, als sie sich erinnerte, seine Lippen waren voller und seine Zähne leicht gekrümmt. Er war unrasiert, und sein roter Bart schimmerte borstig im schwach gelben Licht über dem Treppenabsatz. Seine Hose war ohne Gürtel, und seine nackten Füße steckten in Ledersandalen. «Komm rein», sagte er, und sie drängte sich rasch an ihm vorbei ins Zimmer. Er schloß die Tür hinter ihr.

Sie ging in die Mitte des Zimmers und blickte sich um, ohne wirklich etwas zu sehen; dann starrten sie einander an, scheu, wie unter einem schrecklichen Zwang; beide wagten sich nicht vorzustellen, was als nächstes kommen würde. Er empfand leise Furcht, war aber sehr gefaßt und beherrscht. Sie spürte, daß er über sie nachdachte – und dabei sich selbst auf das vorbereitete, was dieses neue Rätsel schließlich bringen würde. Er hatte bis jetzt noch überhaupt keinen Entschluß gefaßt; er versuchte sich auf sie einzustellen, einzustimmen, und das unterwarf sie der Notwendigkeit herauszufinden, was in seinem Herzen war, indem sie ihr eigenes erforschte. Und sie wußte doch nicht, was in ihrem Herzen war – oder wollte es nicht wissen.

Er nahm ihr die Tasche ab und setzte sie auf den Bücherschrank. Die Art und Weise, wie er das tat, ließ sie merken, daß er nicht gewohnt war, Frauen in diesem Raum zu haben. Auf dem Plattenspieler war die *Fünfte Symphonie* von Schostakowitsch aufgelegt; das Stück, *Happy Hunting Ground,* lag offen auf dem Bett, im Schein der Nachtlampe. Das einzige Licht sonst im Zimmer kam von einer kleinen Lampe auf seinem Schreibtisch. Das Apartment war klein und kärglich, geradezu mönchisch ausgestattet; es war weniger eine Wohn- als eine Arbeitsstätte, und sie spürte, plötzlich und scharf, wie tief er die Einmischung weiblichen Ordnens und weiblicher Sanftheit in seine schmucklose Isolation ablehnen und übelnehmen mochte.

«Nehmen wir einen Drink», sagte er und zog die Flasche aus ihrer Handtasche. «Was schulde ich dir?»

Sie nannte ihm die Summe, und er bezahlte verlegen mit ein paar zerknitterten Scheinen, die neben seinen Schlüsseln auf dem Kaminsims lagen. Er begab sich in die Küche und wickelte die Flasche aus. Sie sah ihm zu, wie er Gläser und Eis zusammensuchte. Die Küche war ein wahres Chaos, und sie hätte ihm gern angeboten, sie für ihn aufzuräumen, aber sie wagte es nicht, noch nicht. Schwerfällig ging sie zum Bett, setzte sich auf die Ecke und nahm sich das Manuskript vor.

«Ich kann beim besten Willen nicht sagen, ob das Stück was taugt oder nicht. Ich kann überhaupt nichts weiter dazu sagen.» Immer wenn er unsicher war, klang sein südlicher Akzent merklicher durch.

«Welche Rolle hast du denn?»

«Oh, ich spiele einen von den Bösewichtern – Malcolm heißt er.» Sie sah unter den Personen nach und stellte fest, daß Malcolm der Sohn von Egan war. Das Skript hatte dicke Unterstreichungen und am Rand standen lange Anmerkungen. Eine davon lautete: *Hierbei vielleicht daran denken, was du von Yves weißt.* Und sie las den unterstrichenen Satz: *Nee, ich will kein Asperin, verdammt. Wenn man schon mal 'n soliden Kopfschmerz hat – warum soll man den nicht in Ruhe mal auskosten, damit man weiß, was das eigentlich ist?*

Eric rief aus der Küche: «Möchtest du Wasser – oder einfach Eis?»

«Ein bißchen Wasser, danke.»

Er kam ins Zimmer zurück und reichte ihr den Highball. «Ich spiele den letzten männlichen Sproß einer großen, reichen amerikanischen Familie. Die Leute sind durch allen möglichen Schwindel reich geworden, haben reihenweise störende Mitmenschen umgelegt und dergleichen Zauber mehr. Aber derlei Praktiken sind mir zur Zeit meiner männlichen Blüte leider versagt, weil alles bereits getan ist und die Gesetze fatalerweise unterdessen geändert wurden. So werde ich denn ein großer Gewerkschaftsführer statt dessen, und mein Herr Papa bemüht sich angestrengt, mich als Kommunisten hinter Gitter zu bringen. Daraus ergeben sich ein paar ganz nette Szenen für uns. Der springende Punkt dabei ist, daß nicht ein Tüpfelchen Unterschied zwischen uns besteht.» Er grinste. «Vermutlich wird's ein dicker, fetter Reinfall.»

«Nun, sorg nur bestimmt dafür, daß wir Karten für die Premiere haben.» Ein kurzes Schweigen entstand, und ihr *wir* hallte noch hartnäkkiger im Raum nach als die Trommeln von Schostakowitsch.

«Oh, ich werde versuchen, das Haus mit meinen Freunden vollzupakken», sagte er, «keine Angst.» Wieder entstand ein Schweigen. Er setzte sich neben sie aufs Bett und blickte sie an. Sie sah nieder.

«Ich hab in deiner Nähe so ein sonderbares Gefühl», sagte er. «Du läßt mich Dinge empfinden, von denen ich nicht glaubte, daß sie mir jemals noch widerfahren würden.»

«Was lasse ich dich empfinden?» fragte sie: «Mir geht es ebenso – mit dir.» Sie spürte, daß er um ihretwillen die Initiative ergriff.

Er beugte sich vor und legte eine Hand auf ihre Hand; dann stand er auf, ging von ihr weg und ließ sie allein auf dem Bett. «Was ist mit Richard?»

«Ich weiß nicht», sagte sie. «Ich weiß nicht, was zwischen ihm und mir vorgeht, was uns noch bevorsteht.» Sie zwang sich, ihm in die Augen zu sehen, und setzte ihr Glas auf dem Nachtisch ab. «Aber du bist es nicht, was zwischen uns getreten ist – du hast nichts damit zu tun.»

«Im Augenblick nicht, meinst du. Noch nicht.» Er legte die Zigarette hinter sich in den Aschenbecher auf dem Kaminsims. «Aber ich denke, ich verstehe, was du meinst – irgendwie.» Er schien noch immer sehr bekümmert, und dieser Kummer trieb ihn nun aufs neue in ihre Nähe, zum Bett. Er spürte ihr Zittern, aber immer noch berührte er sie nicht; er starrte sie nur an, mit seinen besorgten und forschenden Augen, die Lippen geöffnet. «Liebe Cass», sagte er und lächelte, «ich weiß, wir haben jetzt ‹den Augenblick›, aber ich glaube nicht, daß wir viel Zukunft vor uns haben.» Aber wenn wir den Augenblick ergreifen, dachte sie, dann können wir auch eine Zukunft haben. Es kommt darauf an, was wir unter ‹Zukunft› verstehen. Sie spürte seinen Atem auf Nacken und Gesicht; er lehnte sich näher, enger an sie, den Kopf gesenkt, und sie fühlte seine Lippen. Sie hob die Hände, um seinen Kopf zu streicheln, sein rotes Haar. Sie fühlte seine heftige Erregung und seine Ungewißheit, und das ließ ihn viel jünger erscheinen als sie. Und es erregte sie in einer Weise, die sie nie zuvor gekannt hatte; zum erstenmal ahnte sie etwas von der Kraft, die ältere Frauen zu jüngeren Männern treibt; und da erfaßte sie Angst. Sie fürchtete sich, weil sie sich noch nie zuvor in einer so ungewöhnlichen Rolle befunden hatte und weil keine ihrer Erfahrungen sie je hatte ahnen lassen, daß ihr Körper einmal eine Falle für Jungen sein würde – und das Grab ihrer Selbstachtung. Sie hatte sich auf jene Reise eingelassen, die in Jahren vielleicht in irgendeiner grauenhaften Villa enden mochte, nah am blauen Meer, in Gesellschaft eines wortlosen, abscheulich phallischen Türken oder Spaniers oder Juden oder Griechen oder Arabers. Und doch wünschte sie nicht umzukehren. Sie wußte gar nicht, was in diesem Augenblick geschah oder wohin es führen würde, und sie hatte Angst; aber sie mochte nicht umkehren. Sie sah den Rauch von Erics Zigarette kräuselnd vom Kaminsims aufsteigen – sie hoffte, sie läge noch im Aschenbecher; unter ihrem Kopf steckte das Manuskript, die Symphonie näherte sich dem Ende. Sie wurde mit einemmal gewahr – ganz als stünde sie über ihnen beiden mit einer Kamera –, wie schmutzig und gemein die Szene wirken mußte: eine verheiratete Frau, nicht mehr ganz jung, die bereits vor Wollust zu stöhnen begann – festgehalten auf diesem unordentlichen, ganz im Vorbeigehen gefundenen Bett eines Fremden, der sie nicht liebte und den sie nicht lieben konnte. Dann fragte sie sich, was das eigentlich hieß: Liebe und Zweifel kamen ihr, ob irgend jemand wirklich etwas darüber wußte. Eric legte eine Hand auf ihre Brust, und es war eine neue Berührung, nicht Richards, nein; doch wußte sie, es war Erics. Und war es Liebe oder nicht? Und was empfand Eric dabei? *Sex*, dachte sie, aber das war nicht wirklich die Antwort, oder wenn sie es war, dann war es eine, die nichts klärte. Mit einem Seufzer richtete sich Eric jetzt wieder auf von ihr und ging hinüber zu seiner Zigarette. Dort lehnte er einen Augenblick und beobachtete sie; und sie verstand: das Gewicht zwischen ihnen – die Lust unausgesprochener Dinge – machte es unmöglich. Auf welcher Grundlage sollte es auch geschehen? Denn ihr blindes Suchen war kein Fundament, von dem man erwarten konnte, daß es auch nur die kleinste Belastung trug.

Er kam zurück ans Bett und setzte sich; und er sagte: «Also, hör zu. Ich bin im Bilde – über Richard. Aber alles in allem genommen – ich glaube dir nicht, wenn du sagst, ich hätte nichts mit dem zu tun, was zwischen euch geschieht, denn ganz offenbar habe ich es doch – jedenfalls im Augenblick –, und sei's nur, weil ich hier bin.» Sie setzte zu einer Erwiderung an, aber er gebot ihr zu schweigen. «Aber mag das immerhin sein. Ich habe keine Lust, eine Streitfrage daraus zu machen; ich bin kaum in der richtigen Position, die konventionelle Moral zu verteidigen.» Und er lächelte. «Zwischen uns ereignet sich etwas, das ich nicht recht verstehe – aber ich bin willens, Vertrauen zu haben. Irgendwie habe ich das Gefühl, daß ich Vertrauen haben *muß*.» Er nahm ihre Hand und legte sie an seine unrasierte Wange. «Aber auch ich habe einen Liebhaber, Cass, einen Jungen, einen französischen Jungen, und er wird wahrscheinlich in ein paar Wochen nach New York kommen. Ich weiß wirklich nicht, was geschieht, wenn er herkommt, aber –» er ließ ihre Hand sinken, stand auf und ging wieder durchs Zimmer – «er *kommt*, und wir sind nun einmal über zwei Jahre zusammen gewesen. Und das bedeutet allerlei. Wahrscheinlich wäre ich nie so lange weggeblieben, wäre es nicht seinetwegen gewesen.» Und nun nahm er all seine Kraft zusammen. «Was auch immer geschieht, Cass – ich habe ihn sehr geliebt, und ich liebe ihn noch. Ich glaube nicht, daß ich jemals einen Menschen so geliebt habe wie ihn und –» er schauderte – «daß ich je einen so lieben werde.»

Sie spürte gar keine Furcht bei dieser Eröffnung. Sie dachte an den Namen, den sie in jener Randbemerkung gefunden hatte: *Yves*. Aber es war besser, wenn der Name seines Liebhabers von seinen Lippen kam. Sie fühlte sich ganz sonderbar gerührt, als hätte sie ihm gerne geholfen, das Gewicht des Jungen zu tragen, der solche Macht über ihn besaß.

«Das macht ihn sehr bemerkenswert», sagte sie. «Sag mir seinen Namen – erzähl mir von ihm.»

Er kam zurück ans Bett und setzte sich. Sein Glas war leer, und er nippte an ihrem.

«Da gibt es nicht viel zu erzählen. Er heißt Yves.» Und nach einer kurzen Pause: «Ich kann mir nicht vorstellen, was er von den Staaten halten wird.»

«Oder von uns allen», sagte sie.

Mit einem Lächeln pflichtete er ihr bei. «Oder von uns allen. Ich bin gar nicht sicher, ob ich weiß, was *ich* davon halte.» Sie lachten; dann nahm sie einen Schluck von ihrem Highball; die Atmosphäre zwischen ihnen begann sich zu entspannen, als wären sie Freunde. «Aber – ich bin für ihn verantwortlich, wenn er herkommt. Er würde gar nicht kommen, wäre es nicht meinetwegen.» Er sah sie an. «Er ist der Sohn irgendeines Vaters, an den er sich kaum noch erinnern kann, und seine Mutter betreibt einen *bistrot* in Paris. Er haßt seine Mutter – oder glaubt sie jedenfalls zu hassen.»

«Das ist ja nicht gerade die Regel, oder?» Aber sofort wünschte sie, daß sie den Mund gehalten hätte oder die Worte zurücknehmen könnte. Doch es war zu spät, noch mehr zu tun, als ihren Fehler möglichst sanft auszugleichen: «Ich meine, wir haben doch immer gelernt, daß die meisten Männer mit sexuellem Hang zu ihresgleichen ihre Mütter lieben und ihre Väter hassen.»

«Wir haben nicht allzuviel gelernt», bemerkte er mit sanfter Ironie. «Ich habe in Paris Straßenjungen gekannt, die hatten überhaupt nie Gelegenheit gehabt, ihre Mütter *oder* Väter zu hassen. Natürlich haßten sie *les flics* – die Polypen –, und ich zweifle nicht, daß irgendein kerngesunder Faulpelz von Amerikaner noch austüfteln wird, daß sie die Polypen als Vaterfiguren haßten – darüber wissen wir ja so verteufelt viel, weil wir so wenig über Väter wissen; die haben wir außer Kurs gesetzt –, aber mir scheint es jedenfalls ebenso plausibel, daß sie die Polypen haßten, weil die sie mit Vorliebe vertrimmten.»

Es war sonderbar, welche Zurückhaltung sie jetzt in sich spürte – nicht vor ihm, aber vor einem solchen Bild der Welt. Sie wollte nicht, daß er die Welt so sah, denn ein solches Bild konnte ihn nicht glücklich machen, und was immer ihn unglücklich machte, war auch ihr Unglück. Sie hatte nie in ihrem Leben mit einem Polizisten zu tun gehabt, und nie war es ihr in den Sinn gekommen, sich von einem bedroht zu fühlen. Polizisten waren weder Freunde noch Feinde; sie waren ein Teil der Landschaft, anwesend allein zum Zweck der Aufrechterhaltung von Ordnung und Gesetz; und wenn ein Polizist – denn sie hatte sie nie für besonders helle gehalten – einmal seine Grenzen vergaß, so war es leicht genug, sie ihm wieder in Erinnerung zu bringen. Leicht genug, wenn man innerhalb seiner eigenen Grenzen sicherer war als er in den seinen, oder wenn man eine Macht darstellte oder zur Geltung bringen konnte, die größer war als die seine. Denn alle Polizisten waren doch so helle, daß sie wußten, für wen sie arbeiteten, und nirgends in der Welt arbeiteten sie für die Machtlosen.

Sie streichelte Erics Haar und dachte an den Tag zurück, da Richard und sie einander zum erstenmal begegnet waren und über eben diese Frage debattiert hatten: denn damals war er sich seiner Dürftigkeit und ihrer Macht sehr wohl bewußt gewesen. Er hatte sie die von Eis umschlossene Erbin aller Zeitalter genannt, und sie mußte sich sehr anstrengen, um ihn zu widerlegen und sich selbst in seiner Vorstellung von jenen zu trennen, die sich mit der Knute der Macht Geltung verschaffen.

Eric legte den Kopf auf ihren Schoß. «Nun», sagte er, «das ist jedenfalls die ganze Geschichte – oder wenigstens so viel, wie ich dir im Moment erzählen kann. Ich dachte, du müßtest sie erfahren.» Er zögerte; sie sah, wie sein Adamsapfel sich bewegte, als er schluckte: «Ich –» sagte er, «ich kann dir nichts versprechen, Cass.»

«Ich habe dich nicht gebeten, mir irgend etwas zu versprechen.» Sie beugte sich nieder und küßte ihn auf den Mund. «Du bist sehr schön», sagte sie, «und recht stark. Ich habe keine Angst.»

Er blickte zu ihr auf, und zugleich war es, als senke sein Blick sich auf sie nieder, so daß er für sie in diesem Augenblick beides war: Kind und Mann, und ihre Schenkel durchrann ein Zittern. Wieder küßte er sie und zog die zwei Spangen aus ihrem Haar, so daß es golden über ihn fiel. Er drehte sich um und hielt sie unter sich auf dem Bett. Wie Kinder, mit ganz dem gleichen Vergnügen und Zittern, zogen sie sich aus, entblößten und betrachteten sich; und ihr war, als würde sie zurückgetragen in eine unvordenkliche, längst vergessene Zeit, in einen Zustand, da sie nicht jene Cass gewesen, die sie jetzt war, sondern die schlichte, milde, arrogante, wartende *Clarissa*, da sie noch müde gewesen war, da ihre Liebe noch den ganzen langen Weg vor sich hatte und noch nicht an den Toren angelangt war. Er betrachtete ihren Körper, als sei er eine ganz neue Schöpfung, wie ein Nebel noch aus dem unermeßlichen Firmament; und sein fragendes Staunen steckte sie an. Sie beobachtete seinen nackten Körper, als er durchs Zimmer ging, um die Lampe auszuschalten, und dachte an die Körper ihrer Kinder, Paul und Michael, die – so wundersam gestaltet und so voller geheimnisschwerer Versprechen – aus ihr gekommen waren; und wie das Wasser, das in der Wüste sprudelt, als Moses mit seinem Stab an den Felsen schlug, sprangen ihr die Tränen in die Augen. Sie brachte es nicht über sich, sie auszumachen. Sie sah ihm zu, wie er sich bückte, um die lange schon schweigende Schallplatte vom Teller zu nehmen, und das grüne Auge des Apparats erlosch. Dann wandte er ihr sein Gesicht zu; es war sehr ernst, und seine Augen waren dunkler und lagen tiefer im Schatten ihrer Höhlen als je. Und weniger denn je wußte sie jetzt, was Liebe war – aber sie lächelte vor Freude, und er antwortete ihr mit einem kleinen, triumphierenden Lachen. Sie waren sich wunderlich gleich: vielleicht konnte einer den andern lehren, was keiner von ihnen jetzt wußte. Und gleich waren sie sich auch darin, daß sie beide Angst hatten vor den unausdenkbaren, unbeantwortbaren Rätseln, die sich ihnen in so erbarmungslosem Licht entdecken mochten.

Sie knipste die Lampe am Kopfende des Bettes aus und sah ihm entgegen, wie er im Dämmer auf sie zukam. Er nahm sie wie ein Junge, mit ganz der gleichen Herzensoffenheit, mit ganz dem gleichen leidenschaftlichen Wunsch, Gefallen zu finden; und sie hatte etwas in ihm erweckt, das jetzt wie ein lange gefangengehaltenes wildes Tier aus seiner Gefangenschaft hervorbrach – mit einem Ungestüm, das sie beide tief verwunderte und verwandelte. Zuletzt schlief er an ihrer Brust – wie ein Kind. Sie sah auf ihn nieder, sah auf seine geöffneten Lippen, auf die gekrümmten Zähne, die matt schimmerten, und den dünnen, silbrigen Faden Speichel, der auf ihrer Haut rann; sie sah das winzige Pulsieren in der Ader seines einen Arms, der – schimmernd rot behaart – schwer über ihre Hüfte gefallen war; das Bein war nach hinten ausgestreckt, ein Knie ihr zugewinkelt; der andere Arm hing mit der Handfläche nach oben über der Bettkante und der kleine Finger zuckte im Schlaf; Bauch und Glied waren verdeckt.

Sie sah auf ihre Uhr. Es war zehn nach eins. Sie würde heimgehen müssen, und erleichtert bemerkte sie, daß sie zwar Besorgnis empfand, aber kein Schuldgefühl. Sie spürte förmlich, daß eine Last von ihr gewichen war und daß sie wieder ganz sie selbst war, in ihrer eigenen Haut, zum erstenmal seit langer Zeit.

Sie wand sich langsam unter ihm weg, küßte ihn auf die Stirn und deckte ihn zu. Dann ging sie ins Badezimmer und trat unter die Dusche. Halblaut sang sie vor sich hin, als das Wasser auf ihren Körper niederprasselte, und benutzte mit Entzücken das Handtuch, das seinen Geruch trug. Immer noch summend zog sie sich an und kämmte sich das Haar. Aber die Spangen lagen auf dem Nachttisch. Als sie wieder ins Schlafzimmer trat, fand sie ihn aufrecht im Bett sitzend und eine Zigarette rauchend. Sie lächelten sich an.

«Wie fühlst du dich denn?» fragte er.

«Ich bin ganz froh. Und du?»

«Ich –? Ich bin auch ganz froh», und er lachte töricht. Dann: «Du willst gehen?»

«Ja. Ja, ich muß.» Sie trat an den Nachttisch und steckte sich die Spangen ins Haar. Er streckte den Arm aus, zog sie nieder aufs Bett und küßte sie. Es war ein sonderbarer Kuß – in seiner traurigen Eindringlichkeit. Seine Augen schienen in den ihren etwas zu suchen, das zu finden er längst aufgegeben hatte und an das er noch kaum zu glauben wagte.

«Wird Richard noch auf sein?»

«Ich denke nicht. Es ist auch gleichgültig. Wir sind abends sehr selten zusammen; er arbeitet, ich lese oder gehe ins Kino oder sehe fern.» Sie berührte seine Wange. «Sei nicht traurig.»

«Wann sehe ich dich wieder?»

«Bald. Ich rufe dich an.»

«Macht es was aus, wenn ich anrufe? Oder wär's dir lieber, ich tät's nicht?»

Sie zögerte. «Nein, es macht mir nichts aus.» Und beide dachten sie: *Noch* macht es nichts aus. Er küßte sie erneut.

«Ich wollte, du könntest die Nacht hier bleiben», sagte er. Wieder mußte er lachen. «Wir fangen doch gerade erst an, das weißt du hoffentlich.»

«O ja», sagte sie, «das kann ich bestätigen.» Er legte seine rauhe Wange an ihre. «Aber ich muß jetzt gehen.»

«Soll ich mitgehen und dich zu einem Taxi bringen?»

«Oh, Eric, sei doch nicht albern! Davon haben wir ja gar nichts.»

«Ich würd's aber gern. Es dauert nur eine Minute.» Er sprang aus dem

Bett und ging ins Bad. Sie lauschte, wie das Wasser strömte und spritzte, und sah sich in seiner Wohnung um, die ihr bereits ganz vertraut vorkam. Sie würde versuchen, irgendwann in den nächsten Tagen herzukommen und ein wenig Ordnung zu schaffen. Schwer würde es sein, dann noch bei Tag wieder weg zu müssen – außer vielleicht an Samstagen. Dann wurde ihr klar, daß sie für diese Affäre ein Verneblungsmanöver brauchte und dazu Vivaldo und Ida benutzen mußte.

Eric kam aus dem Bad und zog sich Shorts, Hose und Hemd über. Er fuhr in seine Sandalen. Sein Gesicht war schläfrig und bleich unter der Rötung, die das heiße Wasser hervorgerufen hatte. Seine Lippen waren geschwollen und sehr rot – wie die antiker Heroen und Götter.

«Fertig?» fragte er.

«Fertig.» Er griff ihre Handtasche und gab sie ihr. Noch einmal küßten sie sich kurz; dann gingen sie die Treppe hinunter auf die Straße. Er legte den Arm um ihre Taille. Sie gingen schweigend, und die Straße war leer. Aber in den Bars, im gelblichen Licht hinter dem verräucherten Glas, gestikulierten und lärmten Leute, und in den Nebenstraßen trödelten und lauerten sie herum, schnüffelnde Hunde an der Leine. Die beiden gingen am Kino vorüber und kamen gegenüber dem Krankenhaus auf die Avenue. Und im Schatten des großen, verdunkelten Portals lächelten sie einander an.

«Ich bin froh, daß du angerufen hast», sagte er, «sehr froh.»

«Ich», sagte sie, «bin froh, daß du zu Hause warst.»

Sie sahen ein Taxi herankommen, und Eric streckte die Hand aus.

«Ich ruf dich in ein paar Tagen an», sagte sie, «so am Freitag oder Samstag.»

«Gut, Cass.» Das Taxi hielt; er öffnete die Tür und half ihr hinein; dann beugte er sich hinterher und küßte sie. «Mach's gut, kleines Mädchen.»

«Ebenfalls.» Er schloß die Tür hinter ihr und winkte. Das Taxi fuhr an, und sie sah ihm nach, wie er allein die lange dunkle Straße zurückging.

Auf der völlig verödeten Fifth Avenue gab es keine Telefonzellen, und Vivaldo ging durch die schweigende Straßenschlucht zur Sixth Avenue und betrat die erste Bar, zu der er kam; ohne sich umzusehen, ging er geradewegs auf die Telefonzelle zu. Er wählte die Nummer des Restaurants und mußte eine ganze Weile warten, bis eine gereizte Männerstimme antwortete. Er fragte nach Miss Ida Scott.

«Die ist heute abend nicht gekommen. Hat sich krank gemeldet. Sie können sie wahrscheinlich zu Hause erreichen.»

«Vielen Dank», sagte er. Aber der Mann hatte bereits aufgelegt. Er fühlte überhaupt nichts, gewiß keinerlei Überraschung; doch einen Augenblick lehnte er sich fröstelnd und schwach gegen das Telefon. Dann wählte er seine eigene Nummer. Keine Antwort kam.

Er verließ die Zelle und trat wieder in die Bar; es war eine Arbeiterkneipe, und auf dem Fernsehschirm spielte sich ein Ringkampf ab. Er bestellte einen doppelten Whisky und lehnte sich an die Bar. Um ihn herum hockten und standen genau jene Männer, die er von Kindheit an, von frühester Jugend auf kannte. Es war ihm, als sei er nach einer langen, fruchtlosen Reise wieder heimgekommen, um zu finden, daß er ein Fremder geworden war; und das war ein scheußliches Gefühl. Sie schenkten ihm keinerlei Beachtung – zumindest schien es so; aber das war eben die Art dieser Männer, und wenn sie auch gewöhnlich weniger sahen, als da war, so sahen sie oft auch wieder mehr, als man sich träumen ließ. Zwei Neger in seiner Nähe, in Arbeiterkleidung, schienen eine Wette über den Ausgang des Ringkampfs abgeschlossen haben, dem sie freilich ohne sonderliches Interesse zusahen. Sie schwatzten in ruppiger, humoriger Eintönigkeit miteinander – ein Lächeln spielte unablässig auf ihren Gesichtern –, und von Zeit zu Zeit bestellten sie sich immer wieder eine neue Runde Drinks oder explodierten vor Lachen oder wandten ihre Aufmerksamkeit erneut dem Bildschirm zu. Überall in der Bar standen schweigsame, meist einzelne Männer und starrten auf den Fernsehapparat oder starrten ins Leere. Im Hintergrund, neben der Bar, gab es einige Nischen. Eine davon teilten zwei Negerpaare, ein älteres und ein junges, in einer anderen hockten drei stumpfsinnige Jugendliche und tranken Bier; in der letzten fingerte ein unheimlich blickender Mann, möglicherweise ein Perser, einem Mädchen mit teigigem Gesicht und strähnigem Haar unter dem Rock herum; und wenn dieser Abend endete wie alle andern, würden sie bald aufbrechen, zu irgendeinem Nest, und einander beim Masturbieren zusehen. Der Wirt hatte drahtiges Haar und ein wohlgenährtes Gesicht; er trug eine Brille, lehnte an einem Faß am Ende der Bar und starrte auf den Bildschirm. Und auch Vivaldo starrte auf den Bildschirm, wo zwei alte, schlappe Männer sich auf einer Segeltuchplane herumbalgten; von Zeit zu Zeit präsentierte eine sinnlich grinsende Blondine eine Seifenreklame – wenn auch ihr Grinsen weit weniger sinnlich war als der Ringkampf –, und ein dickbackiges Neutrum mit Bürstenhaarschnitt paffte gierig, mit entnervendem Behagen, an einer Zigarette. Dann erschienen wieder die beiden grunzenden Ringer, die wirklich schon im Bett sein sollten, möglicherweise miteinander.

Wo war sie? *Wo* war sie? Bei Ellis, sicher. Aber wo? Sie hatte das Restaurant angerufen, aber nicht ihn. Und sie würde sagen: «Aber wir hatten den Abend doch gar nichts vor, Herzchen; ich wußte ja, daß du dich mit Cass trafst, und ich nahm bestimmt an, du würdest mit *ihr* zu Abend essen!» Wo war sie? Zum Teufel mit ihr. «Ach mein Schätzchen», würde sie sagen, «sei doch nicht so; stell dir vor, ich machte jedesmal so ein Theater, wenn du ausgehst und mit irgendwem einen Drink nimmst! Ich traue dir doch – nun mußt du aber auch mir trauen. Wenn ich's nun wirklich als Sängerin schaffe und deswegen eine Menge Leute sehen muß

– was willst du *dann* machen?» Sie traute ihm, weil ihr einen Dreck an ihm lag; der Teufel sollte sie holen.

Ach, Ida. «Mama hat mich angerufen, nachdem du weg warst», würde sie sagen, «und sie war wirklich ganz aufgeregt; Papa ist am Wochenende in eine Schlägerei geraten und ziemlich übel zugerichtet worden, und ich komme im Moment direkt aus dem Krankenhaus. Mama wollte, daß ich bei ihr blieb, aber ich wußte, es würde dir Sorge machen, und so bin ich doch heimgekommen; vielleicht gewöhnen sie sich ja daran, aber ich bin sicher, das ist an Papas schlimmem Zustand mit schuld; er kann einfach nicht über Rufus wegkommen, weißt du, Schatz, und mach mir doch bitte einen kleinen Drink, ich bin fast tot.»

Der Teufel sollte sie holen.

«Ach, Vivaldo», würde sie sagen, «warum willst du nur so gemein sein, wo du doch weißt, wie sehr ich dich liebe?» Das würde gereizt klingen, und schon würden die Tränen kommen. Aber dann, wenn er auch wußte, daß sie ihn selbst gegen ihn ausspielte, stieg eine jähe Hoffnung in ihm auf, die Kehle wurde ihm eng vor Schmerz, er wies mit Macht alle Zweifel von sich. Vielleicht liebte sie ihn, vielleicht liebte sie ihn wirklich: aber was war dann der Grund, daß sie so verschlossen voreinander blieben? Vielleicht war er es, der nicht zu geben verstand, der nicht zu lieben wußte. Liebe war ein Land, in dem er sich nicht auskannte. Und widerwillig ertappte er sich bei dem Gedanken, daß vielleicht er sie nicht liebte. Vielleicht hatte er nur deshalb gewagt, ihr sein Ich zum Opfer darzubringen, weil sie keine Weiße war. Vielleicht hatte er, im tiefsten Innern, irgendwie das Gefühl gehabt, daß sie ihn nicht zu verschmähen wagen würde.

Und wenn dieser Argwohn zutraf – ja, dann war ihr Zorn bodenlos, und nie würde sie sich von ihm erobern lassen.

Er trat wieder aus der Bar auf die Straße – ohne zu wissen, was er tun sollte, doch mit der Erkenntnis, daß er nicht nach Hause gehen könnte; und auf einmal erkannte er, daß er – von Rufus als einer zweifelhaften Ausnahme abgesehen – niemals in seinem Leben einen Freund gehabt hatte. Er dachte daran, Eric anzurufen, aber Eric war zu lange weg gewesen. Er wußte nichts mehr von Erics Leben, und an diesem Abend wollte er auch nichts weiter davon wissen.

So ging er dahin. Er kam an der großen, leichenfarbenen Narbe der 42. Straße vorüber, und ihm wurde klar, daß er es nicht ertragen könnte, die Nacht durch in einem Kino zu sitzen; weiter ging der Weg, die verlassene Sixth Avenue hinab, bis er ins Village kam. Wieder dachte er daran, Eric anzurufen, und wieder verwarf er den Gedanken. Er lenkte seine Schritte in östliche Richtung, dem Park zu; dort waren an diesem Abend keine Sänger, nur Schatten im Schatten der Bäume, und ein Polizist kam eben herein, als er wieder hinaustrat. Er ging die MacDougal Street entlang. Hier waren die gemischten Pärchen anzutreffen: trotziges Weiß bei flammendem Schwarz; und die Italiener sahen ihnen nach und haßten sie, haßten alle Bewohner des Village, die ihren Straßen einen schlechten Ruf gaben. Die Italiener wünschten an sich gar nichts weiter, als für ehrbare Amerikaner zu gelten, und man konnte es ihnen wohl kaum verübeln, wenn sie das Gefühl hatten, sie würden es weitaus angenehmer haben, wären sie nicht von so vielen Juden und Süchtigen, Säufern und Homosexuellen und Negern heimgesucht. Vivaldo spähte in die Bars und Cafés, in der vagen Hoffnung, ein vertrautes und erträgliches Gesicht zu erblicken. Aber nur rattengesichtige Halbstarke mit kleinen Bärtchen und infantile, unfertige Mädchen mit langen Haaren waren zu sehen.

«Na, wie geht's dir denn mit deinem Niggerliebchen?»

Er drehte sich um, und es war Jane. Sie war betrunken und hatte einen Burschen aus den Außenbezirken bei sich, der allem Anschein nach in der Reklamebranche arbeitete.

Er starrte sie an, und mit einem munteren Lachen sagte sie: «Oh, nun werd doch nicht gleich böse, ich hab dich bloß ein bißchen aufziehn wollen. Haben alte Freundinnen nicht einige Rechte?» Und zu dem Mann an ihrer Seite sagte sie: «Das ist ein alter Freund von mir. Vivaldo Moore. Und das ist Dick Lincoln.»

Vivaldo und Dick Lincoln nahmen mit kurzem, gezwungenem Nicken voneinander Kenntnis.

«Wie geht's dir, Jane?» fragte Vivaldo höflich; zugleich setzte er sich wieder in Bewegung und hoffte, die Richtung möchte nicht auch ihre sein.

Aber natürlich wichen sie nicht von seiner Seite.

«Oh, mir geht's blendend», sagte sie. «Ich scheine auf schier unglaubliche Weise geheilt und genesen zu sein –»

«Du warst krank?»

Sie sah ihn an. «Ja, das kann man wohl sagen. Nerven. Schuld war eine Liebesaffäre, die ich einfach nicht aus den Knochen kriegte.»

«Jemand, den ich kenne?»

Sie stieß ein Lachen aus. «Du heuchlerischer Schuft, du!»

«Ach was – ich kenne doch deine dramatischen Auftritte reichlich genug. Aber es freut mich, daß du jetzt allmählich mit allem fertig wirst.»

«Oh, jetzt ist alles in bester Ordnung», sagte sie mit einem kleinen, grotesk mädchenhaften Hüpfen, bei dem sie sich fest an Lincolns Hand klammerte. «Dick hält nicht sonderlich viel von Seelenforschung, aber dafür hat er was los in den Sachen, von denen er was hält.» Der also beschriebene Mann ging steif neben ihr her; sein Gesicht war eine rote Maske der Unschlüssigkeit, dennoch aber schien er fest entschlossen, das Richtige zu tun, als was sich das auch herausstellen mochte.

«Komm doch auf einen Drink mit», sagte Jane. Sie standen an der Ecke, im Licht einer Bar. Der Schein erhellte ihr Gesicht und entstellte es zugleich schauerlich, so daß ihre Augen wie feurige Kohlen wirkten und ihre Zähne wie gefletscht. «Um alter Zeiten willen.»

«Nein, danke», sagte er. «Ich bin auf dem Heimweg. Ich hab einen langen, schweren Tag hinter mir!»

«Huschhusch ins Bettchen zu deiner Kleinen, was?»

«Wohl dem, der hat», sprach Dick Lincoln und legte seine bläßliche, schwächliche Hand auf Janes Schulter.

Irgendwie nahm sie das hin, jedoch nicht ohne erneutes mädchenhaftes Gezappel. Sie sagte: «Vivaldo hat eine tolle Kleine zu Hause.» Sie drehte sich zu Dick Lincoln um. «Ich wette, du hältst dich für sehr vorurteilslos», sagte sie, «aber dieser Knabe hier, mein Schatz, ist dir meilenweit über. Der ist sogar mir noch meilenweit über; nämlich – also wenn ich so vorurteilslos wäre wie mein Freund Vivaldo hier –» sie lachte; ein hochgewachsener Negerjunge ging an ihnen vorbei und warf ihnen einen kurzen Blick zu – «also – du armseliges Weißwürstchen, dann ginge ich nicht mit dir, sondern mit dem größten und schwärzesten Kerl, den ich auftreiben könnte!» Vivaldo spürte, wie ihm die Hand juckte; Dick Lincoln wurde rot. Jane lachte schallend, und Vivaldo bemerkte, daß noch andere Passanten, Schwarze wie Weiße, auf sie aufmerksam wurden. «Vielleicht hätte ich mich an ihren Bruder ranmachen sollen», sagte Jane, «da hätte ich dir doch wohl gleich besser gefallen, was? Oder hattest du selber was mit ihm? Kann man ja nie wissen – bei einem so Vorurteilslosen –» und lachend barg sie ihr Gesicht an Dick Lincolns Schulter.

Lincoln starrte Vivaldo hilflos in die Augen. «Sie gehört Ihnen, Mister», sagte Vivaldo, «keinerlei Bedarf meinerseits», und auf diese Worte hin blickte Jane zu ihm auf; sie lachte überhaupt nicht mehr, ihr Gesicht war fahl und alt vor Wut. Und da war sein ganzer Ärger mit einemmal verflogen.

«Macht's gut», sagte er und wandte sich ab. Er wollte verschwinden, bevor Jane einen Rassentumult entfesselte. Und er bemerkte ebenfalls, daß er im Brennpunkt zweier sehr verschiedener Arten von Aufmerksamkeit stand. Die Schwarzen vermuteten in ihm nunmehr einen Verbündeten – wenn auch keinen Freund, niemals einen Freund! –, und die Weißen, insbesondere die Italiener aus der Nachbarschaft, wußten jetzt, daß ihm nicht zu trauen war. «Lauf nur heim», schrie Jane hinter ihm her, mach schon, lauf! Stimmt es, daß sie heißblütiger sind als wir? Ist ihr Blut heißer als meins?» Und schallendes Gelächter folgte den lauten Worten, die ganze Straße entlang: das unterdrückte, zotige Gelächter der Italiener – denn schließlich war Vivaldo einer von ihnen, und ein Mann, und ein begabter dazu, wie es schien – und das belustigte, schadenfrohe Gelächter der Neger. Einen Augenblick lang war die Masse hinter ihm fast wie eine geeinte Front – aber dann blieb jeder der Parteien das Lachen im Hals stecken, als sie die andere lachen hörte. Die Italiener hörten das Gelächter von Schwarzen – und den Schwarzen fiel ein, daß Vivaldos Freundin eine von ihnen war.

Er überquerte die Avenue. Er wollte nach Hause und wollte essen und wollte sich betrinken und wollte, vielleicht einfach aus Wut, mit irgendwem ins Bett gehen – aber er spürte, daß ihm heute nacht nicht viel Gutes mehr bevorstand. Und er mußte daran denken, daß er, wäre er ein wirklicher Schriftsteller, nun einfach heimgehen und sich an die Arbeit setzen und alles andere aus seinem Kopf verbannen würde, wie Balzac es getan hatte und Proust und Joyce und James und Faulkner. Aber vielleicht hatte es in ihrem Kopf nie jene namenlosen Dinge gegeben, die er mit sich herumtrug. Er empfand eine ganz sonderbare, eine tödliche Resignation: er wußte, daß er nicht heimgehen würde, bis es zu spät für ihn war, irgendwohin sonst zu gehen oder bis Ida am Telefon antwortete. Ida: und er empfand etwas unheimlich Warnendes in sich, eine drohende Vorahnung, als sei er plötzlich alt geworden und ginge Jahre nach diesem Abend durch altvertraute Straßen, wo ihn niemand mehr kannte oder von ihm Notiz nahm, und dächte an seine verlorene Liebe und fragte sich: *Wo ist sie hin? Wo ist sie jetzt wohl hin?* Er ging am Kino vorüber, vorbei an den rauflustigen Jungen und Männern, die immer davorstanden. Es war zehn Uhr. Er wandte sich nach Westen zum Waverly Place und betrat dort eine überfüllte Bar, wo er einen Hamburger bekommen konnte. Er zwang sich, erst den Hamburger und ein Bier zu sich zu nehmen, bevor er wieder in seiner Wohnung anrief. Wieder kam keine Antwort. Er ging zurück an die Bar und bestellte einen Whisky, und dabei merkte er, daß ihm das Geld ausging. Wenn er weiter trinken wollte, würde er zum *Benno's* gehen müssen, wo er Kredit hatte.

Er trank seinen Whisky sehr langsam und spähte und lauschte dabei in die Menge um sich herum. Zu seiner Zeit waren es College-Schüler gewesen, jedenfalls die meisten, aber er wie sie waren älter geworden, und den Unterhaltungen ringsum konnte er entnehmen, daß die Schüler von damals alle längst im Beruf standen. Sein Blick ruhte unbestimmt auf einem zarten blonden Mädchen, das ebenfalls, freilich um einiges weniger unbestimmt, ihr Auge auf ihm zu haben schien: kaum zu glauben, aber sie machte den Eindruck einer Rechtsanwältin. Und jäh überkam ihn eine große Erregung – wie schon einmal vor Jahren, bei der Aussicht auf eine Affäre mit einem Mädchen, das weit über seinem Stand war und auf das er eigentlich nicht einmal im Traum ein Auge hätte werfen dürfen. Er stammte aus den Slums von Brooklyn, und deren Gestank haftete ihm an, und dann mußte er feststellen, daß gerade dieser Gestank es war, worauf sie flogen. Sie hatten die Jungen satt, die sich zu viel wuschen, die keinen Geruch unter den Achseln hatten und keinen Schweiß an den Hoden. Wieder sah er zu dem blonden Mädchen hinüber und malte sich aus, wie sie wohl unbekleidet aussehen mochte. Sie saß an einem Tisch in der Nähe der Tür, das Gesicht ihm zugewandt, fingerte spielerisch an einem Daiquiriglas und unterhielt sich mit einem massigen, grauhaarigen Mann, der eine spitz kichernde Stimme hatte, ein wenig betrunken war und in dem Vivaldo einen leidlich bekannten Lyriker erkannte. Die Blondine erinnerte ihn an Cass. Und das ließ ihn daran denken – zum erstenmal; es ist erstaunlich, wie gut sich die klarsten Dinge verbergen lassen –, daß er sich überaus geschmeichelt gefühlt hatte, als er Cass vor vielen Jahren kennenlernte, daß eine so hochgeborene Dame von einem stinkenden Jungen überhaupt Notiz nahm. Er war förmlich überwältigt gewesen. Und Richard hatte er angebetet, ohne jeden Vorbehalt, nicht – wie sich jetzt erwies – auf Grund seines Talents, das er damals jedenfalls in keiner Weise zu beurteilen vermochte, sondern nur, weil Richard Cass besaß. Er hatte Richard beneidet – und hatte sich eingebildet, daß dieser Neid Liebe wäre.

Aber gewiß war auch Liebe mit darin gewesen, sonst hätten sie niemals so lange Freunde sein können. (Waren sie Freunde gewesen? Was hatten sie einander eigentlich je bedeutet?) Vielleicht lag der Beweis für Vivaldos Liebe in der Tatsache, daß er an Cass nie geschlechtlich gedacht hatte, nie als an eine Frau, sondern nur als an eine Dame und Richards Gattin. Aber noch wahrscheinlicher war, daß es nur an ihrem Alter gelegen hatte: sie war älter als er, und er hatte ältere Menschen nötig gehabt, die sich um ihn kümmerten, die ihn ernst nahmen, denen er vertrauen konnte. Dafür hätte er jeden Preis gezahlt. Aber jetzt waren sie gar nicht mehr so viel älter: er war fast neunundzwanzig, Richard war siebenunddreißig oder achtunddreißig und Cass dreiunddreißig oder vierunddreißig; aber damals waren sie ihm, besonders in der flammenden Geborgenheit ihrer Liebe, viel älter vorgekommen.

Und jetzt – jetzt schien es, daß sie alle gleich waren in Elend, Wirrnis und Verzweiflung. Er betrachtete sein Gesicht im Spiegel hinter der Bar. Noch hatte er alle seine Haare, noch war kein Grau darin zu sehen; sein Gesicht hatte noch nicht begonnen, unten einzufallen und oben zu schrumpfen und runzlig zu werden; noch war er nicht ganz Bauch und Arsch. Aber bald . . . und wieder warf er einen flüchtigen Blick auf die Blonde. Er überlegte, wie wohl ihr Geruch sein mochte – ihre Säfte – und welche Laute sie von sich geben würde . . . für eine Nacht, nur einmal eine Nacht . . . und dann ertappte er sich, ohne daß ihn etwas gewarnt hatte, bei dem Gedanken, wie wohl Rufus dieses Mädchen angesehen hätte, und etwas Sonderbares geschah: alle Begehrlichkeit verließ ihn mit einemmal, er wurde absolut kalt, und dann kam das Begehren zurück, tobend und mit ungeheurem Drang. *Aha,* hörte er Rufus heimlich kichern, *halt dich bloß beisammen, du Schweinehund, du sollst doch nachher noch ins Schwarze treffen!* Und wieder hörte er das Gelächter, das ihm die ganze Straße entlang gefolgt war. Und irgend etwas in ihm zerbrach; für einen kurzen, grauenvollen Augenblick befand er sich auf einem Gebiet, in dem es keinerlei Bestimmungen mehr gab, weder der Farbe noch des Geschlechts. Ein kurzer Übergang, ein jäher Riß – und Schrecken und Ergebung. Und Schrecken: der ewig und immer wieder zu beginnen und zu enden und wieder zu beginnen schien – in einer Höhlung hinter dem Auge. Und was immer schleichend daran weste – es *sah*, und es verbreitete das Geschehene durch das gesamte Reich, wem immer es gehörte, und mochte das Auge selber auch vergehen. Welche Ordnung konnte den Sieg über ein so gräßlich entlegenes, abgeschiedenes Geheimnis davontragen? Und ohne eine solche Ordnung – welchen Wert hatte das Mysterium? Ordnung. Ordnung. *Bringe dein Haus in Ordnung.* Er nippte an seinem Whisky, um Lichtjahre von der Blonden und der Bar entfernt – und doch mehr als je und quälender als je gegenwärtig. Wenn die Menschen nicht mehr wußten, daß man sich einem Geheimnis nur durch Ordnung und Form nähern konnte, dann wurden sie – was die Menschen zu dieser Zeit und an diesem Ort geworden waren, was er selber geworden war. Sie kamen um in ihrer verachteten irdischen Hülle, in ihrer Isolation, in der sie – aktiv oder passiv zusammengeklammert – in Rotten beieinander lebten, dürstend nach Blut – und am Ende gar auch dampfend von Blut. Denn nie wird das gegenseitige Zerreißen und Zerfleischen ein Ende haben, und Gott helfe den Menschen, für die Leiden und Leidenschaften unpersönlich werden!

Er ging wieder in die Telefonzelle und wählte hoffnungslos seine Nummer. Es läutete und läutete. Er hängte ein und stand einen Augenblick lang in der engen Zelle. Nun fragte er sich allmählich, ob Ida vielleicht irgend etwas passiert wäre, ob womöglich eine Familienkrise eingetreten sei; aber jetzt war es bereits zu spät, die Frau anzurufen, die neben Idas Familie wohnte. Wieder dachte er daran, Eric anzurufen, und wieder entschied er sich dagegen. Langsam ging er durch die Bar, denn sein Geld war bis auf einen kleinen Rest zusammengeschrumpft, der gerade noch fürs Fahrgeld und ein heißes Würstchen reichte, und er mußte weg. Als er an den Tisch des Lyrikers kam, sagte er – den Blick freilich auf das Mädchen gerichtet: «Ich wollte Ihnen nur eben sagen, daß ich weiß, wer Sie sind, und daß ich Ihre Arbeiten schon immer bewundert habe und – und Ihnen danke.»

Der Lyriker blickte auf, erstaunt, und das Mädchen lachte und sagte: «Das ist ganz reizend von Ihnen. Sie sind auch Lyriker?»

«Nein», sagte er. Der Gedanke huschte ihm durch den Kopf, wie lange er schon nicht mehr mit einem weißen Mädchen gegangen war. Er konnte nicht anders, er mußte sich gleich wieder ausmalen, wie es jetzt wohl wäre. «Ich bin Romancier. Ungedruckt.»

«Na ja, aber wenn Sie erst mal gedruckt sind, können Sie ganz schön Geld machen», sagte der Lyriker. «Das haben Sie schlau angefangen – sich gleich ein Gebiet zu wählen, das Ihnen wenigstens vielleicht mal eine bescheidene Rente abwerfen kann.»

«Ich weiß nicht, ob das an meiner Schlauheit lag», sagte Vivaldo, «es hat sich eben so ergeben.» Er war neugierig auf das Mädchen, richtig neugierig; aber andere Notwendigkeiten drängten sich in seine Gedanken; vielleicht trafen sie sich ja einmal wieder. «Ja – also ich wollte Ihnen nur eben Dank sagen, das ist alles. Auf Wiedersehn.»

«Ich danke *Ihnen*», sagte der Lyriker.

«Alles Gute!» rief das Mädchen.

Er winkte zurück – parodistisch, in der Pose eines Hipsters – und ging hinaus. Dann ging er zum *Benno's* hinüber. Es lag verödet wie ein Kirchhof. Ein paar Leute waren da, die er kannte, obwohl er ihnen gewöhnlich aus dem Wege ging; aber heute abend lebte er auf Kredit, wie jedermann hier instinktiv zu wissen schien; und jedenfalls konnte niemand an einem Mittwochabend in einer Bar besonders wählerisch sein.

Gewiß waren es die Leute nicht, an deren Tisch er sich setzte; auch sie waren knapp bei Kasse, nur daß sie *keinen* Kredit hier hatten. Einer von ihnen war Lorenzo, ein aus Kanada stammender Dichter, ein Mondgesicht mit viel krausem Haar; neben ihm saß ein Mädchen, ein Flüchtling aus dem hintersten Texas, mit einem Nußknackergesicht, viel sorgfältig gestrafftem Haar und einem daumenlutschenden Kichern; der dritte, ein Kumpan der beiden, hatte Kinnbacken wie eine Brikettzange und verzerrte Lippen, um die es schmollend zuckte, wenn er zufrieden war – was selten vorkam – und farblos grimassierend lächelte, wenn er sich fürchtete – was fast immer der Fall war –, so daß er sich des Rufes erfreute, äußerst gutmütig zu sein.

«He, Vi», schrie der Dichter. «Komm rüber und setz dich zu uns!»

In der Tat blieb gar nichts anderes übrig, wenn er nicht die Bar verlassen wollte; also bestellte er sich einen Drink und ließ sich nieder. Sie alle tranken Bier, und in ihren Gläsern war nicht gerade mehr viel. Zum vielleicht dreißigstenmal wurde er Belle und Harold vorgestellt.

«Wie geht's dir, Mensch?» fragte Lorenzo. «Man kriegt dich ja überhaupt nicht mehr zu sehen.» Er hatte ein offenes, jungenhaftes Grinsen, und damit war er exakt beschrieben, wenn er auch langsam etwas alt wurde für einen Jungen. Immer noch – und besonders im Vergleich mit den beiden anderen – war er der Lebhafteste am Tisch, und Vivaldo mochte ihn ganz gern.

«Gott, so ziemlich drunter und drüber», sagte Vivaldo – und Belle lutschte kichernd an ihrem Daumen –, «ich bin dabei, ein seriöser Mensch zu werden; deswegen habt ihr mich auch nicht mehr zu Gesicht bekommen.»

«Du schreibst?» fragte Lorenzo, immer noch lächelnd. Denn er war einer jener Dichter, die dem Schrecken des Schreibens dadurch entgehen, daß sie überhaupt immer nur schreiben. Überall führte er stets ein kleines Notizbuch bei sich und kritzelte alles mögliche hinein, und wenn er hinreichend betrunken war, las er die Resultate laut vor. Jetzt lag es geschlossen vor ihm auf dem Tisch.

«Ich versuch's», sagte Vivaldo. Er blickte über ihre Köpfe weg durchs Fenster hinaus auf die Straße. «Eine öde, finstere Nacht heute.»

«Das kann man wohl sagen», antwortete Harold. Er sah mit seinem üblichen kleinen Lächeln zu Vivaldo hinüber. «Wo haben Sie Ihre Kleine, Mann? Erzählen Sie mir bloß nicht, sie ist Ihnen abhanden gekommen.»

«Das nicht. Sie ist raus, nach Norden, in irgendeiner Familienangelegenheit.» Er beugte sich vor. «Wir haben nämlich ausgemacht, daß sie mich mit ihrer Familie in Ruhe läßt und ich sie mit meiner.»

Wieder kicherte Belle. Lorenzo lachte. «Du solltest sie eigentlich mal zusammenbringen. Das gäbe die größte Schlacht seit dem Bürgerkrieg.»

«Oder seit Romeo und Julia», schlug Belle vor.

«Auch gut», sagte Lorenzo, «das ist nämlich so – ich habe mich da an einem längeren Gedicht versucht, weißt du, Romeo und Julia heute – bloß daß sie schwarz und er weiß –»

«Und Mercutio kommt vorbei», grinste Vivaldo.

«Jawohl. Und sonst ist der ganze Laden total verwichst und verkommen.»

«Nenn's doch *Ihr Kinderlein kommet*», schlug Harold vor.

«Oder *Jedermännchens Kinderlein.*»

«Oder *Sonst noch jemand ohne Führerschein?*»

Sie heulten vor Entzücken. Belle, die immer noch an ihrem Daumennagel knabberte, lachte, bis ihr die Tränen übers Gesicht liefen.

«Ihr habt ja alle einen sitzen», sagte Vivaldo.

Das rief eine neue Lachsalve hervor. «Kindchen», brüllte Lorenzo, «das mußt du mir eines Tages mal erzählen, wie du *das* rausgekriegt hast!»

«Willst du vielleicht auch eine qualmen? Bißchen ankurbeln?» fragte Harold.

Es war schon lange her. Er hatte die Leute satt bekommen, mit denen man Marihuana rauchte, und hatte das Marihuana selbst auch ziemlich satt. Entweder nahm es ihm doch nicht genügend die Besinnung – oder er war sowieso schon mehr als hinreichend erledigt. Den anschließenden Katzenjammer fand er schier erdrückend, er wirkte sich störend auf seine Arbeit aus; außerdem hatte der Zustand ihn jedesmal liebesunfähig gemacht.

Doch es war lange her, und warum sollte er's nicht doch einmal wieder versuchen? Es war erst zehn nach elf; er wußte nicht, was er heute noch mit sich anfangen sollte. Mitten in das Chaos seines Innern wollte er eindringen – oder vergessen.

«Mal sehn», sagte er. «Aber zuerst laßt mich mal eine Runde bestellen. Was trinkt ihr?»

«Wir könnten uns eigentlich zu meiner privaten Lasterhöhle begeben», sagte Harold und verzog wie üblich schmollend sein Gesicht.

«Ich bleibe wohl bei Bier», sagte Lorenzo. Sein Ausdruck ließ durchblicken, daß er lieber etwas anderes genommen hätte, doch wünschte er offenbar nicht den Anschein zu erwecken, als wollte er Vivaldo ausnutzen.

Vivaldo wandte sich an Belle. «Und Sie?»

Sie ließ die Hand mit dem unvermeidlichen Daumen sinken und beugte sich vor: «Glauben Sie, ich könnte einen Brandy Alexander bekommen?»

«Gott», sagte er, «wenn Sie den runterkriegen – beschaffen lassen wird er sich schon, denke ich.» Sie lehnte sich wieder zurück, ohne zu lächeln; ihr Gesicht war seltsam steif und damenhaft, und er sah Harold an.

«Bier, mein Fürst», sagte Harold. «Aber dann wollen wir sausen.»

So ging er denn hinüber an die Bar und bestellte die Runde; um nichts von dem übervollen Glas mit dem zähflüssigen Alexander zu verschütten, setzte er vorsichtig einen Fuß vor den andern. Er wußte, daß Lorenzo gerne Rye-Whisky trank, und so hatte er ihm einen mitgebracht nebst einer Flasche Bier, außerdem ein Bier für Harold und einen doppelten Bourbon für sich selbst. Laß fahren dahin, dachte er, zum Teufel damit. Sehn wir mal, was passiert. Und er hätte es wirklich auch gar nicht voraussagen können, denn er wollte nicht wissen, ob er eigentlich aus Panik handelte oder aus purer Achtlosigkeit oder aus Schmerz. Etwas war ganz bestimmt da, über das er nicht nachdenken wollte: er wollte keinen Gedanken auf die Frage verwenden, wo Ida war oder was sie im Augenblick tat. Jetzt nicht, Herzchen, du kommst später dran. Er wollte nicht nach Hause gehen und wach liegen und warten – oder auf und ab gehen und die Schreibmaschine anstarren und die Wände. Später, das alles kam später dran. Und unter allem lag der leere Raum, da die Angst lebte und Fragen schleichend herumkrochen, die nur ihn etwas angingen und niemanden sonst auf der Welt. Dort unten, dort unten lebte die rohe, ungeformte Substanz seiner Schöpfung, seiner Gestalten und Geschöpfe, und nur er, Vivaldo allein, konnte sie meistern.

«Also dann», sagte er, und schwankend hoben sie die Gläser und tranken.

«Danke, Vivaldo», sagte Lorenzo und stürzte seinen Whisky mit einem einzigen Schluck hinunter.

Vivaldo sah in das junge Gesicht, das feucht war und ein wenig grau und bald schon noch feuchter und grauer sein würde. Die Äderchen an der Nase verdickten und verdunkelten sich, und manchmal, wenn Lorenzo – wie jetzt – starr vor sich hin sah, waren seine Augen trostloser und unendlich einsamer als die eines Kindes.

In solchen Augenblicken beobachtete auch Belle ihn, und Sympathie kämpfte auf ihrem Gesicht gegen die unbarmherzige Leere an. Und Harold machte dann eine sehr distanzierte Miene – wie ein großer Vogel, der von einem Baum herunter zusieht.

«Ich würde ja liebend gerne nach Spanien gehen», sagte Lorenzo.

«Kennst du Spanien denn?» fragte Vivaldo.

«Er hat mal da gelebt», sagte Belle. «Er redet immer über Spanien, wenn er einen sitzen hat. Wir wollten eigentlich diesen Sommer hinfahren.» Sie senkte den Kopf über ihr Cocktailglas, und ihr Gesicht verschwand für einen Augenblick – wie der Kopf einer Schildkröte – hinter der Zitadelle ihres Haars. «Wie ist das denn nun, Kleiner – fahren wir?»

Lorenzo breitete hilflos die Hände aus. «Wenn wir genug zusammenkriegen –»

«Es sollte nicht allzuviel kosten, nach Spanien zu kommen», sagte Harold. «Und ihr könnt da spottbillig leben.»

«Es ist herrlich dort», sagte Lorenzo. «Ich hab über ein Jahr lang in Barcelona gelebt, auf Stipendium. Und ich bin in ganz Spanien herumgereist. Also wißt ihr, die Leute da – das ist das tollste Völkchen auf der ganzen Welt; so nette Burschen hab ich nie wieder getroffen außer in Spanien. Ich sage euch. Die tun für einen einfach alles, leihen einem ihr Hemd, sagen einem die Zeit, gehn mit einem Pferde stehlen–»

«Und leihen einem ihre Schwester», lachte Harold.

«Nee, Mensch, sie lieben ihre Schwestern!»

«Aber hassen ihre Mütter?»

«Nee, Mensch, die lieben sie auch. Als hätten sie nie was von Freud gehört.» Harold lachte. «Sie nehmen einen mit nach Hause und füttern einen raus, sie teilen mit einem überhaupt alles, was sie haben, und sind gekränkt, wenn man's nicht annimmt.»

«Mütter, Schwestern, Brüder», sagte Harold. «Alles schön und gut. Aber jetzt mach mal das Fenster auf und laß die faule Luft raus.»

Lorenzo ignorierte ihn; er blickte auf dem Tisch umher und nickte gewichtig. «Das ist die reine Wahrheit, Herrschaften – die Spanier sind ein großartiges Volk.»

«Was ist denn mit Franco?» fragte Belle. Sie schien ziemlich stolz darauf zu sein, daß sie von Francos Existenz wußte.

«Och, Franco ist ein Arschloch, der zählt nicht.»

«Scheißdreck, und wie der zählt!» schrie Harold. «Glaubst du denn, all die Uniformen, die wir dem Kerl bezahlen helfen, laufen bloß zum Vergnügen da überall rum? Glaubst du, die haben keine richtigen Kugeln in ihren Gewehren? Die sind echt bis in die Stiefel, mein Alter, das kann ich dir sagen – die Kerls *schießen*!»

«Na schön. Aber das hat nichts mit den Leuten zu tun, auf die sie schießen», sagte Lorenzo.

«Meinetwegen. Aber ich wette, du hättest wenig Spaß daran, Spanier zu sein», sagte Harold.

«Ich bin jetzt langsam krank von all dem Gerede über den fröhlichen spanischen Landmann», sagte Vivaldo. Er dachte an Ida. Er beugte sich zu Lorenzo vor. «Ich wette, du hättest kaum Lust, hier etwa ein Nigger zu sein, oder?»

«Oh!» lachte Lorenzo. «Deine Kleine hat dich bestimmt einer Gehirnwäsche unterzogen!»

«Gehirnwäsche? Quatsch. Hier bei uns würdest du kein Farbiger sein wollen – und dort drüben kein Spanier. Basta.» Er spürte eine sonderbare Spannung in der Brust und nahm einen großen Schluck Whisky. «Die Frage ist bloß – was wollen wir eigentlich sein?»

«Ich will ich sein», sagte Belle mit unerwarteter Wildheit und kaute auf ihrem Daumennagel.

«Und», fragte Vivaldo und sah sie an, «was hält Sie ab?»

Sie kicherte und kaute, den Blick gesenkt. «Ich weiß nicht. Es ist schwer, das offen zu sagen.» Sie sah zu ihm hinüber, als habe sie Angst, er könnte über den Tisch langen und sie schlagen. «Sie wissen, was ich meine?»

«Ja», sagte er nach einer langen Pause und einem langen Seufzer, «ich weiß, was Sie meinen.»

Alle versanken auf einmal in Schweigen. Vivaldo dachte an sein Negermädchen, seine dunkle Freundin, seine geliebte Ida, seine geheimnisvolle Marter und Freude und Hoffnung, und er dachte an seine eigene weiße Haut. Was sah sie, wenn sie ihn ansah? Er weitete die Nüstern und versuchte, seinen eigenen Geruch wahrzunehmen: wie empfand sie ihn, diesen Geruch? Wenn ihre Finger durch sein Haar fuhren, sein «schönes italienisches Haar», spielte sie dann mit Wasser, wie sie immer sagte, oder liebäugelte sie nicht vielmehr mit der Vorstellung, einen ganzen Wald von Bäumen zu roden? Wenn er in jene wundersame Wunde in ihr eindrang, *Zerreißen und Zerfleischen, Zerreißen und Zerfleischen!*, ergab sie sich dann auch freudig ihrem Bräutigam, Herrn und Erlöser? Oder betrat er nur eine verfallene und erniedrigte Stätte, einen Hinterhalt, heimlich schon bewacht von feindlichen Augen? O Ida, dachte er, ich würde meine Farbe aufgeben um deinetwillen, das würde ich tun – nur nimm mich, nimm mich, liebe mich, wie ich bin! Nimm mich, nimm mich, wie ich dich nehme. Aber wie nahm er sie denn, was brachte er ihr entgegen? War es sein Stolz und seine Ehre, was er ihr entgegenbrachte, oder war es seine Scham? Wenn er sein Fleisch verachtete, dann mußte er auch ihres verachten – und verachtete er denn überhaupt sein Fleisch? Und wenn sie ihr Fleisch verachtete, dann mußte sie auch seines verachten. Wer könnte es ihr auch verübeln, dachte er müde, wenn sie es täte? Und dann dachte er – und der Gedanke überraschte ihn –: wer könnte es *mir* verübeln? Sie drohten immerfort, das verdammte Ding abzuschneiden – worum drehten sich denn all jene dreckigen Bekenntnisse? *Ich habe gesündigt in Worten und Werken.* Ich habe gesündigt, ich habe gesündigt, ich habe gesündigt – und es war immer besser, die Konkurrenz der Hölle zu unterbieten und – wenn man schon sündigen mußte – allein zu sündigen. Was für eine Nervensäge der alte Jesus Christus doch geworden war – und vermutlich war der verurteilte, gütige, beschwipste, arme alte Jude nicht einmal daran schuld.

Harold beobachtete ihn. Er fragte: «Wie wär's denn jetzt allmählich mal mit den höheren Sphären – oder wollten Sie erst noch einen Drink?»

Seine Stimme war äußerst rauh, und er schmollte und lächelte zu gleicher Zeit.

«Mir egal», sagte Vivaldo, «ich schließe mich der Mehrheit an.» Er dachte daran, noch einmal anzurufen, merkte dann aber, daß er Angst davor hatte. Zum Teufel damit. Es war Viertel nach eins. Und endlich war er auch, dem Himmel sei Dank, wenigstens etwas betrunken.

«Ach, hauen wir ab», sagte Lorenzo. «Bier haben wir auch zu Hause.»

Sie standen auf, verließen das *Benno's* und gingen nach Westen zu Harolds Bude. Er wohnte in einer engen dunklen Straße, nah am Fluß, im obersten Stock. Der Aufstieg war entmutigend, aber die Wohnung dafür sauber und nicht allzu unordentlich – es war überhaupt keine Wohnung, wie man sie Harold zugetraut hätte: auf dem Boden lagen Teppiche, die Fenster hatten Leinenvorhänge. Ein Plattenspieler war vorhanden, desgleichen ein Stoß Schallplatten; allerlei Romanhefte lagen verstreut umher. Vivaldo plumpste auf die schmale Chauch an der Wand; zwei seitliche Buchregale bildeten eine Art Alkoven. Belle hockte sich vor dem Fenster auf den Boden. Lorenzo ging aufs Klo, dann in die Küche und kehrte mit einer Quartflasche Bier zurück.

«Du hast vergessen, Gläser mitzubringen», sagte Belle zu ihm.

«Warum denn immer Gläser? Wir sind doch alle Freunde.» Aber er ging gehorsam wieder in die Küche zurück.

Harold war unterdessen - ganz wie ein peinlich genauer und pedantischer Gastgeber – damit beschäftigt, die Marihuana-Zigaretten zu präparieren. Er setzte sich an den Kaffeetisch neben Vivaldo und breitete die Utensilien auf einem Zeitungsbogen aus: Besteck, Zigaretten, Zigarettenpapier und ein Bull-Durham-Säckchen voll Marihuana.

«Großartiger Stoff», sagte er zu Vivaldo, «hat meine Kleine erst gestern von Mexiko reingeschafft. Passen Sie auf, mein Junge, wie Sie das in Fahrt bringt!»

Vivaldo lachte. Lorenzo kehrte mit den Gläsern zurück und blickte besorgt zu Vivaldo hinüber.

«Wie fühlst du dich?»

«Ganz in Ordnung. Ruhig und harmlos. Du weißt ja.»

«Prima.» Er setzte behutsam ein Glas Bier vor Vivaldo auf den Boden und schenkte auch Harold eins ein.

«Gleich wird er in Schwingungen geraten», sagte Harold, froh und emsig wie eine Biene, «sobald er nur mit Old Massa Harolds Spezial-Filtern Bekanntschaft gemacht hat. Junge, Junge, so was hat doch noch Pfiff!»

Lorenzo schenkte Belle ein Glas Bier ein und setzte die Flasche neben sie auf den Boden.

«Ein bißchen Klangkulisse?»

«Nur zu.» Vivaldo schloß die Augen und gab sich einem wohligen Vorgefühl der Mattigkeit und Unzüchtigkeit hin. Lorenzo legte etwas vom Modern Jazz Quartet auf, das zugleich traurig und wie heiterer Glockenton klang.

«Hier.» Er blickte auf. Harold stand mit einem Glimmstengel über ihn gebeugt.

Er richtete sich mit unbestimmtem Lächeln auf und nahm behutsam sein Bierglas vom Boden, ehe er von Harold die Zigarette entgegennahm. Harold sah ihm mit eindringlichem Lächeln zu, als er einen langen, unsicheren Zug nahm. Dann trank er einen Schluck Bier und gab die Zigarette zurück. Harold inhalierte tief und sachverständig und rieb sich die Brust.

«Kommen Sie doch rüber zum Fenster», rief Belle.

Ihre Stimme klang hoch und zufrieden – wie die eines Kindes. Und ganz als antworte er einem Kind, ging Vivaldo hinüber zum Fenster, obgleich er lieber für sich allein auf dem Sofa geblieben wäre. Harold folgte ihm. Belle und Lorenzo hockten auf dem Boden; sie hatten sich in eine Zigarette geteilt und starrten hinaus auf die Dächer von New York.

«Sonderbar», sagte Belle, «bei Tag ist die Stadt häßlich – und bei Nacht so wunderschön.»

«Gehn wir doch aufs Dach», sagte Lorenzo.

«Oh! Tolle Idee!»

Sie sammelten ihre Utensilien, nahmen das Bier, und Belle griff sich eine Wolldecke; wie Kinder schlichen sie auf den Zehenspitzen aus der Wohnung und die Treppe hinauf zum Dach. Und dort waren sie ganz allein, wie gebadet in Schweigen und Stille. Belle breitete die Decke aus, die allerdings nicht für sie alle groß genug war. Lorenzo und sie teilten sie sich. Vivaldo tat einen neuen tiefen Zug und kauerte sich am Rand der Plattform nieder, die Arme um die Knie gelegt.

«Mensch, mach doch das nicht», flüsterte Lorenzo, «du bist zu nah am Rand, ich kann den Anblick nicht ertragen.»

Vivaldo lächelte und rückte ein Stück weg, um sich neben den anderen auf dem Bauch auszustrecken.

«Tut mir leid. Ich bin nun einmal so. Ich kann selber ohne weiteres über der Kante hängen, aber bei anderen kann ich's nicht mitansehen, ohne daß mir schlecht wird.»

Belle griff nach seiner Hand. Er blickte ihr in das fahle, dünne Gesicht, das vom schwarzen Haar umrahmt war. Sie lächelte, und sie wirkte jetzt anmutiger als vorher in der Bar. «Ich mag Sie leiden», sagte sie. «Sie sind ein prima Kerl. Lorenzo hat das ja immer schon gesagt, aber ich hab's ihm nie geglaubt.» Ihr Akzent kam jetzt deutlicher durch; ihre Stimme klang wie die eines höchst simplen und unschuldigen Mädchens vom Lande – falls ein solches überhaupt unschuldig war; doch sagte er sich, daß es zu irgendeinem Zeitpunkt im Leben ja wohl der Fall sein mußte.

«Vielen Dank», sagte er. Lorenzo, bleich im Schein der Lichter von

Himmel und Erde, grinste zu ihm hinüber. Vivaldo entzog Belle seine Hand, langte hin zu Lorenzo und gab ihm einen leichten Klaps auf die Wange. «Ich mag euch auch gern, euch beide.»

«Na, wie fühlen Sie sich, Alter?» Es war Harold, dessen Stimme wie von weit her zu kommen schien.

«Ich fühle mich herrlich.» Und das war auch der Fall, in einer sonderbaren, schier unglaubwürdigen Weise. Er spürte jede Einzelheit seines Körpers, die Länge seiner Glieder, sein Haar, in dem der Wind zauste; er fühlte die Gegenwart Lorenzos und Belles, die wie zwei Cherubim ernst und schwer aneinander lehnten, und Harolds, des Fürsten der Finsternis, des unermüdlichen, unverdrossenen Gralshüters. Harold saß im Schatten des Schornsteins und drehte eine weitere Zigarette. Vivaldo lachte. «Junge, Junge, Sie lieben aber Ihre Arbeit, was?»

«Ich liebe es, andere glücklich zu sehen», sagte Harold mit einem plötzlichen Grinsen; auch er wirkte jetzt ganz anders als vorher in der Bar, jünger und sanfter und irgendwie unter all den Masken viel trauriger, so daß Vivaldo all seine harten, ironischen Urteile über ihn bereute. Was geschah den Menschen? Warum litten sie so fürchterlich und häßlich? Aber im gleichen Augenblick wußte er, daß sie beide niemals Freunde sein konnten und daß sie einander nie näherkommen würden, als sie es eben jetzt waren.

Harold zündete die neue Zigarette an und gab sie an Vivaldo weiter. «Los, Kleiner», sagte er sehr zart und beobachtete Vivaldo mit einem Lächeln.

Vivaldo rauchte seinen Anteil, während die anderen ihm dabei zusahen. Es war wie eine gemeinschaftliche Anstrengung, ganz als sei er ein kleines Baby, das sich eben ans Töpfchen gewöhnen oder laufen lernen soll. Sie applaudierten keineswegs, als er die Zigarette an Lorenzo weitergab, der seine Züge tat und sie dann Belle reichte. «O-ha!» sagte Lorenzo. «Ich bin soweit», und er lehnte den Kopf zurück in Belles Schoß.

Vivaldo drehte sich auf den Rücken, die Arme unter dem Kopf, die Knie angewinkelt. Ihm war, als müßte er singen. «Mein Mädchen ist Sängerin», verkündigte er.

Der Himmel erschien ihm jetzt wie ein weiter und freundlicher Ozean, in dem Ertrinken verboten war, und die Sterne wirkten darin wie Leuchtfeuer. Zu welchem Land führte dieser Ozean? Denn immer führen Ozeane zu irgendeiner großen, guten Stätte – Seeleute, Missionare, Heilige und Amerikaner.

«Wo singt sie denn?» fragte Lorenzo. Seine Stimme schien sanft und schmelzend aus der Luft niederzutropfen: Vivaldo blickte zum Himmel.

«Im Moment ist sie noch nicht ganz soweit. Aber bald wird sie's sein. Und sie wird großartig werden.»

«Ich hab sie gesehn», sagte Belle. «Sie ist schön.»

Er wandte den Kopf in Richtung ihrer Stimme. «Sie haben sie gesehn?

Wo denn?»

«In dem Restaurant, wo sie arbeitet. Ich war dort mit jemandem – nicht mit Lorenzo», und er hörte sie kichern, «und der Bursche, der mich begleitete, sagte, sie wäre Ihr Mädchen.» Ein kurzes Schweigen entstand. Dann: «Sie ist wohl sehr zäh.»

«Warum meinen Sie das?»

«Oh, ich weiß nicht. Sie machte einfach den Eindruck, das ist alles. Ich will damit nicht sagen, daß sie nicht nett wäre. Aber sie war sehr selbstsicher, und daß sie nicht das erstbeste nehmen würde, das konnte man schon sehen.»

Er lachte. «Das klingt mir ganz nach meinem Mädchen – also gut.»

«Ich wünschte, ich sähe aus wie sie», sagte Belle. «Mein Gott!»

«Ich mag dich, wie du bist», sagte Lorenzo. Aus dem Augenwinkel und von weit her sah Vivaldo, wie seine Arme sich hoben und wie Belles dunkles Haar niederfiel.

Just above my head . . .

Das war ein Lied, das Ida immer sang, wenn sie in der Küche herumtrödelte, die stets wie ein Sandkasten wirkte vor lauter verschüttetem Kaffeepulver und irgendwie den Eindruck geringer Gesittung machte – so viele Zigarettenstummel lagen auf den Regalen herum, deren Farbe rissig war und Brandstellen zeigte.

Vielleicht lag die Antwort in den Liedern.

Just above my head,
I hear music in the air.
And I really do believe
There's a God somewhere.

Aber war Musik in der Luft – oder war es Schmerz und Weh? Er fing ein anderes Lied zu pfeifen an:

Trouble in mind, I'm blue,
But I won't be blue always,
'Cause the sun's going to shine
In my back door someday.

Warum eigentlich *back door*, ‹Hintertür›? Und jetzt schien sich der Himmel herniederzusenken auf seine Brust, nicht mehr phosphoreszierend vor lauter Möglichkeiten, sondern starr im Erzpanzer getroffener Entscheidung und schwer wie das Gewicht der endlichen Erde. Wie ein Alpdruck preßte es ihn: *I'm pressing on,* sang Ida manchmal, *the upward way!*

Was in aller Welt bedeuteten ihr diese Lieder eigentlich? Denn er wußte, sie sang sie oft nur, um sich vor ihm mit Heimlichkeiten zu brüsten, die er nie zu durchdringen hoffen konnte, und Anklagen und Anschuldigungen auszusprechen, die er nie zu entziffern, geschweige denn zu widerlegen oder abzuweisen vermochte. Und doch – wenn er in jene verborgene Stätte vordringen konnte, würde er dadurch für immer von der Gewalt ihrer Anklagen erlöst sein. Seine Gegenwart in diesem seltsamsten und finstersten aller Heiligtümer würde sein Recht beweisen, dort zu sein – ganz wie der Prinz, der alle Gefahren bestanden und den Löwen erschlagen hat, endlich in die Nähe seiner Braut, der Prinzessin, findet.

I loves you, Porgy, don't let him take me.
Don't let him handle me with his hot hands.

Für wen – für wen sang sie dieses Lied?

The blues fell down this morning. The blues my baby gave to me. Wasser rieselte an seinem Ohr vorbei und tropfte auf sein Handgelenk. Er bewegte sich nicht, und langsam rannen ihm die Tränen aus den Augenwinkeln.

«Du bist auch ganz toll», hörte er Belle sagen.

«Wirklich?» – «Wirklich.»

«Laß uns doch versuchen, nach Spanien zu kommen. Laß es uns wirklich mal versuchen.»

«Ich werde mich Montag todschick anziehen –» sie kicherte – «und kriege bestimmt irgendwo einen Job als Empfangsdame. Das ist zwar ein scheußlicher Schlauch, aber so können wir hier wenigstens wegkommen.»

«Tu das, Baby. Und ich suche mir auch Beschäftigung, das versprech ich.»

«Du brauchst mir doch gar nichts zu versprechen.»

«Ich tu's aber doch.»

Er hörte, wie sie sich küßten; es klang heiter, liebevoll und gierig, und er beneidete sie um ihre schreckliche, unerschütterliche Unschuld.

«Komm, wir schieben eine Nummer.»

«Nicht hier. Laß uns runtergehen.»

Er hörte Lorenzo lachen. «Was ist los – schüchtern?»

«Nein.» Er hörte ein Kichern und ein Flüstern. «Gehn wir doch nach unten.»

«Die beiden schweben selber längst in den Wolken, denen ist das ganz egal.»

Wieder kicherte sie. «Guck sie dir an.»

Er schloß die Augen. Er fühlte ein neues Gewicht auf der Brust, eine Hand, und sah in Harolds Gesicht. Es war furchtbar müde, faltig und bleich, und sein Haar klebte in Strähnen auf der Stirn. Und doch war es, unter dieser zur Schau getragenen Erschöpfung, ein sehr junges Gesicht, das ihn anstarrte.

«Wie geht's denn?»

«Großartig. Das war ein tolles Zeug.»

«Ich wußte, Sie würden es würdigen. Ich mag Sie, Mann.»

Er war überrascht und doch auch wieder nicht überrascht von der heftigen Spannung in Harolds Blick. Aber er konnte ihn nicht ertragen; er wandte sein Gesicht ab; dann legte er Harolds Kopf auf seine Brust. «Bitte», sagte er nach einem Augenblick, «quälen Sie sich nicht ab. Es hat keinen Zweck, es kommt doch nichts dabei heraus. Es ist zu lange her.»

«Was ist zu lange her?»

Und plötzlich mußte Vivaldo innerlich lächeln, ein Lächeln – so traurig wie seine Tränen: er dachte an die Jahre, die jetzt schon ein halbes Leben zurücklagen, dachte an andere Stunden auf Dächern und zu ebener Erde, in Umkleideräumen und Wagen. Und er hatte seither davon geträumt, nur daß dies das einzige Mal war, daß er sich seiner Träume erinnerte. Jetzt, da er sich plötzlich sehr kalt fühlte, innerlich kalt, während Harolds Hand auf seinem Glied lag und Harolds Kopf auf seiner Brust, und er wußte: ja, es konnte etwas geschehen, es konnte etwas dabei herauskommen, jetzt rief es ihm seine Phantasie ins Gedächtnis zurück – seine Träume vom männlichen Mund, von männlichen Händen, dem männlichen Organ, dem männlichen Hintern. Manchmal ging ein Junge an ihm vorbei – ein Junge, der ihn immer lebhaft an Stevie, seinen jüngeren Bruder, erinnerte, und vielleicht war das der Riegel des Verbots, wie es andererseits auch der Schlüssel sein mochte –, und er beobachtete das Gesicht des Jungen und blickte nach seinem Arsch, und dann fühlte er den Wunsch, den Jungen zu berühren, ihn zum Lachen zu bringen, ihm einen Klaps auf das junge Hinterteil zu geben. So wußte er denn, daß es in ihm war, und er fürchtete sich wohl auch nicht mehr davor; aber der Preis war vielleicht doch zu hoch, es stand nicht dafür. Deshalb sagte er behutsam und zart zu Harold: «Verstehen Sie mich richtig, Mann, ich will Sie nicht herabsetzen. Aber die Zeit, wo ich's mit Jungen hatte, ist lange her. Und seitdem hatte ich's immer nur reichlich mit Mädchen. Es tut mir leid.»

«Und da ist nichts zu machen?»

«Kaum. Tut mir leid.»

Harold lächelte. «Mir tut es auch leid.» Dann: «Kann ich hier bei Ihnen liegen – ich meine, so wie jetzt?»

Vivaldo hielt ihn und schloß die Augen. Als er sie wieder öffnete, wölbte der Himmel sich über ihn wie eine große bronzene Kuppel. Harold lag schlafend neben ihm, eine Hand auf Vivaldos Bein. Belle und Lorenzo hatten sich in die Decke gekuschelt wie zwei schmutzige Kinder. Er stand auf; er geriet wieder zu nah an den Rand und warf einen kurzen, schreckhaften Blick hinab auf die wartenden, schwül brütenden Straßen. Er hastete die Treppe hinunter nach draußen, hastete heim zu Ida. «Mein Gott, Vivaldo», würde sie sagen, «wo bist du gewesen? Ich habe die ganze Nacht über hier angeläutet, um dich wissen zu lassen, daß ich nach Jersey

City raus mußte, um mit ein paar Burschen zusammenzusitzen. Ich sage dir ja andauernd schon, wir sollten uns lieber doch den Antwortdienst leisten; aber du hörst ja nie, wenn *ich* mal was sage!»

4

Und der Sommer kam, der New Yorker Sommer, dem kein Sommer irgend sonst auf der Welt gleicht. Hitze und Lärm begannen Nerven und Gesundheit, Privatleben und Liebesaffären zu zerstören. Die Luft war erfüllt von Baseball-Ergebnissen, von schlechten Nachrichten und sirupsüßlichen Songs; und die Straßen und Bars waren von feindseligen, streitlustigen Menschen bevölkert, die durch die Hitze nur noch feindseliger und streitlustiger wurden. In dieser Stadt konnte man nicht – wie Eric es in Paris hatte tun können – zu jeder Tages- und Nachtzeit einen langen und friedlichen Spaziergang machen, in einem *bistrot* auf einen Drink einkehren oder sich lässig in eines der Straßen-Cafés hineinsetzen – das halbe Dutzend schauerlicher Karikaturen solcher Cafés, das sich in New York auftreiben ließ, war dafür nicht geeignet. Es war eine Stadt ohne Oasen, in der alles – wenigstens nach menschlichen Begriffen – wie rasend nach Geld jagte; und die Bürger schienen jedes Gefühl für ihren Anspruch verloren zu haben, sich zu erholen, zu erneuern. Wer in New York auf einem solchen Anspruch zu bestehen versuchte, lebte mitten in New York im Exil – einem Exil, das ihn von allem Leben rungsumher ausschloß; und eben das hatte paradoxerweise zur Folge, daß er fortwährend in Gefahr schwebte, jedes echte Gefühl für sich selbst zu verlieren.

An den Abenden oder am Wochenende saß Vivaldo in kurzer Unterhose an seiner Schreibmaschine; sein Gesäß klebte am Stuhl, Schweiß rann ihm aus den Achselhöhlen, rieselte ihm hinter den Ohren, tropfte ihm in die Augen, und die Papierblätter blieben aneinander oder an seinen Fingern kleben. Die Tasten der Schreibmaschine bewegten sich träge und schlugen mit einem dumpfen, feuchten Geräusch an – sie bewegten sich in der Tat nicht viel besser als der Roman selbst, leblos, Zoll für Zoll vorwärts gestoßen, und immer störrisch, fast nur durch Willenskraft. Er wußte kaum noch, worum es in dem Roman eigentlich ging oder warum er je gewünscht hatte, ihn zu schreiben, aber er konnte einfach nicht die Finger davon lassen. Er konnte ihn nicht beiseite legen und konnte doch auch nicht damit fertig werden, denn der Preis dafür wäre der Verlust Idas gewesen – zumindest fürchtete er das. Und diese Furcht ließ ihn weiter ausharren in einer pestschwülen, tropffeuchten Vorhölle.

Ihre Lebensumstände waren jedenfalls entsetzlich. Die Wohnung war zu klein. Selbst wenn sie beide genau die Stunden eingehalten hätten, den ganzen Tag auf Arbeit gewesen und nur abends heimgekommen wären, hätte der Raum nicht gereicht; aber ein um die andere Woche arbeitete Vivaldo nachts in der Buchhandlung, und Idas Arbeitsschicht im Restaurant war schon gar nicht vorherzubestimmen: manchmal bediente sie beim Mittag- und beim Abendessen und manchmal nur bei einer Mahlzeit. Beide haßten sie ihre Beschäftigung – was ihrer gegenseitigen Beziehung nicht eben förderlich war –, aber Ida war die beliebteste Kellnerin, die ihr Chef hatte, was eine gewisse Bewegungsfreiheit gab, und Vivaldo konnte einfach jene anspruchsvolleren und lukrativeren Beschäftigungen nicht mehr annehmen, die ihm eine Zukunft boten, die er nicht wollte. Wie die Dinge lagen, liefen sie beide mit dem Sturm um die Wette und quälten sich, «es zu schaffen», bevor sie verschlungen würden vom Treibsand eines ziellosen, enttäuschten Bohème-Lebens, den sie überall um sich herum sahen. Und das bedeutete, daß sie nicht hoffen durften, ihre äußere Lage zu verbessern, waren sie doch kaum imstande, ihre Wohnung zu halten.

Oft hatte Vivaldo angeregt, sie sollten doch aus dem Village wegziehen, an die untere East Side, wo man billige Dachwohnungen bekommen konnte, Dachwohnungen, die sich äußerst attraktiv herrichten ließen. Aber Ida war dagegen gewesen. Ihre letzten Gründe sprach sie nie aus, doch merkte Vivaldo schließlich, daß sie einen Horror vor der Gegend besaß, in der einst Rufus es zum erstenmal mit einem häuslichen Leben – oder mit dem Leben überhaupt – versucht hatte.

«Ich würde mich da nicht sicher fühlen», sagte sie zu Vivaldo, «ob ich bei Nacht heimkäme oder auch bei Tage. Du kennst die Leute da nicht so wie ich, weil sie dich nie so behandelt haben wie mich. Einige von diesen Kerls, mein Lieber, wenn die dich allein auf einem Untergrundbahnsteig erwischen oder die Treppe zu *deiner* Wohnung raufkommen, dann denken die an nichts anderes, als sich die Hose aufzumachen und dich zu fragen, ob du nicht was zu stochern hast für sie. Und schau, mein Lieber, ich bin mal mit Rufus da unten gewesen, in der Mott Street, vor ein paar Jahren; wir waren da zum zweiten Frühstück bei Leuten eingeladen. Es waren Weiße. Und da gingen wir raus auf die Feuerwehrleiter, um uns einen Hochzeitszug unten auf der Straße anzusehen. So sahen uns ein paar Leute aus dem Block. Na schön, und da kamen sie denn auch schon an, rauf zur Wohnung, wo wir waren, Weiße, drei Mann hoch, der eine mit einem Schlagring, der zweite mit einem Gewehr, der dritte mit einem Messer – und sie schmissen uns raus. Sie sagten –» und sie lachte – «wir brächten die Straße in Verruf.»

Sie sah ihm einen Augenblick lang aufmerksam ins Gesicht. «Tja, so ist das», sagte sie sanft. Dann: «Laß uns doch hier bleiben, Vivaldo, bis wir uns gleich was Besseres leisten können. Es ist hart, ich weiß ja – aber es ist noch immer nicht so schlimm, wie es sein könnte.»

So versuchten sie denn, die Tür offenzulassen, aber damit waren einige Risiken verbunden, besonders wenn Ida zu Hause war und müßig in ihrem kurzen blauen Trikot auf dem Sofa lag oder sich mit Hilfe des Plattenspielers an Arrangements versuchte. Das Geräusch von Vivaldos Schreibmaschine, der Klang von Idas Stimme und der des Plattenspielers erregten die Aufmerksamkeit von Leuten, die draußen treppauf und treppab gingen, und der flüchtige Anblick von Ida, den die offene Tür gewährte, entflammte ihre Phantasie. Die Leute nahmen die offene Tür als Aufforderung – stehenzubleiben, zu horchen, zu starren, zu klopfen, wobei sie dann jeweils vorschützten, ein Freund von ihnen habe früher in eben diesem Apartment gewohnt, und ob sie nicht wüßten, was aus dem guten alten Tom oder aus Nancy oder Joanna geworden wäre? Oder sie luden zu einer Party ein, unten im Haus oder weiter unten an der Straße, oder luden sich auch selbst bei Vivaldo zu einer Party ein. Einmal hatte Vivaldo, völlig außer sich, einen Jungen verdroschen, hatte ihn vom Treppenabsatz an bis hinunter auf die Straße mit Schlägen vor sich her getrieben; der Bursche hatte oben im heißen Schatten des Flurs gestanden, die Hände in den Taschen, die Augen auf Ida – oder vielmehr auf das Örtchen gerichtet, von dem sie sich mit einem wilden Schrei und einem Fluch hastig wieder erhoben hatte. Der Junge hatte nicht einmal die Hände aus den Taschen genommen, er hatte nur unablässig ein leises, häßlich animalisches Stöhnen von sich gegeben und war schwer auf eine Schulter gestürzt, als Vivaldo ihn durch die Haustür gestoßen hatte. Die Polizei erschien danach; ihre eigene, leicht erregbare Phantasie versteifte nur ihren bürgerlichen Hochmut. Seither ließen sie die Türen nicht nur verschloßen, sondern verriegelten sie sogar. Und doch war es, als sei die gestaltlose, unbeschreibliche Stadt in manchen Sommernächten bei ihnen im Zimmer.

Er arbeitete, sie arbeitete, er ging durch den Raum, sie ging durch ihn. Sie wollte, daß er ein «großer» Schriftsteller würde, doch war es ihr – wenn sie nicht gerade arbeitete – unerträglich, allein gelassen zu werden. Und wenn sie arbeitete, bedrohte der Klang ihrer Stimme, der Klang ihrer Musik jenes andere Orchester in seinem Kopf, und oft unterdrückte er es ganz. Wenn sie nicht arbeitete, schenkte sie ihm ein Bier ein, brachte ihm mit allerlei Zärtlichkeiten das Haar in Unordnung, paßte auf, daß seine Zigarette auch im Aschenbecher von selbst ausgegangen war und zündete ihm eine neue an oder sie sah ihm beim Schreiben über die Schulter, was er nicht ausstehen konnte – doch war das immer noch leichter auszuhalten als der Vorwurf, er habe keine Achtung vor ihrer Intelligenz. An den Abenden, die sie gemeinsam zu Hause verbrachten, konnte er einfach nicht arbeiten, denn er konnte sich nicht weit genug von ihr entfernen, konnte nicht in sein eigenes Innere zurück. Aber er versuchte nicht, ihr das übelzunehmen, denn die Abende ohne sie waren noch schlimmer.

Einmal oder zweimal in der Woche – oder auch nur alle zwei oder drei

Wochen einmal – ging sie nach Harlem, aber nie forderte sie ihn auf, sie zu begleiten. Oder sie mußte sich mit irgendwelchen Musikern zusammensetzen – in Peekskill oder Poughkeepsie oder Washington oder Philadelphia oder Baltimore oder Queens. Einmal fuhr er mit ihr und den anderen Musikern mit zu einem Lokal in Washington. Aber die Atmosphäre war abscheulich; die Musiker hatte ihn nicht dabei haben wollen. Die Leute im Lokal hatten ihn nett genug behandelt, aber auch sie schienen sich zu fragen, was er da eigentlich wollte – oder vielleicht war er selbst es auch nur, der sich diese Frage stellte; und Ida hatte ein, zwei Lieder gesungen, was nicht eben überwältigend war nach einer so langen Anreise, und sie hatte nicht einmal gut gesungen. Er spürte, daß das irgendwie an der Einstellung der Musiker lag, die sie offenbar strafen wollten, und an dem offenen Trotz, mit dem sie sich zwang, ihrem Urteil ins Gesicht zu sehen. Es war nur zu deutlich: Wäre er ein mächtiger Weißer gewesen, ihre Haltung wäre wohl maßvoller ausgefallen – in der Annahme, daß sie ihn wahrscheinlich einfach ausnutzte; aber wie die Dinge hier standen, lag es klar auf der Hand, daß er ihr kaum Nutzen bringen konnte und folglich er es sein mußte, der sie für seine Zwecke benutzte. Auch stand Ida beruflich ja keineswegs so hoch, daß sie ihn als eine ihrer Launen, als ihr Schoßhündchen oder als Star-Gatte hätten akzeptieren müssen. Er hatte keinerlei Funktion, die ihnen annehmbar erschienen wäre: also machten sie Front gegen ihn.

Und mit zunehmender Geschwindigkeit wuchsen nun zwischen Ida und Vivaldo weite Flächen des Schweigens, öde Minenfelder, die keiner von ihnen zu überqueren wagte. Nie sprachen sie mehr von Washington, und nie wieder begleitete er sie auf einem ihrer Ausflüge nach auswärts. Niemals sprachen sie von ihrer oder seiner Familie. Nach jener langen, fürchterlichen Mittwochnacht fand Vivaldo, daß es ihm an Mut fehlte, den Namen Steve Ellis zu erwähnen. Er wußte, daß Ellis sie zu einem exklusiveren und berühmteren Gesangslehrer schickte, wie auch zu einem Trainer, und daß er die Absicht hatte, einen Aufnahme-Termin für sie zu arrangieren. Ida und Vivaldo begruben ihre Auseinandersetzungen im Schweigen, im weiten, verminten Feld, das zwischen ihnen lag. Das schien ihnen vernünftiger, als am Ende doch nur wieder heiser, erbittert, keuchend und mehr allein als je dazustehen. Er wollte sich nicht wieder den Vorwurf machen lassen, er stelle sich zwischen sie und ihre Karriere – er wollte nichts mehr davon hören, denn an dieser Beschuldigung war weit mehr als nur ein Körnchen Wahrheit. Natürlich fühlte er auch, daß sie – wenngleich unbewußt – versuchte, zwischen ihn und seine Aufgabe zu treten. Aber er verspürte nicht den Wunsch, ihr das zu sagen. Es hätte ihre beiderseitige Panik, ihre schreckliche Angst vor dem Alleinsein allzu deutlich werden lassen.

So stand es mit ihnen, als der grausame Sommer brodelnd und siedend über sie gekommen war; er arbeitete, um nicht hinter ihr zurückzustehen, und sie arbeitete, um – von ihm freizukommen? – oder um eine Basis zu schaffen, auf der sie – mehr noch als vorher – zusammensein konnten? «Ich muß es einfach schaffen», sagte sie manchmal, «und ich werde es auch schaffen. Und du, Herzchen, solltest auch lieber zusehen, daß du deinen Weg machst. Ich habe die Nase voll – ich will hier nicht ewig zwischen Mülltonnen hausen.»

Und was Ellis betraf: «Vivaldo, wenn du unbedingt glauben willst, ich betröge dich mit dem Mann, dann ist das deine Sache. Wenn du es glauben willst, dann glaubst du es auch. Ich habe keine Lust, auf solchen Unsinn hin groß Beweise zu liefern. Das liegt ganz bei dir. Wenn du mir nicht vertraust – na schön, Kleiner, dann Adieu: dann pack ich eben meine Sachen und gehe.»

In manchen Nächten, wenn Ida vom Restaurant heimkam, von ihrem Gesangslehrer, ihren Eltern, wo immer sie gewesen war, wenn sie ihm Bier brachte und Zigaretten und Brote, das Gesicht müde und friedlich, die Augen sanft und zärtlich vor Liebe – dann schien es einfach undenkbar, daß sie je wieder auseinandergehen könnten. Sie aßen und tranken und sprachen und lachten zusammen; sie lagen nackt in der Dunkelheit auf ihrem schmalen Bett, nah am offenen Fenster, durch das gelegentlich eine matte Brise hereinkam; sie kosteten ihre Lippen und kosten miteinander trotz der Hitze; und sie machten große Pläne für ihre unbestreitbare Zukunft. Und oft schliefen sie in völliger Gelöstheit darüber beieinander ein. Aber zu anderen Zeiten wieder konnten sie gar nicht zueinander finden. Manchmal verschwand er dann einfach, unfähig, sie zu erreichen, und unfähig, die Figuren seines Romans zu erreichen, und wanderte allein auf den sommerlichen Straßen dahin. Manchmal erklärte sie auch, sie könne ihn nicht eine Minute länger ertragen, ihn nicht und seine mürrische Art nicht, und ging in ein Kino. Und manchmal zogen sie auch zusammen los, hinunter zum *Benno's* oder hinüber zu Eric – was in dieser Zeit zugleich auch einen Besuch bei Cass bedeutete.

Ida gab vor, tief betroffen zu sein von der Wandlung, die mit Eric vorgegangen war; sie wollte damit zeigen, daß sie Überraschungen mißbilligte und daß Eric sie durchaus überrascht habe, und das unerbittlich, seltsam Puritanische in ihr mißbilligte seine neue und erstaunliche Affäre. Sie stellte fest, daß Cass verrückt sein müsse, und Eric handle schlechthin unredlich und ehrlos.

Vivaldos Gefühle waren weitaus milder – nicht Eric hatte ihn eigentlich überrascht, sondern Cass. Sie hatte wirklich alles aufs Spiel gesetzt, und er erinnerte sich noch gut, wie sie erklärt hatte: *Nein, Vivaldo, vielen Dank. Ich gedenke mir nie mehr einen Beschützer zu leisten.* Und irgendwie war er stolz auf sie, befähigte ihn doch seine eigene Verwirrung, die ihre zu ermessen – stolz jedoch nicht so sehr, weil sie sich einer Gefahr ausgesetzt hatte, sondern weil sie es mit vollem Bewußtsein tat.

Ein französischer Film, in dem Eric eine kleine Rolle spielte, kam in diesem Sommer nach New York, und die vier trafen eine Verabredung, sich ihn anzusehen. Ida und Vivaldo sollten Eric und Cass an der Kinokasse treffen.

«Was glaubt sie eigentlich, was sie da macht?» fragte Ida. Vivaldo und sie gingen zusammen durch die Juli-Straßen zum Filmtheater.

«Sie versucht zu leben», sagte Vivaldo müde.

«Ach was, das ist doch alles Quatsch. Cass ist eine erwachsene Frau mit zwei Kindern. Was soll denn mit den Jungens werden? Eric ist nicht gerade ein väterlicher Typ – wenigstens nicht zu Jungens in dem Alter.»

«Was für eine schmutzige kleine Moralistin du doch bist! Was Cass mit ihrem Leben anfängt ist allein ihre Sache. Nicht deine. Vielleicht weiß sie ein bißchen mehr von ihren Jungen als du; vielleicht versucht sie ihr Leben so einzurichten, wie sie es für richtig hält, eben damit die Kinder keine Angst haben, es auch zu tun, wenn ihre Zeit kommt.» Langsam fühlte er Ärger in sich aufsteigen. «Und was Eric betrifft, so dürftest du kaum genug von ihm wissen, um in dieser Weise über ihn zu reden.»

«Die Jungens werden sie hassen, noch bevor die Sache vorbei ist, glaub mir nur. Und erzähl mir bloß nicht, ich wüßte nichts von Eric; ich wußte *alles* über ihn, als ich ihm zum erstenmal in die Augen sah.»

«Du wußtest, was du hier und da *gehört* hattest. Und du hast nie davon gehört, daß er einmal eine Affäre mit Cass haben würde. Schon bist du reingefallen.»

«Dich mag Eric ja zum Narren halten – und ebenfalls Cass, obwohl's bei der gar nicht nötig wäre: die betrügt sich ja schon selber genug –, aber nicht mich! Du wirst ja sehen.»

«Mein Gott, du bist ja überhaupt keine Sängerin, du bist eine Wahrsagerin. Wir sollten dir ein Paar große Messingohrringe anhängen und einen knalligen Turban aufsetzen – und dann ran ans Geschäft!»

«Jetzt lach bloß noch, du Clown», sagte sie.

«Na schön, was willst du denn eigentlich? Wenn er's nun mal mit ihr haben will und sie will's mit ihm – was geht das uns an?»

«Etwa nichts? Richard ist dein Freund!»

«Ich bin mit Cass enger befreundet als mit Richard», sagte er.

«Sie kann einfach nicht voll ermessen, was sie tut. Sie hat einen guten Mann, der wirklich was darstellt, und da fällt ihr nichts Besseres ein, als zu irgendeinem hergelaufenen armen – weißen Schlaks aus Alabama ins Bett zu kriechen. Ich schwöre dir, ich weiß wirklich nicht, was die Weißen eigentlich in ihren Köpfen haben.»

«Eric ist kein ‹armer Weißer›; seine Familie ist sogar sehr gut gestellt», sagte er; Schweiß trat ihm auf die Stirn, woran nicht die Hitze schuld war, und er wünschte, ihr Mundwerk möge endlich stillstehen.

«Nun, ich hoffe bloß, sie haben ihn nicht verstoßen unterdessen. Glaubst du, daß Eric es als Schauspieler je schaffen wird?»

«Ich sehe nicht, was das damit zu tun hätte. Aber – ja doch, ich glaube, er ist ein sehr guter Schauspieler.»

«Dafür, daß er noch so unbekannt ist, wird er langsam ein bißchen zu alt. Was hat er eigentlich die ganze Zeit in Paris gemacht?»

«Ich weiß es nicht, Baby, aber ich hoffe, er hat sich gut amüsiert. Verstehst du? Wobei er sich am wohlsten fühlt – das, hoffe ich, hat er gemacht.»

«Na schön», sagte sie, «dieses Wohlgefühl dürfte allerdings seiner jetzigen Beschäftigung kaum entsprechen.»

Er seufzte und ermahnte sich, das Thema fallenzulassen oder zu wechseln. Aber er sagte: «Ich sehe bloß noch immer nicht ein, was dich das eigentlich alles angeht. Wenn's ihm Spaß macht, mit einem Mann ins Bett zu steigen – was weiter?»

«Mit meinem Bruder hat er auch ins Bett steigen wollen», sagte sie. «Auch ihn hat er so krank machen wollen, wie er selber ist.»

«Wenn irgendwas war zwischen Eric und deinem Bruder, dann bestimmt nicht, weil Eric ihn flachgelegt und vergewaltigt hätte. Nun steck mal ein paar Loch zurück, Schätzchen; du verstehst nämlich durchaus nicht so viel von Männern, wie du glaubst.»

Sie zeigte ein kleines, unschönes Lächeln. «*Wenn* irgendwas war . . . Du bist ein elender Lügner – und ein Feigling dazu.»

Er sah sie an; in diesem Augenblick haßte er sie. «Warum sagst du das?»

«Weil du genau weißt, was zwischen den beiden war. Die Sache ist bloß – du *willst* es nicht wissen –»

«Ida, es ging mich einen Dreck an, darum habe ich weder mit Rufus *noch* mit Eric je darüber gesprochen. Warum sollte ich denn!»

«Vivaldo, man muß nicht über alles reden, um zu *wissen*, daß es geschieht. Rufus hat mit mir auch nie über all das gesprochen, was ihm widerfuhr – und trotzdem wußte ich Bescheid.»

Einen Augenblick schwieg er. Dann: «Du wirst mir den Tod deines Bruders nie verzeihen, nicht wahr?»

Da war auch sie still. Er sagte: «Ich habe deinen Bruder auch sehr geliebt, Ida. Du glaubst mir das nicht, ich weiß, aber es ist die Wahrheit. Aber er war eben ein Mann, Baby. Er war kein Heiliger.»

«Ich habe nie behauptet, daß er ein Heiliger gewesen ist. Aber ich bin auch schwarz, und ich weiß, wie die Weißen schwarze Jungens und Mädchen traktieren. Die denken, unsereins ist bloß dazu da, daß sie ihre Schwänze darin abwischen können.»

Drei Straßenzüge weiter an der Avenue sah er die Lichter des Kinos. Die sommerlichen Straßen waren voller Menschen. Die Kehle wurde ihm eng, und seine Augen begannen zu brennen.

«Nach all der langen Zeit, die wir nun schon zusammen sind», sagte er schließlich, «denkst du noch immer so?»

«Daß wir zusammen sind, verändert die Welt nicht, Vivaldo.»
«Doch», sagte er, «für mich schon.»
«Das», sagte sie, «liegt nur daran, daß du weiß bist.»
Er spürte plötzlich, daß er nahe daran war zu schreien, hier mitten im Gewühl der Straße, oder daß er ihr die Finger um den Hals krallen würde. Die Lichter des Kinos schwankten vor ihm, und der Bürgersteig schien sich zu neigen. «Du hörst jetzt damit auf», sagte er, mit einer ihm selbst völlig fremden Stimme. «Du hörst jetzt auf. Du hörst auf mit deinen Versuchen, mich umzubringen. Es ist nicht meine Schuld, daß ich weiß bin. Es ist nicht meine Schuld, daß du schwarz bist. Es ist nicht meine Schuld, daß er starb.» Er warf mit einer scharfen Bewegung den Kopf zurück, um die Tränen abzuschütteln, um die Lichter wieder zum Stillstand und den Bürgersteig in die Waagerechte zu bringen. Und mit veränderter Stimme sagte er: «Er ist tot, mein liebes Herz, aber wir leben. Wir leben, und ich liebe dich doch, ich liebe dich. Versuch doch nicht immer, mich zu Tode zu quälen.» Und dann: «Liebst du mich denn nicht? Liebst du mich, Ida? Liebst du mich?» Und er wandte den Kopf und sah sie an.
Sie begegnete seinem Blick nicht; sie sagte nichts, einen ganzen Straßenzug lang oder länger. Das Kino kam näher und näher. Cass und Eric standen unter dem Portal und winkten. «Eines verstehe ich nicht», sagte sie langsam, «wie kannst du von Liebe reden, wo du doch gar nicht wissen willst, was vor sich geht. Und *das* ist nicht *meine* Schuld. Wie kannst du sagen, du hast Rufus geliebt, wenn es so viel an ihm gab, was du nicht wissen wolltest? Wie kann ich dir denn glauben, daß du mich liebst?» Und mit seltsamer Hilflosigkeit griff sie nach seinem Arm. «Wie kannst du jemanden lieben, von dem du nicht das geringste weißt? Du weißt nicht, wo ich her bin. Du weißt nicht, wie das Leben für mich aussieht.»
«Aber ich bin entschlossen», sagte er, «den Rest meines Lebens damit zuzubringen, es herauszubekommen.»
Sie warf den Kopf zurück und lachte. «Ach Vivaldo! Sicher magst du den Rest deines Lebens damit zubringen – aber wenn du es tust, dann bestimmt nicht, weil du den Willen dazu hättest.» Und dann sagte sie voller Wildheit: «Und an wem du dich dann auch versuchen würdest – *ich* würde es bestimmt nicht sein. O mein Gott.» Sie ließ seinen Arm los. Ein sonderbarer Seitenblick streifte ihn; er konnte ihn sich nicht deuten, teils war er mitleidig, teils kalt. «Es tut mir leid, daß ich dich verletzt habe, dich und dein Gefühl. Und ich versuche keineswegs, dich umzubringen. Ich weiß, du bist nicht verantwortlich für – für die Welt. Und hör mich an: Ich gebe dir auch nicht die Schuld dafür, daß du nicht den Willen hast. Ich habe ihn nicht, niemand hat ihn. Niemand hat den Willen, seine Schulden zu bezahlen.»
Dann ging sie lächelnd vorwärts, um Eric und Cass zu begrüßen.
«Hallo, Kinder», rief sie – und Vivaldo beobachtete sie, ihr schalkhaf-

tes Grinsen, ihre blitzenden Augen. «Wie ist's euch denn ergangen?» Sie gab Eric einen leichten Klaps auf die Wange. «Man hat mir erzählt, Sie genießen New York inzwischen fast schon so sehr wie Paris. Wie steht es damit? Wir sind doch gar nicht so schlimm hier drüben, was?»

Eric errötete und spitzte scherzhaft den Mund. «Ich würde es weit mehr genießen, wenn ihr eure Flüsse und Brücken etwas mehr in die Stadtmitte verlegt hättet, anstatt sie derart an die Außenränder zu drängen. Man kann im Sommer in dieser Stadt ja einfach nicht atmen; es ist beängstigend!» Er sah Vivaldo an. «Ich weiß nicht, wie ihr Barbaren das überhaupt aushaltet.»

«Wenn wir Barbaren nicht wären», sagte Vivaldo, «dann würdet ihr piekfeinen Mandarins euch ganz schön umgucken.» Er küßte Cass auf die Stirn und klopfte Eric leicht auf den Nacken. «Aber es tut jedenfalls gut, euch zu sehen.»

«Wir haben eine gute Nachricht», sagte Cass, «obwohl – ich glaube, ich sollte das lieber Eric erzählen lassen.»

«Nun ja, so absolut sicher, daß es gute Nachrichten sind, können wir noch gar nicht sein», sagte Eric. Er sah Ida und Vivaldo an. «Also ich würde ja sagen, wir lassen die beiden noch etwas zappeln. Wenn sie nachher nicht der Ansicht sind, daß ich in diesem Film die tollste Nummer bin, die sie je gesehen haben, tja, dann sollten wir sie auch nicht eher entdecken lassen, was los ist, als bis das große Publikum es entdeckt.» Und er warf das Kinn in die Luft und stolzierte auf die Kasse zu.

«Ach, Eric», rief Cass ihm nach, «kann ich's ihnen denn nicht erzählen?» Und zu Ida und Vivaldo gewandt: «Es hat etwas mit dem Film zu tun, den wir uns ansehen wollen.»

«Also jetzt müssen Sie schon damit rausrücken», sagte Ida, «oder wir gehn einfach nicht hinein.» Sie hob ihre Stimme und rief hinter Eric her: «Wir kennen ja auch noch andere Schauspieler.»

«Komm, Cass», sagte Vivaldo, «jetzt darfst du uns nicht länger auf die Folter spannen.»

Aber Cass blickte wieder in Erics Richtung, mit einem kleinen, lächelnden Stirnrunzeln. «Laß mich's doch sagen, mein Herz.»

Lächelnd wandte er sich um, die Eintrittskarten in der Hand. «Ich brächt's jetzt auch wohl kaum noch fertig, dich daran zu hindern», sagte er. Dann kam er zurück und legte Cass den Arm um die Schulter.

«Schön», sagte Cass, die jetzt kleiner wirkte als je und strahlender – und Eric beobachtete sie mit einem amüsierten und liebevollen Lächeln, während sie sprach –, «Eric hat keine sonderlich große Rolle in diesem Film; er tritt nur in ein oder zwei Szenen auf und hat bloß ein paar Zeilen –»

«In *drei* Szenen», sagte Eric, «und mit einer einzigen Zeile. Wer von euch lästert, muß sterben.»

«– aber auf Grund dieser –» rief Cass.

«Na ja, nicht bloß deswegen», sagte Eric.

«Willst du das Mädchen endlich ausreden lassen?» fragte Vivaldo. «Weiter, Cass.»

«– auf Grund dieser ganz besonderen Auftritte –»

«– Einstellungen», sagte Eric.

«Haltet mich!» brüllte Vivaldo.

«Er ist Genauigkeitsfanatiker», sagte Cass.

«Und er wird gleich ein toter Mann sein», sagte Ida, «wenn er nicht sofort aufhört, diese Szene zu vermasseln. Mein Gott, wenn ich mit Ihnen arbeiten müßte! Bitte weiter, Cass!»

«Ja, also es gibt Telegramme und Anrufe aus Hollywood, in denen Eric gefragt wird, ob er eine Rolle in –» und sie blickte zu Eric auf.

«In was?! Jetzt reden Sie doch weiter!» schrie Ida.

Erics Gesicht war jetzt sehr bleich. «Die sind auf den wahnsinnigen Einfall gekommen, einen Film nach den *Besessenen* zu drehen –»

«– dem Dostojewski-Roman –» sagte Cass.

«Ach, vielen Dank», sagte Vivaldo, «und –?»

«Ich soll den Stawrogin spielen», sagte Eric.

Völlige Stille entstand; sie starrten Eric an, der ein ganz unbehagliches Gesicht machte. Auf seiner Stirn, gleich unter dem Haaransatz, schimmerte eine schmale Krone von Schweiß. Vivaldo spürte eine jähe Wallung von Eifersucht und Furcht. «Donnerwetter!» sagte er. Eric blickte ihn an, und der Blick schien ihm bis ins Herz zu dringen; eine steile Falte entstand auf seiner Stirn, als mache er sich auf einen Streit gefaßt.

«Vermutlich wird es ein schauderhafter Film werden», sagte er. «Könnt ihr euch das vorstellen – die Leute wollen die *Besessenen* verfilmen! Ich hab es auch gar nicht ernst genommen, bis dann mein Agent anrief. Und schon rief auch Bronson an, denn – also es gäbe da eventuell einen Konflikt mit *Happy Hunting Ground.* Nächsten Morgen gehen die Proben los, und wer weiß – vielleicht wird es ja ein Schlager. So mußten wir's irgendwie übereinbringen.»

«Aber sie wollen alles tun, um Eric zu bekommen», sagte Cass.

«Also davon ist gar keine Rede», sagte Eric, «hört bloß nicht auf sie. Sie sind recht interessiert, das ist alles. Ich glaube an nichts, bevor es nicht soweit ist.» Er zog ein blaues Taschentuch hervor und wischte sich das Gesicht. «Gehn wir doch rein», sagte er.

«Junge», sagte Vivaldo, «du wirst ein Star!» Er küßte Eric auf die Stirn. «Du verdammter Kerl, du!»

«Noch ist gar nichts fest», sagte Eric und blickte Cass an. Er grinste. «Das ist alles nur eine wirtschaftliche Erwägung bei den Herrschaften. Mich kriegen sie billig, und für die übrigen Rollen haben sie das ganze Volk rangezogen, das je beim Film Schlange gestanden hat, dadurch wird mein Name, so hat mir mein Agent erklärt, immerhin gleich unterm Titel stehen –»

Geld, Geld . . .

... immer wieder und für manchen allzuoft geht es darum, daß Geld von einer Hand in eine andere wechselt, und unglücklicherweise öfter in die anderen Hände als in die eigenen.

Geld ist etwas, das sich auf einer Wanderung von irgendwoher nach irgendwohin für ein Weilchen in einem Portemonnaie ausruht, meistens für eine zu kurze Rast. Man muß ihm eine Bank bieten, damit es länger bei einem bleibt.

«Aber in gleich großen Lettern», sagte Cass.

«Ach was, das ist doch auch bloß einer von den üblichen Tricks», sagte Eric und lachte. Zum erstenmal schien er sich wirklich über die gute Nachricht zu freuen.

«Es sieht also aus, mein Junge, als hätten Sie's geschafft», sagte Ida. «Gratuliere!»

«Dein französischer Hellseher», sagte Cass, «hat Recht gehabt.»

«Was machen sie nur mit dem Vorkriegs-Akzent?» fragte Vivaldo.

«Kommt», sagte Eric, «wir wollen doch den Film ansehen. Ich spreche darin Französisch!» Er warf den Arm um Vivaldos Schulter. «Makellos und untadelig.»

«Zum Teufel», sagte Vivaldo, «mir ist gar nicht mehr danach, jetzt einen Film zu sehen. Viel lieber unternähm ich mit dir jetzt einen Bummel durch die Gemeinde und ließe dich stockvoll laufen.»

«Das», sagte Eric, «kannst du tun, wenn der Film aus ist.»

Und lachend kamen sie in den Saal, als der französische Film gerade begann. Die Titel erschienen über einer Montage von Schnappschüssen an einem Pariser Morgen: Arbeiter auf ihren Fahrrädern, auf dem Weg zur Arbeitsstätte, kamen vom Montmartre herunter, überquerten die Place de la Concorde und radelten über den Platz vor Notre-Dame. In dicht geschlossenen Reihen blitzten die Lichter des Verkehrs vorüber, die weißen Stäbe der Verkehrspolizisten hoben und senkten sich; bald wurde deutlich, daß bereits die Hauptfigur im Bild war und man ihr zu ihrem Bestimmungsort folgte, der – nach der Musik zu urteilen – eine Hinrichtungsstätte sein würde. Der Film war eines jener Dramengemische aus Politik, Sex und rächender Vergeltung, wie sie die Franzosen so gern auf die Welt loslassen, und der Star war einer der großen französischen Filmschauspieler, der kurz nach den Dreharbeiten gestorben war. Und so ging von diesem Film, der an sich gar nicht bemerkenswert war, unbestreitbar eine ganz eigene Faszination aus, die mit der Verehrung für den Toten zusammenhing. Mit diesem Schauspieler zu arbeiten, mit dabei zu sein, wenn dieser Mann arbeitete, zu seinem Team zu gehören, war einer der großen Glücksfälle in Erics Leben gewesen. Und obwohl Cass, Vivaldo und Ida an diesem Film vor allem deshalb interessiert waren, weil Eric darin mitspielte, war die Aufmerksamkeit, die sie ihm entgegenbrachten, doch ganz von Erics schweigender Verehrung bestimmt. Sie alle hatten schon von dem großen Schauspieler gehört, und alle bewunderten sie ihn. Aber natürlich entging ihnen – im Gegensatz zu Eric –, mit welcher Sparsamkeit des Ausdrucks er seine großen Wirkungen erzielte und aus einer belanglosen Rolle ein packendes Kunstwerk schuf.

Da andererseits das Politische des Films durch die französische Leidenschaft, in dauerndem Mißtrauen mit Staat und Gesellschaft zu hadern, hoffnungslos oberflächlich geraten war, so ergab sich gerade bei der überwältigenden Darstellung des männlichen Stars doch die Frage, warum so viel Energie und Talent auf einen so geringfügigen Gegenstand verschwendet wurden.

Ida griff in der Dunkelheit nach Vivaldos Hand und klammerte sich daran, als sei sie ein Kind, das stumm um Beruhigung und Verzeihung bittet. Er preßte seine Schulter eng gegen die ihre, und so saßen sie, aneinandergelehnt, während der Film seinen Fortgang nahm. Cass flüsterte mit Eric, Eric flüsterte mit Cass. Dann drehte sie sich flüsternd zu den beiden um: «Jetzt kommt er!» Und die Kamera schwenkte durch ein dichtbelebtes Café und richtete sich schließlich auf eine Gruppe von Studenten. «Da ist ja unser Junge!» schrie Ida und störte die Leute ringsum, deren Proteste eine Sekunde lang wie das unheimliche Summen einer Wolke von Insekten klangen.Cass lehnte sich zu Eric hinüber und küßte ihn auf die Nase, und Vivaldo flüsterte: «Gut siehst du aus!» Eric hatte während der ganzen kurzen Szene völlig still zu bleiben, während die Studenten um ihn herum zankten und stritten; er hatte den Kopf an die Wand gelehnt, seine Augen waren geschlossen, und er schien sich überhaupt kaum zu bewegen. Doch die Regie hatte ihn so placiert, daß seine Schlaftrunkenheit die ganze Szene zusammenhielt und die Nichtigkeit der leidenschaftlichen Schwätzer ringsum nur noch stärker betonte. Irgendwer stieß gegen den Tisch, und Erics Lage änderte sich leicht. Es war, als sei er aus Gummi; er schien dem Streit, der um ihn tobte, zu entfliehen, entrückt zu sein – und war doch verhängnisvoll in ihn verwikkelt. Vivaldo kannte Eric, wenn er betrunken war, und wußte, daß dies hier gar nicht die Art und Weise war, wie er sich dann aufführte – im Gegenteil, dann kam in Eric der Südstaatler zum Vorschein; und in diesem Augenblick, da Vivaldo erkannte, wieviel Eric zum Ausdruck brachte, gerade indem er so wenig ausdrückte, bekam er zum erstenmal einen Begriff davon, wer Eric wirklich war. Es war höchst sonderbar – wenn Eric eine fremde Rolle gestaltete, sah man mehr von ihm, als wenn er – wie man so sagt – ‹ganz er selbst› war. Die Kamera bewegte sich nur ganz wenig, während dieser Szene, und immer war Eric im Bild. Das Licht, in das er wie in eine Falle geraten war, blieb unverändert grell, und sein Gesicht war darum offener preisgegeben als je sonst im Leben. Und die Regie hatte wohl gewußt, warum sie Eric hierher placierte: am Ende wirkte dieses Gesicht wie eine Fußnote zur Qual des ganzen 20. Jahrhunderts. Unter der erbarmungslosen Beleuchtung gab die gefurchte, gespannte, grobporige Stirn einen Begriff vom geduldigen Fleisch – ein Eindruck, den die gewölbten Brauen und die wie versteckt in den Höhlen liegenden Augen noch unterstrichen. Die Nase schimmerte auffallend und war leicht stumpf; dennoch schien sie mehr aus Knochen als aus Fleisch. Und die vollen, halb offenen Lippen wirkten verlassen und wehrlos, kaum geschützt von dem störrisch gereckten Kinn. Es war das Gesicht eines Mannes, eines gequälten und gemarterten Mannes. Doch wie etwa die Musik ihre großen Momente letzten Endes oft im einfachen

Schweigen erreicht, so war auch diese Männlichkeit von einem Etwas bestimmt – und zu so mächtigem Ausdruck getrieben –, das selbst nicht maskulin war. Aber es war auch nicht feminin, und irgendwie wehrte sich Vivaldo auch gegen das Wort *androgyn.* Es war etwas, das eine große Anzahl Menschen ansprechen würde, ohne daß sie wußten, was sie eigentlich ansprach. Eine große Kraft war in dem Gesicht und zugleich eine große Zartheit. Aber da weder die meisten Frauen zart sind noch die meisten Männer stark, war es ein Gesicht, das einen Blick in die Tiefen unseres wahren Wesens zu bieten schien.

Plötzlich öffnete Eric die Augen, ohne auch nur den Kopf zu bewegen, und blickte verwirrt am Tisch in die Runde. Dann trat ein Ausdruck von Übelkeit auf sein Gesicht, und er stand auf und verschwand eilig. Alle Studenten lachten. Sie wechselten ätzende Bemerkungen über ihren verschwundenen Kameraden – in dem Gefühl, daß es der Figur, die Eric darstellte, an Courage mangle. Der Film lief weiter ab, und zweimal noch erschien Eric auf der Leinwand: einmal ganz im Hintergrund, und stumm, bei einem jugendlichen Kriegsrat, und schließlich am Ende des Films auf einem Dach, ein Maschinengewehr in den Händen. Und als er seinen einzigen Satz angebracht hatte – «*Nome de Dieu, que j'ai soif!*» –, schwenkte die Kamera und zeigte ihn plötzlich im Visier eines feindlichen Gewehrs; Blut sprudelte jäh von Erics Lippen, er glitt, rutschte und stürzte vom Dach in die Tiefe. Mit Erics Tod war auch der Film für sie gestorben, und glücklicherweise war er auch ganz kurz darauf zu Ende. Sie verließen die kühle Dunkelheit und traten hinaus in die Bruthitze des Juli.

«Also wer spendiert mir jetzt den Drink?» fragte Eric. Sein Lächeln war bleich. Irgendwie bedeutete es einen Schock, ihn jetzt zu sehen, wie er auf dem Bürgersteig stand, kleiner, als er im Film erschienen war, in Fleisch und Blut. «Jedenfalls laßt uns hier verschwinden, bevor die Leute anfangen, mich um mein Autogramm zu bitten.» Und er lachte.

«Das könnte durchaus passieren, mein Lieber», sagte Cass, «du hast eine großartige Figur gemacht auf der Leinwand.»

«Der Film taugt nicht allzu viel», sagte Vivaldo, «aber du warst umwerfend.»

«Ich hatte ja kaum was zu tun», sagte Eric.

«Nein», sagte Ida, «das stimmt. Aber aus dem wenigen haben Sie verteufelt was rausgeholt.»

Schweigend gingen sie ein paar Augenblicke nebeneinander her.

«Ich fürchte, ich kann nur noch auf einen Drink mitkommen», sagte Cass, «dann muß ich leider nach Hause.»

«Das finde ich recht», sagte Ida, «wir wollen nicht bis in die Puppen mit diesen Kerlen rumziehen heute. Ich hab morgen allerlei Leute zu besuchen. Und außerdem –» sie warf Vivaldo einen Blick zu und lächelte dabei leicht – «ich glaube fast, die beiden sind noch nicht einmal allein zusammen gewesen, seit Eric vom Schiff ist.»

«Und Sie meinen, wir sollten ihnen heute darum lieber den Abend freigeben», sagte Cass.

«Wenn wir's nicht tun, nehmen sie sich ja doch selber frei. Aber auf diese Weise können wir uns gleich von unserer großzügigen Seite zeigen – und das kann nie was schaden.» Sie lachten. «Ja, ja, Cass, Sie müssen schon gerissen sein, wenn Sie Ihren Mann halten wollen.»

«Ich hätte schon vor Jahren anfangen sollen, bei Ihnen Unterricht zu nehmen», sagte Cass.

«Na, na», sagte Eric milde, «das klang aber kaum wie ein Kompliment.»

«Ich hab nur Spaß gemacht», sagte Cass.

«Da bin ich gar nicht so sicher», sagte Eric.

Sie gingen ins *Benno's*, das an diesem Abend halb leer war, und setzten sich, in ziemlich plötzlichem und rätselhaftem Schweigen, an einen der Tische im Hintergrund. Ihre Stille rührte daher, daß jeder von ihnen mehr im Kopf hatte, als er ungezwungen hätte aussprechen können. Ihr Geschlecht hinderte sie sozusagen. Vielleicht wünschten die Frauen, miteinander über ihre Männer zu reden, und konnten es nicht, weil eben die Männer dabei waren; und ebensowenig konnten Eric und Vivaldo in der Gegenwart der Frauen damit beginnen, einander ihr Herz auszuschütten. Sie plauderten darum ganz allgemein über den Film, den sie gesehen hatten, und über den Film, den Eric machen sollte. Aber selbst dieses allgemeine Schwatzen war gezwungen und befangen, denn Eric hatte einen uneingestandenen Widerwillen dagegen, nach Hollywood zu gehen. Den Grund dafür konnte Vivaldo nicht erraten; aber eine gewisse Nachdenklichkeit, eine ganz bestimmte Furcht spielte auf Erics Gesicht wie der Lichtstrahl eines Leuchtturms, und Vivaldo kam der Gedanke, Eric hätte vielleicht Angst davor, daß ihn die Höhe einfangen könnte, wie es vorher die Tiefen getan hatten. Vielleicht hatte er auch einfach Angst vor jedem Wechsel in seiner Lebenssituation; das kannte Vivaldo von sich selber gut genug. Und er dachte: Die Frauen haben doch mehr Courage als wir. Und dann dachte er: Vielleicht bleibt ihnen gar keine Wahl.

Nach einem Drink setzten sie Ida und Cass zusammen in ein Taxi. «Weck mich nur nicht auf», sagte Ida, «wenn du dann reingestolpert kommst», und Cass sagte: «Ich ruf dich irgendwann morgen an.» Sie winkten ihren Frauen nach und sahen zu, wie die roten Lichter des Taxis verschwanden. Dann blickten sie einander an.

«So, das hätten wir geschafft!» grinste Vivaldo. «Nun wollen wir auch das Beste daraus machen, mein Lieber. Komm, jetzt saufen wir uns einen an.»

«Ich hab nicht viel Lust, wieder ins *Benno's* zu gehen», sagte Eric. «Komm doch mit rüber zu mir. Ich hab etwas Trinkbares da.»

«Gemacht», sagte Vivaldo, «ich seh auch lieber in deiner Wohnung zu, wie du deinen Verstand ersäufst, als daß ich dich nachher hinschleppen müßte.» Er grinste. «Ich bin froh, daß wir mal für uns sind.»

Sie gingen auf Erics Wohnung zu. «Ja, ich habe mich immer mal mit dir verabreden wollen», sagte Eric, «aber –» sie warfen einander einen kurzen Blick zu, und beide lächelten – «wir hatten immer alle Hände voll zu tun.»

Vivaldo lachte. «Männer unter sich: offen und ehrlich», sagte er. «Ich hoffe nur, Cass ist nicht so – so unberechenbar, wie Ida zuweilen sein kann.»

«Oha», sagte Eric. «*Ich* hoffe nur, du bist nicht so unberechenbar wie *ich*.»

Vivaldo lächelte, aber er sagte nichts. Die Straßen waren sehr dunkel und still. An einer Seitenstraße stand ein einzelner Stadtbaum, auf dem das Mondlicht schimmerte. «Wir sind alle unberechenbar», sagte er schließlich, «so oder so. Bilde dir nur nicht ein, du wärst was Besonderes.»

«Es ist sehr schwer, damit zu leben», sagte Eric. «Ich meine, mit dem Gefühl zu leben, daß man nie so ist, wie man scheint – nie; und doch ist man wohl – in gewissem Sinne – fast genau das, was man zu sein scheint.» Er wandte Vivaldo halb lächelnd das Gesicht zu. «Weißt du, was ich meine?»

«Ich wollte, ich wüßte es nicht», sagte Vivaldo langsam, «aber ich fürchte, ich kenne das nur zu gut.»

Erics Haus lag an einer Allee, im Westen, nicht weit vom Fluß. Es war sehr ruhig, wenn man vom Lärm zweier Tavernen absah, die rechts und links an der Ecke lagen. Eric hatte sie beide einmal besucht. «In der einen treffen sich die Schwulen», sagte er, «und das ist der reinste Friedhof! Die andere ist für die Hafenarbeiter, und da ist es auch ziemlich tödlich. Die Arbeiter gehen nie rüber in die Schwulenbar, und die Jüngelchen zeigen sich nie in der Arbeiterkneipe – aber sie wissen, wo sie sich finden können, wenn die Bars zumachen, hier überall die Straße lang. Mir kommt das alles sehr traurig vor, aber vielleicht bin ich zu lange weg gewesen. *Ich* kann auf diese Strichjungens verzichten. Ich finde, wenn man schon sündigt, dann sollte es wenigstens Spaß machen.»

Vivaldo lachte, aber verwundert und ein wenig erschrocken dachte er: Mein Gott, wie hat er sich verändert! Nie hat er so geredet wie jetzt. Und er blickte auf die stille Straße hin, auf die Schatten der Häuser und Bäume, und empfand ihre Drohung, ihre erschreckende Einsamkeit in einem ganz neuen Sinne. Und wieder blickte er Eric an, in ganz der gleichen Weise, wie er ihn im Film angesehen hatte, und wieder fragte er sich, wer Eric war und wie er es ertrug.

Sie betraten die kleine, erleuchtete Vorhalle und stiegen die Treppen zu Erics Wohnung hinauf. Dort war Licht: die Nachtlampe über dem Bett brannte. «Um Einbrecher abzuschrecken», sagte Eric; und die Wohnung befand sich im vertrauten Zustand der Unordnung: das Bett war ungemacht, und Kleidungsstücke von Eric lagen auf den Stühlen und hingen an Haken herum.

«Arme Cass», lachte Eric, «sie plagt sich weidlich ab, hier etwas Ordnung zu schaffen, aber es ist wirklich eine Heidenarbeit. Na ja, wie die Dinge zwischen uns liegen, lasse ich ihr zum Aufräumen nicht viel Zeit.» Er ging im Zimmer herum, las verschiedene Kleidungsstücke auf und türmte sie alle zusammen auf dem Küchentisch auf. Er drehte die Küchenbeleuchtung an und öffnete seinen Eisschrank. Vivaldo warf sich auf das ungemachte Bett. Eric goß zwei Drinks ein und ließ sich ihm gegenüber in einem Lehnstuhl nieder. Dann war einen Augenblick lang Stille.

«Mach doch das Licht in der Küche aus», sagte Vivaldo, «es blendet mich.»

Eric stand auf, knipste das Licht aus und kam zurück mit der Whiskyflasche, die er auf den Fußboden setzte. Vivaldo streifte seine Schuhe ab, zog die Beine an und spielte mit seinen Zehen.

«Liebst du Cass eigentlich?» fragte er unvermittelt.

Erics rotes Haar blitzte im trüben Licht, als er in sein Glas niederblickte; dann sah er zu Vivaldo auf. «Nein. Ich glaube nicht, daß ich sie wirklich liebe. Ich wünschte, es wäre so. Sie bedeutet mir sehr viel – aber nein, Liebe ist es nicht.»

Und er nippte an seinem Drink.

«Aber sie liebt dich», sagte Vivaldo, «nicht wahr?»

Eric hob die Brauen. «Ich glaube schon. Sie meint es wenigstens, ich weiß nicht. Was bedeutet das – lieben? Liebst du Ida?»

«Ja», sagte Vivaldo.

Eric stand auf und ging zum Fenster. «Du hast ja nicht einmal eine Sekunde lang nachdenken müssen, um mir zu antworten. Ich glaube, das sagt allerlei – über *mich.*» Er lachte. Mit dem Rücken zu Vivaldo sagte er: «Ich hab dich immer beneidet, weißt du das?»

«Du mußt nicht ganz bei Trost gewesen sein!» sagte Vivaldo. «Wieso bloß?»

«Weil du normal bist», sagte Eric. Er drehte sich um und sah Vivaldo ins Gesicht.

Vivaldo warf den Kopf zurück und lachte. «Für Schmeicheleien bin ich nicht empfänglich, mein Sohn. Oder war das etwa ein indirekter Tiefschlag?»

«Nicht im mindesten», sagte Eric. «Aber ich bin froh, daß ich dich jetzt nicht mehr beneide.»

«Verflixt», sagte Vivaldo, «genausogut könnte ich dich beneiden. Du kannst es sowohl mit Männern wie mit Frauen, und ich hab manchmal schon gedacht, das würde ich auch gern können – bestimmt!» Eric war still. Vivaldo grinste. «Tja, so haben wir alle unseren Kummer, Buster.»

Eric machte ein sehr ernstes Gesicht. Er grunzte ausdruckslos und setzte sich wieder. «Du hast gedacht, das würdest du auch gern können – *sagst* du. Und ich hab mir gewünscht, ich könnte es nicht.»

«– sagst *du.*»

Sie sahen einander an und lächelten. Dann sagte Eric: «Ich hoffe, du kommst mit Ida besser zu Rande als ich mit Rufus.»

Vivaldo fühlte ein Frösteln. Er wandte den Blick von Eric weg zum Fenster; die dunklen, einsamen Straßen schienen wie eine Flut bei ihnen einzudringen. «Wie», fragt er, «kamst du denn mit Rufus zu Rande?»

«Es war schrecklich, es hat mich förmlich zum Wahnsinn gebracht.»

«Das habe ich mir fast gedacht.» Er sah Eric forschend an. «Ist das jetzt ganz überstanden? Ich meine – ist Cass so etwas wie ein Vorzeichen deiner Zukunft?»

«Ich weiß nicht. Ich dachte, ich könnte mich doch noch verlieben in Cass, aber – nein. Ich mag sie sehr, und wir kommen wunderbar miteinander aus. Aber sie ist bei mir nicht so in allen Fasern gegenwärtig – wie Ida wohl bei dir.»

«Nun ja, vielleicht liebst du *sie* nun einmal nicht. Aber man muß nicht jedesmal Liebe empfinden, wenn man ins Bett geht. Man muß nicht lieben, um eine nette Affäre zu haben.»

Eric war still. Dann: «Nein. Aber einmal *hat* man es getan –!» Und er starrte in sein Glas.

«Ja», sagte Vivaldo schließlich, «ja, ich weiß.»

«Ich glaube», sagte Eric, «ich muß mich wirklich entscheiden – oder mich mit ein paar sehr seltsamen Dingen abfinden. Und ich darf damit nicht allzu lange zögern.»

Er ging in die dunkle Küche, kam mit etwas Eis zurück und versah seinen und Vivaldos Drink damit. Dann ließ er sich wieder in seinem Lehnstuhl nieder. «Jahrelang, so scheint mir, habe ich jetzt schon den Gedanken mit mir herumgetragen, daß ich eines schönen Tages aufwachen würde und all die Marter wäre vorüber, all meine Unentschiedenheit nähme ein Ende – und kein Mann, kein Junge, nichts Männliches überhaupt, würde je wieder Gewalt über mich haben.»

Vivaldo wurde rot und zündete sich eine Zigarette an. «*Ich*», sagte er, «bin mir durchaus nicht sicher, ob ich nicht eines schönen Tages mit Haut und Haaren an einem Jungen hänge – wie der alte Bursche da im *Tod in Venedig*. Darum kannst auch du kaum sicher sein, daß nicht doch irgendwo an der langen Straße deiner Zukunft eine Frau auf dich wartet, gerade auf dich.»

«In der Tat», sagte Eric, «mit Sicherheit kann ich das nie wissen. Und doch muß ich mich entscheiden.»

«Wofür? Wogegen?»

Eric zündete sich eine Zigarette an, winkelte ein Knie hoch und legte die Arme darum. «Ich meine, man muß wahrhaftig sein in dem Leben, das man *hat.* Sonst gibt es keine Möglichkeit, je das Leben zu verwirklichen, das man haben *will.*» Er machte eine Pause. «Oder glaubt, haben zu wollen.»

«Oder», sagte Vivaldo nach einem Augenblick, «das Leben, von dem man meint, man *sollte* es haben wollen.»

«Das Leben, das man sich wünschen *sollte*», sagte Eric, «ist immer das Leben, das am sichersten aussieht.» Er sah zum Fenster. Das einzige Licht im Zimmer, das über Vivaldo brannte, spielte auf seinem Gesicht wie Feuerschein. «Wenn ich mit Cass zusammen bin, macht es Spaß, weißt du, und manchmal ist es – nun ja, einfach ganz phantastisch. Und es gibt mir irgendwie ein Gefühl von Ruhe und Geborgenheit – und Stärke; manche Dinge kann einem doch nur eine Frau geben.» Er ging zum Fenster und spähte durch die Ritzen der Jalousien, ganz als warte er darauf, daß die Männer aus den gegnerischen Lagern ihre Zelte verlassen und sich im Schatten der Bäume treffen würden. «Und dennoch – irgendwie sind das alles nur höhere Leibesübungen. Eine große Herausforderung – ein großer Test – ein großes Spiel. Aber ich empfinde einfach nicht den – den Schrecken, die Angst und die Freude, die ich manchmal mit – mit einigen wenigen Männern empfunden habe. Es ist nicht genug von mir selbst daran beteiligt; es ist fast so, als täte ich etwas – für Cass.» Er drehte sich um und sah Vivaldo an. «Drücke ich mich verständlich aus?»

«Ich glaube schon», sagte Vivaldo, «o ja, das tust du.»

Aber er mußte an einige Nächte mit Jane im Bett denken, wo sie genug getrunken hatte, um unersättlich zu sein; er dachte an ihren Atem und ihren glitschigen Körper und dachte an das unheimlich Unpersönliche ihrer Schreie. Einmal hatte er schreckliche Bauchschmerzen gehabt, aber Jane ließ ihm keine Ruhe, und um ihr nicht die Faust in den Schlund zu stoßen, warf er sich schließlich auf sie, in der Hoffnung, sie so zu erschöpfen, daß er etwas Schlaf bekäme. Aber er wußte, daß Eric noch etwas anderes gemeint hatte.

«Vielleicht», sagte Vivaldo schleppend und im Gedanken an die Nacht auf dem Dach mit Harold, im Gedanken an Harolds Hände, «vielleicht hätte ich eine ähnliche Empfindung, wenn ich mit einem Mann ins Bett ginge – nur weil er es wollte und ich ihn sympathisch fände.»

Eric lächelte finster. «Ich bin nicht sicher, ob man das vergleichen kann, Vivaldo. Die Sexualität ist etwas zu Privates. Aber wenn du mit einem Burschen ins Bett gingst, bloß weil er's von dir wollte, dann würdest *du* doch keinerlei Verantwortung tragen müssen; du würdest nichts dazu tun, du würdest alles ihm überlassen. Und der Gedanke, einmal passiv zu sein, ist für viele Männer durchaus anziehend, vielleicht für die meisten.»

«Wirklich?» Er setzte die Füße auf den Boden und nahm einen langen Schluck aus seinem Glas. Dann sah er zu Eric hinüber; er seufzte und lächelte. «Du siehst die ganze Sache ziemlich streng an, alter Freund.»

«Tja, so sieht sie sich von meinem Standpunkt aus eben an.» Eric verzog das Gesicht, warf den Kopf zurück und nippte an seinem Whisky. «Ich fange gleich noch an zu heulen vor lauter Sehnsucht, doch glauben zu können, daß irgendwo, für irgendwelche Menschen, Leben und Liebe leichter seien – als sie sind, als sie für mich sind. Vielleicht wär's besser, ich nennte mich einen Schwulerich und schöbe meinen ganzen Kummer darauf.»

Die Stille füllte den Raum wie ein Kälteschauer. Eric und Vivaldo starrten einander mit sonderbar feindseliger Intensität an. Eine große Frage lag in Erics Augen, und Vivaldo wandte sich ab von ihnen wie von einem Spiegel und ging zur Küchentür. «Du glaubst wirklich, das sei gleich?»

«Ich weiß nicht. Kann die Verschiedenheit nicht auch mal gleich sein?»

«Tja», sagte Vivaldo und tippte mit dem Daumennagel gegen die Türangel, «ich glaube doch, daß es das richtige Ballspiel nur zwischen Männern und Frauen gibt. Und es ist physisch außerdem leichter.» Er blickte Eric hastig an. «Das ist es doch, oder? Und dann», fügte er hinzu, «wären da Kinder.» Und wieder sah er hastig zu Eric hinüber.

Eric lachte. «Ich hab noch nie gehört, daß zwei Kerls, die es miteinander treiben wollten, es nicht zustande gebracht hätten, bloß weil sie das falsche Format hatten. Liebe findet immer ihren Weg, mein Alter. Ich verstehe nichts von Baseball, ich kann also nicht sagen, ob das Leben ein Baseballspiel ist oder nicht. Vielleicht für dich. Für mich aber jedenfalls nicht. Und wenn du hinter Kindern her bist, das kannst du in fünf Minuten erledigen, und du brauchst deswegen nicht einmal jemanden zu lieben. Wenn alle Kinder, die hier so jedes Jahr ans Tageslicht kommen, Produkte der Liebe wären – Donnerwetter, Kleiner, was gäbe das für eine prächtige Welt!»

Und nun fühlte Vivaldo einen gewissen Abscheu und Widerwillen vom Grunde seines Herzens aufsteigen, gegen den er ankämpfte wie gegen einen Brechreiz. «Ich kann nicht entscheiden», sagte er, «ob du nun eigentlich alle Welt genauso elend machen willst, wie du bist, oder ob alle Welt wirklich so elend *ist* wie du.»

«Nein, Freundchen, so kommst du auch nicht weiter. Wie glücklich bist denn *du*? Nein, das hat mit mir nichts zu tun und nichts mit meiner Lebensweise oder meiner Denkart oder meinem Elend . . . Wie machst *du* es denn?»

Die Frage hing in der Luft wie der Rauch, der zwischen Eric und Vivaldo aufstieg. Die Frage war schwer und gewichtig wie die Stille, in der Vivaldo jetzt den Blick senkte, weg von Erics Gesicht, und in seinem Herzen nach einer Antwort suchte. Er hatte Angst; er blickte zu Eric auf, und auch Eric hatte Angst. Sie betrachteten einander. «Ich liebe Ida», sagte Vivaldo. Dann: «Und manchmal schaffen wir es – und es ist schön, sehr schön. Und manchmal geht es nicht. Und dann ist es häßlich und schlimm.»

Und er blieb still in der Tür stehen.

«Auch ich liebe», sagte Eric, «einen Jungen – er heißt Yves; er kommt bald nach New York. Ich habe heute einen Brief von ihm bekommen.»

Er stand auf und ging zu seinem Schreibtisch, ergriff das Theatermanuskript, schlug es auf und nahm einen Luftpostumschlag heraus. Vivaldo beobachtete sein Gesicht, das innerhalb eines Augenblicks verwandelt und müde geworden war. Eric öffnete den Brief und las ihn noch einmal durch. Er sah Vivaldo an. «Manchmal schaffen wir's auch, und es ist schön. Und wenn wir's nicht schaffen, ist es häßlich und schlimm.» Er setzte sich wieder. «Als ich vorhin davon redete, daß ich mich entscheiden müßte – oder mich abfinden –, da hab ich an ihn gedacht.» Er machte eine Pause und warf den Brief aufs Bett. Dann entstand ein langes Schweigen, das Vivaldo nicht zu brechen wagte.

«Ich muß mir», sagte Eric, «darüber im klaren sein: wenn ich einmal davon träumte, entkommen zu können – und das tat ich; als diese Sache mit Cass begann, dachte ich, hier läge vielleicht die Chance zu einer Wandlung, und ich war froh –, also dann wird Yves, der ja viel jünger ist als ich, auch davon träumen. Ich muß mich darauf gefaßt machen, ihn gehen zu lassen. Er *wird* gehen. Und ich glaube –» er blickte zu Vivaldo auf – «er *muß* sogar gehen – um zum Manne zu werden.»

«Du meinst», sagte Vivaldo, «um er selbst zu werden.»

«Ja», sagte Eric. Und wieder trat Schweigen ein.

«Ich kann nichts tun», sagte Eric schließlich, «als ihn lieben. Aber das bedeutet – nicht wahr? –, daß ich mich nicht selbst betrügen kann mit dem Gedanken, irgendwen anders zu lieben. Ich kann kein größeres Versprechen abgeben als das, das ich bereits gegeben habe – nicht jetzt, nicht jetzt; und vielleicht werde ich überhaupt nie ein größeres Versprechen geben können. Ich kann nicht sicher sein und zugleich Bedauern und Skrupel empfinden. Ich kann nicht so tun, als wäre ich frei, wenn ich genau weiß, daß ich's nicht bin. Ich muß damit leben, ich muß lernen, damit leben zu können. Leuchtet dir das ein? Oder bin ich verrückt?» In seinen Augen standen Tränen. Er ging zur Küchentür und starrte Vivaldo an. Dann wandte er sich ab. «Du hast ja recht, ach du hast ja so recht! Es gibt da nichts zu entscheiden, gar nichts.»

Vivaldo verließ die Tür und warf sich mit dem Gesicht nach unten aufs Bett; seine Arme baumelten lang auf dem Boden.

«Weiß Cass Bescheid über Yves?»

«Ja. Ich habe es ihr erzählt, bevor überhaupt etwas geschah.» Er lächelte. «Aber du weißt ja, wie das ist – wir versuchten, anständig zu sein. Nichts hätte uns damals aufhalten können; wir brauchten einander sehr.»

«Was willst du jetzt tun? Wann wird –» und er machte eine Bewegung nach dem Brief hin, der irgendwo unter seinem Bauch lag – «Yves ankommen?»

«In etwa zwei Wochen. Das geht aus dem Brief hervor. Es kann etwas später werden – es kann aber auch früher sein.»

«Hast du Cass das gesagt?»

«Nein. Ich will es ihr morgen eröffnen.»

«Wie, glaubst du, wird sie's aufnehmen?»

«Nun, sie hat immer gewußt, daß er hierher unterwegs war. Ich weiß nicht, wie sie's aufnehmen wird – wenn er nun auf einmal wirklich da ist.»

Auf der Straße hörten sie rasche Schritte, und jemand pfiff.

Eric starrte mit nachdenklich gefurchter Stirn gegen die Wand. Stimmen wurden laut auf der Straße. «Scheint, daß die Bars langsam schließen», sagte er.

«Ja.» Vivaldo richtete sich auf und sah zu den Jalousien hinüber, die das Getriebe der Straße fernhielten. «Eric. Wie wird man mit so etwas eigentlich fertig? Wie hält man es aus? Wie kannst du leben, wenn du nicht lieben kannst? Und wie kannst du leben, *wenn* du liebst?»

Und er starrte Eric an, der nicht antwortete, dessen Gesicht im gelblichen Lampenschein so geheimnisvoll unversöhnlich und so anrührend in seiner Angst schimmerte, daß es die Totenmaske des Knaben Eric hätte sein können. Er merkte, daß sie beide langsam betrunken wurden.

«Ich sehe nicht, wie ich mit Ida leben kann, und ich sehe nicht, wie ich ohne sie leben könnte. Jeder Tag, den ich heil überstehe, ist ein purer Glücksfall. Jeden Morgen, wenn ich aufwache, bin ich überrascht, sie noch neben mir zu finden.» Eric beobachtete ihn, unnachsichtig, völlig starr und still; er schien kaum zu atmen; nur seine reglosen Augen hatten Leben. «Und dennoch –» er holte tief Luft – «dennoch wünschte ich manchmal, sie wäre nicht mehr da – wünschte ich manchmal, ich wäre ihr nie begegnet –, denke ich manchmal, ich sollte davongehen, irgendwohin, nur um diese Last loszuwerden. Sie läßt mich nie vergessen, daß ich weiß bin; sie läßt mich nie vergessen, daß sie farbig ist. Und es ist mir doch egal, es ist mir ja so egal – hat Rufus das auch mit dir gemacht? Hat er versucht, dich bezahlen zu lassen?»

Eric senkte den Blick, und seine Lippen preßten sich zusammen. «Ah! Er hat es nicht *versucht*. Ich bezahlte.» Er sah Vivaldo fest in die Augen. «Aber ich bin nicht mehr traurig darüber. Wenn Rufus nicht gewesen wäre, hätte ich nie weggehen müssen, wäre ich nie fähig gewesen, mit Yves –» Er richtete sich auf und ging zum Fenster, vor dem sich immer lauteres Stimmengewirr erhob. «Vielleicht hat eben darin die Liebe ihren Sinn.»

«Schläfst du noch mit jemandem außer Cass?»

Eric drehte sich um. «Nein.»

«Entschuldige. Ich dachte nur so, es hätte ja sein können. Ich schlafe auch mit niemandem außer Ida.»

«Man kann nicht überall gleichzeitig sein», sagte Eric.

Sie lauschten den Schritten und Stimmen auf der Straße: jemand sang, jemand rief, jemand fluchte, jemand lief. Und wieder Schweigen.

«Weißt du», sagte Eric, «es stimmt schon, daß man Kinder auch ohne Liebe zeugen kann. Aber wenn man die Frau auch noch liebt, mit der man Kinder zeugt, dann muß das doch einfach phantastisch sein!»

«Ida und ich könnten großartige Kinder haben», sagte Vivaldo.

«Und was meinst du – werdet ihr welche haben?»

«Ich weiß nicht. Ich würde schon gern – aber –» er ließ sich aufs Bett zurückfallen und starrte gegen die Decke. «Ich weiß nicht.»

Einen Augenblick lang gestattete er sich, schwelgerisch von Kindern Idas zu träumen, obgleich er wußte, daß diese Kinder nie geboren werden würden und daß dieser Augenblick alles war, was er je von ihnen haben konnte. Trotzdem träumte er von einem kleinen Jungen, der von Ida Mund und Stirn und Augen hätte und von ihm das Haar, nur krauser, die Gestalt – und der ihrer beider Farbe in sich vereinte. Aber welche Farbe würde es dann sein? Von der Straße drang wieder Geräusch herauf: ein Schrei, ein Krachen, ein Brüllen. Eric knipste das Nachtlicht aus und öffnete die Jalousien; Vivaldo trat zu ihm ans Fenster. Aber jetzt war nichts mehr zu sehen; die Straße lag leer, dunkel und still, obgleich noch ein Echo von Stimmen, langsam verebbend, zu ihnen herüberflutete.

«Bei einer der letzten Gelegenheiten, als ich Rufus sah –» sagte Vivaldo abrupt – und hielt inne. Er hatte nicht mehr daran gedacht seit jenem Augenblick – in gewissem Sinne hatte er überhaupt nie darüber nachgedacht.

«Ja?» Er konnte Erics Gesicht in der Dunkelheit kaum erkennen. Er wandte sich ab von ihm, setzte sich wieder aufs Bett und zündete sich eine Zigarette an. Und im Schein der winzig aufflackernden Flamme war es, als spränge Erics Gesicht auf ihn zu – dann sank es wieder zurück in die Dunkelheit. Er beobachtete die rot-schwarze Silhouette von Erics Kopf vor dem schwachen, bläßlichen Dämmerlicht, das durch die Jalousien hereinfiel.

Und schrecklich überkam ihn wieder die Erinnerung an jene Wohnung – und an Leonas Tränen – und an Rufus mit dem Messer – und an das Bett mit dem zusammengeknüllten grauen Laken und der dünnen Decke, und das alles schien nun schon viele, viele Jahre her zu sein.

Aber in Wirklichkeit waren doch erst Monate vergangen.

«Ich habe noch nie mit jemandem darüber gesprochen», sagte er, «und ich weiß auch gar nicht, warum ich jetzt davon anfange. Es war so – als ich Rufus zum letztenmal sah, bevor er verschwand, er war damals immer noch mit Leona zusammen –» er holte tief Luft, er zog an seiner Zigarette, und das Glimmen brachte den Raum zurück in die Welt – um ihn sogleich wieder ins Chaos sinken zu lassen – «also da hatten wir einen

Streit: er sagte, er würde mich umbringen. Und als er dann schließlich und endlich im Bett lag – er hatte geweint, er hatte mir so viele gräßliche Sachen erzählt –, da hab ich ihn angesehen, er lag auf seiner Seite, die Augen halb offen, und blickte mich unverwandt an. Ich zog meine Hose aus; Leona hatte ich die Schlüssel zu meiner Wohnung gegeben, sie sollte dort bleiben; und ich wollte bei Rufus ausharren, ich hatte Angst, ihn allein zu lassen. Nun also, als er mich so ansah, ehe er dann die Augen schloß und sich von mir abwandte, zusammengekrümmt, hatte ich das unheimliche Gefühl, daß ich ihn in meine Arme nähme. Und daran war gar nichts Sexuelles, obwohl es dazu dann wohl gekommen wäre. Ich hatte das Gefühl, daß er jemanden wollte, der ihn hielt, der ihn festhielt, und daß dies in jener Nacht ein Mann tun mußte. Ich stieg ins Bett, und ich dachte darüber nach, und ich starrte auf seinen Rücken; es war so dunkel im Zimmer wie jetzt hier, und ich lag auf dem Rücken, und ich berührte ihn nicht und schlief auch nicht. Es war wie eine Nachtwache. Ich wußte nicht, ob er selber schlief oder nicht; ich horchte auf seinen Atem – aber es war nicht festzustellen; er ging zu stoßweise; vielleicht hatte er Alpträume. Ich hatte Rufus gern, ich habe ihn geliebt, ich wollte nicht, daß er starb. Doch als er dann tot war, mußte ich immer daran denken – ist das nicht komisch? Ich wußte gar nicht, wie sehr ich darüber nachgedacht habe – und ich fragte mich, ich frage mich, glaub ich, noch immer, was wohl geschehen wäre, hätte ich ihn damals in meine Arme genommen, hätte ich nicht – Angst gehabt. Ich hatte Angst, er würde es mißverstehen, er würde denken, es sei nur – Liebe. Nur Liebe. Mein Gott, aber als er dann starb, wurde ich einfach den Gedanken nicht los, daß ich ihn hätte retten können, hätte ich meine Arme ausgestreckt über ein paar Zentimeter, die uns trennten auf dem Bett, und ihn gehalten.» Er fühlte die kalten Tränen auf seinem Gesicht, und er versuchte sie wegzuwischen. «Verstehst du, was ich meine? Ich habe es Ida nie gesagt, ich habe es niemandem gesagt – aber ich habe daran denken müssen, seit er starb. Vielleicht verläßt mich dieser Gedanke mein Leben lang nicht mehr. Und nie werde ich's wissen, nie werde ich's wissen.»

«Nein», sagte Eric. «Nie wirst du es wissen. Wenn ich damals dabei gewesen wäre, ich hätte ihn gehalten – aber es hätte nicht geholfen. Sein kleines Mädchen hat ihn auch zu halten versucht – und auch das hat nicht geholfen.»

Er setzte sich neben Vivaldo aufs Bett. «Möchtest du vielleicht eine Tasse Kaffee?»

«Ach was, nein.» Vivaldo versuchte, sich die Augen mit dem Handrükken zu trocknen. «Nehmen wir noch einen Drink. Laß uns zusehen, wie der Morgen dämmert.»

«Gut.» Eric wollte aufstehen. Vivaldo ergriff seine Hand.

«Eric –» Er blickte in die dunklen, fragenden Augen, er sah die leicht geöffneten, leicht lächelnden Lippen. «Ich bin froh, daß ich's dir erzählt habe. Ich glaube, ich könnte zu niemandem sonst darüber reden.»

Eric schien zu lächeln. Er nahm Vivaldos Gesicht zwischen seine Hände und küßte ihn leicht und rasch auf die Stirn. Dann verschwand sein Schatten, und Vivaldo hörte ihn in der Küche hantieren.

«Das Eis ist mir ausgegangen.»

«Zum Teufel mit dem Eis!»

«Wasser?»

«Nein. Na ja, vielleicht ein bißchen.»

Eric kehrte mit zwei Gläsern zurück und gab Vivaldo eines in die Hand. Sie stießen an.

«Daß es Morgen wird!» sagte Eric.

«Daß es Morgen wird!»

Dann saßen sie zusammen, Seite an Seite, und sahen zu, wie das Licht hinter dem Fenster heraufkam und sich ins Zimmer schlich. Vivaldo seufzte, und Eric wandte sich, um ihm in das hagere graue Gesicht zu blicken; die langen Wangen waren schlaff und eingefallen jetzt, die Stoppeln traten hervor, um den wunderbaren Mund lag Resignation, und die schwarzen Augen starrten geradeaus – starrten, weil der Blick begann, sich nach innen zu richten. Und Eric spürte – vielleicht zum erstenmal in seinem Leben – den Schlüssel zur Kameradschaft unter Männern. Da war Vivaldo – lang, hager und müde; gekleidet wie fast immer, in Schwarz und Weiß: sein weißes Hemd war offen, fast bis zum Nabel, und es war schmutzig jetzt, und das Haar auf seiner Brust kräuselte sich; sein Haupthaar, wie fast immer zu lang, war zerzaust und fiel ihm über die Schulter. Und Eric roch Vivaldos Schweiß, den der Achselhöhlen, den der Schamgegend, und er spürte mit Erschrecken die Nähe seiner langen Beine. Da saß er, Vivaldo, auf Erics Bett. Kaum ein paar Zentimeter trennten sie. Sein Ellbogen berührte fast den Vivaldos, während er horchte, wie der Atem seine Brust hob und senkte. Sie waren wie zwei Soldaten, die vom Kämpfen ausruhen – um dann erneut in den Kampf zu ziehen.

Vivaldo fiel wieder auf den Rücken; eine Hand bedeckte seine Stirn, die andere lag zwischen seinen Beinen. Jetzt schnarchte er, dann durchrann ihn ein Schauder, und er drehte sich zur Wand, zu Erics Wand, das Gesicht in Erics Kissen. Eric saß auf dem Bett, einsam, und beobachtete ihn. Er zog ihm die Schuhe aus, er löste ihm den Gürtel und drehte Vivaldo wieder auf den Rücken. Das Morgenlicht badete den Schläfer. Eric machte sich einen neuen Drink, diesmal mit Eis, denn das war inzwischen wieder gefroren. Er dachte daran, Yves' Brief noch einmal zu lesen, aber er wußte ihn schon auswendig, und der Gedanke an Yves' Ankunft schreckte ihn. Er setzte sich wieder aufs Bett und starrte in den beginnenden Morgen . . . *Mon plus cher. Je te préviendrai le jour de mon arrivée. Je prendrai l'avion. J'ai dit au revoir à ma mère. Elle a beaucoup pleuré. J'avoue que ça me faisait quelque chose. Bon. Paris est mortelle sans toi. Je t'adore mon petit et je t'aime. Comme j'ai envie de te serrer très fort entre mes bras. Je t'embrasse. Toujours à toi. Ton YVES.*

O ja. Irgendwo drehte irgendwer ein Radio an. Der Tag war da. Er trank sein Glas aus, streifte die Schuhe ab, löste seinen Gürtel und streckte sich neben Vivaldo aus. Er legte den Kopf auf Vivaldos Brust, und im Schatten dieses Felsens schlief er ein.

«Richtung Norden, bitte», sagte Ida zu dem Taxichauffeur, «zum *Small's Paradise.*» Dann wandte sie sich mit einem wehmütigen Lächeln zu Cass. «*Ihre* Nacht», sagte sie und deutete hinter den beiden Verschwundenen, Eric und Vivaldo, her, «fängt jetzt erst an. Und mit meiner ist's nicht anders, nur daß sie kaum so vergnüglich ausfallen dürfte.»

«Ich dachte, Sie gingen nach Hause», sagte Cass.

«Nein, das tue ich nicht. Ich habe noch ein paar Leute zu treffen.» Sie sah gedankenvoll auf ihre Fingernägel, dann blickte sie hinüber zu Cass. «Ich konnte es Vivaldo nicht sagen; erzählen Sie ihm also bitte auch nichts. Er regt sich immer so auf, wenn er mit diesen – diesen Musikern zu tun hat. Ich kann es ihm nicht übelnehmen. Ich kann es aber auch ihnen nicht übelnehmen; ich weiß, wie's in ihnen aussieht. Aber ich habe keine Lust, Vivaldo für sie büßen zu lassen; er hat's ohnehin sauer genug.» Und nach einem Augenblick fügte sie fast lautlos hinzu: «Und ich auch.»

Cass antwortete nicht, so erstaunt war sie. So fern lag ihr der Gedanke, Ida und sie könnten Freundinnen sein, daß sie bereits seit längerem der Ansicht war, Ida möge sie nicht und mißtraue ihr. Aber das hier klang gar nicht danach. Es klang einsam und kummervoll.

«Ich wünschte, Sie kämen mit auf einen Drink», sagte Ida. Sie drehte unablässig den Ring an ihrem kleinen Finger.

Sofort dachte Cass: Ich würde mir da ganz überflüssig vorkommen, und wenn Sie mit jemandem verabredet sind – was soll *ich* Ihnen dabei nützen? Aber irgendwie spürte sie, daß sie das nicht sagen konnte, daß Ida eine Frau brauchte, mit der sie reden könnte, und sei es nur für wenige Minuten, selbst wenn die Frau eine Weiße war.

«Gut», sagte sie, «aber nur auf einen Drink. Ich muß dringend nach Hause zu Richard.» Als sie das sagte, lachten sie beide. Eigentlich war es das erste Mal, daß sie zusammen gelacht hatten; und dieses Lachen ließ Cass erkennen, daß Ida ihre Einstellung ihr gegenüber geändert, gemäßigt haben mußte, seit sie von ihrem Ehebruch wußte. Vielleicht empfand Ida, daß Cass nun, da ihre Tugend und ihre Sicherheit dahin waren, mehr Vertrauen verdiente und mehr von einer Frau an sich hatte. Und zugleich lag in diesem plötzlichen, spontanen Lachen eine ganz schwache Andeutung von Erpressung. Ida brauchte sich Cass gegenüber jetzt viel weniger zu genieren, da der Richtspruch der Welt, sollte man ihm je ins Auge sehen müssen, Cass noch schärfer verdammen würde als Ida. Denn

Ida war keine Weiße, sie war weder verheiratet noch Mutter. Idas Sünden würde die Welt als natürlich hinnehmen, während Cass' Vergehen abscheulich und schlecht waren.

«Männer sind doch ein heikles Kapitel, nicht wahr?» sagte Ida, und ihre Stimme klang traurig und müde. «Ich verstehe sie nicht, ich kann sie einfach nicht verstehen – Ehrenwort.»

«Ich dachte immer, Sie könnten es», sagte Cass, «viel besser, als ich es je konnte.»

Ida lächelte. «Das ist alles mehr oder minder Einbildung. Außerdem ist es nicht schwer, mit einem Mann zu tun zu haben, wenn er einem schnurzegal ist. Die meisten von den Narren, mit denen ich zu tun habe, taugten gar nichts. Und ich habe von allen Männern nie etwas anderes erwartet.» Dann war sie still. Sie blickte zu Cass hinüber, die sehr schweigsam und mit gesenktem Blick dasaß. Das Taxi näherte sich dem Times Square. «Verstehen Sie, was ich meine?»

«Ich weiß nicht, ob ich's verstehe oder nicht», sagte Cass. «Ich glaube fast, ich verstehe es nicht. Ich hab in meinem ganzen Leben nur mit – zwei Männern zu tun gehabt.»

Ida sah sie forschend an, und ein leichtes, ironisches Lächeln spielte um ihren Mund. «Das ist ja nicht zu glauben. Ich kann's mir nur schwer vorstellen.»

«O doch! Ich bin nie sehr hübsch gewesen. Ich denke, ich habe das geführt, was man ein ‹wohlbehütetes Leben› nennt. Und – ich habe schon sehr jung geheiratet.» Sie zündete sich eine Zigarette an und schlug die Beine übereinander.

Ida blickte hinaus in die Menschenmenge und die vorüberhuschenden Lichter. «Ich frage mich, ob ich wohl je heiraten werde. Wahrscheinlich nicht. Vivaldo werde ich nie heiraten, und –» wieder fingerte sie an ihrem Ring – «man kann kaum sehen, was alles noch auf einen zukommt. Aber mir ist nicht so, als sähe ich da einen Bräutigam.»

Cass war still. «*Warum*», sagte sie dann, «wollen Sie Vivaldo nie heiraten? Lieben Sie ihn nicht?»

Ida sagte: «Liebe hat längst nicht so viel damit zu tun, wie alle Welt anzunehmen scheint. Ich meine – verstehen Sie –, Liebe ändert nicht alles, wie die Leute sagen. Sie kann eine gottverdammte Quälerei sein.» Sie rutschte unruhig hin und her in dem engen dunklen Raum und sah wieder aus dem Fenster. «Sicher, ich liebe Vivaldo; er ist der reizendste Mensch, den ich je gekannt habe. Und ich weiß wohl, ich hab ihm manchmal das Leben schwergemacht. Ich kann nichts dafür. Aber ihn heiraten – nein, das bringe ich nicht fertig; das wäre sein Ende – und meines auch.»

«Aber warum denn nur?» Sie hielt inne; dann fuhr sie behutsam fort: «Sie meinen doch nicht – bloß weil er weiß ist –?»

«Doch – ja», sagte Ida mit Nachdruck, «in gewissem Sinne schon. Für

Ihre Ohren klingt das wahrscheinlich ganz schrecklich. Aber es ist nicht seine Hautfarbe – die ist mir egal, die meine ich nicht.» Sie stockte; sichtlich suchte sie nach Worten, um auszudrücken, was sie nun eigentlich meinte. «Ich habe nur einen einzigen Mann besser gekannt als Vivaldo, und das war mein Bruder. Nun, Sie wissen ja, Vivaldo war sein bester Freund – und Rufus starb, aber Vivaldo wußte es nicht. Und ich war Meilen weit weg – und wußte es!»

«Woher wollen Sie wissen, daß Vivaldo so ahnungslos war? Sie sind sehr ungerecht. Und *Ihr* Wissen hat doch auch nichts, gar nichts ändern oder verhindern können –»

«Vielleicht läßt sich nie etwas ändern oder verhindern», sagte Ida, «aber man muß doch Bescheid wissen, man muß wissen, was geschieht.»

«Aber Ida, in Wirklichkeit weiß ja doch niemand, was geschieht. Sehen Sie, vielleicht wissen Sie alles mögliche, was ich nicht weiß. Aber wäre es nicht denkbar, daß auch ich etwas weiß, was Sie nicht wissen? Zum Beispiel – ich weiß, wie es ist, ein Kind zu haben. Sie eben nicht.»

«Verflixt, Cass, ich kann doch jederzeit ein Baby haben, und dann werd ich's wissen. Babies sind nicht gerade meine Sache, mag sein, aber deswegen kann ich mir doch jederzeit klarwerden, ob ich eines haben will. Wenn Vivaldo so weitermacht, muß ich mich wahrscheinlich schon bald mit der Frage befassen, ob ich nun will oder nicht –» Und ganz unvermittelt kicherte sie. «Aber –» seufzte sie – «das Beispiel trifft nicht, was ich meine. *Sie* wissen nicht – und werden es niemals erfahren –, was es heißt, in dieser Welt ein schwarzes Mädchen zu sein, und wie die weißen Männer – und die schwarzen auch – einen behandeln. Sie sind nie zu dem Schluß gekommen, daß die ganze Welt ein einziges großes Hurenhaus ist und daß deshalb die einzige Möglichkeit für einen, darin voranzukommen, in dem Entschluß liegt, nun auch die größte, kaltblütigste, härteste Hure im ganzen Umkreis zu sein und auf die Weise die Welt ihre Schuld bezahlen zu lassen.» Sie waren im Park. Ida beugte sich vor und zündete sich mit zitternden Händen eine Zigarette an; dann wies sie aus dem Fenster. «Ich wette, Sie denken, das ist hier einfach ein schöner, beschaulicher Park, was? Ach – haben Sie eine Ahnung, was das in Wirklichkeit ist! Sie wissen ja nicht, daß hinter all diesen ach so zierlichen Bäumchen und Büschen die Leute einander befingern und rammeln und lutschen und sich Spritzen verpassen und krepieren, mein Kindchen, gerade jetzt, in diesem Augenblick, wo wir in diesem Taxi durch die Dunkelheit fahren. Und Sie wissen es nicht, selbst wenn man's Ihnen sagte; sie wüßten's ja nicht mal, wenn Sie's mit eigenen Augen sähen.»

Sie fühlte sich sehr fern von Ida, fühlte sich klein und verlassen. «Wie können wir es denn wissen, Ida? Wie kann man uns die Schuld geben, wenn wir es nicht wissen? Wir haben doch nie Gelegenheit gehabt, es zu erfahren. Ich wußte ja kaum, daß es den Central Park überhaupt gibt, bevor ich eine verheiratete Frau war.» Und sie blickte hinaus in den Park und versuchte zu sehen, was Ida sah; aber natürlich sah auch sie nur die Bäume und die Lichter und das Gras und die gewundene Straße und die Umrisse der Gebäude jenseits des Parks. «Es gab ja kaum Farbige in der Stadt, in der ich aufwuchs – wie soll ich da Bescheid wissen?» Und sie haßte sich für die nächste Frage, konnte sie aber dennoch nicht zurückhalten: «Glauben Sie nicht, ich verdiene doch etwas Achtung, weil ich mich bemühe, menschlich zu sein, weil ich an alldem nicht beteiligt – weil ich entkommen bin?»

«Wem oder was, verdammt», fragte Ida, «sind Sie denn entkommen, Cass?»

«Jener Welt», sagte Cass, «jenem leeren Leben, jenem sinnlosen Leben.»

Ida lachte. Es war ein grausamer Laut, und doch spürte Cass, daß Ida nicht grausam sein wollte. Es war, als arbeite sie sich – in ihrem Innern – angestrengt an einem steilen, noch nie erstiegenen Abhang in die Höhe. «Könnten wir's nicht mal andersrum versuchen, Liebes – bloß zum Spaß? Könnten wir nicht vielleicht der Natur die Schuld geben und sagen: Sie sahen Richard, er weckte Ihre Leidenschaft, und in Wirklichkeit haben Sie dann gar nichts getan, um zu ‹entkommen› – Sie sind ganz einfach weggeheiratet worden!?»

Cass ärgerte sich allmählich, und sie fragte sich: Warum? Sie sagte: «Nein. Lange ehe ich Richard begegnete, wußte ich, das da war nicht das Leben für mich.» Das war sogar die Wahrheit, und doch fehlte ihrer Stimme die Überzeugungskraft. Und Ida formulierte erbarmungslos Cass' unausgesprochene Frage: «Und was wäre passiert, wenn Richard nicht gekommen wäre?»

«Ich weiß nicht. Aber das ist doch eine törichte Frage. Er *ist* gekommen. Und ich habe alles andere hinter mir gelassen.»

Die Luft wurde jetzt förmlich dichter und dicker zwischen ihnen, ganz als stünden sie in den Bergen beiderseits eines Abgrunds und versuchten, einander durch Dunst und Nebel hindurch zu erkennen, immer jedoch in schrecklicher Angst vor der gähnenden Tiefe zu ihren Füßen. Denn sie hatte Richard verlassen oder ihm jedenfalls die Treue gebrochen – und was hatte dieses Versagen, dieses Mißlingen zu bedeuten? Und was sie jetzt mit Eric tat – wo lag da der Sinn? Dumpf und widerwillig begann sie die ungeheure Tragweite von Idas Anklage zur gleichen Zeit zu ahnen, da sich jene alte Schuld, die am Beginn ihres Lebens mit Richard stand, wieder einmal in den Vordergrund ihres Bewußtseins drängte. Sie hatte immer viel weiter geblickt als Richard und immer viel mehr gewußt; sie war erfahrener, verständnisvoller, geduldiger und redlicher, und er hätte schon sehr anders sein müssen, stärker und unbarmherziger, um sie *nicht* zu heiraten. Aber so war es immer gewesen zwischen Männern und Frauen, und so würde es immer sein, immer und überall. Oder nicht? Sie warf ihre Zigarette aus dem Fenster. *Er kam. Und ich bin entkommen.*

War sie das wirklich? Das Taxi näherte sich Harlem. Mit einem leisen Gefühl des Schocks mußte sie daran denken, daß sie seit jenem Morgen von Rufus' Beerdigung nicht mehr hier gewesen war.

«Aber stellen Sie sich einmal vor», sagte Ida, «er wäre gekommen, *jener* Mann, *Ihr* Mann – einfach weil Sie es immer wußten, und er kommt ja bestimmt nicht jeden Tag –, und es hätte nichts, keine Stätte, keinen Zustand gegeben, dem Sie hätten entkommen oder den Sie hätten erreichen können, weil er zu spät kam! Und ganz gleich, wann er gekommen wäre – es wäre immer zu spät gewesen, weil zu viel geschehen war schon zur Zeit Ihrer Geburt, ganz zu schweigen von der Zeit, wo Sie einander begegneten.»

Aber das kann ich nicht glauben, dachte Cass. Das ist zu einfach. Ich kann es nicht glauben. «Wenn Sie von sich selber und Vivaldo sprechen», sagte sie, «es gibt doch noch andere Länder – haben Sie daran je gedacht?»

Ida warf den Kopf zurück und lachte. «Aber ja! Und in fünf oder zehn Jahren, wenn wir den Kies zusammen haben, können wir packen und in eines dieser Länder ziehen. Ja, ja.» Und wild fuhr sie fort: «Und was, glauben Sie, wäre dann in diesen fünf Jahren mit uns geschehen? Wieviel wäre noch übrig?» Sie beugte sich zu Cass hinüber. «Wieviel, glauben Sie, wird in fünf Jahren noch zwischen Ihnen und Eric sein? – Denn daß Sie ihn nicht heiraten werden, das weiß ich; so verrückt sind Sie nicht.»

«Wir werden Freunde sein, wie werden Freunde sein», sagte Cass. «Ich hoffe, wir werden auf immer Freunde sein.» Sie spürte einen Kälteschauer; sie dachte an Erics Hände und Lippen; und wieder blickte sie Ida an.

Ida hatte sich erneut zum Fenster gewandt.

«Was ihr Leute nicht wißt», sagte Ida, «– das Leben ist ein ganz verzwicktes Geschäft, mein Herzchen. Ist überhaupt der größte Krampf, den's gibt. Alles blauer Dunst. Sie haben keinerlei Erfahrung im Schuldenbezahlen, und es wird Ihnen höchst bitter ergehen, meine Liebe, wenn das Leben mal nicht mehr läuft. Was glauben Sie, was für Massen von alten Schulden dann eingetrieben werden – und ich weiß verdammt gut, daß Sie nicht einen Penny gespart haben.»

Cass blickte auf den dunklen, stolzen Kopf, der halb von ihr abgewandt war. «Hassen Sie eigentlich die Weißen, Ida?»

Ida sog ärgerlich an ihren Zähnen. «Was zum Teufel hat denn das wieder damit zu tun? Also ja, manchmal hasse ich sie, ich könnte sie alle krepieren sehn. Und dann wieder kann ich's nicht. Ich habe ja schließlich noch einiges andere im Kopf.» Ihr Gesicht veränderte sich. Sie sah auf ihre Finger nieder; sie drehte an ihrem Ring. «Wenn auch nur *ein* Mensch weißer Farbe zu einem durchdringt, ist irgendwie die – Redlichkeit, die Reinheit des Herzens dahin. Man sagt ja, daß Liebe und Haß sehr dicht nebeneinander liegen. Tja, das ist ein Faktum.» Sie wandte sich wieder zum Fenster. «Aber, Cass, fragen Sie sich doch selbst, sehn Sie sich um und fragen Sie sich selbst – würden Sie nicht all diese Weißen hassen, wenn sie Sie hier im Gefängnis hielten?» Verschreckt rollten sie auf der Seventh Avenue dahin. Die ganze Bevölkerung schien auf den Straßen zu sein; fast war es, als seien die Laternenpfähle, die Hausaufgänge und Hydranten nur Ornamente in der Masse, die durch den Verkehr strömte, als sei er gar nicht da. «Wenn sie Sie hier im Gefängnis hielten – und ließen Sie verkümmern und verhungern und zusehen, wie Ihre Mutter und Ihr Vater, Ihre Schwester, Ihr Liebhaber, Ihr Bruder, Ihr Sohn und Ihre Tochter sterben oder überschnappen oder untergehen – vor Ihren eigenen Augen?! Und nicht kurz und schmerzlos, von einem Tag zum andern, sondern Tag um Tag aufs neue, jahrelang, Generationen lang? Quatsch. Sie halten Sie fest, weil Sie schwarz sind, diese dreckigen weißen Arschkriecher, und währenddessen besaufen sie sich an all dem Krampf vom ‹Land der Freien› und von der ‹Heimat aller Tapferen›. Und auch Sie will man mit der gleichen Melodie besoffen machen – passen Sie bloß auf! An manchen Tagen, meine Liebe, wünschte ich, ich könnte mich in eine einzige große Faust verwandeln und dieses miserable Land zu Pulver zermahlen. An manchen Tagen habe ich die feste Überzeugung, daß es kein Recht mehr hat zu existieren. Na ja, solche Empfindungen haben Sie nie, ich weiß, und auch Vivaldo hat sie nie gehabt. Vivaldo wollte nicht wissen, daß mein Bruder starb, weil er nicht wissen will, daß mein Bruder noch lebte, wenn er nicht schwarz geboren worden wäre.»

«Ich weiß nicht, ob das alles stimmt oder nicht», sagte Cass langsam, «aber ich habe wohl kein Recht zu sagen, es stimmt nicht.»

«Nein, meine Liebe, das haben Sie allerdings nicht», sagte Ida, «jedenfalls nicht bevor Sie wirklich gewillt sind, sich zu fragen, wie Sie selber es gemacht hätten, wenn man mit Ihnen so umgesprungen wäre wie mit Rufus. Und diese Frage können Sie sich nicht stellen, weil Sie um nichts in der Welt auch nur ahnen können, was Rufus durchgemacht hat – in dieser Welt nicht, und nicht solange Sie weiß sind.» Sie lächelte. Es war das traurigste Lächeln, das Cass je gesehen hatte. «Schon gut, Liebes. Das wär's – so liegen die Dinge nun einmal.»

Das Taxi hielt vor *Small's Paradise.*

«Da wären wir ja schon», sagte Ida munter; innerhalb eines Augenblicks schien sie sich ganz aus den Tiefen emporgerissen zu haben, als sei sie bereit, jenen meilenweiten Weg von den Kulissen auf die Bühne jetzt anzutreten. Sie warf einen raschen Blick auf die Zähluhr und öffnete ihre Handtasche.

«Lassen Sie mich das erledigen», sagte Cass. «Es ist ja doch wohl so ungefähr das einzige, was eine arme weiße Frau noch vermag.»

Ida sah sie an und lächelte. «Nun, sagen Sie so was nicht. Denn Sie vermögen zu leiden – und Sie werden noch einiges zu leiden haben, glauben Sie mir.»

Cass gab dem Fahrer einen Schein.

«Aber Sie werden es aushalten, alles zu verlieren – Ihr Heim, Ihren Mann, ja selbst Ihre Kinder.»

Cass saß sehr still und wartete auf ihr Wechselgeld. Sie glich einem trotzigen kleinen Mädchen.

«Meine Kinder werde ich nie aufgeben», sagte sie.

«Aber sie könnten Ihnen weggenommen werden.»

«Ja. Das *könnte* geschehen. Aber ich glaube es nicht.»

Der Fahrer bekam ein Trinkgeld, und sie stiegen aus.

«Meinen Vorfahren», sagte Ida milde, «ist es tagtäglich geschehen.»

«Vielleicht», sagte Cass in jäh aufblitzendem Ärger und den Tränen nahe, «vielleicht ist es uns allen geschehen! Warum schämte sich mein Mann all die Jahre, in denen er aufwuchs, Polnisch zu sprechen? Und sehen Sie sich ihn doch jetzt an – er weiß noch immer nicht, wer er eigentlich ist. Vielleicht sind wir doch noch schlimmer dran als Sie.»

«Oh», sagte Ida, «in der Tat. Daran ist kein Zweifel.»

«Dann haben Sie doch ein bißchen Erbarmen.»

«Sie verlangen eine Menge.»

Die Männer auf dem Gehsteig musterten sie mit unverhohlener Berechnung, kamen dann aber wohl zu dem Schluß, daß die beiden unerreichbar für sie wären und daß ihre Freunde oder Begleiter wahrscheinlich drinnen auf sie warteten; außerdem kamen drei weiße Polizisten auf der anderen Seite die Avenue herauf. Cass fühlte sich plötzlich schutzlos und in Gefahr, und sie wünschte, sie wäre nicht mitgekommen. Sie dachte daran, wie sie später allein sein und nach einem Taxi werde suchen müssen; aber sie wagte Ida gegenüber keine Andeutung. Ida öffnete die Tür, und sie traten ein.

«Wir sind gar nicht richtig angezogen für dieses Lokal», flüsterte Cass.

«Das macht nichts», sagte Ida. Sie blickte gebieterisch über die Köpfe der Menschen weg, die an der Bar saßen, in den hinteren Raum, wo sich offenbar die Kapelle befand und die etwas erhöhte Tanzfläche. Und ihre Arroganz ließ sogleich aus Qualm und Durcheinander einen schweren dunklen Mann auftauchen, der sich ihnen mit hochgezogenen Brauen näherte.

«Wir gehören zur Gesellschaft von Mr. Ellis», sagte Ida. «Wollen Sie uns bitte zu ihm führen.»

Er schien verdutzt; in der Tat hätte er sich fast verbeugt. «Oh – ja», sagte er. «Bitte kommen Sie mit.» Ida tat einen leichten Schritt zurück, um Cass vorangehen zu lassen, und gab ihr einen ganz knappen Wink. Cass fühlte ein Gemisch aus Bewunderung und Wut in sich aufsteigen, und zu gleicher Zeit hätte sie lachen mögen. Sie gingen oder marschierten vielmehr durch die Bar, zwei einzelne und herrlich unnahbare Frauen, deren – wenn auch nicht genau bestimmbare – Ehrbarkeit sie außerhalb gewöhnlicher Spekulation stellte.

Die Bar war dicht besetzt, doch an einem großen Tisch, der irgendwie den Eindruck erweckte, als beherrsche er noch weit mehr als den Raum, den er einnahm, saß Steve Ellis mit zwei Paaren, einem schwarzen und einem weißen.

Er erhob sich, und der Kellner verschwand.

«Ich bin entzückt, Sie wiederzusehen, Mrs. Silenski», sagte er lächelnd und streckte seine imposante Hand aus. «Sooft ich Richard sehe, bitte ich ihn, mich Ihnen in Erinnerung zu bringen – aber hat er je eine meiner Botschaften weitergegeben? Natürlich nicht.»

«Natürlich nicht», sagte Cass. Sie fühlte sich plötzlich auf ganz unerklärliche Weise erleichtert. «Richard hat einfach kein Gedächtnis. Aber ich habe mir immer vorgestellt, Sie würden uns wieder einmal besuchen, und das haben Sie nie getan.»

«Oh, ich werde es aber tun. Sie werden mich noch öfters zu sehen bekommen, Madam, als Sie sich vorzustellen wagen.» Er drehte sich zum Tisch um. «Wenn ich bekannt machen darf –?» Er wies auf das farbige Paar. «Mr. und Mrs. Barry – Mrs. Silenski.» Er verbeugte sich ironisch in Idas Richtung. «Miss Scott.» Ida antwortete auf diese Verbeugung mit einem ironisch angedeuteten Knicks.

Mr. Barry stand auf und schüttelte ihnen die Hand. Er trug ein Schnurrbärtchen über den schmalen Lippen; sein Lächeln war zaghaft und vermochte nicht ganz seine Neugier zu verdecken, wer die beiden wohl wären. Seine Frau sah aus wie ein ausgedientes Showgirl. Sie glitzerte und funkelte und gehörte zu den Frauen, die immer den Eindruck erwecken, als sehnten sie sich nach nichts heftiger, als nur bald wieder nach Hause zu kommen und ihre unmenschlichen und komplizierten unsichtbaren Verschnürungen loszuwerden. Ihre rote Unterlippe fiel oder zog sich über ihr Kinn, sooft sie lächelte – und sie lächelte unablässig. Das andere Ehepaar hieß Nash. Der Mann hatte ein rotes Gesicht, graue Haare und war von massiger Gestalt; dazu kam eine dicke Zigarre und ein selbstzufriedenes Lachen; er war viel älter als seine Frau, die bleich und dünn war und eine Ponyfrisur hatte. Ida und Cass wurden mit an den Tisch gesetzt, Ida neben Ellis, Cass neben Mrs. Barry. Sie bestellten Drinks.

«Miss Scott», sagte Ellis, «verbringt einen erheblichen Teil ihrer Zeit damit, die Rolle einer Kellnerin zu spielen. Gehen Sie bloß nie in die Nähe des Lokals, wo sie arbeitet – ich nenne nicht einmal den Namen –, sie ist ausgesprochen schlecht. Als Kellnerin. Aber sie ist eine großartige Sängerin. Sie werden noch eine Menge von Miss Scott hören.» Und er griff nach ihrer Hand und tätschelte sie einen Augenblick, hielt sie einen Augenblick fest. «Vielleicht bringen wir's fertig, die Jungens auf dem Podium zu überreden, Sie ein paar Nummern für uns singen zu lassen.»

«Oh, bitte nicht! Dafür bin ich nicht richtig angezogen. Cass hat mich von der Arbeit abgeholt, und wir sind einfach so gekommen, wie wir waren.»

Ellis blickte am Tisch in die Runde. «Hat irgend jemand hier Einwände gegen Miss Scotts Kleidung?»

«Mein Gott, nein», sagte Mrs. Barry schwitzend und schnaufend, «sie sieht ganz reizend aus!»

«Wenn das Wort eines Mannes etwas gilt», sagte Mr. Nash, «also mich würde ja viel mehr interessieren, was Miss Scott sich als angemessene Bekleidung in das hübsche Köpfchen gesetzt hat. Es gibt Frauen, die sehen blendend aus in – nein, ich glaube, in Gegenwart meiner Frau sage ich das lieber nicht», und sein schwerfälliges, fröhliches Lachen übertönte für ein paar Sekunden fast die Musik.

Seine Frau hingegen schien die Sache nur wenig komisch zu finden.

«Im übrigen», sagte Ida, «haben sie hier bereits eine Sängerin, und der würde das kaum gefallen. Wenn ich an ihrer Stelle wäre, mir würde es nicht gefallen.»

«Na schön. Wie werden sehen.» Und wieder nahm er ihre Hand.

«Ich täte es nur sehr ungern.»

«Wir werden sehen, wie sich's ergibt. Einverstanden?»

«Also gut», sagte Ida und entzog ihm die Hand, «warten wir's ab.»

Der Kellner kam und setzte ihnen die Drinks vor. Cass sah sich um. Die Musik hatte geendet, die Bühne war leer; aber auf der Tanzfläche drehten sich noch einige Paare zu den Klängen des Musikautomaten. Sie beobachtete einen großen, ingwer-farbenen Jungen, der mit einem schlanken, viel dunkleren Mädchen tanzte. Sie tanzten mit ungeheurer und zugleich müheloser Konzentration; ihre Körper, manchmal dicht aneinander gedrängt, manchmal weit auseinander schwingend, waren immer in Verbindung: sie machten einander Platz, sie ergänzten und erläuterten sich gegenseitig. Ihre Gesichter waren unbeweglich. Nur in ihren Augen blitzte es von Zeit zu Zeit wie ein Signal auf, wie die Anerkennung einer unerwarteten Nuance. Alles schien so mühelos, so einfach; sie folgten der Musik, die wiederum ihnen zu folgen schien; und doch wußte Cass, daß sie niemals so würde tanzen können, niemals. Niemals? Sie beobachtete das Mädchen; dann beobachtete sie den Jungen. Ein Teil ihrer Leichtigkeit rührte daher, daß – unbestreitbar – der Junge führte und das Mädchen folgte; aber tiefer noch rührte sie daher, daß das Mädchen nicht im geringsten vor dem Jungen zurückschreckte und keinen Augenblick zögerte, seine rohesten erotischen Schauer mit ihren eigenen zu erwidern. Alles schien so mühelos, so einfach; und doch – wenn man bedachte, woher das alles kam, wurde einem doch bald klar, daß es alles andere als einfach war: im Gegenteil, es war schwierig und heikel, gefährlich und tief. Und ihr, Cass, die beide mit solchem Neid beobachtete (denn zuerst beobachtete sie das Mädchen und dann den Jungen), wurde langsam schwer und unbehaglich zumute; aber die beiden auf der schimmernden Fläche, mitten im Licht der Lampe, fühlten sich sonderbarerweise ganz in ihrem Element. Inwiefern, wieso und warum würde sie niemals so tanzen können wie sie?

«Wir haben die wundervollsten Dinge über Ihren Mann gehört, Mrs. Silenski», sagte Mr. Barry. «Ich habe sein Buch gelesen, und ich muß sagen –» er setzte sein herzgewinnendes Lächeln auf, und seine ganze Gestalt schien Bescheidenheit und Anstand auszustrahlen – «es ist ein bemerkenswertes Werk.»

Einen Augenblick lang blieb Cass stumm. Sie nippte an ihrem Drink und blickte in sein Gesicht, das ebenso glatt war wie ein schwarzer Kinderpopo. Zuerst war sie versucht, es als eine völlig leere Maske zu verwerfen. Aber es war nicht leer; was so schien, war nur der verzweifelte Versuch dieses Gesichts, sich nach innen, dezent zu entleeren – eine Unmöglichkeit, die ihm immer wieder, wer weiß wie, die Galle hochkommen ließ. Tief, tief hinter seinen sorgfältig verhüllten und neutralen Augen heulte und tobte der Dschungel, und bunt schimmernde Vögel lagen tot umher. Er war nicht anders als seine Frau, nur daß er nie fähig sein würde, seinem eisernen Korsett zu entrinnen.

Cass spürte Mitleid für ihn, dann zitterte sie; er haßte sie; und irgendwie stand dieser Haß in Zusammenhang mit ihrem kaum bewußten Wunsch, den ingwer-farbigen Jungen von der Tanzfläche als Liebhaber zu besitzen. Er haßte sie – eben darum? – weit mehr, als Ida es konnte, und war weit stärker diesem Haß ausgeliefert, der – unaufhörlich niedergetreten und unterdrückt – danach lechzte, hervorzubrechen und die Welt auseinanderzusprengen.

Aber das zu erkennen, dazu brachte sie es nicht.

Lächelnd, mit steifen Lippen, sagte sie: «Haben Sie vielen Dank!»

«Sie müssen sehr stolz auf Ihren Gatten sein», sagte Mrs. Barry.

Cass und Ida warfen einander einen kurzen Blick zu, und Cass lächelte und sagte: «Nun, stolz bin ich schon immer auf ihn gewesen; diese neue Entwicklung überrascht mich nicht im mindesten.»

Ida lachte. «Das stimmt. Cass glaubt steif und fest, daß Richard einfach nichts falsch machen kann.»

«Nicht mal, wenn sie ihn dabei ertappt», grinste Ellis. Dann: «Wir sind in letzter Zeit ziemlich viel zusammen gewesen, und er spricht oft davon, was für ein glücklicher Mann er ist.»

Aus irgendeinem Grund erschreckte sie das. Sie fragte sich, wann – und wie oft – sich Richard und Ellis trafen und was Richard in Wirklichkeit zu sagen hatte. Aber sie schluckte ihre Furcht herunter. «Blinder Glaube», sagte sie nichtig und leer, «ich hab's geschafft», und sie dachte: Mein Gott! Dann blickte sie zur Tanzfläche hinüber, doch das Paar war verschwunden.

«Ihr Gatte ist auch wirklich ein glücklicher Mann», sagte Mr. Barry. Er warf seiner Frau einen Blick zu und faßte ihre Hand. «Wie ich.»

«Mr. Barry ist soeben in unsere Werbeabteilung eingetreten», sagte Ellis. «Wir sind wahnsinnig stolz, ihn bei uns zu haben. Und es tut mir leid, wenn es so klingt, als wollte ich prahlen – ach was, ist ja auch egal, ich tu's einfach –, aber ich meine, das bedeutet in unserer leisetreterischen, engherzigen Industrie einen ungeheuren Durchbruch.» Er grinste, und Mr. Barry lächelte. «Und wie früh die schon so engherzig geworden war!»

«Das war sie vom Augenblick ihrer Geburt an», sagte Mr. Nash, «genauso wie Ihre Filmindustrie – und aus dem gleichen Grund. Sie wurde unmittelbar Eigentum der Banken – also ein Teil von dem, was ihr Leute immer verschlagenerweise ‹freies Unternehmertum› nennt – Gott weiß, daß von ‹frei› dabei keine Rede sein kann und von ‹Unternehmen› bei den meisten von euch nicht mal entfernt.»

Cass und Ida starrten ihn an. «Woher stammen Sie?» wollte Cass wissen.

Er lächelte sie tolerant an, wie aus großer Distanz. «Belfast», sagte er.

«Oh», rief Ida, «ich habe einen Freund, dessen Vater in Dublin geboren ist! Kennen Sie Dublin? Liegt es weit von Belfast?»

«Geographisch? Ja, da ist es ein ganzes Stück. Aber andererseits ist die Entfernung belanglos – obwohl die Bevölkerung beider Städte mich auf der Stelle erhängen würde, wenn sie mich so reden hörte.» Und er lachte munter und ölig.

«Was haben Sie gegen uns?» fragte Cass.

«Ich? Aber nicht das geringste», sagte Mr. Nash lachend, «ich mache ein Bombengeschäft mit Ihnen.»

«Mr. Nash», sagte Ellis, «ist Impresario und lebt nicht mehr in Belfast.»

«Freies Unternehmertum, sehen Sie», sagte Mr. Nash und zwinkerte Mr. Barry zu.

Mr. Barry lachte. Er beugte sich zu Mr. Nash vor. «Also da stehe ich doch ganz auf Mrs. Silenskis Seite. Was haben Sie gegen unser System? Ich denke, wir haben alle doch ganz schön davon profitiert.» Er hob eine knochige Hand, einen manikürten Finger. «Wodurch würden Sie es denn ersetzen wollen?»

«Wodurch», fragte Cass unerwartet, «ersetzt man einen Traum? Ich wünschte, ich wüßte es.»

Mr. Nash lachte, dann verstummte er plötzlich, als sei er verlegen. Ida beobachtete Cass, beobachtete sie, ohne daß man es ihr anmerkte. Und zum erstenmal in ihrem Leben bekam Cass ein Gefühl dafür, wie gut schwarze Menschen die weißen kennen, obwohl – was wußte Ida denn eigentlich von ihr, außer daß sie log, daß sie unaufrichtig war, daß ihre Rolle unecht war und daß sie Schwierigkeiten hatte und Kummer? Und eine Sekunde lang haßte sie Ida von ganzem Herzen. Dann fühlte sie sich wieder ganz ungerührt; der Moment ging vorüber.

«Ich vermute», sagte Ida mit ungewohnter Stimme, «daß man einen Traum durch Realität ersetzt.»

Alles lachte nervös. Die Musik setzte erneut ein. Cass blickte wieder hinüber zur Tanzfläche, aber das Paar war nicht mehr zu sehen. Sie griff nach ihrem Glas wie nach einem Rettungsanker und behielt den Schluck im Mund, als sei es Eis.

«Bloß ist es», sagte Ida, «nicht ganz leicht zu bewerkstelligen.» Sie hielt ihr Glas zwischen ihren beiden dünnen Händen und sah zu Cass hinüber. Cass schluckte die warme Flüssigkeit hinunter, die sie im Mund behalten hatte, und die Kehle brannte ihr. Ida setzte ihr Glas hin und ergriff Ellis bei der Hand. «Los, mein Lieber», sagte sie, «tanzen wir.»

Ellis stand auf. «Entschuldigt uns», sagte er, «aber ich habe eine Vorladung.»

«In der Tat», sagte Ida und lächelte ihnen allen zu; dann wirbelte sie auf die Tanzfläche. Ellis folgte ihr, als befinde er sich im Schlepptau.

«Sie erinnert mich an die junge Billie Holiday», sagte Mrs. Barry nachdenklich.

«Ja, ich würde sie liebend gerne singen hören», sagte Mrs. Nash – giftig und höchst unerwartet. Sie alle wandten sich überrascht ihr zu, als wäre dies eine Séance und sie das Medium. Aber sie nippte nur an ihrem Drink und sagte nichts weiter.

Cass wandte ihre Aufmerksamkeit wieder der Tanzfläche zu und beobachtete Ida und Ellis. Die Beleuchtung war nach wie vor grell, auf dem Parkett herrschte jetzt etwas größeres Gedränge; der Musikautomat plärrte. Ida hatte ihren Aufzug, ob bewußt oder nicht, mit besonderem Geschick für diesen Anlaß ausgesucht. Sie trug ein sehr einfaches Kleid von blassem Orange, flache Schuhe und nur sehr wenig Make-up; und ihr Haar, das gewöhnlich hochgesteckt war, wurde heute abend, zurückgekämmt, von einem strengen, altjüngferlichen Knoten gehalten. Sie sah dadurch noch jünger aus, als sie war, fast wie ein noch sehr junges Mädchen; und Ellis, der mit seiner gedrungenen Gestalt so viel kleiner war als sie, wirkte dadurch noch älter, als er war, und noch lasterhafter. Sie wurden damit zu einem seltsamen und auffallenden Gespann, und zum erstenmal fragte sich Cass bewußt, wie sie nun eigentlich wirklich zueinander standen. Ida hatte gesagt, es läge ihr nichts daran, Vivaldo mit diesen Musikern aufzuregen; aber sie war ja gar nicht gekommen, um irgendwelche Musiker zu treffen. Sie war gekommen, um Ellis zu treffen. Und Cass hatte sie nur mitgenommen, um eine Art Alibi zu haben – eigentlich konnten Ellis und sie noch nicht oft in der Öffentlichkeit zusammen gewesen sein. Aber privat? Und sie grübelte darüber nach, während sie die beiden beobachtete. Ihr träger und wenig flüssiger Tanz war plump, trocken und voller Zögern. Sie hielt ihn auf Distanz, so daß er sie nicht führen konnte, doch hielt sie ihn fest.

«Ich frage mich, ob seine Frau wohl weiß, wo er ist.» Wieder sprach Mrs. Nash, *sotto voce*, mit einem kleinen, eitlen Lächeln zu ihrem Mann.

Cass dachte an Vivaldo, dann dachte sie an Richard, und auf einmal haßte sie Mrs. Nash. *Du tückische Hure,* dachte sie und brach das peinliche Schweigen am Tisch, indem sie sagte: «Mrs. Ellis und Miss Scott haben sich schon lange, lange vor Mrs. Ellis' Heirat kennengelernt.»

Warum habe ich das gesagt, fragte sie sich. *Sie kann doch spielend leicht herausbekommen, daß ich lüge.* Unbewegt blickte sie auf Mrs. Nash und machte keinen Versuch, ihre Abneigung zu verbergen. *Aber warum sollte sie? Dazu ist sie ja doch nicht gewitzt und nicht frech genug.*

Mrs. Nash blickte Cass mit jenem Hochmut an, der einen in äußerste Wut bringen kann und besonders bei Dienstmädchen zu finden ist, die erst vor kurzem große Damen geworden sind. «Sonderbar», murmelte sie.

«Nicht im mindesten», sagte Cass rücksichtslos, «sie haben beide in der gleichen Fabrik gearbeitet.»

Mrs. Nash beobachtete sie, und die schwache Andeutung eines Zitterns zeigte sich um ihre Oberlippe. Cass lächelte und wandte sich mit einem kurzen Blick an Mr. Nash. «Haben Sie und Ihre Frau sich in Belfast kennengelernt?»

«Nein», sagte Mr. Nash lächelnd – und Cass spürte mit einer Aufwallung von Belustigung und Schrecken, wie sehr seine Frau ihn in diesem Augenblick verachtete –, «wir begegneten uns in Dublin, wo ich auf einer Geschäftsreise war.» Er nahm die schlaffe Hand seiner Frau. Ihre blassen Augen waren reglos, ihr bleiches Gesicht veränderte sich nicht. «Die wichtigste Reise, die ich je gemacht habe.»

Ach ja, dachte Cass, *kein Zweifel, das trifft für euch beide zu.* Aber plötzlich fühlte sie sich müde und unsagbar traurig. Was in aller Welt tat sie hier, und warum ärgerte sie diese absurde kleine Frau? Die Musik wechselte, wurde lauter und rascher und roher, und ihrer aller Aufmerksamkeit kehrte mit Erleichterung zur Tanzfläche zurück. Ida und Ellis hatten einen neuen Tanz begonnen – oder vielmehr hatte Ida mit einer neuen Grausamkeit angefangen. Plötzlich tanzte sie, wie sie vermutlich seit ihrer Jugend nicht mehr getanzt hatte, und Ellis mühte sich ab, mit ihr Schritt zu halten – auch jetzt konnte keine Rede davon sein, daß er sie führte. Er versuchte es natürlich, und seine gedrungene Figur schlitterte und verrenkte sich; sein kleines Jungengesicht plagte sich verzweifelt, einen lasterhaften, verworfenen Ausdruck anzunehmen. Und je mehr er sich mühte, desto lächerlicher wirkte es. Cass dachte – je mehr sie ihm auswich, desto wilder beschämte sie ihn. Er hatte kein Verhältnis zu seinem Körper – oder zu ihrem oder sonst jemandes. Einzig sein Wille bewegte seine Hüften, ohne den geringsten erotischen Antrieb, ohne jede Andeutung von Grazie; seine Schenkel waren eher die eines Kletterers, seine Füße mochten mehr dafür geeignet sein, Trauben zu stampfen. Er wußte nicht, was er mit seinen Armen anfangen sollte, die in seinem Leib wie an Scharnieren hingen und sich steif und eckig bewegten, als würden sie von Fäden bedient und hätten keinerlei Gemeinschaft mit seinen Händen – Händen, die immer genommen, zugegriffen, doch niemals zärtlich gestreichelt hatten. Nahm Ida Rache – oder gab sie ihm nur erst eine Warnung? Ellis' Stirn glänzte vor Schweiß, sein kurzes, krauses Haar schien zu dunkeln; Cass meinte fast, seinen Atem zu hören. Ida wirbelte im Kreis um ihn herum, in ihrem orangefarbenen Kleid; ihre Schenkel blitzten wie Messer, und ihre Hüften drehten und wanden sich in unablässig mahlender Bewegung. Von Zeit zu Zeit streckte sie ihre magere, glühende braune Hand nach ihm aus, aber nur bis zu einer leichten Berührung seiner Fingerspitzen. Andere Paare auf dem Parkett machten ihnen, machten ihr Platz: es mußte Ellis vorkommen, als wollte die Musik nie mehr enden.

Aber der Musikautomat schwieg endlich doch, und die bunten Lichter hörten auf zu wirbeln, denn die Musiker nahmen wieder auf dem Podium Platz. Ida und Ellis kehrten zum Tisch zurück. Langsam dämpften sich die Lichter. Cass stand auf.

«Ida», sagte sie, «ich versprach, auf einen Drink mitzukommen; das habe ich getan, und jetzt muß ich gehen. Richard bringt mich um, wenn ich noch länger wegbleibe.»

Ein unerklärlicher Schauder schwang in ihrer Stimme, und sie fühlte, wie sie bei diesen Worten errötete. Zugleich erkannte sie, daß Ida jetzt in noch gefährlicherer Stimmung war als vor ihrem Tanz.

«Ach, rufen Sie ihn doch an», sagte Ida. «Selbst die treueste Ehegattin verdient einmal Urlaub für einen Abend.»

Cass, in ihrer Angst und Verzweiflung, war schon nahe daran, wieder auf ihren Stuhl zurückzusinken; doch da mischte sich Ellis ein, der sich die Stirn wischte und offenbar strahlender Laune war; jedenfalls wirkte er viel munterer als vorher. «Das muß nicht unbedingt sein, glaube ich», sagte er und entrang der Tischrunde ein pflichtschuldiges Lachen. «Doch, doch, ich mein's schon ernst; Mrs. Silenski ist nämlich für eine sehr wichtige Kapitalanlage verantwortlich. Ihr Mann stellt einen großen Wert dar; wir müssen gut auf seine Moral achtgeben.» Ida und Cass sahen sich an. Ida lächelte.

«Würde Richards Moral etwa Schaden nehmen, wenn Sie nicht heimkämen?»

«Ohne Frage», sagte Cass. «Ich muß gehen.»

Idas Gesicht änderte sich, und sie blickte nieder. Ganz plötzlich schien sie müde und traurig. «Sie werden wohl recht haben», sagte sie, «da kann man nichts machen.» Sie warf Ellis einen Blick zu. «Bring sie doch zum Taxi, Herzchen.»

«Mit Vergnügen», sagte Ellis.

«Gute Nacht alle miteinander», sagte Cass. «Tut mir leid, daß ich schon weg muß.» Und zu Ida: «Sehen wir uns bald wieder –?»

«Ich denke – am üblichen Ort?»

«Wenn er noch steht», sagte Cass nach einem Augenblick, «ja.» Sie wandte sich um und bahnte sich ihren Weg durch den immer dunkler werdenden Raum; Ellis trabte hinter ihr her. Sie kamen auf die Straße, und ein Gefühl der Erschlaffung und Furcht befiel sie. Ellis brachte sie in ein Taxi; der Fahrer war ein junger Puertorikaner.

«Gute Nacht, Mrs. Silenski», sagte Ellis und reichte ihr seine feuchte, harte Hand. «Meine besten Grüße an Richard, und richten Sie ihm doch aus, daß ich ihn in ein paar Tagen anrufen werde.»

«Ich werd's ihm sagen. Danke für den Abend. Gute Nacht.»

Dann war er weg, und sie saß allein in dem Taxi, hinter den stummen Schultern des Puertorikaners. Müßig forschte sie in seinen Zügen, die das Glas der Scheibe widerspiegelte; dann senkte sie den Blick und zündete sich eine Zigarette an. Der Wagen setzte sich in Bewegung. Sie blickte nicht nach draußen. Sie saß verschreckt in der Enge der Dunkelheit, und in ihrem Gesicht brannte eine seltsame Scham. Es war keine Scham – nicht wahr, das war es doch nicht? – über irgend etwas, das sie getan hatte; sie schämte sich – wie vorwegnehmend – dessen, was sie nun in ihrer Hilflosigkeit vielleicht tun würde. Sie hatte Ida und Vivaldo als Alibi für ihre Affäre mit Eric benutzt; warum sollte Ida dann nicht *sie* dazu benutzen, ihr Stelldichein mit Ellis vor Vivaldo zu decken? Sie hatte die beiden Richard gegenüber zum Schweigen verpflichtet – nun war sie selber zum Schweigen vor Vivaldo gezwungen. Unwillkürlich mußte sie lächeln, doch der Rauch, den sie inhalierte, war bitter. Als sie noch sicher und angesehen war, hatte auch die Welt Sicherheit und Ansehen gehabt; nun aber war die ganze Welt bitter geworden vor Falschheit, Gefahren und Verlusten – und was war die größere Illusion? Mit Unbehagen nahm sie den Fahrer vor sich wahr, seine Schultern, sein unerfahrenes Gesicht, seine Hautfarbe und seine sanften dunklen Augen. Von Zeit zu Zeit begegnete ihr Blick dem seinen im Spiegel – aber schließlich war sie es gewesen, die den ersten Blick getan hatte, und vielleicht hatte ihre Stimmung eine Spannung zwischen ihnen aufgebracht, eine sexuelle Spannung. Widerwillig mußte sie erneut an den ingwer-farbenen Jungen von der Tanzfläche denken, Und sie wußte (als seien ihre Gedanken für einen Augenblick lang ein klares Bergwasser, das sie bis auf den Grund zu durchschauen vermochte), ja, ja, sie wußte: hätte er sie berührt, hätte er sich an sie gemacht – er hätte alles haben können, und sie wäre froh gewesen. Sie wäre froh gewesen, seinen Körper zu erfahren, selbst wenn sein Körper auch alles sein mochte, was sie hätte erfahren können. Daß sie Eric zu sich eingelassen, daß sie ihre – Tugend? – fallengelassen hatte, hatte sie Zweideutigkeiten ausgesetzt, deren Macht ihr noch nie zuvor so deutlich geworden war. Richard war ihr Schutz gewesen, nicht nur gegen das Böse in der Welt, sondern auch gegen die Wildnis in ihr selbst. Und nun würde sie niemals wieder Schutz finden. Sie versuchte, darüber zu frohlocken. Aber es war ihr gar nicht danach zumute. Sie empfand Furcht und Verwirrung.

Der Fahrer hustete. Das Taxi hielt vor einem Rotlicht, kurz vor der Einfahrt zum Park, und der Fahrer zündete sich eine Zigarette an. Auch sie nahm eine neue Zigarette, und fast war es, als signalisierten die beiden winzigen Flämmchen einander zu. Ganz wie jetzt, so erinnerte sie sich, als das Taxi anfuhr, war sie ziellos und voll bitterer Gedanken durch die Stadt gewandert, als Richard angefangen hatte, von ihr abzurücken. Sie hatte bemerkt werden wollen, sie hatte von einem Mann bemerkt werden wollen. Und sie hatten sie bemerkt, die Männer: sie hatten gemerkt, daß sie eine sexuelle Bettlerin war, nicht mehr ganz jung. Erschreckend, wie der Verlust der inneren Bindung an einen Menschen schließlich dazu führt, daß die ganze Welt in Frost erstarrt und man sich selbst darin verloren gibt! Und erschreckend, daß die Voraussetzungen der Liebe so streng, daß ihre Begrenzungen und Freiheiten so eng aneinander gebunden sind!

Es gab doch sehr vieles, was sie von Eric nicht verlangen konnte. Ihre Beziehung war abhängig von ihrer Zurückhaltung. Zum Beispiel konnte sie jetzt, gegen zwei Uhr morgens, nicht zu ihm gehen: solche Freiheiten standen nicht in ihrem Vertrag. Die Voraussetzung für ihre Affäre – oder die Basis ihrer Komödie – war ihrer beider Unabhängigkeit: sie brauchten einander eine Zeitlang, sie würden Freunde sein für immer, doch ein Liebespaar würden sie auf die Dauer wohl kaum bleiben. Eine solche Voraussetzung läßt eine Einbeziehung der Zukunft nicht zu, wie sie auch ein allzu deutliches Eingeständnis der eigenen Not verbietet. Eric verhielt sich letzten Endes abwartend, er trat sozusagen auf der Stelle und lauerte darauf, daß sich irgend etwas von selbst lösen werde. Und wenn es gelöst war – durch die Ankunft von Yves oder den Abschluß eines Vertrags oder am Ende dadurch, daß Eric sich mit jenem Schmerz abfand, den keiner von ihnen beim Namen nennen konnte –, dann würde sie von seinem Bett ausgeschlossen sein. Er würde alles, was das Leben ihm geboten oder genommen hatte, in seiner Arbeit aufgehen lassen – und das würde dann sein Leben sein. Er war zu stolz, um sie – oder sonst irgendwen – zum bloßen Zufluchtsort zu nehmen, war zu stolz, um irgendeine Lösung seines Kummers zu akzeptieren, die nicht aus ihm selbst gekommen war. Und sie konnte darüber nicht bitter werden, ja nicht einmal betrübt, denn eben dies war doch der Grund ihrer Liebe zu ihm. Oder wenn nicht der Grund – denn der Grund solcher Dinge entzieht sich zuletzt ja doch dem menschlichen Empfindungsvermögen –, so war es doch das an ihm, was sie am meisten bewunderte und ohne das er, wie sie wußte, nicht leben konnte. Die meisten Männer konnten es – taten es: und eben dies war die Bedrohung, die über ihr hing.

So wartete denn auch sie ab, so trat auch sie auf der Stelle und lauerte darauf, daß der Schlag fiel, daß die Rechnung sich präsentierte. Erst wenn sie diese Rechnung bezahlt hatte, würde sie wirklich wissen, welche Mittel ihr noch blieben, welche Mittel sie überhaupt hatte. Und sie entsetzte sich, entsetzte sich vor diesem Augenblick – manchmal schnürte ihr der Schrecken förmlich die Kehle zu. Er lag nicht nur darin, daß sie nicht wußte, wie sie ihr Leben wiederaufbauen sollte, oder daß sie fürchtete, sie würde, wenn sie älter wurde, noch dazu kommen, sich selbst zu verachten: ihr Schrecken war, daß ihre Kinder sie verachten würden. Der Wiederaufbau ihres Lebens mochte schließlich schlicht darin bestehen, daß sie aus Richards Wohnung auszog – *Richards* Wohnung! Wie lange schon war es für sie nur noch Richards Wohnung? – und sich Arbeit suchte. Aber sich die Liebe ihrer Kinder zu erhalten, ihnen zu helfen, aus Jungen zu Männern zu werden, das war etwas ganz anderes.

Der Taxifahrer sang auf spanisch vor sich hin.

«Sie haben eine schöne Stimme», hörte sie sich sagen.

Er wandte kurz den Kopf nach ihr um und lächelte, und sie blickte auf sein jugendliches Profil, das schwache Schimmern seiner Zähne und seine funkelnden Augen.

«Vielen Dank», sagte er. «Wir sind alle Sänger, wo ich her bin.» Er hatte einen harten Akzent und lispelte leicht.

«In Puerto Rico? Da kann es doch kaum viel geben, wozu man singen möchte.»

Er lachte. «Oh, aber wir singen trotzdem.» Wieder wandte er sich zu ihr um. «Hier gibt es ja auch nicht gerade viel zu besingen, wissen Sie – hier singt niemand.»

Sie lächelte. «Das stimmt. Ich glaube, das ist direkt eines der größten amerikanischen Verbrechen geworden – zu singen, zum Vergnügen zu singen jedenfalls.»

Er ging nicht darauf ein, höchstens in Gedanken vielleicht. «Sie sind hier alle zu ernst. Alles ist kalt und häßlich.»

«Wie lange leben Sie schon hier?»

«Zwei Jahre.» Wieder lächelte er sie an. «Ich hab Glück gehabt, ich arbeite schwer, ich komme voran.» Er machte eine Pause. «Bloß, manchmal ist alles so einsam. Darum singe ich.»

Beide lachten sie.

«Das vertreibt die Zeit», sagte er.

«Haben Sie denn keine Freunde?» fragte sie.

Er zuckte die Achseln. «Freunde kosten Geld. Und ich habe kein Geld – und keine Zeit. Ich muß Geld nach Hause schicken, an meine Familie.»

«Oh, Sie sind verheiratet?»

Wieder zuckte er die Achseln; wieder wandte er ihr, ohne zu lächeln, das Profil zu. «Nein, ich bin nicht verheiratet.» Dann grinste er. «Aber das kostet auch Geld.»

Schweigen entstand. Sie bogen in ihre Straße ein.

«Ja», sagte sie abwesend, «da haben Sie wohl recht.» Sie zeigte auf das Haus – auf Richards Wohnung. «Hier wären wir.» Das Taxi hielt. Sie fingerte in ihrer Handtasche. Er sah ihr dabei zu.

«Sie *sind* verheiratet?» fragte er schließlich.

«Ja.» Sie lächelte. «Und ich habe zwei Kinder.»

«Jungen oder Mädchen?»

«Zwei Jungens.»

«Das ist sehr gut», sagte er.

Sie bezahlte die Fahrt. «Auf Wiedersehn. Ich wünsche Ihnen alles Gute.»

Er lächelte. Es war ein wirklich freundliches Lächeln. «Das wünsche ich Ihnen auch. Sie sind sehr nett. Gute Nacht.»

«Gute Nacht.»

Sie öffnete die Tür, und einen Augenblick lang schien das Licht voll auf ihre Gesichter. Das seine war sehr jung, offen und zuversichtlich und ließ sie ein wenig rot werden. Sie schlug die Wagentür hinter sich zu und ging ins Haus, ohne sich noch einmal umzublicken. Sie hörte das Taxi abfahren.

Im Wohnzimmer brannte Licht, und Richard lag, bis auf die Schuhe voll angezogen, schlafend auf dem Sofa. Gewöhnlich war er schon im Bett oder noch bei der Arbeit, wenn sie heimkam. Sie starrte einen Moment auf ihn nieder. Ein halbes Glas Wodka stand neben ihm auf dem Tisch, und eine erloschene Zigarette lag im Aschenbecher. Er schlief sehr ruhig, und sein Gesicht sah gequält aus und sehr jung.

Sie wollte ihn wecken, doch dann ließ sie ihn liegen und ging auf Zehenspitzen hinüber in das Zimmer, wo Paul und Michael schliefen. Paul lag auf dem Bauch, das Laken zusammengeknüllt zu seinen Füßen, seine Arme waren hoch über den Kopf ausgestreckt. Mit einem Schock sah sie, wie schwer er war und wie groß: er stand bereits am Ende seiner Knabenzeit. So schnell war es geschehen, daß es fast wie im Traum gekommen zu sein schien. Sie blickte auf den schlafenden Kopf nieder und fragte sich, welche Gedanken wohl darin sein mochten, welche Urteile; sie sah sein eines Bein zucken und fragte sich, was er wohl in diesem Augenblick träumte. Behutsam zog sie ihm das Laken zu den Schultern herauf. Dann sah sie hinüber zu Michael, dem Verschwiegenen, der wie ein Wurm oder ein Embryo zusammengeringelt auf der Seite lag, die Hände zwischen den Beinen verborgen, das Haar feucht in die Stirn. Aber sie wagte nicht, diese Stirn zu berühren: zu leicht wachte er auf. So leise wie möglich hob sie das Bettuch wieder vom Fußboden auf und deckte ihn damit zu. Dann verließ sie das Zimmer und ging ins Bad. Aus dem Wohnzimmer hörte sie ein Geräusch: Richard war aufgestanden.

Sie wusch sich das Gesicht, kämmte sich das Haar und starrte ihr müdes Gesicht im Spiegel an. Dann ging sie ins Wohnzimmer. Richard saß auf dem Sofa, das Wodkaglas in den Händen, und sah stier auf den Boden.

«Hallo», sagte sie, «was ist denn mit dir los, daß du hier eingeschlafen bist?» Sie hatte ihre Handtasche im Bad gelassen. Deshalb ging sie zur Bar, nahm sich eine Schachtel Zigaretten und zündete sich eine an. Mokant fragte sie: «Du hast doch nicht etwa auf mich gewartet?»

Er sah sie an, leerte sein Glas und hielt es ihr hin. «Mach mir einen Drink. Und mach dir auch einen.»

Sie nahm sein Glas. Sein Gesicht, das im Schlaf so jung ausgesehen hatte, wirkte jetzt ganz alt. Ein wohlbekannter Schrecken, ein quälender Schmerz durchlief sie. Ganz zusammenhanglos und wirr mußte sie, als sie ihm den Rücken zukehrte, an Kleopatras Klage um Antonius denken: *Sein Antlitz war der Himmel* . . . War das richtig? Die Fortsetzung wollte ihr nicht einfallen. Sie goß zwei Drinks ein, Wodka für ihn und Whisky für sich. Der Eiskübel war leer. «Willst du Eis?»

«Nein.»

Sie reichte ihm seinen Drink. In den Whisky goß sie sich etwas Wasser. Verstohlen blickte sie wieder zu ihm hinüber – ihre Schuld begann. *Sein Antlitz war der Himmel: darin standen* Sonne und Mond . . .

«Setz dich, Cass.»

Sie verließ die Bar und setzte sich ihm gegenüber in den Sessel. Die Zigaretten hatte sie auf der Bar liegen lassen. *Sonne und Mond, kreisten und gaben Licht* dem kleinen O, der Erde . . .

In freundlichem Ton fragte er: «Wo kommst du jetzt her, Cass?» Er sah auf die Uhr. «Es ist zwei Uhr vorbei.»

«Ich komme öfter nach zwei Uhr morgens heim», sagte sie. «Bemerkst du das heute zum erstenmal?» Fast war sie erschrocken über die Feindseligkeit in ihrer Stimme. Sie nippte an ihrem Drink. Die Gedanken begannen ihr wunderliche Streiche zu spielen: ganz plötzlich waren sie erfüllt von der Erinnerung an ein Feld in New England, ein Feld voll blauer Blumen hier und da. Es war lange her. Das Feld war völlig still und leer, es stieg sanft zu einem Wald an; sie lagen versteckt im hohen Gras. Die Sonne war heiß. Richards Gesicht war über ihr, seine Arme, seine Hände hielten und entflammten sie, sein Gewicht preßte sie nieder in die Blumen. Ein paar Schritte entfernt lagen seine Uniformjacke und sein Käppi; sein Hemd war offen bis zum Nabel, und die rauhen, glänzenden Haare seiner Brust kratzten ihre Brüste. Aber sie widersetzte sich, sie hatte Angst, und sein Gesicht war voller Schmerz und Ärger. Hilflos glitt ihre Hand über sein Haar und streichelte es. *Ach. Ich kann nicht.*

Wir werden doch heiraten, hast du das vergessen? Und nächste Woche gehe ich nach Übersee.

Man kann uns hier finden!

Kein Mensch kommt hier vorbei. Es sind doch alle weg.

Nein. Nicht hier.

Wo denn?

«Nein», sagte er mit gefährlicher Ruhe, «ich bemerke das heute nicht zum erstenmal.»

«Schön. Ist ja auch egal. Ich komme gerade von Ida.»

«Und Vivaldo?»

Sie zögerte, und er lächelte. «Vorher waren wir alle zusammen. Dann zogen Ida und ich nach Harlem raus und tranken noch etwas.»

«Allein?»

Sie zuckte die Achseln. «Mit einer Menge anderer Leute. Warum?» Aber noch ehe er antworten konnte, fügte sie hinzu: «Ellis war da. Er läßt dir ausrichten, er riefe dich in ein paar Tagen an.»

«Aha», sagte er, «Ellis war da.» Er nippte an seinem Drink. «Und dann hast du Ida bei Ellis gelassen, was?»

«Ich habe Ida bei Ellis' Party zurückgelassen.» Sie starrte ihn an. «Worauf willst du eigentlich hinaus?»

«Und was machtest du, nachdem du Ida dort verlassen hattest?»

«Ich kam nach Hause.»

«Du kamst direkt unmittelbar nach Hause?»

«Ich stieg in ein Taxi und kam direkt und unmittelbar nach Hause.» Sie wurde langsam ärgerlich. «Weswegen nimmst du mich ins Kreuzverhör? Ich will nicht derart verhört werden, verstehst du, weder von dir noch von sonst irgend jemand.»

Er war still – trank sein Glas aus ung ging zur Bar. «Ich denke, du bist bereits betrunken genug», sagte sie kalt. «Wenn du mir eine Frage zu stellen hast – bitte. Sonst gehe ich jetzt ins Bett.»

Er wandte sich um und sah sie an. Sein Blick machte ihr Angst, doch zwang sie sich zur Ruhe. «Du wirst jetzt für ein Weilchen noch nicht ins Bett gehen. Und ich habe dir eine ganze Reihe Fragen zu stellen.»

«Das kannst du tun», sagte sie. «Ich muß ja nicht antworten. Mir scheint, du hast dir ziemlich lange Zeit dazu genommen, mir Fragen zu stellen. Vielleicht zu lange.» Sie starrten einander an. Und mit dem Gefühl des Triumphs, das ihr schier Übelkeit erregte, sah sie, daß – ja, daß sie stärker war als er. Ihr Wille konnte den seinen brechen: denn um ihr gewachsen zu sein, würde er zu Kriegslisten greifen müssen, die weit unter seiner Würde waren.

Und wieder waren ihre Gedanken erfüllt von der Erinnerung an jenes lichte blaue Feld. Sie erschauerte unter seinem Gewicht, sie erzitterte vor Begehren, vor Schrecken und vor dem Bewußtsein ihrer geschickten List. *Nicht hier. Aber wo denn? Ach, Richard.* Die grausame Sonne – die gleichgültige Luft – und sie beide glühend auf einem glühenden Feld. Sie wußte, daß sie – ja, daß sie sich ergeben mußte, jetzt – da sie ihn hatte; sie wußte, daß sie ihn nicht gehen lassen konnte; und ach, seine Hände, seine Hände. Aber sie hatte Angst, sie erkannte, daß er ganz ahnungslos war: *Können wir nicht warten? Warten. Nein. Nein.* Und seine Lippen brannten auf ihrem Hals und auf ihren Brüsten. *Dann laß uns in den Wald gehen. Laß uns in den Wald gehen.* Er grinste. Und die Erinnerung an jenes Grinsen stürzte jetzt aus ihrem Versteck heraus und zerriß *ihr* das Herz. *Du würdest mich tragen müssen – oder ich müßte kriechen –, fühlst du das nicht?* Dann: *Laß mich ein, Cass, nimm mich auf, nimm mich, ich schwöre dir, ich werde dich nicht im Stich lassen, du weißt, das würde ich nie!*

«Ich liebe dich, Cass», sagte er; seine Lippen krümmten sich, und seine Augen waren trüb vor Kummer. «Sag mir, wo du gewesen bist, erzähl mir, warum du dich so weit von mir entfernt hast.»

«Warum *ich*», sagte sie hilflos, «mich so weit von *dir* entfernt habe?» Der Duft zerdrückter Blumen stieg ihr in die Nase. Sie begann zu weinen.

Sie senkte den Blick nicht. Sie sah geradeaus, mitten in die Sonne; dann schloß sie die Augen, und die Sonne brüllte in ihrem Innern nach. Eine Hand hatte sie verlassen – wo seine Hand gelegen hatte, war ihr kalt.

Ich will dir doch nicht weh tun.

Bitte.

Vielleicht nur ein bißchen. Bloß am Anfang.

Ach. Richard. Bitte.

Sag mir, daß du mich liebst. Sag's mir. Sag's mir jetzt.

Oh – ja. Ich liebe dich. Ich liebe dich.

Sag, daß du mich immer lieben willst.

Ja. Immer. Immer.

Er lehnte an der Bar und sah sie an, sah sie von weit her an. Sie trocknete sich die Augen mit dem Taschentuch, das er ihr in den Schoß geworfen hatte.

«Gib mir eine Zigarette, bitte.»

Er warf ihr die Packung zu, warf ihr die Streichhölzer zu. Sie zündete sich eine Zigarette an.

«Wann hast du Ida und Vivaldo zuletzt gesehn? Sag mir die Wahrheit.»

«Heute abend.»

«Und die ganze Zeit – jedesmal, wenn du erst früh am Morgen wieder heimgekommen bist – warst du mit Ida und Vivaldo zusammen?»

Wieder kroch Angst in ihr hoch, und sie wußte, daß ihr Tonfall sie verriet. «Ja.»

«Du lügst. Ida ist nicht mit Vivaldo zusammen gewesen. Sie war bei Ellis. Und das bereits seit geraumer Zeit.» Er machte eine Pause. «Die Frage ist nun – wo bist *du* gewesen? Wer war bei Vivaldo, wenn Ida weg war – bis zwei Uhr morgens?»

Sie blickte ihn an, fürs erste zu verblüfft, um ihre Antwort sorgfältig zu überlegen. «Du willst sagen, Ida hätte eine Affäre mit Steve Ellis? Wie lange schon? Und wieso weißt *du* das?»

«Wieso weißt *du* es *nicht*?»

«Weil – also jedesmal, wenn ich sie sah, schienen sie beide völlig natürlich und glücklich miteinander –»

«Aber viele Male, wo du sagst, du seist mit ihnen zusammen gewesen, konntest du's gar nicht sein – denn Ida war bei Steve!»

Noch immer wollte es ihr nicht in den Kopf, obgleich sie wußte, daß es stimmte, obgleich sie wußte, daß kostbare Sekunden verstrichen und daß sie jetzt schon für sich selbst würde kämpfen müssen. «Aber woher *weißt* du das?»

«Weil Steve es mir gesagt hat! Er hat richtiggehend was mit ihr, jawohl, und ist dabei ziemlich aus dem Häuschen.»

Nun erst begann sie verzweifelt zu überlegen, und sie verfluchte Ida, daß sie ihr keine Warnung hatte zukommen lassen. Aber wie hätte sie das auch tun können? Kalt erwiderte sie: «Ellis als Opfer einer großen Leidenschaft – daß ich nicht lache!»

«O ja, ich weiß, du denkst, wir sind aus dem allergröbsten Holz und zu allen höheren Gefühlen völlig unfähig. Das kann mir egal sein. Aber du kannst nun einmal nicht viel von Ida zu sehen bekommen haben – das ist der springende Punkt. Hast du dafür um so mehr von Vivaldo gesehen? Antworte, Cass.»

Verwundert fragte sie – denn eben dies wollte ihr einfach noch nicht in den Kopf: «Und Vivaldo weiß *nicht* –?»

«Und du auch nicht, was? Ihr beiden seid die einzigen in der Stadt, die keine Ahnung haben. Womit habt ihr euch bloß so phantastisch ablenken können?»

Sie zuckte zusammen und sah zu ihm auf. Sie sah, daß er sich mit großer, fürchterlicher Anstrengung beherrschte, daß er die Wahrheit wissen wollte und sie doch zugleich fürchtete. Sie konnte die Angst in seinen Augen nicht ertragen, sie blickte weg.

Wie konnte sie nur je an seiner Liebe zu ihr gezweifelt haben!

«Hast du Vivaldo oft gesehen? Rede.»

Sie stand auf und ging zum Fenster. Übelkeit stieg in ihr hoch – ihr Magen schien zur Größe eines winzigen, harten Gummiballs zusammengeschrumpft zu sein. «Laß mich in Ruhe. Du bist immer schon auf Vivaldo eifersüchtig gewesen, und wir beide kennen den Grund, obwohl du es nicht zugeben würdest. Manchmal hab ich mich mit Vivaldo getroffen, manchmal mit Vivaldo und Ida; manchmal bin ich nur rumgelaufen, und manchmal war ich einfach im Kino.»

«Bis zwei Uhr morgens?»

«Manchmal bin ich schon um Mitternacht heimgekommen, manchmal dann wieder erst um vier. Laß mich in Frieden! Warum ist das plötzlich so wichtig für dich? Ich habe monatelang in dieser Wohnung wie ein Gespenst gelebt; und die Hälfte der Zeit hast du nicht einmal gewußt, daß ich hier war – was soll denn das jetzt alles?»

Sein Gesicht war feucht, weiß und häßlich. «*Ich* habe wie ein Gespenst hier gelebt, nicht du. Und ich *habe* gewußt, daß du hier warst – wie hätte ich das wohl übersehen können!» Er trat einen Schritt auf sie zu und senkte die Stimme: «Weißt du, wodurch du deine Gegenwart unübersehbar gemacht hast? Durch die Art, wie du mich angesehen hast, durch die Verachtung in deinen Augen, wenn du mich ansahst. Was hab ich getan, um diese deine Verachtung zu verdienen? Was hab ich getan, Cass? Du hast mich einmal geliebt, du hast mich geliebt, und alles, was ich getan habe, ist für dich geschehen.»

Sie hörte sich mit kalter Stimme antworten: «Bist du sicher? Für mich?»

«Für wen denn sonst? Für wen denn bloß sonst? Du bist mein Leben. Warum bist du von mir gegangen?»

Sie setzte sich. «Laß uns morgen früh darüber reden.»

«Nein. Wir werden jetzt darüber reden.»

Er ging im Zimmer umher – um ihr, das spürte sie, nicht zu nahe zu kommen, sie nicht zu berühren; er wußte nicht, was geschehen würde, wenn er es tat. Sie bedeckte ihr Gesicht mit einer Hand. Sie dachte an den ingwer-farbenen Jungen und an den Puertorikaner; für einen Augenblick erschien Erics Bild vor ihren Augen wie eine Erlösung. Sie dachte an das Blumenfeld. Dann dachte sie an die Kinder, und wieder krampfte sich ihr der Magen zusammen. Und irgendwie störte, hinderte der Schmerz darin die Klarheit des Denkens. Sie sagte – und wußte im gleichen Augenblick dunkel, daß sie einen Fehler beging, daß sie sich selber in seine Hände lieferte: «Hör auf, dich mit Vivaldo abzuquälen – wir haben nicht miteinander geschlafen.»

Er kam nah an den Sessel, in dem sie saß. Sie blickte nicht auf. «Ich weiß, du hast Vivaldo immer bewundert. Mehr jedenfalls als mich.»

In seinem Tonfall lag eine schreckliche Mischung aus Erniedrigung und Ärger, und schwer schlug ihr das Herz; sie sah, womit er sich abzufinden versuchte. Fast hätte sie zu ihm aufgeblickt, um ihm entgegenzukommen, ihm zu helfen und ihn zu trösten, aber irgend etwas ließ sie still bleiben.

«Bewunderung und Liebe», sagte sie, «sind etwas sehr Verschiedenes.»

«Wirklich? Da bin ich gar nicht so sicher. Wie kann man eine Frau anrühren, wenn man weiß, sie verachtet einen? Und wenn eine Frau einen Mann bewundert, was bewundert sie dann wirklich? Eine bewundernde Frau macht sofort die Beine für einen breit, sie gibt alles, was sie hat.» Über sich fühlte sie eine Hitze, seine Gegenwart wie eine Dunstwolke; sie biß sich auf den Knöchel. «Für mich – für mich hast du das doch getan, weißt du das nicht mehr? Willst du nicht zurückkommen?»

Da blickte sie zu ihm auf, und die Tränen rannen ihr über das Gesicht. «Ach, Richard. Ich weiß nicht, ob ich kann.»

«Warum nicht? Verachtest du mich denn so sehr?» Sie senkte den

Blick und drehte das Taschentuch zwischen den Händen. Er kauerte sich neben ihrem Sessel nieder. «Es tut mir leid, daß wir so weit auseinander gekommen sind – ich habe wirklich keine Ahnung, wie das geschehen konnte, aber ich glaube, ich war wütend auf dich, weil – weil du so wenig Respekt vor – vor meinem Erfolg zu haben schienst.» Er versuchte zu lachen. «Vielleicht hast du ja recht, ich weiß es nicht. Ich weiß, du bist viel schlauer als ich, Kindchen, aber wovon sollen wir denn leben, was soll ich denn sonst tun? Vielleicht hätte ich mich nicht zu solcher Eifersucht auf Vivaldo hinreißen lassen sollen, aber es schien so logisch, nachdem ich einmal auf den Gedanken gekommen war. Und nachdem ich einmal darauf gekommen war, mußte ich immer wieder daran denken. Ich weiß, er muß wohl sehr allein sein, und – und du warst auch allein.» Sie sah ihn an – und blickte wieder weg. Er legte eine Hand auf ihren Arm; sie biß sich auf die Lippe, um ihr Zittern zu beherrschen. «Komm zu mir zurück, bitte. Liebst du mich denn nicht mehr? Deine Liebe kann doch nicht einfach aufgehört haben. Ich kann nicht leben ohne dich. Du bist für mich immer die einzige Frau auf der Welt gewesen.»

Sie hätte still bleiben und in seine Arme sinken können – und die letzten Monate wären ausgelöscht gewesen, und niemals würde er wissen, wo sie gewesen war. Die Welt würde wieder ihre alte Gestalt annehmen. Würde sie das wirklich? Das Schweigen zwischen ihnen wuchs und zog sich in die Länge. Sie konnte ihn nicht ansehen. Zu lange hatte er nur in ihren Gedanken existiert. Ihre Phantasie hatte nicht genügend Möglichkeiten in Erwägung gezogen – zum Beispiel hatte sie nicht Art, Macht und Ausmaß seines Schmerzes vorausgesehen. Er war ein einsamer und beschränkter Mensch, der sie liebte. Liebte sie ihn denn?

«Ich verachte dich nicht», sagte sie. «Es tut mir leid, wenn ich dir Anlaß gegeben habe, das zu denken.» Dann sagte sie nichts mehr. Warum es ihm erzählen? Was sollte es nützen? Er würde es doch nie verstehen, es würde ihm nur einen Schmerz mehr bereiten, den er nie würde verwinden können. Und nie wieder würde er ihr vertrauen.

Liebte sie ihn denn? Und wenn sie ihn liebte – was sollte sie tun? Ganz langsam und behutsam zog sie ihren Arm unter seiner Hand weg und ging zum Fenster. Die Jalousien waren zugezogen, zum Schutz vor der Nacht, doch sie öffnete sie ein wenig und sah hinaus: auf die Lichter und das tiefe schwarze Wasser. Wie mächtige Gongschläge dröhnte das Schweigen im Zimmer hinter ihr. Sie zog die Jalousien wieder zu, wandte sich um und sah ihn an. Er hockte auf dem Boden, neben dem Sessel, den sie verlassen hatte, das Glas zwischen den Füßen, die großen Hände lose um die Knie gelegt, den Kopf nach hinten geneigt. Sein Blick, das wußte sie, war ein Blick der Erwartung und des Vertrauens; sie kannte ihn. Sie zwang sich, ihn anzusehen; vielleicht sah sie jenen Blick nie wieder, und er war doch so lange der Halt ihres Lebens gewesen! Sein Gesicht war das eines Mannes, der in die mittleren Jahren kommt, und zugleich war es –

und würde es immer für sie sein – das Gesicht eines Jungen. Sein rotes Haar war länger, es wurde allmählich grau, seine Stirn war feucht, und feucht war auch das Haar. Cass erkannte, daß sie ihn liebte während der angstvollen, unmeßbaren Sekunde, die sie dastand und ihn ansah. Hätte sie ihn weniger geliebt, so hätte sie wohl voll Überdruß eingewilligt, weiterhin das Bollwerk zu sein, das seine Naivität schützte. Aber das konnte sie Richard, konnte sie den Kindern nicht antun. Er hatte das Recht, seine Frau zu kennen: sie betete, daß er es würde ertragen können.

«Ich habe dir etwas zu erzählen, Richard», sagte sie. «Ich weiß nicht, wie du es aufnehmen wirst oder wie es mit uns dann weitergehen soll.» Sie machte eine Pause, und sein Gesicht veränderte sich. *Beeil dich!* mahnte sie sich. «Ich muß es dir erzählen, weil wir nie wieder zusammenkommen können, nie wieder eine Zukunft haben werden, wenn ich es nicht tue.» Trocken zog sich ihr wieder der Magen zusammen. Sie wollte ins Bad laufen, aber sie wußte, daß es nichts nützen würde. Der Krampf ging vorüber. «Vivaldo und ich haben einander nie angerührt. Ich habe –» *beeil dich!* – «ein Verhältnis mit Eric gehabt.»

Seine Stimme schien wie betäubt und ohne Bewußtsein, als er sprach, sie schien niemandem anzugehören; nur ein sinnloses Klingeln war in der Luft: «Eric?»

Sie ging zur Bar und lehnte sich daran. «Ja.»

Wie die Stille immer dichter und lauter wurde! «Eric?» Er lachte. «Eric?!»

Jetzt liegt alles in seiner Hand, dachte sie. Sie sah ihn nicht an; er sprang auf die Füße; er taumelte, wie in plötzlicher Trunkenheit, zur Bar hinüber. Sie spürte seinen starren Blick auf sich – aus irgendeinem Grund kam ihr der Gedanke an ein Flugzeug, das zu landen versucht. Dann war seine Hand auf ihrer Schulter. Er drehte ihr Gesicht zu sich herum. Sie zwang sich, ihm in die Augen zu sehen.

«Ist das wahr?»

Sie fühlte sich völlig kalt und trocken und hatte nur noch den Wunsch, schlafen zu gehen. «Ja, Richard, es ist wahr.»

Sie wich ihm aus und ließ sich wieder in dem Sessel nieder. Jetzt hatte sie sich ihm endgültig ausgeliefert: Sie dachte an die Kinder, und Furcht brach über sie herein wie eine Welle und ließ sie erschaudern. Sie blickte starr vor sich hin, saß völlig still, wartete; denn mochte es gleich sein, was sonst verloren war – ihre Kinder würde sie nicht aufgeben, würde sie nicht von sich lassen.

«Das kann nicht wahr sein. Ich glaube es nicht. Warum Eric? Warum bist du ausgerechnet zu ihm gegangen?»

«Er hat etwas – etwas, das ich sehr nötig brauchte.»

«Was ist das, Cass?»

«Ein Gefühl, ein Bewußtsein seiner selbst.»

«Ein Bewußtsein seiner selbst», wiederholte er langsam. «Ein Bewußtsein seiner selbst.» Sie spürte seine Augen auf sich und fühlte zugleich mit Entsetzen, wie langsam der Sturm in ihm sich sammelte, wie lange es dauern würde, bis er losbrach. «Verzeih's deinem strohköpfigen Ehemann – aber ich habe immer gemeint, er hätte alles andere als ein Bewußtsein seiner selbst. Er weiß ja nicht mal sicher, was er da eigentlich zwischen den Beinen hat – und was er damit anfangen soll, meine ich; aber das werde ich wohl zurücknehmen müssen.»

Da wären wir also, dachte sie.

Müde, hilflos sagte sie: «Ich weiß, es klingt seltsam, Richard.» Tränen drangen ihr in die Augen. «Aber es ist ein ganz wunderbarer Mensch. Ich weiß es. Ich kenne ihn besser als du.»

«Das mag wohl sein», sagte er, und in seiner Stimme war ein Laut, der irgendwo zwischen einem Grunzen und einem Schluchzen lag. «Obwohl – ihm wird das andere lieber gewesen sein. Hast du daran je gedacht? Du mußt eine der wenigen Frauen auf der Welt sein, mit denen –»

«Nicht, Richard, bitte nicht. Es ändert doch nichts, es hilft uns doch nicht weiter.»

Er kam näher, er stand über ihr. «Das wollen wir doch klarstellen. Wir sind jetzt fast dreizehn Jahre verheiratet, und ich habe dich all die Zeit über geliebt, und ich habe dir vertraut, und außer ein paarmal in der Armee hab ich nie etwas mit anderen Frauen zu tun gehabt. Obwohl mir der Gedanke daran schon manchmal gekommen ist. Aber letztlich war's mir das nie wert. Und ich habe für dich und die Kinder gearbeitet, Cass, ich habe geschuftet, damit wir glücklich sein könnten und etwas aus unserer Ehe würde. Vielleicht denkst du ja, das ist altmodisch, vielleicht hältst du mich für blöd, das weiß ich nicht, du bist ja sehr viel – empfindsamer als ich. Und jetzt – und –» Er ging hinüber zur Bar und setzte sein Glas ab. «Und plötzlich ohne jeden Anlaß, wo die Dinge endlich in Fluß kommen und uns Früchte bringen, da fängst du an und gibst mir das Gefühl, daß ich etwas Übelriechendes bin, das besser draußen vor der Tür bliebe. Ich wußte nicht, was geschehen war, ich ahnte ja nicht, wo du hingegangen warst – so plötzlich. Ich habe gehorcht, wenn du ins Haus kamst und zu den Jungens ins Zimmer gingst und dann ins Bett krochst – ich schwöre dir, ich konnte jede deiner Bewegungen hören –, und dann blieb ich in meinem Arbeitszimmer hocken, weil ich nicht wußte, wie, *wie* ich dir nur wieder nahekommen sollte. Ich habe immer gedacht, sie wird darüber wegkommen, es ist nur irgendeine wunderliche weibliche Stimmungsschwankung, die ich nicht verstehen kann. Ich dachte sogar, mein Gott, du bekämst vielleicht noch ein Baby und wolltest es mir noch nicht sagen.» Er beugte den Kopf tief über die Bar. «Und dann – Herrgott noch mal, Eric! Du kommst rein und erzählst mir, du hast mit Eric geschlafen.» Er drehte sich um und sah sie an. «Wie lange?»

«Ein paar Wochen.»

«Warum?» Sie antwortete nicht. Er kam wieder auf sie zu. «Antworte mir, Kindchen. Warum?» Er beugte sich über sie und fesselte sie so an den Sessel. «Wolltest du mir weh tun?»

«Nein. Ich habe dir niemals weh tun wollen.»

«Aber warum dann?» Er beugte sich noch dichter über sie. «Wurde es dir bei mir zu langweilig? Versteht er besser zu lieben als ich? Weiß er Tricks, die ich nicht kenne? Ist es das?» Er wickelte die Finger einer Hand in ihr Haar. «Ist es das? Antworte mir!»

«Richard, du wirst noch die Kinder wecken –»

«Jetzt sorgt sie sich um die Kinder!» Er riß ihren Kopf nach vorn, dann stieß er ihn zurück gegen die Sessellehne und schlug ihr zweimal quer über das Gesicht, so hart er konnte. Eine Sekunde lang stürzte das Zimmer ins Dunkel, dann kam es schwankend wieder herauf ins Licht; Tränen drangen ihr in die Augen, und ihre Nase fing an zu bluten. «Ist es das? Hat er dich in den Arsch gefickt, hat er dich seinen Schwanz lutschen lassen? Antworte mir, du Hure, du Schlampe, du Dreckloch!»

Sie versuchte würgend und keuchend den Kopf zurückzuwerfen, sie fühlte das dicke Blut auf ihren Lippen, und er tropfte ihr auf die Brüste. «Nicht, Richard, nicht, nicht. Bitte, Richard.»

«O Gott, o mein Gott!» Er ließ von ihr ab, und wie im Traum sah sie seinen schweren Körper zum Sofa taumeln; weinend fiel er daneben auf die Knie. Sie horchte, lauschte auf einen Laut von den Kindern und sah zur Tür, wo sie erscheinen würden, wenn sie wach geworden waren; aber da standen sie nicht, kein Laut war zu hören. Sie sah auf Richard und bedeckte einen Augenblick lang ihr Gesicht. Sie konnte es nicht ertragen, sein Weinen zu hören, seine zuckenden Schultern zu sehen. Ihr Gesicht fühlte sich noch einmal so groß an; als sie die Hände wegnahm, waren sie von Blut bedeckt. Sie stand auf und stolperte ins Bad.

Sie ließ Wasser laufen, und langsam hörte das Bluten auf. Dann hockte sie sich auf den Boden nieder. Ihre Gedanken schwankten wirr hin und her – wie die Nadel eines zerbrochenen Meßinstruments. Sie fragte sich, ob ihr Gesicht wohl am Morgen noch geschwollen sein würde und wie sie es Paul und Michael erklären sollte. Sie dachte an Ida und Vivaldo und Ellis und fragte sich, was Vivaldo wohl tun würde, wenn er die Wahrheit entdeckte; großes Mitleid mit ihm überkam sie, und ihre Tränen begannen wieder zu rinnen und tropften nieder auf die zur Faust geballten Hände. Sie dachte an Eric und fragte sich, ob sie auch ihn verraten habe, indem sie Richard die Wahrheit gestand. Und was würde sie nun zu Eric sagen – oder er zu ihr? Niemals, so war jetzt ihr einziger Wunsch, wollte sie den weißen, lichten Hafen des Badezimmers wieder verlassen. Ihre Gedanken kreisten um Richard, um die Angst, die sie gesehen und gehört hatte. Sie fragte sich, ob wohl für sie beide noch Hoffnung war, ob noch etwas zwischen ihnen geblieben wäre, an das sie sich halten könnten. Diese Frage brachte sie schließlich dazu, aufzustehen – immer noch mit dem trockenen Krampf im Leib – und ihr blutverschmiertes Kleid auszuziehen. Sie hätte es am liebsten verbrannt, doch tat sie es schließlich in die Schmutzwäschetruhe. Sie ging in die Küche und setzte Kaffee auf. Dann ging sie wieder ins Bad, zog einen Bademantel über und nahm die Zigaretten aus ihrer Handtasche. Sie zündete sich eine an und setzte sich an den Küchentisch. Es war drei Uhr morgens. Sie saß und wartete, daß Richard aufstände und zu ihr käme.

III

Nach Bethlehem

Wie soll die Schönheit diesem Wüten trotzen,
Die mehr als eine Blume nicht vermag?

Shakespeare, 65. Sonett

1

Vivaldo träumte, daß er rannte, rannte, rannte – durch ein Land, das er immer gekannt hatte, dessen er sich jetzt aber nicht mehr entsann, ein felsiges Land. Er war geblendet vom Regen, der auf ihn niedertrommelte; die zähen, nassen Ranken legten sich ihm um Beine und Füße, und Dornen und Nesseln peinigten ihm Hände, Arme und Gesicht. Er war auf der Flucht und zugleich auf der Suche, und hetzend verstrich die Zeit in seinem Traum. Vor ihm türmte sich eine hohe Wand, eine riesige Mauer aus Stein. Glassplitter glitzerten auf ihrer obersten Kante, scharfe Stachelspitzen ragten wie Speere von ihr auf. Er mußte an Musik denken, obgleich er keine vernahm: sie wurde erzeugt vom Anblick des Regens, der in langen, bösen, schimmernden Strähnen herniederfiel, und von dem gleißenden Glas, das heftig gegen ihn aufstob. Und wie eine Antwort fühlte er ein Aufbäumen in seinem eigenen Körper, einen heftigen Ruck, so flüchtig, mächtig und dunkel schmerzhaft, als habe er für einen Augenblick die Kraft eines Pferdes unter sich. Und zur gleichen Zeit, da er in seinem Traum rannte oder gehetzt wurde von ihm, drückte ihn ein schweres Gewicht nieder, und er wurde schwach unter der Gewißheit, daß er – was? – vergessen hatte, vergessen, irgendein Geheimnis, irgendeine Schuldigkeit, die ihn retten würde. Sein Atem ihm wie eine furchtbare, eingeschlossene Last in der Brust. Er erreichte die Wand. Mit blutenden Händen klammerte er sich an den Stein, doch der Stein war glitschig, er konnte sich nicht halten und konnte sich auch nicht hinaufwinden. Er versuchte es mit den Füßen; sie glitten aus; der Regen strömte hernieder.

Und nun wußte er, daß sein Feind über ihm war. Salz brannte in seinen Augen. Er wagte nicht, sich umzudrehen; voller Entsetzen preßte er sich gegen die rohe, nasse Wand, als könnte er sie zum Schmelzen bringen und in sie eindringen. Er hatte vergessen – was hatte er nur vergessen? –, wie er seinem Feind entkommen oder ihn vernichten konnte. Dann hörte er die Wehklage von Posaunen und Klarinetten und dazu ein anhaltendes wütendes Trommelschlagen. Sie spielten einen Blues, den er nie zuvor vernommen hatte, sie erfüllten die Welt mit einem Geräusch – so fürchterlich, daß er wußte, er konnte es nicht ertragen. Wo war Ida? Sie könnte ihm helfen. Aber da fühlte er rauhe Hände an sich und blickte in Rufus' verzerrtes und rachsüchtiges Gesicht nieder. *Nur immer weiter rauf,* sagte Rufus, *ich werd dir schon helfen, los, nur immer rauf!* Und Rufus' Hände schoben und schoben, und bald stand Vivaldo – höher, als Rufus je gestanden hatte – auf der winterlich kalten Brücke und blickte hinab auf den Tod. Er wußte, dieser Tod war es, was Rufus am meisten ersehnte. Er versuchte hinabzublicken, Rufus um Gnade zu bitten, aber er konnte sich nicht bewegen, ohne hinabzustürzen von der Wand oder auf das Glas. Fern, weit jenseits dieser Flut, sah er Ida allein auf einer sanft ansteigenden grünen Wiese wandern. Die Sonne lag herrlich auf ihrem blauschwarzen Haar und ihrer aztekischen Stirn und sammelte sich in ihrer Halsgrube zu einer dunkel schimmernden Lache. Sie blickte nicht zu ihm herüber, sie ging gemessenen Schritts und sah vor sich auf den Boden; doch spürte er, daß sie ihn sah, daß sie ihn oben auf der grausamen Wand gewahrte und nun im Einvernehmen mit ihrem Bruder auf seinen Tod lauerte. Dann stieß Rufus aus der Luft herab; stürzend pfählte er sich selbst auf den eisernen Spitzen des Zauns, der die Wiese fern umgab. Ida sah nicht hin: sie wartete. Vivaldo konnte erkennen, wie Rufus' Blut niederrann, hellrot über die schwarzen Pfähle auf die grüne Wiese. Er versuchte zu schreien, aber er brachte kein Wort heraus; er versuchte Ida zu erreichen, und fiel schwer mit Händen und Knien auf das hochstiebende, aufgerichtete Glas. Er konnte den Schmerz nicht ertragen, doch fühlte er wieder den blindlings zerrenden, wollüstigen Ruck. Er fühlte sich völlig hilflos und entsetzter als je. Aber es war etwas Lustvolles darin. Er wand sich auf dem Glas, er krümmte sich hinein. *Laß mich am Leben, Rufus. Bitte. Bitte. Ich liebe dich doch.* Und dann lag Rufus plötzlich – zu seinem Entzücken und seiner Verwirrung – neben ihm und öffnete die Arme. Und in dem Augenblick, da er sich dieser süßen, überwältigenden Umarmung ergab, zersprang sein Traum wie Glas, er hörte den Regen vor den Fenstern, er kehrte gequält in seinen Körper zurück, er spürte seinen Körpergeruch und den von Eric und entdeckte, daß es Eric war, an den er sich klammerte – der an ihn geklammert lag. Erics Lippen glitten ihm über Hals und Brust.

Vivaldo hoffte inbrünstig, er möchte noch immer träumen. Ein bitteres Gefühl der Trauer durchdrang ihn, denn er träumte und war wach zugleich. Ganz plötzlich wußte er, daß er diesen Traum geschaffen hatte, um diese Gelegenheit zu schaffen; er hatte etwas herbeigeführt, das er lange schon begehrte. Er spürte Furcht, dann spürte er Ärger – auf Eric oder auf sich selbst, das wußte er nicht – und wollte sich der Umarmung entwinden. Aber er vermochte es nicht, er konnte sich nicht dazu bringen, es war zu spät. Er dachte daran, die Augen geschlossen zu halten, um keine Verantwortung zu übernehmen für das, was geschah. Aber dann schämte er sich dieses Gedankens. Er versuchte zu rekonstruieren, wie diese ungeheure Anstrengung begonnen haben mußte. Sie mußten schlafen gegangen sein, Eric hatte sich nahe an ihn gerollt – ach, welche Erinnerungen brachte das herauf! Und dann hatte er seine Beine, hatte er sich selbst um Eric gewunden, da Erics Körper nun einmal da war, und Begierde und Lust waren über dieses mönchische Jünglingsbett gekommen. Nun war es zu spät, war es Gott sei Dank zu spät; nun war es nur noch nötig, daß sie sich aus den lästigen Verschlingungen ihrer Unterhosen, ihrer Hosen und der Laken freimachten. Er öffnete die Augen. Eric beobachtete ihn mit einem Anflug von Lächeln, einem bekümmerten Lächeln, und dieses Lächeln brachte Vivaldo die Erkenntnis, daß Eric ihn liebte. Eric liebte ihn wirklich, und er würde stolz darauf sein, Vivaldo alles zu geben, was er brauchte. Mit einem Stöhnen und einem Seufzen, mit unbeschreiblicher Erleichterung wurde Vivaldo nun vollends wach und zog Eric enger an sich. Es war ein Traum gewesen, und doch auch wieder kein Traum; wie lange konnten solche Träume dauern? Dieser hier mußte bald enden. Sofort nun schienen sie beide eifrig bestrebt, ihn festzuhalten, zu verlängern, diesen Augenblick, der ihnen gehörte, so lange es nur angehen mochte. Sie stießen ihre Hosen auf den Boden; sie sagten nichts dabei – was war da auch zu sagen? – und wagten nicht, einander loszulassen. Dann fühlte Vivaldo – wie in einem Wachtraum, hilflos und voller Vertrauen –, wie Eric sein Hemd zurückzog und ihn mit den Lippen liebkoste. Eric neigte sich und küßte Vivaldo auf den Nabel, der halb im dichten, zigeunerhaften Haar verborgen lag. Dies war eine Ehrung für Vivaldo, für seinen Körper und seine Not, und Vivaldo erzitterte, wie er nie zuvor noch erzittert war. Und diese Zärtlichkeit war nicht einmal ganz angenehm. Vivaldo war sehr unbehaglich zumute, da er nicht wußte, was von ihm erwartet würde oder was er selbst von Eric erwarten konnte. Er zog Eric zu sich empor und küßte ihn auf den Mund; er knetete Erics Gesäß und streichelte sein Geschlechtsteil. Wie sonderbar fremd er sich anfühlte, dieser schreckliche Muskel, der sich streckte, der sich pochend ausdehnte wie sein eigener – und doch einem anderen gehörte! Und diese Brust, dieser Bauch, diese Beine waren ganz wie die seinen, und das Zittern von Erics Atem war ein Echo auf seine eigene Erschütterung. Ach, was war es nur, was er vergessen hatte?! Es war sein erstes sexuelles Erlebnis mit einem Mann, vor vielen langen Jahren, und sein allererstes sexuelles Erlebnis mit einem Freund. Seine Vorstellung verband den Akt mit der Erniedrigung und Entwürdigung eines Mannes durch einen anderen, und der Unterliegende war dabei noch weniger wichtig als das zusammengeknüllte, weggeworfene Taschentuch; aber Eric gegenüber empfand er ganz anders, und eben darum wußte er nicht, was er empfand. Dieses gequälte Selbstbewußtsein ließ Vivaldo fürchten, daß dieser ihr großer Augenblick am Ende doch zu nichts führen würde. Er wollte nicht, daß es so ausging, er wußte, seine Not, sein Bedürfnis war zu groß, und allzuweit waren sie schon gegangen: Eric hatte zuviel riskiert. Er hatte Angst vor dem, was geschehen konnte, wenn sie versagten. Doch die Lust in ihm blieb und wuchs, sie tobte und raste in ihm gegen die Mauern seiner labyrinthischen Verwirrung; seine Gier war ungeahnt vermessen, grausam und unverantwortlich, und doch mischte sich in sie eine tiefe, verströmende Zärtlichkeit: er wollte nicht, daß Eric Qualen durch ihn litt. Die körperliche Pein, die er manchmal jenen verschwundenen, gespenstischen Mädchen seiner Vergangenheit bereitet hatte, war notwendig für sie gewesen: er hatte ihnen die Tür zum Leben entriegelt; aber nun umfing ihn ein anderes Geheimnis, das dunkler noch war und durchsichtiger, reiner zugleich. Er versuchte mit äußerster Willenskraft, sich in seine Jugend zurückzuversetzen, er packte Erics fremden Körper und streichelte den langen fremden Muskel daran. Und gleichzeitig versuchte er, an eine Frau zu denken. (Doch nicht an Ida – das wollte er nicht.) Und so lagen sie in der antiken Haltung beieinander, beide die Hand auf dem Geschlechtsteil des anderen, die Glieder eng verschlungen, und Erics Atem pochte zitternd gegen Vivaldos Brust. Dieses kindliche, vertrauensvolle Beben rief in Vivaldo ein Bewußtsein der eigenen Kraft wach. Sehr dicht hielt er Eric an sich gepreßt und deckte seinen Körper mit dem eigenen, als schirmte er ihn ab gegen den einstürzenden Himmel. Aber zugleich war es, als ruhe er selbst, im selben Augenblick, im Schutz von Erics Liebe. Es war etwas sonderbar Zweischneidiges daran, es war wie ein Liebesakt inmitten von Spiegeln oder wie Tod durch Ertrinken. Aber es war auch wie Musik, war wie der Klang der ekstatischsten, süßesten, einsamsten Bläsermelodie, und es war wie der Regen. Wieder und wieder küßte er Eric und fragte sich unablässig dabei, wie sie am Ende wohl zusammen kommen mochten. Der männliche Körper war kein Mysterium, darüber hatte er überhaupt noch nie nachgedacht, aber jetzt war er das unergründlichste aller Rätsel, war er ein Wunder, und dieses Wunder ließ ihn an seinen eigenen Körper denken, an seine reichen Möglichkeiten und seinen drohenden, unaufhaltsamen Verfall, in einer Weise, in der er nie zuvor daran gedacht hatte. Eric drängte sich gegen ihn und unter ihn, so durstig wie der Sand. Er fragte sich, was in Erics Körper es sein mochte, was ihn so – wie der Sturm einen Vogel oder ein Blatt – gegen die Wand von Vivaldos Fleisch trieb: Welche Wunderkraft suchten sie jetzt zu teilen? Was tat er hier? Dies war so weit, wie nur etwas sein konnte, entfernt von dem notwendigen Krieg, auf den man sich mit Frauen einließ. Er würde jetzt in sie eingedrungen sein, in die Frau, die nicht hier war; ihre Seufzer würden anders klingen, und ihre Hingabe wäre nicht vorbehaltlos. Ihr Geschlechtsteil, das ihm das Eindringen ermöglichte, würde trotzdem fremd für ihn bleiben: ein Anreiz, eine Qual und ein dauerndes Mysterium. Und selbst jetzt noch, in diesem lichten, angestrengten, zweifelsvollen Augenblick, der keinen anderen Zeugen hatte als den Regen, wußte er, daß er zu Frauen verdammt war. Was war das – ein Mann zu sein, der zu Frauen verdammt ist? Er vermochte es sich nicht vorzustellen, und er verspürte eine plötzliche Hemmung, die aber sogleich wieder gebannt war, denn sie bedrohte seine Ruhe. Aber noch im gleichen Augenblick wuchs seine

Erregung: er fühlte, daß er mit Eric machen konnte, was er wollte. Er, Vivaldo, der gewohnt war, sich selber mühen zu müssen, selber der Gebende zu sein und die eigene Befriedigung darin zu finden, eine Frau zu befriedigen, Vivaldo ergab sich schwelgerisch und leidenschaftlich der glühenden Schlaffheit der Passivität und flüsterte gedämpfte, drängende Bitten in Erics Ohr.

Der Traum geriet schwankend an den Rand eines Alpdrucks: Wie alt war dieser Ritus, dieser Liebesakt? Wie tief lag er in ihnen, in der unpersönlichen Zeit? Er spürte, daß er einem Abgrund entronnen war, daß er emporgestiegen war in eine Atmosphäre, die ihn unerbittlich oben hielt – wie die Salzsee den Schwimmer: und ihm war, als blicke er in eine unermeßliche, furchtbare Tiefe nieder auf den Grund seines Herzens, jenes Herzens, das all die Möglichkeiten enthielt, die er beim Namen nennen konnte, und dazu andere noch, die keinen Namen hatten. Ihr großer Augenblick ging zu Ende. Er stöhnte auf, und seine Schenkel lösten sich – wie die einer Frau; er bäumte sich auf, als Eric erschlaffte. Wie seltsam, wie seltsam! War Eric, der nun still schluchzte und bettelte, denn wie er, wenn er über Ida lag, still und schluchzend und bettelnd? Aber Rufus hatte gewiß um sich geschlagen, hatte sich wild gewunden, da er seine Erregung steigen fühlte, wie Vivaldo jetzt um sich schlug, sich wand, in Erregung geriet. *Rufus. Rufus.* War es so auch für ihn gewesen? Und er hätte Eric fragen mögen: Was hat es Rufus bedeutet? Wie war es, was war es für ihn? Dann spürte er, wie er fiel, als hätte die ermattete See versagt, hätte ihn umschlungen – und er sänke nun nieder, tiefer und immer tiefer, so sehr er sich anstrengte, wieder nach oben zu stoßen. Er hörte sein eigenes rauhes Atmen, es kam wie von fern zu ihm her; er hörte den trommelnden Regen; er wurde eingeholt. Er entsann sich, wie Ida in diesem unerträglichen Augenblick den Kopf zurückwarf und um sich schlug und die Zähne entblößte. Und seinen Namen rief. Und Rufus? Hatte auch er zuletzt, mit fremder Stimme, gemurmelt, was er jetzt sich selber murmeln hörte? *Ach, Eric. Eric.* Was war das, diese Raserei? *Eric.* Er zog ihn an sich durch die zerwühlten Laken und hielt ihn fest. *Danke,* flüsterte Vivaldo, *danke, Eric, danke.* Eric schmiegte sich an ihn wie ein Kind, und Salz tropfte von seiner Stirn auf Vivaldos Brust.

So lagen sie denn zusammen, dicht aneinander geschmiegt, verhüllt und beschützt vom Rauschen des Regens. Wie eine Segnung ging der Regen draußen nieder, wie eine Wand zwischen ihnen und der Welt. Vivaldo war es, als habe die Zeit ein Loch bekommen und als sei er hindurchgefallen, zurück in seine Unschuld; er fühlte sich sauber, gewaschen und leer – in Erwartung neuer Erfüllungen. Er streichelte das struppige Haar an Erics Hinterkopf, entzückt und bestürzt über die Liebe, die er empfand. Erics Atem zitterte gegen das Haar seiner Brust; von Zeit zu Zeit berührte er Vivaldo mit den Lippen. Dieser Genuß und diese

Wärme machten Vivaldo schwer und schläfrig. Langsam ließ er sich wieder dem Schlaf in die Arme treiben, Lichtstrahlen blitzten wie die Sonne spielerisch hinter seinen Augen auf. Aber unter diesem Frieden und dieser Dankbarkeit fragte er sich, was Eric denken mochte. Es verlangte ihn, die Augen zu öffnen, in Erics Augen zu blicken, aber zu groß wäre die Anstrengung gewesen, und außerdem konnte es seinen Frieden zerstören. Langsam strich er über Erics Nacken und Rücken und hoffte, seine Fingerspitzen möchten sein Glücksgefühl weiterleiten. Zur gleichen Zeit aber fragte er sich – und es brachte ihn fast zum Lachen, *nach all dem Zeug, was ich letzte Nacht gequatscht habe* –, was er nur tat, in diesem Bett, in den Armen dieses Mannes, der für ihn der teuerste, liebste Mann auf Erden war. Er fühlte sich wunderlich befreit und beschützt von dem Wissen, daß es einen Mann gab auf der Welt, der ihn liebte – ganz gleich, wohin es ihn, wenn einst seine Stunde kam, getrieben haben, ganz gleich, was ihm geschehen sein mochte, wenn sein Ende nahte, und selbst – oder sogar gerade dann – wenn sie einander niemals wieder in den Armen liegen sollten. All seine Hoffnung, die schon fast verblichen war, strömte rot und blutvoll in sein Leben zurück. Er liebte Eric: das war eine große Entdeckung. Aber noch wunderbarer, noch mehr geschaffen für eine unerhörte Beständigkeit und Freiheit war es, daß Eric ihn liebte. «Eric –?»

Sie öffneten die Augen und sahen einander an. Erics dunkle blaue Augen waren sehr klar und lauter, aber in ihrer Tiefe lag auch eine schreckliche, wartende Furcht. Vivaldo sagte: «Es war wunderbar für mich, Eric.» Er sah ihm prüfend ins Gesicht. «War es das auch für dich?»

«Ja», sagte Eric, und er wurde rot. Sie sprachen nur flüsternd. «Ich denke, ich brauche es mehr noch, als ich wußte.»

«Vielleicht kommt es nie wieder.»

«Ich weiß.» Es herrschte Stille. Dann: «Wäre es dir lieb, wenn es noch einmal käme?»

Da war Vivaldo ganz still; zum erstenmal fühlte er Angst. «Ich weiß nicht, was ich darauf sagen soll. Ja – ja und auch wieder nein. Aber jedenfalls – ich liebe dich, Eric, ich werde dich immer lieben; ich hoffe, du weißt das.» Es bestürzte ihn, wie seine Stimme bebte bei diesen Worten. «Liebst auch du mich? Sag mir, daß du mich liebst.»

«Du weißt es», sagte Eric. Er starrte in Vivaldos erschöpftes weißes Gesicht und hob eine Hand, um die Stoppeln zu streicheln, die gleich unter dem Backenknochen begannen. «Ich liebe dich sehr, ich würde alles für dich tun. Du mußt es doch gewußt haben, irgendwo, schon lange – nicht? Denn ich muß dich wohl schon lange geliebt haben.»

«Ist das wahr? Es ist mir nie bewußt geworden.»

«Mir auch nicht», sagte Eric. Er lächelte. «Was für ein merkwürdiger Tag ist das doch! Er beginnt gleich mit Enthüllungen.»

«Sie erschließen», sagte Vivaldo, «all die Bücher im Himmel.» Er schloß die Augen. Das Telefon klingelte. «Oh – Scheiße.»

«Noch mehr Enthüllungen», grinste Eric. Er griff über Vivaldo weg nach einer Zigarette und zündete sie sich an.

«Es ist noch zu früh, mein Junge. Können wir nicht noch etwas schlafen?»

Das Telefon klingelte und klingelte.

«Es ist ein Uhr», sagte Eric. Zweifelnd sah er von Vivaldo zu dem klingelnden Telefon. «Das wird wahrscheinlich Cass sein. Sie ruft sicher wieder an.»

«Oder es ist Ida. Und sie wird wohl kaum wieder anrufen.»

Eric nahm den Hörer auf. «Hallo?»

Vivaldo hörte dunkel, von fern her, Cass' Stimme durch die Leitung sausen. «Guten Morgen, mein Kleines, wie geht's dir?» rief Eric. Dann verstummte er. Etwas in diesem Verstummen ließ Vivaldo hellwach werden; er setzte sich auf. Er beobachtete Erics Gesicht. Dann zündete er sich eine Zigarette an und wartete.

«Oh», sagte Eric nach einem Augenblick. Dann: «Mein Gott. Ach, meine arme Cass.» Die Stimme lief weiter und weiter, und Erics Gesicht wurde immer trüber und müder. «Ja. Aber es ist nun einmal passiert. Es ist da. Es ist über uns.» Er warf Vivaldo einen Blick zu, dann sah er hinüber zur Uhr. «Ja, natürlich; und wo?» Er sah zum Fenster. «Cass, es sieht nicht so aus, als ließe sich's so einfach noch hinbiegen.» Dann: «Bitte, Cass. Bitte tu es nicht.» Sein Gesicht veränderte sich jäh, es zeigte einen Schock; er warf Vivaldo einen Blick zu und sagte munter: «Vivaldo ist hier. Wir sind nirgends hingegangen, wir sind einfach hier geblieben.» Ein trockenes, bitteres Lächeln berührte seine Lippen. «Das ist die landläufige Ansicht, ja, und todsicher gibt es jetzt einen Krach, der sich gewaschen hat.» Er lachte: «Aber nein, kein Mensch lebt ohne Klischees – wie bitte?» Er lauschte. Dann sagte er sanft: «Aber jetzt sind doch bald schon die Proben, Cass, und vielleicht geht es dann noch an die Küste, und außerdem –» Mit einem schweren, hilflosen Stirnrunzeln sah er zu Vivaldo hinüber. «Ja, ich verstehe, Cass. Ja. Also um vier. In Ordnung. Halte nur aus, Liebling, halte nur aus.»

Er legte auf. Einen Augenblick saß er da, drehte sich um und starrte in den Regen hinaus, dann senkte er den Blick mit einem kleinen Lächeln auf Vivaldo hinab, traurig und stolz zugleich. Er sah wieder auf die Uhr, drückte seine Zigarette aus, legte sich auf den Rücken, die Arme unter dem Kopf, und starrte gegen die Decke. «Also nun rate mal, was passiert ist. Der Apfel ist ab. Cass ist letzte Nacht spät heimgekommen, und sie und Richard haben eine Auseinandersetzung gehabt – unseretwegen. Tja, und nun weiß Richard Bescheid.»

Mit weit aufgerissenen Augen pfiff Vivaldo durch die Zähne. «Ich wußte doch, du hättest nicht ans Telefon gehn sollen. Eine schöne Bescherung. Ist Richard etwa schon mit einem Schießeisen auf dem Weg hierher? Und wie hat er's überhaupt rausbekommen?»

Eric machte ein seltsam schuldbewußtes Gesicht, dann sagte er: «Ach, Cass war nicht gerade in der Stimmung, zusammenhängend zu erzählen. Ich weiß es wirklich nicht. Jedenfalls aber spielt es jetzt kaum noch eine Rolle, *wie* er's rausbekommen hat – er hat's eben.» Er setzte sich auf. «Offenbar war er schon immer mißtrauisch – aber im Verdacht hatte er *dich* –»

«Mich? Da muß er übergeschnappt sein!»

«Nun, Cass hat ihm jedenfalls immer erzählt, sie hätte dich besucht – die ganze Zeit über –»

«Und was, denkt er, hat Ida die ganze Zeit gemacht, während Cass und ich im Bett lagen? Uns etwa Gute-Nacht-Geschichten vorgelesen?»

Wieder machte Eric ein unbehagliches Gesicht, doch dann lachte er: «Ich hab keine Ahnung, was er dachte. Jedenfalls ist er, so sagte Cass, äußerst erbittert gegen dich, weil –» er stockte einen Augenblick und sah zu Boden – «weil du Bescheid wußtest über die Affäre und ihm doch nichts gesagt hast, obwohl er annahm, du seist sein Freund.» Er beobachtete Vivaldo. «Glaubst du, daß du's ihm hättest sagen sollen?»

Vivaldo drückte seine Zigarette aus. «Auf Ideen kommst du! Ich bin doch nicht sein Dienstmädchen! Außerdem seid ihr meine Freunde, du und Cass – und nicht Richard.»

«Na schön, das hat er eben nicht gewußt; du kennst ihn doch schon so viel länger als mich, und da Richard mich sowieso nicht besonders leiden kann, hat er ganz natürlich angenommen, du würdest zu ihm halten.»

Vivaldo seufzte. «Da gibt es doch noch eine ganze Menge, was Richard nicht weiß, und das ist schlimm genug, wenn's freilich auch meine Schuld nicht ist. Und dabei ist er gar nicht mal ehrlich. Er weiß genau, daß wir schon lange keine wirklichen Freunde mehr sind. Und ich habe keine Lust, mir irgendein Schuldgefühl aufhalsen zu lassen.» Dann grinste er. «Davon hab ich ohnehin schon genug.»

«Du fühlst dich schuldig?»

Sie starrten einander einen Augenblick an. Vivaldo lachte. «Nein, so hab ich's nun wieder nicht gemeint. Nur – ach nein, ich fühle mich nicht schuldig und hoffe zu Gott, daß ich mich nie wieder schuldig fühle. Man vertut damit unsinnig viel Zeit.»

Eric blickte zu Boden. «Ja, und noch etwas. Cass sagt, daß Richard möglicherweise versucht, dich heute zu treffen.»

«Das sieht ihm ähnlich. Ausgerechnet mich! Na schön, ich bin nicht zu Hause.» Plötzlich lachte er auf. «Mensch, das wäre doch ein toller Witz, wenn Richard *hier* reinkäme!»

«Und dich hier fände, meinst du?» Wie Kinder wälzten sie sich im Bett vor Lachen. «Ich möchte wirklich wissen, was er dächte.»

«Der arme Kerl. Er wüßte wahrscheinlich überhaupt nicht mehr, was er denken sollte.»

Sie sahen einander an und fingen wieder an zu lachen. «Wir haben ja nicht gerade sehr viel Sympathie für ihn übrig, was?» sagte Eric.

«Das stimmt.» Vivaldo setzte sich auf und zündete zwei Zigaretten an, von denen er eine Eric gab. «Der arme Kerl hat wirklich was zu leiden; schließlich weiß er ja nicht im mindesten, was ihn eigentlich getroffen hat.» Sie waren still. «Und ich bin sicher, Cass lacht nicht.»

«Nein. Über Richard nicht und auch über sonst nichts. Ihre Stimme klang wie halb von Sinnen.»

«Von wo rief sie an?»

«Von zu Hause. Richard war gerade ausgegangen.»

«Ich möchte wissen, ob er wirklich auf dem Weg zu meiner Wohnung ist. Vielleicht sollte ich anrufen und sehn, ob Ida da ist.» Aber er machte keine Anstalten, zum Telefon zu gehen.

«Es ist ja alles so verzwickt wie nur möglich», sagte Eric nach einer Weile. «Richard redet von einer Scheidungsklage und will das Sorgerecht für die Kinder haben.»

«Ja, und vermutlich ist er jetzt unterwegs, um sich einen Stempel zu kaufen und ihr ein Brandzeichen auf die Stirn zu setzen. Und wenn er könnte, brächte er's fertig und ließe Cass ihren Arsch auf den Straßen verhökern und schließlich an Syphilis krepieren. Schön langsam und genüßlich. Denn dem Guten ist sein Selbstgefühl beschädigt worden.»

«Nun gut», sagte Eric bedächtig, «er ist nun einmal tief verletzt. Man muß gar nicht mal besonders vorbildlich sein, um dabei Schmerz zu empfinden.»

«Nein. Aber ich denke, man könnte wenigstens mal den Ansatz dazu machen, bewundernswürdig zu werden, indem man nicht gleich zurückschlägt, wenn einem weh getan worden ist.» Er sah Eric an und legte eine Hand um seinen Nacken. «Verstehst du, was ich meine? Wenn man den Schmerz schluckt – und ginge er einem auch haarscharf an den Kragen –, kann man vielleicht Nutzen daraus ziehen und sich bessern.»

Eric sah ihn prüfend mit einem halben Lächeln an, das Gesicht von Liebe und Schmerz erfüllt. «Das ist schwer zu schaffen.»

«Man muß es versuchen.»

«Ich weiß.» Und sehr behutsam, den Blick immer noch nachdenklich auf Vivaldo gerichtet, fuhr er fort: «Andererseits ist man dann ja sowieso ziemlich am Ende, ganz egal, was einen nun ruiniert hat, und man läßt's laufen, wie's läuft, denn das Leben hat ohnehin – tja, seinen Sinn verloren, weil man nichts mehr ausrichten, nichts mehr ändern, nicht mehr lieben kann.»

Vivaldo ließ die Hand sinken. Er lehnte sich zurück. «Du willst mir irgend etwas zu verstehen geben. Sprich dich aus, was ist es?»

«Ich habe nur von mir selber gesprochen.»

«Mag sein. Aber ich glaube es dir nicht.»

«Ich hoffe nur», sagte Eric plötzlich, «daß Cass mich nie hassen wird.»

«Warum sollte sie?»

«Ich kann ihr nicht viel Gutes bringen. Ich *habe* ihr nicht viel Gutes gebracht.»

«Das kannst du gar nicht wissen. Cass wußte schon, was sie tat. Ich denke, sie hatte davon eine viel klarere Vorstellung als du – denn du bist ja, damit sage ich dir wohl nichts Neues –» und er grinste – «kein besonders heller Kopf.»

«Ich glaube, ich hoffte – oder vielleicht hofften wir's beide –, daß Richard es nie herausbekommen und Yves hier sein würde, bevor –»

«Tja. Es geht eben im Leben nicht immer nach Wunsch.»

«Du bist offenbar ein ausgesprochen heller Kopf», sagte Eric.

«Natürlich.» Er grinste, breitete die Arme aus und zog Eric an sich. «Und das mußt du für mich auch sein, mein Junge, wenn ich mal in Kalamitäten bin. Ein heller Kopf, meine ich.»

«Ich werde mein bestes tun», sagte Eric ernst.

Vivaldo lachte. «Also dich könnte kein Mensch wirklich hassen. Dazu bist du viel zu komisch.» Er ließ Eric los. «Welche Zeit hast du mit Cass vereinbart?»

«Vier Uhr. Am Museum of Modern Art.»

«O je! Wie soll sie denn wegkommen? Oder ist Richard gar mit von der Partie?»

Eric zögerte. «Sie ist nicht sicher, ob Richard überhaupt heute noch heimkommt.»

«Aha. Na, ich denke, wir könnten jetzt einen Kaffee gebrauchen, was? Ich geh derweil mal aufs Klo.» Und er sprang aus dem Bett und schlug die Badezimmertür hinter sich zu.

Eric ging in die Küche, in der ein kaum größeres Durcheinander herrschte, als er jetzt in seinem Innern fühlte, und setzte Wasser auf. Einen Augenblick lang stand er da und sah in die blaue Flamme, die das Dunkel des winzigen Raums nur schwach erhellte. Er nahm zwei Kaffeetassen heraus und suchte Milch und Zucker. Dann kehrte er ins große Zimmer zurück und räumte den Nachttisch von Büchern und eilig hingekritzelten Notizen frei – von denen fast alle, noch während er sie auf schmale Papierstreifen schrieb, ihm unter den Augen belanglos geworden waren – und leerte den Aschenbecher. Er las seine und Vivaldos Kleidungsstücke vom Boden auf, häufte sie auf den Sessel und glättete die Laken auf dem Bett. Er stellte die Tassen, die Milch und den Zucker auf den Nachttisch, entdeckte, daß nur noch fünf Zigaretten da waren und suchte in seinen Taschen nach weiteren, ohne welche zu finden. Er hatte Hunger, aber der Eisschrank war leer. Vielleicht, dachte er, würde er die Energie aufbringen können, sich anzuziehen und hinunter an die Ecke zum Feinkostgeschäft zu laufen – denn auch Vivaldo würde wohl hungrig sein. Er ging zum Fenster und lugte durch die Jalousien. Der Regen ging wie eine Wand davor nieder. Er schlug mit einem bösartigen Geräusch aufs Pflaster und spritzte mit der Schlagkraft von Kugeln in die überschwemmte Gosse. Der Asphalt war weit und weiß und blank vom Regen. Das graue Pflaster tanzte und schimmerte und schwankte. Nichts bewegte sich – kein Wagen, kein Mensch, keine Katze; Regen und Regen – das war das einzige Geräusch. Er vergaß, daß er zum Laden hinunter hatte gehen wollen und sah nur noch den Regen, getröstet von seiner Anonymität und Heftigkeit – einer Heftigkeit, die gleichzeitig Friede war. Und wie der strömende Regen all die vertrauten Umrisse der Häuser, die Wände, Fenster und Türen, die parkenden Wagen, die Laternenpfähle, Hydranten und Bäume verzerrte, verwischte und stumpf werden ließ, so suchte auch Eric bei seinem stummen Schauen nun all die Rätsel zu verwischen, vor ihnen zu fliegen, die in seinem Kopf wirbelten. *Wie soll ich bloß je zum Museum kommen bei diesem Regen?* fragte er sich; aber er wagte sich nicht die Frage zu stellen, was er zu Cass sagen würde. Er dachte an Yves, dachte an ihn mit einem Schmerz, der an Panik grenzte; er fühlte sich doppelt treulos, er fühlte, daß der Hauptpfeiler seines Lebens sich geneigt hatte – und sich weiter neigen würde, ja daß er unter der furchtbaren, der wachsenden, heimlichen Last am Ende zusammenbrechen mochte. Durch die verschlossene Tür hinter seinem Rücken vernahm er schwach Vivaldos Pfeifen. Wie hatte er nur so wenig ahnen können, welche Empfindungen er für Vivaldo hegte!? Und die Antwort trommelte so unbarmherzig auf ihn herab wie der stürzende Regen: er hatte es nicht ahnen können, weil er es nicht zu wissen gewagt hatte. So viele Dinge gab es, die zu wissen man nicht wagte. Aber lauerten denn sie alle geduldig, wie Dämonen in der Finsternis, darauf, aufzuspringen aus ihrem Versteck, an irgendeinem Sonntagmorgen, und sich zu enthüllen?

Er ließ die Jalousie wieder herunter und wandte sich ins Zimmer zurück. Das Telefon klingelte. Er starrte es mürrisch an, dachte: *Noch mehr Enthüllungen* und nahm den Hörer ab.

Die Stimme Harmans, seines Agenten, drang an sein Ohr. «Hallo – Eric? Tut mir leid, Sie am Sonntagmorgen zu belästigen, aber Sie sind ein schwer erreichbarer Mann. Ich hatte schon vor, Ihnen ein Telegramm zu schicken.»

«Schwer erreichbar? Ach was! Ich bin dauernd zu Hause gewesen, wenn mich nicht alles täuscht, und hab mich mit dem reizenden Manuskript herumgeschlagen.»

«Machen Sie mir doch nichts vor, mein Junge. Ich weiß schon, Ihnen geht der Hut und noch was anderes hoch bei dem Stück, aber so dick müssen Sie mir deswegen nun auch nicht kommen. Sie haben einfach das Telefon klingeln lassen – nun gut. Aber hören Sie –»

«Ja?»

«Was die Probeaufnahmen angeht – haben Sie was zum Schreiben?»

«Augenblick.»

Er fand einen Bleistift auf seinem Tisch, griff sich einen Fetzen Papier und ging zum Telefon zurück.

«Also – schießen Sie los, Harman.»

«Die Reise zur Küste bleibt Ihnen erspart. Es ist vereinbart worden, die Aufnahmen hier zu drehen. Wissen Sie, wo die Allied Studios sind?»

«Ja, natürlich.»

«Schön, also dort am Mittwochmorgen, um zehn. Und hören Sie, können wir morgen zusammen lunchen?»

«Ja. Mit Vergnügen.»

«Gut. Dann gehn wir alle Einzelheiten durch. Wie wär's mit *Downey's* – einverstanden?»

«Einverstanden. Welche Zeit?»

«Ein Uhr. Und – sind Sie noch da?»

«Ich bin ganz Ohr, Verehrtester.»

«Also wir haben es schließlich doch noch fertiggebracht, diesen meschuggen Kerl, diesen abgetakelten Filmstar herzukriegen in die Stadt, und der Probentermin ist definitiv auf morgen in einer Woche festgesetzt.»

«Nächste Woche?»

«Sie sagen es überdeutlich.»

«Wundervoll. Mein Gott, bin ich froh, wieder zu arbeiten!»

Vivaldo kam aus dem Bad; er wirkte unwahrscheinlich riesenhaft in seiner glatten weißen Nacktheit; er ging in die Küche. Dort sah er mit kritischer Miene nach dem Kaffeewasser, kam dann zurück ins Zimmer und warf sich aufs Bett.

«Sie werden von jetzt ab wieder richtig arbeiten, Eric. Sie machen bestimmt Ihren Weg, mein Junge; Sie sind drauf und dran, Spitze zu werden. Und ich wüßte nicht, was mich mehr freuen würde.»

«Danke, Harman. Ich hoffe natürlich, daß Sie recht haben.»

«Ich bin schon länger im Geschäft, als Sie auf der Welt sind, Eric. Ich rieche einen Treffer förmlich, wenn ich ihn bloß sehe, und ich hab mich noch nie geirrt, darin jedenfalls nicht. Also – machen Sie's gut, wir sehn uns morgen. Wiedersehn.»

«Wiedersehn.»

Er legte den Hörer auf, von flüchtiger Erregung erfüllt.

«Gute Nachrichten?»

«Das war mein Agent. Nächste Woche fangen wir mit den Proben an, und am Mittwoch machen wir meine Probeaufnahmen.» Dann flammte der Triumph in ihm auf, und er drehte sich zu Vivaldo um. «Ist das nicht phantastisch?»

Vivaldo musterte ihn lächelnd. «Ich denke, darauf sollten wir einen trinken, mein Junge.» Er sah, wie Eric die leere Flasche vom Boden aufnahm. «Ach! Zu schade!»

«Aber ich hab noch etwas Bourbon», sagte Eric.

«Toll.»

Eric schwenkte zwei Bourbon ein und stellte die Flamme unter dem Kaffeewasser niedriger. «Bourbon paßt auch wirklich viel besser», sagte er glücklich, «das trinkt man nämlich im Süden, wo ich herkomme.»

Er setzte sich wieder aufs Bett, und sie stießen an.

«Auf deinen ersten Oscar!» sagte Vivaldo.

Eric lachte. «Das läßt sich hören. Auf deinen Nobelpreis!»

«Das läßt sich noch besser hören.» Eric zog sich das Laken bis zum Nabel hoch. Vivaldo sah ihm zu. «Du wirst sehr einsam sein», sagte er plötzlich.

Eric sah zu ihm hinüber und erschauerte. «Du nicht weniger, wenn's soweit ist. *Wenn* es soweit kommt –» fügte er nach einem Augenblick hinzu – «und dabei bin ich jetzt schon einsam genug.»

Einen Augenblick lang war Vivaldo still. Als er dann sprach, klang seine Stimme sehr traurig und zart: «Wirklich? Und wirst du's auch noch sein – wenn dein Junge herkommt?»

Da war auch Eric still. «Nein», sagte er schließlich. Er zögerte. «Nun – ja und nein.» Dann sah er Vivaldo an. «Bist du bei Ida einsam?»

Vivaldo senkte den Blick. «Darüber denke ich jeden Morgen nach – oder versuche es wenigstens.» Er sah Eric in die Augen. «Ich hoffe, du nimmst es mir nicht übel, wenn ich sage – ach was, du weißt es ja selber –, daß dein Bett hier so etwas wie ein Versteck für mich ist, daß ich mich vielleicht gar in deinen Armen verstecke – vor Ida . . . Ach, diese ewigen Gedanken über mein Leben mit Ida – ich komm und komm einfach nicht damit ins reine.» Wieder blickte er zu Boden. «Ich fühle ganz deutlich, daß ich eine Lösung finden muß, ich allein, so oder so. Aber ich glaube, ich habe nicht den Mumm dazu. Ich weiß nicht, wie ich's anfangen soll. Ich habe Angst, irgend etwas zu forcieren, weil ich Angst habe, ich könnte sie verlieren.» Er verstummte verwirrt; es war, als habe er sich in Erics tiefem Schweigen verfangen. «Weißt du, was ich meine? Habe ich mich verständlich ausgedrückt?»

«O ja», sagte Eric, aber sein Gesicht blieb freudlos dabei, «ja, verständlich ist es schon.» Dann sah er Vivaldo mit einem Lächeln an und wagte zu sagen: «In diesem Augenblick – wo wir beide hier herumwursteln und uns vor den Dingen verstecken, die uns Angst machen – in diesem Augenblick liebst vielleicht du mich, liebe vielleicht ich dich so, wie wir überhaupt nur lieben oder geliebt werden können in dieser Welt.»

«Ich weiß nicht», sagte Vivaldo, «ob ich dir beipflichten kann. Noch nicht. Nun ja – in gewissem Sinne hast du vielleicht recht. Sicher.» Er sah zu Eric auf. «Aber irgend etwas fehlt daran. Sieh mal. Dieser Tag ist nun fast vorüber. Wie lange wird es dauern, bis wir wieder so einen Tag erleben? Wir sind ja keine Kinder mehr, wir wissen, wie das Leben ist, wie die Zeit vergeht – es steht einfach nicht in meiner Macht, gleichsam von Augenblick zu Augenblick, von Tag zu Tag, von Monat zu Monat deine Einsamkeit zu verringern. Und auch du kannst das nicht bei mir. Die Richtungen, in die es uns treibt, sind verschieden – daran kann ich ebensowenig ändern wie du.» Er machte eine Pause und sah Eric mit weit aufgerissenen, gequälten Augen an. Er lächelte. «Es wäre wunderbar, wenn es so sein könnte; es ist schön bei dir, Eric. Aber am Ende verstehe ich dich doch nicht so, wie du mich wohl verstehen mußt. Weißt du? Und wenn wir auch versuchten, darin übereinzukommen, es auf Dauer zu festigen, es zu kontrollieren, wenn wir versuchten, mehr aus dem zu machen, was wir – durch ein Wunder, durch ein reines Wunder, das schwöre ich – zufällig zusammen gefunden haben, dann würde ich ein Parasit werden, und es nähme ein böses Ende. Was könnten wir also in Wirklichkeit füreinander noch tun – als uns lieben und uns gegenseitig Zeugen sein? Und haben wir nicht das Recht, auf mehr zu hoffen? Darauf, daß wir zu uns selber kommen, daß wir werden, was wir wirklich sind? Was meinst du?»

Und noch ehe Eric antworten konnte, nahm er einen großen Schluck Whisky und fuhr in ganz anderem Ton, mit gedämpfter Stimme fort: «Denn weißt du – als ich im Bad war, habe ich immerfort daran denken müssen, wie gern ich in deinen Armen bin, wie gern ich dich in den meinen halte, ja –» er wurde rot und blickte wieder auf in Erics Gesicht – «und warum nicht, es ist warm darin, und ich bin nicht unempfindlich, ich mag es, ich mag die Art, wie du mich liebst, aber –» und wieder senkte er den Blick – «aber es ist nicht meine Art, es ist nicht mir gemäß, das weiß ich, und ich kann nun einmal nicht aus meiner Haut, ich kann meine Art nicht einfach ablegen. Wenn ich's täte, wäre es mein Tod, und wenn ich tot wäre –» und jetzt sah er mit einem wehmütigen, jugendlichen Grinsen zu Eric auf – «hätte ich ja sowieso nichts mehr von deiner Liebe. Und ich will doch deine Liebe mein ganzes Leben lang besitzen.»

Eric streckte die Hand aus und berührte Vivaldos Gesicht. Nach einem Augenblick ergriff Vivaldo diese Hand. «Du hast einen sitzen, mein Alter», sagte Eric, «ja, ja, der Whisky.» Seine Stimme war, zu seiner eigenen Überraschung, ein dunkles, heiseres Flüstern. Er räusperte sich. «Möchtest du jetzt vielleicht etwas Kaffee?»

Vivaldo schüttelte den Kopf. Er leerte sein Glas und stellte es auf den Tisch.

«Trink aus», sagte er zu Eric.

Eric kam der Aufforderung nach. Vivaldo nahm ihm das Glas ab und setzte es hin.

«Ich mag jetzt keinen Kaffee mehr», sagte er. Dann öffnete er die Arme. «Komm, wir wollen lieber den kurzen Tag nutzen.»

Gegen zehn vor vier war Eric dann geduscht, rasiert und angezogen; er trug einen Regenmantel mit Kapuze. Der Kaffee war zu heiß, er brachte nur eine halbe Tasse hinunter. Vivaldo war noch immer unbekleidet.

«Geh du nur», sagte er. «Ich räume ein bißchen auf und werde die Tür schon fest verschließen.»

«Gut.» Aber Eric fürchtete sich genauso davor, das Zimmer zu verlassen, wie Vivaldo Angst hatte, sich anzuziehen. «Die Zigaretten laß ich dir da, ich kaufe mir neue.»

«Großartig von dir. Also dann schieb ab. Und grüß Cass von mir.»

«Grüß du Ida von *mir*», sagte Eric.

Sie grinsten beide. «Ich rufe sie an», sagte Vivaldo, «sobald du nur endlich hier abgehauen bist.»

«Okay, ich bin ja schon weg.» Doch an der Tür blieb er wieder stehen und sah zu Vivaldo hinüber, der mitten im Zimmer stand, in der Hand eine Kaffeetasse.

Er starrte mit einem Ausdruck mürrischer Verwirrung zu Boden. Dann spürte er Erics Augen auf sich und sah hoch. Er setzte die Tasse ab und ging zur Tür. Er küßte Eric auf den Mund und sah ihm in die Augen.

«Wir sehn uns bald wieder, mein Junge.»

«Ja», sagte Eric, «bald.» Er öffnete die Tür und verschwand.

Vivaldo lauschte ihm nach, wie er die Treppe hinunterging. Dann trat er zum Fenster, öffnete die Jalousien und blickte hinab. Eric erschien auf der Straße, als sei er gerannt oder als hätte ihn etwas förmlich gehetzt. Erst sah er in die eine Richtung, dann in die andere, und schließlich ging er, die Hände in den Taschen, den Kopf gesenkt und die Schultern hochgezogen, dicht an den Häuserwänden die Straße hinunter. Vivaldo sah ihm nach, bis er um die Ecke verschwand.

Dann wandte Vivaldo sich wieder ins Zimmer, und während er mit bleichem Gesicht nachgrübelte, begann das Schuldgefühl bereits an dem Strick zu nagen, mit dem er es gefesselt hatte; es schärfte sich die Zähne für ihn selbst. Und dennoch spürte er zur gleichen Zeit eine herrliche, wundervolle Ermattung. Er goß sich noch einen kleinen Drink ein und setzte sich auf die Bettkante. Dann griff er zögernd zum Telefon und wählte seine Nummer.

Der Hörer wurde fast augenblicklich abgenommen, und wie ein elektrischer Schlag fuhr Idas Stimme an sein Ohr: «Hallo?»

Im Hintergrund hörte er Billie Holiday singen: *Billie's Blues.*

«Hallo, meine Süße. Hier ist dein Mann, der mal kurz überprüfen will, was seine Frau gerade macht.»

«Du hast's nötig. Weißt du eigentlich, wie spät es ist? Wo zum Teufel steckst du bloß?»

«Ich bin bei Eric, da sind wir nämlich gestern schon gelandet. Ich bin gerade dabei, mich langsam wieder aufzurappeln.»

Eine sonderbare Erleichterung schwang in ihrer Stimme. Sie suchte sie zu verbergen, doch war es ihm nicht entgangen. «Was? Du warst die ganze Nacht dort – seit wir uns gestern abend getrennt haben?»

«Ja. Wir hatten uns hier häuslich niedergelassen, und dann gerieten wir ins Reden und machten dabei Erics Whisky den Garaus. Und das war eine ziemlich langwierige Arbeit – infolgedessen –»

«Ja, ja, ich weiß, du bist der Meinung, es ist gesetzwidrig, mit dem Trinken aufzuhören, solange noch was da ist. Hör zu. Hat Cass angerufen?»

«Ja.»

«Und hast du mit ihr gesprochen?»

«Das nicht. Aber Eric.»

«Ach. Und was hat er dir gesagt?»

«Was meinst du damit, was er mir gesagt hätte?»

«Ich meine, was hat Cass gesagt?»

«Nun, sie sitzt in der Klemme. Richard hat rausgekriegt, daß die beiden was zusammen haben.»

«Ist das nicht schrecklich? Was hat sie sonst noch gesagt?»

«Nun – ich denke, das hat gereicht, ihr die Gedanken etwas durcheinander zu bringen. Sonst scheint sie nicht mehr viel gesagt zu haben. Wußtest du irgendwas von der Sache?»

«Aber ja! Richard war hier. Ist er auch schon bei euch gewesen?»

«Nein.»

«Ach, Vivaldo, es war schrecklich. Er hat mir so leid getan. Ich mußte immer denken, du seist vielleicht bei Eric, aber ich hab ihm gesagt, du seist deine Familie in Brooklyn besuchen gegangen, und ich wüßte weder die Adresse noch die Telefonnummer. Es sieht traurig aus, Vivaldo, er ist sehr erbittert und will offenbar seinen Schmerz an dir auslassen. Er hat das Gefühl, von dir verraten worden zu sein.»

«Nun ja, ich kann mir denken, daß ihm das die Sache erleichtert. Wie lange war er da?»

«Gar nicht lange. Höchstens zehn Minuten. Aber mir kam es viel länger vor. Er hat schreckliche Dinge gesagt –»

«Daran zweifle ich nicht. Ist er immer noch scharf auf meinen Anblick?»

«Ich weiß nicht.» Eine Pause entstand. «Kommst du jetzt heim?»

«Ja, unmittelbar. Wirst du zu Hause sein?»

«Natürlich. Beeil dich. Ach – übrigens – wo ist Eric?»

«Ausgegangen – rauf zur Stadt –»

«Mit Cass verabredet?»

«Ja.»

Sie seufzte. «Mein Gott, was für ein Schlamassel. Komm nur gleich nach Hause, Herzchen; wenn Richard dich schon abknallen will, soll er's wenigstens nicht tun, während du dich bei Eric herumdrückst. Das wäre denn doch zu viel.»

Er lachte. «Treffend bemerkt. Du scheinst heute ja guter Laune zu sein.»

«In Wirklichkeit bin ich äußerst übler Laune. Aber ich will brav sein und reiße mich zusammen; ich tue so, als wäre ich Greer Garson.»

Wieder mußte er lachen: «Und hilft es?»

«Nun, um ehrlich zu sein: nicht besonders. Aber es macht die Sache etwas lustiger.»

«Na schön. Also dann – ich bin in einer Minute da.»

«Okay, Herzchen. Bis gleich.»

«Ebenfalls.»

Er legte auf – mit einem Gefühl frohlockender Erleichterung darüber, daß ihn von Idas Seite zu Hause nichts Schlimmes erwartete. Er spürte, er hatte eine nicht ungefährliche Klippe überstanden. Er trat unter die Dusche, schrubbte sich ab und sang; doch als er sich dann abtrocknete, merkte er, daß ihm ganz schwach war vor Hunger. Während er sich anzog, läutete es an Erics Wohnungstür.

Schließlich schien ihm so gut wie sicher, daß es Richard war, und in aller Eile schnallte er den Gürtel fest und zog die Schuhe an, ehe er auf den Türöffner drückte. Idiotischerweise fing er auch noch an, das Bett zu machen, doch merkte er, daß die Zeit dazu kaum reichen würde, und Richard konnte es ohnehin ziemlich gleich sein, ob das Bett gemacht war oder nicht. Er wartete; unten ging die Haustür auf und schloß sich wieder. Er öffnete Erics Wohnungstür. Aber keine Schritte näherten sich. Eine Stimme rief: «Eric Jones!»

«Hier!» schrie Vivaldo. Er atmete auf und ging auf den Treppenabsatz vor. Ein Botenjunge der Western Union kam die Stufen herauf.

«Sind Sie Eric Jones?»

«Nein, der ist nicht zu Hause. Aber ich kann's annehmen.»

Der Botenjunge händigte ihm ein Telegramm aus und das Quittungsbuch zur Unterschrift. Er gab ihm 20 Cents und ging dann zurück ins Zimmer. Das Telegramm mußte wohl von Erics Agenten oder vom Produzenten kommen, dachte er; aber dann sah er es sich genauer an und stellte fest, daß es eine Kabeldepesche war und aus Europa kam. Er steckte es an das Telefon und kritzelte eine Notiz dazu: *Eben Telegramm gekommen. Ich habe mir Deinen anderen Regenmantel ausgeborgt.*

Er hielt inne. Dann kritzelte er noch hinterher: *Es war ein großartiger Tag.* Und fügte hinzu: *In Liebe – Vivaldo.* Er legte den Zettel mitten auf Erics Tisch und beschwerte ihn mit dem Tintenfaß.

Dann war er fertig; er sah sich im Zimmer um. Das Bett war noch immer ungemacht; er ließ es, wie es war; die Flasche stand noch auf dem Boden, die Gläser waren auf dem Nachttisch. Alles war völlig still, schweigsam, nur der Regen rauschte nieder. Wieder warf er einen Blick auf das Telegramm, das – so inhaltsschwer – leicht am Telefon lehnte und wartete. Telegramme jagten ihm immer einen kleinen Schreck ein. Er schloß die Tür hinter sich, prüfte nach, ob sie auch wirklich verschlossen war, und ging dann schließlich in den unfreundlichen Regen hinaus.

Eric erblickte Cass sofort; sie stand an der Treppe, gleich hinter dem Mann, der die Eintrittskarten kontrollierte. Sie wanderte auf und ab, immer im Kreis, und als er eintrat war ihr Rücken ihm zugekehrt. Sie trug ihren losen braunen Regenmantel und eine dazu passende Kapuze und spielte mit dem klauenförmigen, spitzen weißen Elfenbeinknopf ihres schlanken Regenschirms. Das Museum war stark besucht und erfüllt vom schalen Geruch, den Museen an Sonntagen haben und der nun von dumpfer Feuchtigkeit noch verstärkt wurde. Er kam durch die Tür hinter einem großen Schwarm von eitel schwatzenden, regendurchnäßten, aufgetakelten Damen; und sie bildeten vor ihm eine breite, laute, schwankende Wand, als sie jetzt sich und ihre Regenschirme ausschüttelten und einander unablässig mit triumphierender Stimme beteuerten, wie scheußlich das Wetter doch sei. Drei junge Männer und zwei junge Mädchen mit sanftem Blick, geschniegelt und gebügelt, förmlich leuchtend vor leidenschaftlicher Bildungsbeflissenheit und vor Behagen, sich zwischen Abstraktem zu bewegen, gaben ihre Eintrittskarten hin und gingen durch die Sperre. Andere waren auf der Treppe, kamen herunter, gingen hinauf und lugten einander beständig in die Gesichter wie halbblinde Vögel, und sie alle machten ein Geschwirr wie von stiebendem Gefieder und prahlerisch gereckten Schwingen. Cass – klein, bleich und altmodisch in ihrer Kapuze – ging ruhelos auf und ab und musterte all den Zauber mit freudlosen Augen; gleichgültig streifte ihr Blick das Getümmel der schwatzenden Damen, ohne sie freilich wirklich zu sehen; immer noch versuchte Eric, die Wand zu durchbrechen oder zu umgehen. Er sah wieder zu den Menschen auf der Treppe hinüber und fragte sich, warum sich Cass wohl ausgerechnet hier mit ihm hatte treffen wollen, es war doch nur zu wahrscheinlich, daß in diesen geweihten und sterilen Hallen, irgendwo in einem Gang, halb versteckt vielleicht vom Gewimmel der Statuen, jemand auftauchte, den sie kannten. Cass zündete sich resigniert eine Zigarette an; sie wandte sich halb dabei um in ihrem engen, unsichtbaren Käfig. Nun stürzten auch noch hinter ihm Menschen zur Tür herein, und der dadurch entstehende Druck trieb ihn an den Damen vorbei. Er berührte Cass an der Schulter.

Bei dieser Berührung schien sie förmlich aufzufahren. Auf einmal kam Leben in ihre Augen, und ihre bleichen Lippen spannten sich. Auch ihr Lächeln war bleich: «Oh!» sagte sie. «Ich dachte schon, du kämst überhaupt nicht mehr.»

Er hatte der verzweifelten Versuchung widerstanden, überhaupt nicht zu kommen, und schon halb gehofft, er würde sie hier nicht finden. Sie war so bleich und schien – an dieser kalten, verwirrenden Stätte – so hilflos, daß es ihm schier das Herz zerriß. Er kam eine halbe Stunde zu spät. «Liebe Cass», sagte er, «bitte verzeih mir, es ist schwer, bei solchem Wetter irgendwohin zu kommen. Wie fühlst du dich?»

«So gut wie tot.» Sie machte keine Bewegung, sie starrte nur auf die glimmende Spitze ihrer Zigarette, als sei sie davon hypnotisiert. «Ich habe noch keinen Schlaf finden können.» Ihre Stimme war sehr leise und ruhig.

«Du hast dir ja einen sonderbaren Treffpunkt ausgesucht.»

«Ja?» Ihr Blick machte gleichgültig einmal die Runde; dann sah sie ihn an. Die blanke Verzweiflung in ihrem Gesicht schien nun endlich, wie aus weiter Entfernung, seiner gewahr zu werden, und ihre gespannten Züge glätteten sich; Kummer und Schmerz lagen jetzt darin. «Das kann wohl sein. Ich hab nur gedacht – nun also hier wird uns wahrscheinlich keiner zuhören, und mir – mir fiel einfach im Moment nichts anderes ein.»

Er hatte gerade schon vorschlagen wollen, anderswohin zu gehen, aber ihr weißes Gesicht und die Tatsache, daß es regnete, hielten ihn zurück. «Schon gut», sagte er. Er nahm ihren Arm, und ziellos gingen sie die Treppe hinauf. Plötzlich merkte er, daß er schrecklichen Hunger hatte.

«Ich kann nicht lange bleiben, weil ich die Kinder allein gelassen habe. Aber ich habe Richard gesagt, daß ich ausgehe – daß ich versuchen will, dich heute zu sehen.»

Sie erreichten den ersten einer labyrinthischen Reihe von Räumen, durch die sich die Menschenmassen dahinwälzten, leuchtende Gemälde über und um sich, und es war, als erstreckten sich die Wände ins Endlose – wie Grabsteine mit unleserlichen Inschriften. Die Leute kamen und gingen in großen Schüben – wie Touristen auf einem fremden Friedhof. Gelegentlich stand ein einzelner Trauernder, der irgendeiner dahingegangenen Verwandtschaft nachträumte, allein vor einem massigen Denkmal, anbetend oder schwärmerisch, aber bei den meisten, die ruhelos überall herumstreiften, lief der Aufenthalt hier auf allgemeine Volksbelustigung hinaus. Cass und Eric bewegten sich wie in Panik durch diese Menge und versuchten eine ruhigere Stelle ausfindig zu machen; durch ganze Felder von französischen Impressionisten und Kubisten und kakophonischen modernen Meistern gerieten sie in einen kleineren Raum, der von einem ungeheuren, vornehmlich in Rot ausgeführten Gemälde beherrscht wurde, vor dem zwei Studenten, ein Mädchen und ein Junge, standen und einander an den Händen hielten.

«War es sehr schlimm gestern nacht, Cass?»

Er stellte diese Frage mit leiser Stimme, als sie vor einem Gemälde in kühlem Gelb standen; es stellte ein Mädchen mit langem Hals dar, in einem gelben Kleid, mit gelben Haaren.

«Ja.» Die Kapuze verdunkelte ihr Gesicht; es war heiß im Museum; sie warf die Kapuze zurück. Das Haar hing ihr unordentlich in die Stirn, und einzelne Strähnen hatten sich im Nacken gelöst: sie sah müde aus und alt. «Zuerst war es einfach fürchterlich, denn ich hatte nicht gewußt, wie sehr es ihn treffen würde. Er ist ja auch nicht aus Stein», und ein kurzer Blick streifte Eric, dann sah sie wieder weg. Sie entfernten sich von dem gelben

Bild und traten vor ein anderes, eine Straßenansicht mit Kanälen, irgendwo in Europa. «Und – ganz gleich, was seither geschehen ist, ich habe ihn ja sehr geliebt, er war mein ganzes Leben, und gleichgültig wird er mir niemals sein.» Sie machte eine Pause. «Ich glaube, er hat ein schreckliches Schuldgefühl in mir wachgerufen. Ich wußte nicht, daß es dahin kommen würde. Ich habe nicht damit gerechnet – aber nun ist es doch gekommen.» Wieder machte sie eine Pause; ihre Schultern sackten zusammen, müde von ihrer Niederlage und doch zugleich stolz. Dann berührte sie seine Hand. «Es ist mir schrecklich, dir das alles zu erzählen – aber ich muß es versuchen. Er hat mir auch Angst eingejagt, schreckliche Angst; denn ganz plötzlich packte mich die Furcht, ich müßte vielleicht meine Kinder verlieren, und ich kann doch nicht ohne sie leben!» Sie strich sich mit der Hand über die Stirn – ein nutzloser Versuch, das Haar hochzuschieben. «Ich mußte es ihm ja gar nicht sagen; eigentlich wußte er nicht das geringste, und natürlich hatte er dich zuallerletzt in Verdacht; er glaubte, es handle sich um Vivaldo. Aber ich habe es ihm dann gesagt, weil ich meinte, er hätte ein Recht, es zu wissen; denn wenn wir noch weiter zusammenbleiben sollten, dann konnte das nur auf einer ganz neuen Grundlage beginnen, und alles mußte zwischen uns klar sein. Aber es war falsch. Manche Dinge können einfach nicht klar sein.»

Der Junge und das Mädchen kamen durch den Raum auf ihre Seite herüber. Cass und Eric wichen ihnen aus und traten unter das rote Gemälde. «Oder vielleicht sind solche Dinge an sich sogar klar, nur kann man ihnen nicht ins Auge sehen. Ich weiß nicht . . . Jedenfalls, ich hatte nicht erwartet, daß er mir drohen würde, ich hatte nicht im Traum daran gedacht, er würde mir Angst einjagen können. Wenn *er* mich verließe, wenn *er* mir untreu würde – untreu, was für ein Wort! –, ich glaube nicht, daß ich versuchen würde, ihn auf *die* Tour zu halten. Nein, ich würde nicht versuchen, ihn zu züchtigen. Schließlich – er ist doch nicht mein Eigentum; niemand ist eines anderen Eigentum.»

Sie fingen wieder an herumzuwandern, einen langen Gang dahin, hinter den Damen her. «Er hat ganz schreckliche Dinge gesagt, er hat gedroht, die Scheidung einzureichen und mir Paul und Michael wegzunehmen. Und ich habe ihm zugehört, nur zugehört – es schien mir so ganz und gar unwirklich. Mir wollte nicht in den Kopf, wie er solche Dinge sagen konnte, wenn er mich wirklich je geliebt hat. Und ich habe ihn beobachtet. Ich sah, daß er das alles nur sagte, um mir weh zu tun, um mich zu verletzen, weil er verletzt worden war – wie ein Kind. Und ich sah, daß ich ihn ja immer so geliebt hatte, eben so – wie ein Kind –, und nun bekam ich die Quittung für diese Träumereien. Wie habe ich nur so lange träumen können?! Und ich dachte, es sei alles wirklich. Jetzt weiß ich überhaupt nicht mehr, was eigentlich wirklich ist. Und ich fühlte mich verraten, ich spürte, daß ich mich selbst verraten hatte, mich und dich und alles, was Wert für mich hat, alles jedenfalls, wonach es einen verlangt, wozu man sich erheben, wozu man werden möchte – wenn man sich nicht damit abfindet, einfach bloß ein graues, formloses Monstrum zu sein.» Sie gingen an den munter plaudernden Damen vorüber, und Cass sah sie voller Ratlosigkeit an und voller Haß. «O mein Gott, ist das eine elende Welt!»

Er sagte nichts, denn er wußte nicht, was er hätte antworten können, und stumm setzten sie ihre gespenstische Promenade durch den eisigen und winkligen Dschungel fort. Die Farben an den Wänden schrien auf sie ein – wie gefrorene Musik; er hatte förmlich das Gefühl, als würden diese Räume sich endlos immer weiter aneinanderreihen, als sei dies ein ewiges Labyrinth. Und ein Mitleid mit Cass überkam ihn – stärker als jede Liebe, die er je für sie empfunden hatte. Sie stand so aufrecht da wie ein Soldat, sie ging starr geradeaus – und war dabei, wie man im Süden sagte, nicht größer als eine Minute. Er wünschte inbrünstig, er könnte sie retten, es möchte doch in seiner Macht liegen, sie zu retten und ihr Leben weniger hart zu machen. Aber nur Liebe konnte das Wunder vollbringen, ein Leben erträglich zu machen – nur Liebe, und gerade sie konnte er nicht geben. Denn er hatte sie nie geliebt. Er hatte sie dazu benutzt, etwas über sich selbst herauszubekommen. Und sogar das stimmte nicht. Er hatte sie benutzt in der Hoffnung, eine Gegenüberstellung mit sich selbst zu vermeiden, die er dann trotzdem – und zu seinem Leid und Schaden – gewaltsam hatte erdulden müssen. Er fühlte sich jetzt, in ihrer schrecklichen Stunde, so weit von Cass entfernt, wie er es räumlich von Yves war. Wie eine Sturmflut heulte der Raum zwischen ihnen. Und während Yves jetzt mit jedem Augenblick näher kam und all das Wasser besiegte, und je mehr er sich näherte der rauhen Realität entrückt wurde, trieb es Cass immer weiter von ihm weg, schon war sie in unbezwingliche Ferne entrückt, und bald würden die Wogen der Wirklichkeit über ihr zusammenschlagen für immer wie ein Leichentuch, das den Körper verhüllt. Darum dehnte und weitete sich sein Kummer, da er nun hilflos war, fast genießerisch aus. «Du wirst niemals ein Monstrum sein», sagte er, «niemals. Was geschieht ist unaussprechlich, ich weiß, aber es kann dich nicht bezwingen. Du kannst nicht untergehen, dazu bist du schon zu weit gekommen.»

«Ich denke, ich weiß, was ich *nicht* sein kann. Aber was ich sein werde – was aus mir wird –, das sehe ich überhaupt noch nicht. Und ich habe solche Angst.»

Sie gingen nicht weit von einem müden Wärter vorüber, der verwirrt und wie geblendet aussah, ganz als sei er noch niemals fähig gewesen, dem Licht zu entkommen. Vor ihnen hing ein großes und grelles Gemälde in Grün, Rot und Schwarz; es bestand aus lauter Blöcken und Kreisen, deren Aussagen wie Dolche auf den Beschauer gerichtet waren; es tat – obgleich für die Augen des Betrachters durchaus im Gleichgewicht – förmlich einen Sprung von der Wand, und zu gleicher Zeit schien es sich endlos und anbetend in sich zurückzukrümmen, um sich in unaussprechlichem Chaos zu verlieren. Es war aufs aggressivste und herrlichste ungefällig und rätselhaft; vielleicht hatte es ein einsamer und blutdürstiger Tyrann gemalt, der um seine Opfer geprellt worden war. «Wie schauerlich», murmelte Cass, aber sie blieb; denn diese Ecke hatten sie, abgesehen von dem Wärter, für sich allein.

«Du hast einmal gesagt», meinte er, «du wolltest wachsen, wolltest reifen. Ist das nicht immer mit Angst verbunden? Und tut das nicht immer weh?»

Das war natürlich eine Frage, die er im Grunde an sich selbst richtete; sie drehte sich mit einem kleinen, dankbaren Lächeln zu ihm um, dann wandte er sich wieder dem Gemälde zu.

«Ich sehe langsam ein», sagte sie, «daß Wachsen und Reifen nichts weiter bedeutet – als über die Angst mehr und mehr zu lernen. Dieses Gift wird zur täglichen Nahrung – tagtäglich nimmt man einen Schluck davon. Wenn man es einmal gesehen hat, kann man nicht mehr aufhören, es immer und immer wieder zu sehen – das ist das Schlimme daran. Und es kann, es kann –» wieder strich sie sich müde mit der Hand über die Stirn – «einen noch wahnsinnig machen.» Sie trat ein paar kurze Schritte zur Seite, dann kehrte sie wieder in die Ecke zurück. «Man sieht allmählich ein, daß man selbst – aufrecht und in aller Unschuld – seinen Teil zum Elend der Welt beigetragen hat und immer noch beiträgt. Und nie wird das ein Ende haben, weil wir nun einmal sind, was wir sind.» Er beobachtete ihr Gesicht, von dem jetzt – vor seinen Augen – die Jugend schwand: das Mädchenhafte fiel von ihr ab. Doch war es keineswegs so, daß ihr Gesicht nun verblichen gewirkt hätte oder alt. Es wirkte eher gereinigt; etwas unbezwingbar Unpersönliches lag darin. «Ich habe Richard heute morgen beobachtet, und da mußte ich – wie so oft schon – daran denken, wie verantwortlich ich selber dafür bin, daß er ist, was er ist, daß er geworden ist, was er ist.» Einen Augenblick lang setzte sie eine Fingerspitze auf die Lippen und schloß die Augen. «Ich kreide ihm ja schließlich an, daß er ein zweitrangiger Mensch ist, daß er keine wirkliche Leidenschaft hat, keine wirklich eigenen Gedanken, und daß er nichts wirklich wagt. Aber das hat er nie getan, er ist nie anders gewesen. Ich war froh darüber, ihm *meine* Ansichten geben zu können; wenn ich bei ihm war, waren Leidenschaft und Wagnis meine Sache. Und er nahm alles an – natürlich, wie hätte er auch wissen können, daß es nicht eigentlich sein war? Und ich war glücklich, weil es mir so herzlich geglückt war, aus ihm zu machen, was er nach meinem Wunsch sein sollte. So dachte ich. Und natürlich kann er nicht begreifen, daß es eben jener Triumph war, der nun so unerträglich ist. Ich bin selber vor ihm zurückgetreten – viel weiter, als es wohl hätte sein müssen –, und habe ihm doch nur Wasser gereicht, von dem er nicht zu trinken versteht. Es ist einfach nichts für ihn. Aber das ist jetzt alles zu spät.» Sie lächelte. «Er hat eben gar keine richtige Aufgabe, das ist das Schlimme, das ist das Übel dieser ganzen unsäglichen Zeit. Und ich bin jetzt in der Falle. Es nützt gar nichts, die Menschen oder die Zeit verantwortlich zu machen, ihnen die Schuld zuzuschieben – all diese Menschen sind wir selbst. *Wir* sind die Zeit.»

«Und du denkst, es gibt keine Hoffnung mehr für uns?»

«Hoffnung?» Das Wort schien dröhnend von den Wänden widerzuhallen. «Hoffnung? Nein, ich glaube nicht, daß es noch Hoffnung gibt. Es ist zu leer hier –» ihre Augen glitten über die Menge der Sonntagsbesucher – «viel zu leer hier drinnen –» Sie faßte sich ans Herz. «Dies ist überhaupt kein richtiges Land, es ist nichts als eine Ansammlung von Footballspielern und höheren Pfadfindern. Feiglinge allesamt. Wir meinen, wir wären glücklich. Wir sind's nicht. Wir sind gerichtet!» Sie sah auf die Uhr. «Ich muß wieder heim.» Sie sah ihn an. «Ich wollte dich nur einen Augenblick sehen.»

«Was willst du jetzt tun?»

«Ich weiß noch nicht. Ich geb dir noch Nachricht, wenn's soweit ist. Richard ist weg, er wird wohl kaum vor ein paar Tagen zurück sein. Er will nachdenken, sagt er.» Sie seufzte. «Ich weiß nicht.» Und vorsichtig fuhr sie fort, mit einem Blick auf das Gemälde: «Ich könnte mir vorstellen, er kommt – um der Kinder willen – doch zu dem Entschluß, daß wir die Sache abflauen lassen und zusammenbleiben sollten. Ich weiß nicht einmal, ob ich das will oder nicht, ich habe keine Ahnung, ob ich es ertrüge. Aber eine Scheidungsklage wird er kaum gegen mich einreichen, denn er hat nicht den Mut, dich als mitschuldigen Ehebrecher namhaft zu machen.» Zu des anderen Erstaunen lachte jeder von ihnen los. Sie sah ihn wieder an. «Ich kann nicht zu dir kommen», sagte sie.

Stille herrschte.

«Nein», sagte er, «du kannst nicht mehr zu mir kommen.»

«So ist es nun – obwohl wir uns wiedersehen werden – ein richtiger Abschied.»

«Ja», sagte er. Dann: «Es mußte so kommen.»

«Ich weiß. Ich wollte, es wäre anders gekommen, aber –» sie lächelte – «aber einerlei, Eric, du hast etwas sehr Wertvolles für mich getan. Ich hoffe, du glaubst mir das. Ich hoffe, du vergißt nie – was ich gesagt habe. Ich werde dich nie vergessen.»

«Nein», sagte er, und ganz plötzlich griff er nach ihrem Arm. Er hatte das Gefühl als fiele er, fiele hinaus aus der Welt. Cass entließ ihn in das Chaos. Zum letztenmal hielt er sich an ihr fest.

Sie sah ihm ins Gesicht und sagte: «Hab keine Angst, Eric. Es wird mir helfen, selber keine zu haben. Tu's mir zuliebe.» Sie berührte sein Gesicht, seine Lippen. «Sei ein Mann. Es läßt sich tragen, alles läßt sich ertragen.»

«Ja.» Aber stumm starrte er sie an. «Ach, Cass. Könnt ich doch nur mehr tun!»

«Das kannst du nicht», sagte sie, «du kannst nicht mehr tun, als du schon getan hast. Du bist mein Geliebter gewesen und bist jetzt mein Freund.» Sie nahm seine Hand zwischen ihre beiden Hände und starrte darauf nieder. «Du warst es, der sich mir für ein Weilchen gegeben hat. Du warst es wirklich.»

Sie wandten sich ab von den lärmenden Farben der Gemälde, schlossen sich der strömenden Menge an und gingen langsam die Treppe hinunter. Cass zog die Kapuze über; er hatte seine überhaupt nicht abgenommen.

«Wann seh ich dich wieder?» fragte er. «Rufst du mich an – oder was?»

«Ja, ich ruf dich an», sagte sie, «morgen oder übermorgen.» Sie waren am Ausgang angekommen und blieben stehen. Noch immer regnete es in Strömen.

Sie standen und sahen in den Regen hinaus. Niemand trat ein, niemand ging hinaus. Dann rollte ein Taxi am Bordstein vor und hielt. Zwei Frauen, die Regenkapuzen aus Plastik trugen, hantierten mit ihren Schirmen, Handtaschen und Geldbörsen und schickten sich an, aus dem Wagen zu steigen.

Ohne ein Wort stürzten Eric und Cass in den Regen hinaus und auf das Taxi zu. Die Frauen rannten schwerfällig in das Museum. Eric öffnete die Wagentür.

«Auf Wiedersehn, Eric.» Sie beugte sich vor und küßte ihn. Er hielt sie fest. Ihr Gesicht war naß, doch wußte er nicht, ob vom Regen oder von Tränen. Sie entzog sich ihm und stieg ein.

«Ich warte auf deinen Anruf», sagte er.

«Ja, ich rufe an. Mach's gut.»

«Gott segne dich, Cass. Also dann.»

Er schlug die Tür hinter ihr zu, und das Taxi fuhr auf der langen, blanken, schimmernden Straße davon.

Es wurde bereits dunkel. Bald würden die Lichter der Stadt aufleuchten; nicht lange mehr, und sie würden seinen Namen aufleuchten lassen. Ein kalter Windstoß kräuselte das Wasser in der Gosse zu Erics Füßen. Dann war alles still – in der rauhen Kühle, die fast etwas Tröstliches hatte.

Ida hörte Vivaldos Schritte und stürzte zur Tür, um ihm zu öffnen, als er eben nach seinem Schlüssel zu fingern begann. Sie warf den Kopf zurück und lachte.

«Du siehst aus, als wärst du gerade mit knapper Not dem Richter Lynch entronnen, alter Junge. Und wo hast du denn den Mantel her?» Sie sah an ihm auf und nieder und fing wieder an zu lachen. «Komm rein, du armer, halbertrunkener Ausreißer, bevor die Bande dich noch hier erwischt.»

Sie schloß die Tür hinter ihm, und er zog Erics Mantel aus, hängte ihn im Bad auf und trocknete sich das triefende Haar ab. «Haben wir irgendwas zu essen im Haus?»

«Ja. Hast du Hunger?»

«Mir ist schon ganz schwach.» Er kam aus dem Bad. «Was hatte Richard denn zu melden?»

Sie stand mit dem Rücken zu ihm in der Küche und wühlte im Schränkchen unter dem Ausguß, wo die Töpfe und Pfannen aufbewahrt wurden. Sie holte eine Bratpfanne hervor und sah kurz zu ihm auf, und dieser Blick gab ihm die Empfindung, daß Richard es irgendwie fertiggebracht hatte, ihr Angst einzujagen.

«Nichts sehr Angenehmes. Aber das ist jetzt nicht wichtig.» Sie stellte die Pfanne auf den Herd und öffnete die Tür des Kühlschranks. «Du und Cass, ihr wart anscheinend sein ein und alles. Und nun habt ihr beide ihm so übel mitgespielt, daß er sich einfach nicht mehr zurechtfindet.» Sie nahm Tomaten, einen Salatkopf und eine Packung Schweinerippchen aus dem Kühlschrank und legte sie auf den Tisch. «Er hat's ziemlich drauf angelegt, mich in Rage zu bringen, aber ich fand alles nur schrecklich traurig. Es hat ihn doch arg getroffen.» Sie machte eine Pause. «Männer sind ja so hilflos, wenn man sie verletzt hat.»

Er trat von hinten an sie heran und küßte sie. «Ach, wirklich?»

Sie erwiderte seinen Kuß und sagte ernst: «Ja. Du wirst es nicht für möglich halten. Du denkst, da muß irgendwas nicht in Ordnung sein.»

«Wie weise du bist!» sagte er.

«Ich bin durchaus nicht weise. Ich bin bloß ein armes, unwissendes schwarzes Mädchen, das voranzukommen sucht.»

Er lachte. «Ach du lieber Himmel, wenn solche armen, unwissenden schwarzen Mädchen, die voranzukommen suchen, alle so sind wie du, dann will ich um alles in der Welt nie mit jemandem zu tun haben, der's geschafft hat.»

«Aber das wüßtest du ja gar nicht. Du denkst immer, Frauen sagen die Wahrheit. Das tun sie keineswegs. Sie können's gar nicht.» Sie trat von ihm weg, eifrig mit Wasser, Gasflamme und einem weiteren Schmortiegel beschäftigt. Ein mokanter Blick streifte ihn. «Die Männer würden sie ja nicht lieben, wenn sie's täten.»

«Du magst eben die Männer nicht.»

«Ich», sagte sie, «kann nicht gerade behaupten, ich hätte sonderlich viele kennengelernt. Jedenfalls nicht, was ich Männer nenne.»

«Ich hoffe stark, ich bin einer der wenigen.»

«Oh, für dich besteht durchaus noch Hoffnung», sagte sie schalkhaft, «du kannst ja noch einer werden.»

«Das», sagte er, «ist wohl das Netteste, was du je zu mir gesagt hast.»

Sie lachte, aber es war etwas Trauriges und Einsames in ihrem Lachen. Ihre ganze Art hatte heute etwas Trauriges und Einsames an sich, und eine dunkle Beklommenheit überkam ihn. Und ohne zu wissen, daß er es tat, begann er sie schärfer zu beobachten.

«Armer Vivaldo», sagte sie. «Du hast's nicht gerade leicht bei mir, was, Kleiner?»

«Ich beklage mich nicht», sagte er bedächtig.

«Nein», sagte sie, halb zu sich selber, und ließ ihre Finger nachdenklich durch eine Schüssel mit trockenem Reis gleiten, «also ich würde ja sagen, es ist ein bißchen viel für dich. Na, ich tisch's dir erst mal auf – aber todsicher kannst du's vertragen.»

«Du meinst», sagte er, «ich vertrage vielleicht zuviel?»

Sie runzelte die Stirn und schüttete den Reis in das kochende Wasser. «Vielleicht. Ach was, zum Teufel, ich glaube, Frauen wissen überhaupt nicht, was sie eigentlich wollen, keine einzige verdammt noch mal weiß das. Sieh dir doch Cass an – willst du einen Drink», fragte sie plötzlich, «vor dem Essen?»

«Klar.» Er griff sich die Flasche und die Gläser und nahm Eis heraus. «Was meinst du damit – Frauen wissen nicht, was sie wollen? Weißt *du* etwa nicht, was du willst?»

Sie hatte die große Salatschüssel genommen und war dabei, Tomaten hineinzuschneiden; es war, als müßte sie ihren Händen dauernd Beschäftigung geben. «Sicher. Ich dachte, ich wüßte es. Ich war sogar einmal ganz sicher. Aber jetzt bin ich das nicht mehr so sehr.» Sie machte eine Pause. «Und das hab ich erst letzte Nacht herausgekriegt.» Sie sah schelmisch zu ihm auf, dann erzitterte sie ein wenig und schnitzelte wild an einer weiteren Tomate herum.

Er setzte ihr Glas neben sie hin. «Was ist denn passiert, was hat dich so durcheinandergebracht?»

Sie lachte – und wieder hörte er jene überraschende Melancholie darin. «Das Zusammenleben mit dir! Kannst du das glauben? Ich bin drauf reingefallen.»

Er zog seinen Schreibtischstuhl aus dem anderen Zimmer herein und hockte sich darauf; etwas von oben beobachtete er sie.

«Wovon redest du eigentlich, Schatz? Worauf bis du reingefallen?»

Sie nahm einen Schluck aus ihrem Glas. «Auf die Liebe, Schatz. Auf die Liebe, auf die Liebe!»

Ihm schlug das Herz; sie sahen einander an; auf ihrem Gesicht stand ein klägliches Lächeln. «Versuchst du mir etwa zu sagen – ohne eine Frage meinerseits oder so –, daß du mich liebst?»

«Hm, das könnte schon sein.» Dann ließ sie das Messer sinken und saß völlig still; sie hatte die Augen niedergeschlagen, und die Finger ihrer einen Hand trommelten auf den Tisch. Dann faltete sie die Hände, und ihre Finger spielten mit dem rubinäugigen Schlangenring, zogen ihn halb ab und steckten ihn wieder an.

«Aber das ist ja herrlich!» Er nahm ihre Hand. Sie lag kalt und feucht und leblos in der seinen. Einen Augenblick war es, als streifte ihn ein kühles Wehen des Entsetzens; er schauderte. «Nicht wahr? Es macht mich sehr glücklich; *du* – machst mich sehr glücklich.»

Sie nahm seine Hand und ließ ihre Wange daran ruhen. «Wirklich, Vivaldo?» Dann stand sie auf und ging zum Spülstein, um den Salat zu waschen.

Er folgte ihr, stand neben ihr und sah ihr in das verschlossene, abgewandte Gesicht. «Was ist denn los, Ida?» Er legte ihr eine Hand um die Taille; sie erzitterte wie unter einer Hemmung, und er ließ die Hand fallen. «Sag's mir bitte.»

«Ach, es ist nichts», sagte sie und versuchte, ihrer Stimme einen leichten Klang zu geben, «ich hab dir doch schon gesagt, ich bin einfach schlechter Laune. Vermutlich sind meine Tage daran schuld.»

«Nun, komm, Kleines, versuch mir doch nicht auszuweichen.»

Sie zupfte den Salatkopf auseinander und wusch ihn, dann legte sie die Blätter in ein Handtuch. Sie tat es schweigend, bis das letzte Blatt gelöst war. Dabei suchte sie seinem Blick auszuweichen. Wieder wollte ihn Angst überkommen.

«Also was ist es?»

«Ach, laß mich in Ruhe, Vivaldo. Wir wollen später darüber reden.»

«Nein, nicht später; wir werden es jetzt tun.»

Der Reis im Wasser wallte auf, und hastig lief sie zum Herd, um die Flamme kleiner zu stellen.

«Meine Mutter hat immer gesagt, man kann nicht gleichzeitig kochen und reden, Schatz.»

«Na schön, dann hör auf mit dem Kochen.»

Aus ihren weit geöffneten Augen kam jener Blick – kokett und belustigt –, den er so gut von ihr kannte. Aber jetzt war etwas Verzweifeltes darin; war es vielleicht immer schon darin gewesen?

«Aber du hast doch gesagt, du hättest Hunger!»

«Jetzt hör mal auf damit. Ich mache keine Witze, verstanden?» Er führte sie zum Tisch. «Ich will wissen, was los ist. Hat Richard etwas gesagt?»

«Aber ich will doch gar keine Witze machen. Ich will dir ja nur was zu essen geben.» Und mit einem plötzlichen Ausbruch von Ärger fuhr sie fort: «Es hat nichts mit Richard zu tun. Was kann Richard schließlich schon sagen!»

Ihm war bereits der wilde Einfall gekommen, daß Richard vielleicht irgendeine Geschichte über ihn und Eric zurechtphantasiert hätte, und er war drauf und dran gewesen, alles abzustreiten. Aber er riß sich wieder zusammen und hoffte nur, daß sie seine Panik nicht bemerkt haben möchte; doch diese wuchs dabei nur noch mehr.

Sehr behutsam sagte er: «Nun, also – was ist es denn, Ida?»

Müde erwiderte sie: «Ach, es sind so viele Sachen, viel zu viele, und sie gehen so weit zurück, daß ich sie dir nie und nimmer verständlich machen kann.»

«Probier's. Du sagst, du liebst mich. Warum kannst du denn kein Vertrauen zu mir haben?»

Sie lachte. «Oh, du denkst, es geht im Leben so einfach?» Sie sah zu ihm auf und lachte wieder. Und dieses Lachen war unerträglich. Die Hand zuckte ihm, sie zu schlagen – nicht aus Ärger oder Wut, sondern einzig, um diesem Lachen Einhalt zu tun; aber er zwang sich zur Ruhe und tat nichts. «Ich weiß, du bist älter als ich – und doch bist du in meinen Gedanken immer viel jünger. In meinen Gedanken – bist du immer ein sehr netter Junge, der nicht ganz weiß, wo's lang geht, und der's wohl nie ganz kapieren wird. Aber ich will nicht diejenige sein, die's dir beibringt.»

Dies letzte sage sie mit einem giftigen Unterton, während sie wieder auf ihre Hände niederblickte.

«Na schön. Und weiter?»

«Weiter?» Ihr Blick schoß seltsam wild zu ihm auf. «Du willst, daß ich weiterrede?»

Er sagte: «Bitte hör auf, mich zu quälen, Ida. Sprich weiter – bitte.»

«Quäle ich dich denn?»

«Willst du's vielleicht schriftlich?»

Da veränderte sich ihr Gesicht; sie stand vom Tisch auf und ging zurück zum Herd. «Sicher – es muß dir wohl so vorkommen», sagte sie – ganz kleinmütig. Sie ging zum Ausguß und lehnte sich dagegen, den Blick forschend auf ihn gerichtet. «Aber gewollt habe ich's nie – auch wenn ich's vielleicht tat. Ich hab darüber noch nie eigentlich nachgedacht. Bestimmt, das weiß ich genau; ich bin einfach noch nie dazu gekommen.» Sie beobachtete sein Gesicht. «Ich habe erst kürzlich gemerkt, daß ich mir mehr abgebissen habe, als ich kauen kann – bestimmt mehr, als ich runterschlucken kann.» Es gab ihm einen Stich. Plötzlich brach sie ab: «Bist du sicher, daß du ein Mann bist, Vivaldo?»

«Es bleibt mir wohl kaum etwas anderes übrig, als das anzunehmen», sagte er.

«Das ist nur recht und billig», sagte sie. Dann ging sie zum Herd und zündete das Gas unter der Bratpfanne an, ging wieder zum Tisch und öffnete die Fleischkonserve. Sie begann die Rippchen mit Salz, Pfeffer und Paprika zu bestreuen und spickte sie mit Knoblauchstückchen, nah am Knochen. Er nahm einen Schluck von seinem Drink, der keinerlei Geschmack hatte; er schüttete noch etwas Whisky nach. «Als Rufus starb, ist etwas in mir geschehen», sagte sie. Ihre Stimme klang jetzt ganz ruhig und müde, fast gleichgültig, so als erzähle sie eine fremde Geschichte; ja es war, als höre sie selbst diese Geschichte – und mit gelindem Erstaunen – jetzt zum erstenmal. Aber noch erstaunlicher war, daß er jetzt einer Geschichte zuzuhören begann, die er doch lange schon kannte, aber nie zu glauben gewagt hatte. «Ich kann es nicht ausdrücken. Rufus ist immer mein ein und alles gewesen. Ich liebte ihn.»

«Das tat ich auch», sagte er – zu rasch, zu gleichgültig; und zum erstenmal durchzuckte ihn der Gedanke, daß er am Ende gar ein Lügner war, daß er Rufus überhaupt nie geliebt, sondern ihn nur gefürchtet und beneidet hatte.

«Ich habe deine Beteuerungen nicht nötig, Vivaldo», sagte sie.

Sie warf einen kritischen Blick auf die Bratpfanne und wartete, bis sie heiß genug war; dann träufelte sie etwas Öl hinein. «Der springende Punkt im Augenblick ist jedenfalls, daß *ich* ihn liebte. Er war mein großer Bruder, aber sobald ich nur groß genug war, überhaupt irgend etwas zu wissen, wußte ich, daß ich stärker war als er. Er war nett, er war wirklich sehr nett, ganz gleich, was ihr auch später von ihm gedacht habt. Keiner von euch allen jedenfalls wußte auch nur das geringste von ihm, ihr hattet ja alle gar keine Ahnung.»

«Das sagst du ziemlich häufig», bemerkte er müde. «Warum?»

«Wie konntet ihr denn nur – wie *könnt* ihr – so träumen, wie ihr's tut?! Ihr denkt immer, ihr seid frei. Das bedeutet, ihr denkt, ihr habt etwas, das andere Menschen wollen – oder brauchen. Quatsch.» Sie zog ein schiefes Gesicht, grinste und sah ihn an. «Und in gewisser Hinsicht habt ihr's sogar. Bloß ist es nicht das, was ihr euch einbildet. Und das werdet ihr schon noch selber spitzkriegen, sobald nur erst mal die anderen langsam auch bekommen, was ihr jetzt habt.» Sie schüttelte den Kopf. «Sie tun mir alle leid. Ihr tut mir leid. Ich tu mir irgendwie sogar selber leid, denn Gott weiß, wie oft ich mir gewünscht habe, du hättest mich gelassen, wo ich war –»

«Da unten im Dschungel?» spottete er.

«Jawohl. Da unten im Dschungel – da wäre ich schwarz gewesen und unsicher und ängstlich – und ich selbst!»

Sein geringer Ärger verging so schnell, wie er aufgekommen war. «Na schön», sagte er ruhig, «ich habe auch manchmal Heimweh, Ida.» Er blickte ihr forschend in das dunkle, einsame Gesicht. Zum allerersten mal bekam er eine Ahnung davon, wie sie aussehen würde, wenn sie alt war. «Was ich nie verstanden habe», sagte er schließlich, «warum klagst du eigentlich immer mich an, ich machte aus deiner Hautfarbe eine Staatsaktion und legte sie dir zur Last? Du tust doch genau dasselbe. Du gibst mir unablässig das Gefühl, ein Weißer zu sein. Glaubst du nicht, daß mir das weh tut? Du schließt mich aus. Und dabei will ich doch nichts weiter, als daß du ein Teil von mir bist und ich ein Teil von dir. Mir wär's weiß Gott verdammt egal, wenn du gestreift wärst wie ein Zebra.»

Sie lachte. «Ja, also das glaub ich dir aufs Wort. Aber du sagst ja immer die reizendsten Sachen.» Dann: «Wenn ich dich ausschließe, wie du meinst, dann geschieht es hauptsächlich zu deinem Schutz –»

«Zu meinem Schutz – wovor? Ich habe keinerlei Lust, mich beschützen zu lassen. Außerdem –»

«Außerdem –?»

«Ich glaube dir nicht. Ich nehme dir diesen Grund nicht ab. Du willst nur dich selber schützen. Du willst mich hassen, weil ich weiß bin, denn auf die Weise ist es für dich einfacher.»

«Ich hasse dich doch nicht!»

«Warum bringst du's dann immer wieder auf? Was *ist* es denn?»

Sie rührte den Reis um, der fast schon gar war, nahm ein Sieb und setzte es in den Ausguß. Dann wandte sie ihm wieder das Gesicht zu.

«Alles hat damit begonnen, daß ich sagte, daß ihr –»

«Hör doch mal, was du redest! Daß *ihr* –!»

«– auch nicht das geringste von Rufus wußtet –»

«Weil wir weiß sind.»

«Nein. Weil er schwarz war.»

«Oh, ich geb's auf. Warum müssen unsere Gespräche eigentlich immer bei Rufus landen?»

«Ich hatte begonnen, dir etwas zu erzählen», sagte sie ruhig und beobachtete ihn.

Er nahm ein paar Schluck Whisky und zündete sich eine Zigarette an. «Also gut. Dann fahr bitte fort.»

«Eben weil ich schwarz bin», sagte sie nach einem Augenblick und setzte sich neben ihn an den Tisch, «weiß ich viel mehr davon, was meinem Bruder widerfahren ist, als ihr je wissen könnt. Ich habe es kommen sehen – von Anfang an. Ich war dabei. Er hätte nicht so enden dürfen. Das ist es, was mir immer und immer im Kopf herumging; ich konnte es nicht begreifen. Er war so ein lieber Junge. Die meisten Menschen sind das nicht, das wußte ich sehr genau. Ich hab sie beobachtet, und da wußte ich es. Aber er hat es versäumt, denn er war so viel netter als ich.» Sie machte eine Pause, und das Schweigen mischte sich grollend in das Geräusch der Bratpfanne und des gleichförmig strömenden Regens. «Er liebte zum Beispiel unseren Vater. Er liebte ihn wirklich. Ich nicht. Vater war einfach ein Großmaul, ein Mann, der's zu nichts gebracht hatte, der sich gern betrank und gern bei Friseuren herumlungerte – nun, gern vielleicht nicht, aber er fand eben sonst keine Beschäftigung außer der hundsmäßigen Schufterei für nichts und wieder nichts –, um dafür am Wochenende seinem einzigen Sohn Gitarre vorzuspielen.» Wieder hielt sie inne und lächelte.» Es war etwas richtig Schönes um so ein Wochenende – doch, ja. Ich sehe Daddy noch vor mir, den Bauch prall auf den Knien, wie er über die Gitarre schrummt und sich plagt, Rufus irgendeinen alten Song aus dem Süden beizubringen – und Rufus grinst ihn an und foppt ihn, freilich sehr nett, und singt mit ihm . . . Ich wette, mein Vater war in seinem ganzen Leben nie glücklicher, als wenn er Rufus etwas vorsang. Jetzt hat er niemanden mehr, dem er vorsingen könnte. Er war so stolz auf ihn. Er hat Rufus das erste Schlagzeug gekauft.»

Nein, jetzt schloß sie ihn nicht mehr aus; vielmehr spürte er, daß er eingeschlossen wurde. Er hörte zu, er versuchte zu sehen, was sie sah, und zu empfinden, was sie empfand. Aber gleichwohl fragte er sich, wieviel ihr Gedächtnis wohl ausgesiebt hatte. Und er fragte sich, wie Rufus in jenen Tagen wohl ausgesehen haben mußte – mit all seiner heiteren, unerfahrenen Keckheit und all seinen noch unbeschädigten Hoffnungen.

Sie schwieg einen Augenblick lang, vorgebeugt, den Blick gesenkt, die Ellbogen auf den Knien, und die Finger ihrer einen Hand spielten unablässig mit ihrem Ring.

«Als Rufus starb wich alles Licht aus unserem Elternhaus, alles. Das war der Grund, weshalb ich einfach nicht dort bleiben konnte, ich wußte, ich konnt's nicht, ich würde alt werden, wie sie geworden waren – ganz plötzlich, und wie all die anderen verlassenen Mädchen enden, die niemanden mehr finden können, der sie beschützt. Ich hatte immer gewußt, daß es so nicht kommen dürfte, immer hatte ich das gewußt. Ich hatte auf Rufus gerechnet; er sollte mich wegbringen. Ich wußte ja, er würde alles in der Welt für mich tun – ganz wie ich für ihn. Es war mir noch nicht aufgegangen, daß es nicht sein sollte. Ich *wußte*, es würde geschehen.»

Sie stand auf, ging wieder zum Herd, nahm den Reis von der Flamme, schüttelte ihn in das Sieb und ließ Wasser darüber laufen; dann goß sie Wasser in den Schmortopf, setzte ihn zurück auf die Flamme, stellte das Sieb obenauf und deckte den Reis mit einem Handtuch zu. Sie wendete die Rippenstücke. Dann setzte sie sich wieder.

«Als wir Rufus' Leiche sahen – ich kann's nicht beschreiben. Mein Vater starrte sie an – und starrte sie an – und starrte sie immer nur an. Das da – das sah gar nicht mehr wie Rufus aus, das war so – so schrecklich zugerichtet vom Wasser, und er muß irgendwo angeschlagen sein beim Fallen – oder vielleicht war's auch der Aufprall im Wasser, denn er war nur noch eine unförmige, zerschlagene – häßliche Masse. *Mein* Bruder. Und mein Vater starrte sie an, diese Masse, und er sagte: Sie lassen nicht viel übrig von einem Menschen, nicht? Sein eigener Vater war mit einem Hammer von einem Bahnwärter erschlagen worden. Und sie brachten ihn genauso heim. Meine Mutter packte das Entsetzen; sie wollte, daß mein Vater betete. Und er sagte, er brüllte mit aller Kraft seiner Lungen: Beten? Wer soll hier beten? Ich schwöre euch, wenn ich je diesen weißen Teufel, den ihr Gott nennt, zu fassen kriege – ich reiße ihm meinen Sohn und meinen Vater aus der weißen Haut! Sprich du mir ja nicht wieder das Wort Beten aus, Weib, wenn dir dein Leben lieb ist! Dann fing er an zu weinen. Ich werde es nie vergessen. Vielleicht hatte ich ihn nie zuvor geliebt, aber nun liebte ich ihn. Es war das letzte Mal, daß er je laut brüllte; er hat seither die Stimme nie wieder erhoben. Er sitzt einfach da, er trinkt nicht einmal mehr. Manchmal geht er aus und hört den Burschen zu, die an der 125. Straße und an der Seventh Avenue große Reden schwingen. Er sagt, er will nur noch lange genug leben – lange genug –»

Vivaldo sagte – um das Schweigen zu brechen, das jäh zwischen ihnen aufbrüllte –: «Um die Vergeltung zu sehen.»

«Jawohl», sagte sie. «Und so empfinde ich's auch.»

Sie ging wieder zum Herd hinüber. «Ich fühlte, daß ich beraubt worden war. Und ich *war* auch beraubt worden – der einzigen Hoffnung, die ich hatte. Von einem Haufen Menschen, die selbst noch zu feige waren, zu wissen, was sie angerichtet hatten. Und sie schienen mir nichts Besseres zu verdienen als das, was sie mir zugefügt hatten. Es war mir egal, was mit ihnen wurde, nur leiden sollten sie, leiden. Es war mir sogar ganz egal, was mit mir wurde. Aber ich hatte nicht die Absicht, mit mir geschehen zu lassen, was Rufus geschehen war und was überall um mich herum geschah. Ich wollte durch die Welt kommen und aus ihr herausholen, was ich nötig hatte, ganz gleich wie.»

Er dachte: *Oh, jetzt kommt's*, und er spürte eine seltsame, bittere Erleichterung. Er trank sein Glas aus und zündete sich eine neue Zigarette an; sein Blick wich nicht von ihrem Gesicht.

Sie sah zu ihm hinüber, als wollte sie sich vergewissern, daß er ihr auch zuhörte.

«Nichts von dem, was du bislang gesagt hast», warf er vorsichtig ein, «hat irgend etwas mit dem Problem der Hautfarbe zu tun, scheint mir. Höchstens das, was du daraus machst. Aber darin ist dir sowieso nicht zu helfen.»

Sie zog scharf die Luft ein und sagte mit verhaltener Wut: «Das könnte schon sein. Aber du – du machst es dir etwas zu einfach, wenn du das sagst.»

«Ida, das meiste von dem, was du zu sagen hattest, seit wir uns kennen, ist etwas zu – einfach gewesen.» Er beobachtete sie. «Oder?» Und dann: «Mein Herzchen, das Leid kennt keine Hautfarbe. Können wir nicht endlich diesem Alptraum entrinnen? Ich gäbe alles darum, ich gäbe alles darum, wenn wir's könnten.» Er ging zu ihr hinüber und schloß sie in die Arme. «Bitte, Ida, was immer getan werden muß, uns freizumachen – laß es uns tun!»

Ihre Augen standen voller Tränen. Sie blickte zu Boden. «Laß mich zu Ende erzählen.»

«Was du auch sagst – es wird nichts ändern.»

«Das weißt du nicht. Hast du Angst?»

Er trat zurück. «Nein.» Dann: «Jawohl. Ja. Ich ertrage deine Rache einfach nicht mehr.»

«Nun, ich auch nicht. Laß mich zu Ende kommen.»

«Bleib doch jetzt mal vom Herd weg. Ich kann sowieso nichts mehr essen.»

«Aber dann ist doch alles verdorben.»

«Laß es verdorben sein. Komm und setz dich hin.»

Er wünschte, daß er sich besser vorbereitet hätte auf diesen Augenblick, daß er nicht bei Eric gewesen wäre, daß sein Hunger schwinden, seine Furcht sich legen und Liebe ihm höhere Empfindungsfähigkeit und Konzentration verleihen möchte. Aber er wußte nur zu gut, wie schwach und müde er körperlich war – zwar nicht betrunken, aber doch auch weit entfernt von Nüchternheit; ein Teil seines bedrängten Geistes war abwesend und quälte sich am Rätsel seiner selbst ab.

Sie drehte die Flamme unter der Bratpfanne aus und kam und setzte sich an den Tisch. Er schob ihr den Drink hin, doch rührte sie das Glas nicht an.

«Ich wußte, da draußen im Norden gab es keine Hoffnung. Alles kleine Leute, die Männer da – die halten grad ihr bißchen Geschäft in Gang, aber viel springt doch nicht dabei raus; in Wirklichkeit haben sie nichts. Mr. Charlie paßt schon auf, daß sie nicht allzu große Seitensprünge machen. Und die Burschen, die wirklich was in der Hand haben, ach Gott, die hätten wohl kaum Verwendung für mich; ich bin zu schwarz für sie – Mädchen wie mich sehen sie alle naselang an der Seventh Avenue. Ich wußte, wie's mir bei ihnen schließlich ergehen würde.»

Und nun wußte er, daß er den Rest ihrer Geschichte nicht mehr hören wollte. Er dachte an sich selbst auf der Seventh Avenue; vielleicht hatte er ihr nie wirklich den Rücken gekehrt. Er dachte an den Tag, der hinter ihm lag, an Eric und Cass und Richard, und er fühlte, wie es ihn hinabzog in die Strudel einer geheimnisvollen Niederlage.

«Es gab nur noch eines für mich zu tun, wie Rufus zu sagen pflegte, und das war: den Anschluß zu erwischen. Und ich habe ihn erwischt. Zuerst war alles wirr in meinem Kopf. Ich sah immer nur die Blicke, mit denen weiße Männer mich anstarrten – wie Hunde. Und ich dachte darüber nach, was ich ihnen antun könnte. Wie ich sie haßte, die Art, wie sie mich ansahen, und das Zeug, was sie redeten, sie alle – in ihrer geschniegelten weißen Haut und der gebügelten weißen Kleidung – und mit den schwächlichen kleinen weißen Pimmeln, die ihnen in der Hose rumhüpften, wenn man sie nur entsprechend anpackte, denn sie wollten ja was Schmutziges und wußten, da sind sie schon an der richtigen Adresse. Bei den Schwarzen sind sie da an der richtigen Adresse, das weiß ja jeder. Nur – die höflicheren Herrschaften sagten es nicht ganz so ordinär. Sie redeten höflich und präzise. Ich hab mich andauernd bloß gefragt, was in aller Welt die wohl im Bett zusammen treiben – die Weißen, mein ich –, daß sie derart krankhaft sind. Denn sie *sind* krank; ich weiß, was ich sage. Ich hatte ein paar Freundinnen, und von Zeit zu Zeit gingen wir immer mal mit diesen Scheißköppen aus. Aber sie waren auch ziemlich gerissen, die Bürschchen, sie wußten genau, daß sie weiß waren und daß sie jederzeit wieder nach Hause gehen konnten, und daran war aber auch nicht das geringste zu ändern. Da hab ich mir gedacht: Nee, das ist nichts für mich. Denn ihr bißchen Kleingeld wollte ich nicht, ich wollte nicht auf sie angewiesen sein. *Sie* sollten nach *meiner* Pfeife tanzen.»

Sie nippte an ihrem Drink.

«Tja, und um die Zeit riefst du mich dauernd an; aber ich dachte nicht gerade viel an dich, jedenfalls nicht ernstlich. Ich mochte dich, das ja, aber bestimmt hatte ich nicht die Absicht, mit einem weißen Jungen, der keinerlei Moneten hatte, anzubändeln – ich hatte überhaupt keine Lust, mich mit irgendwem näher einzulassen. Aber ich mochte dich wohl, und die paarmal, wo ich dich sah, waren so etwas wie eine – eine Erholung von all dem anderen gräßlichen Volk. Du warst wirklich nett zu mir. Du hattest nicht diesen bestimmten Blick in den Augen. Du warst einfach ein richtig lieber Junge, und – vielleicht ohne es zu wissen – ich wurde immer mehr davon abhängig. Manchmal sahen wir uns ja nur für eine Minute oder so, tranken höchstens mal eine Tasse Kaffee zusammen, dann mußte ich wieder weg – aber ich fühlte mich besser, ich war dann irgendwie besser geschützt vor jenen Augen und Händen. Meist war mir damals ganz elend zumute. Ich wollte nicht, daß mein Vater erfuhr, was ich machte, und ich quälte mich, nur nicht an Rufus zu denken. Das war, als ich mich entschloß, singen zu lernen; und wenn mir das gelang, dann tat ich's für Rufus, und daneben spielte dann alles andere keine Rolle mehr. Ich hätte es schon geschafft. Aber ich dachte, ich brauchte jemanden dabei, der mir half, und um die Zeit kam es dann, daß ich –» Sie hielt inne und sah auf ihre Hände nieder. «Ja – also ich wollte mit dir ins Bett, keine große Affäre – sondern nur einfach ins Bett mit jemandem, den ich mochte. Mit jemandem, der nicht alt war – denn all jene Männer waren alt, ganz gleich wie jung an Jahren sie auch sein mochten. Ich war nur einmal mit einem Jungen im Bett gewesen, den ich mochte, einem Jungen aus unserer Straße, aber der wurde dann fromm, und so hörte alles auf. Er hat dann auch geheiratet. Und sonst waren keine farbigen Männer mehr da, fürchtete ich – du siehst ja selbst, was mit ihnen geschehen ist: sie sind weggemäht worden wie Gras! Und ich sah keinen Ausweg – außer schließlich dir. Und Ellis.»

Sie schwieg. Beide lauschten sie in den Regen hinaus. Er hatte sein Glas ausgetrunken und griff nach ihrem. Sie hatte den Blick gesenkt; er hatte das Gefühl, daß sie einfach nicht zu ihm aufsehen konnte, und er fürchtete sich, sie anzurühren. Und die Stille wuchs; es verlangte ihn danach, ihr ein Ende zu machen, und doch scheute er sich. Es gab nichts, was er hätte sagen können.

Sie streckte die Schultern und griff nach einer Zigarette. Er gab ihr Feuer.

«Richard weiß Bescheid – über mich und Ellis», sagte sie im Ton endgültiger Konstatierung, «aber das ist nicht der Grund, weshalb ich darüber mit dir rede. Ich erzähle es dir, weil ich versuche, dieser ganzen entsetzlichen Sache Einhalt zu gebieten. Wenn das noch möglich ist.»

Sie machte eine Pause. Dann sagte sie: «Laß mich einen Schluck von deinem Drink nehmen, bitte.»

«Es ist ja deiner», sagte er. Er reichte ihr das Glas und schenkte sich selber einen neuen ein.

Sie blies eine Rauchwolke gegen die Decke. «Es ist doch komisch, wie im Leben alles zusammenhängt! Wenn du nicht gewesen wärst – ich glaube nicht, daß Ellis sich dann derart an mich gehängt hätte. *Er* sah – besser noch als ich –, daß ich dich wirklich mochte, und das hieß ja, daß ich durchaus fähig war, jemanden zu mögen, warum also nicht ihn, da er mir doch so viel mehr zu bieten hatte? Und ich mußte dann auch immer denken, was für einen schmutzigen Streich mir das Leben doch gespielt hat: daß ich dich lieber haben mußte als ihn. Und schließlich standen die Aussichten dafür, daß es von Dauer war, ja so ziemlich gleich – nur daß ich in seinem Fall, wenn ich die Spielregeln richtig einhielt, dann doch was vorzuzeigen hatte, wenn's vorbei war. Und er war schlau, er setzte mir gar nicht mal zu, er sagte bloß: Klar, er wolle mich, aber helfen würde er mir so oder so, und das eine hätte nichts mit dem andern zu tun. Und das tat er dann auch – er war sehr nett zu mir, auf seine Weise, er war ein Mann von Wort, er war netter zu mir, als es je vorher jemand gewesen war. Er führte mich immer zum Dinner aus, in Lokale, wo niemand ihn kannte, oder wo's jedenfalls nichts ausmachte, wenn man ihn sah. Sehr häufig zogen wir raus nach Harlem, oder wenn er wußte, daß ich irgendwo rumhockte, kam er gleich hereingeschneit. Er versuchte eigentlich nie, mir etwas vorzumachen, selbst nicht, wenn er von seiner Frau und seinen Kindern sprach – weißt du? Was er redete klang immer so, als wäre er wirklich einsam. Und schließlich und endlich verdankte ich ihm eine ganze Menge, und – und es war auch nett, so hofiert zu werden und dabei zu wissen, daß der Bursche genug Geld hatte für sonst was, und – ah! so nahm's denn seinen Lauf. Ich denke, ich hab immer gewußt, wie es dann eines Tages kommen würde, und dann, als es soweit war, konnte ich's nicht mehr aufhalten, obwohl mir war, als könnte ich es keinen Augenblick länger ertragen. Denn es ist ja durchaus zweierlei für einen Mann, ob er all das für einen tut, ohne eine Affäre mit einem zu haben, oder ob er's tut, nachdem man die Affäre mit ihm abgebrochen hat. Und so mußte ich denn weitermachen, mußte durch alles hindurch nach oben kommen, wo ich vielleicht beginnen konnte, frei zu atmen. Aber ich sah, warum er sich nie über dich erregt hatte. Er ist wirklich schlau. Er war direkt froh, daß ich mit dir zusammen war, das hat er mir gesagt; er war froh, daß ich noch einen anderen Freund hatte, denn das erleichterte ihm die Sache. Es bedeutete, daß ich ihm keinerlei Szenen machen würde und nicht etwa auf den Gedanken käme, mich in ihn zu verlieben. Es gab ihm gewissermaßen ein zweites Mal Macht über mich, denn er wußte, daß ich Angst hatte, du könntest die Sache herausbekommen, und je mehr Angst ich hatte, desto schwerer war es dann, ihn abzuweisen. Verstehst du das?»

«Ja», sagte er langsam, «ich glaube, ich verstehe es.»

Sie starrten einander an. Sie schlug die Augen nieder.

«Aber», sagte sie langsam, «ich dachte immer, du wüßtest die ganze Zeit schon Bescheid.»

Er sagte nichts. Mit leiser Stimme beharrte sie: «Oder wußtest du's nicht?»

«Du sagtest mir, es sei nichts.»

«Und glaubtest du mir?»

Er stammelte: «Ich – ich mußte dir doch glauben.»

«Wieso?»

Wieder blieb er stumm.

«Weil du Angst hattest?»

«Ja», sagte er schließlich. «Ich hatte Angst.»

«Es war leichter, es geschehen zu lassen, als den Versuch zu machen, es aufzuhalten?»

«Ja.»

«Warum?» Ihre Augen suchten in seinem Gesicht. Jetzt war es an ihm, wegzuschauen.

«Manchmal habe ich dich gehaßt», sagte sie, «gehaßt dafür, daß du mir zu glauben vorgabst, einfach nur, weil du nicht wissen wolltest, was mit mir geschah.»

«Ich habe zu tun versucht, was nach meiner Meinung deinem Wunsch entsprach! Ich hatte Angst, du würdest mich verlassen – das *hast* du mir ja auch angedroht!» Er stand auf und ging in der Küche hin und her, die Hände in den Taschen; seine Augen waren feucht. «Ich habe mich darum gesorgt, ich hab darüber nachgedacht – aber dann schlug ich's mir aus dem Sinn. Du hattest ja eine Vertrauensfrage daraus gemacht – erinnerst du dich nicht?»

Er sah sie voller Haß an, sah von oben auf sie herab; aber es war, als erreiche sein Zorn sie gar nicht.

«Ja, ich erinnere mich. Aber du machtest ja gar keine Anstalten, mir zu vertrauen. Du erklärtest dein Mißtrauen mir gegenüber für besiegt und gabst dir den Anschein, als vertrautest du mir.»

«Was hättest du denn gemacht, wenn ich dich offen zur Rede gestellt hätte?»

«Ich weiß nicht. Aber wenn du den Dingen ins Auge gesehen hättest, dann hätte auch ich das tun müssen – solange du aber mit dem schönen Schein zufrieden warst, solange konnte ich's auch sein, mußte ich's sein. Ich mach dir ja keine Vorwürfe. Ich erzähl nur, wie es ist.» Sie sah zu ihm auf. «Ich sah, daß es auf die Weise ganz gut weitergehen konnte, auch für länger», und ihre Lippen zuckten. «Irgendwie hatte ich dich jetzt da, wo ich dich haben wollte. Ich hatte meine Rache. Nur – *du* warst es doch, hinter dem ich her war. Und nicht dich wollte ich treffen.»

«Sondern Ellis?»

Sie seufzte auf und schlug eine Hand vor das Gesicht. «Ach, ich weiß es nicht, ich weiß wirklich nicht, was ich mir dabei gedacht habe. Manchmal – dachte ich wohl – würde ich Ellis verlassen und würde heimkommen und dich hier finden – wie einen treuen Hund oder eine Hauskatze –, einfach wartend. Und ich würde Angst haben, daß du hier sein könntest, und Angst haben, daß du ausgegangen sein könntest, und Angst, du würdest mich fragen, *richtig* fragen, wo ich gewesen wäre, und Angst, du würdest es nicht tun. Manchmal würdest du's versuchen, das ja, und du hast es ja auch versucht, aber ich konnte dich immer wieder davon abbringen, ich konnte es deinen Augen ansehen, wenn du dich fürchtetest. Ich haßte diesen Blick, und ich haßte mich und haßte dich. Ich erkannte, wie weiße Männer zu diesem Blick gekommen waren, mit dem sie mich so oft anstarrten; irgendwer hatte einmal, vor langer Zeit, das letzte bißchen aus ihnen herausgeschlagen, hatte ihnen eine wahre Todesangst eingejagt. Und nun tat ich das mit dir. Und es wurde mir so schwer, besonders wenn – wenn du mich anrührtest –» Sie hielt inne, nahm einen Schluck aus ihrem Glas und setzte es wieder hin. «Ich konnte Ellis nicht ertragen. Du hast ja keine Ahnung, wie das ist, was das heißt – den Körper eines Mannes über sich zu haben, wenn man diesen Körper nicht ertragen kann. Und es war noch weit schlimmer, seit ich mit dir zusammen gewesen war, schlimmer als je zuvor. Früher – da habe ich immer ganz kalt beobachtet, wie sie auf mir herumkrochen und -krabbelten, und habe gelauscht, wie sie grunzten, und mein Gott, sie taten so feierlich dabei, die schwitzenden rosaroten Schweinchen, und so eitel und eingebildet, als verrichtete das traurige Endchen Fleisch da schiere Wunder, und ich glaube, das tat es auch – für sie . . . und das alles berührte mich nicht im mindesten, mein einziger Wunsch war, sie womöglich noch tiefer zu erniedrigen. O ja, ich habe da alles herausgekriegt über die Weißen: so also sahen die aus, wenn sie allein waren, wo nur ein schwarzes Mädchen sie sehen konnte – und was sie betraf, so hätte das schwarze Mädchen ebensogut blind sein können. Denn sie waren sich voll der Tatsache bewußt, mein Junge, daß sie weiß waren – und daß sie die Welt beherrschten. Aber das war nun ganz anders. Manchmal, wenn Ellis seine Hände auf mir hatte, konnte ich mich mit letzter Kraft gerade noch halten, daß ich nicht schrie, daß ich mich nicht erbrach. Es war soweit, es hatte mich erwischt. Ich spürte, daß ich vollgepumpt wurde mit – ich weiß nicht was, nicht eigentlich mit Gift, sondern mit Schmutz, mit *Abfall*, Müll, mit Dreck und Unrat, und nie würde ich ihn je wieder aus mir herausbekommen können, diesen Gestank, niemals. Und manchmal, manchmal, manchmal –» Sie bedeckte ihren Mund, und die Tränen strömten ihr über die Hand, über den roten Ring. Er vermochte sich nicht von der Stelle zu rühren. «Oh, mein Herr Jesus! Ich habe schreckliche Dinge getan! O mein Gott! Was habe ich manchmal für schreckliche Dinge getan! Und dann kam ich heim zu dir. Er hatte immer dieses komische kleine Lächeln um den Mund, wenn ich ihn schließlich verließ, jenes Lächeln, das er – und ich hab's jetzt schon so oft an ihm gesehen – immer zeigt, wenn er jemanden angeschmiert hat, der's bloß noch nicht weiß. Er kann nichts dafür, so ist er eben; es war immer, als wollte er sagen: ‹Na – für heute hätten wir beide es ja geschafft. Also dann zieh nur los und amüsier dich gut mit Vivaldo. Und grüß ihn schön von mir.› Und komisch, komisch, komisch – ich konnte ihn einfach nicht dafür hassen. Ich sah, was er tat, aber ich konnte ihn nicht hassen. Ich hab mich immer gefragt, wie man sich wohl vorkommen mag, wenn man so ist, wenn man überhaupt keine richtigen Empfindungen, kein echtes Gefühl hat und bloß immer nur sagt: Also jetzt machen wir dies und jetzt machen wir das und jetzt wollen wir essen und jetzt wollen wir ficken und jetzt hauen wir ab. Und das sein Leben lang. Und dann kam ich heim und sah dich an. Aber ich brachte ihn mit mir. Es war, als wäre ich schmutzig, jedesmal, und du müßtest mich waschen. Und ich wußte, das würdest du nie können, ganz gleich, wie sehr wir's auch versuchten, und ich haßte nicht ihn, sondern haßte dich. Und haßte mich.»

«Warum hast du nicht Schluß gemacht, Ida? Du hättest es doch tun können, nichts zwang dich weiterzumachen.»

«Schluß machen – und dann wohin? Schluß machen – und dann was tun? Nein, ich hab mir gedacht: Na schön, du steckst nun mal drin, Mädchen, mach die Augen zu, beiß die Zähne zusammen und steh's durch. Es wird sich gelohnt haben, wenn's vorbei ist. Und aus dem Grund hab ich so hart gearbeitet. Ich wollte weg.»

«Und was war mit mir? Was war mit uns?»

Sie sah mit einem bitteren Lächeln zu ihm auf. «Was mit uns war? Ach, ich hoffte erst einmal nur, die Sache durchzustehen – dann würden wir weitersehn. Aber letzte Nacht ist dann etwas geschehen, das ging über meine Kräfte. Wir waren draußen im *Small's Paradise* –»

«Letzte Nacht? Du und Ellis?»

«Ja. Und Cass.»

«Cass?»

«Ich bat sie, auf einen Drink mitzukommen.»

«Gingt ihr zusammen weg?»

«Nein.»

«Dann ist das also der Grund, weshalb sie letzte Nacht so spät heimkam.» Er sah sie an. «Bloß ein Glück, daß ich nicht nach Hause kam, was?»

«Was hättest du schon groß machen wollen?» schrie sie. «Du hättest dich ein Weilchen an die Maschine gesetzt, und dann hättest du etwas Musik aufgelegt, und schließlich wärst du ausgegangen und hättest dich betrunken. Und wenn ich dann heimgekommen wäre – ganz egal, wann –, dann hättest du mir jede Lüge geglaubt, die ich dir aufgetischt hätte – aus Angst, aus lauter Angst.»

«Was für ein Luder du doch bist», sagte er.

«Ja», sagte sie mit schrecklicher Nüchternheit, «ich weiß.» Sie zündete sich eine Zigarette an. Die Hand, die das Streichholz hielt, zitterte. «Aber ich kämpfe ja dagegen an. Ich weiß nicht, ob noch Hoffnung für mich ist oder nicht.» Sie ließ das Streichholz auf den Tisch fallen. «Er ließ mich mit der Kapelle singen. Sie wollten es gar nicht, und ich wollte es auch nicht, aber sie mochten es ihm nicht abschlagen. Also sang ich. Und natürlich kannte ich ein paar von den Musikern, und einige von ihnen hatten Rufus gekannt. Und, mein Junge, wenn Musiker nicht mit einem arbeiten wollen, dann können sie dir das deutlich genug zu verstehen geben. Ich sang *Sweet Georgia Brown* und sonst noch was. Ich wollte runter von der Bühne – und sei's auf die schlimmste Weise. Als es vorbei war und die Leute klatschten, flüsterte der Bassist mir zu: ‹Du schwarze Hure eines weißen Mannes, paß bloß auf, daß ich dich nie auf der Seventh Avenue erwische, hörst du? Sonst reiße ich dir deine kleine schwarze Muschi auf.› Und die anderen Musiker – die hatten alles verstanden und grinsten. ‹Und das tu ich zweimal, einmal für jeden schwarzen Mann, den du kastrierst, jedesmal wenn du losziehst, und zum zweiten für deinen armen Bruder – denn den hab ich sehr gern gehabt. Und er würd's mir danken, darauf kannst du Gift nehmen, du schwarzes Hürchen.› Und er gab mir einen harten Klaps auf den Hintern, jeder konnte es sehn – und du weißt ja, die Leute da draußen sind nicht auf den Kopf gefallen –, und noch ehe ich weg konnte, ergriff er meine Hand, hob sie hoch und sagte: ‹Sie ist eine tolle Nummer, was, Leute? Platz auf dem Pflaster für die Dame – sie hat noch viel vor sich!› und er ließ meine Hand fallen – hart, als sei sie ihm zu heiß oder zu schmutzig und um ein Haar wäre ich vom Podium gefallen. Und alles lachte und applaudierte; sie wußten, was er meinte, und ich wußte es auch. Und ich kam wieder an den Tisch. Ellis grinste, als wäre das alles ein toller Spaß. Und das war es ja auch. Auf meine Kosten.»

Sie stand auf und schenkte sich einen frischen Drink ein.

«Dann nahm er mich mit in die Wohnung, die er drüben noch hat, am East River. Ich hab mich immer nur gefragt, was nun wohl kommen würde. Ich wußte nicht, was ich machen sollte. Ich beobachtete sein Gesicht im Taxi. Er legte mir die Hand aufs Bein. Und er versuchte, meine Hand zu nehmen. Aber ich konnte mich nicht rühren. Immer mußte ich daran denken, was jener schwarze Mann zu mir gesagt hatte, immer sah ich sein Gesicht vor mir, und ich mußte an Rufus denken und dachte an dich. Es war wie ein Karussell – all die Gesichter, die mir im Kopf herumwirbelten. Und ein Lied wollte mir nicht aus dem Sinn: *Oh, Lord, is it I?* Bin ich das, mein Gott? Und er – er saß da, neben mir, und paffte seine Zigarre. Und das Komische daran war, daß ich genau wußte: wenn ich wirklich angefangen hätte zu weinen und zu streiten, hätte er mich sofort heimgebracht. Er kann Szenen nicht ausstehen. Aber ich brachte nicht einmal das fertig. Und weiß Gott, ich wollte nach Hause, ich hoffte, du würdest nicht da sein, damit ich mich einfach unter den Decken verkriechen konnte und sterben. Und dann, wenn du heimkamst, konnte ich dir alles erzählen, bevor du ins Bett gingst, und – vielleicht – aber nein, wir fuhren zu ihm, und ich fühlte, ich hatte es verdient. Ich fühlte, daß ich tiefer nun nicht mehr sinken konnte; da war's dann sowieso egal, und ich konnte den Weg bis zum bitteren Ende gehen und alles hinter mich bringen. Und dann würden wir sehen, ob noch etwas von mir übrig wäre, wir würden sehen.» Sie stürzte etwa zwei Fingerbreit Whisky herunter und schenkte sich sofort einen neuen Drink ein. «Aber immer noch kann man tiefer sinken, weiter fallen, weiter, immer weiter.» Sie trat vom Tisch weg, das Glas in der Hand, und lehnte sich gegen die Tür des Kühlschranks. «Ich tat alles, was er wollte, ich ließ ihm seinen Willen. Aber nicht ich tat das. Nicht ich war es.» Sie machte ein paar sinnlose Bewegungen mit ihrem Glas, versuchte zu trinken, ließ es fallen, und ganz plötzlich fiel sie selber neben dem Tisch auf die Knie, schlug die Hände vor den Leib und weinte.

Betäubt nahm er das Glas auf – besorgt, sie könnte sich schneiden. Sie kniete mitten in dem verschütteten Whisky, der ihr den Saum des Rocks befleckt hatte. Er ließ das zerbrochene Glas in die braune Papiertasche fallen, die sie für ihre Abfälle benutzten. Er hatte Angst, sich ihr zu nähern, er hatte Angst, sie zu berühren; fast war es, als habe sie ihm soeben die Mitteilung gemacht, daß sie sich die Pest geholt hätte. Seine Arme zitterten vor Abscheu, und jede Bewegung seines Körpers schien eine unvorstellbare Verachtung auszudrücken. Und doch – zur gleichen Zeit, da er hilflos und betäubt in der Küche stand, die jäh unsterblich geworden war oder jedenfalls gewiß so lange leben würde wie er und ihm überallhin folgen würde, begann sein Herz erregter noch zu schlagen als zuvor: eine neue, härter noch versteinerte Angst hatte ihn befallen, und sie zerstörte den Abstand zwischen ihnen, der Mitleid hieß, und versetzte ihn an ihre Stelle, neben den Tisch, auf den schmutzigen Boden. Das Licht der einen gelben Lampe fiel mit schrecklicher Härte auf sie beide nieder. Er ging zu ihr hin, hilflos, ergeben und zärtlich; bei ihrem Schluchzen war ihm, als drehe sich ihm der Magen um. Und trotzdem – einen Augenblick lang konnte er sie einfach nicht berühren; er wußte nicht, wie er es anfangen sollte. Unwillig dachte er an all die Huren, schwarze Huren, mit denen er sich eingelassen hatte, er dachte daran, was alles er sich von ihnen erhofft hatte, und Ekel und Elend packten ihn bei dieser Rückschau. Was würden sie beide hier sehen, wenn sie einander wieder ins Gesicht blickten? «Komm, Ida», flüsterte er, «komm doch, Ida, steh auf», und schließlich berührte er ihre Schulter und versuchte, sie mit Gewalt hochzuziehen. Sie bemühte sich, ihr Schluchzen zu unterdrücken und legte beide Hände auf den Tisch.

«Es geht schon wieder», murmelte sie, «gib mir ein Taschentuch.»

Er kniete sich neben sie hin und drückte ihr ein warmes, zerknülltes, aber leidlich sauberes Taschentuch in die Hand. Sie schneuzte sich. Er legte ihr den Arm um die Schulter. «Steh auf», sagte er. «Geh und wasch dir das Gesicht. Möchtest du etwas Kaffee?»

Sie nickte nur ja und stand langsam auf. Er erhob sich mit ihr. Sie hielt den Kopf gesenkt und ging rasch, wie trunken, an ihm vorbei ins Bad. Hinter sich schloß sie die Tür ab. Ganz jäh durchrann ihn das Gefühl, als habe er dies alles schon einmal durchgemacht. Er zündete die Flamme unter dem Kaffeekessel an, und flüchtig kam ihm der Gedanke, daß er die Tür zum Bad würde aufbrechen müssen, wenn sie zu lange still bliebe, wenn sie zu lange ausbliebe. Aber er hörte das Wasser rauschen und – darunter – das Geräusch des strömenden Regens. Gierig verzehrte er eines der Schweinerippchen, dazu ein Stück Brot, und trank ein Glas Milch; denn er zitterte förmlich, und das mußte am Hunger liegen. Ein anderes Gefühl hatte er im Augenblick nicht. Der Kaffeekessel, in dem es jetzt zu sieden begann, war wirklich, und wirklich war das Feuer darunter und das Fleisch in der Pfanne und die Milch, die in seinem Magen zu gerinnen schien. Die Kaffeetassen, die er jetzt nachdenklich auswusch, waren wirklich – wirklich wie das Wasser, das ihm dabei über die schweren langen Hände rann. Zucker und Milch waren wirklich, und er setzte sie auf den Tisch – eine weitere Realität –; auch die Zigaretten waren wirklich, und er zündete sich eine an. Rauch drang aus seinen Nasenlöchern, und eine Einzelheit, die er für seinen Roman brauchte und bereits seit Monaten gesucht hatte, fiel ihm plötzlich mit einer Leichtigkeit und Selbstverständlichkeit zu, als habe es nie ein Hemmnis gegeben. Es schien unglaublich, daß er nicht eher darauf gekommen war: sie erhellte, klärte, rechtfertigte alles. Am späten Abend würde er sie ausarbeiten; vielleicht sollte er sich jetzt erst doch eine Notiz machen, dachte er; also ging er auf seinen Schreibtisch zu. Da klingelte das Telefon. Er nahm den Hörer sofort ab – heimlich, als sei jemand krank im Haus oder schlafe – und flüsterte hinein: «Hallo?»

«Hallo, Vivaldo. Hier ist Eric.»

«Eric!» Er war hocherfreut. Ein rascher Blick ging zur Badezimmertür hinüber. «Na, wie ist's gegangen?»

«Ach, ganz gut. Cass ist großartig, wie du weißt. Nur das Leben ist grausam.»

«Wie ich weiß. Ist eine Entscheidung gefallen?»

«Nein. Eigentlich nicht. Sie hat mich gerade vor fünf Minuten angerufen – ich war noch gar nicht lange zu Hause. Oh, vielen Dank übrigens für deinen Zettel. Sie meint, sie will vielleicht für ein Weilchen nach New England gehen – mit den Kindern. Richard ist noch nicht wieder heimgekommen.»

«Wo steckt er denn?»

«Vermutlich säuft er sich irgendwo einen an.»

«Mit wem?»

«Nun, Ellis vielleicht –»

Bei dem Namen hielten beide inne. Die Leitung summte. Vivaldo warf abermals einen Blick zur Badezimmertür hinüber.

«Du wußtest davon, Eric, nicht wahr – heute morgen schon?»

«Wußte wovon?»

Er senkte die Stimme und quälte sich, es herauszubringen: «Ida. Du wußtest von Ida und Ellis. Cass hat's dir gesagt.»

Einen Augenblick lang herrschte Schweigen. «Ja.» Dann: «Aber wer hat's *dir* gesagt?»

«Ida.»

«Ach. Armer Vivaldo.» Nach einem Augenblick: «Aber es ist doch besser so, nicht? Ich war der Ansicht, daß nicht ich es dir hätte sagen sollen, besonders – nun ja, besonders nicht an diesem Morgen.»

Vivaldo war still.

«Vivaldo –?»

«Ja?»

«Meinst du, es war falsch von mir? Bist du böse auf mich?»

«Sei nicht albern. Niemals könnte ich dir böse sein. Es – es ist jedenfalls besser so.» Er räusperte sich, langsam, bedächtig, denn plötzlich überwältigte ihn das Bedürfnis zu weinen.

«Vivaldo, es ist nicht gerade der geeignete Zeitpunkt, dich zu fragen, ich weiß – aber glaubst du, daß ihr – ich meine, geht es jetzt überhaupt, daß ihr beide, du und Ida, morgen abend – oder übermorgen – zu mir herüberkommt?»

«Was ist denn los?»

«Yves wird am Morgen ankommen. Ich weiß, daß er gern meine Freunde kennenlernen würde.»

«Aha, das also war das Telegramm, was?»

«Ja.»

«Freust du dich, Eric?»

«Ich glaube schon. Im Moment allerdings bin ich nur durcheinander. Ich weiß nicht, ob ich versuchen soll zu schlafen – es ist doch noch so früh, aber mir kommt's wie Mitternacht vor – oder ob ich ins Kino gehe oder was.»

«Ich würde liebend gern mit dir ins Kino gehn, aber – ich glaube, ich kann nicht.»

«Nein. Wann kann ich mit Bescheid rechnen wegen morgen?»

«Ich ruf dich heute abend noch an. Oder vielleicht morgen früh mal.»

«Schön. Wenn du morgen früh anrufst, und ich melde mich nicht, dann versuch's auf jeden Fall später noch mal. Ich muß nach Idlewild raus.»

«Wann kommt er denn an?»

«Ach, praktisch noch zu nachtschlafender Zeit. Natürlich. Sieben Uhr – oder so; eine ausgesprochen passende Zeit.»

Vivaldo lachte. «Armer Eric.»

«Tja. Das Leben nimmt uns schwer mit. Gute Nacht, Vivaldo.»

«Gute Nacht, Eric.»

Mit nachdenklichem Lächeln legte er auf, knipste seine Schreibtischlampe an und kritzelte seine Notiz. Dann ging er in die Küche, drehte das Gas ab und goß den Kaffee ein. Er klopfte an die Badezimmertür.

«Ida? Dein Kaffee wird kalt.»

«Danke. Ich komme sofort.»

Er setzte sich auf seinen Schreibtischstuhl, und dann kam sie schon heraus, erfrischt und ruhig, mit dem Gesicht eines Kindes. Er zwang sich, ihr in die Augen zu sehen; er wußte nicht, was er darin sehen würde; er wußte nicht, was er empfand.

«Vivaldo», sagte sie mit hastiger Stimme noch im Stehen, «ich möchte nur, daß du eines weißt: ich wäre nicht so lange bei dir geblieben und hätte dir das Leben nicht so schwergemacht, wenn –» sie stockte und hielt sich mit beiden Händen an der Stuhllehne fest – «wenn ich dich nicht liebte. Das war auch der Grund, weswegen ich dir alles erzählen mußte, was ich erzählt habe. Ich meine – ich weiß, ich gebe dir da eine harte Nuß zu knacken.» Sie setzte sich und nahm ihren Kaffee auf. «Ich mußte das sagen, solange ich's noch konnte.»

Sie war ihm gegenüber im Vorteil, denn er fand keine Worte. Voller Scham und Furcht merkte er das. Es trieb ihn zu sagen: *Ich liebe dich*, aber die Worte wollten ihm nicht über die Lippen. Er fragte sich, wonach ihre Lippen jetzt wohl schmecken mochten, was ihr Körper ihm jetzt wohl bedeutete: er beobachtete ihr ruhiges Gesicht. Sie schien gänzlich passiv; doch wartete sie mit einer Verzweiflung, die ständig wuchs und ihre Kräfte ausbreitete, auf ein Wort, auf eine Berührung von ihm. Aber er fand sie nicht, er konnte sich einfach nicht soweit zusammenreißen und konzentrieren, auch nur ein Zeichen zu geben. Er starrte in seine Tasse und stellte fest, daß schwarzer Kaffee nicht schwarz ist, sondern tiefbraun. Nicht eben viele Dinge in der Welt waren wirklich schwarz, nicht einmal die Nacht, nicht einmal die Gruben. Und das Licht war nicht weiß, noch der bleichste Schein hatte etwas von seinem Ursprung in sich, dem Feuer. Zuletzt, dachte er bei sich, hatte er ja nur bekommen, was er wollte: die Wahrheit über Ida – oder die wahre Ida; und nun wußte er doch nicht, wie er damit weiterleben würde.

«Ich danke dir, daß du's mir erzählt hast», sagte er, «daß du mir alles erzählt hast. Ich weiß, es war nicht leicht.» Sie sagte nichts. Sie gab einen schwachen, pfeifenden Laut von sich, als sie an ihrem Kaffee nippte, und dieser Laut war unbeschreiblich, unsäglich quälend. «Und verzeih mir, wenn ich so offensichtlich die Sprache verloren habe, ich bin vielleicht ein bißchen – durcheinander.» Er sah zu ihr hinüber, und ein wildes Getümmel aus Ärger, Wut, Erbarmen, Liebe, Wollust und Verachtung erhob sich in ihm. Auch sie war eine Hure; wie bitter war er betrogen worden!

«Ich ziehe nichts von dem in Zweifel, was du gesagt hast, aber trotzdem ist da noch so vieles, was ich einfach nicht verstand – nicht verstehe. Hab Geduld mit mir, bitte – und laß mir ein wenig Zeit –»

«Vivaldo», sagte sie müde, «nur eines noch. Ich will gar nicht, daß du alles *verstehst.* Du sollst ja gar nicht ‹wieder lieb› zu mir sein!» Sie sah ihm direkt ins Gesicht, und eine unbeschreibliche Spannung blitzte heiß und heftig zwischen ihnen auf, dem Haß so nahe verwandt wie der Liebe. Dann wurde ihr Blick sanfter, und sie streckte die Hand aus und legte sie auf die seine. «Versprich mir –»

«Ich verspreche es dir», sagte er. Und mit plötzlicher Wildheit setzte er hinzu: «Du scheinst zu vergessen, daß ich dich liebe.»

Sie starrten sich an. Und ganz plötzlich riß er sie in seine Arme, zitternd und taumelnd, mit brennenden, blendenden Tränen in den Augen, und bedeckte ihr Gesicht mit Küssen, die augenblicklich wie im Frost zu erstarren schienen. Sie klammerte sich an ihn; aufseufzend barg sie ihr Gesicht an seiner Brust. Es war nichts Erotisches daran; sie waren wie zwei müde Kinder. Und sie war es, die ihn tröstete. Ihre langen Finger streichelten seinen Rücken, und langsam, mit einem schrecklichen, würgenden Laut, begann er zu weinen, denn unter ihrem Streicheln wichen Einfalt und Unschuld von ihm.

Nach und nach wurde er still. Er stand auf, ging ins Bad und wusch sich das Gesicht; dann setzte er sich an den Schreibtisch. Sie legte eine Schallplatte von Mahalia Jackson auf, *In the Upper Room*, und saß dann am Fenster, die Hände im Schoß, den Blick auf die schimmernden Straßen gerichtet. Viel, viel später, während er immer noch arbeitete und sie längst schon schlief, wandte sie sich auf einmal im Schlaf und rief seinen Namen. Er hielt inne, wartete, starrte zu ihr hin, doch regte sie sich nicht wieder, noch gab sie einen Laut von sich. Er stand auf und ging zum Fenster. Der Regen hatte aufgehört; am schwarzblauen Himmel standen verstreut ein paar Sterne, und rauh trieb der Wind die Wolken dahin.

2

Die Sonne schlug hinab, auf Stahl, auf Stein, auf Bronze, auf Glas, auf das graue Wasser tief unter ihnen, auf Turmspitzen und die blitzenden Windschutzscheiben kriechender Autos, auf die unglaublichen Autobahnen, die sich in gewunden verknoteten Linien Meile um Meile um Meile dahinzogen, auf die Häuser, flach und hoch, niedrig und gegiebelt, auf ihre heulenden Antennen, auf die spärlichen schwachen Bäume und – in der Ferne – auf die Türme von New York. Das Flugzeug neigte sich, ging nieder und stieg wieder an, und die ganze Erde kippte zur Seite: jetzt lehnte sie sich gegen die Fenster – dann war sie wieder außer Sicht. Der Himmel war ein einziges heißes, klares Blau, und das statische, gleichbleibende Licht übertrug auf alles seine eigene Reglosigkeit. Nur Dinge waren zu sehen von hier aus, Werke von Menschenhand, doch die Menschen selber gab es nicht. Das Flugzeug stieg höher und immer höher, ganz als sei es unwillig darüber, aus dieser hohen Stille und Ruhe niederzugehen; wieder neigte es sich zur Seite, und Yves blickte hinab und hoffte, er würde die Freiheitsstatue sehen können, obgleich man ihm gesagt hatte, daß dies von hier aus nicht möglich sei; dann begann die Maschine wie ein Stein zu fallen, das Wasser rauschte zu ihnen herauf, die Motoren stöhnten, die Tragflächen zitterten – im Widerstand gegen den furchtbaren Sog nach unten. Dann, als das Wasser schon zu ihren Füßen war, blitzte der weiße Streifen der Landebahn unter ihnen auf. Mit kurzem, dumpfem Prall schlugen die Räder auf, und Leitungen, Lampen und Signalmasten stoben kreischend vorbei. Die Stimme der Stewardess kam über den Lautsprecher, wünschte ihnen Glück auf der Reise und gab der Hoffnung Ausdruck, sie bald wiederzusehen.

Die Stewardess war sehr hübsch, er hatte zwischendurch die ganze Nacht mit ihr geflirtet und voller Entzücken festgestellt, wie leicht das war. Er war betrunken und schrecklich müde, und eine Erregung erfüllte ihn, die an Panik grenzte; in der aber war er bereits über die Grenze der Trunkenheit und Ermüdung in ein Stadium der Überwachheit, der diamantharten Nüchternheit geraten. Zugleich mit der Stimme der Stewardess wurde es lebendig auf diesem Planeten: wie aus dem Erdboden schossen die Menschen hervor, schoben Gepäckwagen heran, winkten mit den Armen, liefen auf Wegen und Fahrbahnen hin und her und verschwanden in Gebäuden oder stürzten daraus hervor. Die Stimme der Stewardess ersuchte die Passagiere, bis zum endgültigen Halten der Maschine sitzen zu bleiben. Yves berührte das Päckchen, das den Brandy und die Zigaretten enthielt, die er sich in Shannon gekauft hatte, und faltete seine Zeitungen zusammen, den *France-Soir*, *Le Monde* und den *Paris-Match*, denn er wußte, daß Eric sie gern sehen würde. Oben auf einem hellen Gebäude drängten sich Menschen gegen den Himmel; er hielt Ausschau nach Erics leuchtendem Haar und spürte eine neue Erregung, eine Erregung, die an Schmerz grenzte, in sich aufwallen. Aber die Menschen waren zu weit weg, noch waren ihre Gesichter nicht zu erkennen. Er beobachtete, wie sie sich bewegten, aber keine Bewegung erinnerte ihn an Eric. Doch er wußte, daß Eric da war, irgendwo in der gesichtslosen Menge, und auf ihn wartete, und auf einmal wurde er von Frieden und Glück erfüllt.

Dann kam die Maschine langsam zum Stehen. Als sie hielt, schienen die Menschen in der Kabine alle insgeheim aufzuseufzen, und sie entdeckten, daß ihnen die Kraft der Bewegung zurückgegeben war. Beiseite flogen die Sicherheitsgurte, Hände griffen nach Zeitungen, Mänteln und Gepäck. Die Gesichter, die sie zur Schau getragen hatten, als sie mitten in der Luft hingen, unermeßlichen, geheimnisvollen Mächten auf Gedeih und Verderb ausgeliefert, wurden abgelegt und durch die Gesichter ersetzt, die sie auf der Erde trugen. Die alleinreisende Hausfrau, die während des Flugs ein ziemlich kokettes Mädchen gewesen war, verwandelte sich wieder in die Hausfrau: auf einmal entsprach ihr Gesicht ganz dem scheußlichen Hut, den sie trug. Der Geschäftsmann, der Yves von den Wassern des Michigan-Sees erzählt hatte und von der Zeit, da er dort Wanderungen gemacht und gefischt hatte, schob das unbarmherzig beiseite und zog mit gräßlich feierlicher Gebärde den Knoten seines Binders an. Yves hatte keine Krawatte um, er trug ein hellblaues Hemd mit kurzen Ärmeln, und neben ihm hing eine helle Sportjacke. Und plötzlich mußte er mit Schrecken denken, daß all dies vielleicht ein Irrtum war: er war noch gar nicht wirklich in Amerika und durfte vielleicht auch gar nicht hinein. Aber jetzt ließ sich nichts mehr ändern. Er glättete den Kragen, zog die Jacke an und fuhr sich mit den Fingern durch das Haar – das wahrscheinlich zu lang war. Er verwünschte sich und war versucht, einen seiner Mitreisenden zu fragen, um eine Bestätigung, eine Beruhigung zu bekommen. Aber sein Sitznachbar, ein junger Mann, der in Montana die Orgel spielte, hatte jetzt zu sehr mit sich selbst und seiner eigenen Aufregung zu tun, als daß es angängig gewesen wäre, ihn zu behelligen. Er war während des Fluges sehr freundlich gewesen und hatte Yves sogar gebeten, ihn zu besuchen, wenn er einmal nach Montana komme; aber jetzt stellte Yves fest, daß er ja nicht einmal die Adresse erfahren hatte und nur den Vornamen des Mannes – Peter – wußte. Und es war nur allzu klar, daß er jetzt nicht mehr um Auskunft bitten konnte. Fast jedermann im Flugzeug wußte – denn er war sehr kühn und redselig gewesen –, daß er Franzose war und zum erstenmal in die Staaten kam; und einige wußten auch, daß er einen Freund in New York hatte, der Schauspieler war. Das alles war anscheinend ganz in der Ordnung gewesen, während sie in der Luft waren; aber jetzt, zu ebener Erde und im harten amerikanischen Licht nüchterner Überlegung, schien doch alles ziemlich suspekt. Er fühlte sich ganz hilflos französisch: noch nie zuvor hatte er sich so ausgesprochen französisch gefühlt. Und er spürte, wie sie ihm auswichen, zwar nicht unhöflich, aber doch endgültig, mit nervösem und irgendwie scheuem Lächeln; sie ließen deutlich durchblicken, daß er sich in keiner Weise auf sie berufen könne, da sie nicht wußten, wer er war. Der Gedanke durchzuckte ihn, daß er ja eine Prüfung zu bestehen hatte; noch war er nicht im Land, und vielleicht würde er sie gar nicht bestehen. Er sah ihnen zu, wie sie sich im Mittelgang sammelten, und zog sich von ihnen zurück in seine altvertraute Einsamkeit und Verachtung. «Alles Gute», sagte sein Nachbar rasch und nahm seinen Platz in der Reihe ein; vermutlich hätte er dieselben Worte gebraucht, genauso rasch und munter und im gleichen Ton, wenn er sich von einem Freund verabschiedet hätte, der ins Gefängnis gebracht werden sollte.

Yves seufzte; er blieb auf seinem Platz und wartete, daß das Gedränge im Gang sich lichtete. Traurig dachte er: *Les plus dur reste à faire.*

Dann schloß er sich in der Reihe an und bewegte sich langsam auf die Tür zu. Dort standen die Stewardessen und verabschiedeten lächelnd die Passagiere. Die Sonne lag hell auf ihren Gesichtern und denen der Aussteigenden; wenn sie sich abwandten und verschwanden, war es, als traten sie in ein neues und heilsames Licht hinaus. Er hielt die Zeitungen unter seinem Arm, wechselte sein Gepäck von Hand zu Hand und zog zitternd den Gürtel stramm.

Die Stewardess, mit der er geflirtet hatte, stand gleich neben der Tür. «*Au revoir*», sagte sie mit jenem hellen, munteren, schalkhaften Lächeln, das so vielen seiner weiblichen Landsleute eigen war.

Ihm wurde plötzlich bewußt, daß er sie nie wiedersehen würde. Bis zu diesem Augenblick war es ihm noch nie widerfahren, noch niemals deutlich aufgegangen, daß er etwas hinter sich gelassen haben könnte, nach dem es ihn eines Tages von ganzem Herzen verlangen mochte, das er vielleicht einmal bitter nötig hatte.

«*Bon courage*», sagte sie.

Er lächelte und sagte: «*Merci, Mademoiselle. Au revoir!*» Und er hätte gern hinzugefügt: *Vous êtes trés jolie*, aber es war zu spät, das Licht hatte sein Gesicht getroffen, die Sonne warf ihr blendendes Gleißen über ihn, und alles flimmerte in der Hitze. Gewichtig ging er die Stufen hinab. Als er den Boden erreichte, sagte eine Stimme über ihm: «*Bonjour, mon gars. Soyez le bienvenu.*» Er blickte auf. Grinsend, in offenem weißen Hemd und Khakihose, lehnte Eric am Geländer der Besucherterrasse. Er schien ruhig und vergnügt, ganz in seinem Element, war dünner als früher, und sein kurzes Haar leuchtete und flatterte ihm um den Kopf. Yves sah freudig zu ihm auf und winkte stumm; er war unfähig, ein Wort herauszubringen. Eric. Und all seine Furcht verließ ihn nun; mit einem Schlag überkam ihn die Gewißheit, daß alles gutgehen würde. Er pfiff vor sich hin, als er an der Abgrenzung, die ihn von den Amerikanern trennte, entlang zur Paßkontrolle ging. Aber dort war in kurzer Zeit alles ohne Schwierigkeiten erledigt; sein Paß erhielt schließlich den Stempel und wurde ihm wieder ausgehändigt – mit einem Grinsen und einem kleinen Scherz, dessen gutmütigen Sinn er spürte, wenn seine Bedeutung ihm auch entging. Dann kam er in eine größere, weitere Halle, wo er auf sein Gepäck warten mußte; über ihm lächelte Eric durch Glas zu ihm herab. Dann waren auch die Koffer wieder sein, und mutiger, denn er je gewesen war als Kind, schritt er durch die Sperre, hinüber in jene Stadt, darin einst die Himmlischen Wohnung genommen hatten.

Istanbul, 10. 12. 1961

James Baldwin

Beale Street Blues
Roman · 190 Seiten · Geb.

Sag mir, wie lange ist der Zug schon fort
Roman · 432 Seiten · Geb.
Taschenbuch-Ausgabe: rororo 1863

Gesammelte Erzählungen
Sonderausgabe · 256 Seiten · Geb.

Gehe hin und verkünde es vom Berge
Roman · 272 Seiten · Geb.
Taschenbuch-Ausgabe: rororo 1415

Eine Straße und kein Name
das neue buch 23

Teufelswerk
Betrachtungen zur Rolle der Farbigen im Film
das neue buch 83

Giovannis Zimmer
Roman · rororo 999

Sie nannten ihn Malcolm X
Ein Drehbuch · rororo 1750

Des Menschen nackte Haut
Erzählungen · rororo 1789

Schwarz und Weiß oder
Was es heißt, ein Amerikaner zu sein
rororo 4055

Eine andere Welt
rororo 4103

Rowohlt

3/27

740/7